Birgit Hummler

Crashkurs

Birgit Hummler

Crashkurs

Ein Baden-Württemberg-Krimi

Silberburg-Verlag

Birgit Hummler, Jahrgang 1953, ist in Stuttgart aufgewachsen und lebt heute in Breisach am Rhein. Sie hat Sprach- und Literaturwissenschaften (Deutsch und Russisch) sowie Journalistik und Kommunikationswissenschaften studiert. Ihre Laufbahn als Journalistin führte sie bald zu Themen aus der Arbeits- und Wirtschaftswelt, in der es manchmal mörderisch zugeht. Ihr Krimidebüt »Stahlbeton« wurde 2011 mit dem Stuttgarter Krimipreis ausgezeichnet.

1. Auflage 2013

Lektorat: Michael Raffel, Tübingen.
Umschlaggestaltung: Christoph Wöhler, Tübingen.
Coverfoto: © Das Maddin – iStockphoto.
Druck: CPI books, Leck.
Printed in Germany.

ISBN 978-3-8425-1244-3

I. Dubai

Der Tag hatte beschissen angefangen, und er würde wohl beschissen weitergehen. Solange Sabrina hier gewohnt hatte, war immer etwas zu essen da. Jetzt war Sabrina weg, und der Kühlschrank war leer. Es gab noch nicht einmal ein Ei, das er sich hätte in die Pfanne hauen können. Wütend knallte er die Kühlschranktür zu. Dass die Tussi verduftet war, war nur recht so. Es wurmte ihn aber gewaltig, dass sie es war, die einfach Schluss gemacht hatte. Normalerweise gab er den Mädels den Laufpass. Die Sache hatte ganz schön an seinem Ego gekratzt.

Er warf die Gaggia an. Wenigstens Kaffee gab es noch. In einer Schublade fand er ein paar letzte Kekse, die schon Wasser gezogen hatten. Er hasste es, ohne Frühstück aus dem Haus zu gehen. Aber heute schon überlegen, was man für den nächsten Tag einkaufen musste, kotzte ihn genauso an. Vielleicht würde er sich doch mal eine Haushälterin suchen. Wenn er sich eine leisten konnte. Und das war schon der nächste beschissene Punkt an diesem beschissenen Tag.

Er musste mit Bernhardt reden. So ging das nicht weiter. Schließlich hatte er ein paar finanzielle Verpflichtungen. Was konnte er dafür, dass die Geschäfte einfach nicht mehr liefen wie früher. Die Kunden stellten sich an wie Nonnen in der Peep-Show. Überall sahen sie plötzlich Risiken. Blöde Fragen stellten sie. Und sein Fußvolk, die fünf Pfeifen, die er angeheuert hatte, die waren einfach durch die Bank unfähig.

Er kippte den Kaffee hinunter, kaute lustlos auf den Keksen herum und warf dann den Mantel über. Er trat vors Haus und ging über den externen Treppenabgang in die Tiefgarage. Dort tätschelte er der roten Dodge Viper die Motorhaube, bevor er einstieg. Er musste mit Bernhardt reden. Die nächste

Rate für sein Wägelchen stand an, und auf seinem Konto herrschte momentan Leere. Bernhardt musste ihm einen höheren Anteil an den Provisionen zugestehen. Schließlich machte er die Hauptarbeit. Klar würde Bernhardt zetern. Und ihn vielleicht wieder wegen des letzten Urlaubs anmachen. Natürlich war Cabarete nicht gleich um die Ecke und kein ausgesprochenes Schnäppchen. Aber in dieser Jahreszeit bei Tarifa zu surfen war bestimmt kein Vergnügen. Dann doch lieber ins Surfer-Paradies Cabarete in der Dominikanischen Republik. Und Surfen war nun mal seine große Leidenschaft.

Mit der Fernbedienung öffnete er das Tor zur Garage, das sich automatisch wieder nach unten senkte, nachdem er die Einfahrt passiert hatte. Er fuhr die Serpentinen hinauf zum Kräherwald und bog nach Westen Richtung Vaihingen ab.

Vor ihm fuhr mal wieder so eine eingeschlafene Träne, die es kaum über 50 Kilometer in der Stunde brachte. Mein Gott, warum fuhren die Leute wie die Schnecken, nur weil links und rechts ein paar Schneehaufen lagen? Die Straßen waren doch längst geräumt und quasi eisfrei.

Er überholte, wohl wissend, dass ihn dabei kein Bulle erwischen durfte. Der Fahrer, der ihm entgegenkam, schimpfte. Manchmal amüsierte es ihn richtig, die erschrockenen oder ärgerlichen Gesichter zu beobachten. Sie hatten einfach keine Ahnung, was in seiner kleinen Giftschlange steckte. Mit den 380 Pferdchen unter der Haube war sie in nur vier Sekunden von Null auf Hundert. Bernhardt musste mehr Kohle rüberwachsen lassen. Das stand ihm einfach zu. Er war es schließlich, der die Vertreter mit Zuckerbrot und Peitsche bei der Stange hielt. Er war es, der die Kunden belaberte und ihnen quasi alles verkaufen konnte, was es an Sinnvollem und Sinnlosem bei Geldanlagen so gab. Bernhardt saß meistens nur seinen dicken Arsch breit. Und sahnte dafür viel zu viel ab. Doch es würde eine richtig harte Tour werden. Bernhardt ließ sich nicht gerne die Wurst vom Brot nehmen.

Der dichte Gegenverkehr hinderte ihn daran, das Potenzial seiner Viper GTS noch einmal zu demonstrieren. Nach dem Monte Scherbelino wurde es vierspurig. Er drückte auf die Tube. Doch auf der Überholspur trieben sich mal wieder zu viele lahmarschige Spießer herum. Warum mussten diese Leute schon fünf Kilometer vor dem eigentlichen Überholvorgang nach links wechseln? Kurz vor den Vaihinger Universitätskomplexen wurden es dann drei Spuren in jede Richtung. Er trat aufs Gas. Und wieder mal fragte er sich, wer diesen Hasenhirnen den Führerschein gegeben hatte. Was suchte der Laster auf der mittleren Spur? Und dieser Golf, der kaum schneller fuhr als der Lkw, setzte tatsächlich zum Überholen an und wechselte ganz nach links.

Er überholte die Gurke rechts. Völlig easy konnte er wieder auf die linke Spur wechseln und den Laster überholen. Gerade und elegant wollte er aus der leichten Linkskurve auf die rechte Fahrbahn rüberziehen, als schlagartig der Wagen nach rechts abdriftete. Er steuerte gegen, aber das Auto tat, was es wollte. Die Lenkung schien keinerlei Einfluss auf sein Fahrverhalten mehr zu haben. Er trat auf die Bremse. Doch der Wagen drehte sich dadurch auch noch hinten weg. Fast frontal raste nun die Betonwand der Unterführung auf ihn zu. Er hörte das Bersten von Metall und Glas. Er spürte noch, wie das Adrenalin literweise in seine Adern schoss und wie sein Sitz aus der Verankerung riss. Es war ein Bruchteil einer Sekunde, in dem die Wucht des Aufpralls ihm die Knie zertrümmerte, seinen Brustkorb zerquetschte und ihm das Genick brach.

Mittwoch, 3. Februar 2010

1

Hanna Stankowski blickte unglücklich auf die Aktenstapel auf ihrem Schreibtisch. Ihr Chef hatte ihr ein Chaos hinterlassen. Er hatte sich von heute auf morgen davongemacht. In ein Krankenhaus. Mit einem Herzinfarkt. Zum Glück nur ein leichter, aber immerhin ein Herzinfarkt.

Sie schätzte Andreas Bialas sehr. Er war ein Vorgesetzter, der seine Mitarbeiter respektierte. Er hatte eine hervorragende kriminalistische Spürnase. Er arbeitete stringent und gründlich, wenn es um Aufklärungen ging. Aber dieses Chaos! Die Urlaubszettel, die nicht in die Personalakten eingeordnet waren. Die Dienstanweisungen, die sich zwischen Berichte und Urlaubszettel gemischt hatten. Diese Berichte, die nicht in den jeweiligen Akten gelandet waren. Die Staatsanwaltschaft hatte sie bereits mehrmals angemahnt. Und all das hatte sie nun am Hals.

Zum Glück gab es derzeit keine außergewöhnlichen Fälle. Trotzdem spürte sie die Mehrbelastung deutlich. Es wurde immer spät, bis sie das Haus verlassen konnte. Sie wusste abends, was sie geleistet hatte, und merkte oft, dass der letzte Urlaub auch schon eine Weile her war.

Sie seufzte und griff in die Tüte mit Schokokeksen. Ein oder zwei Stückchen nur, um den Frust zu verdauen. Dann griff sie sich in den Bauchspeck.

Ich werde zu dick, dachte sie.

Ich bin zu dick. Sie schob die Tüte weg.

Ich bin zu dick, aber ich bin ein wertvoller und einzigartiger Mensch, verdammt noch mal. Und schließlich passten ihr immer noch Klamotten in Größe 42 – wenn sie nicht allzu eng geschnitten waren. Bei »Mona Lisa« war das immerhin die kleinste Kleidergröße!

Sie griff noch einmal in die Tüte mit den Keksen.

Noch hatte sie den Mund voll, als es an die Tür klopfte, und noch nicht geschluckt, als diese sich öffnete. Wildermuth trat ein, legte ihr einen Hefter auf den Schreibtisch und sagte nur: »Schau dir das möglichst bald mal an. Sieht nach Arbeit für euch aus.« Dann wandte er sich umgehend wieder zur Tür.

Hanna sah auf das Deckblatt der Akte. Ein Bericht vom TÜV. Wenn so einer bei der Kriminalpolizei im Dezernat für Tötungsdelikte landete, dann war sein Inhalt brisant.

»Stopp!« Hanna schlug mit der flachen Hand auf die Akte vor sich. »Du wirst mich jetzt nicht mit diesem technischen Kauderwelsch alleinlassen.«

Wildermuth, der bereits unter dem Türrahmen stand, wandte sich um. Er strich sich über den noch fast schwarzen Schnurrbart und sah sie prüfend an, als ob er überlegte, ob die Kriminaltechnik dazu verpflichtet war, den ermittelnden Kollegen technische Erklärungen zu liefern.

»Ich weiß genau, dass ich davon nur die Hälfte verstehe. Und auch das nur, wenn ich mich jetzt mühsam da durchbeiße. Und dann komm ich doch zu dir gelaufen. Da kannst du mir genauso gut jetzt in aller Kürze das Wichtigste erklären, Hans.« Hanna winkte den Kriminaltechniker energisch zu sich.

Wildermuth schlenderte unwillig zurück zu Hannas Schreibtisch. Er nahm den Hefter in die Hand, schlug an einer bestimmten Stelle auf und legte ihn Hanna wieder vor die Nase. Es waren Bilder von einem Auto zu sehen. Dass es sich tatsächlich um einen Wagen handelte, sah man nur auf den Fotos, die das Fahrzeug von hinten zeigten. Die Vorderfront des Wagens war zu einer undefinierbaren Masse aus Blech und Motorteilen zusammengestaucht. Der Fahrer, der hier am Steuer gesessen war, hatte mit Sicherheit keine Chance gehabt.

»Am Montag früh ist oben in Vaihingen, wo's zur Uni abgeht, ein schwerer Unfall passiert. Diese Dodge Viper ist gegen eine Betonwand geknallt. Dort, wo die B 14 unter der Universitätsstraße durchführt. Der Unfall war wohl nicht ganz nachvollziehbar. Deshalb hat der TÜV den Wagen ziemlich genau unter die Lupe genommen.« Wildermuth beugte sich über Hannas Schulter und blätterte ein paar Seiten weiter. Nach einigen Bogen mit Schriftsatz folgten wieder Fotos. Was genau sie darstellten, war für Hanna nicht zu erkennen. Irgendeine Art Rohr oder Stange war es wohl. Größenverhältnisse und Perspektive waren nicht erkennbar.

Wildermuth tippte auf eines der Bilder: »Was sie festgestellt haben, ist, dass die rechte Spurstange des Wagens angesägt wurde.« Damit war seine Erklärungspflicht offenbar beendet.

»Was ist eine Spurstange?« Hanna wurde ungeduldig. »Und was passiert, wenn man die ansägt?«

»Die Spurstange, wie der Name schon sagt, hält die Vorderräder in einer Spur. Wenn du links oder rechts lenkst, dann sorgen sie dafür, dass beide Räder immer genau im gleichen Winkel bewegt werden. Es gibt links und rechts jeweils eine Spurstange, die am Lenkgetriebe befestigt ist. Hier hat man die rechte angesägt.« Wildermuth tippte auf eines der rohrähnlichen Gebilde auf dem Foto. »Ich werde mir die Flächen natürlich noch mal vornehmen. Ich habe bisher auch nur diese Bilder gesehen. Aber so wie es aussieht, würde ich sagen, hat man eine handelsübliche Metallsäge dafür benutzt. Was für ein Fabrikat das war, werde ich dir wohl sagen können. Wird aber nicht möglich sein, das Werkzeug individuell zu bestimmen. Kein Randschluss, kein Abdruck des Werkzeugs oder irgendein einmaliges Muster an den Schnittkanten.« Jetzt war Wildermuth in seinem Element. »Vielleicht mit dem Rasterelektronenmikroskop. Da müsstest du eben das LKA bemühen. Und das Tatwerkzeug bräuchten wir natürlich.«

»Was passiert, wenn man diese Stange ansägt?«, fragte Hanna noch einmal. Randschlüsse und Kräfteeinwirkungen waren ihr momentan noch ziemlich egal.

»Du fährst los. Eine Weile hält das Ding noch. Und wenn's dann zu einer Belastung kommt – ein Vibrieren über längere Zeit oder starke Lenkbewegungen – dann tut's einen Schlag.«

»Und dann?«

»Wie ›und dann‹?«

»Was passiert mit dem Auto? Was merkt der Fahrer? Warum ist dieser Mensch auf die Betonwand geknallt?«

Wildermuth überlegte. Seine Sache waren wissenschaftlich-technisch ermittelte Fakten. Er ließ sich nicht gerne zu Spekulationen hinreißen, wie Hanna sehr wohl wusste. Aber irgendwie musste sie ja verstehen, was hier passiert war.

»Ich vermute mal, dass sich das Fahrverhalten schlagartig verändert. Am Lenkrad dürfte man noch nicht einmal etwas merken. Durch die Servo-Lenkung. Hat eine Viper mit Sicherheit auch. Aber das rechte Rad macht sich selbstständig. Wir müssen uns sicher den Unfallhergang noch mal genau anschauen. Meine Vermutung geht dahin, dass das rechte Rad weggeklappt ist. Der Wagen müsste dadurch ziemlich plötzlich ausgebrochen sein.«

»Hatten wir am Montag noch vereiste Straßen?«

»Ich glaube, nicht mehr. Aber bei der Geschwindigkeit, die dieser Dodge draufhatte, macht das dann auch keinen Unterschied mehr.«

»Wer tut so etwas? Wer sägt Spurstangen an?«

Wildermuth sah Hanna an, als hätte sie ihn aufgefordert, im Kaffeesatz zu lesen. Er war ein exzellenter Spurensicherer und Kriminaltechniker. Er lieferte absolut zuverlässig die handfesten überprüfbaren Tatsachen. Ihre Interpretation überließ er konsequent den Sachbearbeitern der Kripo. Man konnte sich schließlich in die Nesseln setzen, wenn man sich täuschte. So tickt Hans Wildermuth nun mal, ging es Hanna durch den Kopf. Und er wird einfach nicht grau. Was absolut nicht fair ist.

Der Kriminaltechniker war wie sie selbst etwa Mitte fünfzig. Doch während sie in immer kürzeren Abständen den Ansatz ihrer kurzgeschnittenen braunen Haare mit einer eklig riechenden chemischen Paste einschmieren musste, damit die graue Wahrheit nicht augenfällig wurde, glänzten Wildermuths Haupthaare und Schnauzer fast noch in makellosem Schwarz. Dabei machte sich der Kollege aus nichts weniger etwas als aus seinem Aussehen. Ihn interessierte im Grunde gar nichts außer der Kriminaltechnik, dem Marathon-Laufen und seiner Familie – und zwar genau in dieser Reihenfolge. Die Haare ließ er wachsen, bis ihn die Strähnen störten, die ihm ins Gesicht hingen, um sich dann von einem gewissenlosen Friseur einen Mecki schneiden zu lassen, mit dem er unmöglich aussah. Dann wartete er wieder, bis ihm die ersten Haare in die Augen stachen.

Hanna seufzte. Irgendwann würde auch sie die widerborstigen Drähte auf ihrem Kopf raspelkurz schneiden lassen und dann dem Grau seinen freien Lauf gewähren. Doch leider war ihre Eitelkeit dafür noch nicht reif.

»Na gut«. Sie gab auf, irgendeine Erklärung von dem Kriminaltechniker zu erwarten. »Du schaust dir die Sache genauer an und hältst mich auf dem Laufenden.«

Wildermuth nickte und verließ grußlos das Büro.

2

Hanna nahm sich den TÜV-Bericht nun doch vor. Die Fotos waren schockierend, auch wenn sie das Auto nur in der Werkstatt des TÜV und nicht am Unfallort zeigten. Sie versuchte genauer zu erkennen, wie die Fahrerkabine aussah. Da die Bilder rein unter technischen Aspekten gemacht worden waren, war aber noch nicht einmal richtig zu erkennen, welcher Teil des Schrotthaufens einmal die Kabine gewesen war. Zudem hatte man den Sportwagen deutlich erkennbar mit Schneidbrennern bearbeitet. Irgendwie musste man den Fahrer ja aus dem Wrack herausbekommen. Ganz sicher nicht mehr, um ihn noch zu retten. Die Bilder sprachen eine eindeutige Sprache.

Hanna überflog die technischen Beschreibungen. Sie verstand immerhin so viel, dass der Wagen in einem guten Zustand war und keine Mängel festgestellt werden konnten. Bis eben auf diese eine Spurstange. Selbst der nüchternen Technikersprache konnte man entnehmen, dass der Gutachter ziemlich lange und akribisch in der Elektronik und den Eingeweiden des Fahrzeugs gewühlt hatte, bevor er die angesägte Spurstange zwischen all den zerquetschten Karosserie- und Fahrwerksteilen ausgemacht hatte. Auch nach genauer Betrachtung der Nahaufnahmen dieser Stange konnte Hanna sich noch kein Bild machen, wie das Teil wirklich aussah und wo im Auto man es verorten musste.

Sie griff zum Telefonhörer und ließ sich bei der Verkehrspolizei mit dem Kollegen verbinden, der am Montag die Unfallaufnahme geleitet hatte.

»Oh ja, eine ziemlich üble Sache, vorgestern. Zwei Stunden Vollsperrung, morgens im Berufsverkehr, und weitere drei Stunden einspurig dran vorbei. Das hat gedauert, sag ich Ihnen, bis das THW den aus dem Auto rausgeschnitten hatte. Oder was noch von ihm übrig war. Ich sag Ihnen: Kein schöner Anblick.«

Hanna hatte im Verkehrsfunk etwas von der Sperrung gehört. »Ich brauche von Ihnen so schnell wie möglich die Akten«, bat sie den Kollegen. »Vielleicht haben Sie es schon mitbekommen: An dem Wagen muss manipuliert worden sein.«

»Oh ja, wir haben den Bericht ja zuerst bekommen, und ich hab gesagt, der muss sofort ins Präsidium. Die ganze Spurenlage. Ein Spurenknick, ohne dass vorher Bremsspuren da waren. Und dann auch nur von einem Rad. Und die Bremsspuren erst kurz vor der Mauer. Und auch die waren komisch. Sahen aus wie Driftspuren. Irgendwas hat nicht gestimmt – auch wenn ich gedacht hab, das war klar, dass es den noch mal richtig erwischt.«

»Und warum war das klar?« Der Kollege redet viel und erklärt wenig, dachte Hanna.

»Schon als ich die Nummer gesehen hatte: Ein stadtbekannter Raser. Einer von der Sorte, die meinen, die Straßen werden nur für sie gebaut. Und alle, die sich an die Regeln halten, sind Idioten. Ein Pünktchen mehr in Flensburg, und er hätte mal wieder zu Fuß gehen müssen. Und das dann zum dritten Mal. Ich bin sicher: Demnächst hätte man ihn für unzurechnungsfähig erklärt und ihm die Fahrerlaubnis für ein paar Jährchen ganz entzogen. Na ja, das bleibt ihm nun ja erspart.« Es schwang kein Mitleid in der Stimme mit. »Und zum Glück ist niemand anderes zu Schaden gekommen. Zumindest nicht ernsthaft. Der Sachschaden ist natürlich auch bei den anderen ziemlich hoch. Ich sag Ihnen, wenn der nicht wieder mit einer total überhöhten Geschwindigkeit wilde Überholmanöver vollführt hätte – der würde noch leben. Trotz der angesägten Spurstange, oder was es war.«

Hanna musste den Redeschwall unterbrechen: »Können Sie kurz, wirklich nur kurz, den Unfallhergang schildern? Dass ich mir vorab schon mal ein Bild machen kann, bevor wir die Akte hier haben.«

»Also, soweit wir das rekonstruieren konnten, und nach den Aussagen der Unfallbeteiligten – wobei die unter Schock standen, die waren richtig von der Rolle. Na ja, wenn da plötzlich so ein rotes Etwas an einem vorbeischießt und gegen die Wand knallt … Also, es muss so gewesen sein: Behrends ist mit seiner Viper rechts an einem Golf vorbeigezogen, vor ihm wieder links rübergezogen und dann wieder nach rechts vor einen Lkw. Und das alles in einem wahnsinnigen Tempo, wie der Lkw-Fahrer und die Leute im Golf bezeugt haben. Dann hat die Viper plötzlich einen Haken geschlagen, wie wenn einer das Steuer herumreißt, und ist fast ohne zu bremsen auf die Betonmauer der Unterführung gerast.«

»Ich nehme an, Name, Wohnort und Angehörige des Toten haben Sie ermittelt?«

»Ludger Behrends, steht alles in den Akten. Wird gerade beerdigt, jetzt, heute Nachmittag.«

Hanna bat noch einmal darum, möglichst rasch einen Boten mit den Akten ins Präsidium zu schicken. Sie bedankte sich und legte auf.

Der nächste Anruf war intern: »Luca, komm mal bitte so rasch wie möglich zu mir rüber … Ja, es ist wichtig.«

Fünf Minuten später stand er in ihrem Büro. Sie reichte ihm die TÜV-Akte. Er blätterte darin herum und verzog gequält das Gesicht: »Meine Fresse, das sieht übel aus. Der Crash am Montag?«

Hanna nickte: »Was für Fälle hast du gerade? Irgendetwas Dringendes?«

Luca überlegte einen Moment. »'ne Dodge Viper, ein geiles Gefährt. So ein Jammer, schade drum.« Dann schwenkte er den TÜV-Hefter, den er immer noch in der Hand hielt. »Fremdeinwirkung?«, fragte er gespannt.

»Der TÜV – und übrigens auch Wildermuth – sind der Meinung, dass die Spurstange des Wagens angesägt worden ist. Kannst du damit was anfangen?« Da Luca durchaus eine Beziehung zu Technik und vor allem zu seinem eigenen Auto hatte, war er vielleicht nicht ganz so ahnungslos wie sie selbst.

Luca zog wieder eine Grimasse und fuhr sich mit der Hand durch das dichte schwarze Haar. »So in etwa. Wenn die bricht, so 'ne Spurstange, macht Autofahren nicht wirklich Spaß. Und kann ganz schön in die Hose gehen, wie das Beispiel zeigt.« Er wedelte wieder mit der Akte. »Also gibt's hier was zu tun?«

Hanna nickte und sah ihn forschend an.

»Also wirklich dringend ist eigentlich nichts. Irgendwie alles ein bisschen unschön. Zwei alte Leute. Dann der Obdachlose, der letzte Woche erfroren ist. Und der Suizid in Cannstatt.« Wieder verzog Luca das Gesicht: »Grande miseria, das Ganze. Die Familie ist vollkommen fertig und versteht überhaupt nichts. Aber ein Suizid war's wohl.«

»Wie sicher ist das?«, fragte Hanna. »Gibt's einen Abschiedsbrief?«

»Das ist der Punkt. Die haben bisher nichts gefunden. Vielleicht müssten wir mal alles gründlich durchsuchen. Von den Docs her gibt's jedenfalls keine Hinweise auf irgend 'ne Fremdeinwirkung.«

»Ich brauch dich morgen früh, Luca«, sagte Hanna bestimmt.

Luca nickte. Er sah unglücklich aus. »Ich guck mal, was ich heute noch machen kann. Sag Bescheid, wenn Wildermuth sich meldet.«

»Umgehend.«

»Ai vostri comandi, Captain Janeway.« Luca breitete pathetisch die Arme aus, immer noch den TÜV-Hefter in der Hand. »Zu deinen Diensten, wann immer du mich brauchst.« Er legte die Akte Hanna wieder auf den Schreibtisch und ging aus dem Raum.

Hanna runzelte die Stirn. Manchmal ging ihr Lucas Italienisch-Getue gründlich auf den Wecker. Vor allem dann, wenn sie so abgespannt wie heute war. Natürlich hatte er sizilianische Vorfahren. Aber schon seine Eltern waren beide hier aufgewachsen, und zu Hause war mehr Deutsch als Italienisch gesprochen worden. Luca sprach den moderaten Dialekt der Menschen hier in der Stadt. Nur sein Aussehen, das schwarze dichte Haar, die dunklen Augen, die markante Nase und der weiche Zug um den Mund, bewiesen seine südländische Herkunft.

Ob Luca tiefschürfende Gespräche auf Italienisch führen konnte, bezweifelte Hanna sehr. Er hatte selbst einmal erzählt, dass seine sogenannten Italienisch-Kenntnisse hauptsächlich von seiner Nonna stammten, die er ab und zu in Agrigento besuchte. Sie war laut Luca vor ein paar Jahren wieder in den Süden geflüchtet, weil ihr Mann mit einer deutschen Donna fremdgegangen war, weil sie die Kälte in Germania nicht mehr ertrug und weil sie sich selbst mit den Kalabresen nicht unterhalten konnte, die ihr breites Sizilianisch nicht verstanden.

Die Italo-Duselei verband er zudem mit seinem Spleen, alles und jeden mit Namen aus den alten Star-Trek-Folgen zu versehen, die er sich bestimmt schon hundert Mal reingezogen hatte. Seit Hanna nach dem Herzinfarkt von Bialas die Dezernatsleitung übernommen hatte, hieß sie bei ihm nur noch Captain Janeway. Sie ließ sich darüber aufklären, dass dies die erste weibliche Kommandantin eines Star-Trek-Raumschiffes war. »Und das erst im Jahr 2371«, erklärte ihr Luca. Ganz unpassend fand Hanna den Vergleich nicht. Denn schließlich war sie im Jahre 2010 noch immer die einzige weibliche Kommissarin im Dezernat.

Trotzdem hatte sie Luca zu sich gerufen und keinen anderen. Sein Arbeitsstil war deutsch, zuverlässig und gründlich. Und trotz des etwas aufgesetzten Pathos – er war einfach erfrischend in seiner Art. Selbst bei deprimierenden Fällen behielt er eine Leichtigkeit und Beschwingtheit, die auf sein Umfeld ausstrahlten. Und das konnte man wirklich nicht von allen Kollegen in der Abteilung sagen. Andreas als Leiter der Abteilung und sie selbst hatten nicht selten neben der Ermittlungsarbeit auch noch damit zu tun, abgestumpfte Kripo-Leute in ihre Schranken zu verweisen oder depressiven und entscheidungsschwachen Mitarbeitern Dampf unterm Hintern zu machen.

Die Abteilung ist überaltert, dachte Hanna. Luca war nun schon ein paar Jahre im Dezernat für Tötungsdelikte. Trotzdem galt er als Youngster. Wir bräuchten ein paar junge Frauen. Dann wäre das Klima vielleicht auch ein anderes, ging es ihr durch den Kopf.

Hanna seufzte und sah auf die TÜV-Akte. Es war schon später Nachmittag. Sollte sie Franz und die Staatsanwaltschaft gleich benachrichtigen? Musste sie heute noch mit den Angehörigen des Opfers Kontakt aufnehmen? Sie legte die Akte energisch zur Seite. Sie würde warten, bis der Bericht der Verkehrskollegen da war, und vor allem, bis Wildermuth die Geschichte eindeutig bestätigt hatte. So wie sie ihn kannte, war heute noch mit einem Ergebnis zu rechnen. Keine Pferde scheu machen, solange nicht eindeutige Fakten von der Kriminaltechnik vorlagen.

Sie wandte sich wieder dem Stapel mit Verwaltungsunterlagen und Akten zu, den Andreas Bialas ihr hinterlassen hatte. Sie mochte diese Arbeit so wenig wie er. Doch das Gefühl, eine riesige Bugwelle von ungeliebten Notwendigkeiten vor sich herzuschieben, machte sie nur noch unglücklicher. Also biss sie auf die Zähne und zermalmte zwischen ihnen immer wieder mal einen ihrer Schokokekse.

Um sechs kam der Bote mit der Unfallakte. Sie blätterte sie durch, sah sich die entsetzlichen Bilder von der Unfallstelle an und fand die Kontaktdaten des Opfers und seiner Angehörigen.

Um sieben rief Wildermuth an: »Ich schick dir eben mal ein paar Bilder per Mail. Ruf mich zurück, wenn du sie hast.«

Wenige Minuten später hatte Hanna die Fotos eines metallischen runden Gegenstandes auf dem Bildschirm. »Ich will als Erstes wissen: War's Sabotage oder nicht?«, fragte sie Wildermuth ungeduldig, sobald sie ihn wieder am Apparat hatte.

»Eindeutig Fremdeinwirkung. Die Bilder zeigen die Bruchstelle, sozusagen den Querschnitt der Spurstange. Unten, in den ersten zwei Dritteln, siehst du diese leichten Riefen, die wie Schleifspuren aussehen. Das sind eindeutig die Werkzeugspuren einer Metallsäge. Rundes Sägeblatt. Ich vermute mal eine Akku-Säge. Drüber ist die Bruchstelle. Unregelmäßiges Muster, typisches Bild für einen Metallbruch.«

»Okay, Hans. Heute bekommen wir nichts mehr gebacken. Morgen früh, sieben Uhr, Ermittlungsplanung bei mir im Büro.«

Sie wünschten sich noch gegenseitig einen schönen Abend. Hanna machte sich ein paar Notizen. Dann schrieb sie eine Mail an Franz Kallinger. Das war ein Fall, über den auch der Leiter der Kriminalinspektion 1 von Anfang an Bescheid wissen sollte. Sie informierte den Dauerdienst der Staatsanwaltschaft und schickte eine SMS an Luca. Sie sah auf den Stapel mit dem Papierkram und dann auf die Uhr. Auch wenn sie diese Sisyphusarbeit liebend gerne hinter sich gebracht hätte – jetzt musste sie aufhören und heute Abend noch etwas zur Ruhe kommen. Morgen würde ein harter Tag werden.

Sie packte sich in ihren Wintermantel. Handschuhe und Mütze hielt sie bereit. Dann verließ sie das Präsidium. Die Nacht war längst hereingebrochen. Eisige Kälte schlug ihr entgegen. Der Winter war dieses Jahr ungewöhnlich kalt und schneereich. Die Weinberge hinterm Präsidium waren immer noch von einer dicken Schneedecke überzogen. Auch in den Straßen Stuttgarts lagen bis fast hinunter in den Talkessel noch links und rechts Schneehaufen und blockierten die Parkplätze. Tagelang hatte Chaos geherrscht auf den kurvenreichen steilen Straßen der Stadt, und der Winterdienst hatte erst jetzt die letzten Nebenstraßen räumen können, nachdem es wenigstens drei Tage am Stück nicht mehr geschneit hatte. Hanna ging hinüber zum Parkplatz und kratzte die Scheiben ihres alten Ford Focus frei. Ob so eine Spurstange auch aus Altersschwäche brechen konnte? An ihrem Wagen war mittlerweile schon einiges kaputt gegangen. Aber von einer gebrochenen Spurstange hatte sie noch nie etwas gehört. Trotzdem fuhr sie behutsam hinunter in den Stuttgarter Westen.

Donnerstag, 4. Februar 2010

1

Hanna fühlte sich ausgeschlafen und fit, als sie Punkt sieben im Präsidium eintraf. Wildermuth wartete bereits vor ihrem Büro, und zehn Minuten später trudelte auch Luca ein. Wie selbstverständlich setzte er sich an den verwaisten Schreibtisch von Andreas Bialas. Der ranghöhere Wildermuth musste sich mit dem Besucherstuhl begnügen.

»Was müssen wir wissen?« Hanna startete die Ermittlungsplanung mit dem ersten Punkt, den sie sich am Abend zuvor notiert hatte. »Wie sägt man eine Spurstange an? Braucht man dafür Spezialkenntnisse? Oder Spezialwerkzeug?«

Wildermuth strich sich nachdenklich über den Schnauzbart. »Ich denke, ich müsste mir eine Viper mal genauer anschauen. Aber eigentlich gehe ich davon aus, dass die Spurstange wie bei den meisten Wagen heute direkt hinterm Rad liegt und man von unten problemlos drankommt. Was eine Spurstange ist und wo sie sich befindet, weiß zumindest jeder Kfz-Mechaniker.«

»Und zwei von drei Kriminalern«, grinste Luca und zählte ab: »Eins, zwei, drei.« Bei drei deutete er auf Hanna.

»Du Schlaumeier hättest das gewusst? Und wie hättest du es angestellt, sie anzusägen?«

»'ne Viper liegt tief«, überlegte Luca. »Man müsste unter den Wagen kriechen. Folglich: Der Säger hatte keinen Bauch. Also quasi so 'ne Figur wie ich. Wildermuth käme natürlich auch als Täter in Frage.«

Der drahtige Kriminaltechniker sah Luca missbilligend an. Er hatte noch nie etwas mit dessen Flapsigkeit anfangen können. »Das muss man ebenfalls überprüfen, ob jemand ohne Hilfsmittel da drunterkommt.« Er angelte sich von

Hannas Schreibtisch einen Notizblock und einen Stift und kritzelte ein paar unleserliche Vermerke. »Ich werde mich nach ein paar Händlern erkundigen. Vielleicht hat irgendeiner so eine Viper auf dem Hof stehen. Auf einer Hebebühne jedenfalls kommt jeder an die Stangen ran. Und Akku-Metallsägen bekommst du bei jedem Baumarkt und x Online-Händlern.«

»Kannst du in etwa einschätzen, Hans, wie lange es gedauert haben kann, bis die Spurstange gebrochen ist?«, fragte Hanna. »Wir müssen unbedingt ein Zeitfenster haben. Wie lange kann man mit einer angesägten Spurstange herumfahren?«

Wildermuth legte die Stirn in Falten: »Es kommt darauf an, wie oft und wie lange der Wagen gefahren wurde. Wenn er längere Zeit gestanden ist, dann kommt diese gesamte Zeitspanne natürlich als Tatzeit in Frage. Dann sind die Kräfte, die beim Fahren auf die Stange einwirken, natürlich wichtig. Wann sie bricht, hängt auch vom Material ab. Und von der Fahrweise.« Wieder strich sich der Kriminaltechniker nachdenklich über den Schnauzer. »Eigentlich bräuchten wir die genauen Material- und Konstruktionsdaten dieser Spurstange. Ich fürchte nur, dass es ewig dauert, bis wir da drankommen. Die Viper wird von Chrysler in den USA gebaut. Vielleicht ginge es auch mit einer Materialanalyse vom Landeskriminalamt. Wenn wir wissen, aus welchem Stahl die Spurstange ist, kann das LKA bei der Materialprüfungsanstalt an der Uni eine FEM-Analyse in Auftrag geben. Die werden ohnehin ein Gutachten erstellen müssen.«

»Okay, du bereitest alles vor. Ich werde die Untersuchungen beim LKA anleiern. Und dann haben wir beide«, Hanna wandte sich an Luca, »ein volles Programm. Wir müssen herausbekommen, wann das Unfallauto sich wo befunden hat. Wo stand es überall? Auf der Straße? In einer Garage? War es in letzter Zeit in einer Werkstatt?«

»Wir brauchen zunächst ein paar Anhaltspunkte. Wo hat der Typ denn gewohnt?«, fragte Luca.

Noch bevor Hanna antworten konnte, öffnete sich die Tür zum Büro nach einem kurzen Klopfen. Der Leiter der Kriminalinspektion 1 schob sich in seiner ganzen Leibesfülle in den Raum. Luca sprang auf: »Hi Franz, setz dich!«

Franz Kallinger ließ sich ächzend auf Andreas Bialas' Stuhl nieder. »Hab deine Mail grade gelesen, Hanna«, brummte er. »Mal wieder was ganz Neues: Eine angesägte Spurstange. Hab gedacht, das meiste hätte ich jetzt langsam gesehen.« Er schüttelte den Kopf und fuhr sich mit der Hand über die blanke Glatze. »Dummejungenstreich oder Mordanschlag? Könnt ihr schon was sagen?«

»Ist leider noch zu früh«, sagte Hanna. »Wir stehen vollkommen am Anfang. Es ist durchaus möglich, dass der Mann überlebt hätte, wenn er nicht gefahren wäre wie ein Irrer. So schätzten es jedenfalls die Kollegen vom Verkehr ein. Auf keinen Fall war das eine sichere Mordmethode.« Sie sah Wildermuth an. Der nickte.

»Willst du keine Soko einrichten?«, fragte Franz Kallinger. Sein Atem ging schwer. Er wog einfach zu viel.

Hanna schüttelte den Kopf: »Noch nicht. Momentan wüsste ich noch nicht einmal, wonach die Kollegen suchen sollten. Ich muss mir erst ein Bild davon machen, mit wem wir's bei dem Opfer zu tun haben. Und welche Möglichkeiten es überhaupt geben konnte, den Wagen zu manipulieren.«

Kallinger schnaufte: »Das ist jetzt natürlich dumm gelaufen. Ausgerechnet jetzt fehlt Andreas.«

Traut er mir's nicht zu, fragte sich Hanna einen Moment lang. Sie schob den Gedanken wieder weg. »Wir haben momentan keine größeren Fälle. Ich denke, wir kommen klar.«

Kallinger erhob sich ächzend. »Ihr haltet mich auf dem Laufenden.« Damit wandte er sich zur Tür. »Ich hab gestern übrigens mit Andreas telefoniert. Es geht ihm ganz gut. Jedenfalls meinen die Ärzte wohl, er wird wieder. Und ich soll euch grüßen, was ich hiermit getan habe.« Er winkte zum Gruß mit der Hand und überließ die kleine Gruppe sich selbst.

Wenn du nicht aufpasst, dachte Hanna, dann bist du der nächste mit einem Herzinfarkt. Er aß zu gerne. Und vor allem das Falsche. Sie wusste auch, dass Franz Kallinger nicht nur dem Bier sehr zusprach, sondern auch gerne mal einen Schnaps dazu nahm. Auch sie hatte vor ein paar Tagen schon mit Andreas gesprochen und wusste, dass der bei seiner Kur in Bad Ditzenbach ganz schön rangenommen wurde. Joggen, Radfahren, Schwimmen – das würde Franz Kallinger ganz und gar nicht gefallen.

Hanna nahm den Faden wieder auf. Die meisten Punkte auf ihrer Liste betrafen die Ermittlungen, die sie selbst und Luca vor sich hatten. Eine wichtige Frage war, ob Ludger Behrends ein Zufallsopfer war oder ob es jemand gezielt auf ihn abgesehen hatte. Der Mann war ein rücksichtsloser Autofahrer gewesen. Rücksichtslose Autofahrer waren meist generell rücksichtslose Menschen. Sie zogen den Groll anderer auf sich. Viel schwieriger würde es werden, wenn irgendein Hornochse sich ein beliebiges Auto herausgepickt hatte.

»Vielleicht hat's jemand ja nur auf Sportwagen abgesehen. Einer, dem Papa keinen geschenkt hat«, meinte Luca. Auch diese Möglichkeit mussten sie im Auge behalten.

Sie würden zunächst mit den Eltern des Unfallopfers sprechen. Die Verkehrspolizei hatte deren Adresse in Markgröningen bereits ermittelt. Eine Ehefrau gab es laut der Akte nicht. Ludger Behrends war 28 Jahre alt geworden. Die Leute heirateten heutzutage nicht mehr so schnell. Ja, man zog oft nicht einmal mehr gleich zusammen. Um Autonomie und Selbstbestimmung nicht zu gefährden. In der Wohnung in der Nähe des Kräherwaldes war außer ihm selbst niemand gemeldet. Vielleicht hatte er aber doch eine Freundin, die sie ausfindig machen mussten.

Den Arbeitgeber von Behrends hatten die Kollegen vom Verkehr ebenfalls schon ermittelt. Es war ein Finanzdienstleistungsunternehmen mit einer Dependance in Stuttgart-

Vaihingen. Auch mit Kollegen und Vorgesetzten würde man so schnell wie möglich sprechen müssen.

»Nehmen wir jetzt mal an, es war wirklich irgendein Irrer, der sich ein beliebiges Fahrzeug herausgepickt hat, welche Ermittlungsansätze haben wir dann?«, überlegte Hanna laut.

»Der Wagen«, warf Wildermuth ein. »Die einzige Spur ist dann der Wagen. Wie du gesagt hast: Wo stand er wann? Wird nicht einfach für euch.«

»Du nimmst dir das Auto noch mal vor. Ich weiß ja nicht, was man in so einem Schrotthaufen noch finden kann. Aber ich will jeden Fingerabdruck, der irgendwo noch zu sichern ist. Innen wie außen. Und Werkzeugspuren. Wo setzt denn so eine Hebebühne an? Wie sieht es da mit DNA-Spuren aus? Kann man anhand von Anhaftungen am Auto feststellen, auf welchem Untergrund es gefahren oder gestanden ist? Das ganze Programm, Hans!« Der blickte aus dem Fenster und antwortete nicht, weil man das einem Hans Wildermuth eigentlich gar nicht sagen musste.

»Und wir brauchen die Spurensicherung, sobald wir einen Blick in die Wohnung des Opfers geworfen haben. Bei der Wohnung oder in der Nähe muss es ja auch irgendeinen Stellplatz für den Wagen gegeben haben. Vielleicht haben wir Glück, und er hatte einen festen Parkplatz. Verdammt noch mal, wo bleibt eigentlich der Staatsanwalt? Wir brauchen eine richterliche Anordnung.«

Hanna griff zum Telefonhörer und wählte die Kurzwahlnummer der Staatsanwaltschaft.

»Den Fall haben wir doch schon zugeteilt. Moment mal«, war die unwirsche Reaktion der Dame am andern Ende der Leitung. Nach einigem Knacken meldete sich eine wohlbekannte Stimme:

»Frau Stankowski, entschuldigen Sie bitte vielmals. Nehmen Sie's mir ab oder nicht: Ich wollte mich in den nächsten fünf Minuten bei Ihnen melden. Bei mir ist derzeit Land unter. Morgen soll ich einen Schönheitschirurgen verknacken lassen. Sie wissen ja: Chirurgen, das sind die Aufschneider, die sich selbst wundern, wie viel sie von einem Menschen wegschneiden können, ohne ihn umzubringen, ha, ha. Der Fall ist miserabel vorbereitet. Da ist noch nicht einmal die Behandlungsakte der Patientin vollständig gesichert. Aber ich höre auf zu jammern. Schicken Sie mir alles, was Sie bisher haben. Ich schau mir's heute Vormittag noch an und melde mich dann.«

»Herr Frenzel, wir brauchen wahrscheinlich sehr schnell eine Durchsuchungsanordnung für die Wohnung des Opfers.«

»Kriegen Sie, kriegen Sie. Sie bekommen von mir fast alles. Wissen Sie was? Wir lassen den Nasenschnippler für dieses Mal laufen. Vielleicht wird bei seinem nächsten Verstümmelungsopfer ja so gearbeitet, dass wir ihn ans Messer liefern können.« Frenzel lachte herzlich über diese Idee. »Ich freu mich ja so, dass ich mal wieder mit kompetenten Leuten bei der Kripo zusammenarbeiten kann. Wie geht es übrigens Herrn Bialas? Ich habe gehört, dass er einen Infarkt hatte.«

»Es geht ihm ganz gut. Er hatte Glück – er hat nur einen Dämpfer bekommen.«

»Na ja, Sie wissen ja: Wer vor dem fünfzigsten Lebensjahr keinen Herzinfarkt bekommt, gilt als Leistungsverweigerer. Diesen Verdacht hat er jetzt ja entkräftet. Grüßen Sie ihn bei Gelegenheit. Geben Sie mir ein Stündchen, dann kümmere ich mich um Ihre Geschichte.«

»Friedebald Frenzel«, sagte Luca. »Hab ich sofort gesehen. An deinem Grinsen.« Auch er grinste übers ganze Gesicht. Und sogar der coole Wildermuth schmunzelte ein ganz kleines bisschen.

Friedebald Frenzel, der Kugelblitz, wie Hanna ihn bei sich nannte. Es gab Menschen, die trotz einer gewissen Leibesfülle immer wie energetisch aufgeladen wirkten. Frenzel gehörte dazu. Zudem zeichnete er sich durch einen nicht zu bremsenden Humor aus. Über seine Kalauer, Scherze und Anekdoten konnte er selbst sich wie kein anderer amüsieren. Hanna freute sich, nach längerer Zeit wieder mal mit Frenzel zusammenzuarbeiten. Nicht nur seiner Fröhlichkeit wegen. Sie hatte Frenzel auch als zuverlässigen und fairen Partner der Polizei kennengelernt. Man konnte sich die Staatsanwälte nicht aussuchen. Bei vielen war das gegenseitige Verhältnis durch Respekt und ein grundsätzliches Vertrauen geprägt. Doch es gab auch die andern. Solche, die meinten, sie wären selbst die besseren Ermittler, sie müssten jede polizeiliche Maßnahme in Frage stellen, oder Paragraphenreiter, die das Wort des Gesetzes über jeden Pragmatismus stellten. Zum Ausgleich gab es Friedebald Frenzel.

Augenblicklich erinnerte sie sich auch an den ersten Fall, den die Beamten im Dezernat gemeinsam mit dem Juristen bearbeitet hatten. Damals, vor etwa fünf Jahren, gehörte Frenzel zu einer Riege junger Anwälte, die mit wenig Erfahrung und viel Engagement frisches Blut in die Stuttgarter Staatanwaltschaft gebracht hatten. Sie hatten eine harte Nuss zu knacken, und der junge Staatsanwalt hatte dabei eine erstaunlich gute Figur gemacht. Hanna sah den nachdenklichen Gesichtern von Luca und Wildermuth an, dass auch sie sich in jene Zeit zurückversetzt fühlten. Der Fall war ihnen allen unter die Haut gegangen. »Die Brüder Martschenko«, sagte sie und beide nickten.

Sie hatten einen jungen Mann an einem Eisenbahntunnel gefunden, gestorben an einer schweren Tuberkulose. Den Bruder fanden sie erschlagen zwischen den Schalbrettern für eine Betonwand, oben auf den Fildern, als dort die Neue Messe gebaut worden war. Es war ein Sumpf aus Machenschaften einer skrupellosen Baumafia, in den sie da eingetaucht waren. Und war das Terrain ohnehin schon schwierig genug, so kam erschwerend hinzu, dass politische Stellen und polizeiliche Führungskräfte es an Rückendeckung fehlen ließen. Dass das umstrittene Bauprojekt nicht in negative Schlagzeilen geriet, schien wichtiger zu sein als die Aufklärung des Falles.

»Nun gut, machen wir uns an die Arbeit«, riss Hanna die beiden Kollegen aus ihren Gedanken. »Hans, du weißt ohnehin, was du zu tun hast. Ich muss noch die Akte anlegen und sie Frenzel schicken. Dann können wir beide los«, wandte sie sich an Luca.

»Dann hab ich noch etwas Zeit«, überlegte der. »Wenn's irgendwie geht, dann möchte ich, dass die Kollegen sich die Wohnung in Cannstatt noch mal vornehmen. Der Suizid, du weißt schon. Irgendwie kommt mir das komisch vor. Alles, was ich weiß von dem Typ, sagt mir, dass der nicht ohne Abschiedsbrief einfach so ins Sto'Vo'Kor abgehauen wäre.«

»Ins was?«

»Klingonische Mythologie. ›Die Heimat der Krieger‹, dort, wo man hinkommt, wenn man als ehrenvoller Krieger in einer Schlacht gefallen ist.«

»Du hast Vergleiche! Ehrenvoll – und das bei einem Suizid. Ich weiß ja nicht, wie das deine Klingonen sehen würden.«

»Vielleicht war's ja doch keiner«, meinte Luca. Damit trollte er sich und überließ Hanna ihrer Schreibtischarbeit.

2

Es war halb zehn, als sie am Vorgarten eines Reihenendhauses in Markgröningen standen und den Klingelknopf am Gartentor betätigten. Das Haus lag ganz in der Nähe des Festplatzes, auf dem alljährlich Ende August der Markgröninger Schäferlauf stattfand. Tausende von Zuschauern lockte der historische Wettlauf jedes Jahr an, bei dem die Teilnehmer barfuß über ein 300 Schritt langes Stoppelfeld spurten mussten. Nun lag eine dichte Schneedecke auf dem Festplatz. Auch der Vorgarten der Familie Behrends war in Weiß gehüllt. Dennoch war gut erkennbar, dass er akkurat angelegt war. Die Buchsbäume mit ihren weißen Käppchen waren perfekt zu Kugeln und Spiralen geschnitten. Dutzende von Rosensträuchern streckten ihre stacheligen Zweige aus dem Schnee. Einige waren mit Tannenreisig abgedeckt und in Jutesäcke geschlagen. Der schmale Weg, der von der Straße zum Haus führte, sah aus, als ob jemand den Schnee mit einem Eiskratzer von den Steinplatten geschabt hätte.

Rosenliebhaber sind harmoniesüchtig, ging es Hanna durch den Kopf. Vielleicht war es ja auch ein Vorurteil. Und vor allem war dies im Moment wirklich nicht wichtig. Sie würden auf Menschen treffen, die ihren Sohn verloren hatten.

Hanna musste hier die Hiobsbotschaft nicht mehr selbst überbringen. Doch sie wusste nur zu gut, wie es auch Tage danach noch war. Sie war sich nicht sicher, ob es für sie in ihrem Job eine Bürde oder ein Nutzen war, dass sie selbst den Mann, die Liebe ihres Lebens, so früh verloren hatte und alleine mit drei kleinen Kindern zurückgeblieben war. Wahrscheinlich war es beides. Sie hatte lange überlegt, als Andreas Bialas ihr das Angebot gemacht hatte, ins Dezernat für Tötungsdelikte zu wechseln. Die Arbeit bei der Jugenddelinquenz hatte ihr immer gefallen. Aber irgendwie war sie das Gefühl nicht losgeworden, gegen Windmühlenflügel zu kämpfen. Wenn nicht mehr Geld in die Jugend- und Familienarbeit, in die Integration und in die präventive Sozialarbeit gesteckt würde, dann hatte auch die Polizei kaum Möglichkeiten, den Nachwuchs an straffälligen Jugendlichen zu dezimieren. Und immer häufiger hatte sie es mit Mehrfach- oder Intensivtätern zu tun. Dass die Ermittlungen bei Todesfällen – welcher Art auch immer – auch kein Zuckerschlecken waren, wusste sie natürlich. Doch Jugendliche am Beginn ihres Lebens in den Knast zu begleiten, der meist alles noch schlimmer machte und fast nie ein Heilmittel war – das war frustrierender, als das Ende eines Menschen aufzuklären und damit den Fall abzuschließen.

Wenn da nicht die Angehörigen der Opfer gewesen wären. Erst zehn Jahre, nachdem Michael Stankowski von einem amoklaufenden Asylbewerber erstochen worden war, konnte Hanna sich entschließen, das Angebot von Bialas anzunehmen. Sie hatte das Gefühl, die Vergangenheit bewältigt zu haben. Und doch: Jedes Mal, wenn sie einer Ehefrau, einem Vater, einer Tochter die Nachricht überbringen musste, erlebte sie wieder aufs Neue den Moment, in dem sie die Tür geöffnet und in die fassungslosen Gesichter der Kollegen geschaut hatte. Mit den Jahren wandelten sich die Gefühle gnädigerweise. Sie wusste nun, dass man es überleben konnte. Dass man nicht in der Trauer gefangen bleiben musste. Auch wenn die Betroffenen noch nicht einmal ahnten, durch welch tiefes Tal sie mussten, so konnte Hanna doch von dieser Sicherheit zehren und dem einen oder anderen eine Ahnung von Trost vermitteln. Mittlerweile war es nur noch der Tod von Kindern, der sie hilflos und ohnmächtig machte.

Nun stand sie am Gartentor eines solchen Elternpaares. Sie hatte angerufen, bevor sie und Luca sich auf den Weg gemacht hatten. Eine belegte dunkle Männerstimme hatte geantwortet, man würde die Beamten empfangen. Der Mann, der ihnen nun die Tür öffnete, war sicher der Eigentümer dieser Stimme, ein schlanker, steif wirkender Mensch mit mausgrauen Haaren und einer großen Hornbrille. Er wirkte unkonzentriert und sprach stockend, als ob ihm die Worte abhanden gekommen wären, mit denen man jemanden bat, hereinzukommen und abzulegen.

»Die Schuhe«, stammelte er, »die Schuhe, ich meine, könnten Sie sie …? Also wir haben da solche Pantoffeln …« Er reichte ihnen Filzpantoffeln. Hanna und Luca zogen brav die Schuhe aus und schlüpften in die Besucherschlappen.

Behrends begleitete sie ins Wohnzimmer, wo Frau Behrends gerade ein Deckchen auf dem Couchtisch glattstrich. Sie wirkte wie abwesend, als sie den Besuchern die Hand reichte. Während bei ihrem Mann die oberen Knöpfe des weißen Hemdes offen standen, war sie ordentlich in hochgeschlossenes Schwarz gekleidet. Sie hatte die Figur einer Frau, die sich auch im mittleren Alter noch beherrschen konnte und sich nicht von Schokokeksen verführen ließ. Sie wirkte gepflegt. Das Haar war zu einem modernen Bob geschnitten, bei dem die Strähnen vom Nacken zum Gesicht hin länger wurden. Man hätte sie nahezu als hübsche Frau bezeichnen können, wäre da nicht der verhärmte, strenge Zug gewesen, der sich über viele Jahre hinweg in die Mundpartie eingegraben hatte.

»Deine Krawatte«, sagte sie wie in Trance zu ihrem Mann. Der lief kopflos und nervös in die Diele, kam wieder zurück, blickte hilflos um sich und fand das schwarz-grau gestreifte Stück schließlich über einer Stuhllehne hängend. Er band sich die Krawatte unbeholfen um und vergaß dabei, die Knöpfe des Hemdes zu schließen.

Nun standen sie im Wohnzimmer und niemand sprach ein Wort.

»Können wir uns setzen?«, unterbrach Luca das seltsame Schweigen. Erst jetzt schien Frau Behrends zu bemerken, dass sie Gäste hatte.

»Ja, bitte.« Sie wies auf das Sofa. »Möchten Sie einen Kaffee?«

Hanna nahm dankend an, auch um den Behrends etwas Zeit zu geben.

Frau Behrends verschwand in der Küche, kam jedoch gleich zurück, um ihren Mann anzuzischen: »Kommst du?« Er folgte ihr gehorsam in die Küche, wo sie ihn weiter ankeifte. Er brabbelte schuldbewusst vor sich hin. Was die beiden da verhandelten, verstand man im Wohnzimmer nicht.

Selbst im größten Schmerz funktioniert der Beziehungsclinch noch, dachte Hanna. Die Abwesenheit der Hausherren gab ihr die Möglichkeit, sich in der Wohnung umzusehen. Kein Stäubchen lag auf den Möbeln, einem Stilmix aus Landhaus und Modernität. Gleichmäßig über Sofas, Sessel, Sideboards und die Schrankwand war Nippes verteilt. Deckchen und Kissen mit Blumenmustern, kleine Vasen und Schälchen und eine ganze Kompanie Rosina-Wachtmeister-Katzen aus Keramik. Vor allem aber standen und hingen an jeder Abstellmöglichkeit und fast jeder Wand Fotos in verschnörkelten Bilderrahmen.

Hanna stand auf und sah sich ein paar der Aufnahmen an. Auf den meisten war ein Junge, ein Teenager, ein junger Mann zu sehen: Ludger Behrends, wie schwerlich zu erraten war, in jedem Alter und in jeder Lebenslage. Der kleine Ludger unterm Weihnachtsbaum, beim Fasching, Hausaufgaben machend, Fußball spielend, Porträtbilder aus jedem Alter, Ludger auf dem ersten Mofa, ja sogar der junge Ludger auf einem Pferd in voller Turniergarderobe.

Ludger Behrends war ein gut aussehender Mann gewesen, mit schlankem Körperbau und ebenmäßigen Gesichtszügen. Auf manchen Bildern, auf denen der erwachsene Ludger direkt in die Kamera schaute, glaubte Hanna, eine gewisse Arroganz oder Verächtlichkeit zu erkennen, zumindest dem gegenüber, der ihn da aufs Fotopapier gebannt hatte.

Auf einigen Bildern war die Mutter zu sehen. Entweder mit Ludger. Oder auf einem Pferd, auch auf einem Springreitturnier.

Luca war neben Hanna getreten und tippte auf das Bild mit dem reitenden Sohn: »Da gibt's doch einen Ludger Beerbaum. Hat die Mutti da einen Traum gehabt?«

»Ich weiß gar nicht, ob der schon bekannt war, als Ludger Behrends auf die Welt kam«, meinte Hanna und suchte nach einem Foto, auf dem auch der Vater zu sehen war. Sie fand zwei, jeweils mit der Mutter und natürlich Ludger.

Behrends trat ein, ein Tablett mit zwei Kaffeetassen und einer Zuckerdose in den Händen. Das Tablett zitterte leicht. Er nickte, als er die beiden Kommissare da stehen sah: »Er war unser Lebensmittelpunkt. Wir …« Die Stimme versagte ihm. Das Tablett wankte bedenklich. Er schaffte es gerade noch, Tassen und Zuckerdose heil auf dem Couchtisch zu platzieren.

»War er Ihr einziges Kind?« Hanna sprach gedämpft und bedeutete dem Mann, sich zu setzen. Vater Behrends nickte nur. Seine Augen blickten leer vor sich hin. Ein Mann, dem es fast das Herz zerriss und der nicht weinen konnte. Auch Frau Behrends gesellte sich nun wieder zu ihnen, goss Kaffee ein und setzt sich wie ein ordentliches Schulmädchen neben ihren Mann.

»Wir möchten Ihnen unser Beileid aussprechen«, begann Hanna das Gespräch. »Wir sind uns durchaus bewusst, dass das alles nicht einfach ist für Sie. Aber wir müssen Ihnen ein paar Fragen stellen. Sie haben verstanden, dass wir von der Kriminalpolizei sind?«

Vater Behrends nickte. Mutter Behrends strich ein Kissen neben sich glatt.

»Der Grund dafür ist, dass das Auto Ihres Sohnes manipuliert worden ist. Jemand hat die Spurstange angesägt.«

Hanna sah hinter der Hornbrille das Entsetzen in Behrends Augen. Der Rest des Mannes war wie erstarrt. Seine Frau sah wie eine Schlafwandlerin über die Beamten hinweg in eine weite Ferne. Es schien, als ginge sie das alles nichts an.

»Herr Behrends, Frau Behrends, kennen Sie Freunde oder Bekannte Ihres Sohnes? Können Sie uns Namen nennen?«

Behrends schüttelte den Kopf. Er rang noch immer um seine Fassung. Frau Behrends wurde nun jedoch lebendig: »Er hat viele Freunde. Vom Studium her noch. Wie hieß denn der eine, Walter?« Sie wandte sich an ihren Mann. »Mit dem hat er doch immer gelernt. Ich komm jetzt nicht drauf.« Vater Behrends schüttelte wieder nur den Kopf.

»Fällt Ihnen irgendein Name noch ein? Oder wo die Bekannten von Ihrem Sohn tätig sind?«

Es kam nichts, weder von ihm noch ihr, so sehr sie sich auch anstrengten.

»Er hätte nicht wegziehen sollen«, sagte Frau Behrends unvermittelt, als würde dies irgendetwas ändern. »Er hat hier doch noch sein Zimmer. Aber als er dann fertig war mit dem Studium, da hat er halt weg wollen. Er hat ja auch gleich so gut verdient.«

»Was hat Ihr Sohn denn studiert?«, fragte Luca.

»Betriebswirtschaft«, sagte die Mama stolz. »In Esslingen. Das ist eine ganz bekannte Hochschule für Führungskräfte.«

Eine gute, aber durchaus normale Fachhochschule, wie Hanna wusste. Jochen, ihr Zweiter, hatte ebenfalls dort studiert

»Und das hat er abgeschlossen?«, fragte sie.

»Aber ja. Er hatte in der Schule ja schon immer so gute Noten.«

»Und Sie meinen, dass er noch mit ehemaligen Studienkollegen Kontakt hatte?«, versuchte es Luca weiter.

»Ach, er kennt ja so viele Leute … Aber die Namen, nein. Walter, sag du doch mal was! Wie hießen die denn, die Studienkollegen, die mal hier waren, als er noch hier gewohnt hat? Der eine arbeitet doch auch in seiner Filiale. Dem hat er doch so geholfen. Einen sehr guten Job hat er dem vermittelt. Walter!«

Jetzt war es Vater Behrends, der in eine andere Welt abgetaucht war.

»Was hat Ihr Sohn beruflich gemacht?« fragte Hanna

»Er ist Finanzexperte bei einer Bank. Er berät Geschäftsleute bei Geldanlagen«, gab Frau Behrends bereitwillig Auskunft.

Hanna betrachtete das stolze Gesicht der Mutter. Sie hat ihn gestern begraben und weiß immer noch nicht, dass er tot ist, dachte sie. Es gab Fälle, in denen dieser Abwehrmechanismus wochenlang funktionierte, bevor der Zusammenbruch kam.

»Hatte Ihr Sohn eine Freundin?«, fragte sie.

Jetzt versteinerte das Gesicht von Frau Behrends. Ihr Mann war nun wieder präsent und fragte: »Hat da nicht mal eine junge Frau im Auto auf ihn gewartet? Ist das nicht seine …« Angesichts der Miene seiner Frau verstummte er jedoch.

»Die war nichts für ihn. Ein bisschen einfach. Von der Sprache her und so«, meinte Frau Behrends. »Von der hat er sich getrennt.«

»Wissen Sie, wie sie hieß?«

Beide überlegten. »Sabine, oder so ähnlich«, fiel es Mutter Behrends ein. »Den Nachnamen hat sie mir nie gesagt.«

»Hatte er sonst mit irgendjemandem Ärger oder Probleme?«, wollte Hanna wissen.

Die beiden sahen sie verständnislos an.

»Könnten wir einen Blick in das Zimmer Ihres Sohnes werfen?« Wenn Ludger Behrends schon etliche Zeit nicht mehr hier wohnte, war es unwahrscheinlich, dass hier noch Hinweise auf sein aktuelles Leben zu finden waren. Trotzdem wollte sich Hanna vergewissern.

Vater Behrends führte sie ins obere Stockwerk, während seine Frau die halbleeren Kaffeetassen in die Küche brachte.

Das Zimmer, das sie betraten, war als Jugendzimmer eingerichtet. Man sah, dass Mutter Behrends es hegte und pflegte. Das Bett war mit frischer geblümter Bettwäsche überzogen. Überall waren ein paar Plüschtiere verteilt, die der erwachsene Sohn mit Sicherheit nicht mehr toleriert hätte. Und auch in diesem Zimmer hingen unzählige Fotos an den Wänden, auf denen vor allem eines zu sehen war: Ludger Behrens in allen Altersklassen und Situationen. Am Pinnbrett darüber hingen wieder nur Fotos und ein paar Zettel mit Aphorismen, die eher auf die Mutter schließen ließen als auf einen Sportwagen fahrenden jungen Mann. »Wir stehen alle auf den Schultern unserer Vorderen.« – »Aufs Herz kommt es an, ob man durch Geld glücklich oder unglücklich wird.«

»Haben Ihnen die Kollegen von der Verkehrspolizei persönliche Dinge Ihres Sohnes übergeben?«, wandte sich Hanna an Behrends, der das Zimmer nicht betreten hatte und an der offenen Tür wartete.

Er nickte. »Unten.« Sie folgten ihm wieder ins Erdgeschoss, wo er schnell die Tür zum Wohnzimmer schloss, bevor er aus einem weiteren Raum einen Pappkarton holte und Hanna überreichte.

»Das braucht meine Frau nicht zu sehen. Es sind halt persönliche Sachen von ihm. Es würde sie nur verstören«, meinte er bedrückt und sah Hanna an, als hätte er ein schlechtes Gewissen.

Sie nickte. »Sie hat es noch nicht wirklich verstanden, nicht wahr?«

Behrends schüttelte den Kopf. Er sah aus, als würde ihn die Bürde, die ihm der Tod seines Sohnes auferlegte, fast erdrücken. Es war nun auch besser, die beiden Eltern alleine zu lassen. Hanna und Luca zogen wieder die Schuhe an, legten die Filzpantoffeln neben die Garderobe und schlüpften in ihre Winterjacken.

»Noch eine Sache, Herr Behrends«, wandte sich Hanna noch einmal an ihn. »Wir möchten Sie und Ihre Frau jetzt wirklich in Ruhe lassen. Aber die Wohnung Ihres Sohnes, die müssten wir uns anschauen. Wir bekommen demnächst einen richterlichen Beschluss dafür. Das ist die rechtliche Grundlage für eine solche …« Hanna zögerte, das Wort zu sagen, es fiel ihr jedoch nichts Besseres ein. »… für eine solche Durchsuchung. Sie haben selbstverständlich das Recht, dabei zu sein. Sie müssen aber nicht«, fügte sie schnell hinzu, als sie das Entsetzen in Behrends' Augen sah. »Und Ihre Frau will sich das wahrscheinlich auch nicht antun.«

»Sie war noch nie in seiner Wohnung. Er kam immer nach Hause«, sagte er mit fast tonloser Stimme.

»Wir brauchen allerdings von Ihnen eine Unterschrift, dass Sie auf Ihr Recht verzichten.«

Er nickte. Hanna drückte Luca den Karton in die Hände, ließ Behrends ein Formular unterschreiben und verstaute es wieder in der Mappe, in der sie Notizblock und die wichtigsten Formulare bei sich trug. Dann reichte sie dem trauernden Mann ihre Visitenkarte und drückte seine Hand länger als gewöhnlich: »Herr Behrends, lassen Sie Ihrer Frau Zeit. Aber holen Sie sich Hilfe. Rufen Sie mich an. Ich kann Ihnen die Adressen von Notfall-Seelsorgern geben. Sonst tragen Sie die doppelte Last. Und die eine ist schon schwer genug.«

Behrends sah aus, als wolle er nun doch noch losheulen. Er räusperte sich und brachte gerade noch heraus: »Bitte halten

Sie mich auf dem Laufenden.« Schnell schloss er die Haustür hinter den Kriminalbeamten, die sich durch den verschneiten Vorgarten auf den Weg zu ihrem Wagen machten.

Als sie wieder im Wagen saßen, mussten sie beide innehalten. Auch Luca war die Szene sichtlich unter die Haut gegangen. Aber es wäre nicht Luca gewesen, wenn er nicht bald wieder zu einem seiner unverfrorenen Kommentare fähig gewesen wäre: »Mein lieber Schwan. Ein echter figlio di mamma, dieser Ludger Behrends. Meine Mutter war froh, als ich ausgezogen bin.«

»Vielleicht war er auch froh, als er ausziehen durfte. Was ist in der Kiste?«, fragte Hanna,

Luca zog verschiedene Gegenstände hervor, die meisten in Klarsichthüllen gepackt: Eine Geldbörse, die Autopapiere, ein iPhone mit zerbrochenem Display, ein Schlüsselbund und eine blutverschmierte Aktentasche. Das Blut war bereits getrocknet. Trotzdem versuchte Luca, es nicht zu berühren, als er vorsichtig die Mappe öffnete. Es waren vor allem Prospekte und Formulare darin, wahrscheinlich Arbeitsunterlagen.

»Du nimmst dir zuerst das Handy vor. Sobald wir zurück sind«, wies Hanna Luca an. »Dann die andern Sachen. Mit Handschuhen. Sonst reißt dir Wildermuth den Kopf ab.«

Luca grinste und nickte.

3

Als sie wieder im Präsidium war, checkte Hanna zunächst ihre E-Mails. Der Durchsuchungsbefehl für die Wohnung von Ludger Behrends war noch nicht da. Sie versuchte Frenzel zu erreichen. Doch der war in irgendeiner Besprechung. Und ob sich bereits ein Richter mit der Sache befasst hatte, war auch nicht zu erfahren.

Sie rief beim Arbeitgeber von Ludger Behrends an. Dort verband sie eine junge Frauenstimme sofort mit dem Büroleiter, einem Herrn Bernhardt Winterstein. Hanna spulte ihr Sprüchlein ab und bat darum, möglichst rasch mit Vorgesetzten und Kollegen des Toten sprechen zu können.

»Kommen Sie einfach vorbei.« Winterstein schien unkompliziert zu sein. »Um vierzehn Uhr haben wir die ganze Truppe von Ludger hier im Haus. Besprechung, wie's jetzt weitergeht – ohne ihn. Nicht einfach für uns. Aber …«, der Mann schien zu überlegen, »Sie sagten ›Kriminalpolizei‹? Und Sie ermitteln bei einem Verkehrsunfall? War Ludger irgendwie … na, wie soll ich sagen? … in irgendetwas verwickelt?«

»Woran denken Sie da?«, fragte Hanna augenblicklich zurück. Der Mann schien irgendeinen Verdacht zu haben.

Winterstein eierte herum: »Nein, ich denke an gar nichts. Man weiß ja nie … Wenn plötzlich die Kripo ermittelt …«

»Ich möchte Ihnen gerne im persönlichen Gespräch sagen, warum wir eingeschaltet wurden. Nehmen Sie sich einfach ein bisschen Zeit.«

Winterstein signalisierte wieder eine lässige Bereitwilligkeit. Doch er war verdammt neugierig, das spürte Hanna.

Dann machte sie sich daran, die wenigen Erkenntnisse, die das Gespräch mit den Eltern des Opfers gebracht hatte, im Bericht festzuhalten. Es war wirklich mager. Ludger Behrends hatte wohl seine Eltern regelmäßig besucht. Doch an seinem Leben, seinen Freund- und Liebschaften schienen sie wenig teilzuhaben. Hanna seufzte und griff in die Tüte mit Schokokeksen. Sie war leer.

Trotzdem fühlte sie sich wieder ertappt, als Luca ins Büro stürmte. Er hatte sich zurückgezogen, um sich die Habseligkeiten von Ludger Behrends vorzunehmen, die man bei ihm im Wagen gefunden hatte. Triumphierend hielt er das Handy in der Latex-behandschuhten Hand.

»Sabrina heißt sie«, sagte er, »nicht Sabine.« Er zog sich einen Stuhl zu Hannas Schreibtisch und legte seine Notizen so darauf, dass Hanna sie ebenfalls lesen konnte. In einer gut lesbaren, fast kindlichen Schrift hatte er Namen notiert, wie häufig sie angerufen hatten und von Behrends angerufen worden waren. Auch Datum und Länge der Telefonate hatte Luca feinsäuberlich aufgelistet.»Deutsche Gründlichkeit«, dachte Hanna, »und wenn er noch so sehr auf Latin Lover macht.«

»Dieser Ludger«, erläuterte Luca seine Hitliste, »hat seine Telefondaten offenbar nie gelöscht. Ich konnte also die Verbindungen der letzten drei Monate problemlos rausziehen. Und diese Sabrina, die war eine seiner Favoriten. Bis vor etwa zwei Wochen. Da war Schluss, und zwar komplett. Keiner hat mehr den andern angerufen. Die Mama war also auf dem Laufenden, was das Liebesleben vom Sohnemann betrifft.«

»Sonst noch Frauen?«

»Eine Vanessa gibt es. Die hat selbst nie angerufen. Aber Behrends hat sich unregelmäßig bei ihr gemeldet. Viel gelabert hat er mit diesen drei Typen. Manchmal ziemlich lang.« Luca deutete auf die Namen, die in der Liste recht weit oben standen. »Das ging hin und her, in etwa gleich häufig. Dann haben wir hier eine Nummer, von der er ziemlich oft angerufen wurde. Zwei bis drei Mal die Woche. Hat er aber oft nicht angenommen. Die Nummer seiner Eltern – die Mama, schätz ich mal. In den zwölf Wochen hat er dort von sich aus nur ein einziges Mal angerufen. Dann kommen Leute, mit denen er regelmäßig, so im Schnitt ein- bis zweimal in der Woche, gesprochen hat.«

Das waren schon einige mehr. Darunter fand Hanna auch den Namen Bernhardt Winterstein.

»Und dann haben wir eine ziemlich lange Liste mit Leuten, zu denen er über einen bestimmten Zeitraum intensiv Kontakt hatte, auch mal länger mit denen gesprochen hat. Dann aber verschwinden die wieder. Ich würde mal tippen, dass das Leute sind, mit denen er Geschäfte gemacht hat. Wie funktioniert denn so eine Finanzberatung? Die verticken dir doch irgendeine Geldanlage, und dann bekommst du doch nur noch Briefchen, wo drin steht, wie viel Kohle du gemacht hast.«

»Keine Ahnung«, sagte Hanna. Sie hatte wirklich keine Ahnung von Finanzgeschäften. Energisch tippte sie auf die oberen Namen auf Lucas Liste. »Diese Sabrina, ruf sie an. Bestell sie hierher. So bald wie möglich. Und diese drei, das scheint der engere Freundeskreis zu sein. Krieg raus, wer sie sind, in welchem Verhältnis sie zu Behrends standen. Und dann will ich die so bald wie möglich auch persönlich hier sehen.«

»Aye aye, Captain Janeway!« Luca stand auf und schlug die Hacken zusammen. »Gestattest du, dass ich vorher noch was esse, oder gibt's heute Nulldiät?«, fragte er mit einem Lausbubengrinsen im Gesicht.

Es war bereits einiges nach zwölf. »Wir sollten um zwei in Vaihingen beim Arbeitgeber von Behrends sein. Wenn du vorher zumindest noch versuchst, diese Sabrina zu erreichen und den einen oder anderen von den Viel-Telefonierern«, Hanna grinste ebenfalls, »dann kannst du meinetwegen noch kurz an den Replikator.« Da Luca bei jeder passenden und unpassenden Gelegenheit seine Star-Trek-Vergleiche ins Spiel brachte, wusste selbst Hanna längst, dass man mit Replikatoren Essen erzeugen konnte, das nicht besonders gut schmeckte.

Luca verzog das Gesicht: »Dann doch lieber Gaggli-Eiernudeln in unserer Drei-Sterne-Kantine.«

Auch Hanna verspürte nun Hunger. Nachdem Luca gegangen war, holte sie den Joghurt, die Banane und den Apfel heraus, die sie sich am Morgen noch in aller Eile in die Aktentasche geschoben hatte. Eigentlich war es völliger Blödsinn, den sie da betrieb: Sie mampfte Schokokekse, und damit sie nicht zunahm, kasteite sie sich mit Joghurt und Obst, um zwei Stunden später wieder Hunger zu haben und wieder in die Tüte mit Keksen zu greifen. »Einfach keine mehr kaufen«, dachte sie. Doch das war leichter gedacht als getan, wenn man im Supermarkt das Obst und den Joghurt im Einkaufswagen hatte und dann an dem Regal mit den Süßigkeiten vorbeikam.

Ich bin ein Krümelmonster, dachte sie, und wahrscheinlich wurde sie hinter ihrem Rücken auch von den Kollegen so genannt. Nur hatte ihr das noch nie einer gesagt, weil sie zu viel Respekt vor ihr hatten. Wenigstens das, sagte sie sich und aß die letzten Reste ihrer kargen Mahlzeit.

4

Man konnte genau sehen, wo der Unfall passiert war. Auf der Fahrbahn waren immer noch die Markierungen zu erkennen. Durch die Kreide hervorgehoben waren die Spuren der Reifen und die Endposition der drei beteiligten Fahrzeuge. Luca, dem Hanna das Steuer des Dienstwagens überlassen hatte, fuhr langsam vorbei.

»Guck dir das an, wie dicht die hinteren Fahrzeugecken an der Mauer sind«, sagte er. »Den hat's richtig zerbröselt.«

Hanna nickte. Die Unfallbilder kamen ihr wieder in den Sinn.

Kurz danach verließen sie die B 14 und bogen nach Vaihingen ab. Dies musste der Weg gewesen sein, den auch Ludger Behrends nehmen wollte. Sie fuhren vorbei am Vaihinger Stadtkern, Richtung Süden in ein Industriegebiet, das in den letzten Jahrzehnten durch etliche moderne Bürokomplexe stark gewachsen war. Die Real-Vermögensberatung AG hatte ihre Dependance jedoch in einem alten weitläufigen Fabrikgebäude, das bestimmt aus den Vorkriegsjahren stammte. Mehrere Zufahrten zu Hinterhöfen des Areals machten die Suche nach dem Finanzberater schwierig. An jeder der Zufahrten waren Tafeln mit jeweils einem Dutzend Firmen angebracht. Luca kurvte einmal um den ganzen Block und versuchte, einen Parkplatz zu finden. Die wenigen, auf denen sich keine Schneeberge türmten, waren alle belegt. So fuhr er kurzerhand in eine der Einfahrten. Auf dem großen Innenhof hatten die hier ansässigen Unternehmen ihre zugeteilten Plätze. Er parkte auf dem einer Immobilienfirma, die androhte, jeden Unbefugten abschleppen zu lassen. Luca zeigte sich unbeeindruckt und legte den Polizeiausweis an die Windschutzscheibe.

Es fanden sich zwar überall Wegweiser. Zu einer Tuning-Werkstatt, einem Design-Büro, einer Personal-Leasing-Firma, einer Schreinerei und ebenjener Immobilienfirma. Doch wo in dem weitläufigen Gebäudekomplex die RVB sein sollte, war nicht auszumachen. Sie fragten in der Schreinerei nach und wurden quer über den Innenhof geschickt. Endlich fanden sie Hinweisschilder, denen sie in einen Hintereingang und über breite steinerne Fabriktreppen in den ersten Stock folgten. Den Sitz einer Vermögensberatung hatte Hanna sich anders vorgestellt.

Auch die Büroräume, die sie nun betraten, hatten noch das Flair alter Produktionsstätten. Sie waren zwar geweißelt und mit Laminat ausgelegt, doch nach wie vor verliefen an den hohen Wänden Rohre und Schächte. Auch hier fragte sich Hanna, welcher Kunde mit Vermögen sich wohl hierherverirren würde.

Es gab keinen Vorraum; sie traten sofort in eine Art Großraumbüro, in dem an grauen Resopal-Schreibtischen, zum Teil hinter Sichtschutzwänden, etwa ein Dutzend Leute arbeiteten. Eine junge Frau kam schnell auf sie zu. »Sind Sie von der Polizei?«, fragte sie mit einem dünnen Stimmchen. Sie wartete kaum ab, dass Hanna ihren Ausweis zeigte, und führte sie umgehend zu einer der Türen, die von dem Hauptraum links und rechts abgingen. Zaghaft klopfte sie und öffnete schnell, als von drinnen eine kräftige Stimme »Herein!« rief.

Der Raum war kleiner und wirkte nicht ganz so spartanisch wie das Vorzimmer. Die modernen Büromöbel aus rötlichbraunem, auffällig gemasertem Holz mit schwarzen Wangen wirkten sogar fast edel. Trotzdem sah man auch diesem Zimmer noch die Industriegeschichte an. Hinterm

Schreibtisch saß ein stattlicher Mann. Anzug und Krawatte waren ebenfalls von einer schicken Eleganz. Hanna schätzte ihn auf Mitte vierzig. Er erhob sich etwas schwerfällig und bat sie an einen kleinen runden Besprechungstisch.

»Winterstein«, stellte er sich vor und wies auf die Stühle. Winterstein wirkte unsportlich und hatte vor allem um den Bauch einiges Übergewicht. Auch sein Gesicht, vor allem die Backen, ließen auf eine »gute« Ernährung schließen. Durch deutliche Geheimratsecken im aschblonden Haar wirkte seine Stirn hoch und wie poliert. Auch Kinn und Wangen waren sauber und glatt rasiert.

»Ja, eine schreckliche Sache, das mit Ludger«, sagte Winterstein. Er schien ehrlich bekümmert. »Das reißt bei uns eine ganz schöne Lücke.« Dann sah er sie abwartend an.

Hanna beschloss, ihm zunächst etwas auf den Zahn zu fühlen: »Was hat Ludger Behrends bei Ihnen genau getan?«

»Gruppenleiter, er war Gruppenleiter. Sagen wir, eine Führungskraft auf der mittleren Ebene. Hatte acht Mitarbeiter unter sich.«

»Was tun diese Mitarbeiter? Und worin bestand seine Führungstätigkeit?«

»Nun, jeder der Mitarbeiter akquiriert und betreut Kunden. Und der Gruppenleiter schaut, wie sie das tun. Er hilft, wenn es drum geht, die richtigen Produkte auszuwählen. Er gibt ihnen Hinweise, wie man den Kunden am besten helfen kann. Dafür analysieren wir permanent den Versicherungs- und Finanzmarkt, um die interessantesten Möglichkeiten herauszufiltern. Der Gruppenleiter ist auch der Coach für neue Mitarbeiter. Damit sie in den Beratungen gemeinsam mit den Kunden die Lösungen aus unserem Produktportfolio finden, die dann den Bedürfnissen wirklich entsprechen. Er kontrolliert die Verträge, die abgeschlossen werden. Und so weiter.« Während er sprach, gestikulierte Winterstein lässig mit den Händen. Zugleich wippte er jedoch ständig mit dem Knie auf und ab, was Hanna mit der Zeit ganz schön auf die Nerven ging.

»Und was machen Sie?«, fragte Luca.

Winterstein blieb locker: »Ich bin hier der Häuptling. Leite diese Dependance der RVB in Stuttgart. Wir haben in ganz Deutschland etwa 30 Filialen. In allen größeren Städten.« Der Büroleiter deutete auf die Räumlichkeiten. »Das ist natürlich noch nicht ganz das, was wir uns vorstellen. Aber wir wollten auch in Stuttgart präsent sein. Auf die Schnelle hat sich nichts Besseres gefunden, vor zwei Jahren, als wir hier angefangen haben. Und was führt die Kriminalpolizei hierher?« Die blauen Augen bekamen einen lauernden Ausdruck.

»Keine Geldanlage«, feixte Luca. »Bei der Kripo verdient man nämlich nicht wirklich viel.«

»Herr Winterstein.« Hanna übernahm wieder die Regie. »Bevor ich Ihnen das sage, möchte ich eines von Ihnen wissen: Was für ein Mensch war Ludger Behrends?«

Winterstein überlegte: »Nun, wie war Ludger? Fachlich brillant. Sehr engagiert. Manchmal fordernd.«

»War er beliebt? Bei Kollegen? Bei Mitarbeitern? Oder den Kunden?«

»Frau Kommissarin, was soll man da sagen? Gegenüber den Kunden war er immer korrekt. Und die Mitarbeiter ... Mit einigen von ihnen war er ja direkt befreundet. Soweit ich weiß, haben die auch in der Freizeit viel zusammen gemacht. Sie werden sie ja gleich kennen lernen. Die sitzen nebenan, ein Teil zumindest, wie ich Ihnen am Telefon ja schon sagte.«

»Hatte er mit irgendjemandem Streit? Das klingt jetzt vielleicht ein bisschen klischeehaft. Aber: Hatte er Feinde? Gibt es jemanden, der ihn nicht mochte, der ihm eins auswischen wollte oder so was Ähnliches?«

Wintersteins Knie zuckte nervös auf und ab. »Nicht dass ich wüsste.« Er angelte sich jetzt auch noch einen Kuli aus einer Ablage auf dem Tisch, den er zwischen Daumen und Fingern hin und her jonglierte. Hanna versuchte den Mann einzuschätzen. Er gab sich sehr kooperativ und jovial. Er saß lässig zurückgelehnt auf seinem Stuhl und blickte die beiden

Beamten entspannt und freundlich an. Doch der wippende Fuß und die ruhelosen Finger standen dazu im Widerspruch. Irgendetwas machte ihn nervös.

»Ich frage das aus folgendem Grund«, sagte Hanna. »Der Unfall am Montag war eigentlich kein Unfall. Jemand hat das Auto von Ludger Behrends manipuliert. Man hat die Spurstange angesägt.« Hanna beobachtete die Wirkung ihrer Worte auf Winterstein. Der schien ehrlich erstaunt. Er beugte sich nach vorne und sah Hanna ungläubig an. Den Kuli legte er beiseite. Der Fuß hörte auf zu wippen. Er schüttelte den Kopf und begann nun ernsthaft zu überlegen. Irgendwie war er aber auch erleichtert.

»Nein«, sagte er dann. »Ich kann mir beim besten Willen niemanden vorstellen, der so etwas tun würde.« Er lehnte sich wieder zurück. »Tut mir leid.«

Mehr war da nicht zu erfahren. Hanna wusste: Nach solchen Informationen gab es drei Reaktionsmöglichkeiten: Entweder den Befragten fiel spontan etwas ein, das ihnen seltsam vorgekommen war. Oder sie fielen aus allen Wolken. Oder aber sie wussten oder ahnten etwas, das sie nicht preisgeben wollten.

»Okay, dann lassen Sie uns mit seinen Mitarbeitern sprechen«, sagte sie und erhob sich. Sie wurde den Eindruck nicht los, dass Winterstein in die dritte Kategorie fiel.

Winterstein führte sie in einen weiteren Nebenraum, ein Besprechungszimmer mit größerem Tisch, einem Dutzend Stühlen und einem Flipchart. Hier saßen fünf Leute, alles Männer. Ein älterer Herr in Anzug und Krawatte. Einer in mittlerem Alter, braungebrannt und athletisch. Auch er war businessgerecht mit weißem Hemd und Krawatte ausstaffiert. Die anderen drei waren alle etwa Mitte zwanzig und trugen schlichte Freizeitkleidung.

Winterstein setzte zu einer Erklärung an. Hanna nahm ihm sofort das Heft aus der Hand: »Bevor Sie viel erklären … Wir sind von der Kriminalpolizei und müssen einige Umstände aufklären, die zu dem Unfall von Ludger Behrends geführt haben. Wir würden jetzt gerne nur mit seinen Mitarbeitern sprechen, Herr Winterstein, wenn Sie gestatten.« Sie legte so viel Nachdruck in ihre Stimme, dass Winterstein nicht widersprechen konnte, ohne aus seiner jovialen Rolle zu fallen. Aus den Augenwinkeln bemerkte sie noch, wie der Büroleiter dem Braungebrannten ein Zeichen mit der Hand gab und ihn bedeutungsvoll ansah.

An ihn wandte sie sich zuerst, nachdem sich die Tür hinter ihnen geschlossen hatte und sie und Luca ebenfalls Platz an dem Besprechungstisch genommen hatten. Es war ein vages Gefühl, dass dieser Kerl nicht in die Runde passte. »Sie waren auch ein Mitarbeiter von Herrn Behrends?«

Der Typ hätte einem Magazin für Herrenmode entspringen können, gut aussehend, vor Kraft und Gesundheit strotzend. In krassem Gegensatz dazu standen seine gequetschte nölige Stimme und seine Manieren: »Muss ich Ihnen doch nicht sagen.«

»Also nicht. Dann möchte ich Sie bitten, den Raum zu verlassen.«

»Ich denk nicht, dass Sie hier was zu bestimmen haben.« Der Dressman machte keine Anstalten, sich zu erheben. Er strahlte eine unterschwellige Arroganz und Aggression aus, die Hanna den Kamm schwellen ließen.

»Wir werden uns nachher in einem Einzelgespräch mit Ihnen befassen. Und jetzt gehen Sie. Sonst werde ich Herrn Winterstein bitten, uns und den ehemaligen Mitarbeitern von Herrn Behrends einen anderen Raum zuzuweisen.« Hannas Hinweis auf den Chef wirkte offenbar. Der Schönling stand auf, die Wut kaum verbergend, und verließ den Raum.

»Alle anderen sind Mitarbeiter der Abteilung, die Behrends geleitet hat?«, fragte Hanna in die kleiner gewordene Runde. Keiner der vier schien sich angesprochen zu fühlen.

»Na ja, ich weiß nicht. Mitarbeiter?«, antwortete schließlich einer, ein langer Lulatsch mit rotblondem Haar, pickeliger Haut und einem riesigen Adamsapfel.

»Wir sind ja keine Angestellten.«

Hanna war etwas verwirrt: »Was sind Sie dann?«

»Na ja, sowas wie Selbstständige«, gab der Rotblonde Auskunft.

»Auch wenn man davon eigentlich nix merkt«, warf der Nebensitzer ein und lachte breit. Er war ein gedrungener Bursche mit einem allzu breiten Mund. Das dichte dunkle Haar hatte er mit Gel extrem nach oben gestylt, wodurch er nicht schöner wurde.

»Aber Sie haben hier in dieser Firma für Ludger Behrends gearbeitet?«, fragte Hanna.

Das bestätigten die beiden.

»Und wo sind die anderen vier? Herr Winterstein sprach von acht Mitarbeitern.«

»Keine Zeit«, meinte der Lange.

»Oder keine Lust«, feixte der Breitmündige und zeigte dabei große, weit auseinanderstehende Zähne.

Hanna seufzte. Sie bat Luca, zunächst die Personalien der vier aufzunehmen.

Der Schlaksige mit den rotblonden Haaren hieß Sebastian Schultze. Der gedrungene Gelgestylte war Max Mikulski. Der dritte, ebenfalls noch jüngere, Mann gab seinen Namen mit Patrick Ascher an. Er wirkte nichtssagend, fast langweilig, hatte keinerlei unschöne äußeren Merkmale, sah aber trotzdem nicht wirklich gut aus. Was Hanna nur sofort auffiel, war die einsilbige Zurückhaltung. Er sprach kaum ein Wort mehr als notwendig und schien dabei immer weiter nach hinten zurückweichen zu wollen. Unsichere blaue Augen wanderten zwischen Luca und ihr hin und her.

Keinem der drei Jünglinge hätte Hanna ihr Geld anvertraut. Und auch bei dem älteren Herrn, einem Herrn Walter Hinrichs, hätte sie große Zweifel gehabt. Der Mann wirkte bieder und seriös. Aber sein Anzug war weit entfernt von der modernen Eleganz, die Winterstein als Büroleiter demonstrierte. Vor allem aber war er fahrig und unkonzentriert. Die Augen hinter dem antiquierten Brillengestell aus

Metall blickten immerzu in eine weite Ferne, und Luca musste ihm die einfachsten Fragen doppelt stellen, bevor der Sinn zu ihm durchdrang.

In die Aufnahme der Personalien hinein meldete sich Hannas Handy. Es war Wildermuth, der endlich die Ausstellung der Durchsuchungsanordnung vermeldete.

»Wie lange braucht ihr, um in der Gaußstraße zu sein?«, fragte Hanna. Wildermuth und seine Leute standen bereits in den Startlöchern. In einer halben bis drei viertel Stunde würden sie vor der Tür des Hauses stehen, in dem Ludger Behrends gelebt hatte. »Ihr wartet, bis wir auch da sind«, wies ihn Hanna an. Sie wollte die Wohnung in authentischem Zustand sehen, noch bevor die Weißkittel der Spurensicherung überall ihre Markierungen und Schilder verteilt hatten.

Dann wandte sich Hanna wieder den vier sogenannten Finanzberatern zu. Auch von ihnen wollte sie zunächst einmal etwas über Behrends wissen, bevor über den Grund ihrer Ermittlungen gesprochen wurde. »Sie haben Ludger Behrends alle gekannt, mehr oder weniger gut, nehme ich an. Was hatten Sie denn für ein Verhältnis zu ihm?«

Pickelgesicht Sebastian Schultze sah Hanna mit offenem Mund an. Max Mikulski mit der Geltolle kicherte vor sich hin. Der farblose Patrick Ascher lehnte sich weit zurück auf dem Stuhl und blickte starr auf den Tisch. Und Hinrichs studierte nach vorne gebeugt Formulare, die er vor sich liegen hatte. Keiner antwortete.

Hanna wandte sich direkt an den Rotschopf: »Wie sind Sie mit ihm zurechtgekommen?«

»Na ja, der war halt schon manchmal ein bisschen scheiße drauf.«

»Inwiefern?«

»Hat halt Druck gemacht ohne Ende.«

»Druck – warum? Was wollte er denn von Ihnen?«

»Na, dass wir alle möglichen Leute anhauen. Und ihnen halt was verkaufen.«

Dass gerade Sebastian Schultze das nicht leichtfallen würde, konnte sich Hanna vorstellen. Er wirkte naiv und einfältig. Seine Physiognomie, die hängenden Schultern, der hüpfende Adamsapfel und das aknegezeichnete Gesicht machten Kundenkontakte sicher nicht einfach.

»Sie hatten also ein angespanntes Verhältnis zu ihm?« Hanna versuchte es mit der direkten Tour.

»Ich weiß nicht.« Schultze verwirrte die Frage eher. »Eigentlich nicht.« Er zuckte ratlos mit den Schultern.

»Und Sie?«, wandte sich Hanna an Max Mikulski.

»Ich? Ich hatte das beste Verhältnis zu Ludger. Jeder hatte ein prima Verhältnis zu ihm, wenn man ihm was gebracht hat, wo er 'ne Provision dafür kassieren konnte.« Mikulski grinste über das breite Gesicht von einem Ohr bis zum andern. Es war der reine Sarkasmus.

»Sie waren mit ihm befreundet?«, fragte Hanna.

»Befreundet? Nö, aber sonst war alles easy.« Das Grinsen blieb.

»Irgendeiner von Ihnen soll auch privat mit Ludger Behrends zu tun gehabt haben. Meinte Herr Winterstein zumindest.«

Mikulski rammte Patrick Ascher, der neben ihm saß, den Ellenbogen in die Rippen: »Hey Patrick, ihr seid doch immer zusammengegluckt. Sag du doch mal was.«

Der warf ihm einen bitterbösen Blick zu und presste die Lippen aufeinander.

»Herr Ascher, Sie kannten Behrends näher?« Hanna verlor langsam die Geduld. Doch auch Ascher ließ sie auflaufen: »Wir waren ein paar Mal zusammen in 'ner Disco – mehr war nicht.«

»Und wie haben Sie sich hier bei der Arbeit mit ihm verstanden?«

»Gut.« Ascher sah sie feindselig an.

»Jemand hier in der Firma soll mit Ludger Behrends gemeinsam studiert haben.« Hanna war die Aussage der Mutter wieder eingefallen.

Keiner antwortete.

»Hey Jungs«, mischte sich nun Luca ein. »Wir haben jetzt extra eure Häuptlinge rausgeschickt. Warum? Damit ihr Klartext reden könnt. Und ihr eiert hier nur rum. Also, jetzt mal eine klare Ansage: Was war er für ein Typ, dieser Behrends, ein Kumpel oder ein Arsch?«

Der ältere Herr zuckte beim letzten Wort zusammen, vertiefte sich dann aber schnell wieder in seine Formulare. Der Rotschopf sah Luca hilflos an. Der feiste Mikulski verzog verächtlich den breiten Mund. Und Ascher presste noch stärker die blassen Lippen aufeinander. Eine Antwort gab keiner.

»Und wer von euch mag die schnellen Autos?«, fragte Luca.

Sieh mal einer an, dachte Hanna. Von hinten durch die Brust ins Auge. Solche Überraschungscoups hätte sie ihm bislang gar nicht zugetraut. Und tatsächlich kam etwas Leben in die »drei Affen«, die nichts sehen, nichts hören, nichts sagen wollten.

Mikulski grinste Ascher an: »Na, ihr hattet es doch immer mit den schnellen Wägelchen. Konntest dir ja keinen leisten. Aber mit der Klappe warst du doch immer voll dabei.«

Der Adamsapfel von Sebastian Schultze hüpfte, als wäre er froh, endlich etwas Vernünftiges beisteuern zu können. »Genau!«

»Verstehen Sie etwas von Autos?«, fragte Hanna Patrick Ascher, der nun sichtlich nervös wurde.

Er brauchte etwas Zeit, um zu antworten. »So viel wie jeder andere.«

»Wieso wollen Sie das denn wissen?«, fragte Schultze nun erstaunt. Jetzt erst stellte er die Frage, die Hanna schon längst von einem der vier RVB-Mitarbeiter erwartet hätte.

»Weil irgendein Hohlkopf eurem Chef die Spurstange angesägt hat«, antwortete Luca. »Er ist auf die Betonwand geknallt, weil die Stange irgendwann endgültig gebrochen ist. Und jetzt ist die Frage: Was ist eine Spurstange?« Er sah erwartungsvoll in die Runde. Auch Hanna beobachtete die Gesichter.

»Hat von euch einer ’ne Idee, warum das jemand gemacht haben könnte?« Luca hatte die Gesprächsführung nun ganz übernommen. Was nur gut war. Er traf den Ton, den man hier anschlagen musste.

»Vielleicht einer seiner Kunden«, kicherte Max Mikulski. »Einer, dem er so ’nen faulen Immobilienfonds verkauft hat.« Dann stöhnte er plötzlich mit schmerzverzerrtem Gesicht auf. Patrick Ascher musste ihn unterm Tisch heftig vors Schienbein getreten haben.

»Er hat also die Leute beschissen?«, fragte Luca. »Wusste Winterstein davon?«

»Niemanden hat er beschissen!« Ascher gab nun seine Zurückhaltung auf. »Jeder Kunde bekommt genau erklärt, was er kauft. Und jeder entscheidet so, wie er denkt. Sind alles erwachsene Leute. Und so hat Ludger das auch gehalten.«

»Okay, okay«, lenkte Mikulski ein. »Wir sind schließlich alle grundseriöse Finanz-Koryphäen.« Er grinste wieder zweideutig. »Auf jeden Fall, das mit der Spurstange«, sagte er dann halbwegs ernst, »das war keiner von uns. Ich weiß gar nicht, wo die überhaupt ist. Und Basti weiß gar nicht, dass es sowas überhaupt gibt. Und Patrick hat für sowas keine Zeit, weil er Geld braucht und Versicherungen verkaufen muss.«

Das brachte alles nichts. Hier kam man nicht weiter. Hanna wollte die Wohnung von Ludger Behrends sehen. Und seinen Computer. Seine Chats und seine Facebook-Eintragungen oder wo immer er sich im Internet herumgetrieben hatte. Sie stand abrupt auf: »Okay, meine Herren, Sie sagen uns noch, wie die anderen vier Mitarbeiter – oder freie Mitarbeiter, oder selbstständige Finanzexperten, oder was auch immer … wie die heißen. Dann können Sie meinetwegen hier weitermachen.«

Sebastian Schultze war sicher nicht der Hellste in der Runde. Aber immerhin war er halbwegs kooperativ und nannte ihnen die Namen. Der arrogante Kerl, den Hanna aus dem Raum komplimentiert hatte und der, wie Sebastian sagte, wohl ihr neuer Gruppenleiter werden sollte, hieß Karsten Ehlers. Luca schrieb alles brav auf.

Sie verabschiedeten sich noch von Winterstein, der sie wieder freundlich und zuvorkommend bis zur Tür des seltsamen Kontors geleitete und ihnen jede weitere Hilfe zusicherte.

Über den großen Innenhof gingen sie zu ihrem Wagen. »Meine Fresse, was war denn das für eine Veranstaltung?«, sagte Luca, während er den Motor anließ. »Würdest du irgendeinem von denen auch nur einen Euro geben, dass der den anlegt?«

Hanna schüttelte den Kopf: »Da ist etwas nicht koscher, an dieser … Veranstaltung, wie du sagst. Die haben doch alle irgendetwas unter der Decke gehalten. Bis auf diesen Schultze vielleicht.«

»Also: Patrick Ascher mag gern schnelle Autos, hat aber kein Geld dafür. Und wo 'ne Spurstange sitzt, weiß der mit verbundenen Augen. Da könnte ich wetten«, meinte Luca. »Und seine Beziehung zu Ludger Behrends ist auch recht undurchsichtig. Die scheinen sich privat gekannt zu haben. Aber eine dicke Freundschaft war das nicht, wenn du mich fragst. Und außerdem laufen da krumme Dinger. So was in der Art, wie es jetzt gerade überall rauskommt wegen der Finanzkrise.«

Hanna nickte. »Ich glaube, jetzt brauchen wir doch noch ein paar Leute mehr.« Sie würde mit Franz Kallinger sprechen. Und die Situation in der Abteilung checken: Wer hatte gerade welche Fälle in Bearbeitung, und wen konnte sie abziehen. Sie brauchte Infos über diese Real-Vermögensberatung. Und über deren Chef in Stuttgart, Bernhardt Winterstein. Und Luca hatte Recht. Auch diese ganzen sogenannten Mitarbeiter, vor allem Patrick Ascher, kamen ihr windig vor. Man musste prüfen, mit wem man es da zu tun hatte. Vielleicht hatten die Geschäfte dieser Finanzleute ja nichts zu tun mit dem Tod von Ludger Behrends. Aber im Auge behalten musste man diese Möglichkeit.

5

Die Gaußstraße lag unterhalb des Kräherwaldes. Die Straßen, die sich hier die Hänge hinaufwanden, gehörten natürlich zum Stuttgarter Westen, auch wenn selbst viele Stuttgarter den Westen vor allem mit den schachbrettartig angelegten Häuserblocks aus der Gründerzeit rund um Rotebühl-, Schloß- und Schwabstraße gleichsetzten. Erst zu Beginn des 20. Jahrhunderts war die Stadt über den Grund des Talkessels hinausgewachsen und hatte die Höhen Richtung Kräherwald und Birkenkopf erklommen. Unten in den vier- bis fünfstöckigen Wohnblöcken, die zu den am dichtesten besiedelten Wohngebieten Deutschlands gehörten, lebte ein soziales Sammelsurium aus Handwerkern, Arbeitnehmern, Hartz-IV-Empfängern, Studenten-WGs und – hinter den reichverzierten Fassaden der renovierten Gründerzeit-Altbauten – leicht versnobte Intellektuelle und Mittelständler. Dort, wo sich die Zeppelinstraße in Serpentinen den Kesselrand hinaufzog und die Straßen links und rechts davon entlang den Hanglinien verliefen, war kein Platz für enge Bebauung. Die Steillagen erlaubten Zwei- bis Vier-Familienhäuser mit beachtlichen, wenn auch abschüssigen Grünanlagen drum herum. Die Sonne beschien diese Hänge in Südwestausrichtung nicht schlechter als die Nobellagen am Killesberg. Hier lebte die gutbürgerliche bis wohlhabende Bevölkerung Stuttgarts.

Jetzt hatte man auch hier mit dem Schnee zu kämpfen. Die Gaußstraße war nur in eine Richtung befahrbar. In dem verkehrsarmen Gebiet war dies kein großes Problem. Doch die beiden Kleinbusse der Spurensicherung vor dem Haus, in dem Ludger Behrends gewohnt hatte, bildeten einen zusätzlichen Engpass. Luca musste ein ganzes Stück weiter oben parken, um die Straße nicht vollends zu verstopfen.

Wildermuth und seine Truppe saßen noch in den Bussen und ließen die Standheizungen laufen. Es war nun lange kein Schnee mehr gefallen, aber dafür waren die Temperaturen weiter gesunken.

»Na endlich«, brummte Wildermuth. »Hab schon mit der Hausbesitzerin gesprochen. Die wohnt auch hier.«

Hanna registrierte sofort die Garage, die der Betonbauweise nach erst in jüngerer Zeit vor das Wohngebäude gesetzt worden war. Sie war mit einem Rolltorgitter verschlossen, durch das man von der Straße aus ebenerdig in die Garage einfahren konnte. Das eigentliche Wohnhaus lag ein ganzes Stück weiter nach hinten und oben versetzt. Sehr viele der Häuser hier hatten diese nachträglich gebauten Garagen, die Vorgärten und Mauern verdrängt hatten und gerade noch Platz für einen schmalen Gehweg ließen. Neben der Garage führte eine recht steile Treppe hinauf zum Hauseingang, die nun die ganze Mannschaft erklomm, allen voran Wildermuth, Hanna und Luca.

»Da geht's runter in die Garage.« Luca wies auf einen Abgang, ein Stück weit rechts von der Haustür entfernt, der durch einen Gitterzaun von drei Seiten gesichert war. Er hatte also den gleichen Gedanken wie Hanna gehabt. Wenn sie Glück hatten, dann verfügte Ludger Behrends über einen festen Parkplatz.

Sie klingelten die Hausbesitzerin aus der warmen Stube. Eine hagere Frau um die vierzig öffnete. Sie trug nur ein dünnes Westchen und fing sofort an zu bibbern.

»Was für ein Mieter war Herr Behrends?«, fragte Hanna, während die Frau sie in den zweiten Stock führte.

»Ordentlich«, sagte sie. »Ich hab ihn wenig gesehen. Am Anfang hat er ein paar Mal recht laute Partys gefeiert. Dann haben wir was gesagt, und ab da war es okay.«

»Wie lange hat er schon hier gewohnt?«

»Na, bestimmt schon mehr als drei Jahre.«

»Und er hat hier alleine gelebt?«

»Ach wissen Sie, das war ein junger Mann. Da war schon manchmal auch ein Mädchen hier. Eine habe ich 'ne ganze Zeitlang öfter mal gesehen. Da hab ich schon gedacht, das wär was Festes. Aber in letzter Zeit, war sie, glaube ich, nicht mehr da.«

Oben angekommen, öffnete die Frau die Wohnungstür. Hanna machte sie auf ihr Recht aufmerksam, bei der Begehung anwesend zu sein. Sie wollte jedoch nur wissen, ob die Polizisten etwas kaputt oder dreckig machen müssten.

»Nach uns kommt ein Reinigungsdienst«, beruhigte sie Wildermuth. »Dann ist die Wohnung so sauber, wie sie es seit der letzten Renovierung nicht mehr war.«

Einen Blick reinwerfen wolle sie, wie es jetzt darin aussehe. Dann werde sie die Polizei ihre Arbeit machen lassen.

Wildermuth betrat die Wohnung als Erster. Er hatte zunächst die Lage zu sondieren, auch um zu prüfen, ob sie eventuell böse Überraschungen erwarten würden. Nachdem er in alle Räume einen ersten Blick geworfen hatte, winkte er Hanna, Luca und die Hausbesitzerin herein. Den Kommissaren verpasste er Handschuhe. Die Frau wies er an, nichts anzufassen, und dies in einem Ton, der sie gleich einen Kopf kleiner werden ließ. Sie blieb in der Nähe der Wohnungstür stehen, die Arme um den Oberkörper geschlungen, und blickte um sich, als ob sie sich fürchtete, die Gegenstände eines Toten zu betrachten.

Es war ein Appartement ohne eigentliche Eingangsdiele. Über einen kurzen offenen Gang gelangte man direkt in einen Wohnraum. Das Haus hier war mit Sicherheit kein Neubau, doch es war offenbar vor noch nicht allzu langer Zeit von Grund auf renoviert worden. Man hatte einen großen Raum geschaffen, in den auch eine offene Küche integriert war. Vier Türen gingen davon ab. Eine in ein Schlafzimmer mit begehbarem Schrank. Eine weitere in ein großes modernes Bad mit Whirlpool und einer bodenebenen Dusche. Die dritte Tür führte in ein Gäste-WC und schließlich die vierte in eine Art Hauswirtschafts- oder Abstellraum. Die Küche verschlug Hanna fast die Sprache. Sie war aus weißem Schleiflack mit Arbeitsplatten aus schiefergrauem Granit. Die High-Tech-Geräte, die hier versammelt waren, kannte Hanna teilweise gar nicht. Neben der Spüle stand jede Menge schmutziges Geschirr. Hanna öffnete den Kühlschrank und blickte in gähnende Leere. Ein halbvolles Glas mit Mixed Pickles, ein Bratfett und einige Flaschen mit Fertigsoßen war alles, was er enthielt. Der eigentliche Wohnraum war spärlich, aber sichtlich teuer eingerichtet. Schwarze voluminöse Ledersofas standen um einen gläsernen Couchtisch, dies alles auf einem silbergrauen Shaggy-Teppich. Auf Sideboards, ebenfalls aus weißem Schleiflack, standen topmoderne HiFi-Geräte und ein übergroßer superflacher Fernseher.

»Bang & Olufsen«, sagte Luca und wies auf eine Musikanlage. »Alles vom Feinsten hier.«

Auch der kleine Schreibtisch in einer Ecke war ein postmodernes Designer-Stück, das edel, aber unpraktisch aussah. Der Laptop, die Papiere, Prospekte und Schreibutensilien fanden kaum Platz darauf. Auf einem Regal aus schwarzem Schleiflack und Chrom lagen einige Stapel mit Zeitschriften, ein paar Ordner und eine Schicht aus gut sichtbarem Staub. Für Bücher hatte Ludger Behrends offenbar nicht viel Platz gebraucht. Die einzigen Farbtupfer in der Wohnung waren Andy Warhols Marilyn Monroe in vier Farbvarianten und ein Selbstporträt des Künstlers im Sechser-Pack. Und die Klamotten einschließlich Unterwäsche, die überall auf Sofas und Boden, ja sogar auf der Arbeitsfläche der Küche lagen. Es sah aus, als ob der Mann, der hier gelebt hatte, einfach alles da fallen gelassen hätte, wo er gerade stand. Auch eine Sammlung von CD-Hüllen lag verstreut vor einem der Sideboards auf dem Boden. Auf dem gläsernen Couchtisch standen mehrere Gläser für unterschiedliche Getränke und eine Flasche Cognac.

Obwohl man sah, dass die Wohnung bewohnt war, wirkte sie kalt und steril. Das einzige, was Hanna geradezu hinriss, war der Blick aus den riesigen Fenstern, die fast die ganze Breite des Wohnraums einnahmen.

Man sah über die ganze Stadt im Talkessel und die Hügellandschaft, die sie wie ein gigantisches Amphitheater umgab. Hier wurde klar, warum die Halbhöhenlage so begehrt war. All die Gebäude, die Stuttgart sein unverkennbares Gesicht gaben, die Stiftskirche, der Hauptbahnhof, das Rathaus, altes und neues Schloss und die Parkanlagen waren von hier aus deutlich zu sehen. Das ganze Häusermeer war eingebettet wie in einer Wanne. Hanna kannte den Blick über die Stadt. Nicht nur, weil man sich in ihr eigentlich nicht bewegen konnte, ohne irgendwann einmal hinunter ins Tal zu blicken. Auch vom Präsidium, das auf dem Pragsattel thronte, hatte man an klaren Tagen, vor allem aus den oberen Etagen, einen wunderbaren Ausblick bis hinüber zum Fernsehturm. Aber hier lag die Stadt einem praktisch zu Füßen.

Ein milchig trüber Himmel spannte sich über den Talkessel, der die Sonne erkennen ließ und doch nicht sichtbar machte. Jetzt, am späten Nachmittag, sah man sie gerade noch weit rechts, etwa über dem Botnanger Sattel. Dieses Licht eines kalten Februartages gab der Stadt heute ein ganz besonderes Flair. Es strich das Weiß hervor, das all die Gebäude, die Hügel und die Pflanzen überzogen hatte. Stuttgart im Schnee war ein seltener Anblick geworden in den letzten Jahren. Der diesjährige Winter schien dies wieder wettmachen zu wollen.

»Hallo, Frau Stankowski!«

Hanna drehte sich um. Sie sah in ein freundliches rundes Gesicht mit braunen Kulleraugen. Ein dunkler Haarkranz umfasste die kreisförmige Glatze. Selbst die Ohren des Mannes waren rund. Unter dem Wintermantel hervor lugten der obligatorische graue Anzug und eine grasgrüne Krawatte. Er war etwas größer als Hanna. Die füllige Statur ließ ihn jedoch eher klein erscheinen.

Auch Luca hatte sich umgewandt. »Hallo, Herr Frenzel! Schön, dass Sie da sind«, begrüßte er den Staatsanwalt mit Handschlag.

»Jetzt musste ich doch mal nach Ihnen schauen. Sonst denken Sie noch, ich lasse Sie im Stich. Die Verhandlung wurde vertagt. Der Richter hatte keine Lust mehr.«

»Und wie lief es für Sie?«, fragte Hanna.

»Gar nicht mal so schlecht«, freute sich Frenzel. »Bei den meisten Ärzten werden die Misserfolge ja begraben, ha, ha, ha. Aber bei dem sitzt der sogenannte Kunstfehler jetzt genau dem Richter gegenüber. Oder vielmehr sie – die Frau mit der operierten Nase. Und dass da was schiefgelaufen ist, muss ich nicht mehr groß beweisen. Aber nun zu Ihnen: Kommen Sie weiter?«

Hanna zuckte die Achseln: »Wir sind noch nicht lange da. Die Spurensicherung hat noch nicht angefangen. Aber hier erwarte ich eigentlich nur ein paar Hinweise auf das Umfeld des Opfers. Auf den Bekanntenkreis und die Lebensweise.«

Frenzel nickte und schaute sich die Wohnung an, indem er sich zweimal wie ein Kreisel drehte. »Na, da haben wir ja mal wieder den Beweis, dass Geld und guter Geschmack nichts miteinander zu tun haben müssen. Als Auto einen Sportflitzer und die Einrichtung von Bulthaup und Rolf Benz … Man verdient wohl nicht schlecht, wenn man mit anderer Leute Geld wirtschaftet.«

»Das Wichtigste hier ist wahrscheinlich der Stellplatz für das Auto, unten in der Garage«, teilte Hanna ihm mit und wandte sich an Wildermuth, der gerade aus dem Badezimmer kam: »Ich glaube, wir überlassen die Wohnung jetzt euch. Den Laptop und schriftliche Unterlagen, die will ich so schnell wie möglich im Präsidium haben. Und jetzt müssen wir uns die Garage anschauen.«

Wildermuth nickte energisch: »Nicht ohne mich.«

Sie baten die zierliche Hausbesitzerin, ihnen den Weg zu zeigen. Sie holte aus ihrer Wohnung schnell einen langen Wollmantel und führte sie dann hinunter. Man erreichte die Garage tatsächlich nur, wenn man das Haus verließ und linker Hand den Abgang benutzte, den sie bereits beim Kommen bemerkt hatten. Der kurze Weg dorthin war freigebahnt.

»Es gab keine andere Möglichkeit«, sagte die Frau, die wieder vor Kälte zitterte. »Wir haben die Garage ja nachträglich hingebaut. Der Aufwand wär riesig gewesen, wenn der Zugang zur Garage ins Treppenhaus verlegt worden wär.«

Sie gingen die schmale Betontreppe hinunter. Eine Gittertür versperrte den Zugang zu der Tiefgarage. Die Frau öffnete sie und wollte gerade den ersten Schritt zu den Parkplätzen machen, als zeitgleich Hanna »Moment, bitte!« und Wildermuth ein kategorisches »Stopp!« riefen.

»Ist diese Tür immer offen?«, fragte Hanna. »Brauchen Sie dafür keinen Schlüssel?«

»Wir verschließen die eigentlich nie. Von unten sieht man den Zugang ja nicht. Wenn man mit dem Wagen reinfahren will, dann hat man den elektronischen Drücker. Und danach geht das Tor automatisch wieder zu. Und die Kinder wollen ja im Sommer auch schnell mal ihre Räder holen. Denen will ich auch nicht extra einen Schlüssel geben.« Sie sagte es, als wollte sie sich für die offene Zugangstür entschuldigen.

Wildermuth schob sich an Luca, Frenzel und Hanna vorbei zu der Hausbesitzerin. »Ihr bleibt jetzt, wo ihr seid«, wies er die Kollegen an. »Und Sie bleiben auch stehen. Zeigen Sie mir von hier aus, wo der Wagen von Behrends stand.«

Im Gegensatz zu Luca und Frenzel, die auf dem Treppenabsatz stehen bleiben mussten, konnte Hanna von ihrem Standpunkt die Garage einigermaßen überschauen. Sechs Stellplätze gab es insgesamt. Einer davon war mit Fahrrädern und einem schweren Motorrad belegt. Auf einer weiteren Stellfläche stand eine Mercedes-A-Klasse, die anderen Plätze waren leer.

»Hatte Behrends einen festen Platz?«, fragte Wildermuth.

Die Frau nickte und deutete auf die Markierung ganz rechts. »Da parkt mein Mann, direkt neben meinem.« Sie wies auf den Platz direkt neben der A-Klasse. »Und die übrigen beiden Plätze hat das Paar gemietet, das in der anderen Wohnung oben wohnt. Die sind beide berufstätig und tagsüber eigentlich nie da. Die werden wohl demnächst nach Hause kommen.«

»Dann müssen sie heute mal draußen parken. Und Ihr Mann auch«, wies Wildermuth sie an. Es klang nicht wie ein Vorschlag. Hanna wusste, dass nun die Garage für jeden tabu war, der nicht zur Spurensicherung gehörte. Sie würden jedes trockene Blatt umdrehen und jedes Stäubchen einsammeln und analysieren. Klar war, dass jemand, der sich etwas auskannte, ohne Weiteres in die Garage kam. Das Geräusch einer Metallsäge hätte man von hier aus wahrscheinlich auf der Straße vor dem Gittertor hören können. Aber in den bitterkalten Nächten liefen zurzeit nicht viele Leute im Freien herum. Und dass zum Haus Geräusche aus der Garage nach oben dringen würden, konnte Hanna sich nicht vorstellen. Wenn die Spurstange hier angesägt worden war, dann würde Wildermuth Metallreste finden.

Hanna wandte sich noch einmal an die frierende Frau: »Ich habe noch eine sehr wichtige Frage an Sie. Bitte versuchen Sie sich zu erinnern. Wann war das Auto von Ludger Behrends in den letzten Tagen hier geparkt und wann war er damit unterwegs?«

Die Hausbesitzerin sah sie erstaunt an und begann zu überlegen: »Tja, so genau kann ich das nicht sagen. Ich spioniere den Leuten ja nicht hinterher. Warten Sie mal, was war denn los in letzter Zeit?«

»Fangen wir doch einfach mal mit dem Montagvormittag an. Und dann versuchen Sie in der Zeit Tag für Tag rückwärts zu gehen.«

»Also, am Montagmorgen habe ich die Kinder in die Schule gebracht. Da stand der Wagen noch da. Herr Behrends hat morgens nie so arg früh angefangen.«

»Gut. Erinnern Sie sich an den Sonntag davor?«

Die Frau dachte nach: »Also, am Sonntag waren wir bei meinen Eltern. Zum Mittagessen. War der Wagen da hier? Nein, ich glaube nicht. Als wir losgefahren sind, da war er nicht da, da bin ich sicher. Und ich meine, als wir wieder kamen, auch nicht. Ich könnte ja mal meinen Mann fragen. Auf jeden Fall war das Auto von Herrn Behrends am Samstagvormittag in der Garage, und am Nachmittag nicht mehr. Da bin ich sicher, weil wir die Schlitten geholt haben. Die sind da hinten, in einem extra Raum.« Sie deutete auf eine Tür, die Hanna erst jetzt auffiel und die sich direkt neben Ludger Behrends' Parkplatz befand. »Ich sagte noch zu den Kindern, dass sie aufpassen sollen und das Auto nicht verkratzen. Am späteren Nachmittag, als wir dann zurückkamen, dachte ich noch: ›Gut, dass der Wagen weg ist, dann kann nichts passieren.‹ Kinder sind oft so schusselig.«

Hanna machte sich Notizen. Sie bat die Frau, ihr die Kontaktdaten ihres Mannes und der anderen Mieter zu geben. Auch sie mussten unbedingt befragt werden, um möglichst exakt nachvollziehen zu können, wann die Dodge Viper sich wo befunden hatte. Auch Wildermuth hatte den Dialog gespannt verfolgt. »Wenn wir hier Metallspäne finden, bekommst du sofort Bescheid«, wandte er sich an Hanna. Sein Blick sagte: »Schluss jetzt und raus!«

»Okay, wir lassen euch eure Arbeit machen.« Hanna bugsierte die Hausbesitzerin, Luca und Frenzel wieder die schmale Treppe hinauf zum Haus. Sie betraten es nicht mehr. Hier war für sie und Luca nun nichts mehr zu tun. Sie wollte sich von der Hausbesitzerin verabschieden, als diese herumzustottern begann: »Sagen Sie, wie ist das denn jetzt. Ich meine rechtlich, mit dem Mietvertrag. Ich meine, jetzt wo Herr Behrends ja – tot ist ... Also mir geht es nur darum, wann wir die Wohnung wieder vermieten können.«

Hanna runzelte die Stirn: »Wenn die Spurensicherung hier fertig ist und der Reinigungsdienst da war, dann steht von unserer Seite dem nichts mehr im Wege. Man muss sie eben räumen, die Wohnung. Vielleicht sprechen Sie mal mit den Eltern. Die stehen momentan allerdings noch ziemlich unter Schock.«

Der Frau schlugen jetzt in der Kälte die Zähne zusammen: »Ich will nicht geldgierig erscheinen, wirklich nicht. Es ist nur so, dass Herr Behrends seit vier Monaten keine Miete mehr gezahlt hat.«

»Na, sieh mal einer an. Also doch nicht gut gewirtschaftet mit dem Geld anderer Leute«, staunte Frenzel. Ihm machten als Einzigem die Minusgrade offenbar nichts aus.

»Wir müssen uns die finanzielle Situation von Behrends anschauen«, wandte sich Hanna an Luca. Der nickte mit hochgezogenen Schultern, die Hände tief in den Taschen seiner wattierten Jacke.

»Ich werde Ihnen die Adresse der Eltern zukommen lassen.« Hanna reichte der Frau die Hand. »So, und jetzt ab in die Autos, bevor wir hier festfrieren.«

6

Es war schon dunkel, als sie beim Präsidium eintrafen.

»Da warten zwei Leute auf euch«, informierte sie der Pförtner. »'ne junge Frau, die ist schon 'ne ganze Zeit da. Und ein junger Mann, der grade gekommen ist.«

Hanna sah sich die Namen der beiden in der Besucherliste des Pförtners an. Dann schaute sie in den Warteraum und bat die beiden, sich noch kurz zu gedulden. Sie wollte zunächst mit Luca den Stand der Ermittlungen besprechen. Das Mädchen war in ein Buch vertieft gewesen, der junge Mann hatte konzentriert sein Smartphone bearbeitet. Beide schienen keine Eile zu haben.

Sie gingen zusammen nach oben in Hannas Büro, wo sie als Erstes die Heizung aufdrehte. »Hast du die Telefonliste da?«, frage sie Luca.

Der schwenkte die Mappe, die er schon bei dem Besuch der Real-Vermögensberatung mit seinen Personenangaben gefüllt hatte. Er zog die warme Jacke aus und hängte sie über die Rückenlehne des Stuhls von Andreas Bialas. Dann setzte er sich, zog die Liste hervor und legte sie mit dem Kopf zu sich auf den Schreibtisch, sodass Hanna sie von ihrer Seite her lesen konnte.

»Also, die Viel-Telefonierer sind klar: Da ist einmal dieser Sylvester-Stallone-Verschnitt: Karsten Ehlers. Du weißt schon, der Typ, den du rausgeschmissen hast. Der wohl der neue Gruppenhäuptling wird von dieser ganzen Beratertruppe.«

Hanna nickte. Der unangenehme Schönling.

»Dann ist es dieser Patrick Ascher, der wohl auch schnelle Autos mag, aber kein Geld dafür hat. Und der dritte ist der Breitmaulfrosch. Mit dem hat Behrends aber bei Weitem nicht so oft gequatscht wie mit den andern beiden.« Luca tippte auf den Namen. Max Mikulski. Ohne die Liste wäre Hanna nicht mehr auf den Namen gekommen. Sie hatte nur noch das breite Grinsen und die gelgetränkten Stehhaare in Erinnerung.

»Da unten sitzt Sabrina Mayer. Das hab ich ja schon gesagt: Die haben ständig miteinander telefoniert, und vor zwei Wochen war dann plötzlich finito.

Dann kommt die zweite Gruppe, die Ab-und-zu-Telefonierer. Und da haben wir dann die ganzen restlichen Indianer. Das Streuselgesicht mit den roten Haaren: Sebastian Schultze. Der Typ, der unten sitzt: Johannes Gremmelsbacher.« Luca tippte auf drei weitere Namen: »Das sind die drei restlichen freien Mitarbeiter, die Behrends unter sich hatte. Die beiden habe ich nicht erreicht. Und der hier, ein Arslan Saghir, da bin ich mir nicht sicher. Der spricht ein richtig mieses Deutsch. Erst hat er gar nicht verstanden, dass die Polizei mit ihm sprechen will. Und dann war er nicht glücklich drüber. Hat immer nur gesagt, er hätte nichts gemacht. Ich weiß gar nicht, wie der einen bei Finanzen beraten will.«

»Das ist mir bei den andern ja auch ein Rätsel«, meinte Hanna.

»Zwei Leute, mit denen Behrends regelmäßig, aber halt nicht so oft telefoniert hat, die haben wohl mit der Firma nichts zu tun. Da müssten wir noch rauskriegen, in welcher Beziehung er zu denen gestanden ist. Und mit dem älteren Herrn, der heute Nachmittag auch bei der Besprechung war, mit dem hat er so gut wie nie gesprochen.«

Hanna fand den Namen weiter unten in der Liste: Walter Hinrichs. »Der passte da irgendwie nicht rein«, meinte sie. »Überhaupt war das so einer, bei dem man vergisst, dass er anwesend ist. Ein Unscheinbarer, dem man keine Beachtung schenkt. Solche darf man nicht außer Acht lassen. So, und jetzt will ich noch mit den zwei jungen Leuten reden. Kannst du mal runter und diese Sabrina Mayer holen? Fangen wir mit ihr an.«

Hanna spürte plötzlich, wie müde sie war. Sie schloss die Augen, nachdem Luca den Raum verlassen hatte. Im Geiste zogen die Gesichter der vielen Menschen vorüber, mit denen sie es heute zu tun gehabt hatte. Neue Gesichter, die erst einmal Kontur gewinnen mussten. Der weitere Verlauf der Ermittlungen würde hoffentlich zeigen, welches davon sie getrost wieder vergessen konnte. Sie wäre fast eingenickt, als Luca die junge Frau ins Büro brachte. Zu dritt setzten sie sich in einen kleinen Besprechungsraum, ein paar Türen weiter.

Sabrina Mayer sah nicht aus wie Mayer. Eher wie Pocahontas. Sie trug enge Jeans und kniehohe Stiefel. Ein legerer Pulli mit breitem Rollkragen reichte bis weit über die Hüfte und ließ dennoch die perfekte Figur erkennen. Das lange, fast schwarze Haar trug sie offen und beförderte es mit einer kurzen Handbewegung wieder über die Schulter, wenn ihr die Strähnen ins Gesicht fielen. Das vollkommen ungeschminkte Gesicht faszinierte Hanna aber geradezu. Ihr Teint war makellos. Die Lippen waren nicht zu voll, aber weich geschwungen. Darüber eine feine gerade Nase. Hohe Backenknochen und leicht schräg gestellte Augen gaben dem Gesicht in der Tat eine indianische Note. Geradezu prickelnd wirkte jedoch die stahlblaue Iris dieser Augen unter den dunklen Wimpern und den geraden Brauen. Hanna sah kurz zu Luca. Doch sie wusste schon, das Mädchen war nicht sein Typ. Er stand auf schmollmündige blonde Kindfrauen, mit denen er nie Glück hatte.

Sabrina Mayer gab freimütig Auskunft über ihre Personalien. Sie war 25, studierte Architektur und lebte in einer Studenten-WG im Stuttgarter Osten, gemeinsam mit drei weiteren Frauen. Als Hanna sie fragte, ob sie wisse, warum man sie hergebeten hätte, nickte sie. »Wegen Ludger. Das hat mir der Herr ja schon gesagt.« Sie blickte in Lucas Richtung.

»Mazzaro«, sagte der freundlich. »Luca Mazzaro.«

»Also, Herr Mazzaro hat mir ja schon gesagt, dass da mit dem Auto was nicht stimmte. Ist das wahr, dass man da irgend 'ne wichtige Stange angesägt hat?«

»Woher wissen Sie das?«, fragte Luca erstaunt. Offenbar hatte er nichts davon verlauten lassen.

»Aus Facebook. Das hat Max ... also das ist einer von Ludgers Kumpels ... der hat das schon in die ganze Welt rausposaunt.«

»Welches Verhältnis hatten Sie zu Ludger Behrends?«, wollte Hanna wissen.

Die junge Frau bekam einen grimmigen Gesichtsausdruck. Zwischen den markanten Augenbrauen entstand eine hohe Stirnfalte.

»Ich war mal mit ihm zusammen.«

»Und sind es jetzt nicht mehr.«

Ein trotziges »Nein« war die Antwort auf Hannas Feststellung.

»Das scheint nicht im Guten geendet zu haben. Warum haben Sie sich getrennt?«

Sabrina ließ sich einen Moment Zeit, bevor es hervorsprudelte: »Weil das ein egomanisches Arschloch war. Tut mir leid. So war es nun mal. Und dass er jetzt tot ist, macht es auch nicht anders.«

»Erzählen Sie.« Hanna schlug einen vertraulichen Ton an. Das Mädchen trug das Herz auf der Zunge, das war ihr schnell klar.

Sabrina Mayer überlegte einen Moment. Bitterkeit schwang in ihrer Stimme, als sie dann erzählte: »Am Anfang war es ja noch okay. Aber dann hab ich mitbekommen, wie er bei seinen Kumpels damit angegeben hat, dass er mich rumgekriegt hat. Ich bin mir vorgekommen wie so 'ne Trophäe. Und dann habe ich das eben langsam gemerkt. Es ging immer nur um Ludger. Was er für ein geiles Auto fährt. Was er sich alles leisten kann. Wie toll er im Job ist. Wie cool er angezogen ist. Am Anfang dachte ich ja, das ist wirklich ein toller Typ. Aber dann war es halt so: Wenn ich mal 'nen Vorschlag gemacht habe, dass wir da- oder dorthin gehen, das war dann alles zu popelig für ihn, nicht stylisch, nicht hip genug. Die Mädels in meiner WG – wie er über die gesprochen hat! Prolo-Braut hat er eine genannt. Nur weil sie nicht für Klamotten ein Vermögen ausgeben kann. Dabei hat die mehr in der Birne als dieser Angeber. Nicht mal sein Studium hat er fertig gekriegt.«

»Moment mal«, hakte Luca ein. »Seine Eltern haben uns gesagt, er hätte BWL studiert. Und wohl auch abgeschlossen.«

»Ach, die haben doch keine Ahnung.«

»Sie kennen die Eltern?«, fragte Hanna.

»Seine Mutter hab ich mal kennengelernt. Die hat ihn verhätschelt, das war schon peinlich. Ludger hier und Ludger da. Und was er alles kann. Und wie erfolgreich er ist. Ich glaube, ich war auch nicht gut genug für ihren großartigen Sohn.«

»Und Sie sind sicher, dass er das Studium nicht beendet hat?«, hakte Hanna nach.

»Das war doch Ludger alles viel zu mühsam. Wenn man den gehört hat, dann war jeder, der sich irgendwie angestrengt hat, ein Flachkopf. Er verdient das ganz große Geld, auch ohne Studienabschluss. Weil er ja so schlau ist, und die andern so dämlich. Weil er weiß, wie man's macht, wie man ganz leicht an die ganz große Kohle kommt.«

»Einen Moment«, unterbrach Hanna sie. »Herr Behrends hat doch als Finanzberater bei einer Vermögensberatung gearbeitet. Und das ohne abgeschlossene Ausbildung?«

»Die haben doch alle keine Ausbildung da in dem Laden.«

»Aber immerhin hat ihn der Chef irgendwann mal zum Gruppenleiter gemacht.«

»Weil er am besten andere übers Ohr hauen konnte. Und weil er unendlich Druck gemacht hat. Auf die Leute, die ihr Geld anlegen wollten. Auf Leute, die für ihn anschaffen sollten. Auf die ganzen Leute, die für ihn gearbeitet haben.«

»Langsam, langsam.« Luca lehnte sich nach vorne. Die Sache fesselte ihn augenscheinlich. Und auch Hanna war keineswegs mehr müde.

»Er hat Leute übers Ohr gehauen, sagen Sie, und Druck gemacht. Wissen Sie da was Konkretes?«, fragte Luca.

»Die haben zu den Leuten gesagt, sie sollen ihre Versicherungen kündigen. Und sie verkaufen einem dann was ganz Tolles, wo man viel mehr rausbekommt. Angeblich. Meiner Mama wollte Ludger so was andrehen. Die hat so 'ne Versicherung abgeschlossen, damit sie ein bisschen mehr hat als die Rente. Das können sie sich gar nicht vorstellen, wie Ludger auf die eingeredet hat. Und dass er ja mit mir zusammen ist und deswegen was ganz besonders Gutes für sie rausgesucht hat, genau auf sie zugeschnitten, mit Riesenzuwächsen und Riesengewinnen und dies und das und bla bla bla. Die Mama hat keine Ahnung von solchen Sachen. Sie hätte das fast gemacht. Aber dann ist sie noch mal zur Sparkasse, da kennt sie einen schon ganz lange. Und der hat ihr dann gesagt, dass sie Geld verliert, wenn sie die alte Versicherung jetzt kündigt. Und das, was Ludger ihr vorgeschlagen hätte, das wär überhaupt keine sichere Geldanlage gewesen. Und außerdem hätte sie viel höhere Gebühren an Ludger abgeben müssen. Unterm Strich wär es also viel weniger gewesen als vorher. Und so was machen die, nicht nur Ludger, die andern auch, allen voran der Winterstein, sein Chef. Da gibt's keine Skrupel, dass man 'ne Frau um ihr Geld bringt, die's wirklich nötig hat. Noch nicht mal bei meiner Mama.«

Hanna fand es rührend, wie die junge Frau von ihrer Mutter sprach. Sie überlegte, wie sie wohl von ihren drei Kindern bei Fremden genannt wurde. Steffie, die Jüngste, war etwa im gleichen Alter wie Sabrina Mayer. »Kennen Sie sonst noch Leute, denen er wirklich so eine neue Versicherung angedreht hat?«

Sie schüttelte den Kopf: »Ne, eigentlich nicht. Probiert hat er's bei allen. Aber die Leute, mit denen ich zusammen bin, da haben die meisten für so was gar kein Geld.«

»Und was war das mit dem Anschaffengehen?«, fragte Luca gespannt.

»Ach, so haben wir das halt genannt. Meine Frauen in der WG. Weil er uns unbedingt überreden wollte, auch Versicherungen zu verkaufen. Wir wären total bescheuert, weil wir jobben gehen für ein paar Euro, neben dem Studium her. Und zu blöd, richtig Kohle zu verdienen, so wie er. Aber ich hab das ja mitbekommen bei denen. Bei Patrick und Max, und auch bei anderen. Die sind doch auf keinen grünen Zweig gekommen. Die mussten ja immer das meiste von der Provision an Ludger oder an Karsten abdrücken. Und an den Winterstein. Ich glaub, der macht die meiste Kohle von allen. Und angelogen haben sie einen. Die Kati, 'ne Freundin von mir, die hat sich mal vorgestellt bei der Real. Die hatte im Internet auf so 'ner Plattform zwei Anzeigen reingestellt, dass sie babysitten kann. Oder Nachhilfe, so was in der Art wollte sie machen. Da hat der Winterstein sie angerufen, er hätte gehört, sie suche 'ne Stelle. Und sie soll doch mal vorbeikommen, sie bräuchten jemand fürs Büro. Kati ist dann hingegangen. Und da ging es sofort los, was es für tolle Geldanlagen gibt. Und wie gut man da richtig Reibach machen könnte. Und dass sie 'ne Schulung bekäme und dann andere auch glücklich machen könnte mit diesen Geldanlagen. Die sollte dort sofort 'nen Vertrag unterschreiben, dass sie für die Real arbeitet. Das ist doch nicht in Ordnung, so etwas.«

»Sagen Sie, Frau Mayer ...« Hanna hatte bei dem Namen »Patrick« aufgehorcht. »Wie war das Verhältnis zwischen Ludger Behrends und Patrick Ascher?«

Sabrina überlegte. »Ich glaube, Patrick hat ihn gehasst. Ich hab nie verstanden, warum er trotzdem immer mit ihm rumhing.«

»Haben Sie eine Idee, warum die Probleme miteinander hatten?«

Die junge Frau zögerte. Dann sagte sie vorsichtig: »Da war mal was. Ich weiß nicht genau, was passiert ist. Aber Ludger hat irgendwelche Verträge von Patricks Kunden einfach übernommen. Und die ganze Provision, die Patrick bekommen hatte, die musste er zurückzahlen. Und Ludger hat die Provision doppelt bekommen. Wie das funktioniert hat, habe ich nie verstanden. Aber Patrick war so sauer, so hab ich ihn noch nie erlebt. Und er brauchte das Geld ja dringend.«

»Wissen Sie, ob Patrick Ascher etwas von Autos versteht, also von der Technik, meine ich«, wollte Luca wissen.

»Bestimmt. Er ist ja ein richtiger Technik-Freak. Das ist auch so etwas, was ich nie verstanden habe, dass der nicht was Technisches studiert hat. BWL, und natürlich auch abgebrochen, so wie Ludger. Dabei kann Patrick überhaupt nicht mit Geld umgehen. Er zockt einfach zu viel.«

»Hat Patrick Ascher an der gleichen Hochschule studiert wie Behrends?«, hakte Hanna nach.

»Ja, in Esslingen an der FH. Die beiden kennen sich ja vom Studium her.«

Einen Moment lang hingen sie alle drei ihren Gedanken nach.

»Okay«, sagte Hanna dann. »Sie haben öfter mal bei Herrn Behrends übernachtet? Ist das richtig?«

»'ne Zeit lang schon. Da hab ich ja fast da gewohnt. Leider.«

»Warum ›leider‹?«

»Na ja, Ludger wollte immer, dass ich richtig bei ihm einziehe. Am Anfang hab ich gedacht, das wär wegen dem Sex. Bloß, dann hab ich gemerkt, dass er einfach ’ne Putze wollte. Irgendwann hab nur noch ich eingekauft, und nur noch ich hab mal sauber gemacht. Gott sei Dank hab ich das Zimmer nicht aufgegeben in der WG, auch wenn ich ja dann ein bisschen was gespart hätte. Die Mädels haben immer gesagt: ›Mach das nicht.‹ Die haben viel früher geschnallt als ich, was das für ein Typ war.«

Luca grinste: »Da haben Sie sich also einen echten deutschen Macho rausgesucht. Ich dachte, das gibt’s nur noch bei den Italienern und den Türken. Und wann haben Sie sich dann von ihm getrennt?«

Sabrina dachte einen Moment nach. »Das ist jetzt, glaub ich, drei Wochen her.« Ihr hübsches Gesicht verfinsterte sich wieder.

»Erzählen Sie«, forderte Hanna sie auf.

»Na ja, wir waren im Perkins Park, oben am Killesberg. Da musste man ja immer rein, in diesen Schicki-Micki-Laden. Ludger hat schon immer an mir rumgemacht, dass ich mich nicht richtig anziehe, wenn wir da hin sind. Aber da haben er und Karsten dann angefangen, sich über meine Schuhe lustig zu machen. Die seien wohl von Deichmann. Und da noch ein Schnäppchen. Und wie stylisch der flache Absatz wär. Die Tussis rennen da ja alle mit High Heels rum. So ging das die ganze Zeit. Vor allen anderen, auch vor Leuten, die ich gar nicht gekannt habe.« Man sah ihr jetzt an, wie verletzt sie war. »Und da hatte ich die Schnauze richtig voll. Ich bin abgehauen, in die Gaußstraße hoch. Hab meine Sachen gepackt und den Schlüssel auf den Tisch gelegt. Ludger hat dann in der Woche drauf noch zweimal versucht, mich anzurufen. Aber ich hab ihn weggedrückt. Ich wollte nie wieder etwas mit diesem arroganten Armleuchter zu tun haben.«

Für einen Moment schwiegen sie alle drei. Hanna überlegte, wie sie die Frage formulieren sollte, die ihr noch wichtig erschien: »Sie hatten also in der letzten Zeit überhaupt keinen Kontakt mehr zu Ludger Behrends. Wissen Sie vielleicht trotzdem, meinetwegen über Leute, die sie beide gekannt haben oder über Facebook etwa, was Herr Behrends in der Zeit kurz vor seinem Unfall unternommen hat? Oder wissen Sie zufällig, ob das Auto mal in einer Werkstatt war oder Ähnliches?«

Sabrina Mayer schüttelte den Kopf: »Sie meinen wegen der kaputten Stange? Nein, ich weiß wirklich gar nicht, was Ludger in letzter Zeit so getrieben hat.«

»Haben Sie eine Idee, wer so etwas gemacht haben könnte? Vielleicht wollte ihm jemand nur einen bösen Streich spielen oder einen Denkzettel verpassen. Die Manipulation an dem Wagen war nicht so, dass ein Unfall unbedingt tödlich ausgehen musste.«

Die junge Frau dachte nach, doch sie sah ratlos aus. »Bestimmt gibt es einige Leute, die einen Brass auf Ludger hatten. Aber so etwas … Alle haben ja gewusst, dass er fährt wie eine gesengte Sau. Was hab ich schon Angst gehabt, wenn ich mit ihm gefahren bin. Er hat mich dann nur ausgelacht. Wenn ihm jemand eins auswischen wollte, dann hat der das in Kauf genommen, dass was Schlimmes passiert. Das kann ja gar nicht anders sein.« Jetzt schien sie sogar fast ein bisschen traurig zu sein über den Tod des Ex-Freundes.

Hanna beschloss, Schluss zu machen. Sie mussten noch mit dem jungen Mann sprechen. Und das, was Sabrina Mayer ihnen erzählt hatte, musste erst verdaut und überprüft werden. Sie dankte der jungen Frau für ihre Offenheit und bat sie, sich zur Verfügung zu halten, falls die Beamten noch Fragen hätten.

»Sie haben ja meine Handynummer. Und wegzufahren hab ich eigentlich nicht vor«, versicherte Sabrina hilfsbereit.

Luca brachte sie hinunter zur Pforte und holte dort den jungen Mann ab, der sich doch einige Zeit hatte gedulden müssen. Hanna nutzte die kurze Pause, um sich ein paar Notizen zu machen. Schon während des Gesprächs hatte sie sich Stichpunkte aufgeschrieben: Versicherung – Betrug? Finanz. Situation LB? Finanz. Situation P. Ascher? Einiges von dem, was Sabrina Mayer erzählt hatte, kam ihr seltsam vor. Doch sie wusste einfach zu wenig darüber, wie solche Finanzberatungen normalerweise abliefen.

7

Der junge Mann, der nun mit Luca in den Besprechungsraum kam, wirkte unscheinbar. Er war schlank und feingliedrig. Seine Bewegungen waren ungelenk. Die Brille in dem schmalen Gesicht gab ihm das Aussehen eines Buchhalterlehrlings. Die Unterlippe ließ er etwas hängen, sodass er zunächst etwas einfältig wirkte. Doch sobald er sprach, relativierte sich der erste Eindruck. Johannes Gremmelsbacher redete ruhig und bedächtig, und dies in kultiviertem Deutsch.

Auch er machte bereitwillig seine Angaben zur Person. Als Beruf gab er Bankkaufmann an. Luca konnte es sich nicht verkneifen: »Und Sie haben Ihre Ausbildung tatsächlich beendet?«

»Ah ja, ich weiß schon, worauf Sie hinauswollen. Ja, das hat mich am Anfang schon auch sehr gewundert. Es gibt bei der Real-Vermögensberatung kaum jemanden mit einer richtigen Berufsausbildung. Die haben dort in der Regel nur so eine Schnellbleiche als geprüfter Vermögensberater.«

»Reicht das für diese Tätigkeit?«, fragte Hanna.

»Eigentlich nicht. Die Produkte sind ja zum Teil sehr komplex. Hat Herr Behrends sich denn etwas zu Schulden kommen lassen?«

»Wie kommen Sie darauf?«, gab Hanna zurück.

»Na ja, weil die Polizei jetzt ermittelt.«

»Sie haben also noch nichts über die Unfallursache gehört?«

Johannes Gremmelsbacher räusperte sich und rückte die Brille nach oben: »Also, ich weiß, dass Herr Behrends gerne mal schnell gefahren ist.«

»Sie haben also noch nichts von der Manipulation an seinem Wagen gehört?«

Der junge Mann sah Hanna mit großen Augen an. Seine Unterlippe fiel wieder nach unten.

»Wie war Ihr Verhältnis denn zu Ludger Behrends? Sie waren ja wohl auch einer seiner Mitarbeiter.«

Gremmelsbacher schluckte. »Na ja, ich war ihm, glaube ich, nicht aggressiv genug.«

»Was heißt das?«

»Das heißt, dass Herr Behrends schon wollte, dass man einfach möglichst viele Verträge macht. Auch …« – er überlegte – »… wie soll ich das sagen? Auch wenn das für die Leute nicht immer ganz vorteilhaft war. Und das wollte ich nicht. Ich kann einfach nicht einem guten Freund was andrehen, was für den viel zu riskant ist.«

»Jetzt mal ein offenes Wort, Herr Gremmelsbacher.« Hanna hatte den Eindruck, dass der junge Mann so gar nicht zu den Kollegen passte, die sie bisher kennengelernt hatte. »Warum dachten Sie, dass wir gegen Ludger Behrends ermitteln?«

Er sah die beiden Beamten prüfend an. Dann schob er die Brille wieder nach oben. »Wie ist das eigentlich?«, fragte er zögernd. »Kann ich bei Ihnen so was wie Vertraulichkeit verlangen?«

»Kommt drauf an, was Sie verbrochen haben«, sagte Luca und lachte. Gremmelsbacher sah verunsichert aus.

Hanna warf Luca einen bösen Blick zu. Manchmal war seine vorwitzige Art einfach fehl am Platze.

»Also, so etwas wie ein Beichtgeheimnis gibt es bei uns natürlich nicht«, sagte sie. »Aber wenn uns jemand hilfreiche Informationen gibt, dann haben wir kein Interesse daran, dass derjenige Probleme bekommt. Können Sie uns vielleicht ein bisschen genauer sagen, was Sie mit Vertraulichkeit meinen?«

Johannes Gremmelsbacher wog ab. Dann gab er sich einen sichtlichen Ruck: »Also, es ist so: Ich werde bei der RVB aufhören. Das weiß aber noch keiner von denen. Und ich kann Ihnen nur etwas erzählen, wenn Sie das noch für sich behalten und es niemandem sagen. Ich muss vorher noch ein paar Dinge regeln.« Er sah sie erwartungsvoll an.

»Was passiert sonst?«

»Die werden mir sofort alle meine Kunden wegnehmen. Und dann verliere ich viel Geld. Und ich denke halt, dass dann auch meine Kunden geschädigt werden könnten.«

»Gut«, sagte Hanna nach kurzer Überlegung, »wir werden das für uns behalten.«

»Ich höre dort auf, weil das zum Teil keine seriösen Geschäfte sind, die die da machen. Ich hab nach meiner Lehre mal was anderes machen wollen, obwohl ich sofort übernommen worden wäre. Es hat mich einfach gereizt, dass man da sehr selbstständig arbeiten kann. So hieß es wenigstens. Aber wie gesagt, gerade Herr Behrends hat einen Druck gemacht, so was habe ich bei der Bank nie erlebt.«

Er machte eine Gedankenpause. »Ich weiß, dass ein paar Leute gegen die RVB klagen wollen, weil die fondsgebundene Lebensversicherungen für sie abgeschlossen haben. Fondsgebundene Lebensversicherungen, das sind Lebensversicherungen, da bekommt man so viel raus, wie der Fonds gerade am Markt wert ist. Nur im Todesfall bekommen die Angehörigen einen festgesetzten Prozentsatz vom Eingezahlten wieder raus. Und jetzt, in der Finanzkrise, haben die Fonds, an die die Lebensversicherungen gebunden sind, ganz erheblich an Wert verloren.« Er sprach langsam und bemühte sich, die komplizierten Zusammenhänge verständlich zu erklären. »Und dann kommt noch etwas dazu: Die Provision, die die Vermittler bekommen, also die Finanzberater, die richtet sich danach, welchen Wert der Fonds hatte, als die Versicherung abgeschlossen wurde. Der Versicherte zahlt also die hohen Provisionen trotzdem, obwohl der Fonds viel weniger wert ist und er viel weniger rauskriegt. Und das wissen Herr Behrends und Herr Winterstein ganz genau.

Ich habe einen Fall mitbekommen, da hat einer den Vertrag für diese Lebensversicherung gekündigt, weil er dringend Geld gebraucht hat. Der hat vier Jahre lang 60 Euro eingezahlt, jeden Monat, also fast 3000 Euro insgesamt. Jetzt wollte der das Geld wieder haben und hat gerade noch 783 Euro rausbekommen. Der Mann ist echt fertig.«

Hanna bemühte sich, zu verstehen, was Johannes Gremmelsbacher ihnen da erzählt hatte. Und auch Luca fragte: »Dann sagen sie jetzt doch mal einem unbedarften Polizisten, der von so was keine Ahnung hat: Ist so was erlaubt oder ist das illegal?«

Gremmelsbacher wiegte den Kopf: »Na ja, die fondsgebundenen Lebensversicherungen sind natürlich legal. Die machen in manchen Fällen auch durchaus Sinn. Aber der Vermögensberater muss den Kunden über das Risiko aufklären. Und das haben sie nicht getan. In dem Prospekt, in dem so eine Lebensversicherung beschrieben wird, muss genau drinstehen, wie die Risiken aussehen. Es sind aber Prospekte im Umlauf, da hat man den Eindruck, als seien diese Geldanlagen absolut krisensicher. So, und das ist nicht legal.«

Ungefähr hatte Hanna es verstanden: »Können Sie uns da Namen nennen? Von Kunden, die so betrogen worden sind?«

»Also den einen, den könnte ich rausbekommen. Der wohnt ganz bei mir in der Nähe. Ich glaub, das war ein Kunde von Ludger Behrends. Der kam mal zu mir, weil er wusste, dass ich auch bei der RVB bin. Und der meinte, dass da noch mehr betroffen wären. Aber die Leute kenne ich nicht. Ich habe meinen Kunden solche Versicherungen nie verkauft.«

»Okay, das ist doch schon mal was.« Luca bemühte sich jetzt um einen freundlichen Ton. »Das wär natürlich super, wenn Sie da Namen und Adresse rauskriegen könnten.«

»Sagen Sie, Herr Gremmelsbacher«, fragte Hanna, »offenbar gab es ja eine ganze Reihe von Leuten, die allen

Grund hatten, sauer auf Ludger Behrends zu sein. Können Sie sich vorstellen, dass jemand eine Metallsäge nimmt und die Spurstange seines Autos ansägt?«

Der junge Mann sah sie wieder erstaunt und mit offenem Mund an. »Nein«, sagte er dann. »War das ein Mordanschlag?«

»Das wissen wir nicht. Vielleicht war's nur ein übler Scherz. Aber Sie scheinen einen Mordanschlag durchaus für möglich zu halten?«

Er schüttelte den Kopf. »Ich weiß nicht. Dass da jemand so weit geht ... Ehrlich gesagt, dass da mancher eine riesige Wut auf den hatte, das glaub ich bestimmt. Und dann möchte man den vielleicht am liebsten umbringen ... Aber so etwas wirklich zu machen, das ist ja dann noch mal was anderes.«

»Also keine Idee?«

Er schüttelte wieder ratlos den Kopf.

»Was für ein Verhältnis hatten eigentlich Patrick Ascher und Ludger Behrends?«, fragte Luca.

»So genau weiß ich das nicht. Ich habe meine Sachen meistens direkt mit Herrn Behrends abgewickelt und war auch nicht so oft in Vaihingen im Büro. Was ich mitbekommen habe, war halt, dass die beiden sich schon lange kennen. Und dass es wohl mal Krach gegeben hat.«

»Worum ging es da?«, wollte Hanna wissen.

»Keine Ahnung. Mir hat nur jemand gesagt, dass Herr Ascher deswegen eigentlich weg wollte von der RVB.«

»Und Sie wissen auch nicht, warum er trotzdem dort geblieben ist?«

»Also ...« Gremmelsbacher überlegte wieder. Vorsichtig sagte er dann: »Das sind halt so Gerüchte. Was da stimmt oder nicht, das kann ich Ihnen wirklich nicht sagen.«

Hanna sah ihn auffordernd an.

»Max Mikulski meinte mal, dass Patrick Ascher nicht wegkann, weil er gigantisch viele Schulden hat. Und er meinte, dass der spielt. Und jetzt ist es so: Wenn man mit der RVB einen Vertrag als Selbstständiger hat, dann gilt da eine Kündigungsfrist von einem Jahr. Aber sie nehmen einem dann die Kunden weg. Sie gehen einfach zu den Kunden von dem, der gekündigt hat. Denen sagen sie, dass ihre Verträge nicht optimal seien. Sie bringen sie dazu, dass sie ihre Verträge wieder kündigen und neue abschließen. Und das bedeutet, dass die RVB-Leute noch mal eine Provision kassieren. Aber derjenige, der gekündigt hat, muss die Provision zurückzahlen, die er für den ersten Vertrag bekommen hat. Er hat also einen Kunden geworben und hat unterm Strich gar nichts davon. Gleichzeitig darf er aber in dem Jahr für keinen anderen arbeiten, also nirgendwo sonst Versicherungen oder Geldanlagen vermitteln.«

Johannes Gremmelsbacher sah von einem zum andern. Eine gewisse Empörung war ihm nun trotz seines nüchternen Wesens anzumerken. »Deswegen will ich auch mit allen meinen Kunden vorher sprechen, bevor ich da kündige. Ich muss denen sagen, wie die das machen. Auch weil die denen sonst vielleicht Sachen verkaufen, die viel riskanter sind. Das eine Jahr macht mir nichts aus. Ich fang ein Studium an und bekomme wahrscheinlich Bafög. Und wenn ich in den Semesterferien beim Daimler in der Produktion arbeite, dann ist das der RVB egal. Aber dass die mir die Provisionen wegnehmen, das will ich noch verhindern.«

Hanna rauschte der Kopf. In was für eine Szene hatten sie da hineingeleuchtet?

»Herr Gremmelsbacher, ich glaube, wir machen für heute mal Schluss.« Für so komplizierte Sachverhalte hatte sie jetzt einfach nicht mehr den Nerv. Auch Luca blickte etwas ratlos drein. »Es kann aber durchaus sein, dass wir Sie noch mal brauchen. Ich möchte Sie bitten, uns dann wieder zur Verfügung zu stehen.« Müde erhob sie sich.

Der junge Mann nickte: »Wie gesagt, ich will halt nur keine Nachteile dadurch haben.«

Hanna nickte: »Keine Sorge. Was Sie uns gesagt haben, werden wir ohnehin absichern, bevor wir irgendjemanden bei der RVB damit konfrontieren. Wir müssen denen nicht auf die Nase binden, wer uns auf die Spur gebracht hat.« Sie verabschiedete sich von ihm und bat Luca, ihn hinunterzubegleiten.

In ihrem Büro zeigte die Wanduhr schon halb neun. Da durfte man wirklich auch müde sein, dachte Hanna. Und hungrig. Johannes Gremmelsbacher, ging es ihr durch den Kopf. So nannten die Leute ihre Kinder wieder: Johannes, Max, Paul, Anton. Wie in der Generation ihrer Groß- und Urgroßeltern. Ewig konnte Hanna ihrem Vater nicht verzeihen, dass er ihr so einen Oma-Namen verpasst hatte, nur weil er die Heilige Johanna so toll gefunden hatte. Zumal der Familienname »Bentele« auch nicht gerade sexy war. Das »Jo« war in der Familie und bei den andern Kindern schnell verloren gegangen. Aber auch »Hanna« klang noch wie gehäkelte Bettschuhe. Als sie die ersten Male ihren Namen von jungen Frauen hatte rufen hören und daraufhin kleine Mädchen angerannt kamen, war sie regelrecht entsetzt. Was taten diese Eltern ihren Kindern an? Irgendwann beschloss sie dann, auf ihren topmodernen Namen stolz zu sein.

Mein Gott, ich sollte Notizen machen, und mir geht so ein Blödsinn durch den Kopf, dachte sie. Sie winkte innerlich ab. Das Wichtigste würde ihr morgen früh wieder einfallen. Sie wollte noch warten, bis Luca zurückkam, und dann nur noch nach Hause.

»Wie heißt die Erwerbsregel der Ferengi Nummer zehn? ›Gier währt ewig‹«, sagte der, als er in ihr Büro trat. »Und die Regel Nummer zwei: ›Du kannst einen ehrlichen Kunden nicht übers Ohr hauen, aber es schadet nie, es zu versuchen‹. Erwerbsregel Nummer 21: ›Stufe Freundschaft nie höher ein als Gewinn.‹ Ich dachte immer, das gibt's nur bei Star Trek. Aber jetzt ist mir klar: Die Leute bei Paramount, die die Ferengi erfunden haben, die sind bei den Bankern in die Lehre gegangen.«

Wieder eine von Lucas Lieblingsspezies aus den Star-Trek-Episoden. Es waren hässliche Wesen mit riesigen Köpfen und Ohren und spitzen Zähnen, bei denen sich alles immer nur um Geld und Reichtum drehte und die in der ganzen Galaxie berühmt für ihre Raffgier und ihre Verschlagenheit waren. Auch im Dezernat für Tötungsdelikte des Stuttgarter Polizeipräsidiums kannte jeder die Ferengi, nachdem Luca einmal einem wichtigen Zeugen diesen Spitznamen verpasst hatte.

»Sag mir kurz, was du davon hältst. Dann machen wir Feierabend«, meinte Hanna daher nur.

»Es ist wie bei den Ferengi: Da haut jeder jeden übers Ohr. Auf alle Fälle müssen wir diesen Patrick Ascher überprüfen. Und wenn wir von Gremmelsbacher den Kunden bekommen, der so viel Geld verloren hat, dann sollten wir da auch mal nachfassen. Eigentlich müssen wir jeden von denen unter die Lupe nehmen, angefangen beim Chef, diesem Winterstein.« Er überlegte einen Moment. »Und die Ex würde ich auch nicht außen vor lassen. Meine Fresse, hatte die 'ne Wut.«

»Sabrina? Das glaube ich nicht. Die hätte ihm die Augen ausgekratzt. Aber eine Spurstange ansägen? Das macht jemand, der seine Aggressionen nicht offen auslebt«, überlegte Hanna. »Auf jeden Fall hast du recht: Da gibt es einige, denen wir auf den Zahn fühlen müssen.« Sie stand auf und holte den Mantel. »Morgen wieder, und dann mit ein paar Leuten mehr. Mal sehen, wen ich noch einspannen kann.«

8

Bei Steffie brannte das Licht, als Hanna gegen halb zehn nach Hause kam. Sie klopfte an die Zimmertür ihrer Tochter und öffnete sie, als diese sich meldete. Die junge Frau lag auf dem Bett und studierte eines der Fachbücher, die zurzeit überall auf ihrem Schreibtisch und dem Boden herumlagen. Sie steckte mitten in den Prüfungen zum zweiten Staatsexamen fürs Lehramt.

»Hallo Mama. Ist's heute wieder spät geworden bei dir?«

Hanna nickte. »Und du? Geht's voran mit den Vorbereitungen?«

Steffie seufzte: »Geht so. Langsam hab ich keine Lust mehr. Bin froh, wenn ich's hinter mir hab.«

»Wann ist die Präsentation?«

»Nächsten Dienstag.«

»Du hast sicher schon was gegessen?«

Steffie nickte. Sie machte keine Anstalten, aufzustehen.

»Na ja, mach mal nicht mehr so lange. Sonst kriegst du noch 'nen Brummschädel.«

Hanna ging in die Küche. Der Blick in den Kühlschrank zeigte ihr, dass Steffie eingekauft hatte. Auf der Küchenkommode lag sogar eine Tüte mit Schokokeksen. Wehmütig sah Hanna das Knabberzeug an. Sie freute sich darüber, dass Steffie an sie gedacht hatte. Aber es hätte trotzdem nicht sein müssen, wegen … Momentan brauchte sie ohnehin etwas Deftiges.

Sie schnitt eine große Scheibe vom Bauernbrot, legte ein paar dünne Scheiben Fleischkäse darauf und haute sich zwei Spiegeleier in die Pfanne, die sie dann über das Wurstbrot gab. Es war ihre Variante eines »Strammen Max«.

Max Mikulski. Der Name ging ihr durch den Kopf. Die Gesichter der jungen Leute defilierten im Geist vorüber, während sie kochte und aß. Sabrina Mayer, Johannes Gremmelsbacher und die anderen sogenannten Finanzberater bei der Real-Vermögensberatung, sie alle waren im Alter ihrer eigenen Kinder. Ludger Behrends und Patrick Ascher hatten ihr Studium nicht beendet – wenn es stimmte, was Sabrina erzählt hatte.

Jochen hat es durchgezogen, dachte Hanna. Obwohl sie sich gerade um ihren Zweiten die größten Sorgen gemacht hatte. Sie hörte wenig von ihm. Aber dass er bei Bosch eine gute Stelle hatte und bereits geschätzt wurde, wusste sie. Frank, der Älteste, hatte zwar nicht studiert, sondern nach einem guten Abitur eine Lehre als Industriekaufmann begonnen. Aber auch er hatte in dem mittelständischen Unternehmen, bei dem er nun schon einige Jahre im Einkauf arbeitete, hohe Anerkennung gefunden und war langsam, aber sicher in immer mehr Verantwortung hineingewachsen.

Und Steffie würde es ohnehin schaffen. Sie würde eine gute Lehrerin werden, da war Hanna sich sicher. Eine für ältere Kinder in der Haupt- oder Realschule, das war schon immer Steffies Ziel. Sie war eben auch eine, die es sich nicht einfach machen wollte. Hanna hatte ihr oft genug von ihren Erfahrungen in der Jugenddelinquenz erzählt und sie gewarnt. Pubertierende Jugendliche, und das auch noch im Rudel, das war kein Ringelreigen wie an der Grundschule. »Dann muss man sich doch erst recht um sie kümmern«, war Steffies Erwiderung. »Vielleicht hättet ihr weniger zu tun, wenn's mehr gescheite Lehrer geben würde.« Womit sie vielleicht recht hatte.

Hanna dachte an Sabrina Mayer. Die junge Frau war etwa im Alter ihrer Steffie. Und die Art und Weise, wie sie sich über ihren ehemaligen Freund aufgeregt hatte und wie sie über die eigene Mutter sprach, war auf rührende Weise naiv. Es war schon komisch: Einerseits kam Hanna die eigene Tochter schon viel reifer vor. Und trotzdem war Sabrina Mayer für sie eine Erwachsene, der die Kommissarin auf Augenhöhe begegnete, ebenso wie den jungen Männern, mit denen sie heute zu tun gehabt hatte. Die eigenen Kinder blieben dagegen ihre »Babys«, um die sie sich sorgte und die sie bemuttern musste. Dabei hatte das gar keinen Wert mehr, wie Hanna bestens wusste. Was warnte sie Steffie noch vor zu vielem Lernen und einem Brummschädel. Die wusste besser, was sie brauchte und was ihr guttat.

Ich mache mir immer noch viel zu viele Gedanken, dachte Hanna. Dabei kann ich stolz sein auf meine Kinder.

Wahrscheinlich hatte sie Fehler gemacht bei ihrer Erziehung. Sicher hatte sie welche gemacht. Wie sollte es anders sein, wenn man plötzlich mit drei Kindern im Alter von acht, sechs und fünf Jahren alleine dastand. Wie oft hatte sie sich völlig überfordert, mutterseelenallein und gottverlassen gefühlt. Wie oft hatte sie aus Hilflosigkeit die Kinder angeschrieen, und bei Jochen war ihr mehrere Male auch die Hand ausgerutscht.

Im ersten Jahr nach Michaels Tod, da waren Gott sei Dank die Großeltern da. Gertrud und Walter, Michaels Eltern, hatten wahrlich selbst genug damit zu tun, den Verlust zu verkraften. Trotzdem waren sie immer zur Stelle, wenn sie gebraucht wurden. Und auch ihre Eltern halfen, so gut sie konnten, obwohl es Hannas Mutter damals schon nicht mehr gut ging.

Doch dann kam der Wechsel nach Schwenningen und ihre Ausbildung an der Polizeihochschule. Damit war sie auf sich alleine gestellt. Sie hatte vor kurzem davon gehört, dass jetzt erst in Villingen-Schwenningen an der Polizeihochschule eine Kindertagesstätte eröffnet werden sollte. Die Erste dieser Art in Deutschland an einer polizeilichen Bildungseinrichtung! Und das im Jahr 2010 bei ständig sinkenden Geburtenraten und jungen Frauen, die ihren männlichen Kollegen nicht selten den Schneid abkauften. Was hätte sie gegeben, seinerzeit, für so eine Kinderbetreuung!

Es gab Leute, die ihr geraten hatten, noch zu warten mit der Weiterbildung. Doch immerhin hatte sie an der Hochschule keinen Schichtdienst mehr. Und sie wollte wenigstens Jochen, der gerade eingeschult werden sollte, einen Schulwechsel ersparen, wenn denn schon Frank nicht darum herumkam. Hanna konnte heute nicht mehr nachvollziehen, wie sie es geschafft hatte, zwischen Hochschule mit täglich sechs bis sieben Stunden Vorlesungen, Kindergarten, Schule und Tagesmutter nicht nur ihren Haushalt halbwegs in Schuss zu halten, sondern auch noch abends zu lesen und zu büffeln. Dass da manchmal die Nerven blank lagen, dass sie manches Mal auch ungerecht zu den Kindern war, dass sie diese, vor allem Frank, den Ältesten, oft auch überforderte, das konnte eigentlich nicht ausbleiben. Und dennoch machte sie sich Vorwürfe.

»Aus allen dreien ist trotzdem was geworden«, sagte Hanna halblaut zu sich selbst. Sie waren »aus dem Gröbsten raus« und verließen, einer nach dem andern, das Nest. Frank war schon gleich nach der Ausbildung ausgezogen. In der Vier-Zimmer-Altbau-Wohnung, in die die Familie nach der Rückkehr nach Stuttgart gezogen war, hatte er sich mit Jochen das Zimmer teilen müssen. Es war der größte Raum in der Wohnung, was jedoch nicht verhinderte, dass die beiden Jungen sich des Öfteren in die Wolle bekamen. Nun war dieses Zimmer seit einem Jahr verwaist, weil Jochen ebenfalls mit der ersten Festanstellung der Familie entflohen war. Hanna wusste, dass er sich schon viel früher davongemacht hätte, wenn es die finanziellen Verhältnisse zugelassen hätten. Und man kam eben vom Stuttgarter Westen, in dem sie wohnten, über das S-Bahn-Netz recht zügig nach Esslingen. Auch für Steffie war es kein Thema, nach Ludwigsburg hinaus an die PH zu fahren. Eine Zeit lang übernachtete das Mädchen oft außer Haus, manchmal eine ganze Woche lang. Sie hatte einen Freund, wie Hanna zwar herausbekam, den sie allerdings nie kennenlernte. Irgendwann kam Steffie wieder fast jede Nacht nach Hause. Und während des Referendariats lohnte sich eine eigene Bude auch nicht, da sie einerseits zum Seminar nach Sindelfingen musste und ihre Ausbildungsschule in der entgegengesetzten Richtung in Feuerbach war. Der Westen lag auch hier verkehrsgünstig in der Mitte.

»Vielleicht übernimmt man sie ja in der Bismarckschule, und sie muss nicht in eine andere Stadt«, dachte Hanna und würde plötzlich unendlich traurig. Und was, wenn Steffie nun auch noch ging?

Sie schob den Gedanken weg und räumte das Geschirr in die Spülmaschine. Sie brühte sich einen Tee auf. Aus Kräutern, die angeblich die Nerven beruhigen und den Schlaf fördern sollten. Sie setzte sich mit der Tasse ins Wohnzimmer und dachte wehmütig, wie schön es jetzt wäre, wenn Steffie noch ein bisschen mit ihr plaudern würde. Doch dies zu fordern, kam nicht in Frage. Sie schaute die Tagesthemen an und ging dann zu Bett. Eine Weile gingen ihr noch trotz der Müdigkeit die Gesichter des Tages durch den Kopf, bevor sie endlich einschlief.

Freitag, 5. Februar 2010

1

Wen sollte sie mit ins Boot holen? Hanna ging im Geiste die Kollegen durch, während sie sich im frühen Berufsverkehr auf der Heilbronner Straße hoch zum Pragsattel quälte. Morgens überlegte sie manchmal, ob sie nicht doch besser die öffentlichen Verkehrsmittel nehmen sollte. An Abenden wie dem gestrigen aber war sie dann froh, einfach ins Auto steigen zu können und nicht in klirrender Kälte auf die nächste Straßenbahn warten zu müssen.

Rolf Gaßmann, den würde sie auf jeden Fall einspannen. Im Team war er durchaus zu gebrauchen, wenn er eine klar umrissene Aufgabe hatte. Sollte der die Personenüberprüfungen vornehmen und die Schufa-Auskünfte einholen. Und dann konnte er die Aktenführung teilweise übernehmen, womit Luca entlastet würde. Der schrieb Berichte zwar durchaus gewissenhaft. Aber seine Texte waren eine Zumutung für jeden Leser. Sie klangen, als wollte ein Zehnjähriger ein kriminalistisches Lehrbuch verfassen.

Eigentlich gehörte Gaßmann nicht in ein Dezernat für Tötungsdelikte. Er war zu zögerlich, zu kleinmütig. Man gab ihm in der Regel überschaubare Routinefälle, den natürlichen Tod eines Menschen ohne Angehörige, zweifelsfreie Suizide und Ähnliches. Wenn's schwieriger wurde, begann Gaßmann zu schwimmen. Zudem litt er immer wieder mal an mehr oder weniger schweren Depressionen. Wobei das in den letzten Jahren besser geworden war, stellte Hanna bei sich fest. Ganz bestimmt war es gut, dass Gaßmann das Büro mit Luca teilte. Der war vollkommen immun gegen die Stimmungsschwankungen seines Kollegen, hatte aber durch seine lockere Art einen positiven Einfluss auf Rolf. Hanna wusste, dass Gaßmann seine etwas schwierigeren

Fälle immer mit Luca besprach – »Was meinst du? Kann man das so machen?«

»Klar, Rolf, genauso machst du es«, bestärkte ihn der Jüngere dann. Verrückterweise lag Gaßmann meistens richtig. Luca hatte mittlerweile so viel Erfahrung, dass er dies auch in der Regel einschätzen und verantworten konnte. Hatte er Zweifel, so schickte er Gaßmann zum Chef des Dezernats, zu Andreas Bialas.

Bei den anderen Kollegen tat sich Hanna schwerer. Drexler kam überhaupt nicht in Frage. Bei so einem Fall konnte Hanna keine Garantie dafür abgeben, dass Drexler spätestens abends um sechs an eine Pulle kam. Sie hatte einmal erlebt, wie sie im Wohnzimmer eines Verdächtigen standen und Drexler Entzugserscheinungen bekam. Er wurde unerträglich aggressiv, konnte sich nicht mehr konzentrieren und brachte keinen vollständigen Satz mehr heraus. Eigentlich auch keiner für das Dezernat, dachte Hanna grimmig. Dass er noch nicht versetzt worden war, lag daran, dass Drexler den Grad seiner Sucht offenbar halten konnte. Tagsüber war er zuverlässig. Und der Fünfzigjährige verfügte über die Erfahrung, die in ihrem Job doch von immenser Bedeutung war.

Hanna überlegte weiter. Da war natürlich noch Dieter Schwandtner. Mit Sicherheit war Dieter hochintelligent. Er überschaute die Faktenlage fast ebenso gut wie Andreas Bialas, ja, hatte manchmal sogar das bessere Gedächtnis für Details. Er war Mitte vierzig und mit fast allen Wassern gewaschen. Seine Einschätzungen hatten immer Hand und Fuß. Eigentlich ein exzellenter Kriminalist – wenn da nicht dieser Zynismus gewesen wäre, mit dem er alles übergoss wie mit einer ätzenden Brühe. Selbst Luca konnte sich der negativen Ausstrahlung des Mannes manchmal nicht erwehren. »Ich sag: ›Der Typ ist okay‹. Er sagt: ›Solange der was von dir will‹«, so regte sich Luca über die Miesmacherei des Kollegen manchmal auf. »Ich sag: ›Das läuft gut.‹ Er sagt: ›Den Bach runter.‹ Ich find was schön. Er sagt: ›Wie lang noch?‹ Wie kann man bloß so negativ sein?«

Bei Hanna kam noch ein weiterer Faktor hinzu. Sie war die rechte Hand von Andreas Bialas und jetzt, während seiner Krankheit, seine Stellvertreterin, wenn nicht offiziell, so doch von allen anerkannt. Von allen, bis auf Schwandtner. Hanna wusste ganz genau, dass Dieter Schwandtner der Überzeugung war, dass ihm diese Position gebührte. Bialas respektierte er – gar keine Frage. Aber ihr gegenüber neigte Schwandtner dazu, ihre Äußerungen und Leistungen mit abschätzigen Bemerkungen herabzusetzen. Das muss ich mir jetzt nicht antun, dachte sie. Schwandtner war also raus.

Blieb Otto. Auch einer mit Handicap. Die Spezialität von Otto Obermayer war es, andere Menschen niederzuwalzen, vorzugsweise verängstigte Zeugen oder Hinterbliebene. Eigentlich war er ein gutmütiger Mensch. Aber er hatte einfach kein Gespür dafür, wann es sinnvoll und hilfreich war, den Autoritären rauszuhängen, und wann man damit Porzellan zerdepperte. Otto Obermayer brachte es fertig, eine Frau, die gerade erfahren hatte, dass ihr Mann zu Tode gekommen war, zusammenzustauchen, weil sie ihn nicht gefragt hatte, wohin er denn gehe. Man musste also immer genau überlegen, auf wen man ihn losließ. Hanna hatte oft mit Erstaunen beobachtet, wie Bialas den Mitarbeiter punktgenau dort einsetzte, wo Dampfwalzen benötigt wurden.

Könnte ich ja auch eine gebrauchen, dachte sie. Mittlerweile hatte sie sich bis zur letzten Ampel vorgekämpft und gute Chancen, in der extrem kurzen Grünphase noch über die Kreuzung zu kommen. Sie lächelte zufrieden, als sie sich vorstellte, wie ein Otto Obermayer den aufgeblasenen Schönling bei der Real-Vermögensberatung in die Mangel nahm.

Also: Otto und Rolf. Und einen Kollegen vom Dezernat für Wirtschaftskriminalität wollte sie anfordern. Für den Fall, dass der Anschlag auf Ludger Behrends vielleicht doch etwas mit den krummen Geschäften der Real-Vermögensberatung zu tun hatte.

2

An ihrem Computer verschaffte sich Hanna erst mal einen Überblick, welche Fälle derzeit im Dezernat bearbeitet wurden. Rolf Gaßmann hatte ein paar sogenannte »Stinker«. Das waren alte Leute, die einsam in ihren Wohnungen starben. Irgendwann alarmierten Nachbarn die Polizei, weil sich in den Wohnungen nichts mehr rührte oder weil unerträgliche Gerüche durch die Treppenhäuser waberten. Nur selten gab es dabei Ermittlungsbedarf, der sich nicht aufschieben ließ. Otto Obermayer arbeitete an Altfällen. Sie hatten im Dezernat gerade keine dringenden oder spektakulären aktuellen Sachen. Das gab ihnen die Zeit, alte, nicht abgeschlossene Akten wieder auszugraben. Personen wurden durch die neuesten Datenbanken gejagt, Abgleichungen mit Fällen vorgenommen, die mittlerweile hinzugekommen waren, die Asservate und Spuren daraufhin überprüft, ob sich durch moderne kriminaltechnische Verfahren neue Erkenntnisse gewinnen lassen würden. Aber ob das eine Woche früher oder später abgecheckt wurde, war meistens ziemlich egal.

Danach vervollständigte Hanna die Berichte. Vor allem die Informationen, die sie gestern von Sabrina Mayer und Johannes Gremmelsbacher bekommen hatten, mussten aktenkundig gemacht werden. Sie merkte, dass sie immer noch nicht ganz verstanden hatte, was es mit den »fondsgebundenen Lebensversicherungen« auf sich hatte. Richtig: Sie wollte ja ohnehin einen Kollegen aus dem Dezernat 3 anfordern, wo Betrugsfälle und Wirtschaftskriminalität bearbeitet wurden. Doch ihre Erfahrung, dass dort so früh noch niemand erreichbar war, bestätigte sich.

Als Luca um acht Uhr kam, beauftragte sie ihn erst mal, die Leute zusammenzutrommeln und Otto, Rolf und Wildermuth in den kleinen Besprechungsraum zu bestellen. Sie selbst versuchte es noch einmal bei der »Wirtschaft« und erreichte den Leiter des Dezernats.

»Oh je, Frau Stankowski!« Man hörte es dem Kollegen förmlich an, wie lästig ihm die Anfrage war. »Was glauben Sie, was wir hier gerade zu tun haben? Lehman-Zertifikate, DG-Immobilienfonds, Kapitalanlagen bei Phoenix. Alle haben sie ihr Geld verloren, und alle wollen sie Strafanzeige stellen. Wissen Sie, wie viele Fälle wir im letzen Jahr beim Anlage- und Finanzierungsbereich hatten? Vierundsiebzig! Und das war schon viel. 2006 waren's grade mal 28. Im ganzen Jahr 74! Jetzt haben wir schon im Januar weit über 40 neue Fälle. Alle schreien sie jetzt: ›Wir sind betrogen worden!‹ und erstatten Anzeige. Aber das meiste waren ganz normale Geldgeschäfte. Da ist kein einziges Gesetz gebrochen worden. Wissen Sie, was wir gerade fast rund um die Uhr machen? Die Spreu vom Weizen trennen; gerade mal oberflächlich prüfen, ob wir es wagen können, die Sachen einem Staatsanwalt überhaupt zur Kenntnis zu bringen. Die drehen nämlich auch schon durch, die Leute von den Wirtschaftssachen unten in der Neckarstraße. Ich kann unmöglich jemanden für Sie abstellen.« Die Finanzkrise war also auch bei der Kripo angekommen. Trotzdem war das ja wohl etwas anderes.

»Es geht um ein Kapitaldelikt, oder präzise formuliert: um einen Mordanschlag, Kollege.« Hanna war ungehalten. Wurden hier eigentlich keine Prioritäten mehr gesetzt? Mord und Totschlag wurden normalerweise immer an vorderste Stelle gesetzt, auch bei den anderen Dezernaten.

»Um was soll es dabei gehen? Um fondsgebundene Lebensversicherungen? Ist zwar 'ne riskante Sache, aber vollkommen legal.«

»Es spielt überhaupt keine Rolle, ob das legal oder illegal ist. Die Frage ist, wie man da Geld verlieren kann und wie viel. Und ob das ein Motiv dafür sein könnte, dass eine Spurstange angesägt wird. Wie gesagt: mit Todesfolge!«

»Wenn Sie konkrete Anhaltspunkte haben, dann soll Ihr Dezernatsleiter noch mal auf mich zukommen. Dann schau ich, was wir machen können. Versprochen!«

»Können Sie mir denn wenigstens etwas zur Real-Vermögensberatung sagen?«

»Die RVB. Ein großer Laden. Operiert bundesweit. Gehört zu den Top Five bei den Finanzberatern.«

»Keine Unregelmäßigkeiten?«, fragte Hanna.

»Hätte ich jetzt noch nie gehört. Ich sag mal so: Dieser ganze Finanzberatungs-Klüngel, die arbeiten alle mehr oder weniger am Rande des Anständigen. Und oft auch im Bereich des Unanständigen. Die Großen bleiben dabei in der Regel im Rahmen der Legalität. Wenn die Kunden zu blöd sind, um Verträge zu lesen, können wir auch nichts machen. Und ich sag Ihnen nochmal: Wir haben wahrlich genug zu tun mit dem Grauen Kapitalmarkt und den richtigen Betrügern.«

Hanna gab auf. Trotzdem fühlte sie sich bestätigt. Unanständiges im Rahmen der Legalität, dachte sie. So etwas gab es natürlich auch. Und dass hier das Motiv für den Anschlag auf Ludger Behrends lag – das sagte ihr der Instinkt –, war nicht so unwahrscheinlich. Sie brauchte jemanden, der da durchblickte.

Wie war das? Der Dezernatsleiter sollte sich an seinen Kollegen von der Wirtschaftskriminalität wenden. Warum der Dezernatsleiter? De facto war sie das selbst. Hätte Andreas Bialas angerufen – diesen Satz hätte er nicht zu hören bekommen. Obwohl auch er formal nur Stellvertreter des Dezernatsleiters war. Und musste sie Franz Kallinger eigentlich umfassender informieren, als Andreas das getan hätte? Franz hatte unterrichtet werden wollen, wenn eine Sonderkommission vonnöten war. War die kleine Gruppe, die sie ad hoc zusammengestellt hatte, schon eine Soko? Hanna stellte verwundert fest, dass sich ein Gefühl einschlich, das sie im Job schon lange nicht mehr kannte: Sie war verunsichert. Was durfte sie, was durfte sie nicht?

Es war einfach diese ungeklärte Situation in der Einser-Inspektion. Andreas Bialas war immer noch nicht zum

Leiter des Dezernats für Tötungsdelikte ernannt worden. Offiziell besetzte Franz Kallinger eine Doppelfunktion. Er war Chef der Kriminalinspektion eins, zu der auch die Jugenddelinquenz, die Sexualdelikte, der Raub und noch ein paar unschöne Dinge gehörten. Zugleich war er auch Leiter des Dezernats für Tötungsdelikte. Der Grund dafür lag in den Schlampereien von Andreas Bialas. An höherer Stelle bestand seinerzeit jemand darauf, dass Kallinger seinem Zögling auf die Finger schaute. Wenn der alte Kämpe schon unbedingt den jungen Querkopf ins Amt hieven wollte, so sollte er zumindest die Verantwortung dafür übernehmen, dass dessen Abneigung gegen jede Form von Bürokratie nicht zu unvollständigen Akten und unerledigten Personalangelegenheiten führte. Hanna blickte auf den Stapel, den Bialas ihr hinterlassen hatte. Sie hatte durchaus Verständnis für die damalige Entscheidung.

Die führte aber nun dazu, dass sie zwischen den Stühlen saß. Es war im Polizeipräsidium Stuttgart bereits eine beschlossene Sache, dass eine Neustrukturierung aller Bereiche auch die Verantwortlichkeiten neu regeln sollte. Die Dezernate für Tötungsdelikte und für Brand- und Sprengstoffdelikte würden zusammengeführt werden. Unter der Leitung von Andreas Bialas, der dann zum Ersten Kriminalhauptkommissar aufstieg. Hanna selbst würde offiziell seine Stellvertreterin werden, ebenfalls mit Beförderung zur Ersten Hauptkommissarin. Der Hintergedanke der Vorgesetzten war ihr klar. Sie sollte die Funktion der Kontrollinstanz übernehmen, die bisher Franz Kallinger ausfüllte, und Andreas auf die Finger klopfen, wenn der seinen Papierkram nicht in den Griff bekam. Oder ihn am besten gleich selbst erledigen. Ob sie mit dieser Rolle glücklich werden würde, bezweifelte sie.

Aber immerhin waren dann die Kompetenzen geklärt. Was sie im Moment nicht behaupten konnte. Jetzt behandelte sie der Kollege vom Dezernat 3 wie eine Debütantin.

Dann kam ihr eine Idee. Sie griff wieder zum Hörer und rief im Landeskriminalamt an. Es gab dort einen Ansprechpartner, der ihnen in Sachen Wirtschaftskriminalität schon sehr geholfen hatte. Vielleicht brauchte sie dann den Dezernatsleiter der Stuttgarter Wirtschaftskriminalisten gar nicht mehr.

»Ja, was ist?«, meldete sich der Mann.

»Herr Stoevesandt? Sind Sie's? Hanna Stankowski. Ich bräuchte mal wieder Ihre Unterstützung. Es geht um die Real-Vermögensberatung. Sagt die Ihnen etwas?«

»Jetzt nicht. Ich melde mich bei Ihnen.« Damit legte er auch schon auf.

Hanna sah verblüfft den Telefonhörer an. Wieder eine Abfuhr. Gerd Stoevesandt war ein Nordlicht und ein typischer Vertreter seiner Spezies. Er wirkte immer kühl und beherrscht und stellte seine Gefühle nie zur Schau. Aber eine so schroffe Abfuhr hatte Hanna noch nie von ihm erlebt. Stoevesandt war bei aller Zurückhaltung immer korrekt. Ja, er hatte die noble Höflichkeit der gebildeten Schicht, die in den fünfziger Jahren großgeworden war. Waren die Wikri-Leute beim LKA auch im Finanzkrisen-Stress?

Wo waren die Schokokekse, die Steffie ihr gekauft hatte? Sie hatte sie zu Hause liegen lassen. Auch gut. Wenn sie schon kein Glück hatte mit ihren Anliegen, dann musste sie sich nicht auch noch über sich selbst ärgern, weil sie den Verdruss mit Keksen in sich hineinfutterte. Als Luca in ihr Büro kam und ihr mitteilte, dass jetzt alle anwesend seien, war sie dankbar für den Szenenwechsel und folgte ihm in den Besprechungsraum.

Sie bemühte sich, die Sachlage kurz und prägnant zu erläutern. Luca und Wildermuth wussten ohnehin Bescheid. Rolf Gaßmann blickte ängstlich in die Welt und war sicher froh, wenn er schnell erfuhr, was von ihm konkret erwartet wurde. Otto würde fragen, wenn er zusätzlich Infos brauchte. Und sie selbst wollte vor allem hören, was Wildermuth am Vortag noch herausbekommen hatte.

Der Kriminaltechniker kam entgegen seiner sonstigen Gewohnheiten ohne technische Vorerklärungen gleich zum wichtigsten Ergebnis: »Der Tatort ist so gut wie klar. Wir haben auf dem Stellplatz des Autos metallische Mikrospäne gefunden.« Er reichte Hanna die Mikroskop-Aufnahmen von kleinen grisseligen Körnchen.

»Welcher Stellplatz?«, fragte Otto Obermayer.

»Ludger Behrends hatte einen Stellplatz in der Tiefgarage, die zum Wohnhaus gehört, in dem er gewohnt hat«, erklärte Hanna.

»Ob die Metallspäne wirklich zu der Spurstange gehören, muss jetzt untersucht werden«, setzte Wildermuth seinen Bericht fort. »Ich habe die Proben schon an die Materialuntersuchung im LKA geschickt. Aber wir haben diese Art von Metallspänen nur am Stellplatz der Viper gefunden. Man kann also davon ausgehen, dass sie dort erzeugt wurden.«

Der drahtige Leiter der KTU strich sich wieder mit der Hand über den Oberlippenbart und setzte den Bericht in gewohnter Ausführlichkeit fort: »Weitere Spuren in der Garage sind Reifenabrieb, Staub- und Rußpartikel, Erdkrümel und so weiter. Ich gehe mal davon aus, dass auch genetisch auswertbares Material darunter ist. Hautschuppen oder Haare. Aber das herauszufiltern ist leider extrem schwierig. Die Proben sind ebenfalls an die Molekulargenetik beim LKA gegangen.«

»Wie ist das«, fragte Luca, »mit diesen Hautschuppen? Wenn da jetzt einer unter die Viper krabbelt und da rumsägt – wie hoch ist die Wahrscheinlichkeit, dass der auch Hautschuppen verliert?«

»Sehr hoch«, antwortete Wildermuth. »Da müsste man schon fast einen Neopren-Ganzkörperanzug tragen, wenn man das verhindern wollte. Das Problem ist nur, dass natürlich alle, die da in der Garage zugange waren, Hautschuppen verlieren. Wenn wir überhaupt etwas identifizieren können, kann es sehr lange dauern, bis Ergebnisse da sind. Womit ihr eher etwas anfangen könnt«, sagte Wildermuth vorsichtig, »das sind eben die ganzen Schmutzpartikel und ihre spezifische Zusammensetzung. Der Täter hat sich auf den Boden gelegt. Das haben wir an den Wischspuren in der Schmutzschicht des Garagenbodens festgestellt. Die Kleidung, die er getragen hat, muss kontaminiert sein.«

»Er hat sich also schmutzig gemacht«, gab Luca sich selbst die Übersetzung.

Hanna nickte und machte sich Notizen. »Habt ihr in der Wohnung des Opfers noch irgendetwas gefunden?«

Wildermuth schüttelte den Kopf: »Nichts, was auf den ersten Blick auffällig wäre. Den Laptop und die ganzen Schriftsachen habe ich Luca schon ins Büro gestellt.«

»Könnt ihr schon etwas dazu sagen, wie lange Behrends mit der angesägten Spurstange unterwegs gewesen sein konnte?«, wandte sich Hanna noch einmal an ihn.

»Ich habe mit den Leuten bei der Materialprüfungsanstalt gesprochen. Die haben natürlich noch keine handfesten Ergebnisse. Aber sie meinen, so tief, wie die Einkerbung in die Stange war, da kann er nicht sehr lange damit herumgefahren sein. Ich muss sagen, ich schätze es ähnlich ein.«

Wenn Wildermuth sich zu so einer Aussage hinreißen ließ, dann konnten sie mit dieser These zunächst einmal arbeiten.

»Okay.« Hanna ging zum nächsten Punkt. »Was ist jetzt zu tun? Luca, du nimmst dir den Laptop von Ludger Behrends vor. E-Mail-Verkehr, Chats, soziale Netzwerke. Vielleicht hat er ja einen Terminkalender geführt. Oder Notizen gemacht. Auf welchen Internetseiten hat er sich herumgetrieben? Und setz dich wieder in dein Büro. Dann kann Rolf dich jederzeit fragen, wenn er noch Informationen braucht, die ich jetzt vielleicht auf die Schnelle vergessen habe.«

Rolf Gaßmann blickte sie aus seinen hellbraunen Augen einen Moment lang erschrocken an. Dann schien er zu verstehen und nickte zustimmend mit seinem runden Kopf, der ein klein bisschen zu groß geraten war im Verhältnis zu dem schmalen Rumpf und den dürren Armen und Beinen. Nur sein Bauch griff die Kugelform des Kopfes wieder auf und passte ebenfalls nicht zum Rest des Körpers.

»Und du, Rolf«, sagte Hanna an ihn gewandt, »du jagst die ganze Bande durch sämtliche Dateien, auch die in Flensburg. Und du holst von allen Schufa-Auskünfte ein. Wenn da was ist, dann hakst du bei den Banken nach. Das betrifft: Zunächst das Opfer selbst, Ludger Behrends. Dann seine Mitarbeiter.« Hanna zog ein Blatt mit Notizen aus den Unterlagen. »Das sind Max Mikulski ...«

»Der Breitmaulfrosch«, kommentierte Luca grinsend.

»... Sebastian Schultze ...«

»Die Streuselschnecke.«

Hanna sah Luca missbilligend an. »Patrick Ascher, ganz wichtig. Dann auf jeden Fall auch diesen älteren Herrn. Wie hieß der noch mal?« Sie sah in ihren Aufschrieben nach. »Walter Hinrichs. Und auch die Führungsleute da, diesen Gockel. Moment ... Karsten Ehlers. Und den Chef: Bernhardt Winterstein. Die mal zuerst. Wenn du damit fertig bist, kann Luca dir noch ein paar Weitere nennen. Mit denen das Opfer häufig telefoniert hat oder die für ihn gearbeitet haben.«

»Was ist mit den beiden von gestern?«, fragte Luca. »Sabrina Mayer und Johannes Gremmelsbacher?«

Hanna überlegte. »Ich kann mir nicht vorstellen, dass einer der beiden 'ne Spurstange ansägt. Aber nehmen wir sie vorsichtshalber mal dazu. So weit klar, Rolf?«

Gaßmann nickte erleichtert. Personen durch die Dateien von Ämtern und Polizei zu jagen, gehörte zu den Grundbefähigungen jedes Polizisten. Und er würde die Aufgabe gewissenhaft erledigen.

»Otto, von dir möchte ich Folgendes«, wandte sich Hanna an Otto Obermayer, der schon von seinen körperlichen Abmessungen her ein ganz anderes Kaliber war als Gaßmann. Der stämmige Kollege sah sie aufmerksam an und zeigte sonst keine Regung. »Du rufst die ganzen Leute, die ich eben aufgezählt habe, an. Du fragst sie, wer wann mit Ludger Behrends in den letzten Tagen Kontakt hatte. Wo haben sie ihn zuletzt gesehen? Bei welcher Gelegenheit? Wissen sie, wo Behrends in den letzten Tagen vor dem Unfall war? War er am Freitag noch mal bei der Arbeit? Der Hintergrund ist der: Wir müssen herausbekommen, wann und wie lange er mit dem Wagen gefahren ist. Du fragst nach der Viper aber nur, wenn es sich nicht vermeiden lässt. Und du kannst unter der Hand damit gleich mal die Alibis abfragen. Wo waren die Leute in der fraglichen Zeit? Alles klar?«

Obermayer nickte kurz. Auch ihm musste man bestimmt keine Basics der Ermittlungsarbeit mehr beibringen.

»Ich selbst«, fuhr Hanna fort, »kümmere mich noch mal um die Hausbewohner in der Gaußstraße. Vielleicht bekommen wir vom Ehemann der Hausbesitzerin oder von den anderen Mietern ja noch Hinweise, wann die Viper in der Garage stand. Und ich will den Papierkram sehen aus der Wohnung von Behrends. Bring mir den gleich mal rüber, Luca. So, das wär's.«

Hanna sah in die Runde. Wildermuth musste sie nicht sagen, was er zu tun hatte. Die andern schienen keine Fragen mehr zu haben. Es konnte also losgehen.

»Sensoren maximale Reichweite. Deflektoren volle Leistung. Wir gehen auf Warp drei«, sagte Luca, stand auf und ging zur Tür. Die anderen folgen ihm. Hanna packte ihre Unterlagen zusammen. Auf dem Weg zu ihrem Büro bekam Hanna noch mit, dass Luca auf dem Flur mit Wildermuth verhandelte und leidenschaftlich auf ihn einredete.

3

Die Hausbesitzerin in der Gaußstraße, wo Behrends seine schicke Wohnung gehabt hatte, konnte Hanna nicht viel mehr sagen als am Vortag. Immerhin bestätigte sie, dass sich in letzter Zeit keine Handwerker oder andere Fremde in der Garage aufgehalten hatten. Nur die Eltern ihres Mannes waren an einem Wochenende etwa acht Tage vor dem tödlichen

Unfall zu Besuch gewesen und hatten in der Tiefgarage geparkt. Sie konnte Hanna außerdem die Geschäftsnummern ihres Mannes und des Paares aus der zweiten Mietwohnung geben. Hanna erreichte alle drei auf Anhieb. Der Ehemann, ein Anwalt, bestätigte die Aussagen seiner Frau. Die Viper von Ludger Behrends stand am Samstagvormittag noch in der Garage, nicht mehr aber am Nachmittag. Am Sonntag war der Wagen seiner Meinung nach den ganzen Tag nicht da, sondern erst wieder am Abend gegen acht. Er war zu dieser Zeit noch einmal hinuntergegangen, um Unterlagen aus seinem Wagen zu holen, die er sich in Vorbereitung eines wichtigen Termins am Montag noch mal anschauen wollte. Der Mann war sich sehr sicher.

Das Ehepaar aus der oberen Wohnung arbeitete gemeinsam bei einer Versicherung. Sie konnte sich an gar nichts mehr erinnern. Er dagegen war sich absolut sicher, dass die Dodge Viper weder am Samstagabend gegen halb neun in der Garage stand noch nachts um eins, als das Paar von einem Besuch bei Freunden zurückgekommen war. Offenbar hinterließ diese Art von Flitzern bei Männern einen nachhaltigen Eindruck. Auch diese beiden gaben an, dass ihres Wissens sich außer den Hausbewohnern in letzter Zeit niemand in der Garage aufgehalten hatte.

Hanna nahm sich die Papiere vor, die in Ludger Behrends Appartement gefunden worden waren. Viel war das nicht. Der Tote hatte Ordner mit den üblichen Unterlagen: Geburtsurkunde, Zeugnisse und sonstige wichtige Dokumente wie Krankenkassen-, Kfz-Versicherungs- und Steuerunterlagen. Nur ein Ordner enthielt Geldanlagen, soweit Hanna es beurteilen konnte: Eine Lebensversicherung und ein paar Staatsanleihen, alles keine größeren Summen. Ihr kam das komisch vor für jemanden, der sich tagaus, tagein mit Vermögensanlagen beschäftigte.

Dann befasste sie sich mit den Unterlagen, die augenscheinlich mit seiner Arbeit bei der RVB zusammenhingen.

Formulare für die Erfassung von Einkommensverhältnissen, Verträge für Lebensversicherungen und jede Menge Prospekte über die verschiedenen Möglichkeiten, sein Geld höchst gewinnträchtig anzulegen. Sie nahm eine der Hochglanzbroschüren zur Hand. Ein adrettes Paar mittleren Alters lächelte den Betrachter glücklich an. »Erfüllen Sie sich Ihre finanziellen Wünsche und Träume«, las sie da. »Kapitalsicherung zum Laufzeitende … auch wenn die Kurse nach unten gehen … Nutzen Sie die Ertragschancen der internationalen Finanzmärkte … Wählen Sie aus attraktiven Kapitalanlagefonds Ihr ganz persönliches Portefeuille … Ihre Geldanlage wird börsentäglich kontrolliert, überprüft und umgeschichtet. Und das alles ganz ohne Ihr Zutun. Sie können sich entspannt zurücklehnen. Mit der Gewissheit, dass sich Profis um Ihre Geldanlage kümmern. Tag für Tag.«

Hanna lehnte sich zurück. Allerdings nicht sehr entspannt. Wer verstand so etwas wirklich? Es klang wunderbar. Aber was bitte war ein Garantiefonds? Oder ein kostenloser Fondsswitch? Was war eine regelbasierte Fondsanlage und was ein finanzmathematisches System? Hatte es für die Zertifikate von Lehman-Brothers wohl auch so schöne Prospekte gegeben, bevor die amerikanische Bank pleiteging und eine weltweite Krise auslöste? Wenn in diesem Finanzwust das Motiv für den Anschlag auf Ludger Behrends zu suchen war, dann hatte sie ein Problem.

Sie sah auf die Uhr. Es war Mittagszeit, und sie hatte Hunger. »Du gehst jetzt in die Kantine und isst etwas Ordentliches«, sagte sie halblaut zu sich selbst.

In das Knurren ihres Magens meldete sich das Telefon. Es war die Pforte.

»Hier ist eine Frau … Mareneschku … vom LKA.« Der Kollege hatte Probleme, den Namen vom Ausweis abzulesen.

»Frau Marinescu? Schick sie hoch.«

Hatte sie der Leiter der Wirtschaftskriminalität am Landeskriminalamt also doch nicht nur rüde abgefertigt. Es wäre auch wirklich nicht die Art von Gerd Stoevesandt gewesen. Nicole Marinescu war eine seiner Mitarbeiterinnen, ein heller Kopf mit eindrucksvollem Fachwissen. Sie war genau die Richtige für Hannas Fragen.

»Kommen Sie herein. Setzen Sie sich. Kann ich Ihnen einen Kaffee anbieten?«, begrüßte sie die junge Frau. Nicole Marinescu hatte sich kaum verändert, obwohl sie sich seit einigen Jahren nicht gesehen hatten. Sie wirkte mit ihrer zierlichen Figur und den feinen blonden Haaren noch immer mädchenhaft, auch wenn sie langsam Anfang dreißig sein musste. Sie war wie früher schon unaufdringlich, aber geschmackvoll gekleidet und trug dezenten Silberschmuck.

»Herr Stoevesandt möchte sich bei Ihnen entschuldigen«, sagte sie fast schüchtern und wurde sogar ein wenig rot. »Er war wohl etwas kurz angebunden, als Sie ihn angerufen haben. Bei uns spielen mal wieder alle verrückt. Es gibt da ein paar Sachen, die jetzt aufgeflogen sind. Durch die ganze Finanz- und Bankenkrise. Es wird halt wieder Politik gemacht von manchen Leuten, und wir dürfen nicht ermitteln, wie es notwendig wäre.« Es klang bitter und zugleich entschuldigend.

»Und Sie kommen trotzdem hierher? Das ist wirklich nett von Ihnen.«

»Ich musste ohnehin quasi an Ihrer Haustür vorbeifahren. Ich muss meine Kleine von der Schule abholen. Freitags versuche ich immer, etwas früher dran zu sein.« Sie wurde fast verlegen.

Hanna erinnerte sich: Nicole Marinescu war alleinerziehend.

»Wie alt ist Ihre Tochter jetzt?«

»Acht. Zweite Klasse.« Ein weiches Lächeln huschte über das Gesicht der Mutter. »Sie geht in Feuerbach in die Hattenbühlschule. Dort gibt es gleich in der Nähe einen Hort, in dem sie bis zum Abend bleiben kann.«

»Vom LKA nach Feuerbach«, dachte Hanna laut. Das war eine mörderische Strecke. Durch Cannstatt, dann die B 10 hoch zum Pragsattel, dem meistbefahrenen Nadelöhr der ganzen Stadt, und hinüber nach Feuerbach, durch das alle fahren mussten, die von den Stuttgarter Industriestandorten in die Gemeinden westlich der Stadt wollten. »Wo wohnen Sie denn?«

Nicole Marinescu sah sie unglücklich an. »Im Osten. In der Nähe des Ostendplatzes.«

»Wie machen Sie das denn?« Hanna ging im Geist die Strecke durch. Das hieß, fast die gleiche Strecke noch einmal zurück. Oder über die Heilbronner Straße quasi quer durchs Stadtzentrum. Beides im Berufsverkehr kein Vergnügen.

Nicole Marinescu nickte bekümmert. »Ich habe bei der Einschulung keinen anderen Platz bekommen, bei dem eine Ganztagsbetreuung dabei ist. Sarah könnte im Herbst vielleicht in die die Sommerrainschule wechseln. Das wäre natürlich eine große Erleichterung. Aber jetzt hat sie da Freundinnen und ist in die Klasse integriert. Ich weiß auch nicht, was ich tun soll.«

»Denken Sie auch an sich«, sagte Hanna energisch. »Es nützt Ihrer Tochter nichts, wenn Sie ein Nervenbündel sind. Glauben Sie mir, ich weiß, wovon ich spreche.«

Die LKA-Kollegin nickte: »Sie hatten drei kleine Kinder. Wie haben Sie das nur gemacht?«

»Das weiß ich auch nicht. So wie Sie sich später einmal fragen werden, wie Sie das auf die Reihe bekommen haben.«

Nicole Marinescu winkte ab, als wolle sie die Gedanken verscheuchen. Es war, als würde sie die Intimität nicht ertragen und schnell wieder ihre verletzlichen Seiten bedecken. »Was kann ich für Sie tun? Gerd ... Herr Stoevesandt sagte, es geht um die RVB.«

»Genau.« Auch Hanna ging wieder zum Geschäftlichen über. »Wir haben einen Toten, der bei der Real-Vermögensberatung gearbeitet hat. Und der Laden kommt mir irgendwie komisch vor.« Sie legte noch einmal den Fall dar, wie sie es am Morgen schon einmal getan hatte. Nicole Marinescu hörte ihr aufmerksam zu.

»Die RVB«, sagte sie dann, »ja, die sagt mir durchaus etwas. Sie gilt als besonders aggressiv. Aber ich glaube, ich muss vielleicht erst mal generell etwas zu diesen Finanzdienstleistern sagen. Und zwar zu den großen. Die kleinen sind noch mal ein anderes Kapitel. Bei denen gibt es so ziemlich alles, von den übelsten Betrügern bis zu echt seriösen Leuten, die ihre Kunden über viele Jahre gut beraten. Aber die RVB gehört eindeutig zu den Großen. Und das sind in der Regel Strukturvertriebe. Sagt Ihnen das etwas?«

Hanna schüttelte den Kopf: »Nein.«

»Solche Finanzvermittler haben ja in der Regel keine eigenen Produkte. Sondern sie verkaufen die Versicherung von anderen Versicherungsunternehmen. Von der Allianz, von der Iduna oder irgendeinem anderen. Auch Geldanlagen vermitteln sie für Banken oder für Anlagefonds.« Nicole Marinescu sah Hanna fragend an: »Soweit klar?«

Hanna nickte, obwohl für sie Produkte immer etwas zum Anfassen waren und sie sich unter einem Anlagefonds auch nichts Konkretes vorstellen konnte.

»Wenn diese Finanzdienstleister eine Versicherung oder eine Geldanlage vermitteln, dann bekommen sie dafür eine Provision von den Unternehmen, deren Produkte sie vermittelt haben. Verkaufen sie eine Lebensversicherung von der Allianz, dann bekommen sie eine Provision von der Allianz. Vermitteln sie einen Aktienfonds von der Deutschen Bank, dann zahlt die Deutsche Bank ihnen die Provision. Sie leben also im Gegensatz zu den Versicherungen und Banken nur von dieser Provision.«

»Aber wozu soll ich bei denen eine Versicherung abschließen oder Geld anlegen, wenn ich das doch auch direkt bei der Allianz oder der Deutschen Bank machen kann?«

Nicole Marinescu nickte: »Die machen ihr Geld damit, dass der Anlagemarkt, oder auch der Markt für Versicherungen, völlig unüberschaubar ist. Nicht nur für Laien. Da sind selbst ausgemachte Finanzexperten nicht mehr in der Lage, das zu überschauen. Nehmen wir mal an, Sie haben ein bisschen Geld übrig. Sagen wir mal dreißigtausend Euro. Und sie möchten es so anlegen, dass Sie im Alter noch ein bisschen etwas zur Rente dazu haben. Was tun Sie mit dem Geld?«

Hanna zuckte die Schultern: »Hier hat man mal geworben für eine Zusatzversicherung zur Pension bei der Württembergischen. Das hab ich gemacht. Aber da zahle ich regelmäßig etwas ein. Dreißigtausend auf einmal habe ich leider nicht.«

»Wüssten Sie, wo Sie es anlegen, wenn Sie's hätten?«

»Keine Ahnung.«

»Und nun stellen Sie sich mal vor, da kommt einer zu Ihnen und sagt: ›Hallo Frau Stankowski, ich hab da eine super Anlage mit einer Wahnsinns-Rendite. Das ist das Beste, was es momentan auf dem Markt gibt. Ich rechne Ihnen das mal vor‹. Würden Sie nicht doch auch zuhören?«

»Frau Marinescu, wozu brauche ich einen Anlageberater? Weil ich es selbst nicht blicke! Aber die jungen Männer, die wir da getroffen haben, da hatte ich nicht gerade den Eindruck, dass das die großen Koryphäen sind. Einer ist dabei, der hat wenigstens eine Lehre als Bankkaufmann hinter sich. Alle andern haben keinen vernünftigen Abschluss. Ich verstehe nichts von Geld, aber durchaus etwas von Menschen.«

»Das glaube ich Ihnen gerne. ›Finanzberater‹ kann sich jeder nennen. Das ist kein geschützter Begriff. Seit ein paar Jahren muss man eine Prüfung bei der Industrie- und Handelskammer machen, wenn man sich ›Versicherungsvermittler‹ nennen will. Da hat uns die Europäische Union zumindest bei den Versicherungen zu etwas Positivem gezwungen. Aber ›Finanzberater‹ ...« Sie strich sich eine Strähne des feinen Haares aus dem Gesicht und dachte einen Moment nach. »Ich glaube, da gibt es nach wie vor keine Regelung. Die meisten Finanzvertriebe wie die RVB stellen die Leute an der Vermittlungsfront sowieso nicht ein. Das sind meistens selbstständige Handelsvertreter, auch wenn die nur für die eine Finanzfirma arbeiten dürfen. Und selbstständige Handelsvertreter, die fallen, soweit ich weiß, nicht unter die

EU-Regelungen. Die brauchen nur einen Gewerbeschein. Die meisten von denen haben von ihrem Finanzdienstleister gerade mal eine Schnellbleiche bekommen. Irgendeine interne Schulung, in der sie mehr darüber lernen, wie man psychologisch geschickt Leute anbaggert, als dass man ihnen wirklich etwas über Geldanlagen oder Versicherungen beigebracht hätte.«

»Und die werden dann auf die Kunden losgelassen? Haben Sie nicht eben gesagt, dass bei diesem ganzen Finanzkram auch die Fachleute kaum noch durchblicken?«, fragte Hanna sarkastisch.

»Die meisten Leute haben so wenig Ahnung von Geldangelegenheiten – da braucht nur jemand ein bisschen großspurig daherkommen, dann sind die schon beeindruckt. Und im Großdaherreden, da sind manche auch ohne jede fundierte Ausbildung ganz gut drin. Unternehmen wie die RVB werben ganz oft damit, dass sie Ihnen etwas empfehlen, was ganz genau auf Ihre Bedürfnisse und Ihre finanziellen Verhältnisse zugeschnitten ist. Alles Papperlapapp. Dazu müssten die Vermittler ja tatsächlich den Markt hervorragend kennen. Finanzberater in Strukturvertrieben – das sind oft gescheiterte Existenzen. Studienabbrecher, Leute, die nach der Ausbildung in ihrem eigentlichen Beruf nicht unterkommen, Leute, die sich selbstständig machen wollten und auf die Nase gefallen sind.«

»Und was drehen die mir dann an, wenn Sie sagen, die kennen den Markt gar nicht?«

»Das, was die Muttergesellschaft im Portfolio hat. Es gibt so eine Finanzberatungsgesellschaft, die gehört zum Beispiel zu gewissen Anteilen der Generali Lebensversicherung AG und der Signal Iduna Gruppe. Raten Sie mal, wessen Lebensversicherungen die verkaufen.« Nicole Marinescu war nun in Fahrt. Sie hatte glänzende Augen und rosige Wangen bekommen. »Und die Real-Vermögensberatung, die verkauft das, was am meisten Provision bringt. Da können die in der Regel ganz gut rechnen. Vor allem die Führungsleute. Denn die verdienen in Strukturvertrieben am allermeisten. Und die sagen ihren Leuten schon sehr genau, welche Policen an den Mann und die Frau gebracht werden müssen.«

»Was ist das, ein Strukturvertrieb?«

»Also, es funktioniert so: Die Hierarchie in solchen Unternehmen ist wie eine Pyramide. Ganz unten operieren die sogenannten Finanzberater. Das sind in der Regel keine Angestellten. Sondern eben selbstständige Handelsvertreter. Wenn die nun einen Kunden gewinnen, dann bekommen sie dafür eine Provision. Aber sie bekommen nur einen kleinen Teil davon. Sagen wir mal etwa dreißig Prozent. Der Rest geht an die Vorgesetzten, alle der Reihe nach, bis zum Big Boss. Ein Teil der Provision geht also an den Gruppenführer, ein Teil an den Büroleiter. Ein weiterer Teil geht an den Direktor auf der Regionalebene, ein Teil geht an den Financial Analyst in der Firmenzentrale, und schließlich geht ein Anteil an den Chef, den Generaldirektor oder wie immer der sich nennt.«

»Das heißt, so wirklich reich wird man damit nicht als einfacher Berater. Oder?« Hanna dachte an die Runde im Vaihinger Büro der Real-Vermögensberatung.

»Kommt darauf an, wie viele Geldanlagen man vermittelt. Aber wirklich gut verdienen nur die oben auf der Hierarchieleiter. Und zwar umso mehr, je mehr Vertriebsleute an der Basis für sie arbeiten. Deshalb werben diese Unternehmen auch permanent neue Mitarbeiter. Teilweise sogar mit üblen Tricks. Ein paar wenige von den Angeworbenen werden richtig gute Verkäufer. Aber die meisten grasen ihren Bekanntenkreis ab, die Verwandten und Freunde. Und dann wird es zäh. Die Fluktuation ist unheimlich hoch in dem Bereich.«

Die junge Frau, die so scheu und unsicher wirkte, wenn es um persönliche Dinge ging, blühte regelrecht auf, sobald ihr Fachwissen gefragt war. Hanna erinnerte sich, dass die LKA-Beamtin ein Studium der Volks- oder Betriebswirtschaft abgeschlossen hatte. Trotz hervorragender Aussichten in der Wirtschaft hatte sie sich entschlossen, als Quereinsteigerin zur Polizei zu gehen. Finanziell gesehen sicher keine vorteilhafte Entscheidung. Hanna schätzte diese selbstbewusste Nicole Marinescu und hegte fast fürsorgliche Gefühle für die schwache, fragile Seite der jungen Kollegin.

»Sagen Sie, Frau Marinescu, wie ist das mit den Provisionen? Wir haben hier folgenden konkreten Fall: Ein Gruppenleiter spricht die Kunden seiner Vermittler an. Er bringt sie dazu, die alten Verträge zu stornieren, und schließt mit ihnen neue ab. Geht das?«

Nicole Marinescu nickte wieder leidenschaftlich: »Das ist die Real-Vermögensberatung. Wir hören immer wieder – gerade bei der RVB – von solchen Vorfällen. Eine ganz miese Masche. Die Provision richtet sich immer nach dem Gesamtwert des Vertrags. Nehmen wir noch mal die Lebensversicherung. Sie schließen eine ab und zahlen zehn Jahre lang jeden Monat hundert Euro ein. Dann sind das …« – sie rechnete im Geist nach, wobei sie wie ein Kind die Finger zu Hilfe nahm – »zwölftausend Euro. Nach dieser Summe richtet sich die Provision. Wenn Sie jetzt aber nach zwei Jahren den Vertrag kündigen, weil Sie vielleicht arbeitslos geworden sind, dann ist die reale Summe ja viel geringer. Der Vermittler hat also zu viel bekommen. Er muss einen Teil der Provision wieder zurückzahlen. Gerade bei der RVB macht man das gerne bei Leuten, die kündigen. Rein rechtlich kann man dagegen gar nichts tun.«

»Noch eine Frage: Was ist eine fondsgebundene Lebensversicherung?«

Nicole Marinescu lehnte sich zurück: »Wie erkläre ich das am besten? Was ein Fonds ist, das wissen Sie. Oder?«

»In etwa. Vielleicht erklären Sie es mir genauer.«

»Ein Fonds ist ein Topf. Ein Topf für Geld und Wertpapiere. Da kann man nun alles Mögliche reintun. Zum Beispiel die Aktien von Firmen – dann haben wir einen Aktienfonds. Oder Immobilien – dann ist es ein Immobilienfonds. Man kann in einen solchen Fonds aber auch verschiedene

Sachen reintun. Zum Beispiel ein paar Aktien, ein paar Staatsanleihen, ein paar Zertifikate und so weiter. Es gibt unendlich viele Varianten. Die Leute, die solche Töpfe kreieren, schauen natürlich, dass die einzelnen Anlagen an Wert gewinnen. Also dass die Kurse der Aktien steigen und die Preise für die Immobilien genauso. Die geben damit an, dass sie ganz genau analysiert haben, welche Firmen und welche Immobilien in Zukunft mehr wert werden. Die Wahrheit ist aber, dass sie es nicht wissen. Und dann gibt es plötzlich einen Crash, eine Finanzkrise, weil der Immobilienmarkt in Amerika zusammenbricht, eine Wirtschaftskrise, wie wir sie jetzt erleben – und plötzlich ist das ganze Zeug in dem Topf nicht mehr viel wert.«

Nicole Marinescu sah Hanna prüfend an. Die nickte.

»Was ich damit sagen will, ist«, fuhr die Expertin fort, »dass man bei einem Fonds nie genau weiß, wie viel man am Ende rausbekommt. Läuft es gut, dann kann man ganz gut damit verdienen. Läuft es schlecht, wie jetzt, dann hat man den Kürzeren gezogen und unter Umständen viel Geld kaputtgemacht.«

»Das heißt also, dass durch die Finanzkrise alle Geld verloren haben, die so eine Lebensversicherung abgeschlossen haben?«

»Genau. Bei fondsgebundenen Lebensversicherungen geht das ganze Geld, das Sie einzahlen, in einen solchen Fonds. Das, was Sie rausbekommen am Schluss, ist also nur das, was der Fonds dann wert ist. Es gibt nur eine Klausel, die interessant ist: Wenn Sie tatsächlich sterben, dann zahlt der Versicherer auf jeden Fall einen festgelegten Prozentsatz vom eingezahlten Geld an die Hinterbliebenen. So eine fondsgebundene Lebensversicherung macht also nur dann Sinn, wenn man seine Angehörigen absichern will. Sagen wir: Ein Geschäftsmann, der gut verdient und weiß, dass er mal ein gutes Auskommen im Alter hat – der kann so seine Familie absichern, sollte ihm was passieren. Und gleichzeitig ein bisschen zocken, wenn er gesund und munter bleibt.«

»Bei der Real-Vermögensberatung hat man – so wurde uns zumindest gesagt – solche Lebensversicherungen an Leute verkauft, die eigentlich auf Nummer sicher gehen wollten.«

In Nicole Marinescus hübschem Gesicht stand jetzt eine zornige steile Falte zwischen den Augen: »Das wissen wir. Haufenweise wurden solche Policen an Leute verkauft, die ein sicheres Zubrot im Alter haben wollten. Teilweise an Leute, die gar keine Angehörigen haben, die sie absichern müssten. Es gibt etliche Geschädigte, die wegen Falschberatung klagen wollen. Das Problem ist nur, dass sie erst mal beweisen müssen, dass ihnen etwas Falsches gesagt wurde. Oder dass sie nicht über die Risiken aufgeklärt wurden. Und das ist gar nicht so einfach.«

»Können Sie sich vorstellen, dass jemand mordet, der so geprellt worden ist?«, fragte Hanna nachdenklich.

Die junge Frau überlegte einen Moment: »Wenn der Verlust entsprechend hoch ist, und die Verzweiflung entsprechend groß – warum nicht?«

Hanna ließ im Kopf nachklingen, was sie erfahren hatte. Die Eindrücke der letzten Tage ließen sich nun besser einordnen. Und auch die Aussagen von Sabrina Mayer und Johannes Gremmelsbacher wurden untermauert. Sie sah Nicole Marinescu nachdenklich an und dankte Gerd Stoevesandt, dass er die junge Frau zu ihr geschickt hatte. Auch wenn die Hintergründe des tödlichen Unfalls im Geschäftsgebaren dieses Finanzsumpfes liegen sollten, und selbst wenn die Kollegen vom Dezernat 3 sie hängen ließen – sie konnte immer noch auf die Unterstützung der LKA-Kollegin bauen.

4

Hanna hatte Nicole Marinescu verabschiedet und ihr Grüße an Stoevesandt aufgetragen. Sie hatte noch ein paar Notizen gemacht und wollte sich gerade auf den Weg zu Kantine machen, da stürmte Luca in ihr Büro.

»Das musst du dir anschauen, Hanna. Ich hab mir mal den Laptop von Ludger Behrends vorgenommen. Da sind ein paar ziemlich üble Geschichten gelaufen.«

Hanna folgte ihm in sein Büro. Dort saß Rolf Gaßmann und studierte aufmerksam einige Papiere, die er blattweise las und sorgfältig neben sich ablegte. Offenbar eine spannende Lektüre, denn er registrierte kaum, dass Hanna hereingekommen war. Luca zog einen weiteren Stuhl an seinen Schreibtisch und bedeutete Hanna, Platz zu nehmen. Dann setzte er sich ebenfalls und schob den Laptop auf seinem Schreibtisch so zurecht, dass beide bequem Einblick hatten.

»Also: Ludger Behrends hat sich auch in ein paar Foren rumgetrieben. Aber das ist nicht so spannend. Eines über Techno-Musik. Er war offenbar Scooter-Fan. Und er hatte wohl auch den Spitznamen ›Scooter‹. So nennen ihn die anderen im Facebook-Chat ... Nur damit du einordnen kannst, um wen's da geht.«

»Wer oder was ist Scooter?«, fragte Hanna.

»Ist 'ne ziemlich bekannte Techno-Band. In dem Forum geht's vor allem darum, ob die neueste CD gute Remakes hat oder ob das Schlumpfentechno ist und die Band sich lieber einäschern lassen sollte. Behrends war für einäschern. War ihm wohl nicht klar, dass er bald selber dran ist.« Luca grinste. Mit Pietät gegenüber dem Toten war bei ihm nicht viel los.

»Dann gibt's noch ein Forum, da geht's natürlich ... rate mal, um was.« Luca gab sich selbst die Antwort: »Um Autos natürlich. Um Alarmanlagen mit möglichst geilen Pieptönen. Und natürlich um die gigantischen Vorteile einer Dodge Viper gegenüber dem Altherrenauto Porsche. Da hat er sich auch mit Karsten Ehlers gekabbelt. Du weißt schon, dieser braungebrannte Affe, den du einfach vor die Tür gesetzt hast. Der nennt sich im Forum übrigens ›King‹. Und so wird er von den anderen auch im Chat genannt, den ich dir jetzt zeige.«

Luca öffnete eine Facebook-Seite. Er scrollte hoch und runter, bis er die Stelle gefunden hatte, auf die es ihm ankam.

»He Scooter haste migekrigt? Mickey hat dem Arschi doch realo einen Hunni geliehen. Hallo Mickey du bist ja der absolute Nullchecker das wird de große Reinfall sag ich dir. Arschi verzockt das so schnell da kannse garnich so schnell den Geldbeutel auf un zu machen.«

Hanna hatte Mühe, den Text zu lesen. SMS und wohl auch diese Chats überboten sich gegenseitig in der Verhunzung der deutschen Sprache, und Hanna fragte sich, ob diese Leute in ihrem Beruf wohl auch so eine grauenvolle Orthografie praktizierten.

Als Teilnehmer im Chatroom waren Max Mikulski, Ludger Behrends und Karsten Ehlers angemeldet. Max Mikulski hatte geantwortet: »Manno, King, das hättest du mir ja auch mal stecken können. Dachte der hat grad nen dicken Fisch an Land gezogen mit der Dubai Geschichte und is bald flüssig.«

»Dubai geht den nix an und flüssig is bei dem nur alles in der Hose weiler die gesctrichen voll hat, der Spast. Da is nämlich schon der gerichtsvollziher vor dem seiner Tür gestandn«, hatte sich Ludger Behrends eingeschaltet.

»Wen meinen die mit Arschi?«

Luca grinste. »Das zeig ich dir jetzt.« Er klickte sich durch ein paar Facebook-Seiten und scrollte wieder an eine bestimmte Stelle.

»He Arschi die letzte Provision war ja schon geil. Wie schnell haste die den verzockt. Bestimt nix mehr übrig, so bescheuert wie du da ausder Wäsche gukst.« Der Absender war Ludger Behrends.

Luca ging mit dem Mauszeiger auf einen Link zu YouTube. Die Seite öffnete sich. Linker Hand über zwei Drittel des Bildschirms erschien der typische YouTube-Video-Screen. Luca klickte auf »Start«, und man sah Patrick Ascher. Er wurde von der Seite her gefilmt, ganz offenkundig ohne es zu merken. Er befand sich in einer Spielhalle an einem einarmigen Banditen. Man hörte deutlich das charakteristische Klickern und Klingeln rings um den Gefilmten. Immer wieder fütterte er das Gerät mit Scheinen. Sein Gesicht hatte einen verbitterten und zugleich fanatischen Ausdruck. Wieder fragte sich Hanna, warum Patrick Ascher auf sie so fade und unattraktiv wirkte. Er hatte ein fast klassisches Profil mit ebenmäßigen Proportionen und einer geraden Nase. Auch seine Statur entsprach durchaus den gängigen Idealen. Vielleicht war es die verhaltene Spannung, unter der er zu stehen schien. Oder die blauen Augen in dem blassen Gesicht, die zwar rastlos das Geschehen auf dem Automaten verfolgten, aber trotzdem einen unbeseelten Ausdruck hatten. Hanna betrachtete die verschiedenen Sequenzen von Aufnahmen, die hintereinandergeschnitten worden waren. Auf der letzten kramte Patrick Ascher in seiner Hosentasche, die aber nichts mehr hergab. Er schlug mit der Faust von unten gegen den Apparat und zog eine wüste Grimasse. »Scheiße« – man hörte das Wort leise, hätte es aber auch ohne Ton von den Lippen ablesen können.

»Und jetzt schau dir mal an, wie der Link gepostet wurde«, sagte Luca und ging mit einem Mausklick wieder auf die Facebook-Seite. »Behrends hat mehrere Listen mit Kontakten angelegt. Mit engeren Freunden, mit Kollegen oder mit Leuten, die er was weiß ich wo mal getroffen hat. Insgesamt sind das mehr als hundert sogenannte ›Freunde‹. Und er hat den Link an alle verschickt. Ich könnte wetten, dass da 'ne Menge Leute dabei sind, die auch Patrick Ascher kennt. Außerdem kann jetzt natürlich jeder, also absolut jeder, das Ding auf YouTube angucken.«

»Das heißt: Entweder ist Ascher spielsüchtig. Oder sie haben ihn diffamiert«, stellte Hanna fest.

»Das ist ein Zocker. Da verwette ich den Goldschmuck meiner Nonna. Auf jeden Fall haben sie ihn bloßgestellt. Und pass mal auf. Hier haben wir noch etwas Interessantes.« Luca war in seinem Element. Er klickte und landete wieder im Chatroom.

»Also, hier sind jetzt am Chatten: Karsten Ehlers alias King, Ludger Behrends alias Scooter und Patrick Ascher, den sie hier einfach Patrick nennen. Am Anfang geht's darum, ob man etwas gemeinsam unternimmt. Ehlers schlägt vor, in den Perkins Park zu gehen. Das ist diese Edel-Disco oben am Killesberg. Und dann kommt das hier.« Luca ging mit dem Mauszeiger auf die entsprechende Stelle.

»He King, Perkins Park is voll langweilig. Immer die gleichen Leute«, war die Antwort von Patrick Ascher.

Dann Ludger Behrends: »Wen meinsch den damit? Die sabrina he he he. Die tät nemlich mitkommen. Blos halt net mit dir.«

»Die kann mich mal«, antwortete Ascher.

Luca deutete auf eine Stelle des Bildschirms: »Und dann hat er sich ausgeschaltet. Hier unten siehst du, wer gerade online ist. Nach diesem Satz ist er offline gegangen. Jetzt sind also nur Behrends und Ehlers im Chat.«

»He Scooter wie hast das denn gemacht mit dem Arschi seiner Braut ... stimt des das du die abgezogen hast von dem Lowchecker?«, fragte Ehlers.

»Die war total unbefriedigt sag ich dir. Musste se mal erst n par nÄchte gut versorgen. Der Typ zockt doch nur noch der hat doch noch gar nich gemerkt das die weg is.«

»So«, sagte Luca, »und kurz nachdem die beiden dann ihren Chat beenden, wird von Karsten Ehlers folgende Meldung gepostet. Und zwar für alle seine ›Freunde‹. Und der hat auch 'ne ganze Menge davon, teilweise mit Überschneidungen zu den Listen von Ludger Behrends.«

Auf dem Bildschirm war zu lesen: »Hey Arschi stimmt das mit deine Schnecke? Is die wirklch mit Ludger abgehaun.«

Hanna lehnte sich zurück und sog die Luft zwischen den Lippen ein. »So etwas nennt man Mobbing«, sagte sie. »Und dass Sabrina Mayer offenbar vor Behrends mit Patrick Ascher gegangen ist, hat sie uns auch nicht gesagt. Die werde ich mir noch mal vorknöpfen.«

Aus dem Augenwinkel hatte sie wahrgenommen, dass Rolf Gaßmann nicht mehr in seine Papiere vertieft war, sondern die Kollegen am Laptop aufmerksam ansah.

»Das mit der Spielsucht ist vielleicht gar nicht so falsch«, sagte er nun, »wenn ich das richtig verstanden habe, dass sowas da steht. Patrick Ascher hat Schulden wie ein Sauhirt … ähm, so sagt man bei uns auf der Alb. Der hat bei der Schufa noch einen Score von 5 Prozent. Er bekommt nirgends mehr Geld. Ich hab verschiedene Banken angerufen, bei denen er Konten und Kredite hat.«

»Wie mies ist ein Score von 5 Prozent?«, wollte Luca wissen.

»Ziemlich mies. Dieser Score gibt die Wahrscheinlichkeit an, dass ein Kredit zurückgezahlt wird. Der beste Score liegt bei 100 Prozent. Dann bekommst du auf jeden Fall Geld von den Banken. Bei 5 Prozent, da muss man dann in der Regel mit einem Insolvenzverfahren rechnen.«

»Dann stimmt das vielleicht sogar mit dem Gerichtsvollzieher«, sagte Hanna. »Rolf, hake doch bitte mal beim Amtsgericht nach, ob dort schon eine Zwangsvollstreckung anliegt. Und was hast du von den Banken erfahren?«

Rolf Gaßmann wirkte gar nicht mehr ängstlich. Er hatte sogar die schmale Brust ein wenig nach vorne geschoben: »Fünf Konten hat Patrick Ascher. Jedes bei einer anderen Bank, alle gnadenlos überzogen. Vier Kredite laufen auf seinen Namen. Seit etwa drei Monaten wird keiner davon mehr bedient. Zwei Kreditkarten hat er, beide mittlerweile gesperrt. Außerdem gibt es ein paar Online-Shops, bei denen dieser Ascher noch Beträge ausstehen hat. Also alles in allem eine ziemliche Katastrophe.«

Der Mann ist einfach im falschen Dezernat, dachte Hanna. Wir müssten ihn in die Wirtschaftskriminalität stecken, dann wären alle glücklich.

Es klopfte an die Tür. Wildermuth kam herein. »Ach, hier bist du? Und dein Handy klingelt in deinem Büro vor sich hin. Kann ich kurz stören?«

»Nur zu«, sagte Hanna.

Der Kriminaltechniker zog die Tür hinter sich zu, durch die die Kälte vom Flur in den Büroraum drang, und erklärte: »Erstens: Die Mikrospäne auf dem Garagenboden gehören tatsächlich zu der Spurstange der Dodge Viper. Aber das war ja keine Überraschung. Wichtiger für die Tatzeiteingrenzung« – Wildermuth strich sich mit der Hand über den schwarzen Schnauzbart – »ist das Ergebnis der Materialprüfungsanstalt. Die haben unseren Fall vordringlich behandelt und gerade das Ergebnis durchgegeben. Die Spurstange hat, so wie sie angesägt wurde, etwa fünfzig Kilometer gehalten, höchstens hundert bei langsamer und vorsichtiger Fahrt. Ich hoffe, das nützt euch.« Damit wandte er sich zum Gehen.

Da riss Otto Obermayer, ohne anzuklopfen, die Tür auf. »Ach, hier bist du, Hanna. Ich hab da was, das solltest du vielleicht gleich wissen.«

»Leg los, wir haben hier gerade ohnehin so was wie eine Konferenz.«

»Also.« Obermayer rückte seine Brille auf der Nase nach oben, die er nur zum Lesen brauchte. Er stand vor ihnen wie ein Fels in der Brandung und las laut und trocken seine Aufschriebe vor: »Karsten Ehlers und Ludger Behrends sind am Samstag, dem 30. Januar, also dem Samstag vor dem Unfall, nach München gefahren. Ludger Behrends mit seiner Viper und Karsten Ehlers mit seinem Porsche 911. Dort waren sie abends im ›Baby‹. Das ist eine Münchner Schickeria-Diskothek. Laut Angaben von Karsten Ehlers waren sie danach, etwa um vier Uhr morgens, so besoffen, dass sie nicht mehr Auto fahren konnten. Sie haben in München übernachtet und sind am späten Sonntagnachmittag wieder zurück nach Stuttgart gefahren. Im Zeitraum dieser Rückfahrt haben zwei Leute bei der Verkehrspolizei angerufen und gesagt, auf der A 8 würden sich zwei Wahnsinnige ein Wettrennen liefern, einer mit ’nem roten Sportwagen und ein silberner Porsche.«

Wildermuth war den Ausführungen des Kollegen gespannt gefolgt. »So eine Fahrt hätte die Spurstange nie und nimmer überlebt«, sagte er bestimmt.

»Das heißt, sie muss in der Nacht vor dem Unfall angesägt worden sein«, folgerte Hanna.

Otto Obermayer fuhr stoisch fort: »Außerdem hab ich eine Aussage von einem Sebastian Schultze bekommen.«

»Der Rotschopf mit dem Clearasil-Testgelände im Gesicht«, kommentierte Luca.

»Laut Aussage dieses Schultze ... das scheint nicht der Hellste zu sein, aber immerhin hat er im Gegensatz zu allen andern freiweg erzählt ... also Schultze behauptet, es hätte vor etwa vier Monaten einen handfesten Streit zwischen einem Patrick Ascher und dem Opfer Ludger Behrends gegeben. Der Grund war ... Moment, ich habe das mitgeschrieben: ›Ludger Behrends hat einen Kunden von Patrick Ascher direkt angesprochen, hat dem erzählt, dass die Lebensversicherung nichts taugt, die Ascher dem verkauft hat. Daraufhin hat der Kunde die Lebensversicherung gekündigt, und Ascher musste die Provision zurückzahlen. Dann hat Behrends diesem Kunden einen Anteil von einem Immobilienfonds verkauft.‹ Und die Provision dafür hat er alleine eingestrichen. Worauf dieser Ascher wohl ziemlich ausgeflippt sein muss.«

»Also hört mal her«, sagte Rolf Gaßmann nun. Er hatte während Obermayers Ausführungen auf seinem Computer ein paar Eingaben gemacht. »Ich hab da mal nebenher in der Schuldnerkartei beim Amtsgericht in Stuttgart nachgeschaut. Gegen Patrick Ascher läuft eine Mobiliarzwangsvollstreckung. Das Amtsgericht hat eine gerichtliche Genehmigung der Zwangsvollstreckung erlassen, weil der Schuldner dem Gerichtsvollzieher die Durchsuchung der Wohnung verweigert hat.«

Luca hielt es nun nicht mehr auf seinem Stuhl. Er sprang auf und fuhr aufgeregt mit der Hand durch die Luft. »Dann hat das gestimmt. War einfach zu oft in Quark's Bar auf

Deep Space 9, der Typ.« Es fragte hier niemand mehr. Die Anwesenden wussten, dass Quark's Bar etwa ins 23. Jahrhundert gehörte, in dem man offenbar immer noch Glücksspiele kannte.

»Hat er etwas davon, dass Behrends tot ist?«, fragte Otto Obermayer.

»Wissen wir nicht. Aber für mich ist das ein Racheakt gewesen, ganz klar«, bekräftigte Luca.

Die Indizien waren eindeutig. Trotzdem wollte Hanna nicht zu schnell Schlüsse ziehen. »Ich möchte wissen, was wir sonst noch haben. Bevor wir uns festlegen. Wie sieht es bei den anderen aus?«

Sie trugen die Namen zusammen: Max Mikulski, Sebastian Schultze, Karsten Ehlers und Bernhardt Winterstein, der Büroleiter der Real-Vermögensberatung. Rolf Gaßmann hatte alle auf finanzielle Probleme hin überprüft. Keiner hatte größere Schulden oder negative Schufa-Einträge. Bis auf den älteren Herrn, der ebenfalls für Ludger Behrends gearbeitet hatte. Walter Hinrichs war ehemals Besitzer und Geschäftsführer eines kleinen Ladens für Raumausstattung, der vor zwei Jahren pleitegegangen war. Seither versuchte der Mann, seinen Schuldenberg abzutragen, was ihm nur mühsam gelang.

»Und Behrends selber war heftig in den Miesen«, berichtete Rolf Gaßmann. »Über die Banken habe ich rausbekommen, dass er eigentlich immer sehr gut dastand, bis zum Beginn der Finanzkrise. Seine Einnahmen sind spürbar zurückgegangen, aber die Ausgaben sind die gleichen geblieben.«

»Wissen wir von irgendeinem der Leute hier sicher, wo sie sich in der Nacht von Sonntag auf Montag befunden haben?«, fragte Hanna Otto Obermayer.

»Hinrichs, dieser Ex-Raumausstatter, der scheidet aus«, dozierte Obermayer nüchtern. »Er ist am Samstag früh ins Krankenhaus gekommen. Wegen Herzproblemen, sagte seine Frau. Bernhardt Winterstein war nach eigenen Aussagen zuhause mit Frau und Kindern. Max Mikulski habe ich nicht erreicht. Patrick Ascher übrigens auch nicht. Sabrina Mayer war in ihrer Wohngemeinschaft zusammen mit drei Zeuginnen, könnte sich aber, ohne bemerkt zu werden, nachts mal rausgeschlichen haben. Sebastian Schultze war bei seinen Eltern bis abends um acht. Danach hat er kein Alibi mehr. Karsten Ehlers übrigens auch nicht mehr, nachdem er sich vom Opfer getrennt hatte. Den Typ kannst du übrigens verklagen«, wandte er sich trocken an Hanna. »Er hat dich eine ›bescheuerte Ziege‹ genannt. Ich habe es mitgeschnitten.«

»Wie das denn?«, fragte Hanna perplex.

»Ich habe die Aufnahmetaste gedrückt und gefragt, ob er das wiederholen könnte. Er hat's gemacht.«

Hanna musste grinsen. Bei Obermayer war Ehlers an den Richtigen geraten.

»Also, was ist zu tun?«, fragte sie und fasste gleich selbst zusammen: »Sabrina Mayer. Die werde ich selbst gleich mal anrufen. Dann brauchen wir unbedingt die Namen der RVB-Kunden, denen diese unnütze Lebensversicherung angedreht wurde. Luca und Rolf, ich möchte, dass ihr beiden euch darum kümmert. Dieser Johannes Gremmelsbacher muss euch so schnell wie möglich in Kontakt zu den Leuten bringen. Am besten wäre, ihr könntet persönlich mit ihnen sprechen.« Sie machte eine kurze Pause. »Und dann natürlich Patrick Ascher. Von dem will ich wissen, auf die Minute genau, was er in der Nacht vom Sonntag auf den Montag getrieben hat. Die Frage ist, wie kommen wir an ihn ran? Der hat momentan Angst vor dem Gerichtsvollzieher. Ich fürchte, dass er sich entzieht, wenn wir ihn befragen wollen.«

»Frühmorgens, mit einem Trupp der Einsatzhundertschaft«, sagte Otto Obermayer.

Hanna nickte: »Morgen früh, sechs Uhr. Aber höchstens acht Kollegen von der Hundertschaft. Und die sollten vor allem Fluchtwege absichern. Ich glaube nicht, dass Ascher handgreiflich wird. Wie schätzt du das ein, Luca?« Bei solchen Dingen sollte man sich halbwegs sicher sein. Wie schlimm es ausgehen konnte, wenn man hier irrte, wusste niemand besser als Hanna. Ihr Mann war unbekümmert auf einen Unbekannten zugegangen und wollte seine Personalien prüfen, als dieser ein Messer aus einer eingerollten Zeitung zog und auf ihn einstach.

Luca zuckte die Schultern: »Kann ich mir auch nicht vorstellen. Wenn der gewalttätig wär, dann hätte er Ludger Behrends schon längst den Schädel eingehauen. Aber man weiß natürlich nie, wie so einer reagiert, wenn er in die Enge getrieben wird.«

»Also gut, zwölf Leute von der Hundertschaft. Otto, du kümmerst dich darum. Außerdem wir alle, mit Dienstwaffe am Mann und an der Frau. Und du, Hans«, wandte sie sich an Wildermuth. »Ihr haltet euch bereit. Falls Ascher nicht sofort hieb- und stichfest nachweisen kann, wo er in der fraglichen Zeit war, dann machen wir sofort eine Hausdurchsuchung. Wenn dabei etwas Tatrelevantes auftaucht, brauchen wir die Spurensicherung.«

Wildermuth nickte: »Wir wollten uns eigentlich morgen früh die Cannstatter Wohnung noch mal vornehmen. Aber das hier hat sicher Vorrang.«

»Was für eine Cannstatter Wohnung?«, fragte Hanna konsterniert.

Luca rutschte unruhig auf seinem Stuhl umher und wurde sogar etwas rot. Wildermuth sah ihn fragend an und erklärte: »Der Suizid. Weiß Hanna nichts davon?«

»Der Fall ist nicht abgeschlossen«, ereiferte sich Luca nun. Seine italienische Ader brach wieder durch. Er sah Hanna hitzig an: »Mir will das einfach nicht in den Kopf. Warum soll der Mann sich umgebracht haben? Hat 'ne tolle Frau und absolut süße Bambini! Da nimmt man sich doch nicht das Leben – ohne eine Erklärung. Ich muss hundertprozentig wissen, ob's nicht doch einen Abschiedsbrief gibt. Die Frau ist vollkommen durch den Wind. Die kann ich nicht danach suchen lassen. Verstehst du?«

»Das ist noch lange kein Grund dafür, die Spurensicherung zu beauftragen, ohne mir etwas davon zu sagen«, erwiderte Hanna ärgerlich.

Luca schwieg einen Moment zerknirscht. Dann berappelte er sich: »Okay, war falsch. Tut mir leid, Hanna. Ich schreib's mir hinter die Ohren. Sul mio onore – Ehrenwort. Aber lass die Truppe suchen, wenn Wildermuth mal Luft hat. Bitte.«

Hanna blies die Luft aus. »Wir bringen das hier erst mal hinter uns. Dann sehen wir weiter.« So schnell wollte sie Luca den Fehltritt nicht durchgehen lassen. »Und das bedeutet, dass ich von allen morgen absolute Konzentration und Disziplin erwarte. Morgen ist alles drin: Von der Möglichkeit, dass Ascher uns ein hieb- und stichfestes Alibi liefert, bis hin zu einer Festnahme oder einem Fluchtversuch. Und darauf haben wir uns jetzt vorzubereiten!«

Jeder wusste, was er zu tun hatte. Während Hanna ein paar Unterlagen zusammenräumte, dachte sie: Eigentlich eine ganz gute Truppe. Lauter erfahrene und brauchbare Leute – und schränkte sich selbst gleich wieder ein: Wenn Rolf sich morgen früh nicht in die Hosen macht und Otto den Verdächtigen nicht so in den Senkel stellt, dass der keinen Ton mehr von sich gibt. Sie musste aufpassen, dass nichts aus dem Ruder lief. Ein bisschen wünschte sie sich Andreas Bialas, den eigentlichen Chef des Dezernats, herbei.

5

Sie versuchte, den Staatsanwalt zu erreichen. Und Friedebald Frenzel war wieder mal nicht zu sprechen. Sie ließ ihm ausrichten, dass er so schnell wie möglich zurückrufen sollte, und schickte ihm per E-Mail die neuesten Informationen.

Dann rief sie Sabrina Mayer an: »Warum haben Sie uns nicht gesagt, dass Sie auch mit Patrick Ascher zusammen waren?«

Das Mädchen schwieg einen Moment. Im Hintergrund hörte man deutlich Musik, Gespräche und die anderen typischen Geräusche eines Lokals.

»Wissen Sie was?«, sagte sie dann. »Ich komm einfach noch mal bei Ihnen vorbei. Oder? Hier kann ich nicht reden. Und ich häng hier sowieso bloß rum.«

Hanna war es recht.

Während sie ihre Akten vervollständigte, meldete sich Friedebald Frenzel doch noch. Er stöhnte: »Bald hab ich's hinter mir, Frau Stankowski. Dann bin ich nur noch für Sie da.«

»Wird Ihr Doktor nun verknackt?«, fragte sie.

»Ich fürchte, nein. Die Geschädigte ist leider nicht die Hellste. Sie wusste noch nicht mal mehr, dass sie diesen Aufklärungswisch unterschrieben hat. Na ja, aber vielleicht hätte sie sich sonst auch nicht die Nase operieren lassen. So schlecht sah die vorher nämlich gar nicht aus. Kennen Sie den? Fragt ein Chef seine Sekretärin: ›Wann werden Sie Ihre Schönheitsoperation haben?‹ Antwortet sie: ›Vor drei Wochen!‹ Ha, ha, ha.« Frenzel lachte mal wieder sein volles Lachen. »Aber jetzt mal zum notwendigen Ernst zurück. Ich hab da noch ein paar Fragen.«

Frenzel hatte die Informationen bereits überflogen, die Hanna ihm zugesandt hatte. Er fragte nach ihren persönlichen Eindrücken von dem Mann und wollte wissen, wie Aschers finanzielle Verhältnisse genau aussahen. »Na ja, lieber viele Schulden als gar kein Geld«, kommentierte er in trockenem Ton Hannas Auskünfte. Dann ging es um die weiteren Ermittlungsschritte.

»Morgen, am Samstag, na wunderbar.« Es klang, als würde er sich wirklich freuen, als Hanna ihm den frühen Besuch bei Patrick Ascher vorschlug. »Da hätte ich ja sonst frei, weil die Gerichte samstags einfach nicht arbeiten wollen.« Er versprach, sich sofort um den Durchsuchungsbefehl zu kümmern, und gab ihr eine Handynummer, unter der sie ihn ständig erreichen konnte. »Ich werde auch gleich mal nachschauen, welcher Richter morgen Dienst hat. Den werde ich sogar vorwarnen. Falls Sie wirklich einen Haftbefehl brauchen.«

Hanna hatte gerade aufgelegt, als ein Kollege vom Raubdezernat ihr Sabrina Mayer brachte. »Hier, die junge Frau will wohl zu dir. Hatte fast denselben Weg.«

Hanna schloss aus dem Blick des Kollegen auf das Hinterteil von Sabrina Mayer, dass ihm die Gefälligkeit durchaus ein Vergnügen gewesen war. Mach dir keine Hoffnungen, dachte Hanna bei sich, du bist zu alt und hast zu wenig Haare. Und du bist verheiratet.

Sie bat Sabrina, sich zu setzen.

»Also, Frau Mayer, nochmal: Warum haben Sie uns nicht gesagt, dass Sie auch mit Patrick Ascher mal liiert waren?«

Die junge Frau zog eine trotzige Schnute. Sie brauchte einen Moment, bis sie antwortete: »Es ging ja immer nur um Ludger. Über Patrick haben wir ja kaum gesprochen. Und dann ...« – sie machte eine Pause – »... ich bin nicht stolz drauf, wie das gelaufen ist.« Über den stahlblauen Augen stand nun wieder die steile Falte, die ihr Gesicht ausdrucksvoller machte und sie keinesfalls entstellte. Mit einer Handbewegung warf sie das lange schwarzbraune Haar nach hinten.

»Das wäre sowieso nichts geworden mit Patrick und mir. Aber wie das gelaufen ist, da bin ich nicht stolz drauf. Ich hätt erst Schluss mit ihm machen sollen, bevor ich mit Ludger was anfange. Dann hätte der Blödmann auch nicht gleich in alle Welt rausposaunt, dass zwischen uns was läuft.«

»Warum wär's nichts geworden mit Ascher?«, fragte Hanna.

»Hat nicht gepasst.«

»Erzählen Sie mir etwas über ihn.«

»Na ja«, sie überlegte, »am Anfang war er ja ganz süß. Da haben wir auch viel Spaß gehabt miteinander. Der hat mich schon richtig gemocht, das weiß ich. Und er war richtig durch den Wind, als er dann mitbekommen hat, wie das mit

Ludger und mir gelaufen ist. Aber ich wär nicht bei ihm geblieben. Patrick ist kein … wie soll ich das sagen? Er ist … ein Weichei. Er hat sich nicht im Griff. Wissen Sie, Frau Kommissarin …« Jetzt sprach sie wieder geradeheraus und wie mit einer Vertrauten. »Patrick hat einfach das Problem mit der Spielsucht. Am Anfang hab ich das gar nicht gemerkt. Dann haben ihn die anderen immer damit aufgezogen und rumgefrotzelt. Ich hab ihn gefragt, was da los ist. Aber er hat mir gesagt, seit er mit mir zusammen ist, hätt er nicht mehr gespielt. Und am Anfang war's, glaub ich, wirklich so. Er hat immer gesagt, ich gäb ihm Halt.«

Sie machte eine Pause und blickte wehmütig zum Fenster. Draußen war es schon längst dunkel geworden.

»Aber das hat nicht gehalten«, sagte sie dann. »Irgendwann hab ich gemerkt, dass er doch in die Spielhalle geht. Einmal direkt, nachdem wir Sex hatten und ich eingeschlafen war.« Die Erinnerung daran machte sie immer noch sauer. »Er stank nach Kneipe, als er wieder zurückkam. Dann war er manchmal so abgebrannt, dass er sich kaum was zu essen kaufen konnte. Wir waren immer nur bei mir. Nur einmal war ich kurz in seiner Bude. Und dann hab ich gecheckt, wir sind immer nur bei mir, weil's in unserer WG was zu futtern gibt.«

Wieder richtete sie den Blick einen Moment lang in die Ferne. »Zweimal hat er wohl richtig dick gewonnen. Da hat er mich dann zum Essen ausgeführt und hat's richtig krachen lassen. Aber ich hab ihm da beim zweiten Mal schon gesagt, dass ich das nicht will. Und dass es mit uns nichts wird, wenn er weiterspielt. Vom Kopf her hat der das wirklich kapiert. Der weiß genau, dass ihn das kaputt macht. Und dass ihn die andern so immer fertigmachen können, Ludger und Karsten Ehlers und dieser widerliche Max Mikulski, und mit wem er da noch zusammen rumhängt. Aber er kriegt's nicht auf die Reihe. Ich denke, so was ist einfach 'ne richtige Sucht.«

»Wir haben auf dem Laptop von Ludger Behrends einige Unterhaltungen und auch Veröffentlichungen gefunden«, sagte Hanna. »Die legen nahe, dass Patrick Ascher von Ludger Behrends und den anderen, die Sie eben genannt haben, ziemlich übel gemobbt wurde. War das wirklich so?«

Wieder verzog sie das hübsche Pocahontas-Gesicht: »Das war so, das war definitiv so. Und das war auch ein Grund, warum ich Ludger zum Schluss nicht mehr abkonnte. Das war richtig fies, was die mit dem veranstaltet haben. Und er lässt sich immer alles gefallen. Deshalb sag ich auch, er ist ein Weichei! Ich hab das nie kapiert, warum der trotzdem immer wieder mit denen zusammen ist. Warum er sich nicht wehrt. Warum er sich nicht einfach ’nen neuen Job gesucht hat und denen aus dem Weg geht.«

»Soweit wir wissen, ist Patrick Ascher in einem Abhängigkeitsverhältnis zu der Finanzfirma, für die er arbeitet. Er kann nicht einfach zu einem anderen Beratungsunternehmen wechseln ohne größere Verluste, wenn ich das richtig verstanden habe.«

»Aber die haben ihn doch da nur betrogen«, ereiferte sich Sabrina Mayer. »Gerade Ludger. Das muss ’ne ganz fiese Masche gewesen sein. Die haben ihm Geld wieder abgeknöpft, das ihm eigentlich zugestanden hätte. Wie sie das genau gemacht haben, hab ich nicht richtig kapiert. Aber es war eine Riesensauerei. Diese Typen, die Kohle haben ohne Ende, die langen dann quasi ’nem Nackten in die Hosentasche! Der hat doch sowieso nichts mehr.«

Hanna wiegte den Kopf. »Frau Mayer«, setzte sie dann an. Sie stellte die Frage langsam und bedacht: »Können Sie sich vorstellen, dass Patrick Ascher die Spurstange von Ludger Behrends’ Wagen angesägt hat?«

Das hübsche ebenmäßige Gesicht wirkte traurig, während die junge Frau die Frage auf sich wirken ließ. Wieder sah sie hinaus in die Dunkelheit hinter dem Fenster. Dann schüttelte sie langsam den Kopf. »Nein«, sagte sie, »ich glaube nicht, dass Patrick so etwas tun würde.«

Doch Hanna sah in ihren Augen die Angst, dass es wahr sein könnte.

6

Sie musste schauen, dass es nicht allzu spät würde. Morgen hieß es sehr früh aufzustehen. Nachdem sie Sabrina verabschiedet und zur Pforte gebracht hatte, sah sie nach Otto, der die morgige Aktion im Wesentlichen vorbereitete. Das meiste war erledigt. Obermayer hatte beim Katasteramt die Lage und den Grundriss des Hauses besorgt, in dem Patrick Ascher wohnte. Er hatte sogar dafür gesorgt, dass dieses Haus in Gablenberg schon die Nacht hindurch observiert wurde. Auch Wildermuth hatte sämtliche Vorbereitungen für eine eventuelle Hausdurchsuchung getroffen. Eine E-Mail von Staatsanwalt Frenzel ließ sie wissen, dass ein Richter den Durchsuchungsbefehl vorbereitete. Luca und Rolf Gaßmann waren nicht viel weiter gekommen mit der Suche nach den geprellten Kunden der Real-Vermögensberatung. Aber das war momentan auch nicht so wichtig. Sie konnte nun also durchaus Feierabend machen.

Hanna packte alle Unterlagen zusammen, die sie morgen brauchen würde, mummelte sich in ihren Wintermantel und verließ das Präsidium. Kaum saß sie in ihrem Wagen, da griff der Hunger wie mit Adlerkrallen nach ihrem Magen. Sie hatte tatsächlich den ganzen Tag noch nichts gegessen. Das Mittagessen war irgendwie untergegangen.

Zuhause in ihrer Wohnung stellte sie sich vor ihren Kühlschrank. Doch trotz des Hungers hatte sie nicht einmal mehr Lust, sich ein belegtes Brot zu machen. Die Tüte mit Schokokeksen lachte sie an. Sie machte sich einen Kräutertee und fühlte sich traurig, weil Steffie nicht da war, mit der sie sich gerne einfach noch ein bisschen über Belangloses unterhalten hätte. Dann nahm sie den Tee und die Kekse, setzte sich ins Wohnzimmer, schaltete den Fernseher ein und aß einen Schokokeks nach dem andern, bis die Tüte leer war.

Samstag, 6. Februar 2010

1

Die Nacht war nicht mehr gar so eisig. Es schneite sogar leicht. Aber die beiden Kollegen der Fahndung, die die zweite Schicht der Observation übernommen hatten, waren sichtlich froh, abgelöst zu werden. Trotz der Standheizung im Auto waren sie durchgefroren. Mit hochgezogenen Schultern, die Hände tief in den Taschen ihrer Jacken versenkt, berichteten sie den Kollegen vom Dezernat für Tötungsdelikte von ihren Beobachtungen. Die erste Schicht hatte noch festgestellt, dass Patrick Ascher um zwei Uhr nachts nach Hause gekommen war. Bei der Übergabe war der Fernseher noch gelaufen, wie man durch zugezogene Vorhänge am flackernden Licht erkennen konnte. Etwa um drei war es dann dunkel geworden.

Das wird eine kurze Nacht für ihn, dachte Hanna. Es war kurz vor sechs. Und wo bleibt mein Staatsanwalt?

Als hätte er die stille Frage gehört, erschien im gedämpften Licht der Straßenlaternen ein runder Schatten. Mit schnellen Schritten kam er auf die Gruppe der Polizisten zu.

»Guten Morgen, meine Herren. Guten Morgen, Frau Stankowski.« Friedebald Frenzel begrüßte fröhlich die Runde. Er war in einen Wintermantel aus dickem Wollstoff gepackt, wodurch er fülliger wirkte, als er war. Auf dem Kopf trug er eine russische Pelzmütze. Die Ohrenschützer waren heruntergeklappt. Hanna befand, dass er damit richtig doof aussah. Doch sie war sicher, dass dies dem Staatsanwalt ziemlich egal war. Er zog den rechten Fäustling aus und reichte jedem die dralle Hand. »Da hat man uns den Klimawandel versprochen. Und was bekommen wir? Sibirische Kälte«, lachte er. »Von mir aus kann's losgehen. Ich möchte wieder ins Warme.«

Die Bereitschaftskollegen schwärmten aus, um die Ausgänge abzusichern. Das kleine Haus, in dem Patrick Ascher wohnte, hatte nur einen Hinterausgang in einen winzigen Hof. Es war ein altes Haus, bestimmt noch aus dem vorletzten Jahrhundert, mit einer kleinen Wohnung im Erdgeschoss und einer unterm Dach. Es duckte sich regelrecht zwischen den beiden Nachbargebäuden, die mehrstöckig, imposanter und vor allem jünger waren. In Gablenberg fand man hier und da noch diese älteren Häuser, deren Bausubstanz, wenn es mit der Instandhaltung geklappt hatte, ganz gut erhalten war. Sie standen wie bucklige Greise zwischen den Wohnhäusern aus der Gründerzeit, den 30er Jahren und der Nachkriegszeit, die ihre ehemaligen Nachbarn verdrängt hatten. Nichts wirklich Protziges war hier entstanden. Der Stadtteil war traditionell ein Arbeiterwohnviertel, auch heute noch mit einfachen, preiswerteren Wohnlagen, in die auch Zuwanderer, vor allem aus Süd- und Südosteuropa, einzogen. Die Lage im engen Gablenberger Tal bot keinen Raum für großzügige Anwesen oder Panorama-Ausblicke.

Hanna, ihre Kollegen und der Staatsanwalt gingen auf das Haus zu. Am Klingelbrett standen zwei Namen, unten Lina Deyle, oben P. Ascher. Frau Deyle war die Hausbesitzerin, wie Otto Obermayer in Erfahrung gebracht hatte.

Hanna klingelte. Natürlich tat sich erst mal nichts. Sie drückte noch mal auf den schwarzen runden Klingelknopf und blieb nun etwas länger drauf. Man konnte die Glocke im Dachgeschoss bis hier unten deutlich hören. Sie hatte einen unangenehm blechernen Klang. Unten im Parterre ging nun das Licht an. Oben passierte immer noch nichts.

Durch die kleinen Milchglasscheiben der Holztür sah man jetzt, dass im Hausflur das Licht angeschaltet worden war. Dann wurde die Tür aufgerissen. Vor den Beamten stand eine kleine alte Frau. Hanna schätzte sie auf irgendetwas zwischen achtzig und hundert. Das dünne, dauergewellte Haar pappte so schief am Kopf, wie es nur möglich war, wenn man gerade aus dem Bett kam. Sie trug einen altmodischen Morgenmantel, hellblau und rosa gestreift, der sicher schon lange seinen Dienst tat. Darunter ein geblümtes Flanellnachthemd und hellblaue Hausschuhe aus Plüsch. Sie sah die Polizisten aus zusammengekniffenen Augen an und sagte mit erstaunlich kräftiger Stimme: »Ha, was isch jetzt do los?«

»Guten Morgen, Frau Deyle.« Hanna zeigte ihren Dienstausweis und stellte sich vor. »Hauptkommissarin Hanna Stankowski. Wir müssen dringend mit Ihrem Untermieter sprechen. Wir brauchen ihn für eine wichtige Zeugenaussage.« Solange sie keine hieb- und stichfesten Beweise hatten, musste Ascher als Zeuge gelten, schon um ihn möglichst wenig zu kompromittieren, sollte ihr Verdacht doch nicht zutreffen.

»Des ischt mein Obermieter«, meinte die alte Frau Deyle resolut. »Der wohnt oba. Also isch's dr Obermieter. Was wellet Se von dem in aller Herrgottsfrüh?«

»Bitte lassen Sie uns nach oben, Frau Deyle.« Hanna klang nun auch energisch. Sie faltete den Durchsuchungsbefehl auseinander.

»Kommet Se rei. Do wird's ja sonscht au saukalt.« Damit wandte sich Frau Deyle um und ging vor ihnen die hölzerne Treppe hinauf. Die eine Hüfte tat nicht mehr ganz mit. Trotzdem kraxelte die kleine schrumpelige Frau erstaunlich flink die Stiegen hoch. Sie klopfte an die Tür der oberen Wohnung, die sich fast zeitgleich öffnete. Vor ihnen stand Patrick Ascher in Unterhose und T-Shirt, rieb sich die Augen und war noch nicht ganz bei sich.

Hanna sagte wieder ihr Sprüchlein auf. Den Durchsuchungsbefehl hatte sie wieder zusammengefaltet und in die Innentasche ihrer Jacke gesteckt. Ascher ließ die Beamten willfährig eintreten. Hanna, Luca, Rolf Gaßmann, Otto Obermayer und Frenzel traten in die kleine Wohnung. Die uniformierten Kollegen postierten sich vor der Wohnungstür und unten an der Haustür. Frau Deyle hatte sich zwischen den Polizisten ebenfalls in die Wohnung ihres »Obermieters« gedrängt.

»Patrick, du sollscht dene Kommissare ebbes aussage. Bischt denn du in was Dumms neikomme?«, fragte sie inquisitorisch. Patrick Ascher sah die alte Frau und die fünf Eindringlinge immer noch verständnislos und benommen an. Langsam wachte er jedoch auf, und sein Gesicht nahm panische Züge an.

»Herr Ascher, bitte ziehen Sie sich erst mal an.« Hanna gab Luca und Otto ein Zeichen mit dem Kopf. Die beiden wussten, was zu tun war, und begleiteten den jungen Mann, der ihnen voraus ins Badezimmer ging.

»Liebe Frau Deyle!« Friedebald Frenzel strahlte die Hausbesitzerin an. »Machen Sie uns allen doch erst mal einen richtig guten Kaffee.« Sanft, aber bestimmt schob er die Alte aus der Wohnung. Er hatte die Tschapka von seinem Kopf genommen und den Wintermantel geöffnet, sodass der graue zerknitterte Anzug über seinem vollschlanken Bauch sichtbar wurde. Und wie erwartet trug er dazu eine knallbunte Krawatte, dieses Mal, passend zum Wetter, in kaltem Cyan-Blau.

Während Ascher sich ankleidete, hatte Hanna Zeit, sich einen ersten Eindruck von der Unterkunft zu machen, in der der junge Mann lebte. Der Gegensatz zum Appartement von Ludger Behrends hätte nicht größer sein können. Es war eine kleine Wohnung mit viel Dachschräge. In dem, was man das Wohnzimmer nennen konnte, war auch eine kleine Küche untergebracht. Keine Einbauküche. Jedes Stück, von der Spüle über den niedrigen Kühlschrank bis zur Herdplatte und zum Unterschrank, auf dem sie stand, waren Einzelteile, die alle gut und gerne vom Sperrmüll stammen konnten. Das Wohnzimmer bestand aus einem alten Sofa, über das ein großes dunkelrotes Tuch drapiert war. Ein kleiner Couchtisch, sicher von IKEA, und ein altes Sideboard, auf dem ein kleiner Fernseher stand, vervollständigten die Einrichtung. Eine der Wände unterm Dach war über und über mit Postern behängt, die durch Reißzwecken in der Schräge gehalten wurden. Mit Postern von Kunstausstellungen, die Hanna teilweise sogar recht ansprechend fand. Patrick Ascher hatte wohl versucht, ein bisschen Farbe und Ästhetik in die ärmliche Tristesse zu bringen.

Hanna warf einen kurzen Blick in das kleine Schlafzimmer. Auch hier fand sich nur das Notwendigste und nichts, was von größerem Wert gewesen wäre.

»Meinen Sie, hier gibt's noch was zu holen für den Gerichtsvollzieher?«, fragte Frenzel, der sich ebenfalls umgeschaut hatte. »Armut ist ja keine Schande, wenn man sie denn gar nicht vermeiden kann.«

Patrick Ascher kam nun in Hose und dickem Pullover aus dem Bad, gefolgt von Luca und Otto. Er sah Hanna feindselig an, fragte aber mit unsicherer Stimme: »Kann ich den Ofen anmachen?«, und zeigte auf einen alten Ölofen, den man noch per Kanne befüllen musste. Hanna registrierte erst jetzt, wie kalt es in der Wohnung war. Sie selbst hatte ja noch die Winterjacke an. Von irgendwoher zog es. Sie nickte und beobachtete Ascher, der umständlich den Ofen zum Brennen brachte.

Mittlerweile war auch die alte Frau Deyle mit einer richtig großen Kanne Kaffee wieder erschienen. Unbefangen ging sie an einen antik anmutenden Hängeschrank und holte Tassen heraus, von denen keine wie die andere aussah.

»Hascht au Milch und Zucker?«, fragte sie ihren Mieter.

Ascher holte eine Zuckerdose und stellte sie auf den IKEA-Tisch. »Milch brauch ich nicht«, gab er zurück.

Frau Deyle machte sich hurtig auf den Weg nach unten.

Luca übernahm das Eingießen des Kaffees. Hanna schob als Erstes eine Tasse zu Ascher, der sich auf das alte Sofa gesetzt hatte.

»Trinken Sie erst mal. Damit Sie munter werden«, sagte sie zu dem verunsicherten bleichen Mann.

Friedebald Frenzel setzte sich ebenfalls auf die Couch, in möglichst großem Abstand zu Ascher. Hanna und Otto hatten sich zwei alte Küchenstühle herangezogen und setzten sich den beiden gegenüber. Luca blieb stehen. Gaßmann hielt sich im Hintergrund.

Frau Deyle war inzwischen wieder erschienen, immer noch in Morgenmantel und Plüschpantoffeln, und brachte Milch. Wie selbstverständlich wollte auch sie sich einen Kaffee einschenken und sich der Runde anschließen.

»Frau Deyle, wir müssen jetzt etwas mit Herrn Ascher besprechen«, sagte Hanna. Die Alte nickte nur interessiert und machte keine Anstalten, zu gehen.

»Etwas, das nur ihn angeht, Frau Deyle.« Hanna wurde etwas lauter und deutlicher.

Jetzt hatte sie verstanden. »No mach i mir halt unda nomal an Kaffee«, sagte sie beleidigt und humpelte davon.

»Herr Ascher, wir haben ein Problem«, wandte sich Hanna an den Verdächtigen. Sie hatte lange überlegt, wie sie die Gesprächsführung anlegen sollte. Solange sie keinen handfesten Beweis hatten, dass Ascher die Spurstange der Viper angesägt hatte, musste er als Zeuge gelten und so behandelt werden. Hanna hatte Otto angewiesen, bei der Befragung keinen Ton von sich zu geben. Allein seine Erscheinung war schon einschüchternd genug. Und sie wollte die Belehrung über die Rechte und das Vorzeigen des Durchsuchungsbefehls so lange wie möglich hinauszögern. »Ich sage Ihnen offen, dass wir einen gewissen Verdacht gegen Sie haben. Den Sie allerdings sofort ausräumen können. Wenn Sie uns nachweisen, wo Sie sich in der Nacht von Sonntag, dem 31. Januar auf Montag, den 1. Februar, aufgehalten haben. Genau gesagt, zwischen 18 Uhr abends und 8.30 Uhr am Morgen.«

Patrick Ascher war völlig verspannt. Seine kalten Augen wanderten nervös zwischen den Beamten hin und her. »Der 31. Januar ... was weiß ich, wo ich da war. Wahrscheinlich hier zu Hause. Wie jede Nacht. Wann soll das gewesen sein? Das ist doch schon 'n paar Tage her. So was merk ich mir doch nicht.«

»Das war die Nacht, bevor Ludger Behrends tödlich verunglückte.« Hanna beobachtete das Gesicht des jungen Mannes. Es wurde trotzig.

»Da war ich hier. Die ganze Nacht«, sagte er jetzt eigensinnig.

»Da sind Sie sicher?«

»Natürlich!«

»Kann das jemand bezeugen?«

»Ich war hier und ich war alleine. Und zwar den ganzen Sonntag und am Montag bis zur Mittagszeit.« Er wurde immer widerborstiger. Dann fiel ihm etwas ein: »Am Montag ab neun hab ich mit Kunden telefoniert. Und Sonntagabend hab ich mit meiner Mutter telefoniert, so etwa abends um acht. Die können Sie ja fragen.«

»Aber durchgehend haben Sie für diese Nacht kein Alibi?«, fragte Hanna noch einmal vorsichtig.

Das Handy von Luca klingelte. Es war eindeutig das Diensthandy und nicht sein privates Smartphone. Und es war eindeutig kein dienstliches, sondern ein privates Gespräch. Was riss da bei Luca ein?

»Ich bin bei der Arbeit, das hab ich dir doch gesagt.« Luca klang gereizt. »Nein, das geht nicht ... Nein, du musst warten ...«, führte er das Gespräch fort, während er vor die Wohnungstür ging.

Die kleine Unterbrechung genügte, um den Gesprächsfluss zu stoppen. Ascher antwortete nicht mehr.

»Können Sie sich erinnern, was Sie an dem Abend gemacht haben? Was kam denn im Fernsehen? Oder im Radio?«

Er stierte wütend vor sich hin und schwieg.

Hanna seufzte. Sie zog den Durchsuchungsbefehl aus der Innentasche ihrer Jacke. »Dann muss ich Ihnen leider mitteilen, dass wir für die Wohnung und die öffentlich zugänglichen Räume dieses Hauses eine richterliche Anordnung auf Durchsuchung haben. Sie können bei der Durchsuchung zugegen sein. Danach möchten wir Sie bitten, uns aufs Präsidium zu begleiten.«

»Kann ich die Durchsuchung verweigern?«, fragte Ascher aggressiv und sprang auf.

»Tut mir leid, Herr Ascher«, schaltete sich nun Frenzel ein. »Ich muss mich Ihnen vielleicht noch vorstellen. Friedebald Frenzel mein Name. Und ich bin einer der Menschen von der unangenehmen Sorte, die sich Staatsanwalt nennen. Das ist eine richterliche Anordnung nach Paragraf 102 und 105 der Strafprozessordnung.« Er deutete auf das Papier in Hannas Händen. »Sie dürfen der Durchsuchung selbstverständlich beiwohnen. Aber ablehnen – das geht leider nicht.«

Der junge Mann sah Frenzel böse an. »Und dass ich mit Ihnen mitgehen muss, ist das auch ein Gesetz?«

»Tut mir leid, Herr Ascher. Wenn Sie nicht freiwillig mitkommen, müssten wir Sie vorläufig festnehmen.« Frenzel sah ihn honigsüß an.

»Einfach so? Ohne Grund?«, fragte er wütend.

»Wenn ich Sie wirklich festnehmen müsste, dann würde ich Ihnen selbstverständlich die Gründe dafür nennen. So sind die rechtlichen Vorschriften«, sagte Hanna. »Aber ich meine, dass es für Sie besser wäre, wenn wir erst mal einvernehmlich miteinander sprechen könnten.«

Ascher stierte sie an. Nach einer langen Pause wies er schließlich resigniert auf die Wohnungseinrichtung und ließ sich zurück auf das Sofa fallen.

Die Beamten nahmen routiniert die Arbeit auf. Zwei uniformierte Kollegen stellten sich hinter Ascher, für den Fall, dass dieser doch einen Fluchtversuch unternehmen sollte. Ein Teil der Bereitschaftsleute arbeitete sich mit Luca, Gaßmann und Obermayer systematisch durch die Wohnung, ihre Stauräume und Winkel. Frenzel schlenderte, die Hände auf den Rücken gelegt, von einem zum andern und sah ihnen neugierig über die Schulter.

Hanna ging mit zwei Kollegen der Hundertschaft nach unten zu Frau Deyle und zog auch die vier hinzu, die bislang die Ausgänge des Hauses gesichert hatten. Frau Deyle hatte sich mittlerweile angekleidet. Bereitwillig zeigte sie den Beamten den Zugang zu einem kleinen Dachboden und zum Keller des Hauses, nachdem sie mit zusammengekniffenen Augen den Durchsuchungsbefehl studiert hatte. Sie ließ die Beamten ihre Arbeit tun. »Ach was, da muss i jetzt net mitkomme. Sie werdet mir ja scho nix klaue. Oder?«, fragte sie forsch und verzichtete auf ihr Recht, der Durchsuchung beizuwohnen.

Aber neugierig war sie. »Was ischt denn jetzt mit dem Herr Ascher, Frau Kommissarin?«, fragte sie Hanna, mit der sie in dem verwinkelten Treppenhaus stehengeblieben war. »Ond was suchet Sie denn bei dem? Hat er irgendwas ang'stellt?«

»Seit wann wohnt denn Herr Ascher bei Ihnen, Frau Deyle?«

»Ha scho a paar Jahr.« Die alte Frau nickte. »Des sen jetzt bestimmt schon fünf Jahr.«

»Und Sie waren immer zufrieden mit ihm? Keine Probleme?«

»Des isch an ruhiger Kerle. Mit dem hab i nie was g'habt. Und helfe tut er, wenn i mal was brauch. Bloß d' Miete zahlt er halt net, des isch an Graus.« Sie winkte mit den knochigen Händen ab.

»Und trotzdem haben Sie ihn bisher nicht rausgeworfen?«, wunderte sich Hanna.

»Die erschte Jahr hat er ja zahlt. I glaub, do hen seine Leut ihm no was gebba. Da hot er ja no schdudiert. Der isch irgendwo aus Thüringen, der Patrick.« Sie hob Stimme und Zeigefinger und wurde immer redseliger. »Des war alles prima, am Anfang. Do hat er no g'lernt und war abends dahoim. Un no hat des ang'fange. No hat er des mit em Schdudiere aufgebe. Des hab i doch g'merkt. No isch der abends weg g'wesa. Un no hat er koi Geld mehr g'habt.«

»Seit wann haben Sie denn keine Miete mehr bekommen?«

»Ha, des geht mol so und mol so. A Zeitlang war nix. No hat er auf einmal wieder an Haufa Geld g'habt, i weiß net woher. Un no hat er au zahlt. Aber jetzat sen's halt wieder fünf Monat, wo er im Ausschdand isch.«

»Und wenn er abends weggeht – das bekommen Sie mit?«

»I ben net wonderfitzig, Frau Kommissarin. Aber des isch halt a alts Haus. Und i hör halt au no gut. Da ben i au froh drum, glaubet Se's mir.«

»Frau Deyle«, fragte Hanna nun in ernstem Ton, »können Sie sich erinnern, ob Herr Ascher am letzten Sonntag abends zu Hause war?«

Die alte Vermieterin kniff wieder die Augen zusammen, verzog den Mund und legte das runzelige Gesicht in noch mehr Falten. Einen Moment überlegte sie. »Also, letschten Sonntag, da war mei Enkele da. Der guckt manchmal nach mir. Des isch en lieber Kerle. Und wo der no gange isch, da isch kurz drauf au der Patrick nomal weggange. Des war abends so um die neune. Do hab i no den Tatort anguckt.« Die alte Frau Deyle war auch im Kopf noch voll da. Sie würde sogar als Zeugin eine gute Figur machen.

»Haben Sie auch noch mitbekommen, wann Herr Ascher wieder nach Hause gekommen ist?«, fragte Hanna gespannt.

»Des war spät. Des war arg spät. I hör no gut, und i seh noch 's Meischte. Aber schlafe kann i halt nemme. Der isch komme, un no bin i halt wieder aufg'wacht. Do war's halb drei. Und no war's halt mal wieder vorbei mit em Schlafe. No hör i halt au immer den Fernseher obe. Und der läuft lang. I hab scho gedacht, ob der manchmal au vor em Fernseher eischläft. I dät was drum gebba, wenn i des könnt.« Sie schüttelte resigniert den Kopf.

»Frau Deyle, was Sie jetzt sagen, ist wichtig.« Hanna legte nochmals Gewicht in ihre Stimme. »Können Sie das bezeugen? Sie haben Herrn Ascher ja nicht gesehen, wenn ich das richtig verstanden habe. Haben Sie das wirklich genau gehört?«

Die Alte packte Hanna resolut am Arm und zog sie in ihre Wohnung. »So, jetzt kommet Sie mol mit.« Sie zog sie weiter bis in ihr Schlafzimmer, das mit soliden Möbeln aus den sechziger Jahren ausgestattet war. »So, und jetzt höret Sie sich des mol an«, sagte sie triumphierend.

Hanna hörte jeden Schritt, der oben getan wurde. Auch wenn man nicht genau verstand, was gesprochen wurde – sie hörte fast jedes Wort durch die hölzerne Zimmerdecke. Sie nickte, verließ die Wohnung von »Oma Deyle«, ging einen Stock höher und holte Luca aus der Wohnung von Patrick Ascher.

»Hör mal, Luca. Ich möchte, dass du Folgendes tust: Du sorgst dafür, dass dort oben mal für ein paar Minuten sich keiner mehr bewegt und kein Wort von sich gibt. Keinen einzigen Muckser also. Dann gehst du zweimal durch den Raum, ganz normal, aber auf Socken. Du schaltest den Fernseher ein und stellst den Ton so leise, dass man gerade noch was versteht. Kapiert? Und erklär möglichst wenig vor Ascher. Vielleicht blickt der es ja ohnehin. Aber wir müssen ihn ja nicht unbedingt … drauflupfen.« Luca sah sie erstaunt an. Das breite Schwäbisch hatte abgefärbt. Hanna zuckte die Schultern: »Na ja, wie sagt man das in richtigem Deutsch?«

»Versteh schon«, meinte Luca und ging wieder in die Dachwohnung zurück.

Hanna positionierte sich wieder im Schlafzimmer von Frau Deyle. Einige Momente hörte sie noch das Tapsen der Füße und die Stimme von Luca, der oben Anweisungen gab. Dann war Stille.

Die leisen Tritte, die dann folgten, waren sehr gedämpft und trotzdem eindeutig zu hören. Auch als der Fernseher oben anging und der Ton heruntergedreht worden war, konnte man noch so viel hören, dass aus der Folge der Dialoge und der Musik zu erahnen war, dass oben ein Spielfilm lief. Die alte Frau Deyle war absolut zurechnungsfähig. Patrick Ascher hatte also nicht nur kein Alibi für die Tatzeit. Er hatte die Beamten auch angelogen.

2

Die Ausbeute der Durchsuchung waren ein alter, primitiver Wagenheber und eine Brechstange, die im Keller in einer Jutetasche hinter einer Tür gefunden worden waren. Beide waren übersät von Gebrauchsspuren und Riefen. Frau Deyle konnte nicht und Patrick Ascher wollte nicht sagen, wem die Werkzeuge gehörten und wie sie in den Keller gekommen waren. Ein Parka, der schon lange keine Waschmaschine mehr gesehen hatte und in der Wohnung von Ascher hing, wurde ebenfalls als Beweismittel klassifiziert. Vielleicht konnte man auf ihm Schmutzpartikel aus der Garage von Ludger Behrends feststellen. Eine Metallsäge fand sich nicht.

»Die hat der im Wald verbuddelt oder in den Neckar geworfen«, meinte Luca. Für ihn stand der Täter fest. Warum hatte er dann aber nicht auch den Wagenheber beseitigt, fragte sich Hanna. Glaubte Ascher, man könne an dem Unfallauto nicht mehr nachweisen, dass dort genau dieser Wagenheber eingesetzt worden war? Dann kannte er die Möglichkeiten der modernen Kriminaltechnik schlecht, die noch anhand von feinstem Metallabrieb das Material einem bestimmten Gegenstand zuordnen konnte.

Die Beamten hatten sämtliche Türen und Schubladen geöffnet, unter Schränke und Bett geschaut und die wenigen Bücher durchgeblättert, die Patrick Ascher auf einem kleinen Regal stehen hatte. Auf dem Dachboden war viel Gerümpel gelagert, das alles Oma Deyle gehörte, schwer zu durchsuchen war und den Beamten eine Staublunge bescherte. Wie die Kollegen sagten, war dort oben auch schon lange niemand mehr gewesen, wie die dicken unberührten Staubschichten bewiesen. Man nahm einige Ordner mit, in denen Ascher seine privaten Papiere und Unterlagen der Real-Vermögensberatung aufbewahrte. Auch sein Laptop, der in einer alten abgewetzten Aktentasche steckte, wurde beschlagnahmt.

Patrick Ascher beobachtete die Prozedur mit niedergeschlagener Ergebenheit. Als sie ihn aufforderten, sich etwas überzuziehen und mitzukommen, überlegte er einen Moment lang mit verstockter Miene. Zähneknirschend fügte er sich schließlich in sein Schicksal.

Die Lage war klar. Man musste so schnell wie möglich die gefundenen Werkzeuge und den Parka kriminaltechnisch untersuchen. Von den Ergebnissen hing ab, ob sich der Tatverdacht gegen Ascher erhärten würde.

»Wir bekommen einen Haftbefehl«, sagte Frenzel schließlich nach einem längeren Telefonat mit dem Haftrichter. »Das Motiv haben wir. So wie Ascher von Behrends gepiesackt wurde. Wie heißt es so schön? Die Rache – eine süße Arznei mit eventuell tödlichen Nebenwirkungen. Aber spätestens in einer Woche will der Richter Handfestes aus der Kriminaltechnik sehen. Sonst hebt er den Haftbefehl auf.« Während er und die Kripo-Beamten die weiteren Schritte besprachen, verdrückte er genüsslich drei Nussecken, die er sich auf dem Weg zum Präsidium besorgt hatte. Friedebald Frenzel war nicht fettleibig. Er hatte einfach nur ein Bäuchlein, eine kräftige Statur und Rundungen an allen Körperteilen. Was ihn allerdings überhaupt nicht zu stören schien. Hanna war fast ein bisschen neidisch auf diese heitere Selbstzufriedenheit.

Der zweite Ansatzpunkt neben der Kriminaltechnik war die Vernehmung des jungen Mannes, den sie mit zwei Aufpassern in einen der Räume gesteckt hatten, die dafür vorgesehen waren. Vielleicht konnte man ihn knacken, indem man zunächst einmal auf die Gemeinheiten einging, die ihm widerfahren waren. Verständnis für das Motiv einer Straftat hatte schon manchen zum Reden gebracht. Wieder vermisste sie ihren Chef. Andreas Bialas konnte den widerlichsten Typen gegenübersitzen, Verbrechern, die Scheußliches begangen hatten, und blieb doch immer gelassen und fair, ja fast sogar empathisch. Nur einmal hatte Hanna erlebt, dass Bialas aufgesprungen und aus dem Vernehmungsraum gerannt war. »Ich musste mich davon abhalten, diesem Schwein eine in die Fresse zu hauen«, hatte er danach erklärt. Sie hatten einen Triebtäter gefasst, der ein kleines Mädchen missbraucht und getötet hatte, ein Mädchen im selben Alter wie damals die Tochter von Andreas Bialas.

Ein solches Monster war Patrick Ascher mit Sicherheit nicht. Auch wenn Andreas nun nicht zur Verfügung stand – die Nummer zwei im Dezernat, wenn es um sensible Vernehmungen ging, war ohne Frage Hanna selbst. Neben dem Staatsanwalt wollte sie Luca mit dabeihaben. Es gefiel Hanna nicht, dass der junge Kollege sein Urteil schon recht eindeutig gefällt hatte. Luca mochte Ascher nicht, das war klar. Aber er sprach am ehesten die Sprache des Verdächtigen.

Zu dritt machten sie sich auf, um mit Ascher zu sprechen. Der war am Tisch eingeschlafen, den Kopf auf den Unterarmen ruhend. Das Frühstück, das man ihm gebracht hatte, war unberührt geblieben. Er schreckte auf, als die Beamten eintraten. Für einen Moment schien er nicht zu wissen, wo er war. Er rieb sich die Augen, und dann war die Erinnerung und damit die alte Trotzhaltung wieder da.

»Bin ich verhaftet?«, fragte er aggressiv.

Hanna setzte sich erst einmal. Erst als auch Frenzel und Luca Platz genommen hatten, erwiderte sie: »Wenn Sie uns sagen können, wo sie die Nacht vor dem Unfall von Ludger Behrends verbracht haben, Herr Ascher, und wenn wir das beweiskräftig nachvollziehen können, dann können Sie als freier Mann hier rausspazieren.«

Er sah sie lauernd an. Sein fahles Gesicht war fast weiß. Die dunklen Augenringe traten dadurch noch stärker hervor. »Ich will einen Rechtsanwalt«, sagte er trotzig und sackte auf dem Stuhl nach hinten.

»Bitte, rufen Sie einen an.« Hanna schob ihm das Telefon zu, das neben den Aufnahmegeräten auf dem Tisch stand.

Seine Augen flackerten unsicher: »Und wenn ich keinen kenne?«

»Dann können Sie sich an die Rechtsanwaltskammer Stuttgart wenden«, klärte Frenzel ihn in liebenswürdigem Ton auf, »und dort wird man Ihnen einen Vorschlag machen.«

Hanna wusste genau, was in Ascher vor sich ging, der nun düster vor sich hin stierte. »Wenn Sie sich keinen Rechtsanwalt leisten können, kann das Gericht Ihnen einen Pflichtverteidiger zuordnen. Aber das dauert ein paar Tage.«

Wieder schwieg Ascher verschlossen. Es war schwer zu erahnen, was in dem unnahbaren jungen Mann vor sich ging.

Dann sagte er bestimmt: »Ich will einen Anwalt. Vorher sag ich gar nichts.«

Damit war die Vernehmung gelaufen. Hannas taktische Überlegungen waren umsonst. Frenzel las ihm seine Rechte vor und erklärte ihm, dass er unter dem Verdacht stehe, in der Nacht vom 31. Januar auf den 1. Februar die Spurstange der Dodge Viper von Ludger Behrends angesägt zu haben. Er teilte ihm mit, dass er hiermit festgenommen sei und nun dem Haftrichter vorgeführt werden würde. Hanna informierte ihn über die weiteren Maßnahmen, die erkennungsdienstliche Behandlung, die Anordnung der Entnahme einer Speichelprobe für die DNA-Analyse und die Verbringung in die U-Haft. Sie sah, dass Patrick Ascher während dieser Darlegungen immer unsicherer wurde, ob er sich richtig entschieden hatte.

3

Eigentlich waren alle froh. Eine endlos lange Vernehmung nach der kurzen Nacht wäre mühsam geworden. Frenzel hatte schon vor der Vernehmung einige Male ungeniert gegähnt. Luca war unkonzentriert und gereizt. So kannte Hanna ihn eigentlich gar nicht. Und sie selbst war auch nicht traurig, früher nach Hause zu kommen als gedacht.

Daheim machte sie sich erst mal eine Kleinigkeit zu essen. Es war noch nicht einmal Mittag, aber das Frühstück war doch schon recht lange her. Sie gönnte sich einen Mittagsschlaf, der ihr so richtig guttat. Dann packte sie das Badezeug ein und fuhr zum Mineralbad »Berg«.

Normalerweise war der Samstagmorgen für ihre Schwimmrunden reserviert. Jetzt, am Nachmittag, war es voller. Aber das »Berg« war, außer an warmen Sommernachmittagen, nie überfüllt. Und vor allem kamen hierher die Schwimmer und die Genießer, meist ältere Leute. Die nervigen Familien, die wuseligen Kinder und die überspannten Teenies fehlten. Das »Berg« war kein Erlebnisbad. Es gab hier keine Rutschen und keine Sprungbretter, keine Whirlpools und Massagedüsen. Das Innenbecken war nicht besonders groß. Einzig und allein das große Außenbecken machte das Bad zu etwas Besonderem. Es war das älteste der Stuttgarter Mineralbäder und hatte schon Mitte des 19. Jahrhunderts seine Pforten geöffnet. Nach dem Krieg war es in seinen alten Strukturen wieder aufgebaut worden, im Stil der Wirtschaftswunderjahre. Und so war es bis heute geblieben, ein bisschen spießig und mittlerweile so antiquiert, dass es schon wieder etwas Nostalgisches hatte. Man konnte es nur lieben oder hassen.

Hanna zog ihre Bahnen in dem wohltemperierten Mineralwasser, das hier so reichlich sprudelte, dass dem Wasser kein Chlor zugesetzt werden musste. Es hatte immer 22 Grad, was bei den momentanen Außentemperaturen eine wohlige Wärme war. Jetzt am Nachmittag waren die bekannten Gesichter rar. Das »Berg« lebte von seinen Stammgästen. Wenn Hanna am Samstagvormittag hierherkam, dann fühlte sie sich wie in einer Gemeinde Gleichgesinnter. Man kannte sich, nickte sich zu, ließ sich in Ruhe oder plauderte.

Leider fehlte immer wieder einer von den alten Leutchen. Schon seit einiger Zeit war das »Berg« ein Thema in der Stadt, weil die Stammkundschaft wegstarb. Im Sommer wurde sie ersetzt durch junge snobistische Leute, bei denen es zum guten Ton gehörte, nicht dem Mainstream zu folgen – Homosexuelle, Studenten, Leute aus der Kunst- und Medienszene. Doch übers Jahr konnte das Bad nicht von den Einnahmen finanziert werden, zumal aufwändige Renovierungen notwendig wurden. Der Zahn der Zeit nagte an Bodenbelägen, Armaturen und den blauen und weißen Fliesen. Die Raumaufteilung des alten Gebäudes war selbst für den jetzigen niedrigen Standard alles andere als zweckmäßig. Die Zukunft des »Berg« war ungewiss. Doch solange es existierte, würde Hanna am Samstagvormittag hierherkommen und ihre Runden drehen.

Am Nachmittag war auch die Sauna etwas voller. Die Saunen waren noch schön getrennt nach Männlein und Weiblein. Das machte es erträglich, wenn es etwas enger wurde. Doch auch bei weniger Betrieb fand Hanna die überholte Geschlechtertrennung wohltuend. Sie war nicht prüde. Das Nacktsein an sich störte sie nicht. Aber der Gedanke, dass auch nur einer der Männer abschätzig ihre Wölbungen und Speckröllchen taxieren könnte, machte sie nackt in einem schutzlosen Sinne. Schon zu lange hatte kein Mann sie mehr unbekleidet gesehen. Am Samstagvormittag dagegen, da saßen hier Frauen mit grauen Haaren und solche wie sie, mit zu lange nicht mehr nachgefärbten Haaransätzen. Sie hatten Hängebusen, Cellulite und jede Menge Hüftgold. Selbst bei den ganz Dünnen hing die faltige Haut am Bauch und an den Schenkeln gemäß den Gravitationsgesetzen. Und keiner machte das irgendetwas aus.

Jetzt saßen auch zwei Frauen um die vierzig in der Sauna, eine davon mit einer tadellosen Figur. Verdammt noch mal, dachte Hanna, wer hat uns Frauen eigentlich beigebracht, uns immer zu vergleichen. Und zwar immer mit der Schönsten. Als sie dann auf ihrer Liege lag, eingemummelt in eine weiche Decke, dachte sie tatsächlich einen Moment lang gar nichts mehr. Sie spürte die Entspannung in ihrem Körper und hatte für einen Augenblick das Gefühl zu schweben. Hätte nicht jemand gackernd und mit schrillem

Lachen den Ruheraum betreten, wäre sie eingeschlafen. Sie sah sich um nach dessen Quelle. Natürlich, die mit der perfekten Figur. Null soziale Intelligenz, rächte sie sich in Gedanken an der Störerin.

Dann ging ihr doch der Fall wieder durch den Kopf. Die Metallsäge, die finden wir nicht. Da hat Luca wahrscheinlich recht. Der Abrieb vom Wagenheber an der Dodge Viper – hoffentlich kann Wildermuth da wirklich etwas finden an dem Wrack ... Der Schmutz an Aschers Parka, wenn er denn aus der Garage stammte ... Die DNA, daran hängt es. Wenn in der Garage die DNA von Patrick Ascher gefunden würde ... Doch da hatte Wildermuth ja gesagt, dass das schwierig war ... Am besten wäre immer noch ein Geständnis. Und was, wenn Ascher durch die Ergebnisse der KTU entlastet werden würde? Es würde bedeuten, dass sämtliche Kontakte von Ludger Behrends überprüft werden müssten. Auf Facebook, auf seinem Handy, Kontakte, die er über seine Arbeit bei der Real-Vermögensberatung gehabt hatte. Mühsame polizeiliche Puzzlearbeit.

Hanna sah vor sich die Gesichter des Falles. Ludger Behrends kannte sie nur von Fotos. Das Bild war dennoch klar: Ein junger, selbstgefälliger Mensch. Ein Einzelkind, das von seiner Mutter vergöttert worden war. Hanna kannte solche Typen. Das Phänomen nahm ihrer Meinung nach zu. Leute, die vor allem um sich selbst kreisten, die sich und ihre Bedürfnisse für den Mittelpunkt des Universums hielten. Was andere fühlten, bemerkten sie meist gar nicht. Sie waren Meister darin, die eigenen Vorzüge herauszustreichen und bei anderen mit absoluter Zielsicherheit die Schwächen zu identifizieren. Sie verstanden nicht, was sie den Leuten antaten, wenn sie die bloßstellten oder abservierten. Ihr soziales Mitgefühl war unterentwickelt. So wie Ludger Behrends sich verhalten hatte, nahm es Hanna nicht wunder, dass er Hass auf sich gezogen hatte. Und richtiges Mitleid mit dem Opfer wollte sich bei ihr nicht einstellen.

Patrick Ascher – ja, das war ein armer Teufel. Aber leid tat er ihr auch nicht wirklich. Solange das Schicksal nichts Schlimmeres für ihn parat hält als eine Spielsucht, eine Privatinsolvenz und ein paar Tage U-Haft, hat er noch ganz gute Karten, ging ihr durch den Kopf. Hanna hatte in ihrem Berufsleben schon ganz andere Katastrophen mitbekommen. Und wenn Ascher tatsächlich der Täter war, dann war der Knast nur recht und billig.

Die beiden jüngeren Frauen waren gegangen. Sie gehörten auch wirklich nicht ins »Berg«. Hanna konnte also getrost einen weiteren Saunagang machen. Schluss mit der Arbeit, befahl sie sich. Am Montag geht's weiter. Jetzt wird entspannt!

Kalenderwoche 6, 2010

1

Es war normaler Polizeialltag. Hanna setzte sich am Montagmorgen erst mal an den Computer und rief das polizeiinterne Informationssystem auf. Sie überflog die Meldungen. Nichts, was ihr Dezernat betroffen hätte. Dann verschaffte sie sich einen Überblick über die Fälle, die momentan in der Abteilung bearbeitet wurden. Sie machte sich ein Bild vom jeweiligen Stand der Ermittlungen und notierte sich Vorschläge zum weiteren Vorgehen. Dann nahm sie sich den Spurstangenfall vor. Sie würde gleich Franz Kallinger Bericht erstatten. Je besser sie vorbereitet war, umso zügiger konnte sie diese Pflicht hinter sich bringen.

Die Arbeit ging gut von der Hand. Der Sonntag war erholsam gewesen. Sie hatte ein bisschen Hausarbeit gemacht, gewaschen und gebügelt. Seit die Kinder groß und quasi aus dem Haus waren, wurden diese Arbeiten, die sie früher an den Rand der Erschöpfung gebracht hatten, fast so etwas wie ein Ausgleich zum nervenaufreibenden Beruf. Bügeln empfand sie heute wie eine Meditation. Es war wohltuend langweilig. Sie konnte ihren Gedanken nachhängen und nebenher ein bisschen Radio hören.

Sie hatte mit Frank telefoniert, ihrem Ältesten. Er hatte ihr versprochen, bald mal wieder vorbeizuschauen, gemeinsam mit Nina, seiner Freundin. Ob die jungen Leute solche Besuche nur als Pflichterfüllung empfanden, fragte sie sich. Manchmal wäre es vielleicht fast schöner, wenn sie gemeinsam etwas unternehmen würden, ins Kino gehen, in eine Ausstellung, gemeinsam essen. Dann hätte jede etwas davon. Das Gespräch war kurz. Man tauschte nur die wichtigen Dinge aus. Aber die wirklich wichtigen, die wage ich nicht anzusprechen, ging es Hanna durch den Kopf. Zu gerne hätte sie gewusst, welche Pläne die beiden hatten. Sie verstanden sich gut, die Beziehung war stabil, das spürte Hanna. Aber dachten sie auch an Heirat? An Kinder ...?!

Und was war mit Jochen? Seit Wochen hatte sie nichts von ihm gehört. Ich sollte ihn anrufen, dachte Hanna. Doch etwas hielt sie davon ab. Im Grunde war es die Angst davor, wieder einmal einsilbig von ihm abgefertigt zu werden. Was war nur schiefgelaufen zwischen ihr und ihrem Zweiten? Manchmal hatte sie den Verdacht, dass Jochen den Verlust des Vaters nie verkraftet hatte. Auch wenn er der Mutter nicht die Schuld an seinem Tod gab, so signalisierte seine ganze Haltung doch, dass sie ihn nicht verstand und er im Vater den eigentlichen Beschützer und Beistand gehabt hätte. Doch was sollte man da tun? Sie war ratlos.

Steffie hatte zum Mittag Spaghetti gekocht. Sie hatten gemeinsam gegessen und ein bisschen geplaudert. Über die Prüfungen fürs zweite Staatsexamen, über den ungewöhnlich kalten und schneereichen Winter, und ob der wohl auch mit der Klimaerwärmung zusammenhing. Hanna hatte ein bisschen über die angesägte Spurstange erzählt. Sie sprach nie ausführlich über ihre Arbeit, auch weil sie ihre Kinder nicht mit den abstoßenden Details belasten wollte. Aber so ungefähr sollten sie ruhig wissen, was ihre Mutter die ganze Woche über trieb. In Watte musste man sie auch nicht packen.

Dann hatte Steffie sich wieder hinter ihre Bücher geklemmt. Worüber sie wieder mal nicht gesprochen hatten, war die Zeit nach den Prüfungen, und was Steffie dann eigentlich vorhatte. Weder Mutter noch Tochter sprachen das Thema an, als ob danach alles so weiterginge wie bisher. Und Hanna hatte auch am Sonntagnachmittag den flüchtigen Gedanken daran schnell wieder zur Seite geschoben.

Sie hatte ein bisschen in einer Frauenzeitschrift geblättert, über die sie sich immer ärgerte und die sie trotzdem fast jede Woche wieder kaufte. Die Themen wiederholten sich in regelmäßigen Abständen und brachten nichts Neues. Vor allem, wenn der weibliche Drang nach Perfektionismus psycho-salbadernd auseinandergenommen wurde, regte sie sich auf und beschloss, die Heftchen nicht mehr zu kaufen. Die perfekte Figur – wer bombardierte denn die Frauen geradezu mit Bildern von weiblichen Supermaßen? Das perfekte Wohnambiente – ein Drittel der Magazine war voll mit Krimskrams und Trödel, der unbedingt gekauft werden wollte, weil sonst ein gemütliches Zuhause schlechterdings unmöglich war. Die perfekte Karriere – Geschichten über Frauen, die schon mal auch einen Durchhänger haben durften. Aber bitte nicht zu lange. Und dann wieder schön berappeln und ab auf die Erfolgsleiter.

Sie hatte ein schmalziges Familiendrama angeschaut, das in Schweden spielte, wo offenbar immer die Sonne schien. Sie fragte sich, warum die junge Frau dem Angebeteten, der sie heiß begehrte, nicht einfach sagen konnte, dass sie ein uneheliches Kind hatte. Die Leute verhielten sich so unsinnig. Aber sonst hätte der Film ja gar keine Handlung gehabt. Und die Alternativen, weltfremde Krimis, ballernde Actionhelden und problemwälzende Dokumentationen, kamen schon gar nicht in Frage. Sie hatte entspannen und abschalten wollen.

Und dies war gelungen. Sie fühlte sich bereit für die neue Woche. Der Rapport bei Kallinger lief glatt über die Bühne. Franz war keiner, mit dem man Fallhypothesen aufstellen und diskutieren konnte. Er wollte wissen, ob handwerklich sauber gearbeitet wurde, ob alle rechtlichen Vorgaben berücksichtigt und eingehalten worden waren. Tatortbefundberichte, Tatrekonstruktionen, Spurenauswertungen und vollständige Listen von Tatverdächtigen – das war es, was der Chef verlangte. Man sollte der Polizei keinesfalls Versäumnisse nachsagen können. Und Hanna hatte alles geliefert.

Am Nachmittag hatte Patrick Ascher eine Pflichtverteidigerin. Hanna traf sich mit Friedebald Frenzel vor der JVA in Stammheim. Gemeinsam passierten sie die Kontrollen und

Schleusen und trafen den Verdächtigen mit seiner Rechtsanwältin in einem Vernehmungsraum. Die Anwältin war eine strenge Frau Mitte vierzig. Sie hatte ihrem Mandanten geraten, konsequent den Mund zu halten, bevor die Polizei nicht weitere Beweise gegen ihn hätte. Sie erklärte der Polizei und Staatsanwaltschaft, dass sie Haftbeschwerde eingelegt habe und umgehend Einsicht in die Akten haben wolle.

»Das hätte sie uns telefonisch sagen können«, sagte Hanna ärgerlich, als sie mit Frenzel das Gefängnis wieder verließ.

»Die nicht«, erwiderte der Staatsanwalt säuerlich und wackelte mit seinem runden Kopf. »Das ist eine der drei Furien, wahrscheinlich Megära. Die hat es sich zur Aufgabe gemacht, alle zu rächen, denen von der Polizei und von mir Unrecht angetan wurde. Daneben profiliert sie sich noch gerne ein bisschen. So eine Pflichtverteidigung kann ganz gut fürs Image sein. Besonders, wenn die Fälle etwas Bizarres wie angesägte Spurstangen haben.«

2

Am Dienstag gab es einen Toten. Ein Obdachloser hatte sich gnadenlos volllaufen lassen und war im Schlossgarten erfroren. Der Kriminaldauerdienst hatte die Sache bereits am frühen Morgen übernommen. Das Ganze war so klar, dass die Kollegen den Leichnam bereits freigegeben hatten. Das Dezernat für Tötungsdelikte hatte somit keine Arbeit mehr mit dem Fall.

Wildermuth und seine Leute hatten ein bisschen Luft. So war Hanna damit einverstanden, dass die KTU sich die Wohnung in Cannstatt vornahm, in der eine fassungslose Familie nicht über den Selbstmord von Vater und Ehemann hinwegkam.

Sie fanden einen Abschiedsbrief. Er lag im Bett zwischen Kopfkissen und Bettdecke. Die Frau des Selbstmörders hatte seit dem Auffinden des Toten nicht mehr im Ehebett geschlafen. Hanna wusste, warum. Die Leere im Nebenbett war unerträglich. Selbst wenn man Schlafmittel nahm – irgendwann musste man doch wieder aufwachen, und dann war da wieder dieses entsetzliche Schwarze Loch, das einen zu verschlingen drohte. Hanna hatte wochenlang bei den Kindern auf einer Matratze geschlafen.

Luca ging der Fall erstaunlich an die Nieren. Der Inhalt des Abschiedsbriefes verstörte ihn nur noch mehr.

»Wie kann der schreiben, dass er nur noch Leid über seine Lieben bringt? Das, was er jetzt gemacht hat, das bringt Leid über seine Lieben – oder nicht? Und dass er sich dafür schämt, dass er seine Familie nicht mehr ernähren kann. Und dass er keinen Ausweg mehr sieht. Nur weil die Firma in die Insolvenz gegangen ist, bei der er gearbeitet hat. Seine Frau hat gesagt, es war schon klar, dass es mit der Firma weitergehen konnte, nach der Insolvenz. Er hätte seinen Arbeitsplatz nicht verloren.«

»Hat er eine Lebensversicherung für die Hinterbliebenen abgeschlossen?«, fragte Hanna.

»Ja. Aber erst vor zwei Jahren. Das heißt, die wird gar nicht ausgezahlt. Die Witwe bekommt nur das, was die Versicherung beim Rückkauf wert ist. Das ist nicht einmal das, was er eingezahlt hat. Und das muss der Typ doch gewusst haben. Er war Prokurist in dem Pleiteladen.« Luca redete mal wieder mit beiden Händen. Er konnte nicht stillsitzen und tigerte in Hannas Büro herum.

»Hat seine Frau irgendetwas gesagt, dass er vorher schon komisch war?«

»Sie sagte, dass er seit Monaten viel zu viel gearbeitet hat. Er hat wohl nicht mehr richtig geschlafen. Nachts nur noch Probleme gewälzt. Und tagsüber war er in sich gekehrt und niedergeschlagen. Sie sagte, er hätte immer so getan, wie wenn's nur an ihm alleine liegen würde, dass die Firma wieder aus der Krise kommt. Dass er ganz allein schuld war, dass es den Bach runter ist. Dabei war er wohl die rechte

Hand vom Chef. Der hätte ihn immer über den Schellenkönig gelobt. Es war halt einfach so, dass der kleine Laden den Auftragseinbruch nicht verkraften konnte. Bei denen sind wohl durch die Finanzkrise zwei wichtige Kunden hopsgegangen.«

»Das klingt nach einer handfesten Depression«, sagte Hanna nachdenklich. Wer bei der Kriminalpolizei mit Ermittlungen in Todesfällen zu tun hatte, der wurde unweigerlich mit dem Phänomen der Selbsttötung konfrontiert. Manchmal konnte man einigermaßen nachvollziehen, warum sich jemand das Leben genommen hatte. Aber jeder Ermittler stand irgendwann einmal fassungslos vor einem Leichnam, weil der Tod so gar keinen Sinn ergeben wollte. So wie nun Luca. Weil da Menschen sich das Leben nahmen, die erfolgreich im Beruf waren, die intakte Familienbeziehungen hatten und bei denen nichts auf eine psychische Krankheit hinwies.

Durch Selbstmord kamen in Deutschland fast doppelt so viele Menschen ums Leben wie durch Verkehrsunfälle. Mehr als zwei Drittel davon waren Männer. Hanna hatte einmal an einer Weiterbildung teilgenommen, weil natürlich auch sie immer wieder mit Fällen konfrontiert war, die sie ratlos zurückließen. Beim Vortrag eines Psychiaters waren ihr Kronleuchter aufgegangen.

»Auf Neudeutsch sagt man dazu Burn-out. Klingt nicht so schlappschwänzig wie Depression. Das sind oft Leute, die mitten im Leben stehen, unheimlich viel leisten und ganz viel Verantwortung auf sich nehmen. Irgendwann wird es zu viel für Körper und Seele. Und dann kann ein ziemlich schlimmer Teufelskreis einsetzen«, erklärte Hanna. So ungefähr hatte es ihnen auch der Psychiater verklickert.

Luca hatte sich nun wieder gesetzt. Er sah sie gespannt an, hing förmlich an ihren Lippen.

»Die Leute arbeiten zu viel, erholen sich nicht mehr, kommen nicht mehr runter. Oft setzen sie sich selbst auch noch unter Druck. Sie fühlen sich als Versager, wenn sie keinen Erfolg haben. Und dieser Dauerstress führt dazu, dass bestimmte Stoffe im Gehirn durcheinanderkommen. Das sind irgendwelche Botenstoffe, die die Gefühle regeln. Auf jeden Fall führt das dazu, dass die Gefühle und die Gedanken immer negativer werden. Am Ende haben die das nicht mehr unter Kontrolle. Mit Verstand und Vernunft bekommt man das überhaupt nicht in den Griff. Das ist eine Spirale, die nur noch nach unten führt.«

»Aber müssten die Leute im Umfeld das nicht merken?«, fragte Luca.

»Gerade solche Burn-out-Kandidaten reden oft nicht mehr über ihre Gefühle. Sie verschließen sich total. Genau das hat doch die Ehefrau bei deinem Fall auch gesagt.«

»Und was kann man dann tun, um so jemandem zu helfen?«

Hanna hatte plötzlich das Gefühl, dass es Luca gar nicht mehr nur um den Suizid in Cannstatt ging.

»Man muss sie zu einem Nervenarzt prügeln. Es gibt Tabletten, die helfen dabei, diese Botenstoffe im Gehirn wieder ins Lot zu bringen. Und dann erst können sie lernen, wie sie besser mit Stress umgehen.«

Luca sah bedrückt vor sich hin.

Was geht dem im Kopf herum, dachte Hanna. Es beschlich sie eine Ahnung: »Was ist? Hast du auch manchmal solche Tiefs?«

»Ach Quatsch.« Er winkte ab und stand energisch auf. »Manches geht einem eben doch ein bisschen unter die Haut in diesem prickelnden Job.«

»Na, dann kannst du dich ja jetzt mal an die Listen machen. Sämtliche Kontakte von Ludger Behrends. Für den Fall, dass wir diesen Patrick Ascher doch wieder laufen lassen müssen.«

»Alles klar.« Luca klang gewollt dynamisch.

Um die Mittagszeit hatte Steffie sie angerufen. Die Präsentation, eine Art mündliche Prüfung, wenn Hanna richtig verstanden hatte, war gut gelaufen. Gerne hätte Hanna mit der Tochter am Abend darauf angestoßen. Doch als Hanna nach Hause kam, war Steffie nicht da.

3

Am Mittwoch verkündeten Gaßmann und Luca, dass sie den Kunden gefunden hätten, der so übel mit einer Lebensversicherung der Real-Vermögensberatung auf die Nase gefallen war. Johannes Gremmelsbacher war am späten Dienstagnachmittag mit ihnen direkt zur Wohnung des Mannes gegangen, und sie hatten ihn auch angetroffen.

Auch bei dieser Fährte hatte Hanna darauf bestanden, sie weiter zu verfolgen. Wir dürfen uns nicht auf Patrick Ascher fixieren, dachte sie, solange wir keine hieb- und stichfesten Beweise haben.

»Meine Fresse, hat der sich aufgeregt«, erzählte Luca. Der Mann war um die dreißig, arbeitete bei einer Leiharbeitsfirma, die ihn momentan nicht vermitteln konnte. Also war er klamm und hatte sich gesagt, dass er noch eine ganze Weile bis zur Rente hatte. Bis dahin, so hoffte er, würden auch mal wieder bessere Zeiten kommen, in denen er vielleicht sogar wieder eine Festanstellung fand. Und dann konnte er immer noch mal wieder eine Lebensversicherung abschließen. Jetzt wollte er die dreitausend zurückhaben, um sein heutiges Leben wenigstens ein bisschen genießen zu können. Nun musste er feststellen, dass der Fonds, in den seine Beiträge eingezahlt worden waren, extrem an Wert verloren hatte. Der verbliebene Rest war zudem durch Verwaltungskosten erheblich geschrumpft. Es blieben ihm gerade noch etwa achthundert Euro.

»Auf jeden Fall ist der Typ so sauer, dass er sich wehren will«, berichtete Rolf Gaßmann. »Er hat Kontakt zu zwei anderen, denen auch so eine Versicherung angedreht worden ist. Und die sind zusammen zu einem Anwalt. Der sagt offenbar, sie hätten gute Chancen, einen Schadenersatz zu bekommen. Er will eine Annonce in die Zeitung setzen, um noch mehr Betroffene zu finden. Dann könnte man eine Sammelklage machen.«

»Sägen solche Leute Spurstangen an?«, fragte Hanna.

Luca und Rolf überlegten einen Moment, bevor sie fast gleichzeitig antworteten. »Eher nicht.« »Kann ich mir nicht vorstellen.«

»Alibi?«

»Der Typ gestern hat keins. Er sagt, er war an dem Sonntagabend zu Hause«, antwortete Luca. »Aber der hat einen Brass auf den ganzen Laden. Ludger Behrends, na ja, den fand er gar nicht so übel, so wie er sich geäußert hat. Der will vor allem sein Geld zurück. Warum soll er da einen Anschlag auf den verüben?«

Blieben andere Geschädigte der RVB. Noch wussten sie nicht, ob Ludger Behrends auch andere Kunden so schlecht beraten hatte.

Hanna erinnerte Luca an die Listen mit den Kontakten des Toten. Jetzt protestierte er: »Wann hätte ich das denn machen sollen? Bin gestern Abend ohnehin zu spät zum Sport gekommen. Das mag mein Meister schon gleich gar nicht!« Sein Jiu-Jitsu-Training am Dienstagabend war ihm heilig.

»Dann mach dich jetzt dran«, forderte Hanna ihn auf. Sie selbst hakte im Labor des Landeskriminalamtes nach, wann mit den Ergebnissen von der Auswertung der Spuren in der Tiefgarage und an den bei Ascher beschlagnahmten Gegenständen zu rechnen war. Die waren momentan das Spannendste. Nicht vor Ende der Woche, hieß es. Für den Moment wusste sie nicht weiter. Ihr fiel einfach nichts mehr ein, was sie sinnvollerweise für die Aufklärung des Todes von Ludger Behrends machen konnte.

Unwillig sah sie den Stapel mit den liegengebliebenen Vorgängen von Andreas Bialas an und seufzte. Na ja, dann würde sie sich eben daranmachen, die wieder ein bisschen aufzuarbeiten. Kaum hatte sie die erste Akte aufgeschlagen, da überfiel sie ein Heißhunger auf Süßes. Am liebsten wäre sie aufgesprungen und nach Zuffenhausen gefahren. Dort war das nächste Lebensmittelgeschäft. Grimmig widerstand sie der Versuchung und arbeitete weiter, was ihrer Laune gar nicht guttat.

II. Wolfsburg

Es waren schon wieder die Magenschmerzen, an denen er aufwachte. Vielleicht musste er doch mal zum Arzt gehen. Das Bett neben ihm war leer. Immerhin hatte er heute so gut geschlafen, dass er nicht mitbekommen hatte, wie Marietta aufgestanden war. Sie bemühte sich ja auch, möglichst leise zu sein. Er sah auf die Uhr. Sieben. Und immer noch fast dunkel draußen. In dieser Jahreszeit fiel es ihm noch schwerer, aus den Federn zu kommen, als sonst. Er seufzte, schlug die Decke zurück und trudelte ins Bad. Die Dusche kurbelte seinen Kreislauf etwas an. Er rasierte sich sorgfältig und warf eine Tablette gegen die Magenschmerzen ein.

Vor dem Kleiderschrank musterte er die Anzüge. Er griff nach einem, der eigentlich zu den besseren gehörte. So weit war es gekommen, dass an einem ganz normalen Arbeitstag ein ganz normaler Boss-Anzug nicht mehr gut genug war. Er ärgerte sich über sich selbst. Warum nur ließ er sich von Mönchhofer so unter Druck setzen? Wenn die Abteilung mehr Umsatz brächte, dann könne er sich ja auch mal einen anständigen Anzug leisten, hatte der ihm vor kurzem vor der versammelten Bereichsleiterrunde an den Kopf geworfen. Die doppelte Botschaft war mehr als deutlich. Klar: Die Umsätze waren eingebrochen. Und damit war auch der Bonus eines Herrn Mönchhofer wieder in Gefahr. Nachdem der im letzten Jahr schon wie sie alle leer ausgegangen war. Er sprach mit den Anzügen im Schrank: »Vielleicht kann er sich jetzt nur noch für jeden dritten Tag einen Anzug von Brioni leisten, oder Armani oder Brunello Cucinelli oder wie sie alle heißen, diese italienischen Stardesigner, auf die er so steht.«

Trotz des Medikaments bekam er wieder Magenschmerzen. Grimmig griff er zu einem Boss-Anzug. Es war einfach nicht anständig, in diesen Zeiten den Kunden in einem sündhaft teuren Fummel gegenüberzutreten. Selbst wenn das wohlhabende Leute waren. Auch denen tat es weh, wenn sie sehr viel Geld verloren. Und sie waren zurzeit ganz bestimmt nicht deshalb so zurückhaltend mit ihren Geldanlagen, weil er nur einen Anzug für schlappe fünfhundert Euro trug.

Angezogen mit weißem Hemd, Einreiher und einer No-Name-Seidenkrawatte ging er hinunter in die große Wohnküche. Seine Familie war schon rege zugange. Benni biss herzhaft in sein Marmeladebrot, schluckte die Brocken fast unzerkaut hinunter und wippte dabei unaufhörlich mit dem Stuhl. Tim wuselte im ganzen Raum herum und suchte seinen Plüschlöwen, ohne den er keinesfalls in den Kindergarten gehen würde. Marietta mahnte ihn energisch, sich wieder an den Tisch zu setzen und endlich zu frühstücken, während sie selbst an der Kücheninsel stand und das Pausenbrot für die ganze Bande richtete. Nur Hanna schien noch nicht wach zu sein. Verträumt nippte sie an ihrem Kakao, stellte die Tasse wieder ab und blickte verschlafen aus dem Fenster. Sie kam nach ihm. Wie der Papa brauchte sie einfach morgens eine Anlaufzeit, um in die Puschen zu kommen. Manchmal leider auch viel zu lange für die kurze Zeit zwischen Frühstück und Schulbeginn, sodass Marietta ihre liebe Not damit hatte, sie so rechtzeitig aus dem Haus zu bringen, dass sie die Straßenbahn noch erwischte.

Er machte sich erst mal einen Kaffee. Das war das Erste, was er morgens brauchte. Er würde frühstücken, wenn die Rasselbande aus dem Haus war. Es war ihm wichtig, dass er alle morgens noch mal sah, bevor sie das Haus verließen. Da hatte er noch die Gelegenheit zu fragen, was seine Kinder am Tag erwarten würde. Wie kam Hanna in der neuen Schule zurecht? Wann schrieb Benni seine nächste Klassenarbeit, und wie war eigentlich der Mathe-Test ausgefallen?

Als Marietta dann einen nach dem andern in warme Jacken, Mützen und Handschuhe gepackt, Benni und Hanna auf den Weg in die jeweilige Schule geschickt und Tim ins Auto verfrachtet hatte, um ihn in den Kindergarten zu fahren, da war er sehr froh um die paar ruhigen Minuten, die ihm nun blieben. Er frühstückte und überflog die Zeitung. Im Wirtschaftsteil blieb er an einem Artikel über die IKB hängen. Der ehemalige Chef dieser Mittelstandsbank musste sich nun doch vor Gericht verantworten. Massiv verspekuliert hatten die sich. Papiere aus dem US-Hypothekenmarkt zuhauf waren da gekauft worden. Er hatte nie verstanden, warum alle so taten, als ob der amerikanische Immobilienmarkt eine Kuh wäre, die rund um die Uhr Milch gibt. Jeder, der ein bisschen gesunden Menschenverstand hatte, hätte sehen können, dass das nicht ewig so weitergehen konnte. Und dann hatte der Ex-IKB-Chef auch noch die Stirn gehabt, kurz vor der Milliardenpleite so zu tun, als wäre die Bank voll auf Erfolgskurs. Etliche Anleger waren ihm auf den Leim gegangen und hatten noch Aktien gekauft. Aktien, die kurz darauf nichts mehr wert waren. Zehn Milliarden Euro hatte es den Bund und ein paar Privatbanken gekostet, die Pleite der IKB zu verhindern.

Ein weiterer Artikel zog seine Aufmerksamkeit auf sich. Die Landesbanken, so hieß es, würden ihren Mitarbeitern wieder Boni auszahlen. Auch in den besonders gebeutelten Häusern wie der HSH Nordbank und der WestLB. Na, dann würde man sich ja wohl auch bei der Württembergisch-Badischen nicht lumpen lassen. Trotz des faulen Eis, das man sich mit der Landesbank Anhalt ins Nest gelegt hatte. Und trotz des Sigma-33-Skandals. Er fragte sich, ob diejenigen wohl auch wieder Boni bekämen, die diese windigen Geschäfte eingefädelt hatten. Oder diejenigen, die reihenweise giftige Derivate katastrophal falsch bewertet und den Banken ins Portfolio gelegt hatten. Noch immer war nicht klar, wie viele Milliarden die Länder, die Sparkassen und einige Versicherungsunternehmen abschreiben mussten, damit diese eklatanten Fehlspekulationen nicht zur Pleite etlicher Landesbanken führten.

Seufzend schlug er die Zeitung zu. Er musste los. Wieder meldete sich sein Magen. Er hatte seinen Job geliebt. Er war immer gerne zur Arbeit gegangen. Doch in den letzten beiden Jahren war ihm der Spaß vergangen. Und seitdem Mönchhofer sein Chef war, wurde der Widerwille, den er jeden Morgen empfand, immer größer. Er zog Schuhe und Mantel an, nahm die Aktentasche und ging hinaus zu seinem Wagen. Er fuhr das Auto aus der Garage und auf die Straße, die hinunter in die Stadt führte. Irgendetwas war im Busch, so sagte es ihm sein Gefühl. Mönchhofer versucht mich abzusägen. Sollte er sich selbst um eine Alternative bemühen? Lange würde er das nicht mehr aushalten. Aber es stank ihm auch gewaltig, dass ausgerechnet diese Typen, die mit ihrer Großmannssucht die ganze Misere angerührt hatten, dass ausgerechnet solche Leute auf ihren Posten blieben, und Leute wie er, die noch ein bisschen Verantwortungsbewusstsein und Ehrgefühl im Leibe hatten, den Platz räumen sollten. Hatte er nicht laut und deutlich gewarnt? Hatte er nicht klipp und klar gesagt, dass die Risiken unkalkulierbar waren, die man mit der Übernahme der LB Anhalt und ihrer Zweckgesellschaften übernahm? Und ausgerechnet die Leute, die das ganze Desaster eingefädelt hatten, machten nun wieder Karriere und wurden ihm vor die Nase gesetzt. Vor allem aber: Sie machten weiter wie bisher. Vielleicht sogar noch einen Tick dreister.

Am Fernsehturm musste er entscheiden, ob er bei Dunkelgelb noch über die Kreuzung preschen sollte. Er bremste. Der kleine Laster vor ihm war schon im gelben Bereich gewesen. Mit wehenden Planen war der an der Ampelanlage vorbeigeschossen. Er sah noch, wie die Geräte auf der Ladefläche gefährlich ins Rutschen gerieten.

Er musste auf der Hut sein, überlegte er, während er weiterfuhr. Kaum war die Krise etwas am Abklingen, da wurde schon wieder so eine Verkaufsaktion gestartet. Was waren denn das für Zertifikate? Blickte da irgendjemand durch, was man den Kunden da schmackhaft machen sollte? Seinem Gefühl nach waren die Anlagen für die allermeisten seiner Kunden einfach zu risikoreich. Und wenn es stimmte, was so gemunkelt wurde, und einige der wertlosen Papiere jetzt in die neuen Produkte verpackt wurden, dann war das ohnehin kaum zu verantworten. Wo war da eigentlich die Grenze zum Betrug? Deshalb würde er ab sofort jede Anweisung von oben dokumentieren. Er würde seine Bedenken nicht mehr Mönchhofer vortragen. Er würde es nur noch schriftlich machen. Und die anderen Vorstände auf CC setzen.

Kurz vor dem Abzweig zum Frauenkopf sah er dann plötzlich die Schaufel mitten auf der Straße liegen. Links fuhr ein Wagen. Ausweichen war nicht möglich. Nach rechts war fast zu wenig Platz. Er versuchte es trotzdem und bremste zugleich ab. Doch das linke Vorderrad erwischte das metallene Schaufelblatt voll. Bevor er noch darüber nachdenken konnte, ob der Reifen etwas abbekommen hatte, brach der Wagen aus und driftete nach rechts, direkt auf die Straßenbahnschienen zu, die hier neben der vierspurigen Straße verliefen. Er versuchte gegenzusteuern. Doch den Wagen bekam er nicht mehr in seine Gewalt. Der tat, was er wollte. Er holperte über die Bordsteinkante, die die Fahrbahn von den Gleisen trennte, und weiter über Schienen. Obwohl er den Wagen deutlich heruntergebremst hatte, kam es ihm immer noch wie eine Schussfahrt auf der Achterbahn vor. Dann sah er die Straßenbahn auf sich zukommen. Mit einem Ruck fiel die Bahn plötzlich nach links weg. Gegen welche Teile der Fahrerkabine es ihn selbst schmerzhaft schleuderte, wusste er nicht zu sagen. Sein Verstand setzte aus. Ihm war, als ob sein Geist in eine Welt jenseits der Wirklichkeit katapultiert worden wäre.

Donnerstag, 11. Februar 2010

1

Ganz normale Polizeiarbeit. Hanna hatte die Polizeinachrichten gecheckt. Danach verschaffte sie sich einen Überblick über die Aufgaben, die sie heute zu erledigen hatte. Sie nahm sich den Bericht vor, den Luca noch am Abend zuvor über die Befragung des geprellten RVB-Kunden geschrieben hatte.

Lucas Berichte waren legendär. »Die informatorische Befragung diente einer inhaltlichen Erfassung der sachverhaltsbezogenen Daten, weil der Zeuge so sauer war, da er der Geschädigte des Opfers war.« Man musste den Sachverhalt schon kennen, um solche Sätze verstehen zu können. »Inwieweit der Zeuge auch der Tatverdächtige sein könnte, ist aus den ermittelten Ergebnissen nicht nachweisbar, weil aufgrund der Aussagen des Geschädigten keine Tatsachen auf die nahe Möglichkeit der Täterschaft hinweisen. Ich bzw. der Berichterstatter glaubt daran nicht. Er hat einen Anwalt genommen und will klagen. Er will eben sein Geld zurück und sonst nichts.«

Wenn möglich, ließ man Luca tunlichst keine Berichte schreiben. Aber wenn er selbstständig oder wie hier sogar als federführender Ermittler die Fälle bearbeitete, musste er eben auch für die Dokumentation sorgen.

Hanna hatte Luca einmal aufgefordert, doch einfach so zu schreiben, wie er sprach. Der Kollege hatte sie aus seinen dunkelbraunen Augen verzweifelt angeschaut und gefragt: »Und du glaubst, dass es dann besser wird? Weißt du, Hanna, ich hatte vier Jahre lang eine Deutschlehrerin. Ich seh heute noch die Aufsätze vor mir. Rot. Auf jeder Seite rot. So Schlangenlinien hat sie drunter gemacht, unter das, was ich geschrieben hab. Und auf jeder Seite stand ›Keine Schriftsprache!‹. Immer wieder ›Keine Schriftsprache!‹. Auf jeder Seite drei bis fünf Mal.«

Es war also eine aussichtslose Angelegenheit. Die Deutschlehrerin hatte gründliche Arbeit geleistet.

In ihre Lektüre hinein klingelte das Telefon.

»Müller«, meldete sich eine Stimme, die sie nicht gleich zuordnen konnte. »Frau Stankowski, wir haben doch letzte Woche telefoniert. Wegen dem Unfall oben in Vaihingen.«

Ach ja, der Kollege von der Verkehrsunfallaufnahme.

»Das war doch dieser Raser, der da an die Betonwand geknallt ist. Ziemlich unschöne Sache, das Ganze. Und Sie erinnern sich ja vielleicht noch: Die Spurenlage war da ja so ungewöhnlich. Keine Bremsspuren, bevor der Wagen ausgebrochen ist. Und dann die komischen Driftspuren. Aber bloß auf einer Seite. Eigentlich waren das ja gar keine richtigen Driftspuren. Das waren mehr so Spurunterbrechungen, als ob das eine Rad quasi über die Fahrbahn gehoppelt wäre. Aber eben nur eines der beiden Vorderräder.«

»Herr Müller, gibt es irgendetwas Neues zu dem Fall?«, unterbrach ihn Hanna. Sie registrierte jetzt, dass der Kollege sich im Freien befinden musste. Man hörte Verkehrsgeräusche und nun auch ein Martinshorn.

»Zu diesem Fall bei der Uni Vaihingen – nein. Aber ich bin hier gerade bei einer Unfallaufnahme. Und zwar Jahnstraße, Frauenkopfstraße, Fahrtrichtung von Degerloch in die Stadtmitte. So, und wir kommen jetzt dahin, und ich schau mir die Spuren an und denke, das kann doch nicht wahr sein. Also, so ein Spurenbild wie da oben in Vaihingen, das ist extrem selten. Und jetzt fast das Gleiche wieder. Wieder dieser Spurenknick. Und wieder diese sonderbaren unterbrochenen Driftspuren, die wir …«

Hanna musste ihn wieder stoppen: »Herr Müller, was wollen Sie mir damit denn sagen?«

»Also, ich hab mir das Fahrzeug mal genauer angeschaut. Das ist nämlich nach rechts auf die Straßenbahnschienen geschossen und dort umgekippt. Wir haben nicht nur einen Verkehrsstau in Richtung Stadtmitte. Sondern von und nach Sillenbuch fährt momentan keine Straßenbahn mehr. Und was denken Sie, sehe ich da, als ich mir das Fahrwerk von dem Unfallwagen so anschaue?«

Hanna wurde immer unruhiger. Warum machte es dieser Mensch so umständlich? »Herr Müller, sagen Sie es mir einfach!«

»Die Spurstange war gebrochen. Vorne links. Und das bei einem Daimler.«

Hanna wurde es mulmig. Müller plauderte munter weiter: »Also, das ist schon fast ein Ding der Unmöglichkeit, dass bei einem Daimler die Spurstange bricht. Deshalb hab ich mir die Stange mal genau angeschaut. Und das sieht aus, wie wenn jemand die angesägt hätte. Ich hab ja die Bilder gesehen, die der TÜV gemacht hat von der Viper. Und genauso …«

»Was ist mit den Insassen?«

»Ein Fahrer. Sonst niemand. Und der ist ansprechbar. Hat auch keine offen Wunden. Der Sanka ist grade gekommen. Die holen den sicher gleich raus. Aber vielleicht sollten Sie gleich mal herkommen, am besten mit jemandem von der KTU, und sich das mal selbst anschauen, damit …«

»Worauf Sie sich verlassen können. Der Wagen wird keinen Zentimeter bewegt. Ich bin sofort da.«

Damit haute sie das Telefon in seine Halterung. Sie starrte es an und spürte, wie ihr das Herz in die Magengrube rutschte. Der Mann war ein Schwätzer, aber fachlich war er gut. Und er würde nicht leichtfertig so eine Geschichte in die Welt setzen. Wer sägte da Spurstangen an? Konnte Patrick Ascher auch hier am Werk gewesen sein? Wenn nicht, wer dann?

Sie brauchte zunächst einmal Gewissheit. Es gab Zufälle. Vielleicht konnte ja auch die Spurstange eines Daimlers mal einen Materialfehler haben.

Sie griff wieder zum Hörer und rief Wildermuth an. Der war mit einem Teil seiner Truppe bei einem Einbruch in einer Lagerhalle. Sie schilderte die Situation. »Deine Leute kommen dort doch auch ohne dich zurecht. Da läuft euch nichts weg.«

»Bei der Straße zum Frauenkopf?«, fragte der Kriminaltechniker stoisch. »Wir sind in einer starken halben Stunde da.«

Hanna schnappte sich Winterjacke, Schal und Handschuhe. Während sie über den Flur ging, zog sie sich an. Sie warf einen Blick in das Büro von Luca und Gaßmann. »Ich muss kurz weg. Dringend. Bin über Handy erreichbar.«

Dann machte sie sich auf zu ihrem alten Ford Focus. Einen Dienstwagen zu besorgen würde ihr jetzt zu lange dauern. Sie fuhr quer durch die Stadt, durch den Wagenburgtunnel und die Gerokstraße hinauf. Zum Glück lief der Verkehr um diese Tageszeit reibungslos. Auf der Jahnstraße sah sie schließlich auf der Gegenfahrbahn die Absperrungen und die Polizeikräfte. Sie bog vor der Unfallstelle links ab in den Wald. Hier konnte man den Wagen in einem Seitenweg problemlos parken. Zu Fuß ging sie zu der großen Kreuzung zurück, an der es Richtung Frauenkopf und Waldebene Ost ging. Drei Straßenbahnen reihten sich mittlerweile hinter der Haltestelle, die vor der abzweigenden Straße lag. Auch von oben aus Richtung Sillenbuch und Degerloch standen die Bahnen in Reihe. Hanna ging neben den Schienen zu dem von Blaulicht umblinkten Unfallwagen. Ein Sanitäter in Rot und Weiß stieg soeben hinten in einen Rettungswagen und schlug die Hecktüren zu. Fast zeitgleich heulte das Martinshorn auf und der Sanka setzte sich in Bewegung.

Ihr entgegen kam ein Kollege der Unfallaufnahme. Bestimmt war das Müller.

»Frau Stankowski?«, fragte er und führte sie zum Unfallort. Müller sah aus wie ein Paradepolizist in einem Werbespot für die Polizei. Ein markantes, männlich-schönes Gesicht, ordentlich rasiert und frisiert, ein energischer Gang, eine aufrechte Haltung. Selbst die dicke Standard-Polizeijacke wirkte an ihm wie eine Maßanfertigung. Und natürlich fing er sofort wieder an zu reden: »Hier, schauen Sie sich mal die Spurenlage an. Da, sehen Sie den Knick? Da drüben liegt eine schwere Schaufel. Wir vermuten, dass der Fahrer ihr ausweichen wollte. Oder er hat sie noch erwischt. Auf jeden Fall ist er dadurch wohl ins Schleudern geraten. Hier, sehen Sie, diese Spuren, die meinte ich, als ich von den komischen Driftspuren gesprochen habe.«

Hanna interessierten momentan keine Driftspuren. Sie steuerte auf den Wagen zu, der auf der Seite quer über die Schienen lag. Es war eine Limousine, eine Mercedes-E-Klasse in dunklem Metallicgrün.

»Was ist mit dem Fahrer?«, wollte Hanna wissen.

»Soweit ich mitbekommen habe, keine größeren Verletzungen. Der hat Glück gehabt. Wäre das ein bisschen weiter oben passiert, dann hätte es ihn die Böschung hinuntergehauen. Die Schienen liegen da ja tiefer als die Straße. Und ein bisschen weiter unten wäre er in die Haltestelle gerauscht. Oder sogar in die Straßenbahn. Gott sei Dank hat die nach der Haltestelle noch nicht volle Fahrt aufgenommen. Sonst wär sie womöglich noch in den Wagen reingefahren. Also alles noch mal fast glimpflich abgelaufen.«

»Zeigen Sie mir die Spurstange«, forderte Hanna den redseligen Müller auf. Sie traten an den Unterboden des Fahrzeugs heran.

Müller ging in die Hocke und zeigte auf das rechte Rad am Boden. »Sehen Sie, hier ist die Spurstange, die ist intakt. Und oben«, er stand wieder auf und deutete auf das Rad in der Luft, »da ist sie gebrochen.«

Hanna konnte plötzlich die Bilder einordnen, die sie von TÜV und KTU bekommen hatte und die die gebrochene Spurstange der Dodge Viper zeigten. Bei der E-Klasse war diese Stange eindeutig eine stabile Konstruktion aus Stahl. Wo blieb Wildermuth?

Ein Abschleppwagen kam quer über die Kreuzung. Ein paar Polizisten öffneten ihm die Absperrung. Einer kam zu Müller und drängte, dass der Unfallwagen schnell wegmüsse.

Der Stau nach Süden ging schon fast bis hoch zum Fernsehturm. Ganz zu schweigen vom Straßenbahnbetrieb, der vollkommen durcheinander war. Hanna wurde energisch. Nichts würde hier weggeräumt werden, bis die Kriminaltechnik da war.

Endlich kam der weiße KTU-Wagen. Wildermuth und zwei seiner Leute traten an den umgekippten Mercedes. Mit routinierten Handgriffen entnahmen sie ihren großen Koffern die notwendigen Gerätschaften. Wie eine überdimensionale Lupe sah das Glas aus, durch das Wildermuth die Bruchstelle betrachtete. Dann wandte er sich zu Hanna und nickte. »Angesägt«, sagte er ernst. »Mit 98-prozentiger Sicherheit. Du weißt ja, Hanna: Endgültiges erst nach der Untersuchung im LKA und bei der Materialprüfungsanstalt. Der Wagen kommt sofort in unsere Garage«, wandte er sich an die Kollegen der Verkehrspolizei. »Die Leute, die ihn anfassen müssen, sollen Handschuhe anziehen.«

Hanna fror plötzlich erbärmlich. Es war immer noch sehr kalt. Doch dass es ihr nun die Zähne so aufeinanderschlug, hatte auch einen anderen Grund. Sie hatte schlicht und ergreifend Schiss. Plötzlich hatte sie das Gespenst eines Serientäters vor Augen.

Der verunglückte Mann, ging es ihr durch den Kopf, der war ansprechbar. Wo hatten sie ihn hingebracht? Sie suchte nach Müller. Der sprach gerade mit einem jungen schlaksigen Mann, der eine große Kamera in der Hand trug. Offensichtlich ein Journalist. Hoffentlich plauderte Müller nicht zu viel aus. Sie ging zu ihm und unterbrach das Gespräch, indem sie ihn zur Seite zog.

»Presse?«, fragte sie.

»Stuttgarter Nachrichten.«

»Sie erzählen dem nichts, aber auch gar nichts, über die Unfallursache!«

Müller sah sie sie ehrlich entrüstet an. Als ob er seinen Mund nicht halten könnte, sagte der Blick.

»Wohin hat man den Verletzten gebracht?«

»Ins Marienhospital.«

»Okay, vielen Dank, Herr Müller, auch für die schnelle Information. Und dafür, dass Sie das so schnell gecheckt haben, dass da etwas nicht stimmt.« Er war ihr nicht wirklich sympathisch. Aber ohne seine Gewissenhaftigkeit hätten sie wertvolle Zeit verloren.

2

Hanna fuhr zum Marienhospital im Stuttgarter Süden. Sie fragte sich durch zur Notaufnahme, immer den Polizeiausweis im Anschlag. Eine junge Ärztin teilte ihr mit, dass man den Verkehrsunfall gerade in die Röhre geschoben habe, und das könne dauern, und dann sei es durchaus möglich, dass man ihn gleich in den OP bringen würde.

Schon auf der Fahrt ins Krankenhaus war ihr bewusst geworden, dass sie in ihrer Bestürzung gar nicht nach dem Namen des Fahrzeugführers gefragt hatte. Sie nutzte die Wartezeit für Telefonate. Von Müller bekam sie die wichtigsten Auskünfte zum Opfer. Der Fahrzeughalter des metallicgrünen Mercedes und zugleich der unglückliche Fahrer war ein Karlheinz Kienle, 44 Jahre alt, wohnhaft in Stuttgart-Sillenbuch.

Sie rief im Kriminaltechnischen Institut des LKA an und avisierte eine dringende Materialuntersuchung. Die Formalien würde sie so bald als möglich nachliefern. Das gleiche Anliegen richtete sie an die Materialprüfungsanstalt der Universität. Die wussten schon Bescheid. Wildermuth war schneller gewesen als sie.

Sie versuchte, Franz Kallinger zu erreichen. Der war wieder in einer der vielen Sitzungen, in denen zurzeit die Restrukturierung des Präsidiums vorbereitet wurde. Also hinterließ sie bei der Mitarbeiterin die dringende Bitte um Rückruf.

Ihre Mitarbeiter musste sie informieren. Wenn es sich bestätigen sollte, dass wieder ein Anschlag verübt worden war, dann musste die ganze Truppe Gewehr bei Fuß stehen.

»Che cazzo!«, sagte Luca nur und übernahm es, die andern auf den neusten Stand zu bringen.

Nach einer Stunde ließ man sie zu dem Verletzten. Der Mann lag in einem Krankenhausbett inmitten eines großen Untersuchungsraums mit unterschiedlichsten medizinischen Gerätschaften. Er sah sie aus aufgerissenen braunen Glubschaugen an. Schön war er nicht. Er hatte Tränensäcke wie Horst Tappert, eine Knubbelnase wie Karl Malden und eine Figur wie Manfred Krug. Die Ärzte hatten ihm eine Halskrause verpasst, wodurch die Backen in die Breite gedrückt wurden und das Gesicht noch unförmiger aussah, als es wahrscheinlich ohnehin schon war. Nur das Haupthaar war dicht und glänzte in einem warmen Braunton. Obwohl kurz gehalten, stand es momentan zerzaust vom Kopf ab.

»Wie geht es Ihnen, Herr Kienle?«, fragte ihn Hanna.

»Ich weiß es offen gestanden nicht«, antwortete er mit voller Baritonstimme. »Können Sie es mir sagen?« Hielt er sie für eine Ärztin?

»Herr Kienle, ich bin Hauptkommissarin Hanna Stankowski, Polizeipräsidium Stuttgart. Geht es Ihnen so gut, dass wir ein bisschen miteinander reden können?«

Er versuchte sich im Bett aufzurichten und gab sogleich ein unterdrücktes Stöhnen von sich. »Wenn es Ihnen nichts ausmacht, dass ich Ihnen leider nicht von Angesicht zu Angesicht … Na ja, Sie sehen ja selbst.« Er verdrehte die Augen.

»Herr Kienle, was ist passiert? Können Sie den Unfallhergang schildern?«

»Da war eine Schaufel auf der Fahrbahn. Ich denke, das verfluchte Ding ist von einem Kleinlaster runtergefallen. Der ist kurz vor mir ziemlich rasant die Straße hinuntergefahren. Ich wollte ausweichen. Aber ich muss das Ding wohl doch erwischt haben. Es hat einen Schlag getan, und dann ging gar nichts mehr. Ich lenke, und der Wagen tut, was er will. Irgendwie muss etwas am Fahrwerk kaputt gegangen sein.« Er versuchte, den Kopf zu schütteln, und verzog wieder schmerzgeplagt das Gesicht. »Und dann kam diese Straßenbahn auf mich zu.« Man hörte deutlich, dass der Unfall ihn doch mitgenommen hatte.

»Die linke Spurstange Ihres Autos ist gebrochen.«

»Wie kann das denn passieren?« Seine Augen weiteten sich wieder.

»Das werden wir untersuchen«, sagte Hanna und fuhr vorsichtig fort: »Herr Kienle, sagt Ihnen der Name Patrick Ascher etwas?«

»Nein.« Dieses Mal versteifte Kienle den Hals, um ihn nicht wieder unwillkürlich zu schütteln.

»Oder Ludger Behrends?«

Er sah sie fragend an: »Wer soll das sein?«

Hanna wollte nicht zu viel erzählen. Man musste den Mann jetzt noch nicht beunruhigen, solange die Chance bestand, dass doch eine andere Ursache für den Bruch der Spurstange in Frage kam als eine Metallsäge. Doch andererseits musste sie jetzt so viel wie möglich abklären.

»Sagen Sie«, begann sie vorsichtig, »können Sie sich vorstellen, dass Ihnen irgendjemand schaden möchte? Oder haben Sie mit jemandem Krach?«

Einen Moment überlegte er. Dann sagte die dunkle Stimme grimmig: »Mein Chef.«

Jetzt riss Hanna die Augen auf. »Ihr Chef«, sagte sie perplex. »Und wer ist Ihr Chef? Wo arbeiten Sie denn?«

»Bei der WB-Südbank. Ich leite da die Abteilung ›Privatkunden‹. Und wenn mir irgendeiner schaden will, dann ist das mein Chef.« Kienle klang verbittert. Dann merkte er, dass er sich einer Fremden gegenüber ganz schön weit vorgewagt hatte. »Na ja«, sagte er verlegen, »wie das halt so ist. Kommt ja immer wieder vor, dass man im Unternehmen verschiedene Meinungen hat.«

»Was genau machen Sie bei der Südbank?« Die Württembergisch-Badische Südbank war eine der großen Landesbanken. Sehr viel mehr wusste Hanna nicht.

»Ich – oder wir, also ich und meine Mitarbeiter, wir beraten vermögende Privatkunden, wie sie ihr Geld am sinnvollsten anlegen, und wir nehmen die Anlagen für sie vor.«

»Dann sind Sie Anlageberater?« fragte Hanna. Sie spürte schon wieder den mulmigen Druck in der Magengegend.

»So könnte man sagen«, bestätigte Kienle.

»Kennen Sie die Real-Vermögensberatung? Haben Sie irgendwelche Kontakte zu denen?«

Kienle sah Hanna erstaunt an. Natürlich kamen ihm die Fragen langsam seltsam vor. Doch er antwortete brav: »Die RVB, natürlich kenne ich die. Aber wir arbeiten nicht mit denen zusammen. Meines Wissens vertreiben die hauptsächlich Lebensversicherungen. Und bei den Geldanlagen, da wüsste ich nicht, dass die auch Produkte von uns im Portfolio haben. Warum wollen Sie das wissen?«

In das große Behandlungszimmer stürzte plötzlich eine Frau, gefolgt von zwei Weißkitteln. Die drei ersparten Hanna die Antwort.

»Carlo, was ist passiert? Wie geht's dir?« Die schlanke, kantige Frau, die an das Bett des Unfallopfers hastete, sah ihn bestürzt an, streichelte seine Haare und die breitgequetschten Wangen. »Carlo« nannte sie ihn also, wohl weil auch Kienle von verantwortungslosen Eltern einen Vornamen bekommen hatte, der noch nicht mal in der Generation nach ihm eine Auferstehung aus den muffigen fünfziger Jahren erlebt hatte. »Hast du Schmerzen? Was sagen die Ärzte?« Auch sie war nicht die Schönste, aber eine markante Kinnpartie, strahlend blaue Augen und ein weicher Mund gaben ihr etwas Apartes. Nur bei den Haaren war sie im Gegensatz zu ihrem Mann etwas zu kurz gekommen. Mit einer kinnlangen Kurzhaarfrisur versuchte sie das dünne blonde Haar etwas aufzupeppen.

»Mit mir hat noch kein Arzt gesprochen«, beschwerte sich Kienle. »Mir tun die Rippen weh, ich kann mich kaum bewegen. Und mein Kopf fühlt sich an, als hätte mir jemand 'ne Stange von der einen Schläfe zur anderen durchgeschoben.« Für Hannas Empfinden hatte Kienle sich während ihres Gesprächs wacker gehalten. Denn mit Sicherheit hatte der Mann ein Schleudertrauma und einen Schock. Doch jetzt, bei seiner Frau, verfiel er in einen infantilen weinerlichen Ton.

»So, Herr Kienle«, begann einer der Weißkittel, ein großer dicker Mann. »Wir haben jetzt die wichtigsten Ergebnisse der Untersuchungen. Sie sind wirklich noch mal glimpflich davongekommen.«

Die zierliche Ärztin neben ihm sah Hanna misstrauisch an. »Sind Sie auch eine Verwandte?«, fragte sie giftig.

Hanna verstand. Sie verabschiedete sich von Kienle. »Kann sein, Herr Kienle, dass ich noch mal auf Sie zukommen muss. Auf jeden Fall vorerst mal alles Gute und schnelle Genesung.«

3

Hanna wollte gerade das Krankenhaus verlassen, als Wildermuth sich meldete.

»Also, Hanna, ich kann es leider nur bestätigen: Da hat wieder jemand die Spurstange manipuliert. Sie ist eindeutig angesägt worden. Wenn's ein Materialproblem gewesen wäre, würde die Bruchstelle anders aussehen. Und ...« Er machte eine nachdenkliche Pause und sagte dann mit Bedacht: »Die Werkzeugspuren sind denen sehr ähnlich, die wir bei der Dodge Viper gefunden haben.«

»Könnte also dasselbe Werkzeug sein?«

Wildermuth zögerte: »Sagen wir mal so, es ist derselbe Typ von Sägeblatt. Ob ein und dasselbe Blatt in beiden Fällen verwendet wurde, das kann ich dir vielleicht in ein paar

Tagen sagen, wenn wir weitere Untersuchungen vorgenommen haben.«

Hanna seufzte. Wie wahrscheinlich war es denn, dass zwei Täter unabhängig voneinander den gleichen Typ von Sägeblatt verwendeten?

»Sag mal, Hans«, fragte sie den Kollegen von der Kriminaltechnik, »hast du einen Anhaltspunkt, wie lange der Mann mit dem Wagen herumgefahren sein kann?«

Man hörte förmlich am Telefon, wie schwer sich Wildermuth mit der Antwort tat. »Bevor die materialtechnische Untersuchung gelaufen ist, kann ich dir dazu eigentlich gar nichts sagen. Die Einkerbung in der Stange ist dieses Mal nicht ganz so tief wie bei der Viper. Und bei der E-Klasse ist natürlich auch das ganze Fahrwerk einschließlich Spurstange hochwertiger ausgelegt. Damit konnte man schon eine Weile herumfahren. Dann spielt die Fahrweise eine Rolle, wie ich ja schon mal sagte. Also, ich denke, den Zeitraum einzugrenzen, in der die Tat begangen worden ist, das ist dieses Mal um einiges schwieriger. Tut mir leid, Hanna.«

»Dann könnte unter Umständen auch ein Patrick Ascher schon vor ein paar Tagen die Tat begangen haben«, überlegte Hanna laut. »Fragt sich nur, warum? Zum Glück lebt das Opfer ja. Wir müssen ihn auf jeden Fall so schnell wie möglich noch mal vernehmen. Und …« Ihr kam noch ein Gedanke. »Wer eine E-Klasse fährt, der hat doch höchstwahrscheinlich eine eigene Garage.«

»Du denkst an die Spuren in der Garage, da oben am Kräherwald? Da konnte im Prinzip jeder rein. Du müsstest klären, wie die Verhältnisse jetzt aussehen.«

»Was denkst du, Hans, macht es Sinn, die Garage jetzt gleich unter die Lupe zu nehmen?«

»Auf jeden Fall!« Wildermuth stimmte heftig zu. »Das sollten wir unbedingt machen. Wenn du mir sagst, wann und wo, schicke ich sofort einen Trupp der Spurensicherung hin. Je schneller, umso besser.«

»Okay, Hans, kläre ich. Du hörst von mir.«

Damit beendete sie das Gespräch und wandte sich schnurstracks wieder der Notaufnahme zu. Sie hielt der giftigen Ärztin demonstrativ ihren Dienstausweis unter die Nase und bat Frau Kienle, einen Moment mit ihr vor die Tür zu kommen.

Hanna überlegte, wie sie es der Frau am besten beibrachte, die sie mit ihren strahleblauen Augen groß und ängstlich ansah.

»Wie geht es Ihrem Mann?«, fragte sie zuerst.

»Ich glaub, er hat richtig Glück gehabt. Der Arzt sagt, ein leichtes Schleudertrauma und ein paar Prellungen. Mehr scheint nicht zu sein. Sie behalten ihn erst mal hier. Zur Beobachtung.«

»Frau Kienle, ich muss Ihnen jetzt etwas sagen. Sie müssen selbst entscheiden, ob Sie darüber mit Ihrem Mann gleich sprechen wollen. Ich weiß ja nicht, in welcher Verfassung er nervlich ist. Der Unfall war … nun, wie soll ich sagen? Jemand hat das Auto Ihres Mannes manipuliert. Dadurch ist am Fahrwerk etwas gebrochen, und er konnte den Wagen nicht mehr lenken.«

Sie riss erschrocken den Mund auf. »Aber wieso denn? Wer tut denn so was?«

»Wir wissen es noch nicht. Wir haben aber folgendes Problem: Vor etwa zehn Tagen ist ein Unfall passiert. Auch bei diesem Wagen ist auf die gleiche Weise am Rad etwas angesägt worden. Leider mit tödlichem Ausgang.«

Hanna sah in den Augen der Frau, wie diese sich vorstellte, was ihrem Mann hätte passieren können.

»Wir müssen deshalb möglichst schnell herausbekommen, wo der Wagen ihres Mannes in den letzten Tagen gestanden ist. Haben Sie eine Garage?«

»Ja, natürlich.«

»Ist die immer verschlossen? Könnte da von außerhalb jemand hineinkommen? Oder haben Sie etwa bemerkt, dass da irgendein Fremder drin war?«

»Nein.« Sie schüttelte ratlos den Kopf. »Man kommt schon rein, aber da müsste man ja durch unseren Garten.«

»War Ihr Mann in letzter Zeit mit dem Wagen unterwegs?«

»Er ist eben jeden Tag damit zur Arbeit gefahren. Aber Außentermine hatte er, glaube ich, nicht. Aber da müssten Sie ihn selbst fragen.«

»Und wo steht das Auto, wenn er bei der Arbeit ist?«

»In der Tiefgarage der Bank. Er hat dort einen Stellplatz.«

»Frau Kienle, ich hätte gerne, dass die Spurensicherung sich Ihre Garage anschaut. Wenn Sie damit einverstanden sind.«

Die Frau war jetzt richtig aufgewühlt. Sie schüttelte immer wieder den Kopf. »Ich versteh das nicht. Wie kann denn so etwas sein? Sicher können Sie da rein. Das muss man ja aufklären.« Sie sah auf ihre Armbanduhr. »Nur, wie mach ich das jetzt alles? Ich muss doch den Kleinen vom Kindergarten abholen. Ich bin eh schon zu spät. Wann soll denn das dann sein mit den Spurensuchern? Die andern beiden kommen ja auch heim und brauchen was zu essen.«

Hanna nahm sie am Arm: »Frau Kienle, beruhigen Sie sich erst mal. Und dann holen Sie Ihr Kind ab, in aller Ruhe. Nicht, dass Sie vor lauter Aufregung noch einen Fehler machen.«

Frau Kienle nickte heftig, atmete tief durch und sagte: »Om.« Sie sah Hanna fast dankbar an: »Okay, tief durchatmen, so habe ich das gelernt. Yoga. Hilft wirklich. Und was machen Sie jetzt? Warum kommen Sie nicht einfach mit mir nach Hause? Meinem Mann sage ich erst mal nichts. Der muss erst seinen Schock verdauen. Ich koche was, und Sie erzählen mir nebenher, was da passiert ist. Bei dem andern. Bei dem …« Sie vollendete den Satz nicht und sah Hanna erwartungsvoll an.

Die Idee war nicht schlecht. Hanna hatte kein Bedürfnis, der Frau allzu viel über den Tod von Ludger Behrends zu erzählen. Aber sie konnte Fragen stellen. Vielleicht konnte Marietta Kienle ihr ja irgendeinen Hinweis geben, der weiterhelfen konnte.

4

Das Haus der Familie Kienle lag in einer ruhigen Wohngegend in der Nähe der evangelischen Kirche, dort, wo der Ort langsam zum Bußbachtal abfiel. In Sillenbuch hätte Hanna auch gerne ein Haus gehabt. Der Stuttgarter Stadtteil lag, fast von allen Seiten umgeben von Wald, am Rande der Filderhochebene. Wenn im Sommer im Talkessel die heiße Luft stand und den Einwohnern den Atem nahm, dann war es hier angenehm frisch. Natürlich türmten sich die Schneehaufen höher als unten in der Stadt und belagerten Parkbuchten und die Seitenstreifen der Straßen. Mit seinen Ladengeschäften, Arztpraxen, Cafés und Restaurants entlang der Kirchheimer Straße als Mittelachse des Stadtteils hatte Sillenbuch etwas von einer gepflegten Kleinstadt. In den Wohngebieten dominierten Einfamilien- und Reihenhäuser, zum Teil mit ansehnlichen Gärten. Es war nicht das Schickimicki-Ambiente des Killesbergs. Aber hier lebten immerhin seit Jahrzehnten auch Alt-Oberbürgermeister Manfred Rommel und seine Frau Lieselotte, worauf so mancher alte Sillenbucher stolz war. Und man musste schon zur betuchten Mittelschicht gehören, wenn man ein solches Haus wie das der Kienles sein Eigen nennen wollte. Es war ein älteres Haus. Doch man sah ihm an, dass es über die Jahre immer in Schuss gehalten und erst in jüngerer Zeit aufwändig renoviert worden war. Das Dach war mit naturroten neuen Ziegeln eingedeckt. Die weißen Fenster sahen neu aus, und Balkongeländer aus Edelstahl gaben der Fassade einen modernen Anstrich.

Hanna musste noch fast zehn Minuten warten, bis Marietta Kienle mit einem aufgeweckten Fünfjährigen eintraf. Sie nutzte die Zeit für weitere Telefonate. Schon während der Fahrt hier hoch hatte sie Wildermuth informiert und ihm die genaue Adresse mitgeteilt. Sie erzählte ihm auch von dem Stellplatz in der Tiefgarage der WB-Südbank, der für Kienles Wagen reserviert war. Beide waren sich schnell einig, dass auch dieser Garagenplatz so rasch wie möglich auf Spuren untersucht werden sollte. Was nicht einfach werden würde. Die Größe solcher Garagen und der beständige Verkehr von Fahrzeugen und Menschen machten die Sicherung von Spuren mühsam. Dann hatte sie noch einmal versucht, Franz Kallinger zu erreichen. Doch der war immer noch in seinem Meeting. Auch Friedebald Frenzel war wieder untergetaucht. Sie hinterließ dem Staatsanwalt eine Nachricht und hoffte, dass er sich genügend Zeit für den Fall nehmen konnte.

Sie stieg aus dem Auto und sah sich vom Bürgersteig aus die örtliche Situation an. Die Doppelgarage der Kienles war direkt an Straße und Gehweg gebaut, separat vom Wohnhaus, das um einiges nach hinten versetzt war. Sie war ziemlich groß, fast ein kleines Häuschen, hatte ein Steildach, ebenfalls renoviert und mit den gleichen Ziegeln eingedeckt wie das Haupthaus. Man erkannte, dass die Garage aus der Zeit stammen musste, in der das Haus gebaut worden war. Wahrscheinlich Nachkriegszeit, in der man die Parkmöglichkeiten noch nicht in den Wohn- und Eingangsbereich integrierte. Direkt links von der Garage war ein großes Gartentor. Ein gepflasterter Weg führte entlang des Garagengebäudes auf den Hauseingang zu. Ob die Garage einen Neben- oder Hinterausgang hatte, konnte Hanna von der Straße aus nicht erkennen.

Als Frau Kienle kam, ließ sie schneller, als Hanna einschreiten konnte, das automatische Garagentor nach oben.

»Bitte machen Sie wieder zu«, bat Hanna sie durch die Seitentür des BMW-Vans, den Marietta Kienle fuhr. »Sie sollten die Garage erst mal nicht mehr nutzen, bis die Spurensicherung da war. Auch nicht betreten.«

Die Frau nickte, ließ das Tor wieder herab und quetschte den Van hinter einen Schneehaufen am Straßenrand.

»Hat Ihre Garage einen weiteren Ausgang?«, fragte Hanna, während sie mit Frau Kienle und deren Jüngstem das Gartentor passierte.

Marietta Kienle nickte heftig: »Natürlich. Hier.« Sie zeigte Hanna die Tür in der Rückwand.

»Ist die Tür immer abgeschlossen?«

»Nein, eigentlich nie. Nur wenn wir längere Zeit weg sind.« Frau Kienle überlegte, warum das so war: »Die Kinder müssen rein, um die Fahrräder zu holen. Und wir leben hier in einer so sicheren Gegend. Hierher verirrt sich kaum mal ein Fremder. Und wenn, dann müsste der ja erst mal durch das Tor und durch den Garten.«

»Das Gartentor ist wohl auch nie verschlossen.« Es war eher eine Feststellung, die Hanna traf. Problemlos hatte der kleine Tim das Tor aufgestoßen, bevor er zum Haus gerannt war.

Als sie eingetreten waren, bat die Hausherrin Hanna, abzulegen und ihr in die Küche zu folgen. Den Kleinen schickte sie erst mal zum Händewaschen.

Man sieht, dass die Leute Geld haben, dachte Hanna, aber auch Geschmack. Die große Küche war eine moderne Kombination aus naturweißem Schleiflack und warmem, faszinierend gemasertem Holz. Nahe den großen Fenstern stand ein massiver Tisch mit zwei langen Bänken aus demselben Holz. Während Frau Kienle ein paar Einkäufe verstaute, sah Hanna hinunter auf einen riesigen Garten. Trotz des Schnees war zu erkennen, dass Marietta den naturnahen Garten bevorzugte. Der alte Baum- und Buschbestand würde im Sommer einen kleinen Dschungel abgeben. Und kein Weg, keine Beeteinfassung folgte einer geraden Linie.

Die beiden Großen der Kienles trudelten kurz nacheinander ein, ein quirliger, knochiger Junge von etwa neun bis zehn Jahren und ein etwas älteres Mädchen, das Hanna hieß. Man sah ihr jetzt schon an, dass sie einmal die gleichen Glubschaugen und die gleiche stämmige Figur wie der Vater haben würde. Energisch wurden die beiden von ihrer Mutter angehalten, ebenfalls die Hände zu waschen. Trotz der lautstarken Proteste schickte Marietta Kienle dann alle drei auf ihre Zimmer. Ausnahmsweise dürften sie heute mal vor dem Mittagessen Computerspiele machen. »Ich muss jetzt in Ruhe hier mit der Frau Kommissarin sprechen. Da kann ich euch überhaupt nicht brauchen. Nachher erzähle ich euch, was los ist. Aber jetzt erst mal Abmarsch. Alle drei!« Diese Frau brauchte bestimmt keine Supernanny.

»Bitte«, sagte sie, während sie Lebensmittel bereitstellte, »erzählen Sie mir doch, was da passiert ist. Bei dem andern Unfall. Und dann möchte ich Sie bitten, doch mit uns zu Mittag zu essen. Es gibt was Einfaches. Linsen, Spätzle, Saitenwürstle … Die Kinder lieben es. Und ich hab schon so viele Spätzle gemacht, die muss ich nur noch aufwärmen, das reicht für Sie auf jeden Fall auch noch. Und wir haben die echten Alb-Leisa, diese Linsen von der Alb. Die müssen Sie unbedingt mal probieren.«

Hanna konnte bei dem Gedanken an den schwäbischen Klassiker und die Aussicht auf eine warme Mittagsmahlzeit gar nicht nein sagen.

»Vor etwa zehn Tagen«, begann sie, »ist in der Nähe der Universität in Vaihingen ein junger Mann ums Leben gekommen. Bei einem Autounfall. Wir haben festgestellt, dass die Spurstange seines Wagens angesägt worden war. Die gleiche Beschädigung wie am Wagen Ihres Mannes.«

Marietta Kienle unterbrach ihre Arbeit und sah Hanna entsetzt an. »Mein Gott«, sagte sie nur.

»Der junge Mann ist viel zu schnell unterwegs gewesen«, dämpfte Hanna das Mitleid. »Wenn er nicht über hundertzehn Sachen draufgehabt hätte, würde er noch leben. Sagt Ihnen der Name Ludger Behrends etwas?«

Die Frau schüttelte bedächtig den Kopf: »Nein. Klingt wie der eine Springreiter, nicht wahr? Nein, das hätte ich mir merken können, wenn ich so jemanden mal kennengelernt hätte. Ist das der Verunglückte?«

Hanna nickte: »Er hat in der Gaußstraße unterhalb des Kräherwaldes gewohnt. Haben Sie dort irgendwelche Bekannten?«

»Sie denken, dass es der Gleiche war? Der das gemacht hat? Bei Carlo und diesem Ludger? Nein, das ist doch im Westen. Bei der Zeppelinstraße, nicht wahr? Nein, engere Bekannte oder Verwandte haben wir da bestimmt nicht.«

»Seine Familie lebt in Markgröningen. Gibt's da irgendwelche Gemeinsamkeiten?«

Wieder überlegte sie angestrengt und schüttelte den Kopf.

»Und er hat bei einem Finanzdienstleister gearbeitet, bei der Real-Vermögensberatung.«

»Tut mir leid.« Sie war wirklich unglücklich. »Ich meine, dass dann mein Mann und dieser unglückliche Junge in einer ähnlichen Branche gearbeitet haben, das genügt ja wohl nicht als Übereinstimmung.«

Hoffentlich nicht, dachte Hanna und fragte weiter: »Der Name Patrick Ascher, sagt der Ihnen etwas?«

Wieder Fehlanzeige, auch wenn sie ihr Gehirn noch so angestrengt durchforstete. Auch zu den Namen Bernhardt Winterstein, Karsten Ehlers, Max Mikulski und Sabrina Mayer fiel ihr nichts ein. Auf jeden Fall mussten sie im Dezernat Bilder der Genannten besorgen und sowohl Herrn als auch Frau Kienle vorlegen. Vielleicht sagten ihnen ja die Gesichter etwas.

Dann kam Hanna eine Idee: »Sagen Sie, Frau Kienle …« Sie überlegte, wie sie es formulieren sollte. »Geht Ihr Mann ab und an mal gerne in ein Casino? Ich meine, hat er Spaß an irgendeiner Art Glücksspiel?« Vielleicht gab es ja über eine solche Neigung eine Verbindung zu Patrick Ascher.

»Carlo und Glücksspiel? Nein!« Sie war fast entrüstet. »Nie und nimmer. Sie müssten den mal hören, wie der auf seine Kollegen und Vorgesetzten schimpft. ›Viel zu risikoreich‹, sagt er immer. Die Anlagen, die die teilweise den Kunden anraten. ›Zocker‹ nennt er die und ›Glücksritter‹. Das sei teilweise das reinste Spielcasino geworden. Sie müssten den mal erleben, wie der sich gerade aufregt wegen der Finanzkrise. Mein Mann, sage ich Ihnen, der kauft noch nicht einmal den Kindern auf dem Volksfest ein Los. Der rechnet denen vor, wie viele Lose sie kaufen müssen, damit sie überhaupt etwas gewinnen. Und dann würden sie bestimmt was gewinnen, was sie gar nicht haben wollten. Und wenn man das Geld dann nimmt und in ein Spielwarengeschäft geht, dann kann man dafür genau das haben, was man möchte. So tickt mein Mann.« Sie war jetzt richtig in Fahrt. »Ich kaufe ihnen dann die Lose. Weil – genau diese Erfahrung sollen sie doch selber machen. Das wirkt besser als die ganze Moralpredigt, meine ich.«

Hanna hakte noch mal nach: »Im Beruf und bei der Kindererziehung, das ist ja doch vielleicht etwas anderes. Aber in der Freizeit oder im Urlaub gönnt man sich ja vielleicht doch den einen oder anderen Nervenkitzel.«

Doch Marietta Kienle blieb unbeirrbar: »Nein. Und wenn er's hinter meinem Rücken machen würde, dann würde ich es doch an den Finanzen merken.«

»Da haben Sie den vollen Überblick?«

»Natürlich. Ich habe ja auch mal auf der Bank gearbeitet. Und zuhause will Carlo am liebsten gar nichts mit Geld zu tun haben. Bis auf ein paar größere Anlagen, die er verwaltet. Aber alles andere mache ich bei uns.«

»Sagen Sie, Ihr Mann hat etwas erwähnt von einem Konflikt mit seinem Chef. Wissen Sie darüber etwas?«

Marietta Kienle nickte betrübt: »Seit das mit der Finanzkrise losgegangen ist vor zwei Jahren, da hat er nur noch Ärger. Die Kunden beschimpfen ihn, weil sie Geld verloren haben. Die legen nicht mehr so viel an, und die Bank macht nicht mehr so viel Umsatz. Und dann haben sie ihm auch noch einen besonders Gescheiten vor die Nase gesetzt. Einen Doktor der Mathematik. Den alten Chef hat man abgesägt, weil der angeblich mit den neuen Herausforderungen nicht mehr klarkommt. Aber der Neue, das ist genau dieser Typ von Banker, abgehoben und arrogant, die eigentlich den ganzen Mist mit der Finanzkrise angerichtet haben. Und der macht genauso weiter. Carlo sagt, sogar noch schlimmer. Da werden mit irgendwelchen mathematischen Methoden bestimmte Anlagen berechnet, die dann verkauft werden sollen an die Kunden. Aber mein Mann sagt, das kann man alles gar nicht berechnen, und dass das oft sehr riskante Geschäfte sind, auf denen die ihre Produkte aufbauen. Und wenn er das vorbringt, dann wird er als Bremser und als Niete hingestellt.«

An der Haustür klingelte es. Wildermuth und seine Mitarbeiter standen, eingemummt in ihre weißen Overalls, bereit für die Spurensuche. Hanna ging hinaus, ohne sich etwas überzuwerfen. Die Lage war schnell abgeklärt. Die nächsten beiden Stunden würden die Kriminaltechniker jedes Stäubchen in der Garage umdrehen. Hanna brauchten sie dafür nicht.

Sie ging zurück ins Haus, wo mittlerweile die drei Kinder am Küchentisch saßen und sichtlich Kohldampf schoben. Man wartete ungeduldig, dass auch der Gast sich setzte und als Erstes von Mama Kienle bedient wurde.

Es war lange her, dass Hanna solche Szenen erlebt hatte. Die Anstrengung, die damit verbunden gewesen war, dass sie ihre drei immer alleine versorgen musste, hatte manches Mal die Stimmung gedrückt, wenn sie gemeinsam gegessen hatten. Doch im Nachhinein wusste Hanna, dass es doch ein großes Glück war, damals, als die Kinder noch kleiner waren, wenn sie so gemeinsam zusammensaßen und über die großen und kleinen Sorgen und Ereignisse sprachen. Auch hier am Tisch gab es diese Themen: Warum bei Benjamin der Nachmittagsunterricht ausfiel, und ob in Tims Kindergarten am kommenden Faschingsdienstag eine Verkleidung erwünscht war oder nicht. Hanna fühlte sich zurückversetzt in alte Zeiten, und sie genoss es. Auch die Linsen schmeckten vorzüglich. Am liebsten hätte sie wie die Kinder nach einem Nachschlag gefragt, und lehnte ihn dann doch ab, als die Hausherrin ihr noch etwas anbot.

Fast hätte sie vergessen, warum sie hier saß. Doch dann klingelte Wildermuth und bat sie heraus. Mit Marietta Kienle konnte sie sich nun ohnehin nicht mehr ruhig unterhalten.

Sie bedankte sich für das ausgezeichnete Essen, warf sich den Mantel über und verabschiedete sich mit dem Versprechen, die Kienles auf dem Laufenden zu halten.

Was Wildermuth ihr zu sagen hatte, war, dass sie in der Garage wieder feine Metallspäne gefunden hatten. Die Kriminaltechniker hatten dieses Mal von vornherein mit einem Magneten den Boden abgesucht und waren fündig geworden.

5

Franz Kallinger meldete sich, als Hanna gerade die Pforte des Polizeipräsidiums passierte. Sie hatte die Leute von der Spurensicherung sich selbst überlassen und war zurück zum Pragsattel gefahren, auf dem die Stuttgarter Polizeizentrale thronte.

»Wo bist du?«, fragte der Chef.

»Hier im Haus. Gerade zurückgekommen.«

»Dann kommst du am besten gleich mal zu mir.«

Franz saß hinterm Schreibtisch in seinem klobigen Bürosessel, wahrscheinlich dem stattlichsten im ganzen Präsidium. Aber seine Leibesfülle nahm den Platz problemlos ein. Er erhob sich nicht, als Hanna eintrat, sondern winkte sie nur heran und wies auf einen Besucherstuhl: »Setz dich. Was ist passiert?«

Der Chef wollte Fakten. Also fasste Hanna sich kurz: Der Unfall, die angesägte Spurstange, die Metallspäne in der Garage des Opfers.

Kallinger seufzte und fuhr sich mit der massigen Hand über die Glatze. Die Stirn hatte er in ernste Falten gelegt. »Habt ihr irgendeinen Hinweis auf eine Verbindung zwischen Opfer eins und zwei?«

Hanna schüttelte den Kopf: »Wir sind natürlich erst ganz am Anfang der Ermittlungen, was den zweiten Fall von heute

Morgen angeht. Aber ich habe schon versucht, einiges abzuklopfen. Bisher nichts. Bis auf die Tatsache, dass beide Anlageberater sind. Der eine bei einem Finanzdienst-Unternehmen, der andere bei der Württembergisch-Badischen Südbank.«

Kallinger lehnte sich in seinem Sessel zurück, sodass sein Bauchumfang voll zur Geltung kam. Er sah Hanna sorgenvoll an: »Irgendein Irrer, der es auf Banker abgesehen hat? Das wäre wirklich nicht schön im Moment. Der hätte ein weites Betätigungsfeld, bei dem Zorn, den dieser Berufsstand gerade auf sich zieht.« Er fuhr sich wieder über die Glatze und starrte angestrengt auf den Stapel Unterlagen vor sich auf dem Schreibtisch. »Ausgerechnet jetzt fehlt Bialas«, sagte er ungehalten. »Wir müssen schnell handeln. Wir müssen die Ermittlungen jetzt massiv vorantreiben. Wir brauchen eine Soko, und zwar sofort.«

Hanna nickte. Ihr war das ohnehin klar.

»Was braucht ihr?«, fragte Franz.

»Räume, Computer, die ganze Telekommunikation, ein paar Mitarbeiter vom Kriminaldauerdienst. Vielleicht jemanden vom Dezernat 3, einen Wirtschaftsspezialisten, der etwas von diesen Finanzgeschichten versteht.«

»In Ordnung. Wendet euch direkt an die Kollegen. Und die Leitung der Soko ...« Franz überlegte, und er überlegte einen bedenklichen Moment zu lange. »Die Leitung der Soko übernimmst du. Nimm Dieter Schwandtner dazu. Er soll die Stellvertretung machen. Die andern ..., das weißt du besser als ich, wen du da momentan loseisen kannst.«

»Dieter als zweiter Mann?« Hanna spürte intuitiv die Brisanz, die eine solche Konstellation hätte. »Dann mach ihn doch lieber gleich zum Leiter.«

Franz Kallinger wiegte den schweren Kopf hin und her und schien ernsthafte Erwägungen anzustellen. Den Sarkasmus in Hannas Einwand hatte er überhaupt nicht verstanden.

»Nein«, sagte er dann zögerlich. »Wenn es wirklich mit Finanzgeschichten zusammenhängt ... Wir müssen damit rechnen, dass da sofort die Öffentlichkeit aufhorcht. Er zieht zu unbedacht über die Leute her ...« Wieder seufzte der Chef und sagte ärgerlich: »Zu dumm, dass gerade jetzt Andreas ausfallen muss. Der wird einmal krank, und ausgerechnet dann passiert so ein Mist.«

Schließlich traf er die endgültige Entscheidung: »Du machst das jetzt, Hanna. Und du hältst mich auf dem Laufenden.«

»Ich würde Dieter aber doch gerne im Dezernat einsetzen«, machte Hanna noch einen Versuch. »Irgendjemand muss dort ja die Stange halten. Jemand mit Erfahrung, der auch selbstständig arbeiten kann.«

»Das kann doch auch Otto machen. Oder zur Not Drexler. Nein, Schwandtner nimmst du in die Soko. Gerade wegen seiner Erfahrung.« Er sah sie auffordernd an und sie wusste, dass das Gespräch hiermit beendet war.

Hanna erhob sich und spürte den Druck auf ihrem Magen. Aber es hatte keinen Wert, jetzt noch Widerspruch einzulegen. Wenn Franz kein Gespür dafür hatte, dass Hanna Stankowski und Dieter Schwandtner bestimmt kein Traumpaar abgaben, dann würde er es auch nicht verstehen, wenn sie versuchte, es ihm zu erklären. Sie kannte den Chef.

Schweren Herzens ging sie zurück ins Dezernat. Sie ging von Tür zu Tür und benachrichtigte ihre Mitarbeiter: In fünf Minuten sollte sich das ganze Dezernat im größeren der beiden Besprechungsräume treffen. Es ging jetzt nur darum, alle mit den wichtigsten Fakten vertraut zu machen und die ersten Schritte zur Einrichtung der Sonderkommission einzuleiten. Luca, Rolf Gaßmann und Otto Obermayer mussten in die Soko. Sie waren mit dem Fall des ersten Opfers vertraut. So blieb nur Ewald Drexler, der die laufenden Geschäfte im Dezernat übernehmen konnte. Die notwendige Erfahrung hatte er mit seinen 50 Jahren. Hanna hoffte nur, dass kein weiterer schwieriger Fall hinzukam, der Überstunden von Drexler erfordert hätte. Immer häufiger wirkte der Kollege aufgedunsen und unkonzentriert. Notfalls mussten eben die Kollegen vom Kriminaldauerdienst einspringen.

Als alle beisammensaßen, gab Hanna einen kurzen Überblick über die Situation. Dann wies sie jedem seine Aufgabe zu. Die Reaktion von Dieter Schwandtner hätte nicht typischer ausfallen können, als Hanna ihm seine Rolle in der Soko mitteilte. Der hochgewachsene Mann mit den ausgeprägten Geheimratsecken hatte, wie fast immer, die Arme vor der Brust verschränkt und den Kopf zurückgelegt. Er hatte verächtlich den Mund verzogen. Die linke Augenbraue hob sich. Dann sagte er: »Na gut, dann wedelt mal wieder der Schwanz mit dem Hund.«

Hanna brauchte einen langen Moment, um sich wieder zu fassen, und ging dann schnell zur Tagesordnung über. Um siebzehn Uhr würde die erste Sitzung der Sonderkommission »Spurstange« stattfinden. Bis dahin hatte sie noch anderthalb Stunden Zeit, um Vorbereitungen zu treffen. Luca, Rolf Gaßmann und Otto Obermayer bat sie, noch einmal alles zusammenzutragen, was sie an Personendaten und Fakten im Falle von Ludger Behrends bislang ermittelt hatten. An Schwandtner wandte sie sich nicht mehr.

Wer war da der Schwanz und wer der Hund, überlegte sie, während sie zurück zu ihrem Büro ging. Zugleich ärgerte sie sich über sich selbst, weil sie sich über diesen Idioten aufregte. Ihre Laune wurde nicht besser, als sie versuchte, die Räumlichkeiten zu organisieren, in denen die Soko arbeiten sollte. Natürlich gab es für solche Fälle ein Szenario. Im zweiten Geschoss des Polizeipräsidiums stand ein großer Konferenzsaal zur Verfügung. In unmittelbarer Nähe dazu gab es mehrere großräumige Büros, eingerichtet mit Computern und Kommunikationsmitteln für alle nur denkbaren Krisenfälle. Nur sah das Szenario nicht vor, dass diese Zentrale von einer Kommission in Beschlag genommen worden war, die die Restrukturierung der Stuttgarter Polizei organisieren sollte. Franz Kallinger hatte umgehend eine Unterstützungsanforderung an alle maßgeblichen Stellen geschickt. Doch was nützten Anforderungen, wenn die oberste Führungsriege der Polizei einschließlich des Präsidenten den Raum okkupiert hatte? Sie würden sich also zunächst mit den Dezernatsräumen begnügen müssen und mit dem Besprechungszimmer, das höchstens zehn Leute fassen konnte.

Hanna rief bei der Württembergisch-Badischen Südbank an und versuchte, einen Termin mit dem Chef von Karlheinz Kienle zu bekommen. Die Vorstandsassistentin, mit der sie sprach, hatte eine hoch entwickelte Begabung, die Wichtigkeit ihres Chefs herauszustreichen. Für Normalsterbliche war der Mann praktisch unerreichbar. Erst als Hanna ihr sagte, dass auf Herrn Kienle ein Mordanschlag verübt worden war, kam sie aus dem Konzept und versprach, Herrn Doktor Mönchhofer darauf anzusprechen.

Dann musste Hanna endlich auch den Staatsanwalt erreichen. Friedebald Frenzel war jedoch wieder in einer Verhandlung. Sie schrieb ihm eine ausführliche Mail mit der dringenden Bitte um Rückruf.

Beim Kriminaldauerdienst klärte man sie auf, dass heute der »Schmotzige Donnerstag« sei und damit Altweiberfastnacht, dass somit das Faschingswochenende bevorstehe und man deshalb eigentlich keinen einzigen Mitarbeiter des Dezernats abstellen könne, aber schauen wolle, was sich machen ließ.

Hanna versuchte, auch beim Dezernat für Wirtschaftskriminalität noch einmal personelle Unterstützung zu bekommen. Wieder erteilte man ihr eine Abfuhr. Personal nur dann, wenn klare Indizien auf einen wirtschaftskriminellen Hintergrund hinwiesen. Und auch dann nur auf die Weisung von Franz Kallinger. Also ein weiterer Fehlschlag.

Es läuft nicht rund, verdammt noch mal, dachte Hanna. Und es würde heute sicher spät werden. Zu Hause war der Kühlschrank leer. Sie erreichte Steffie, die ihr versprach, sich um den Einkauf zu kümmern.

»Du hast gerade viel zu tun?«, fragte die Tochter.

»Ich hab dir doch von dem Unfall erzählt. Du weißt schon, die Sache mit der beschädigten Spurstange. Jetzt ist noch mal einer verunglückt. Wieder hat jemand die Spurstange angesägt.«

»Oh je. Wieder ein Toter?«

»Nein, dieses Mal Gott sei Dank nicht.«

»Dann wirst du auch am Wochenende nicht da sein?«, fragte Steffie in einer seltsamen Tonlage.

Hanna stutzte. Ihre Tochter war wirklich nicht mehr in dem Alter, in dem man am Wochenende unbedingt die Mama um sich haben musste.

»Ich weiß es noch nicht. Warum?«

»Na ja, ich müsste mal mit dir reden«, sagte Steffie zögerlich.

»Worüber?«

»Na, wie das jetzt so weitergeht bei mir.«

Hanna spürte den Kloß in ihrem Hals. Natürlich mussten sie reden. Sie konnte nicht ewig die Augen davor verschließen, dass auch das letzte ihrer Kinder mal das Haus verlassen würde. Aber ausgerechnet jetzt, wo sie so gefordert war und sich ohnehin ein bisschen alleingelassen fühlte, passte ihr das gar nicht.

»Steffie, ich muss mal sehen, wie das hier läuft. Sobald ich ein wenig Luft habe, setzen wir uns zusammen. Ja? Ich versprech's dir.« Sie hatte keine Ahnung, wann das sein würde.

Kurz vor der anstehenden Konstituierung der Sonderkommission »Spurstange« kam Luca zu ihr ins Büro. Die braunen Augen blickten sie unglücklich an. Die Hände hatte er in den Hosentaschen, als wollte er sie daran hindern, sich in verräterische Gesten zu verstricken. Die Schultern hatte er hochgezogen.

»Sag mal, Hanna. Brauchst du mich eigentlich wirklich in dieser Soko?«

Hanna war befremdet. »Was soll denn das nun heißen?«, erwiderte sie.

»Na ja, ich meine ja nur. Du brauchst ja eigentlich doch richtig erfahrene Leute bei der Geschichte. Ich hatte ja bisher noch nie zu tun mit solchen Leuten … na ja, aus so gehobeneren Schichten.«

»Ach. Und wir andern haben ständig mit gehobenen Schichten zu tun oder was? Hör bloß auf. Du warst von Anfang an dabei. Was soll das jetzt?«

Luca verzog das Gesicht. Er nickte resigniert: »Okay. Ist ja in Ordnung. Ich dachte nur …« Er winkte ab und verließ das Zimmer.

Was ist mit dem los, fragte sich Hanna. Und dies innerhalb kurzer Zeit nun schon zum zweiten Mal. Die privaten Anrufe auf sein Diensthandy, die Betroffenheit beim Thema Depressionen, und nun auch noch, dass er sich um die Soko drücken wollte, das alles passte nicht zu dem Luca, den sie kannte. Bisher war er ihr zuverlässigster Mitarbeiter. Hoffentlich scherte der jetzt nicht aus.

6

Das erste Meeting der Sonderkommission setzte die Folge der Verdrießlichkeiten fort. Neben Hanna hatten sich Wildermuth, Luca, Rolf Gaßmann, Otto Obermayer und Dieter Schwandtner eingefunden. Hinzu kam eine junge Kollegin vom Kriminaldauerdienst mit dichter dunkler Mähne, großen braunen Augen und einem Busen, der unweigerlich Männerblicke auf sich zog. Still, aber aufmerksam schrieb sie während der Besprechung alles mit.

Die Stimmung war gedrückt. Luca brütete über irgendeinem Kummer. Gaßmann hatte den großen runden Kopf zwischen die Schultern gezogen und schaute schwermütig drein. Ich hoffe bloß, der bekommt mir nicht ausgerechnet jetzt wieder einen depressiven Schub, dachte Hanna. Dieter Schwandtner hatte eine skeptische Miene aufgesetzt und saß, die Beine übergeschlagen, demonstrativ von Hanna abgewandt. Nur Wildermuth und Otto Obermayer waren stoisch und leidenschaftslos wie immer und harrten der Dinge, die nun kommen sollten.

»Ich möchte«, startete Hanna die Besprechung, »dass als Erstes jeder aus seinem Bereich berichtet, was wir an Ermittlungsergebnissen haben. Damit wir uns einen Überblick verschaffen.«

»Du hast noch keinen Überblick?«, fragte Dieter Schwandtner wie beiläufig.

Einen Moment lang war sie wieder sprachlos. Ein Glück, dass Wildermuth die Aufforderung direkt auf sich bezogen hatte und die Ergebnisse der Spurensicherung in beiden Fällen darlegte. Grundsätzlich Neues gab es für Hanna nicht. Die Analysen aus dem Kriminaltechnischen Institut des Landeskriminalamtes ließen auf sich warten, und es gab keine Möglichkeit, die Sache zu beschleunigen.

Der Reihe nach berichteten nun Luca, Gaßmann und Otto Obermayer über die Ermittlungen im Fall Ludger Behrends. Das persönliche Umfeld des Opfers, seine Beziehungen zu den Menschen, mit denen er zu tun gehabt hatte, seine Rolle in der Real-Vermögensberatung, die Praktiken dieses Finanzdienstleisters und die Verdachtsmomente gegen Patrick Ascher. Wenn es eine Verbindung zwischen den beiden Anschlägen gab, dann war es ungemein wichtig, sich noch einmal jedes Detail vor Augen zu führen.

Zunächst hörte Schwandtner nur zu. Um dann immer häufiger Einwürfe zu machen: »Ihr habt also noch nicht einmal alle Kontakte geprüft, die Ludger Behrends auf dem Handy hatte?«, fragte er Luca und schaute ihn über den Rand seiner Brille herablassend an.

»Na, hör mal«, meinte der verunsichert, »das sind mehr als fünfzig Namen.«

»Umso wichtiger, dass man systematisch arbeitet«, belehrte ihn Schwandtner.

Luca sah ihn aufgebracht an.

»Und das ist alles, was ihr an Verdachtsmomenten habt gegen diesen Patrick Ascher?«, stänkerte Schwandtner weiter, als es um die Verhaftung des jungen Mannes ging. »Da braucht ihr euch nicht zu wundern, wenn den der Haftrichter gleich wieder laufen lässt.«

»Die Indizien sind erdrückend«, wehrte sich Hanna.

»Schon mal was von Beweiskräftigkeit gehört?«, fragte Schwandtner höhnisch.

Hanna beschloss, es zu ignorieren.

Als Gaßmann über die fondsgebundenen Lebensversicherungen berichtete, und wie bestimmte Kunden der RVB damit geschädigt worden waren, lief Schwandtner zur Hochform auf: »Und diese Leute habt ihr noch nicht zur Vernehmung einbestellt?«, fragte er Hanna von oben herab. »Und was ist mit sonstigen Geldanlagen? Habt ihr die Kunden von diesem Ludger Behrends denn schon alle ermittelt und kontaktiert? Was habt ihr denn die ganze letzte Woche getan?«

Die junge Kollegin vom Kriminaldauerdienst hatte ihren Stift beiseitegelegt und sah Schwandtner konsterniert an. Gaßmann sackte immer mehr in sich zusammen und bekam einen leeren Blick. Selbst Hans Wildermuth, den sonst kaum etwas aus der Fassung bringen konnte, fuhr sich mit der Hand über den schwarzen Schnauzer und sah Schwandtner ungehalten an.

Luca wollte gerade etwas erwidern, als sein Diensthandy klingelte. Er sah aufs Display, blickte Hanna schuldbewusst an, stand auf und verließ den Raum. So geht das nicht weiter, dachte Hanna. Ich muss ihn mir vorknöpfen.

»Schluss jetzt, Dieter! So einfach, wie du dir das vorstellst, ist das nicht!«, sagte Otto Obermayer. Wenigstens einer, der sich nicht einschüchtern ließ.

»Oh nein, einfach ist es nicht, Aber dafür bräuchte man die richtigen Leute«, konterte Schwandtner.

»Noch mal: Schluss jetzt!«, brummte Obermayer. »Deine Nörgelei bringt gar nichts!«

Er war wohl der Einzige in dieser Runde, an dem die beißende Kritik eines Dieter Schwandtner einfach abprallte. Schwandtner presste die Lippen aufeinander, verschränkte die Arme vor der Brust und blickte eingeschnappt vor sich hin.

Hanna hatte den kurzen Schlagabtausch zwischen den beiden mit Genugtuung verfolgt. Luca war mittlerweile an seinen Platz zurückgekehrt und sah seine Chefin zerknirscht an. Sie nahm den Faden wieder auf und fasste nun ihre Gespräche mit Karlheinz Kienle und seiner Frau zusammen.

»Wo gibt es Gemeinsamkeiten bei den beiden Fällen?«, fragte sie dann in die Runde. »Zunächst mal zum Offensichtlichen: Beide sind Anlageberater.«

»Dann würde es wenigstens mal die Richtigen treffen«, meinte Schwandtner sarkastisch. Franz Kallinger wusste schon, warum er es ungern gesehen hätte, dass dieser Mann als Soko-Leiter an die Öffentlichkeit trat.

Hanna überging die Bemerkung: »Nur – diese Übereinstimmung reicht eben nicht. Wir müssen überlegen: Wo könnte es Berührungspunkte geben? Dieser Patrick Ascher, ist der raus aus der Nummer? Oder hat er doch eine Beziehung zu Kienle? Gibt es sonst noch jemanden, der beide Opfer kannte? Welche Motive könnte es geben?«

»Du willst jetzt schon in die Hypothesenbildung einsteigen?«, unterbrach sie Dieter Schwandtner, beide Augenbrauen hochgezogen. »Da sind ja längst noch nicht alle Hausaufgaben gemacht!«

»Natürlich will ich jetzt schon Hypothesen haben«, erwiderte Hanna nachdrücklich. So langsam kam ihr die Galle hoch. »Wie willst du denn sonst abstecken, in welche Richtungen wir ermitteln müssen?«

»Ihr habt noch keine vollständige Liste der Kunden von diesem Ludger Behrends.« Schwandtner hatte die Abfuhr von Otto Obermayer schnell verwunden. »Geschweige denn eine von Opfer Nummer zwei. Ihr habt die Leute nicht überprüft mit diesen betrügerischen Lebensversicherungen. Was ist bei diesem Kienle? Hat der auch Lebensversicherungen verscherbelt?«

»So wie ich es verstanden habe, hat Kienle nichts mit Lebensversicherungen welcher Art auch immer zu tun«, antwortete Hanna.

»So wie du es verstanden hast?« Der Hohn stand Schwandtner nun offen im Gesicht. »Und hast du verstanden? Oder solltest du das vielleicht noch verifizieren, bevor du Hypothesen aufstellst?«

Wenn jetzt nicht Hannas Handy geklingelt hätte, wäre ihr der Kragen geplatzt. Sie spürte regelrecht, wie ihr das Blut in den Kopf schoss. Doch es war Frenzel, und den wollte sie auf keinen Fall wegdrücken. Sie stand auf und verließ den Raum, um in Ruhe mit dem Staatsanwalt zu sprechen.

»Ojojojojoi, das ist ja eine böse Sache«, jammerte Friedebald Frenzel. »Ich fand, dass dieser Spielsüchtige einen ganz passablen Verdächtigen abgegeben hat. Das ist ja nun wohl in Frage gestellt. Oder?«

»Wenn sich der Verdacht nicht erhärten lässt«, erwiderte Hanna.

»Und beides sind Finanzjongleure?« Frenzel klang wirklich unglücklich. »Na ja, wenn hier das Motiv liegen sollte – wirklich wundern würd's mich nicht, Frau Stankowski. Wie behandeln Banker ihre Kunden? Wie rohe Eier. Und wie behandelt man rohe Eier? Man haut sie in die Pfanne!« Er lachte über seinen Witz. Doch so ganz fröhlich wirkte er nicht. Vor allem aber war er offenbar wieder bis über beide Ohren in einen neuen Fall involviert.

»Wissen Sie schon, wann Sie morgen wieder Ihre Soko beieinanderhaben?«, fragte er Hanna. Voraussichtlich war dies am späten Vormittag, da Hanna tatsächlich morgens noch eine Audienz bei Doktor Jens Mönchhofer, Kienles Chef, gewährt bekommen hatte.

»Ich werde irgendwie schauen, dass ich dabei sein kann«, versprach der Staatsanwalt. Doch es hörte sich ein bisschen hoffnungslos an.

Sie musste erst mal tief Luft holen, bevor sie zurück in diese Hexenküche ging. Sie durfte sich von Schwandtner nicht vorführen lassen.

Wie kriege ich ihn in den Griff? In der Tat war in dieser Atmosphäre überhaupt nicht daran zu denken, verschiedene Szenarien und Tatmotive durchzugehen. Das Einzige, was blieb, war, klare Anweisungen zu geben und keinen Widerspruch zu dulden.

Sie atmete noch einmal tief durch und ging zurück in den Besprechungsraum.

»Okay, Leute, Folgendes ist jetzt zu tun: Hans, bei dir ist ohnehin alles klar. Wir brauchen die anstehenden Analysen.

Otto und Rolf. Ihr beide schaut, ob wir das Handy von Karlheinz Kienle bekommen. Vielleicht sogar auch das von seiner Frau. Oder auch andere Adresslisten, wie zum Beispiel E-Mail-Kontakte. Die beiden scheinen kooperativ zu sein. Dann gleicht ihr die Namen mit allem ab, was wir auf dem Handy und dem Computer von Ludger Behrends gefunden haben.« Hanna wandte sich an die Kollegin vom Kriminaldauerdienst: »Sie können die beiden dabei unterstützen.

Und du Luca, du besorgst von möglichst vielen dieser Leute Bilder. Zieh sie aus dem Internet oder frag nach, ob sie dir ein Foto schicken können. Wir müssen Kienle die Leute unbedingt auch zeigen, wenn er schon mit den Namen nichts anfangen kann. Morgen früh gehst du aber mit mir erst mal zu diesem Vorstandshäuptling bei der Südbank, Luca. Und ich will, dass du pünktlich bist. Verstanden?«, forderte sie mit Nachdruck. Aus den Augenwinkeln nahm sie wahr, dass Schwandtner schon wieder zu einer Widerrede ansetzte.

»Du, Dieter, kümmerst dich um die Leute mit den fondsgebundenen Lebensversicherungen. Lade sie vor. Sprich noch mal mit dem Anwalt, der sie vertritt. Vielleicht haben sich ja mittlerweile noch andere Geschädigte bei ihm gemeldet.« Hanna musste sich nicht anstrengen, um ihrer Stimme einen richtig scharfen Ton zu geben. Der zeigte Gott sei Dank Wirkung. Schwandtner winkte hämisch ab, hielt aber den Mund.

»Morgen um elf: Nächste Sitzung. Und jetzt noch einen schönen Abend.« Damit beendete Hanna das Meeting.

7

Zurück in ihrem Büro machte sich Hanna an die Aktenführung. Zumindest das Wichtigste wollte sie noch festhalten. Je länger man solche Dinge aufschob, umso größer war die Gefahr, dass einem die Maschen fielen und man etwas vergaß. Doch sie spürte, wie ausgelaugt sie war.

Als sie fertig war, ging sie hinüber in das Büro von Rolf und Luca. Gaßmann saß noch am Computer. Luca war schon gegangen.

»Was ist mit dem los?«, fragte Hanna und deutete auf Lucas Platz.

Rolf Gaßmann sah sie unglücklich an. »Er hat irgend 'ne ganz komische Freundin. Sie ruft ständig an und macht ihm die Hölle heiß. Die tut ihm überhaupt nicht gut.«

Hanna nickte. »Mach Schluss, Rolf. Morgen müssen wir auch wieder fit sein.« Sie wünschte ihm noch einen guten Abend.

Dann ging sie hinunter in die Kantine und tat etwas, was selten vorkam. Sie holte sich eine Cola. Wenn's schon keine Schokokekse gab …

Hanna ging wieder hinauf ins Dezernat, wo es nun sehr still geworden war. Sie betrat den kleinen Besprechungsraum, so wie es Andreas Bialas manchmal tat. Er kam oft hierher, um alleine zu sein. Besonders in schwierigen Situationen. Er hatte einmal gesagt, dass er das brauchte, um den

Kopf wieder freizubekommen. Um den Blick schweifen zu lassen und den Gedanken Raum zu geben.

Sie schloss die Tür hinter sich, machte kein Licht an und trat ans Fenster. Sie blickte hinaus in die Dunkelheit, auf die Lichter der Stadt. Man hatte von hier aus fast immer einen phantastischen Blick über den Talkessel. Vielleicht nicht ganz so spektakulär wie aus dem schicken Appartement von Ludger Behrends. Aber bei Tageslicht und gutem Wetter sah man auch von hier das ganze Stadtzentrum mit seinen markanten Gebäuden, dem Bahnhof, der Stiftskirche und dem Rathausturm. Schade nur, dass immer mehr hohe Gebäude wie der Bülow-Tower und der Gebäudekomplex der WB-Südbank die historischen Wahrzeichen überragten und verdeckten und sich frech in den Vordergrund schoben. Doch nach wie vor galt: Man überblickte die Hänge bis hinüber zum Fernsehturm und verstand, warum Stuttgart »die Stadt im Loch« genannt wurde.

Jetzt konnte man nur den Lichterketten und Reklameschriften folgend ausmachen, wo das Zentrum der Stadt lag. Ein paar moderne Gebäude mit hell erleuchteten Fenstern, die man am Tag nicht unbedingt wahrnahm, taten sich besonders hervor. Darüber spannte sich ein Himmel, an dem man trotz der Lichtemissionen der Stadt heute unzählige Sterne sehen konnte. Ein Winterhoch hatte sich in den letzten 24 Stunden endgültig durchgesetzt. Am Tage hielten sich lange noch Hochnebel und weißgraue Schleier. Doch inzwischen war es draußen klar und kalt.

Andreas hatte recht. Hier konnte man dem Blick und den Gedanken freien Lauf lassen. Es war wie ein Verdauungsspaziergang für den Kopf.

Oh ja, Franz, sprach sie in Gedanken mit dem Vorgesetzten, Bialas fehlt. Das sehe ich genauso wie du. Aber nicht deswegen, weil ich die Soko nicht leiten könnte.

Sie spürte erst jetzt, wie sehr sie Kallingers Zweifel an ihren Fähigkeiten verletzt hatten. »Er traut es mir nicht wirklich zu«, sagte sie halblaut zu sich selbst. Warum sonst dieses Zögern? Warum sonst die Erwägung, dass Schwandtner die Soko-Leitung übernehmen könnte? Und nur, weil der sich auch in der Öffentlichkeit mit seinen zynischen Bemerkungen nicht zurückhalten konnte, hatte Franz anders entschieden.

Franz Kallinger war ein Polizist alten Schlags. Er hatte nicht mehr weit bis zur Pensionierung. Und seine berufliche Sozialisation hatte er in einer Zeit erfahren, in der Polizistinnen noch die große Ausnahme waren. Hanna selbst war ja eine aus der weiblichen Avantgarde. Sie hatte hautnah miterlebt, wie taff man auftreten musste, um respektiert zu werden, wie schnell man dann als Emanze galt und wie lange es dauerte, bis die Männer einem die angemessenen Achtung entgegenbrachten. Hanna wusste, dass Franz Kallinger bestimmt keiner gewesen war, der die Frauenpower bei der Polizei begrüßt hatte. Da waren lange viele Vorbehalte, und dass im Dezernat für Tötungsdelikte bis heute nur eine weibliche Ermittlerin tätig war, hatte sicher auch darin seinen Grund. Bisher war Hanna davon ausgegangen, dass Kallinger sie mittlerweile schätzte und ihre Arbeit anerkannte. Doch bisher stand stets Andreas Bialas in der Hierarchie zwischen ihr und dem Inspektionschef. Andreas hatte dessen uneingeschränktes Vertrauen, ja der Alte war fast so etwas wie ein Mentor und Gönner für Bialas. Wie selbstverständlich hatte Hanna angenommen, dass dieses Vertrauen auch ihr galt.

Andreas fehlte. Natürlich hatte Franz recht. Was wäre das auch für ein Dezernatsleiter, der mit seinem plötzlichen Ausfall keine Lücke hinterlassen würde? Hanna fehlte er vor allem, weil sie nun in eine Situation geraten war, in der sie sich auf schwierige Ermittlungen einstellen musste. Weil in dieser Situation ihr Vorgesetzter an ihren Fähigkeiten und ihrer Zuverlässigkeit zweifelte. Und weil dieser Vorgesetzte ihr einen Kollegen zur Seite gestellt hatte, der sie demontieren und absägen wollte. Oh Franz, was hast du mir da für ein Kuckucksei ins Nest gelegt!

Andreas Bialas fehlte ihr aber auch in einer anderen Hinsicht. Wie hatte Schwandtner gehöhnt? Sie sollten erst mal die Hausaufgaben machen, bevor sie Hypothesen aufstellten. So eine Unverschämtheit! Schwandtner war etwa im gleichen Alter wie Andreas Bialas. Und Hanna wusste, dass in dieser Generation von Kriminalisten die sogenannte Versions- oder Hypothesenbildung bereits ein fester Bestandteil der Ausbildung war. Schon zehn Jahre früher als die Kollegen hatte sie selbst einen Dozenten gehabt, der darauf großen Wert gelegt hatte. »In achtzig Prozent Ihrer Fälle«, so hatte er sie damals gelehrt, »werden Sie schnell einen Tatverdächtigen haben und eine eindeutige Beweislage. Aber Sie werden mit Sicherheit auch Fälle haben, bei denen das nicht so ist.« Dann setzte die kriminalistische Hypothesen- oder Versionsbildung ein. Man nahm die Fakten und Tatsachen, die bisher eindeutig belegt waren, als Ausgangspunkt. Und dann wurde spekuliert. Die verschiedenen Versionen wurden nach Lehrbuch gleich zu Beginn der Ermittlungen erarbeitet. Und sie dienten dazu, Wissenslücken auszumachen. Hier musste weiter recherchiert werden. So konnte eine Ermittlungsplanung aufgestellt werden, die möglichst alle Eventualitäten abdeckte.

Aber auch ohne das ganze theoretische Brimborium – für Hanna und Andreas Bialas war eine Selbstverständlichkeit, dass sie sich bei schwierigen Fällen permanent austauschten. Hanna wusste, dass Andreas als Leiter des Dezernats ein eigenes Büro zustand. Er verzichtete bewusst darauf, weil sie beide ein eingespieltes und unschlagbares Team waren, wenn es darum ging, Fälle durchzuspielen. Bei der Begehung eines Tatorts, bei Vernehmungen von Zeugen und Verdächtigen, bei der Sichtung von Spuren und Beweisen – immer teilten sie sich ihre Eindrücke mit und begannen, mögliche Szenarien zu entwickeln. Jetzt hatte Hanna niemanden, der diese Rolle übernehmen konnte. Rolf Gaßmann und Otto Obermayer waren, jeder auf seine Weise, beschränkt durch ein mangelndes Einfühlungsvermögen. Dieter Schwandtner torpedierte ihr Vorgehen. Luca, mit dem es noch am ehesten möglich war, sich die Bälle zuzuspielen und sich auszutauschen, war momentan zu nichts zu gebrauchen. Und auch der Staatsanwalt ließ sie hängen. Wie wollte der dieses Ermittlungsverfahren durchziehen, wenn er noch nicht einmal Zeit hatte für ein ausführliches Gespräch mit der Leiterin der Sonderkommission?

Hanna seufzte schwer. Sie fühlte sich abgekämpft und erschöpft. Es war nicht die Erschöpfung, die sie von langen Arbeitstagen, schwierigen Vernehmungen oder bedrückenden Tatortbegehungen her kannte. Es war ein Gefühl des Alleingelassenseins, der Ohnmacht und Entmutigung, das sie niederdrückte. Sie war es so satt, ständig auf der Hut zu sein, um nicht bei jedem vermeintlichen Versäumnis angepisst zu werden. Irgendwie musste sie einen Weg finden, Schwandtner in die Schranken zu verweisen.

Hanna nahm den letzten Schluck der Cola. Doch den Hunger konnte die nun nicht mehr unterdrücken. Höchste Zeit, endlich diesen Laden zu verlassen.

Sie ging noch einmal in ihr Büro, schaltete den Computer aus und packte sich in ihre warmen Winterklamotten. Müde und resigniert fuhr sie nach Hause.

8

Die Tür zu Steffies Zimmer war angelehnt, als Hanna nach Hause kam. Das Licht brannte. Sie klopfte und öffnete den Spalt ein Stück weiter.

»Hi, Steffie, alles klar so weit?«

»Hallo Mama. Alles klar. Ich hab eingekauft.« Steffie saß an ihrem Laptop und war am Arbeiten oder Surfen.

»Ich dank dir. Eigentlich meinte ich die Prüfungsvorbereitungen.«

»Ach, viel kann ich jetzt nicht mehr tun. Wann die Lehrproben sind, weiß ich noch nicht. Ich muss meinen Unterricht jetzt eben immer gut vorbereiten.«

»Ich muss unbedingt noch etwas essen«, sagte Hanna. »Hast du Lust mir dabei ein bisschen zuzuschauen?«

»Ich komme gleich. Muss nur noch was nachschauen.«

Hanna ging in die Küche und machte sich ein belegtes Brot. Was wollte ihr Steffie sagen? Was immer es war, es machte ihr Angst. Eigentlich wollte sie es heute Abend auch gar nicht mehr wissen. Sie hatte ihr Quantum an Misslichkeiten für diesen Tag wahrlich voll. Doch Hanna hasste es auch, wenn Dinge in der Schwebe blieben. Sie wird mir sagen wollen, dass sie auszieht, dachte Hanna. Und es machte keinen Unterschied, ob sie das heute oder erst am Wochenende erfuhr.

Steffie kam zu ihr in die Küche. Sie setzten sich an den alten Küchentisch.

»Du hast wohl ziemlich Stress gerade?«, fragte die Tochter.

»Das kann man so sagen.« Hanna atmete schwer aus. »Diese Geschichte mit den angesägten Spurstangen. Bialas ist in der Reha; ich leite die Sonderkommission; und ein Kollege pinkelt mir ständig ans Bein, weil er meint, er weiß alles besser.«

»Kannst du nicht irgendwie zurückpinkeln?«

»Wenn das so einfach wäre.«

Eine Weile schwiegen sie beide und Hanna widmete sich ihrer Stulle. Dann fragte sie es doch: »Was wolltest du mir denn sagen?«

Steffie zögerte. Dann gab sie sich einen Ruck: »Mama, ich gehe nach Chile.«

Hanna blieb während des Kauens das Gesicht stehen. »Wie, nach Chile?«

»Ich gehe an die Deutsche Schule in Valparaiso. Zunächst mal für anderthalb Jahre.«

»Aber du musst doch erst mal dein zweites Staatsexamen fertig machen.«

»Mache ich doch. Im August geht es los. Wenn hier das Schuljahr vorbei ist.«

Hanna brauchte einen Moment, um zu verstehen, was Steffie ihr gesagt hatte. »Nach Chile. Aber das ist doch am andern Ende der Welt. Und wie lange, hast du gesagt?«

»Erst mal anderthalb Jahre.«

»Wie ›erst mal‹? Warum denn so lang?«

»Mama, ich hab mich beworben. Als Bundesprogrammlehrkraft. Und ich hatte ein Riesenglück: Die haben für Chile eine Schwangerschaftsvertretung gesucht. Ich kann im August anfangen, obwohl das Schuljahr dort jetzt schon beginnt. Aber die Bedingung war halt, dass ich dann noch mal mindestens ein Schuljahr dranhänge.«

»Und das ist alles schon niet- und nagelfest? Oder wie?«, fragte Hanna konsterniert. »Was haben die denn momentan für ein politisches System? Und mit der Kriminalität, wie sieht das denn dort aus?«

»Mama, ich mach das. Ich hab fest zugesagt, und ich will da hin. Alle andern waren schon mal im Ausland. Nur ich nicht. Viele in meinem Alter haben nach dem Abitur ein soziales Jahr im Ausland gemacht. Manche haben mal ein Auslandssemester gehabt. Nur ich sitze immer hier rum.«

»Ein Semester, das ist auch was anderes als gleich anderthalb Jahre. Und dann so weit weg. Warum hast du mir nicht schon früher was davon gesagt?«

Steffie sah ihre Mutter unwillig an. Nach einem Moment des Überlegens sagte sie: »Weil ich wusste, dass du genauso reagieren würdest.«

Hanna spürte, wie ihr schwer ums Herz wurde. Am liebsten hätte sie geweint. Doch das wäre nicht fair gewesen. Sie sah die junge Frau an und wusste, dass sie sie ziehen lassen musste. Sie wollte sie nicht mit ihrer eigenen Einsamkeit erpressen.

Hanna nickte. »Okay, Steffie. Ich kann mich jetzt nicht so richtig für dich freuen. Es ist halt so arg lange und so schrecklich weit weg. Ich weiß, du bist längst erwachsen. Aber ich muss mich immer noch dran gewöhnen, dass ihr alle drei keine Kinder mehr seid.« Sie griff nach der Hand ihrer Tochter. »Und du bist sicher, dass das jetzt das Richtige für dich ist?«

Steffie nickte entschieden.

»Und du hast keine Angst?«

Die junge Frau sah ihr ernsthaft in die Augen und schüttelte den Kopf.

»Und du freust dich drauf?«

Hanna sah das Lächeln auf Steffies Gesicht, als sie wieder nur nickte.

»Also gut.« Es kostete Hanna unendlich viel Kraft. Doch sie sagte: »Dann hast du auch meinen Segen.«

Sie sah die enorme Erleichterung im Gesicht ihrer Tochter. Die stand auf, küsste Hanna auf die Wange und sagte: »Danke, Mama.« Dann ging sie zurück in ihr Zimmer.

Da saß Hanna nun, alleine und todunglücklich. Sie fühlte sich von Gott und der Welt verlassen. Im Beruf und nun auch zuhause. Das alte Spiritual kam ihr in den Sinn: »Sometimes I feel like a motherless child.« Sie holte sich eine Flasche Rotwein aus dem Küchenschrank, ging ins Wohnzimmer und griff sich eines der guten Weingläser und einen Korkenzieher aus der Vitrine. Sie schaltete den Fernseher ein, zappte herum, bis sie eine halbwegs witzige Quizsendung gefunden hatte, die sie davon abhielt, weiter über das Elend der Welt nachzudenken. Dann öffnete sie die Flasche und schenkte sich ein. Sie brauchte nun einen Kummertrunk.

Freitag, 12. Februar 2010

1

Hanna war mehr als eine Viertelstunde zu früh am Hauptbahnhof. Am Abend war sie zwar rasch eingeschlafen, nachdem die Weinflasche zu zwei Dritteln geleert war. Doch irgendwann gegen vier Uhr morgens war sie aufgewacht und hatte sich von da an schlaflos im Bett hin- und hergewälzt. »Wie kann ich Schwandtner im Zaum halten? Was mach ich bloß ohne Steffie? Was treibt jemanden an, der Spurstangen ansägt?« Die Gedanken bewegten sich wie im Karussell.

Gegen sechs beschloss sie aufzustehen, auch wenn sie sich keineswegs ausgeschlafen fühlte. Immerhin hatte sie so viel Zeit für Morgentoilette und Frühstück, dass ihr langweilig wurde und sie beschloss, lieber ein bisschen früher als zu spät da zu sein.

Sie parkte am Pariser Platz. In unmittelbarer Nähe zum Bahnhof war vor einigen Jahren ein Bankenviertel entstanden, in dem etliche Bausparkassen, Banken und Sparkassen ihre Landeszentralen errichtet hatten. So auch die Württembergisch-Badische Südbank. Es war der erste Gebäudekomplex des Europaviertels, eines völlig neuen Stadtteils, der auf dem Gelände des ehemaligen Güter- und Rangierbahnhofes entstand. Wenn es nach dem Willen der Stadtplaner ging, so würde das Viertel sich auch einmal über die gesamte Gleisanlage des jetzigen Bahnhofs bis hin zum Mittleren Schlossgarten erstrecken.

Hanna hatte noch Zeit. So ging sie die Warschauer Straße hinunter in Richtung der Gleise. Der Morgen war sehr kalt. In der Dämmerung hingen noch die Nebelschleier über den Schienensträngen, die in einer fast hundertfünfzig Meter breiten Schneise in den Bahnhof mündeten. Aber es war schon erkennbar, dass sich die Sonne heute durchkämpfen würde. Sie blickte hinüber zum Nordflügel des Stuttgarter Bahnhofs. In wenigen Monaten sollte er abgerissen werden. Ebenso wie kurze Zeit später sein Pendant im Süden. Diese Teile des jetzigen Bahnhofs sowie an die hundert alte Bäume im Schlossgarten sollten Platz machen für einen neuen, modernen Bahnhof unter der Erde. In der Stadt regte sich immer mehr Widerstand gegen das Projekt. Die Diskussionen wurden immer hitziger geführt. Hanna selbst hatte keine Meinung dazu, ob der neue Bahnhof wirklich entscheidend dafür war, ob Stuttgart die Zukunft verpasste oder nicht, oder ob die Kritiker recht hatten, die das Vorhaben als Milliardengrab bezeichneten und vorrechneten, dass der geplante Bahnhof auch nicht mehr Züge abfertigen konnte als ein modernisierter Kopfbahnhof. Sie hatte das kastige Bahnhofsgebäude aus braunen Steinquadern nie besonders schön gefunden. Doch dass der markante Bau nun kupiert werden sollte, erfüllte sie mit einer gewissen Wehmut. Der alte Bonatz-Bau war nun mal zum zweiten Wahrzeichen der Stadt geworden. Die verschachtelten kubischen Klötze mit dem weithin sichtbaren Turm waren einzigartig.

Viel mehr als die Verstümmelung des denkmalgeschützten Gebäudes bewegte Hanna jedoch die Frage, warum man ausgerechnet in Stuttgart den Bahnhof in den Untergrund einbuddeln musste. In einer Stadt, in der die Straßenbahnen zusätzliche Festhaltebremsen brauchten, damit sie an steilen Streckenabschnitten halten konnten, Züge es aber nicht über den Kesselrand schafften. Das war ja einst der zwingende Grund für den Kopfbahnhof gewesen. Der neue Durchgangsbahnhof konnte nur funktionieren, wenn mehr als 30 Kilometer Tunnel gebaut würden, und zwar fast überall direkt unter dem überbauten Stadtgebiet. Man ging in den Untergrund einer Stadt, deren Zentrum einstmals auf morastigem Boden gebaut worden war und dessen Grundwasserspiegel nach wie vor recht hoch war. Ein Grundwasser, das bei Bad Cannstatt die Mineralquellen speiste, auch die Brunnen im Mineralbad »Berg«.

Was die Architekten und Ingenieure beim Bau in diesem schwierigen Grund erwarten würde, wusste noch niemand ganz genau. Die Experten stritten darüber, ob die Risiken durch die geologischen und hydrologischen Verhältnisse unter der Stadt mit Sicherheit zu beherrschen oder absolut unkalkulierbar waren. Vor allem der Gipskeuper, dessen Schichten die längeren Tunnel immer mal wieder durchqueren mussten, machte vielen Kopfzerbrechen. Hanna hatte selbst einmal im südbadischen Staufen gesehen, was diese Gesteinsschicht anrichten konnte, wenn Wasser in sie eindrang und sie dadurch aufquoll. Die Risse in den Wänden der hübschen Häuser in der denkmalgeschützten Altstadt waren bis zu zehn Zentimeter breit. Hanna hatte mit den Hausbesitzern gelitten. Und sie wusste, dass der Engelberg-Tunnel demnächst wieder für knapp eine Million saniert werden musste. Der Tunnel, der bei Leonberg die A 8 und die A 61 am Stuttgarter Dreieck verband, hatte schon bei seinem Bau enorme Probleme und wesentlich höhere Kosten verursacht. Auch hier war Wasser in den Gipskeuper eingedrungen und ließ ihn aufgehen wie einen Hefeteig. Massive Betonarmierungen wurden zerstört.

Hanna blickte noch einmal über die Gleise. Und was würde hier wohl entstehen? Sie wandte sich um und ging langsam wieder zurück zum Bankenkomplex. Würden sie genauso weiterbauen? Moderne Architektur, mit kubischen und halbrunden Formen, mit schlichter Eleganz aus Stahl, Glas und Granit? Acht- bis zehngeschossige Paläste, die den Blick auf die Uhlandshöhe und die anderen Hänge im Osten versperren würden? Die Stadtväter sprachen davon, dass hier auch Wohnraum und ein lebendiges Viertel entstehen würden. Doch wie sollte hier eine familienfreundliche oder halbwegs sozial vertretbare Bebauung möglich sein, im Zentrum einer Stadt, die mit ihren Grundstückspreisen ohnehin schon zu den teuersten Standorten Deutschlands gehörte?

Hanna ging zurück zu dem Bankenkomplex und zwischen den Gebäuden durch die Passage, über die man die

Eingänge der einzelnen Geldinstitute erreichte. Eigentlich hatte sie nichts gegen moderne Baukunst. Das Mercedes-Benz-Museum oder auch die Neue Messe auf den Fildern gefielen ihr wirklich sehr gut. Doch hier fühlte sie sich klein und niedergedrückt durch die hohen Fassaden aus Glas und Beton. Auch das künstliche Wasserspiel mit seiner geradlinigen Graniteinfassung und die futuristische Brücke aus Holz und Stahlstreben, die zwei Geländeebenen miteinander verband, machten den Raum zwischen den Gebäuden nicht behaglicher. Warum entwarfen Architekten solche Prachtbauten, vor denen man sich verloren und mickrig fühlte? Die bauten wohl ihre Modelle, betrachteten sie von oben und konnten sich nicht vorstellen, wie das Ganze aus der Perspektive einer Ameise aussah. Hanna fröstelte inmitten der unterkühlten Architektur. Es war kurz vor halb neun. Wo blieb Luca?

Die Passage füllte sich mittlerweile immer mehr mit Leben. Sie kamen aus dem U-Bahn-Ausgang und den Tiefgaragen und steuerten auf die Eingänge der Gebäude zu. Die Frauen modisch, aber dezent, in ihren halbhohen Schuhen und den voluminösen Schals, die gerade jede haben musste. Die Herren im Einheitslook von grauen Wintermänteln, dunklen Anzügen und gestreiften Krawatten. Offenbar gab es bei den Banken noch immer eine strengere Kleiderordnung als bei der uniformierten Polizei. In den Büros gingen nach und nach die Lichter an, und Hanna war froh, nicht in einem dieser Großraumbüros arbeiten zu müssen, die nun sichtbar wurden, den lieben langen Tag nur an einem dieser Computer, mit einer Aussicht auf kalte Stein- und Glaswände, wenn man den Blick doch einmal hob.

Luca kam zwei Minuten nach halb neun, gerade so, dass Hanna schon sauer war und doch noch nichts sagen konnte. Er sah verschlafen aus und hatte sich nicht einmal rasiert. Auch seine Laune schien nicht die beste zu sein. Sie gingen gemeinsam in das Gebäude der Württembergisch-Badischen Südbank und passierten ein weitläufiges Foyer mit anthrazitfarbenen Steinfliesen und hellblauen Teppichen. Wer in eine Bank will, darf keine schmutzigen Schuhe haben, dachte Hanna. Sie steuerten auf die langgezogene Rezeption zu, an der die beiden Mitarbeiterinnen wie verloren aussahen.

Freundlich, doch auch etwas unterkühlt, bedeutete man ihnen, zu warten. Sie setzten sich auf eines der voluminösen Sofas aus schwarzem Leder.

»Was ist das eigentlich für ein Typ, mit dem wir da gleich reden?«, fragte Luca. Sie waren am Vortag nicht einmal dazu gekommen, das Umfeld von Karlheinz Kienle zu diskutieren, so verspannt und kontraproduktiv war die Atmosphäre im Dezernat gewesen.

»Der Chef von unserm Opfer Nummer zwei«, antwortete Hanna leise. »Doktor Jens Mönchhofer. Ein großes Tier hier bei der Südbank. Ich habe Karlheinz Kienle gestern gefragt, ob's jemanden gibt, der ihm schaden möchte. Er hat wie aus der Pistole geschossen seinen Chef genannt.«

»Hoppla«, sagte Luca, der durch die Information langsam aufzuwachen schien.

Schließlich wurden sie von einer ebenfalls freundlich-unterkühlten Dame abgeholt und folgten ihr über einen futuristischen gläsernen Aufzug in eines der oberen Geschosse. Noch einmal mussten sie etliche Zeit im Vorzimmer des Vorstandes warten, in Anwesenheit der freundlichen Dame, sodass ein Gespräch über den Fall nicht mehr möglich war. Irgendwann kam der Inhaber des Büros herausgeschossen, gab der Vorzimmerdame eine zackige Anweisung und wollte schon hinaus auf den Flur. Dann sah er die Besucher und blickte sie missmutig an.

»Ach ja, die Polizei«, murmelte er vor sich hin. »Ist das jetzt wirklich nötig?«, fragte er, zu Luca gewandt. Die freundlich-kühle Vorzimmerdame sah den Chef schuldbewusst an und sagte: »Sie meinten gestern, dass wir es kurz dazwischenschieben könnten.«

»Ich denke schon, dass das jetzt nötig ist.« Hanna erhob sich. »Wir haben einen Mordanschlag aufzuklären.«

Der Mann sah Hanna an, als würde er sie erst jetzt wahrnehmen. Dann sagte er: »Na, dann. Aber machen Sie's kurz.« Sie folgten ihm in ein Büro, wie es noch nicht einmal die Banker in Hollywood-Streifen hatten. Mahagoni war out. Glas, Edelstahl und schwarzer Schleiflack waren in. Der riesige Raum war spärlich eingerichtet. Ein ansehnlicher Schreibtisch, doch nur wenig Schrank- und Regalraum, eine kleine Sitzgruppe, wo sie nun Platz nehmen durften – das war schon alles an Mobiliar. Dazu ein paar wenige exklusive Accessoires wie Leuchten, Schreibtischsessel oder Teppiche, von denen jedes Stück wahrscheinlich so viel gekostet hatte wie Hannas gesamte Wohnzimmereinrichtung. Ganz zu schweigen von den Gemälden. Abstrakte Kunst ist out, dachte Hanna, Farbkleckse auf Fotografien sind in.

Dr. Jens Mönchhofer setzte sich den beiden Beamten gegenüber auf die Kante des Sofas, als wollte er gleich wieder aufspringen. Er war ein hagerer, großer Mann. Sein Schlafzimmerblick unter hängenden Lidern wurde durch die Gläser der extravaganten Brille betont. Er musste stark weitsichtig sein. Sein Mund war breit, die Lippen schmal, und wenn er nicht sprach, presste er sie derart aufeinander, dass ein gerader Strich die untere Hälfte des Gesichts durchschnitt. Sein Haar war lang und ringelte sich im Nacken. Er hatte es mit viel Pomade eng am Kopf zurückgekämmt. Hanna erinnerte sich an ein Foto, das ihren Vater als jungen Kerl zeigte. Kurze Zeit nach dem Zweiten Weltkrieg galt die Frisur bei Männern als der letzte Schrei, bei der das Haar oben so lang gelassen wurde, dass die Strähnen an der Stirn glatt nach hinten gekämmt fast bis in den Nacken reichten. »Ein sogenannter Lappes«, hatte ihr Vater ihr einmal erklärt. Mönchhofer trug nicht die langweilige Banker-Uniform. Sein legerer Anzug aus einem feinen, leicht schimmernden Stoff war unverkennbar ein Designerstück. Trotz der langen Storchenbeine und den hängenden Schultern seines Besitzers saß er perfekt und zugleich salopp.

»Also, was kann ich für Sie tun?« fragte er ungeduldig.

»Kriminalhauptkommissar Hanna Stankowski, Kriminalkommissar Luca Mazzaro«, stellte Hanna sie beide vor. »Herr Dr. Mönchhofer, wir haben Ihnen ja schon mitgeteilt: Auf den Wagen von Herrn Kienle wurde ein Anschlag verübt. Man hat die Spurstange am Fahrwerk angesägt. Können Sie sich irgendeine Person oder einen Sachverhalt vorstellen, der damit im Zusammenhang stehen könnte?«

Mönchhofer schüttelte den Kopf und sagte nur: »Nein.«

Hanna war unsicher. Sie war noch müde und hatte sich nicht auf das Gespräch vorbereitet.

»Welche Funktion oder welche Aufgabe hat Herr Kienle denn hier im Haus?«

»Er ist Abteilungsleiter für das Privatkundengeschäft«, antwortete Mönchhofer in Richtung von Luca, obwohl dieser bisher noch kein einziges Wort gesagt hatte.

»Und was tut man da so, im Privatkundengeschäft?«, fragte der nun.

»Anlageberatung für Privatvermögen. Aber ich kann Ihnen hier nun wirklich nicht das Einmaleins der Finanzwirtschaft beibringen.« Diese Antwort gab er Hanna.

Sie fragte: »Gibt es bei der Arbeit von Herrn Kienle, wie soll ich sagen – ein gewisses Konfliktpotenzial?«

»Was für ein Konfliktpotenzial?« Mönchhofer war ungehalten. Wieder sprach er mit Luca und ignorierte Hanna auf eine beiläufige Art. »Wir sind ein seriöses Haus mit seriösen Mitarbeitern und seriösen Kunden.«

»Na ja, zurzeit wären Konflikte mit Kunden ja nicht ganz aus der Luft gegriffen«, meinte Luca. Er fand endlich wieder ein bisschen zu seiner flapsigen, unbeschwerten Art zurück. »Hat bei der WB-Südbank denn niemand Geld verloren?«

»Das sind doch alles aufgebauschte Lappalien.« Mönchhofer setzte sich nun zurück und vertrieb mit einer großen Handbewegung sämtliche Verdächtigungen. »Die Werte gehen rauf und runter. Und dann gehen sie wieder rauf. Wenn man das Geschäft versteht. Und das tun wir.«

»Wie stehen Sie zu Herrn Kienle?«, fragte Hanna vorsichtig.

»Darüber werde ich nicht mit der Polizei sprechen«, erklärte Mönchhofer kategorisch.

»Herr Mönchhofer, wir möchten Sie bitten, uns eine Liste mit den Kunden von Herrn Kienle zur Verfügung zu stellen.« Hanna versuchte, ihrer Stimme Gewicht zu geben.

»Doktor«, antwortete er. Hanna verstand nicht gleich.

»Doktor Mönchhofer. Und das kommt überhaupt nicht in Frage. Ich weiß ja nicht, ob Sie etwas vom Bankgeheimnis wissen. Wir kennen uns damit bestens aus. Sie können über das Kontenabrufverfahren ja sehen, ob jemand bei uns ein Konto hat. Aber von uns werden Sie mit Sicherheit keine Namen bekommen.«

Hanna nickte: »Gut, dann müssen wir uns eben eine richterliche Anordnung beschaffen.«

»Das versuchen Sie mal«, erwiderte der Banker. »Da werde ich gleich mal unsere Rechtsabteilung informieren.« Damit ging er zur Tür, öffnete sie weit und bedeutete ihnen zu gehen. Die Audienz war beendet.

»Was hältst du von ihm?«, fragte Hanna Luca, als sie wieder in der Passage zwischen den Bank- und Sparkassentürmen standen.

»Ein aufgeblasener Affe.«

Hanna nickte. Sie verstand vollkommen, dass Karlheinz Kienle mit diesem Chef nicht klarkam. Mönchhofer war genau der Typ des arroganten Managers, der auch bei ihr den wunden Punkt traf. Die herablassende Art, die subtile Betonung der eigenen Wichtigkeit, der punktgenaue Angriff auf die Schwachstellen des Gegenübers machte sie fuchsig.

»Könnte Mönchhofer irgendetwas mit dem Anschlag auf Kienle zu tun haben?«, überlegte Hanna laut.

»Bestimmt nicht direkt. Der kriecht nicht unter Autos. Wenn, dann hat er jemanden beauftragt.«

»Und bei Ludger Behrends?«

Luca zuckte mit den Schultern: »Keine Ahnung. Vielleicht der gleiche Täter. Aber verschiedene Auftraggeber.«

Die Theorie war abwegig.

»Noch etwas«, sagte Hanna. Sie fror bereits erbärmlich. Zur kühlen Ästhetik der Gebäude kam ein kalter Zug hinzu, der durch die Passage strich. Doch sie wollte das Thema unbedingt noch ansprechen, bevor sie sich im Präsidium wieder ins Getümmel stürzen musste. »Was ist los mit dir? Du bist nicht bei der Sache ... Diese Anrufe auf deinem Handy ... Du sprichst noch nicht einmal mehr klingonisch.«

Luca verzog das Gesicht. Er sah bleich aus. Einen Moment lang bibberte er vor sich hin, ohne einen Antwort zu geben.

»Ich weiß nicht mehr, was ich machen soll, Hanna«, sagte er dann niedergeschlagen. »Ich bin da mit jemandem zusammen. Seit 'nem Vierteljahr etwa. Am Anfang war alles easy. Aber jetzt hat sie ständig Panikattacken. Sie will, dass ich mir einen andern Job suche, damit ich öfter bei ihr bin. Und wenn ich sage, das mache ich nicht, dann geht das manchmal die halbe Nacht.«

Lucas Blick ging irgendwo ins Leere.

»Was geht die halbe Nacht?«, fragte Hanna.

»Schreikrämpfe, Heulanfälle. Sie hyperventiliert und zittert am ganzen Körper. Ich hab sie schon dreimal mitten in der Nacht in die Notaufnahme gebracht. Die geben ihr dann eine Spritze und schicken sie wieder heim. Und das ist eben zurzeit bei mir.«

»Sie muss in stationäre Behandlung. Sie macht dich doch auch fertig.«

»Hab ich ihr schon paar Mal gesagt. Dass sie in eine Klinik muss. Aber sie sagt, dann bringt sie sich um.«

Hanna begriff erst jetzt in vollem Umfang, was in Lucas Privatleben momentan lief. Sie verstand seine Reaktion bei dem Suizidfall und die Niedergeschlagenheit.

»Weißt du noch, was ich dir über Depressive gesagt habe? Man muss sie zum Arzt prügeln. Sie muss in eine geschlossene Abteilung, wo man genau weiß, wie Suizidgefährdete behandelt werden.«

Luca nickte mutlos und sah Hanna traurig an: »Ich weiß nur nicht, wie ich damit klarkommen würde, wenn sie sich doch was antut.«

»Liebst du sie?«

Luca überlegte. Dann schüttelte er den Kopf. »Nicht mehr«, sagte er. »Langsam fange ich an, sie zu hassen.«

»Es gibt keine Alternative zur Klinik. Sonst gehst du vor die Hunde, Luca.« Hanna wurde eindringlich. »Und außerdem brauche ich dich jetzt bei diesen Ermittlungen. Dringender als je zuvor!«

Hanna ging ein paar Schritte auf und ab. Ihre Füße fühlten sich wie Eisklumpen an. Dann stellte sie sich wieder vor Luca auf: »Bialas ist weg. Schwandtner tanzt mir auf der Nase herum. Und du bist mit deinem Kopf immer woanders. Und das bei 'nem Fall mit dieser Brisanz. Ich brauch dich, Luca.«

Der rieb sich die Ohren und schob die Hände wieder in die Manteltaschen. »Dieter«, stimmte er zu. »Der ist gerade wirklich 'ne Zumutung. Er hat ja schon immer alles mies gemacht. Aber so ätzend wie zurzeit …«

»Er denkt, er sei der bessere Soko-Leiter«, sagte Hanna grimmig.

Luca lachte nun sogar leise auf: »Der hat sie wohl nicht mehr alle.«

»Ich hab auch nur Nerven wie ein ganz normaler Mensch. Ich brauche Unterstützung. Sonst geht das nicht. Du musst deine Probleme lösen, und zwar schnell.«

Lucas dunkelbraune Augen sahen sie todunglücklich an. »Ich weiß.«

Einen Moment standen sie noch schweigend und schlotternd. Es war eigentlich alles gesagt. So verabschiedeten sie sich fürs Erste und hasteten völlig durchgefroren zu ihren Autos.

2

Hanna rief Bernhardt Winterstein bei der Real-Vermögensberatung an, nachdem sie sich im Präsidium eine heiße Tasse Kaffee besorgt hatte, um sich etwas aufzuwärmen. So freundlich wie möglich bat sie ihn, der Polizei die Namen der Kunden zur Verfügung zu stellen, die Ludger Behrends direkt und indirekt betreut hatte. Der Ex-Chef des Toten war zunächst jovial und umgänglich wie gehabt. Doch als er das Anliegen der Hauptkommissarin vernahm, wurde er barsch und abweisend. Unter gar keinen Umständen könne er Daten von Kunden preisgeben. Die RVB sei schließlich ein seriöses Finanzunternehmen.

Hanna versuchte, Frenzel zu erreichen, und erwischte ihn sogar.

»Wir brauchen unbedingt die Namen der Kunden unserer beiden Opfer«, legte sie dem Staatsanwalt dar. »Die Arbeitgeber der beiden blocken aber total ab. Mit Verweis auf das Bankgeheimnis. Können wir hier irgendetwas mit einer richterlichen Anordnung erreichen?«

Frenzel war in Hektik: »Frau Stankowski, wissen Sie was? Ich bin doch nachher bei Ihnen. Vielleicht wird's etwas später bei mir. Ich bin gerade auf dem Sprung zu einer Vernehmung. Aber nachher können wir reden. In aller Ruhe. Ich verspreche es Ihnen wie das Blaue vom Himmel.« Er lachte. Hanna war es nicht zum Lachen zumute, zumal sie langsam das Gefühl hatte, dass Frenzel ihr tatsächlich das Blaue vom Himmel herunter versprach.

Sie überflog die Meldungen im Polizeinetz und las dann ihre E-Mails. Die Nachricht von Dieter Schwandtner fiel ihr sofort ins Auge.

»Hallo Hanna«, las sie, »die Vernehmung der verdächtigen RVB-Kunden findet am Montag um 10.00 Uhr im Vernehmungsraum 8 statt. Ich erwarte, dass du die Faktenlage vollständig parat hast. Außerdem musst du mit dem Anwalt der Leute sprechen und ihn dazu bringen, auf eine Anwesenheit bei der Vernehmung zu verzichten. Gruß, Dieter.«

Hanna klappte die Kinnlade nach unten. Jetzt spielte er tatsächlich den Chef. Wenn sie nicht aufpasste, übernahm Schwandtner das Kommando. Wenn sie sich nur nicht so müde und erschöpft gefühlt hätte. Und das, obwohl der Arbeitstag gerade erst begonnen hatte.

Um elf Uhr fand die nächste Besprechung der Soko »Spurstange« statt, und das Drama nahm seinen Fortgang. Auf der alten Tafel in dem kleinen Besprechungsraum waren in Schwandtners Schrift Tagesordnungspunkte notiert. Hanna ignorierte sie und versuchte, die Regie zu übernehmen.

Wildermuth hatte nach wie vor keinerlei neue Ergebnisse.

»Wie lange dauert denn das?«, fragte Hanna gereizt. »Wenigstens die Zuordnung der Metallspäne zu der Spurstange der E-Klasse könnten die beim LKA doch bestätigen. Das hat bei Ludger Behrends doch auch nicht so lange gedauert.«

Wildermuth strich sich mit der Hand über den schwarzen Schnurrbart und blickte Hanna aus den dunklen Augen kritisch an. Die Hauptkommissarin musste eigentlich wissen, wie zeitaufwändig die Untersuchungen in der KTU sein konnten. »Der Unfall ist gerade mal vor etwas mehr als 24 Stunden passiert. Wir haben gestern Abend bis um elf gearbeitet. Und wir haben sämtliche Untersuchungen an der Spurstange und am Fahrwerk des Daimlers vorgenommen, die nur irgendwie möglich waren, bevor wir die Stange raussägen mussten, damit sie ins LKA kann.«

»Und was ist mit dem Parka von Patrick Ascher? Wenn wir da nicht bald etwas Handfestes haben, müssen wir ihn laufen lassen«, zeterte Hanna weiter. Ihre Nerven waren heute wirklich nicht die besten.

Wildermuth zeigte nun sogar etwas wie Ärger: »Die Spurensuche gestaltet sich extrem schwierig, Hanna. Die Analyse der Ablagerungen auf dem Garagenboden ist aufwändig.

Dann haben wir allein von der Jacke, die wir bei eurem Verdächtigen gefunden haben, zwanzig Mikrospurenfolien abgeklebt, die die im LKA jetzt alle unters Mikroskop schieben müssen. Du weißt genau, wie lange die da suchen müssen, bis sie verwertbare Ergebnisse haben.«

Staatsanwalt Friedebald Frenzel stieß nun zur Sonderkommission. Er entschuldigte sich betreten und forderte die Runde auf: »Machen Sie einfach weiter. Lassen Sie sich nicht stören.«

Der hat Nerven, dachte Hanna. Sie würde sich gerne stören lassen, wenn der Staatsanwalt endlich mal seinen Pflichten nachkommen und den Fall in die Hände nehmen würde.

Sie wandte sich an Luca: »Wie sieht es aus mit den Konterfeis aus dem Umfeld von Ludger Behrends?«

»Ein paar habe ich. Aber es fehlen noch einige.«

»Und wann gedenkst du die zu liefern?«, fragte Hanna scharf. »Ich dachte, ich hätte mich klar ausgedrückt, dass das jetzt vordringliche Aufgaben sind.«

»Wann hätte ich das denn machen sollen?«, protestierte Luca.

Hanna dachte grimmig: Gestern Abend. Statt deiner durchgeknallten Liebschaft das Händchen zu halten. Doch sie schwieg, auch weil sie spürte, dass sie ungerecht geworden wäre. Sie wandte sich an Rolf Gaßmann und Otto Obermayer: »Habt ihr das Handy von Karlheinz Kienle?«

Gaßmann zog den Kopf zwischen die Schultern und sah aus, als ob er in ein Mauseloch verschwinden wollte. Otto blieb gleichmütig wie immer und sagte nur: »Noch nicht.«

»Wie ›noch nicht‹?«, fuhr Hanna ihn an.

Obermayer zuckte nur mit den Schultern. Für einen Moment war Stille im Raum. Rolf Gaßmann antwortete endlich: »Dieter hat gesagt, wir sollten erst mal Bankauskünfte über diese RVB-Kunden einholen. Du weißt schon: Die Leute mit den fondsgebundenen Lebensversicherungen. Die, wo da klagen wollen …« Seine Stimme wurde immer leiser und kleinmütiger.

Jetzt flippte Hanna aus: »So? ›Dieter hat gesagt …‹? Was soll das heißen? Wir brauchen dringend den Abgleich zwischen den Kontakten von Ludger Behrends und Karlheinz Kienle. Und ihr holt irgendwelche Bankeinkünfte ein? Das darf doch wohl nicht wahr sein!« Sie ballte die Fäuste und sah Gaßmann zornentbrannt an. Sie wusste in diesem Moment genau, dass es die Falschen traf. Doch die Nerven gingen mit ihr durch.

»Was bist du denn für ein Hampelmann«, herrschte sie Rolf Gaßmann an, »wenn da irgendeiner daherkommen kann und dir Aufgaben aufs Auge drückt, die überhaupt nicht abgesprochen sind? Und du«, wandte sie sich an Otto Obermayer, »hast du jetzt nicht nur den Spürsinn, sondern auch noch den Verstand verloren? Was sucht ihr eigentlich in einem Morddezernat? Geschweige denn in einer Sonderkommission!«

Im Raum herrschte Schweigen. Hanna nahm hinter dem Schleier ihres Zorns wahr, wie Luca und Rolf betreten vor sich hin blickten und Obermayer sie ungläubig ansah. Zwischen den schwarzen Brauen von Hans Wildermuth standen zwei steile Falten der Verständnislosigkeit. Die junge Kollegin vom Kriminaldauerdienst blickte Hanna entsetzt an, und Friedebald Frenzel hatte Mund und Augen so aufgerissen, dass drei runde Os in seinem Gesicht standen.

Dieter Schwandtner, der unterdessen gleichgültig aus dem Fenster sah, sagte nun in die Stille: »Wenn du es nervlich nicht durchstehst, Hanna, solltest du die Leitung der Soko abgeben.«

Wieder herrschte Ruhe im Raum. Eine Ruhe, in der Hanna das Gefühl hatte, in ohnmächtiger Wut explodieren zu müssen. Sie sprang auf.

»Wenn ich es nervlich nicht durchstehe?«, schrie sie. Ihre sonst so warme, volle Stimme überschlug sich und wurde schrill. »Wie soll man das denn durchstehen, wenn man nur von Stümpern und Großmäulern umgeben ist?«

Hanna versuchte krampfhaft sich zu fangen. Sie spürte, wie sie am ganzen Körper zu zittern begann. Sie riss sich zusammen, so gut es irgendwie ging. Sie versuchte tief durchzuatmen. Immerhin bekam sie ihre Stimme wieder in den Griff.

»Jeder hier im Raum hat eine Aufgabe«, sagte sie. »Und genau diese Aufgabe, und keine andere, wird jetzt erledigt. Und zwar plötzlich, wenn ich bitten darf. Die Sitzung ist beendet.«

Sie schnappte ihre Unterlagen und wandte sich zum Gehen.

»Dass Frauen immer gleich so hysterisch werden müssen«, hörte sie Schwandtner in ihrem Rücken. Sie spürte wieder das Zittern. Jetzt nur noch raus hier, dachte Hanna. Sie hatte den Raum praktisch schon verlassen, als sie Luca sagen hörte: »Schwandtner, du bist der letzte Idiot.«

3

Hanna musste raus. Sie hielt es nicht mehr aus in der Enge des alten Gemäuers. Sie schnappte ihre warme wattierte Jacke, Handschuhe und Schal. Auch das Diensthandy steckte sie ein. Sie musste erreichbar bleiben. Trotz Heulen und Zähneklappern.

Sie ging in die Weinberge hinter dem Polizeipräsidium. Sie stapfte durch den Schnee den Weg zu den Staffeln, die hinauf zum Robert-Bosch-Krankenhaus führten. Beileibe nicht als erste, wie die vielen Fußstapfen und die ausgetretene Spur zeigten. Hanna spürte, wie ihr in der Kälte eine heiße Träne über die Wange lief. Hatten die Kerls es also geschafft. Sie hatten sie völlig aus der Fassung gebracht. Sie fühlte sich gedemütigt und schämte sich zugleich.

Sie schüttelte über sich selbst den Kopf. Wer war sie denn? Eine gestandene Frau Mitte fünfzig. Mit Erfahrung und Stehvermögen. Sie hatte in ihrem Berufsleben schon eine ganze Reihe brenzliger Situationen erlebt. Sie hatte schon Typen gegenübergestanden, harten Jungs, denen sie besser nicht alleine begegnen wollte, noch nicht mal am helllichten Tag. Sie hatte schon viele Beschimpfungen, Drohungen und Pöbeleien über sich ergehen lassen müssen. Angst hatte sie oft gehabt, keine Frage. Doch schon lange nicht mehr war ihr Selbstwertgefühl so ins Wanken geraten. Und nun hatte es ihr eigenes Team geschafft, dass sie sich mickrig und nichtswürdig fühlte.

Nicht, dass sie das Gefühl nicht kannte. Da war ihre erste Stelle in einem Revier in Schorndorf. Sie war die erste und einzige Frau. Und verdammt jung. Die Männer ließen sie Kaffee kochen, Schreibarbeiten erledigen und aufräumen. Den normalen Streifendienst traute ihr der Gruppenleiter nicht zu. Man machte sich lustig über ihre kurzen Beine. Die passten zwar wunderbar zu den übrigen Proportionen ihres Körpers. Doch da Hanna nicht besonders groß war, malten sich die Männer in ihrem Beisein mit großem Vergnügen aus, was passieren würde, wenn die junge Frau einen Lulatsch mit einem Meter neunzig im Sprint verfolgen müsste. Sie machten sich einen Spaß daraus, ihr immer wieder zu erklären, wie man eine Waffe sicherte und entsicherte, und mahnten sie, darauf zu achten, dass sie sich dabei nicht in den Fuß schoss. Irgendwann war sie sauer geworden. Auch damals hieß es, sie sei hysterisch.

Hanna hatte gespürt, wie ihr Selbstvertrauen mehr und mehr schwand und sie immer kleiner wurde. Sie beantragte die Versetzung. Und hatte Glück. Die neue Gruppe auf dem Stuttgarter Revier in der Wolframstraße wurde von einem Polizeiobermeister geführt, der ihr gleich mitteilte, dass sie hier Dienst machen müsse wie jeder andere auch. Sie ging Streife und machte nur noch den eigenen Schreibkram. Der neue Chef unterband umgehend jede Hänselei. Selbst frauenfeindliche Witze wurden nicht mehr geduldet, und die Pin-up-Girls verschwanden von den Wänden in die Spinde. Hanna konnte sich endlich beweisen und stand ihren »Mann« nicht schlecht. Und sie verliebte sich unsterblich. Denn einer der jungen Kollegen war Michael Stankowski.

Dass ihre Liebe erwidert wurde, war das größte Glück ihres Lebens. Pech war, dass sie das Revier verlassen musste, als es feststand, dass Hanna Bentele und Michael Stankowski ein Paar waren. Doch mittlerweile hatte sie so viel Erfahrung und Selbstvertrauen aufgebaut, dass sie von vornherein die Sticheleien und Herabsetzungen nicht mehr duldete. Lieber galt sie als Emanze. Und irgendwann war auch dem letzten Kollegen an der neuen Arbeitsstelle klar, dass sich Hanna Stankowski von keinem pöbelnden Kleinkriminellen einschüchtern ließ und im Umgang mit Familien, Frauen und Hilfesuchenden viel besser den richtigen Ton traf als ihre männlichen Kollegen.

Sie stieg die Stufen hinauf in die Weinberge. Sie waren zum Teil vereist, und man musste auf seinen Tritt achten. Dann hielt sie sich rechts und ging den Weg hinterm Präsidium entlang bis zu dem großen Flurbereinigungsstein und wieder durch die Reben Richtung Osten.

Ja, sie wusste, wer sie war. Und trotzdem fühlte sie sich jetzt aus der Bahn geworfen und schlecht. Die Herabwürdigung durch Schwandtner war noch nicht einmal das größte Problem. Viel mehr machte ihr zu schaffen, dass sie die Kontrolle über sich verloren hatte. Und dass sie die Kollegen beleidigt hatte. Sie hatte den Zorn über Schwandtner an denen ausgelassen, die am wenigsten für die Situation konnten. Und dafür schämte sie sich unendlich. Sie stapfte weiter durch die Reben. Ihre Füße traten nun energisch den festgetretenen Schnee. Die Mutlosigkeit verwandelte sich wieder in Zorn. Schwandtner vergiftet die Atmosphäre, dachte sie. Der Zorn war gut. Aber nur dann, wenn er sich gegen den Richtigen wandte. Und wenn Hanna einen Weg fand, sich zu wehren, ohne die Selbstbeherrschung zu verlieren und angreifbar zu werden.

Sie hatte nun einen der höchsten Punkte der Prag erreicht. Erst jetzt wurde sie gewahr, dass sich über den Talkessel ein azurblauer Himmel spannte und eine gleißende Wintersonne die in Weiß gehüllte Stadt beschien und den

Schnee glitzern ließ. Die eingeschneiten Reben, in Reih und Glied an metallene Spaliergerüste gebunden, reckten sich bizarr in den Himmel und bildeten einen markanten Kontrast zu dem modernen Krankenhaus, das links zwischen kahlen Ästen zu sehen war. Dass die Weinberge noch immer Bestand hatten und zum Teil bis ins Zentrum der Stadt reichten, war der Tatsache zu verdanken, dass bestimmte Hänge nicht bebaut werden durften, um die Luftschneisen zu erhalten, die den Menschen unten im Tal vor allem im Sommer das Atmen möglich machten. Sie schnaufte tief durch und ließ den Blick über das Panorama im Tal schweifen. Nach rechts hatte man von hier einen wunderbaren Blick auf den gesamten Rosensteinpark. Links davon lag der Gaskessel und etwas weiter die Mercedes-Benz-Arena. Sie blickte über das Tal, durch das sich der Neckar nach Südosten wand. Am Horizont war heute sogar die Silhouette der Schwäbischen Alb zu sehen, klar abgesetzt vom blauen Himmel. Man sah über Münster mit seinem Müllheizkraftwerk bis hinüber zu den Wohnburgen von Neugereuth und über die malerischen Weinberge oberhalb der Neckarschleife. Ein herrlicher Wintertag, und ein herrlicher Ausblick.

Ich muss mir Hilfe organisieren, ging es ihr durch den Kopf. Sollte sie einmal mit Franz reden? Nein, das hat keinen Wert. Intuitiv wusste sie, dass Kallinger kein Verständnis für ihre Probleme haben würde. Sozialkompetenz war nicht seine Stärke. Sie musste Frenzel in die Pflicht nehmen. Der hatte ja nun mitbekommen, dass die Sache nicht gut lief. Aber wie sollte der überlastete Staatsanwalt eine Unterstützung für sie sein? Rolf Gaßmann konnte sie erst recht vergessen. Der war nach ihrem Auftritt jetzt wahrscheinlich mit Hut so groß wie eine Maus. Luca war mit seinem Liebesleben beschäftigt. Am ehesten konnte momentan noch Otto Obermayer Schwandtner die Stirn bieten – wenn er denn, dickfellig wie er war, merkte, dass der Kollege übergriffig wurde.

Hanna ließ den Blick schweifen bis hinüber zum Fernsehturm, der in der Sonne glänzte. Sie atmete noch einmal die kalte Luft tief ein und aus. Ihr Atem bildete weiße Wölkchen. Dann griff sie zu ihrem Handy.

Sie gab eine Kurzwahlnummer ein. Schon nach zwei Klingeltönen wurde das Gespräch angenommen.

»Hallo Hanna. Das ist ja schön, dass du mich anrufst. Wie geht es dir?«

»Bescheiden. Sehr bescheiden, um ehrlich zu sein.«

»Das klingt nicht gut. Was ist los?«

»Wir haben einen Fall, der mir Kummer macht. Aber sag erst: Wie geht's dir?«

»Wunderbar. Mir geht es prima. Bis auf die Tatsache, dass mir gerade ziemlich langweilig ist. Hier werden schon am Freitagnachmittag die Luken dicht gemacht. Und dann kommt ein langes Wochenende, an dem auch nichts los ist, wenn ich nicht Besuch bekomme.«

»Und das Herz?«

»Pumpt wunderbar. Nein wirklich, Hanna, die Ärzte sind zufrieden. Und ich habe mich auch schon lange nicht mehr so gut gefühlt.«

»Sag mal, Andreas«, Hanna streckte vorsichtig die Fühler aus. »Von der Arbeit willst du wahrscheinlich trotzdem noch nicht allzu viel wissen?«

»Was ist los?«, fragte Andreas Bialas. »Ich merke doch, dass etwas nicht stimmt.«

»Ich will nicht, dass du dich aufregst. Du musst gesund werden, das steht jetzt an erster Stelle. Aber wenn du dich in der Lage dazu fühlst, dann würde ich gerne mit dir telefonieren. Nicht jetzt sofort. Ich stehe gerade in den Weinbergen auf der Prag und fange an zu frieren. Aber vielleicht später für ein Stündchen?«

Einen kleinen Moment lang schwieg Bialas. Dann sagte er: »Warum kommst du nicht einfach her? Wenn du noch zu tun hast, dann eben heute Abend. Das mit der Langeweile war ernst gemeint. Morgen kommen Thea und Alex. Und am

Sonntag wollte Svenja vorbeischauen. Eine Uhrzeit haben sie natürlich nicht genannt. Ihr Papa kann ja hier nicht weglaufen, denken sie.«

Hanna hörte das Schmunzeln in Bialas' Stimme. Der ist richtig gut drauf, dachte sie. So gesprächig und heiter war ihr Chef sonst selten. Sie dachte nach. Es war ihr ein Gräuel, jetzt an ihren Arbeitsplatz zurückzukehren. Die Szene vom Vormittag war längst noch nicht verdaut.

»Ich überlege gerade«, sagte sie dann bedacht, »ob hier etwas anbrennen kann in den nächsten drei Stunden.« Eine weitere Besprechung würde sie heute keinesfalls einberufen. Wenn nicht ein weiterer Unfall passierte. Dann wäre sie mit Blaulicht in einer Stunde zurück in Stuttgart. Sie würde sich die Frage gefallen lassen müssen, was die Leiterin der Sonderkommission am Freitagnachmittag mitten in den Ermittlungen in Bad Ditzenbach zu suchen hatte. Doch das war ihr jetzt egal.

»Okay, Andreas. Ich komme noch heute Nachmittag. Wir treten hier auf der Stelle. Da komme ich auch nicht weiter, wenn ich hierbleibe.«

»Freut mich, Hanna. Dann habe ich wenigstens mal wieder das Gefühl, dass ich was Sinnvolles tun kann.«

Hanna ging eilig den Weg zurück zum Polizeipräsidium. »Wenn du feststellst, dass du einen Fehler gemacht hast, ergreife sofort Maßnahmen, um ihn wieder gutzumachen.« So lautete einer der Sätze aus den »Empfehlungen des Dalai Lama für das Leben im neuen Jahrtausend«, die Hanna gerahmt in ihrem Schlafzimmer hängen hatte. Sie rief, in ihrem Büro angekommen, Luca, Rolf Gaßmann und Otto Obermayer zu sich.

»Ich muss mich bei euch entschuldigen. Tut mir wirklich leid. Das war nicht in Ordnung, wie ich euch zur Sau gemacht habe.«

Luca und Rolf schwiegen betreten. Bei Otto war nicht klar, ob er sich überhaupt je beleidigt gefühlt hatte.

»Wie ihr merkt, habe ich Probleme mit Dieter«, fuhr Hanna fort. »Ich kann euch in dieser Situation nur bitten: Solange ich Leiterin dieser Sonderkommission bin, brauche ich eure Loyalität. Ich muss mich auf euch verlassen können.«

»Du solltest Dieter mal eine zwischen die Hörner geben«, sagte Luca nun mit leidenschaftlichem Nachdruck. Seine Hände unterstrichen die Worte mit großen Gesten. »Du musst dich wehren, Hanna. Er benimmt sich wie eine Sau, porca miseria.«

Hanna seufzte. Wenn das nur so einfach wäre. Dann teilte sie ihren Leuten mit, dass sie für etwa zwei Stunden etwas zu erledigen hatte. Bewusst untertrieb sie die notwendige Zeit. »Ich bin über Handy ständig zu erreichen. Ruft mich an, wenn es irgendetwas gibt. Ich bin dann auch schnell wieder hier. Und wenn's jemand wissen will: Ich bin bei einer Befragung.« So ganz falsch war das ja nicht.

4

Hanna suchte die wichtigsten Unterlagen zusammen und machte davon Kopien. Eine kleine Kladde entstand, die sie Bialas zeigen wollte. Dann machte sie sich auf den Weg nach Bad Ditzenbach.

Der Freitagnachmittagsverkehr hielt sich noch in Grenzen. Nachdem sie den Wilhelmaplatz passiert hatte, kam sie zügig auf der B 10 voran. Bei Wendlingen nahm sie die A 8 in Richtung Ulm. Nach dem Albaufstieg am Aichelberg machte sie eine kurze Pause am Rasthof Gruibingen. Sie aß eine Kleinigkeit und kaufte eine Tüte Schokokekse. Es war schon kurz nach halb drei, ihr Magen knurrte, und im Präsidium hatte sie nicht mehr in die Kantine gehen wollen. Schon um Schwandtner nicht zu begegnen, der dort täglich seine Mittagspause verbrachte.

In Bad Ditzenbach fand sie schnell die Vinzenz Klinik, in der Bialas seine Reha machte. Sie folgte den Hinweisschildern durch die Häuserblöcke, in denen die Patienten untergebracht waren, zum Hauptgebäude.

Andreas Bialas wartete bereits im Foyer auf sie. Er drückte ihr fest die Hand und gab ihr einen freundschaftlichen Klaps auf die Schulter. »Schön, dass du da bist, Hanna.« Sie kannte ihren Chef gut genug, um die leichte Bewegung seines Mundwinkels als Lächeln zu deuten und zu wissen, dass er sich wirklich über ihren Besuch freute. Bialas war kein Mensch, der Fröhlichkeit zur Schau stellte. Er hatte durchaus Sinn für Humor. Bei einem hintergründigen Witz oder einem schlagfertigen Wortwechsel trat ein Schmunzeln auf sein Gesicht, das sich vor allem in den Augen und eben diesem einen Mundwinkel zeigte. Sonst wirkte er meistens recht ernst. Und wenn sie an schwierigen Fällen arbeiteten, so zogen sich seine Brauen zusammen, sodass er fast finster wirkte. Hanna hatte ihm einmal gesagt, dass er sie ein bisschen an den Schauspieler Harrison Ford mit seinem grimmig entschlossenen Blick erinnerte. Zu ihrer Überraschung hatte Bialas sich sogar etwas geschmeichelt gezeigt. Sie hatte bis dahin angenommen, dass jede Eitelkeit ihm fremd war.

Er sieht gut aus, dachte Hanna. Seine markanten Gesichtszüge waren weicher als sonst. Bialas wirkte irgendwie zufrieden. Er war offenbar viel an der frischen Luft und leicht gebräunt von der Wintersonne. Auch seine Figur schien straffer, die Schultern aufrechter und kräftiger als früher zu sein. Sein kleiner Schmerbauch, der über die letzten Jahre immer mehr zugelegt hatte, war unter dem dicken Pullover kaum noch zu erkennen. Die Kur tat ihm ganz augenscheinlich gut.

»Hast du Lust, ein bisschen rauszugehen?«, fragte Bialas. Er hielt die Winterjacke bereits in der Hand »Wenn die Sonne schon mal so scheint, dann muss man das doch nutzen.«

Hanna stimmte gerne zu. Schon auf der Fahrt hatte sie die winterliche Alblandschaft genossen, in die die Sonne ein

Farbspiel aus purem Weiß, Polarblau und tausend Glitzerpunkten malte.

Sie gingen zwischen den Klinikgebäuden hindurch, vorbei an der Vinzenz Therme, bogen dann in einen steilen Weg, der Richtung Wald führte. Rechterhand, einige Meter abseits, stand eine kleine Kapelle. Jemand hatte versucht, sich durch den fast meterhohen Schnee zu ihr vorzukämpfen, und auf halber Strecke aufgegeben. Der Weg, den Hanna und Bialas nun nahmen, führte sie durch den Wald, zwischen dem Rücken des Berghangs und dem Tal entlang, das das Flüsschen Fils in den Albtrauf geschnitten hatte. Traktoren hatten breite Spuren in den Schnee gefräst, die zudem von unzähligen Füßen ausgetreten worden waren. Zwischen den kahlen Bäumen hindurch blickte man auf das Tal und den verschneiten kleinen Ort. Die Sonne wärmte sogar ein bisschen durch die blattlosen Zweige. Der Schnee warf ihr Licht so hell zurück, dass man ein wenig die Augen zusammenkneifen musste.

»Das ist unsere Nordic-Walking-Strecke«, sagte Bialas. »Ich war auch schon mal oben auf der Albhochfläche. Hab mir Langlauf-Skier ausgeliehen. Es gibt dort fantastische Loipen. Bei diesem Wetter macht das richtig Laune.«

»Sie haben dir hier wohl die Leviten gelesen, was den Sport angeht?«, fragte Hanna und konnte zum ersten Mal an diesem Tag ein bisschen lachen.

»Allerdings.« Er schien amüsiert zu sein. »Weißt du, was der Arzt zu mir gesagt hat? ›Selbst solche Typen wie Sie, die nichts für ihre Gesundheit getan haben, verdienen eine zweite Chance. Aber wenn Sie jetzt immer noch nichts tun – eine dritte Chance gönne ich Ihnen nicht.‹ Das hat gesessen.«

Sie gingen eine Weile schweigend nebeneinander her.

»Weißt du, Hanna«, nahm Bialas den Faden wieder auf, »du brauchst dir wirklich keine Gedanken zu machen, wenn du mir etwas über die Arbeit erzählst. Der Beruf ist nicht das Problem.«

»Er kann ganz schön stressig sein«, warf Hanna ein. Sie bekam es momentan am eigenen Leibe zu spüren. »Und mit einem Herzinfarkt sollte man nicht spaßen.«

»Sicher«, sagte Bialas. »Aber der Beruf ist, wie er ist. Wir haben hier ja verschiedene Angebote. Auch so Gesprächsgruppen. Und wenn man will, auch Einzelgespräche. Mit Psychologen. Du kennst dich mit solchen Sachen ja besser aus als ich.« Er schwieg wieder einen Moment und überlegte. »Ich habe mir schon auch Gedanken darüber gemacht, wie das in Zukunft werden soll. Ob ich überhaupt noch in der Lage bin, meinen Job zu machen. Und ich habe gemerkt, wie wichtig mir meine Arbeit ist.« Er sprach langsam und bedächtig weiter: »Natürlich ist unser Beruf sehr belastend. Allein schon, was wir alles an Elend und Abschaum mitbekommen. Trotzdem: Die Arbeit befriedigt mich. Ich habe das Gefühl etwas Sinnvolles zu tun. Ohne uns gäbe es noch mehr Elend und Abschaum.

Also muss ich einen anderen Weg finden. So. Und hier ist mir klar geworden, dass ich irgendwie für einen Ausgleich sorgen muss. Das habe ich bisher nicht gemacht. Luca macht regelmäßig sein Jiu-Jitsu. Die Termine sind ihm heilig. Ich glaub, der trainiert sogar am Wochenende. Du gehst schwimmen. Wildermuth läuft sich die Hacken wund. Otto geht regelmäßig ins Fitness-Studio. Dieter fährt Rad, wenn's das Wetter zulässt. Nur ich habe mich bisher zu nichts aufraffen können. Ich bin jetzt fast fünfzig. Ich kann nicht mehr so tun, als wäre mein Körper ewig jung und unverwüstlich.«

Er machte wieder eine Pause. »Hier machen wir ein moderates Training. Eben Nordic Walking, Schwimmen, ein bisschen Spinning. Wobei das nicht mein Ding ist. Wenn schon Rad, dann müsste ich raus an die frische Luft. Wir lernen hier Entspannungstechniken. Traumreisen – so was hätte ich früher als esoterischen Unfug bezeichnet. Na ja, aber man lernt ja dazu. Und ich merke vor allem, wie gut mir das alles tut.

Also, Hanna, langer Rede kurzer Sinn: Ich will nicht raus aus dem Beruf. Aber ich werde irgendetwas für mich finden, irgendeine Sportart, damit ich mich regenerieren kann. Das schwöre ich dir. Und ich habe beschlossen, einen Tanzkurs zu machen. Mit Thea. Ich bin ja nicht der große Tänzer, aber sie tanzt unheimlich gern. Und wir brauchen auch wieder etwas, das uns gemeinsam Spaß macht.«

Bialas war richtig in Redelaune. So mitteilsam kannte Hanna ihn gar nicht. Der Infarkt und der Kuraufenthalt hatten offenbar einiges in ihm aufgebrochen. Der Schuss vor den Bug hatte Wirkung gezeigt.

»Wie geht es Thea?«, fragte Hanna.

Das Schmunzeln in Bialas' Augen war wieder da. »Thea hat natürlich einen ordentlichen Schreck bekommen. Wenn der Infarkt für irgendetwas gut war, dann dafür, dass wir uns einfach bewusster mit unserem Leben auseinandersetzen. Ein Ergebnis ist eben der Tanzkurs. Sie weiß, dass der manchmal auch ausfallen wird, wenn wir etwas Dringendes haben. Und ich muss prüfen, ob wirklich alles so dringend ist, wie ich manchmal meine.«

Es war schon erstaunlich, wie offen Bialas über private Dinge sprach. Normalerweise hatten solche Themen in ihrem Berufsalltag kaum einen Platz. Man erzählte sich durchaus, dass eines der Kinder Konfirmation hatte oder einen Schulabschluss machte. Hanna wusste, dass Thea irgendwann im Mai Geburtstag hatte, kurz vor dem Hochzeitstag des Ehepaars Bialas. Auch Wochenendaktivitäten wurden mitgeteilt. Doch wie eine Hanna Stankowski mit dem Leben ohne Partner zurechtkam und welche Auswirkungen die Arbeit eines Dezernatsleiters für Tötungsdelikte auf die Ehe von Andreas Bialas hatte, das war tabu. Man wusste sehr wohl von den Depressionen eines Rolf Gaßmann und dem Alkoholproblem eines Ewald Drexler. Aber mit den Ursachen und Folgen dieser Probleme ließ man die Betreffenden letzten Endes alleine.

»Und deine Kinder? Was hat Svenja vor?« Hanna wusste, dass die ältere Tochter von Andreas im Vorjahr Abitur gemacht hatte und momentan ein freiwilliges ökologisches Jahr in einem Naturschutzprojekt machte.

»Sie will im Herbst ihr Studium beginnen. Jura.« Die Augen des Vaters glänzten. Hanna konnte sich noch gut erinnern, wie Bialas einige Jahre zuvor große Angst um seine Tochter gehabt hatte. Svenja war zunehmend in eine Punker- und Kiffer-Szene abgeglitten und ließ sich weder von Lehrern noch den Eltern etwas sagen.

»Die Pubertät ist also ausgestanden?«, fragte Hanna lachend.

Bialas nickte. »Dafür bleibt Alexander wohl in ihr stecken. Er wird bald achtzehn und benimmt sich immer noch wie ein Fünfzehnjähriger.«

»Und das bedeutet?«, wollte Hanna wissen.

»Dass er sich einigelt in seinem Zimmer. Ich dachte ja, schlimmer als bei Svenja kann es nicht kommen. Sie war aufmüpfig, hat provoziert. Aber das hat einem wenigstens einen Ansatzpunkt gegeben, um in Kontakt mit ihr zu kommen. Alexander kapselt sich ab und erzählt nichts. Er geht in sein Zimmer und macht Computerspiele. Und das, obwohl er aufs Abi lernen sollte.«

»Jungs brauchen oft länger«, sagte Hanna. Auch Jochen, ihr Zweiter, hatte sich lange Zeit ihr gegenüber total verschlossen. »Man muss kontrollieren, was es für Computerspiele sind. Und auch konsequent etwas tun, wenn das irgendwie gewaltverherrlichend oder sexistisch ist. Aber ansonsten: Gib ihm Zeit bis einundzwanzig. Da tut sich oft noch viel.«

Sie waren mittlerweile an eine Wegkreuzung gelangt, bei der sie nur noch links hinunter ins Tal oder rechts tiefer in den Wald hinein gehen konnten. Die Sonne stand bereits sehr niedrig und würde bald hinter dem Bergkamm auf der anderen Seite des Tals verschwinden.

»Lass uns umkehren«, sagte Bialas. »Und jetzt erzählst du von dir. Was hast du auf dem Herzen? Du siehst erschöpft aus.«

Hanna seufzte. Einen Moment brauchte sie, um sich auf den Themenwechsel einzustellen. Dann erzählte sie. Unstrukturiert und ohne Konzept, so wie es ihr in den Sinn kam.

Von Ludger Behrends und der angesägten Spurstange. Von der Real-Vermögensberatung. Von Sabrina Mayer und Johannes Gremmelsbacher. Von den unlauteren Praktiken bei der RVB mit fondsgebundenen Lebensversicherungen. Von den geprellten Kunden des Finanzunternehmens. Von Patrick Ascher und dem Mobbing gegen ihn, seiner Spielsucht und der Festnahme. Sie erzählte von dem zweiten Unfall am Vortag, über Karlheinz Kienle und die abermals angesägte Spurstange. Von der schwierigen Spurenlage und den bisherigen Ergebnissen der kriminaltechnischen Untersuchungen.

Bialas hörte lange nur zu. Dann zog er ein großes Stofftaschentuch aus der Hosentasche. Er rieb sich die Nase mehr, als dass er sie putzte. Seine Spürnase tritt in Aktion, dachte Hanna. Es war eine seltsame Angewohnheit ihres Chefs, immer dann, wenn sein kriminalistischer Spürsinn gefragt war, dieses Taschentuch hervorzuholen und sich die Nase zu rubbeln. Hanna war überzeugt davon, dass Bialas für bestimmte Dinge im wahrsten Sinne des Wortes einen Riecher hatte.

Er stellte zunächst nur Fragen. Dann kamen sie gemeinsam in diesen Prozess, der Hanna bei diesem Fall so sehr gefehlt hatte: Sie spielten sich die Bälle zu, spekulierten und stellten Hypothesen auf.

»Was ist das für ein Täter«, fragte Bialas. »Er schleicht sich nachts in eine Garage. Er bricht sie nicht auf. Beide Male öffentlich zugängliche Garagen.«

»Aber man muss sie erkunden, um zu wissen, wie man reinkommt«, fügte Hanna hinzu. »Und wahrscheinlich hat er auch darauf geachtet, dass man die Geräusche im Haus nicht hören kann.«

»Also keine spontane Geschichte. Er muss die Sache vorbereiten.«

»Auf jeden Fall. Er hat wahrscheinlich einen Wagenheber und auf jeden Fall eine Metallsäge bei sich. Er oder vielleicht auch sie?«

»Wie groß oder schwer ist so eine Metallsäge?«, fragte Bialas.

»Etwa so wie eine größere Handbohrmaschine.«

»Könnte also durchaus auch von einer Frau gehandhabt werden?«

Hanna nickte.

»Hat Wildermuth Fingerabdrücke gefunden?«

»Nicht am Fahrwerk oder am Unterboden der Fahrzeuge«, antwortete Hanna. »Wischspuren ja. Wahrscheinlich hat der Täter oder die Täterin Handschuhe getragen.«

»Er oder sie bereitet sich also vor. Dann schleicht er in die Garage, bockt den Wagen hoch, legt sich auf den kalten Boden und sägt die Spurstange an. Der Täter muss also etwas von Autos verstehen. Er muss wissen, welche Funktion die Spurstange hat und was passiert, wenn sie bricht«, spann Bialas den Faden weiter. »Aber was ist seine Absicht? Mord?«

»Wann so eine Spurstange wirklich bricht, scheint überhaupt nicht berechenbar zu sein«, informierte ihn Hanna. »Wenn unser Opfer Nummer zwei gestern nicht über eine Schaufel gefahren wäre, dann hätte er noch eine ganze Weile mit der angesägten Stange herumfahren können. Vielleicht wäre es dann passiert, wenn er mit hundertsechzig Sachen auf der Autobahn unterwegs gewesen wäre. Dann wäre er wahrscheinlich nicht so glimpflich davongekommen. Andererseits könnte Ludger Behrends noch leben, wenn er nicht gerast wäre wie ein Irrer.«

»Also keine sichere Mordmethode, aber der Tod wird billigend in Kauf genommen«, folgerte Bialas. Er zückte wieder sein Taschentuch und rieb sich die Nase. »Klingt für mich nach Rache. Eine emotional getriebene Rache. Hass, Vergeltung – so etwas in der Art. Wenn der Täter die beiden wirklich aus dem Weg räumen wollte, um sich damit irgendeinen Vorteil zu verschaffen oder ein Problem zu beheben, dann hätte er doch eine sichere Methode gewählt. Oder?«

Hanna zuckte mit den Schultern: »Vielleicht hatte er keine anderen Mittel. Vielleicht hat er aber auch die Gefährlichkeit falsch eingeschätzt. Vielleicht wollte er nur Denkzettel verteilen.«

»Und das alles würde auf euren bisherigen Hauptverdächtigen passen?«, fragte Bialas.

»Es würde sehr gut passen.« Hanna nickte. »Aber eben nur in Bezug auf Ludger Behrends. Eine Verbindung zu Karlheinz Kienle haben wir bisher noch nicht gefunden.«

»Was für Verbindungen könnte es geben?«, überlegte Bialas und brachte wieder sein Taschentuch in Aktion. »Könnte die Spielsucht von diesem Ascher ein Ansatzpunkt sein? Vielleicht hat er an Kienle viel Geld verloren.«

»Kienle spielt nicht. Das hat mir seine Frau glaubhaft versichert.«

»Oder Ascher hat bei der WB-Südbank einen Kredit laufen, oder ein Konto überzogen. Irgendeine Geldgeschichte, die ihn zusätzlich in die Bredouille bringt.«

Das hatte Gaßmann doch schon gecheckt, erinnerte sich Hanna. »Hat er nicht. Und außerdem: Kienle und seine Abteilung betreuen nur richtig reiche Leute. Mit so armen Schluckern wie Patrick Ascher hat der nichts zu tun.«

»Und wenn Ascher nicht der Täter ist?«, fragte Bialas. »Wer käme noch in Frage?«

»Luca hat die These aufgestellt, dass der Täter etwas gegen die Besitzer dicker Autos hat.«

»Eine Dodge Viper und eine Mercedes E-Klasse«, sinnierte Bialas. »Für mich sind das sehr unterschiedliche Statussymbole. Da müsste man mal einen von den Fallanalytikern beim LKA fragen, ob das ein und derselbe Typ sein kann, der die auf dem Kieker hat.«

»Was mich etwas stört bei der These«, sagte Hanna nachdenklich, »ist die örtliche Distanz der beiden Tatorte. Einmal die Gaußstraße beim Kräherwald. Und dann Sillenbuch. Das ist praktisch vom einen Ende der Stadt zum andern. Und beide Male sind die Tatorte in sehr ruhigen Wohngegenden ohne Durchgangsverkehr. Kann das reiner Zufall sein, dass der Täter diese beiden Autos ausgesucht hat?«

»Vielleicht kennt er die Wagen aus einem anderen Zusammenhang. Und hat die Besitzer heimlich verfolgt. Habt ihr mal überprüft, in welcher Autowerkstatt die Opfer ihre Wagen hatten?«

Hanna schüttelte den Kopf. Daran hätte sie fast nicht gedacht. Das musste sie unbedingt sofort veranlassen.

»Oder es gibt andere Berührungspunkte. Ein Handwerker, der bei beiden mal zugange war. Oder ein Pizzaservice, den beide bestellt haben.«

Hanna nickte und seufzte. Da lag sehr viel mühsame Kleinarbeit vor ihnen. »Werden wir alles abklopfen.«

»Weitere mögliche Täter.« Bialas war richtig in seinem Element.

»Die Leute, die bei der Real-Vermögensberatung ihr Geld verloren haben. Durch diese komischen Lebensversicherungen. Auf die hat sich Dieter Schwandtner versteift. Luca hält es für unwahrscheinlich. Er meint, die Leute seien zwar stinksauer. Aber die gehen in die Offensive. Mit einem Rechtsanwalt. Sie wollen vor allem ihr Geld zurück. Ob da einer eine Verbindung zu Karlheinz Kienle hat, haben wir auch noch nicht rausgekriegt.« Hanna überlegte einen Moment. »Es muss aber bei der RVB noch weitere Geschädigte geben. Die über andere Finanzgeschichten wohl auch viel Geld verloren haben. Das habe ich bei den bisherigen Ermittlungen immer wieder mal rausgehört. Das Problem ist, dass man weder bei der WB-Südbank noch bei der RVB kooperativ ist, was die Kundennamen angeht. Ich wollte eigentlich mal mit Frenzel reden, welche rechtlichen Möglichkeiten wir da haben, aber das hat auch noch nicht geklappt.«

»Friedebald Frenzel.« Bialas' Mundwinkel ging leicht nach oben. »Hat er den Fall? Na, das ist doch prima.«

Hanna verzog das Gesicht: »Wäre prima. Wenn er Zeit hätte. Es sieht so aus, als ob er in Arbeit ertrinkt. Er hatte bisher noch nicht eine Gelegenheit, den Fall mit mir zu besprechen.«

Sie waren mittlerweile wieder bei der Klinik angekommen. Hanna holte rasch die schmale Akte aus dem Auto, die sie für Bialas vorbereitet hatte. Dann gingen sie in die Cafeteria im Hauptgebäude. Sie waren zügig marschiert und daher gut durchwärmt. Doch mit dem Schwinden des Sonnenlichts war es wieder recht kalt geworden. So war Hanna dankbar für die große Tasse Kaffee, die Bialas ihr spendierte.

Der Chef blätterte die Kladde kurz durch. »Das führe ich mir heute Abend in aller Ruhe zu Gemüte«, sagte er und legte die Papiere zur Seite. »Sag mal, Hanna«, fragte er dann, »da kommt sehr viel Arbeit auf euch zu. Hast du genügend Leute?«

Hanna wurde es plötzlich wieder sehr schwer ums Herz. Nicht genügend und nicht die Richtigen, dachte sie und sagte: »Eigentlich nicht. Aber momentan klemmt es irgendwie überall. Eine junge Kollegin vom Kriminaldauerdienst ist dabei. Sie ist fleißig, aber unerfahren. Mehr Kollegen wollten die jetzt übers Fastnachtswochenende nicht loseisen. Die Leute von der Wirtschaftskriminalität lassen mich auch hängen. Wenn die Geschichte dann doch mit Geldanlagen zu tun hat, bräuchten wir dringend finanzwirtschaftliche Expertise. Bei diesen fondsgebundenen Lebensversicherungen habe ich Stoevesandt angerufen, und er hat Nicole Marinescu vorbeigeschickt. Das war eine große Hilfe. Sie blickt echt durch.«

»Und aus dem Dezernat, wen hast du da?«, fragte Bialas.

»Alle außer Drexler.«

Bialas sah sie prüfend an. »Was ist los?«

Einen Moment überlegte Hanna. Dann schüttete sie ihrem Chef das Herz aus. Luca hatte Liebeskummer und war nicht bei der Sache. Rolf Gaßmann war gar nicht schlecht, wenn es darum ging, die finanziellen Verhältnisse von Leuten zu überprüfen, und bekam depressive Schübe, sobald es mehr wurde. Otto war wie immer. Und die KTU brauchte ewig und lieferte keine Resultate.

»Wer macht deine Stellvertretung?«

»Dieter.«

Bialas zog finster die Brauen zusammen. »Kommst du mit ihm klar?«

»Nein.« Hanna schüttelte energisch den Kopf. »Überhaupt nicht. Aber Franz wollte es so. Schwandtner wirft mir permanent Knüppel zwischen die Beine. Zu allem, was ich tue oder sage, gibt er seine zynischen Kommentare ab. Er war ja schon immer schwierig. Aber jetzt, Andreas, jetzt ist er ein echter Kotzbrocken. Er hat sich in den Kopf gesetzt, dass ich unfähig bin und auf dem falschen Platz. Heute in der Soko-Sitzung hat er es offen ausgesprochen. Er hat mich aufgefordert, die Leitung der Soko abzugeben, weil ich es nervlich nicht durchstehe.«

Bialas schaute verärgert drein. Einen Moment lang überlegte er. »Du darfst dir von ihm auf keinen Fall das Heft aus der Hand nehmen lassen«, sagte er dann mit Nachdruck. »Dieter muss man eisern führen. Sonst bekommt er den Größenwahn. Lass dir nichts von ihm gefallen. Gib ihm eine klar umrissene Aufgabe. Er ist ein guter Kriminalist. Aber er kann kein Team führen. Du musst ihn deshalb aus den zentralen Führungsaufgaben raushalten.«

»Franz hat ihn zu meinem Stellvertreter gemacht, Andreas«, warf Hanna ein.

»Das ist egal.« Bialas winkte kategorisch mit der Hand ab. »Du musst die Sonderkommission führen. Und das geht nicht, wenn du ständig in Machtkämpfe mit einem Dieter Schwandtner verstrickt bist. Ich kenne ihn, glaub mir. Es hat lange genug gedauert, bis er es aufgegeben hat, mir zu beweisen, dass er der bessere Dezernatsleiter wäre. Du musst ihm klare und eindeutige Anweisungen geben. Und Rechenschaft fordern, dass er sie befolgt hat. Und, Hanna …« Bialas beugte sich zu ihr vor und sah sie eindringlich an. »Wenn er auch nur die kleinste Widersetzlichkeit zeigt – sei es, dass er etwas nicht tut, was er sollte, sei es, dass er etwas tut, was er nicht soll – dann melde es sofort an Franz. Wenn Franz Kallinger etwas nicht leiden kann, dann ist es die Missachtung von Hierarchien und Rangordnungen. Du musst dich da absichern.

Wenn's gar nicht mehr anders geht, dann mach einen Eintrag in die Personalakte. Hab ich bei Dieter auch mal gemacht. Damals hat's geholfen.« Bedächtig zog er wieder sein Taschentuch heraus. Einen Moment lang schwieg er und rieb sich die Nase. »Und dann brauchst du mehr Unterstützung. Auf jeden Fall mehr Leute. Und die Richtigen ...« Dann holte er aus seiner Jackentasche sein Handy hervor. »Warte mal«, sagte er nur und wählte eine Nummer.

»Hallo Gerd«, meldete er sich, als das Gespräch angenommen wurde. »... mir geht es gut. In einer Woche kann ich wohl wieder nach Hause. Dann sollten wir mal wieder in den Schellenturm gehen, auf ein Glas Wein. Dann kann ich mehr dazu sagen. Jetzt habe ich Hanna Stankowski hier bei mir. Und die sitzt ziemlich in der Tinte. Die Kollegen von der Wirtschaftskriminalität bei uns im Präsidium lassen sie hängen. Nachwirkungen der Finanzkrise ... Ihr auch? Vielleicht könnt ihr Hanna aber doch ab und zu unter die Arme greifen. Deine Nicole Marinescu war offenbar schon eine Hilfe ... genau, das ist der Fall mit der angesägten Spurstange. Und es gibt einen weiteren Fall ...« Bialas schilderte kurz, was nun dem Anlageberater der WB-Südbank Karlheinz Kienle widerfahren war.

Sieh an, dachte Hanna, sind die beiden also mittlerweile per du. Dabei war das Verhältnis zwischen Andreas Bialas vom Präsidium und Gerd Stoevesandt, dem Leiter der Wirtschaftskriminalität beim Landeskriminalamt, keineswegs immer so unproblematisch. Sie erinnerte sich noch gut an die aufgezwungene Zusammenarbeit, bei der sich Bialas widerwillig dem LKA-Kollegen unterordnen musste.

Stoevesandt schien höchst interessiert an der Geschichte. Immer wieder stellte er Zwischenfragen, die Bialas, so gut er konnte, beantwortete. »Weißt du was?«, sagte er schließlich. »Ich gebe sie dir mal selbst.« Damit reichte er Hanna das Telefon.

»Ich muss mich bei Ihnen entschuldigen«, hörte Hanna die sonore Stimme mit der norddeutschen Sprachfärbung, kaum dass sie sich begrüßt hatten. »Sie wissen hoffentlich, dass ich nicht immer so kurz angebunden bin. Es war eine ungute Situation. Aber wie ich mitbekommen habe, konnte Nicole Ihnen helfen. Sagen Sie« – Stoevesandt klang elektrisiert – »welche Funktion hat dieser Kienle genau bei der WB-Südbank?«

Hanna gab ihm die gewünschten Informationen.

»Also Leiter des Privatkundengeschäfts? Dann untersteht er direkt dem Vorstand. Jens Mönchhofer müsste dann sein direkter Vorgesetzter sein.« Stoevesandt kannte sich offenbar gut aus mit den Verhältnissen bei der Südbank.

»Doktor Jens Mönchhofer«, sagte Hanna. »Darauf legt er größten Wert. Ich habe den Herrn heute schon kennengelernt.«

Stoevesandt lachte: »Ja, ich weiß. Er ist sehr überzeugt von seiner Wichtigkeit. Können Sie einschätzen, welches Verhältnis Kienle und Mönchhofer zueinander haben?«

»Kein besonders gutes«, informierte Hanna und erzählte von der spontanen Reaktion Kienles, als sie ihn fragte, wer ihm denn vielleicht schaden wolle.

Das Interesse bei dem LKA-Kollegen stieg spürbar weiter an. »Wissen Sie was?«, sagte Stoevesandt. »Wir haben ja schon einmal recht gut mit unterschiedlichen Zielen zusammengearbeitet. Mir scheint, das könnte wieder klappen. Wie sieht es aus? Wann werden Sie die nächste Soko-Besprechung haben? Ich möchte auf jeden Fall dabei sein. Dann sehen wir, wie wir Ihnen behilflich sein können. Und vielleicht können Sie auch mir helfen.«

Hanna überlegte kurz, wie sie die Abläufe am nächsten Tag organisieren müsste, und legte dann den Termin für die nächste Sitzung auf den späten Vormittag fest. Sie spürte plötzlich so etwas wie Erleichterung. Die Anwesenheit des Leiters der Wirtschaftskriminalität beim LKA würde auch ihr Standing gegenüber Dieter Schwandtner stärken. Gerd Stoevesandt war mit etwas über sechzig Jahren und einer Karriere mit vielen verantwortungsvollen Positionen eine natürliche Autorität. Seine Erfahrung, seine nordisch-noble Art und die Gelassenheit, mit der er auch in schwierigen Situationen agierte, machten ihn fast unangreifbar. Dass Stoevesandt ihr gegenüber den größten Respekt zeigen würde, dessen war sich Hanna sicher. Und Schwandtner würde kaum wagen, in seiner Anwesenheit seine üblen Attacken gegen sie zu starten.

Plötzlich klingelte ihr Handy. Hanna fuhr regelrecht zusammen. Jetzt ist etwas passiert und ich müsste im Präsidium sein, war der Gedanke, der sie durchfuhr. Doch es war Friedebald Frenzel. Ohne Begrüßung und Vorwort setzte der Staatsanwalt zu einem Wortschwall an: »Frau Stankowski, ich hab's geschafft. Sie glauben ja gar nicht, was für eine harte Nuss so ein Oberstaatsanwalt sein kann. Apropos ›Nuss‹: Sagt die eine Nuss zur andern: ›Du hast dich ja mächtig in Schale geworfen.‹ Hahaha. Also, ich habe sie geknackt, die Nuss. Ich bin freigestellt. Was sagen Sie dazu?«

Hanna verstand nicht gleich: »Freigestellt von was?«

»Für was! Sie müssen fragen: Für was? Nämlich für den Fall ›Spurstange‹ und Ihre Sonderkommission! Ich muss noch ein paar Kollegen ärgern und ihnen meine sonstigen Fälle aufs Auge drücken. Die werden nicht gut zu sprechen sein auf Ihren Spurstangensäger. Das können Sie dem ruhig sagen, wenn Sie ihn denn mal erwischt haben. Von uns hat gerade niemand wirklich Langeweile. Aber wie gesagt, ich bin ab sofort nur noch für Sie da, Frau Stankowski. Ich sage Ihnen, das einzige Argument, das gezogen hat, war: Was, wenn es jetzt einen weiteren Banker trifft? Da ist es dem leitenden Oberstaatsanwalt doch ein bisschen mulmig geworden. Ein Psychopath, der die Finanzhaie ausmerzen will. Keine angenehme Vorstellung. Kennen Sie den Unterschied zwischen Bankern und Terroristen? Nein? Terroristen haben Sympathisanten …«

Frenzel lachte aus vollem Halse, und Hanna sah im Geist seinen Bauch wackeln. Auch ihr war ein klein wenig fröhlich zumute. Vor allem aber, weil sie spürte, wie ihr einer der Steine vom Herzen fiel. Also konnte nun auch der Staatsanwalt endlich eine Unterstützung für sie sein. Sie vereinbarte auch mit ihm, dass er bei der nächsten Besprechung der Sonderkommission auf jeden Fall anwesend sein würde.

5

Hanna fühlte sich beschwingt, als sie Andreas Bialas verließ. Der hatte ihr eingeschärft, dass sie sich jederzeit an ihn wenden konnte. »Abends ab sieben bin ich immer für dich da. Voraussichtlich lassen sie mich nächstes Wochenende nach Hause. Ich mache dann ein ambulantes Programm weiter. Du bekommst auf jeden Fall Bescheid, wann du mich dann erreichen kannst. Und wenn die Soko zum Dauerbrenner werden sollte – was ich dir nicht wünsche –, dann bin ich spätestens in drei Wochen wieder an Bord.«

Auf dem Weg nach Stuttgart hängte Hanna das Handy an die Freisprechanlage. Zuerst rief sie Otto Obermayer an. Der hatte mittlerweile ohne Probleme das Mobiltelefon und eine private Adressliste von Karlheinz Kienle bekommen. Außerdem war Marietta Kienle auf dem Weg ins Präsidium, um auch ihr Telefon abzugeben. Es würde noch einige Zeit in Anspruch nehmen, die Daten mit den Kontakten von Ludger Behrends zu vergleichen. Aber immerhin hatten sie dafür eine Basis.

Dann versuchte Hanna Luca zu erreichen. Am Festnetztelefon auf dessen Schreibtisch meldete sich Rolf Gaßmann. Der eierte herum und verriet schließlich, dass Luca bereits am frühen Nachmittag nach Hause gegangen war. Gaßmann selbst war auf Anweisung von Schwandtner nach wie vor damit beschäftigt, Bankauskünfte der RVB-Kunden einzuholen, die gegen den Finanzberater klagen wollten.

»Rolf, sag mir doch mal bitte, wer die Leitung dieser Sonderkommission hat?« Hannas Stimme klang viel mehr resigniert als ärgerlich.

»Ich weiß schon. Aber was soll ich denn machen, wenn Dieter kommt und sagt, er braucht das sofort?«, erwiderte Gaßmann weinerlich.

Es hatte keinen Wert. Sie musste das mit Schwandtner direkt ausfechten. Gleich morgen früh würde sie sich den renitenten Kollegen vorknöpfen.

Hanna beschloss, nicht mehr zurück zum Präsidium zu fahren. Der Verkehr war nun dicht und stockte immer wieder. Es gab nichts, was nicht warten konnte. Und es gab nichts, was sie in ihrem jetzigen Zustand noch sinnvoll erledigen konnte. Sie brauchte einfach eine Atempause.

Zuhause ging sie ins Wohnzimmer an das Bücherregal. Sie suchte den blauen Band, der ihr vor etlichen Jahren einmal durch Zufall in die Hände gefallen war. Sie war damals schon recht gefestigt und trat im Kontakt mit Kollegen und den diversen »Kunden« scheinbar selbstsicher auf. Doch dieses Buch berührte sie stark. Sie hatte es in einem Zuge gelesen und über Jahre hinweg immer wieder etwas nachgeschlagen. »Die etwas gelassenere Art, sich durchzusetzen. Ein Selbstbehauptungstraining für Frauen« war der Titel. Und sie hatte bei sich selbst festgestellt, wie oft auch sie doch die typischen weiblichen Verhaltensweisen draufhatte. Wie oft sie freundlich blieb, obwohl sie sauer war. Wie oft sie ihr Licht unter den Scheffel stellte und nicht alltägliche Leistungen für das Normale hielt, für das sie schließlich bezahlt wurde. Und wenn etwas schiefging, dann sagten die Männer »Hoppla« und gingen zur Tagesordnung über, während sie sich weitschweifig erklärte und entschuldigte.

Da stand es. Sie hatte es gefunden und zog es heraus, mit seinen Eselsohren und Fettflecken. Sie machte sich in der Küche einen kleinen Snack, setzte sich mit Essen und Buch ins Wohnzimmer und las. Dreimal las sie die »Anleitung zur Muthaltung« und das »ABC der Beharrlichkeit«, bevor sie zu Bett ging.

Samstag, 13. Februar 2010

1

»Guten Morgen, Frau Stankowski. Sie sollen gleich mal zu Kallinger gehen«, begrüßte sie der Kollege an der Pforte des Präsidiums.

Sie wollte noch kurz ein paar Unterlagen holen. Da wartete Luca bereits vor ihrer Bürotür: »Morgen, Hanna, ich muss dich kurz sprechen.«

Hanna schloss auf und bat ihn herein. »Was gibt's?«

Luca setzte sich einen Moment, um gleich wieder aufzuspringen und unruhig im Zimmer auf und ab zu gehen. »Also …« Er blieb vor Hanna stehen, die Arme in die Seite gestemmt. »Ich habe gestern meine Ex quasi rausgeschmissen. Ich habe ihre Sachen zusammengepackt. Alles, jeden Slip und jeden Lippenstift. Ich habe sie geschnappt und zu ihren Eltern gebracht.« Er begann wieder in Hannas Büro herumzutigern.

»Setz dich und erzähle«, wies sie ihn an.

Luca setzte sich brav und fuhr sich durch das dichte schwarze Haar: »Ich habe ihren Eltern alles erzählt. Von den ständigen Anrufen. Von den Panikattacken. Von den Drohungen, dass sie sich umbringen will. Ich hab denen gesagt, dass sie in eine ärztliche Behandlung muss, und zwar sofort. Und dass sie sich darum kümmern müssen. Dass ich keine Verantwortung mehr für sie übernehmen kann.

Ob die Mutter das kapiert hat, weiß ich nicht. Ich glaube, die ist selbst ein bisschen gaga. Aber der Vater, ich glaub, der hat schon verstanden, dass es ziemlich ernst ist. Und ich hab ihr klipp und klar gesagt, dass die Beziehung zu Ende ist. Sie ist dann wieder ausgeflippt, vor ihren Eltern. Aber das war mir ganz recht. Sollten die ruhig mal sehen, wie das ist.

Ich habe auch gesagt, dass sie mich nicht mehr anrufen darf. Notfalls brauch ich 'ne andere Nummer.« Er sackte etwas in sich zusammen und sah plötzlich sehr traurig aus. »Glaub mir: Leichtgefallen ist mir das nicht. Aber ich hab reinen Tisch gemacht. Die Nummer ist zu Ende.«

»Willkommen zurück auf der Brücke des Raumschiffs Enterprise«, sagte Hanna und lächelte. Ein weiterer Stein rutschte sacht von ihrem Herzen. »Dann mal wieder an die Arbeit.«

»Befehl ›An die Arbeit‹ wird ausgeführt, Captain Janeway!« Luca lächelte wehmütig und stand auf. »Ich bin wieder an Bord, Hanna. Du kannst dich auf mich verlassen.«

2

Franz Kallinger ließ sie dieses Mal stehen, als Hanna sein Büro betrat. Er selbst blieb breit in seinem Bürosessel sitzen. Also wollte er es kurz machen. »Ihr könnt in die Konferenzräume im zweiten Stock. Dass die Sonderkommission Vorrang hat, sieht selbst der Präsident ein. Am besten, ihr zieht so schnell wie möglich ein und organisiert euch da unten.«

Hanna war erleichtert: »Das ist sehr gut. Wir brauchen nämlich auch einfach mehr Leute, Franz. Vielleicht kannst du doch noch mal in den anderen Inspektionen nachhaken.«

Kallinger nickte und machte sich eine Notiz. »Gibt es sonst Neuigkeiten?«

Hanna schüttelte den Kopf. »Wir müssen sämtliche Kontakte und die gesamte Berufs- und Privatsphäre der beiden Opfer abgleichen. Irgendwo muss es eine Verbindung geben. Das Schlimmste, was uns passieren könnte, wäre ein Psychopath, der sich völlig willkürlich irgendwelche Leute oder Autos rauspickt.«

»Und wie schätzt Dieter die Sache ein?«

Hanna war wie vom Donner gerührt. Reichte dem Chef ihre eigene Einschätzung nicht? Sollte er Schwandtner doch selbst fragen. Jetzt nicht hysterisch werden, dachte sie dann. In die Muthaltung gehen! Sie richtete sich auf, entspannte bewusst die Schultern, ließ sie locker absinken und verschränkte die Arme vor der Brust. Tief durchatmen, Hanna, gleichmäßig atmen bis tief in den Bauch. Und gut überlegen, was du jetzt sagst. Du kannst dir Zeit lassen mit der Antwort!

Kallinger sah sie perplex an. Was Schweigen manchmal doch für eine erstaunliche Wirkung hatte.

»Dieter Schwandtner«, begann Hanna langsam, »gibt Anweisungen an die Kollegen, ohne dass ich etwas davon weiß.« Sie machte wieder eine Pause und genoss den verständnislosen Blick des Chefs. »Er ignoriert klare und eindeutige Aufträge von mir, auch nachdem ich das angemahnt habe. Es bleiben Aufgaben liegen, die ich für absolut vorrangig halte. Wenn das so weitergeht, muss ich dich bitten, ein ernstes Wort mit ihm zu sprechen.«

Kallinger verzog bekümmert das Gesicht und fuhr sich mit der schweren Hand über die Glatze. »Dass er manchmal einfach so rechthaberisch ist … Trotzdem: Ich will, dass ihr euch absprecht. Kriminalistisch ist er einfach gut.«

Hanna wollte etwas erwidern. Schließlich war es Schwandtner, der Probleme mit dem Absprechen hatte. Doch sie ließ es. Einen ersten Pflock hatte sie bei Kallinger gesetzt, und wenn sie nicht alleine mit Dieter fertig werden würde, konnte sie immer noch nachlegen.

»Ach ja, Hanna, und du sollst dich gelegentlich mal bei der Öffentlichkeitsarbeit melden. Da gibt's eine Zeitungsmeldung über den Unfall von Kienle, zu der die Fragen haben.« Das Läuten seines Telefons beendete die kurze Audienz. Er griff nach dem Hörer und verabschiedete Hanna mit einem Wink der andern Hand.

Sie verließ den Chef mit gemischten Gefühlen. Der Ärger über dessen Misstrauen in ihre kriminalistischen Fähigkeiten kam langsam erst richtig hoch. Doch zugleich war sie höchst zufrieden über ihre Reaktion. Sie hatte sich im Griff gehabt.

3

Hanna arbeitete nun mit Hochdruck. Trotzdem kam es ihr vor wie ein Aufbruch und Neuanfang. Sie trommelte die Mitarbeiter der Soko zusammen. Der Umzug in die Krisenstabsräume im zweiten Stock musste organisiert werden. Hanna wusste aus Erfahrung, dass da meist viel mehr dranhing, als man auf den ersten Blick annahm. Büroräume mussten zugeteilt werden. Die vielen Aktenordner, die bereits zusammengekommen waren, mussten hinuntergebracht und so geordnet werden, dass jeder finden konnte, was er suchte. Die EDV musste eingerichtet werden, sodass jeder von ihnen auch am neuen Arbeitsplatz Zugriff auf alle notwendigen Datenbanken und E-Mail-Accounts hatte. Hanna beauftragte Luca mit der Organisation des Ganzen. Der war wie ausgewechselt: »Okay, Captain Janeway, dann werden wir die Brücke des Präsidenten-Raumschiffs mal entern.«

Um zehn Uhr stand Friedebald Frenzel auf der Matte. Der Staatsanwalt trug heute keinen seiner zerknitterten, schlecht sitzenden Anzüge, sondern gepflegte Jeans und einen dunkelblauen Feinstrickpullover, aus dem ein weißer Hemdkragen hervorlugte. Er wirkte so fast seriöser als mit seinen quietschebunten Krawatten. Dreimal entschuldigte er sich dafür, dass er Hanna bisher so sträflich hatte hängen lassen. »Ich weiß, ich hätte mich längst mit Ihnen besprechen müssen. Und Ihnen ein bisschen den Rücken stärken. Sie haben's ja ohnehin gerade nicht leicht mit Ihrem Stellvertreter. Wissen Sie, welches Instrument am allerschwierigsten zu spielen ist? Die zweite Geige! Und die liegt Ihrem Herr Schwandtner ja nun überhaupt nicht.«

Er bat um einen festen Arbeitsplatz und begab sich in die neuen Räume der Sonderkommission, wo Luca ihm einen Schreibtisch zuteilen sollte.

Hanna wandte sich dem Problem zu, das ihr nach wie vor schwer im Magen lag. Sie wollte den Stier bei den Hörnern packen und mit Schwandtner reden. Sie rief ihn an und bat ihn zu sich.

»Das geht momentan gar nicht«, sagte der nur, ohne eine weitere Erklärung abzugeben.

Hanna stand von ihrem Bürostuhl auf und stellte sich gerade, den Hörer fest am Ohr. Sie atmete tief durch und versuchte langsam und gedämpft zu sprechen: »Du kommst jetzt sofort hierher. Das ist der Befehl der Leiterin der Sonderkommission, der du unterstellt bist.«

Schwandtner schwieg einen kurzen Moment, um dann zu sagen: »Du fährst ja ganz schöne Geschütze auf, Hanna. So, ein Befehl also. Ungewohnte Töne in unserem Dezernat.«

»Genau, ein Befehl. Der bei Nichtbefolgung zu einer Meldung an die Vorgesetzten führt.« Hanna riss sich so gut es ging zusammen, um wenigstens cool zu wirken.

Wieder überlegte Schwandtner einen Moment. »Na, dann werde ich dir den Gefallen eben mal tun«, meinte er schließlich herablassend.

Er brauchte dennoch eine ewige Zeit, um den Gang entlang an vier Türen vorbei aus seinem Büro in das von Hanna und Andreas Bialas zu gelangen. Gerade hatte Schwandtner den Raum betreten, da meldete sich Hannas Diensthandy. Sie sah am Display, dass es Wildermuth war. Es passte ihr ganz und gar nicht. Sie brauchte ihre ganze Kraft und Konzentration jetzt, um mit diesem Brutus fertig zu werden, der sich nachlässig an das Fenster lehnte und sie spöttisch ansah. Trotzdem nahm sie das Gespräch an. Ergebnisse aus der KTU konnten jetzt sehr wichtig sein.

»Hallo Hanna, ich habe mir die Dodge Viper noch mal vorgenommen«, berichtete Wildermuth ohne Umschweife. »Wir haben ja bei dem zweiten Fall, bei der Mercedes E-Klasse, deutliche Spuren eines Wagenhebers festgestellt. Schmutzabrieb, minimale Abschürfungen, eventuell Mikropartikel des Wagenhebers. Ich habe mir daher die Viper von Behrends noch mal vorgenommen. Wollte wissen, ob wir da auch noch Spuren des Wagenhebers finden. Die Zerstörungen sind leider so stark, dass die physikalischen Spuren kaum zuzuordnen sind. Aber ich habe an der Stelle biologische Spuren gefunden.«

»Was für biologische Spuren?« Hanna war hellwach. Biologische Spuren – das hieß auf Deutsch, dass es eine Chance gab, zu wertvollen DNA-Beweisen zu kommen.

»Hautzellen und ein bisschen Blut. Nicht sehr viel. Es sieht aus, als ob sich jemand eine leichte Schürfwunde zugezogen hätte. An die Stelle, an der wir die Spur gefunden haben, kommt man nach meinem Ermessen nur, wenn man unter den Wagen kriecht. Oder in einer Werkstatt. Aber da wir wissen, dass die Fahrzeuge in den jeweiligen Garagen angesägt worden sind …«

»Was können wir damit anfangen, Hans?«, unterbrach ihn Hanna.

»Die DNA-Analyse ist eine Sache von ein, zwei Tagen. Der Vergleich mit der DNA von Patrick Ascher eine Sache von Minuten. Außerdem haben wir in der Garage von diesem Kienle ein Haar gefunden, der Länge nach ein Kopfhaar. Es lässt sich keinem Hausbewohner zuordnen. Die Morphologie unterscheidet sich recht deutlich. Leider ist es nur ein telogenes Haar und hat keine Wurzel mehr. Ihr könntet es zum BKA schicken. Die haben dort vor einem Jahr eine Methode entwickelt, mit der sie auch aus ausgefallenen Haaren noch DNA-Sequenzen rausholen. Nur dauert das ziemlich lange.«

»Egal. Wir machen das.«

Endlich hatte sich an der kriminaltechnischen Front etwas getan. Jetzt würde sich endgültig zeigen, ob Patrick Ascher der Täter war oder ob sie ihn laufen lassen mussten.

Es war mittlerweile kurz vor halb zwölf, der Zeitpunkt, für den sie die Soko-Sitzung angesetzt hatte. Trotzdem: Sie wollte die Klärung mit Schwandtner jetzt.

»Setz dich«, wies sie Schwandtner an, der groß und schlaksig am Fenster lehnte und gelangweilt hinausblickte. Widerwillig zog er den Besucherstuhl ein ganzes Stück vom Schreibtisch weg und fläzte sich mit übergeschlagenen Beinen hin.

Hanna stand auf. Sie nahm eine aufrechte Haltung ein. Sie stellte sich vor, dass nicht ein Kollege, sondern irgendeiner dieser aufgeblasenen Ganoven vor ihr saß, die meistens gar nicht mehr so großmäulig waren, wenn sie in einem Vernehmungsraum in die Mangel genommen wurden. Da ließ sie sich ja auch nicht den Wind aus den Segeln nehmen.

Sie stellte sich so vor Schwandtner auf, dass genügend Abstand blieb und er doch zu ihr aufblicken musste. Wieder atmete sie tief durch und verschränkte die Arme vor der Brust. Dann sagte sie so ruhig und bestimmt, wie es ihr nur möglich war: »So, Dieter. Die Leiterin dieser Sonderkommission bin ich. Ich trage die Verantwortung für alles, was im Rahmen dieser Kommission geschieht.« Ihre Stimme zitterte ein wenig. Sie konnte nicht sagen, ob aus Unsicherheit oder aus Zorn. »Und ich werde nicht zulassen, dass in dieser Soko irgendjemand – egal wer – meine Anordnungen ignoriert oder außer Kraft setzt.« Jetzt klang ihre Stimme fest. »Habe ich mich deutlich ausgedrückt?«

Schwandtner sah sie süffisant lächelnd an und antwortete nicht.

Hanna blickte ihm fest in die Augen, so lange, bis er den Blick abwandte. »Noch einmal: Keine eigenmächtigen Anordnungen mehr von dir. Auch wenn du glaubst, du wärst der bessere Soko-Leiter. Ist das klar?«

Der Mann vor ihr zuckte die Schultern und sagte lapidar: »Wenn du meinst.«

»Ja, ich meine. Und zwar meine ich das so sehr, dass ich ein Protokoll unserer jetzigen Unterredung an Franz schicken werde. Dieses Protokoll wird auch enthalten, dass ich ab sofort bei jeder Eigenmächtigkeit von deiner Seite einen Eintrag in die Personalakte veranlassen werde.«

Schwandtner schüttelte den Kopf und sagte leise: »Musst du dich so aufplustern? Andreas hätte solche Kraftmeiereien nicht nötig.«

Hanna blieb die Luft weg. Sie war wieder kurz davor auszuflippen. Bleib ruhig; lass dich nicht provozieren; gib dir Zeit, betete sie sich wie ein Mantra selbst lautlos vor. Sie ging im Zimmer auf und ab und schwieg. Wie war das mit dem »ABC der Beharrlichkeit«? Sich auf keine Diskussion einlassen. Nicht die Worte des andern auseinandernehmen. Nur einfach immer wiederholen, was man selbst wollte. Wieder blieb sie vor Schwandtner stehen, nun ein bisschen näher. Der wollte ebenfalls aufstehen.

»Setz dich«, herrschte sie ihn an. Zum ersten Mal schien Schwandtner leicht beeindruckt zu sein. Tatsächlich setzte er sich brav.

»Es wird in dieser Sonderkommission klare Strukturen geben. Ich gebe Anweisungen. Du befolgst sie. Sonst hat es Konsequenzen. Und wenn du in deiner maßlosen Überheblichkeit noch so sehr glaubst, du könntest mir auf der Nase herumtanzen!« Sie wurde nun doch lauter.

Schwandtner blickte nun trotzig zum Fenster hinaus. Immerhin hatte sie ihn nun so weit, dass er nichts mehr erwiderte. Eine Weile herrschte angespanntes Schweigen zwischen ihnen beiden.

Hanna ging hinter ihren Schreibtisch, blieb aber weiterhin stehen.

»Du wirst dich um alles kümmern, was mit der Real-Vermögensberatung zu tun hat. Wer sind die Kunden? Was treiben die ehemaligen Kollegen von Behrends? Gibt es außer diesen fondsgebundenen Lebensversicherungen weitere Finanzgeschichten, die nicht ganz koscher sind? Das bearbeitest du in Eigenverantwortung. Gemeinsam mit Otto. Ich erwarte auf jeder Soko-Sitzung einen Bericht. Alles andere geht dich nichts, aber auch gar nichts an. Hast du das verstanden?«

Schwandtner lümmelte sich auf seinem Stuhl hin und her, stand dann auf und sagte »Na gut.« Es klang irgendwie höhnisch. Doch Hanna wusste, dass sie fürs Erste gewonnen hatte.

Nachdem sich die Tür hinter dem Mann geschlossen hatte, den sie langsam zu hassen begann, setzte sich Hanna an ihren Schreibtisch. Sie brauchte eine Verschnaufpause. Mit den Fingern rieb sie sich die Schläfen und die Stirn. Mein Gott, wie kräftezehrend waren solche Auseinandersetzungen. Und wie unsinnig.

Sie seufzte. Es half nichts. Auch wenn sie sich jetzt schon abgekämpft fühlte – es lag noch ein langer Arbeitstag vor ihr, und sie musste hinunter und die Soko-Sitzung leiten.

4

Hanna kam in ihrer gedrückten Stimmung plötzlich in eine fröhliche Atmosphäre, als sie den großen Konferenzraum ihres neuen Soko-Quartiers betrat. Da standen Friedebald Frenzel, Luca, Rolf Gaßmann und Otto Obermayer zusammen mit drei Beamten des Landeskriminalamtes. Frenzel ruderte mit den kurzen Armen in der Luft und lachte aus vollem Halse. Es sah fast aus, als würde er wie ein Gummiball auf und ab hüpfen. Die andern lachten, grinsten oder schmunzelten, je nach Temperament, ebenfalls. Wahrscheinlich hatte Frenzel gerade wieder eine Anekdote aus seinem unerschöpflichen Fundus zum Besten gegeben.

»Frau Stankowski«, freute sich Frenzel, »wir hatten's gerade von Schönheitsoperationen. Und von Ihrem Patrick Ascher. Der könnte es ja so machen wie der junge Mann, der einen Riesenberg Schulden hatte und zur Heiratsvermittlung gegangen ist und gefragt hat, ob er mal ein Bild von einer Dame mit hunderttausend Euro Barvermögen sehen könnte. Und wissen Sie, was der Heiratsvermittler gesagt hat? ›Bedaure, ab fünfzigtausend Euro zeigen wir keine Bilder mehr.‹« Und Frenzel kringelte sich wieder, als hätte er den Joke zum ersten Male gehört.

Auch Hanna musste lachen. Nicht, weil sie die Pointe so lustig fand. Sondern eigentlich, weil es sie amüsierte, dass ein Mensch so herzlich zweimal hintereinander über einen Witz lachen konnte, den er selbst erzählte.

Sie begrüßte die LKA-Kollegen mit Handschlag. Da war zunächst Gerd Stoevesandt. Der Leiter der Abteilung für Wirtschaftkriminalität war hochgewachsen und schmal. Sein ehemals blondes, kurzgeschnittenes Haar war mittlerweile fast silberweiß. Der Mann war Hanseat durch und durch. Er war gepflegt gekleidet mit einer klassischen Bundfaltenhose, einem feinkarierten Hemd und farblich abgestimmtem Sakko. Die klaren blauen Augen und der nordische Zungenschlag, den er trotz der vielen Jahrzehnte in Süddeutschland beibehalten hatte, ließen keinen Zweifel an seiner Herkunft. Sein Händedruck war trotz der feingliedrigen Finger angenehm fest.

Neben ihm stand Nicole Marinescu, mädchenhaft und scheu wie immer. »Schön, dass Sie auch da sein können. Wo haben Sie Ihre Kleine?«, fragte Hanna.

Ein Lächeln huschte über das Gesicht der zierlichen Frau: »Bei meinen Eltern. Da ist sie gerne, da wird man so schön verwöhnt. Ich werde heute Nachmittag etwas mit ihr unternehmen. Aber jetzt wollte ich dabei sein.«

Auch den dritten LKA-Kollegen kannte Hanna. »Guten Tag, ähm, Frau Stankowski«, begrüßte er sie und machte so etwas Ähnliches wie einen Diener. Es war ein unscheinbarer Mann ohne irgendwelche besonderen Merkmale und von undefinierbarem Alter. Er hatte sich kaum verändert, seit sie ihn das letzte Mal gesehen hatte. Nur das mausbraune Haar, das glatt am Kopf lag, schien an einigen Stellen noch dünner geworden zu sein. Und die alte dickrandige Hornbrille von einst hatte er gegen eine langweilige Metalleinfassung getauscht. Wahrscheinlich, weil die massigen Hornbrillen gerade wieder modern und die Metallgestelle völlig out waren. Die etwas aufgedunsene Figur, der leicht verpeilte Blick und die farblose Allerweltskleidung durften einen jedoch nicht darüber hinwegtäuschen, dass Kriminalrat Rudolf Kuhnert eine absolute Koryphäe in Sachen Finanzen und Steuern beim Landeskriminalamt war. Wenn Stoevesandt auch ihn mitgebracht hatte, das war Hanna klar, dann hatte das seine Gründe. Dann war er nicht nur aus Hilfsbereitschaft hier. Die LKA-Leute mussten in eigenen Ermittlungen stecken, für die sie hier auf Hinweise hofften. Solange man sich gegenseitig half – so wie damals –, sollte es Hanna recht sein. Das Trio ließ Erinnerungen lebendig werden: Der Fall Martschenko auf der Baustelle der Neuen Messe. Man war sich bei der aufgezwungenen Zusammenarbeit zwischen dem städtischen Polizeipräsidium und dem Landeskriminalamt zunächst nicht grün gewesen. Man hatte sich zusammenraufen müssen. Doch am Ende hatte sich diese Konstellation als Glücksfall für die Aufklärung erwiesen. Auch damals war Friedebald Frenzel der leitende Staatsanwalt gewesen. Nur einer fehlte jetzt: Andreas Bialas.

Hanna nahm die Leitung des Meetings in die Hand. Die Atmosphäre in dieser und in der letzten Soko-Sitzung hätte nicht unterschiedlicher sein können. Schon der Raum war nicht nur größer, sondern auch heller und freundlicher. Sie hatten hier alles zur Verfügung, was sie brauchten. Einen Beamer, ein riesiges Whiteboard, einen großen Breitwandbildschirm, Internetzugang, eine Telefon- und Konferenzanlage und was es sonst noch an Hilfreichem gab.

Vor ihr saß ein wacher, energiegeladener Luca, der ganz offensichtlich auch Rolf Gaßmann neben sich in eine zuversichtliche Stimmung versetzt hatte. Frenzel sah sie freundlich und erwartungsvoll an und schien nun wirklich bei dem Fall angekommen zu sein. Selbst die junge Kollegin vom Kriminaldauerdienst wirkte gelöst und heiter. Nur Schwandtner, der weit weg von Hanna Platz genommen hatte, sah mit verächtlicher Miene vor sich hin und mied den Blickkontakt. Doch Hanna fühlte sich wie König Artus, der endlich seine Ritter der Tafelrunde beieinander hatte.

Irgendwann stieß Franz Kallinger zu ihnen. Hatte er also die Soko nun endgültig zur Chefsache gemacht. Hanna war es recht. Ein weiterer Grund für Schwandtner, sich am Riemen zu reißen. Und es war nur gut, wenn der Inspektionschef bei diesem heiklen Fall auf dem Laufenden war.

Noch einmal trugen sie gemeinsam die bisherigen Erkenntnisse zusammen. Die Namen der Opfer, die Personen aus ihrem jeweiligen Umfeld, Notizen zur Art der Beziehung, Fakten aus Spurensicherung und KTU. Jeder im Raum brachte sich ein. Mit Details zu finanziellen Verhältnissen, zu Materialanalysen oder mit Ergebnissen aus den diversen Befragungen. Kallinger, Frenzel und die LKA-Kollegen stellten ab und an Fragen. Alleine Schwandtner schwieg eisern.

Hanna skizzierte alles auf dem Whiteboard. Um den Namen »Ludger Behrends« entstand ein umfangreiches Beziehungsgeflecht. Dem Opfer Karlheinz Kienle konnte nur eine Person zugeordnet werden: Dr. Jens Mönchhofer. Daneben die Notiz: »Sind sich nicht grün.« Von Patrick Ascher ging ein langer Pfeil zu Kienle. Darüber stand ein dickes Fragezeichen.

Solange sie keinen handfesten Beweis gegen Ascher hatten oder eine Verbindung zu Kienle auftauchte, musste ein Kriminalist in alle Richtungen denken. Also ging es jetzt doch um eine Hypothesenbildung. Nur so konnten sie die Ermittlungen planen, die notwendig wurden, wenn Ascher als Täter ausschied. Und Hanna hatte immer mehr das Gefühl, dass dem so war.

Sie trat ans Flipchart und schrieb darauf »Täterprofile«.

»Wir kennen Tathergang, Tatwerkzeug und teilweise den Zeitpunkt der Tat. Wo wir völlig im Dunkeln tappen, ist das

Tatmotiv. Bei Patrick Ascher zumindest in Bezug auf Kienle. Ich möchte jetzt, dass wir gemeinsam überlegen, welche Motive es geben könnte.«

Die Mannschaft zog mit. Sie spekulierten im Team, was einen Menschen angetrieben haben konnte, bei Nacht und in klirrender Kälte in zwei Garagen einzudringen und dort die Spurstangen anzusägen.

Ein Psychopath ohne Bezug zu den Opfern – das war die erste Hypothese. Ein Täter, der völlig willkürlich agiert. Es wäre der schlechteste Fall. Man kam solchen Verrückten nur schwer auf die Spur. Was jedoch dagegen sprach, waren die beiden Tatorte. Beides ruhige, relativ abgelegene Wohngebiete. Weit auseinander. Der Täter musste das Opfer irgendwie auswählen. Wo und nach welchen Kriterien? Warum machte der sich diese Mühe?

Sie waren sich einig, dass der wichtigste Ermittlungsschritt in einem solchen Fall eine Befragung der Anwohner in der Gaußstraße und in Sillenbuch rund um das Haus von Karlheinz Kienle war. Doch dafür brauchte man sehr viel mehr Leute.

»Ich habe noch mal mit dem Präsidenten und dem Chef der Einsatzhundertschaft gesprochen«, verkündete Franz Kallinger. »Ihr bekommt ab Montag noch zwei Kollegen vom Kriminaldauerdienst dazu. Und Leute aus der Hundertschaft, so viel ihr braucht.«

Als zweite Variante diskutierten sie, was Luca einmal ins Gespräch gebracht hatte: Ein Täter, der es auf teure Autos abgesehen hatte. Doch teure Schlitten standen in den Parkhäusern am Flughafen oder auch in der Innenstadt nächtelang herum. Warum sollte jemand da wieder diese Nachteile in Kauf nehmen – weit auseinanderliegende Tatorte, Garagen, die man erst mal auskundschaften musste?

Oder hatten sie es mit einem Banken-Hasser zu tun?

»Bei dem Imageverlust, den die Berufsgruppe durch die Finanzkrise hinnehmen muss, würde mich das überhaupt nicht wundern«, warf Gerd Stoevesandt ein.

»Dann müsste der Typ irgendwie mitbekommen haben, was für einen Beruf die beiden haben«, nahm Luca den Faden auf. »Er hat sie verfolgt und rausgekriegt, wo sie wohnen. Und ritsche-ratsche sägt er ihnen nachts die Spurstangen an.«

Dafür musste es aber einen Ort geben, an dem sich sowohl die Opfer als auch der Täter aufgehalten hatten. Weder Kienle noch Behrends waren in direktem Kundenkontakt wie etwa an einem Bankschalter. Sie überlegten, wo ein Täter mitbekommen haben konnte, was die beiden beruflich machten. Man würde fragen müssen, in welchen Gaststätten oder Sportstudios die beiden Opfer verkehrt hatten.

Doch mit großer Wahrscheinlichkeit hatte der Täter eine persönliche Beziehung zu den Opfern. Für diese These sprach, was bei den andern entgegenstand. Die Tatsache, dass es aufgrund der Wohnorte und Wohnsituation so aussah, als ob die beiden persönlich gemeint waren.

»Das heißt«, meinte Hanna »dass wir uns mit Volldampf dranmachen müssen, sämtliche Kontakte miteinander abzugleichen. Wir müssen möglichst viele Kontaktpersonen der beiden befragen, ob es irgendeinen auch noch so oberflächlichen Berührungspunkt aus dem Umfeld des jeweils anderen gibt.«

Sie diskutierten wieder Motive. Was, wenn der Täter durch die Opfer finanziell geschädigt worden war? Wenn Patrick Ascher noch als Täter in Frage kam, dann würde er auf jeden Fall in diese Kategorie fallen.

»Nur haben wir halt keine Hinweise darauf, dass er etwas mit diesem Kienle oder der WB-Südbank zu tun hatte«, warf Rolf Gaßmann ein. »Ich hab das ja mal überprüft. Er hat weder einen Kredit noch ein Konto bei denen.«

»Und Karlheinz Kienle ist Abteilungsleiter für die betuchten Bankkunden«, bestätigte Hanna. »Er hätte wohl kaum mit Ascher zu tun gehabt.«

»Na ja, vielleicht haben die ja noch andere aufs Kreuz gelegt«, meinte Luca. »Was ist denn mit diesen Leuten, denen Behrends die faulen Lebensversicherungen angedreht hat?«

»Sind das nicht auch eher Habenichtse?«, fragte Franz Kallinger. Er saß, die Hände über dem fülligen Bauch gefaltet, auf einem Stuhl des Konferenzraums, der fast zerbrechlich unter ihm wirkte. Nachdenklich kratzte er sich nun mit der großen Hand die Glatze. »Da stimmt etwas nicht für mein Empfinden. Auf der einen Seite die Kunden einer zwielichtigen Finanzberatung. Alles wohl eher einfache Leute. Und auf der andern Seite das Opfer aus der Führungsriege einer seriösen Landesbank. Und dann ist dieser Kienle auch noch für die mit den dicken Portemonnaies zuständig. Irgendwie passt das nicht.«

»So zwielichtig ist die Real-Vermögensberatung eigentlich nicht.« Gerd Stoevesandt hatte seine schmalen Hände gefaltet vor sich auf dem Tisch und blickte nachdenklich auf sie nieder. »Und unsere Landesbanken benehmen sich teilweise alles andere als seriös.«

»Aber bewegen die sich nicht eindeutig im Grauen Kapitalmarkt, diese Finanzberater?«, fragte Kallinger.

»Oh nein«, sagte Stoevesandt. »Die RVB ist eines der vier großen Finanzvermittlungsunternehmen in Deutschland und in ganz Europa tätig«, erläuterte er. »Die Methoden, mit denen sie arbeiten, unterscheiden sich kaum von denen der AWD Holding eines Herrn Maschmeyer.«

»Ist das nicht der neue Hengst von Veronica Ferres?«, fragte Luca.

»Genau der«, nickte Stoevesandt, »und ein guter Freund und Gönner der niedersächsischen Ministerpräsidenten. Ganz gleich, welcher politischen Couleur die sind. Sowohl das Ehepaar Schröder als auch die Wulffs gehen bei ihm ein und aus. Er ist mittlerweile gern gesehener Gast in der Prominenten- und Politiker-Szene.«

Kallinger gab sich nicht zufrieden: »Aber Herr Stoevesandt, was ich den Berichten meiner Leute so entnommen habe, wurden bei der RVB die Kunden ja regelrecht übers Ohr gehauen.«

Der Wirtschaftskriminalist nickte. »Sicher könnte hier ein Motiv liegen. Aber außergewöhnlich ist das nicht. Auch durch die AWD haben Tausende von Kleinanlegern ihr Geld verloren. Dort hat man ihnen geschlossene Immobilienfonds angepriesen. Immobilien in den neuen Bundesländern. Die Wohnungen sind nichts wert. Sie sind praktisch unbewohnbar. Die Fonds verlieren drastisch an Wert, aber bei einem geschlossenen Fonds kann das angelegte Geld bis zum Ende der Vertragsfrist nicht herausgenommen werden.«

»Hat nicht auch Thomas Gottschalk mit solchen Schrottimmobilien ziemlich viel Federn lassen müssen?«, fragte Frenzel lachend.

»Er und Franz Beckenbauer«, schaltete sich nun auch Nicole Marinescu ein. »Wolfgang Lippert, der Moderator, musste wegen so einer Anlage sogar Privatinsolvenz anmelden.«

Was ergab sich daraus für ihren Fall?, überlegte Hanna. »Es könnte also durchaus sein, dass auch bei der Real-Vermögensberatung noch andere Sachen an den Mann gebracht worden sind«, fragte sie vorsichtig, »durch die jemand so geschädigt worden ist, dass er sich jetzt rächen will?«

Stoevesandt nickte: »Das sollten Sie durchaus in Betracht ziehen.«

»So, und jetzt erklären Sie mir mal, was mit unseren braven Landesbanken los ist?«, wandte sich Friedebald Frenzel an die LKA-Kollegen. »Es geht mich ja eigentlich nichts an. Ist ja nicht meine Abteilung. Aber wenn meine Kollegen von der Wirtschaftskriminalität einen Maulkorb bekommen, dann spricht sich so etwas bei uns im Hause herum. Es scheint bei der Württembergisch-Badischen Südbank ein paar dicke Ungereimtheiten zu geben. Und trotzdem darf die Staatsanwaltschaft nicht ermitteln. Scheint von sehr weit oben aus der Politik zu kommen, diese Anweisung.«

Gerd Stoevesandt und Nicole Marinescu sahen sich bedeutungsvoll an. Rudolf Kuhnert sagte nüchtern: »Ja, so ist das.« Für einen Moment schwiegen sie alle.

»Wir haben dasselbe Problem wie Ihre Kollegen«, sagte Stoevesandt schließlich. »Wir haben Ermittlungen aufgenommen, die quasi im Sande verlaufen. Weil uns notwendige Unterlagen verweigert werden. Und weil wir den ehemaligen Chef von Karlheinz Kienle nicht vernehmen dürfen.«

Das also war der Fall, der Stoevesandt beschäftigte, dachte Hanna. Und hier lag sein Interesse an dem Spurstangenfall. Konnte der Anschlag auf Kienle tatsächlich etwas mit den Geschichten bei der WB-Südbank zu tun haben?

»Klären Sie uns auf«, sagte Kallinger, der offenbar die gleichen Gedanken hatte.

Wieder einmal faltete Stoevesandt die Hände, bevor er bedächtig zu einer Erklärung ansetzte: »Vielleicht haben Sie es ja in den Nachrichten mitbekommen: Die kleine Landesbank von Sachsen-Anhalt musste vor zwei Jahren notverkauft werden. Wäre sie pleitegegangen, dann hätten nicht nur unzählige Privat- und Geschäftskunden ihr Geld verloren. Das Land Sachsen-Anhalt wäre über Nacht in Zahlungsschwierigkeiten geraten. In letzter Minute hat die Württembergisch-Badische Südbank die Landesbank Anhalt übernommen. Und damit die ganzen toxischen Papiere, durch die die LB Anhalt ins Trudeln geraten ist.

Es gab in der Südbank heftige Auseinandersetzungen darüber, ob man die LB Anhalt übernehmen sollte oder nicht. Der alte Chef von Karlheinz Kienle war strikt dagegen. Dann hat die Politik entschieden. Die Landesregierungen von Sachsen-Anhalt und Baden-Württemberg haben der WB-Südbank keine Wahl gelassen. Nur hat man bei den Landespolitikern und einigen Südbank-Vorständen völlig unterschätzt, was da an faulen Wertpapieren im Portfolio der LB Anhalt gelegen ist. Wie Sie sicher wissen, ist die Württembergisch-Badische ja nun selbst in enorme Schwierigkeiten geraten. 2008 hat sie einen Verlust von 2,1 Milliarden Euro gemacht. 2500 Arbeitsplätze werden deshalb jetzt abgebaut.« Stoevesandt, der sonst sehr sachlich die Fakten vortrug, hörte sich nun verärgert an.

Er machte eine Pause und überlegte, um dann fortzufahren: »Damit war die Geschichte aber keineswegs beendet. Nach der Übernahme wurden scheibchenweise immer mehr Verluste der Landesbank Anhalt bekannt. Kienles ehemaliger Chef hat sich daher geweigert, eine Bilanz zu unterschreiben. Er war der Meinung, dass von den ehemaligen Managern der Landesbank Anhalt noch längst nicht alle Sünden offengelegt worden waren, obwohl sie davon wussten. Daraufhin ist er vorzeitig in den Ruhestand versetzt worden. Aber die Württembergisch-Badische Südbank hat ihn trotzdem nicht von seiner Schweigepflicht entbunden. Deshalb können wir ihn nicht vernehmen.«

»Und können Sie mir mal erklären, wie unsere ganzen Landesbanken in diesen Schlamassel hineingeraten sind?«, fragte Friedebald Frenzel eifrig. »Ein Hort der Seriosität – das waren doch unsere Landesbanken, oder nicht? Und auf einmal ... reihenweise Milliardenverluste. Die West LB, die HSH Nordbank, die Sachsen LB und die Bayern LB ... alle müssen sie jetzt gerettet werden. Mit unseren Steuergeldern. Und überall hört man jetzt, dass sie Schrottpapiere in den Büchern hatten. Und das soll alles nur darauf zurückzuführen sein, dass überm großen Teich Lehman Brothers pleitegegangen ist? Irgendetwas ist doch da faul im Staate Dänemark!«

»Die haben Großbank gespielt«, sagte Stoevesandt. »Sie haben in sehr komplexe Produkte investiert. In strukturierte Wertpapiere. Solche strukturierten Finanzprodukte werden oft von großen internationalen Banken – wie soll ich sagen – kreiert. Sie packen verschiedene Kredite oder Wertpapiere zusammen und verkaufen das Paket als ›strukturiertes Wertpapier‹. Und sie versprechen dabei extrem hohe Renditen. Solche Wertpapiere sind aber sehr schwer zu durchschauen. Man muss über ein Wissen verfügen, das die Macher bei den Landesbanken nicht hatten.«

»Moment mal«, unterbrach ihn Luca. »Haben wir's da mit Finanzexperten zu tun oder mit Lotto-Spielern? Wieso haben die nicht gemerkt, dass das in die Hose gehen konnte?«

Stoevesandt nickte. »Man muss leider sagen: Viele deutsche Landesbanken haben in den Jahren vor der Finanzkrise heftig spekuliert. Sie haben mit dem Geld ihrer Kunden und ihrer Eigentümer wild gezockt. Und sich, wie wir jetzt wissen, verspekuliert. In der Londoner City, da, wo die großen internationalen Banken alle einen Sitz haben, da hat man ein Wort für die Banken, die von anderen Banken Wertpapiere und verbriefte Kredite gekauft haben ohne jede Ahnung von den Risiken, die damit verbunden waren. Man nennt sie ›Stuffees‹ – Stopfgänse, weil man ihnen alles andrehen konnte, was man lieber nicht im eigenen Portfolio haben wollte. Deutschland war bis zum Ausbruch der Finanzkrise Weltmeister in riskanten Bankgeschäften. Nicht einmal in den USA hat man sich so in unkalkulierbare Risiken gestürzt wie bei uns. Allen voran die Landesbanken.«

»Ist doch klar«, meinte Luca. »Eine alte Ferengi-Erwerbsregel: Je größer das Risiko, desto größer der Gewinn.«

Rudolf Kuhnert sah ihn entgeistert an. »Ein Fünftel aller verbrieften Problemkredite ...«, versuchte er zu erläutern, »ähm, also Level-3-Papiere. Die liegen heute bei deutschen Banken.«

»Also doch eher Lotto-Spieler«, meinte Luca und machte eine eindeutige Handbewegung vor seiner Stirn.

Stoevesandt bestätigte: »Es hat sich herausgestellt, dass in den Produkten sehr viele faule Kredite versteckt waren. Vor allem Hypotheken-Kredite aus den USA, die an mittellose Leute vergeben wurden, die sie nicht mehr zurückzahlen können. Keiner weiß mehr richtig, auch die Spezialisten nicht, ob die Papiere überhaupt etwas wert sind oder doch noch Gewinne bringen. Und nach den Gesetzen von Angebot und Nachfrage kann man die Papiere gar nicht mehr oder nur noch als Ramsch verkaufen. Sprich: Sie sind wertlos.«

»Und warum haben das die ganzen schlauen Analysten und Finanzexperten nicht gemerkt?«, fragte Frenzel. »Gerade die Landesbanken, unterliegen die nicht der Kontrolle der Landesfinanzminister?«

Sie waren gründlich vom Thema abgekommen. Hanna wusste nicht, ob ihr das gefiel. Sie fragte sich auch, ob sie dieses Wissen im Fall der angesägten Spurstangen weiterbringen würde. Doch offenbar war das Interesse groß. Die Finanzkrise war vor zwei Jahren wie eine Naturgewalt über die Welt hereingebrochen. Banken standen vor dem Kollaps und drohten alles mitzureißen; Banken, die man zuvor gar nicht kannte oder die man immer für grundsolide gehalten hatte. Und plötzlich wurden einem Begriffe um die Ohren gehauen, die außer den Fachleuten kaum jemand verstand. Investmentbanking, Ratingagenturen, Zertifikate und Derivate. Die Auswirkungen der Katastrophe waren sehr konkret. Seit zwei Jahren ging weltweit das Gespenst einer Weltwirtschaftskrise durch die Länder. Die Angst vor dem Verlust des Arbeitsplatzes und dem Ausfall von Steuereinnahmen war durchaus real und oft berechtigt. Die Ursachen aber lagen nebulös im Geschäftsgebaren einer Bankenwelt, die für die meisten Menschen ein Buch mit sieben Siegeln darstellte. Hanna hatte sich in den letzten Monaten selbst oft gefragt, wie es zu dieser Entwicklung kommen konnte. Und auch Franz Kallinger schien den Ausführungen der LKA-Kollegen mit Interesse zu folgen.

Kuhnert versuchte Frenzels Frage zu beantworten: »Die Geschäfte liefen über Conduits, ähm, also Zweckgesellschaften. Außerbilanziell.«

»Man kann mit hochriskanten Geldanlagen sehr viel Geld verdienen«, erläuterte Stoevesandt. »Nur muss man das normalerweise bilanzieren. Und man muss entsprechendes Eigenkapital vorhalten. Das gilt allerdings nicht, wenn man diese riskanten Geschäfte gar nicht über die Bücher der Bank laufen lässt, sondern sie auslagert in eigens gegründete Zweckgesellschaften.«

Nicht nur Hanna sah den Leiter der LKA-Wirtschaftskriminalität fragend an.

Nicole Marinescu dolmetschte: »Das ist so: Jede Bank muss einen bestimmten Anteil an der gesamten Bilanzsumme als Eigenkapital vorhalten. Um es mal etwas salopp zu sagen: Das ist sozusagen der Notgroschen für den Fall, dass etwas schiefgeht. Wenn eine Bank risikoreiche Geschäfte machen will, muss der Notgroschen entsprechend groß sein. Der Anteil an Eigenkapital muss also hoch sein. Das ist dann aber Geld, das man nicht verleihen kann. Es muss auf der hohen Kante bleiben. Also kann man mit diesem Geld auch kein Geld verdienen. Man kann keine Kredite damit vergeben, und man kann es nicht in Wertpapieren oder Aktien anlegen.«

»Und dann sinkt die Eigenkapitalrendite«, warf Rudolf Kuhnert in seiner nüchternen Art ein.

»Und darum sind sehr viele Banken dazu übergegangen, hochriskante Zockereien in sogenannte Zweckgesellschaften auszulagern. In Schattenbanken oder Briefkastenfirmen, oftmals mit einem Sitz in Steueroasen.«

»Sie wollen sagen, dass unsere braven Landesbanken solche illegalen Geschäfte betrieben haben?«, fragte Frenzel die LKA-Beamtin ungläubig.

»Die sind nicht illegal«, erklärte Stoevesandt. »Diese Conduits oder Zweckgesellschaften sind durch Gesetze abgedeckt. Und die Politiker, zumindest die Finanzminister der Länder, wussten davon. Man stellt die Finanzkrise immer so dar, als ob da etwas aus den USA zu uns herübergeschwappt wäre. Das stimmt aber nur zum Teil. In Wirklichkeit haben alle Banken weltweit kräftig mitgerührt an der Suppe, die da jetzt übergelaufen ist. Diese Zweckgesellschaften sind in den letzten Jahren wie Pilze aus der Erde geschossen.«

»Und was bringt das jetzt mit diesen Briefkastenfirmen?« Luca hatte noch nicht ganz verstanden.

»Es funktioniert so.« Nicole Marinescu schob eine blonde Strähne aus der Stirn. »Die Geschäfte der Zweckgesellschaft erscheinen nicht in den Bilanzen. Wenn man da Verluste macht, dann merkt es erst mal keiner. Und man muss die Geschäfte nicht mit entsprechendem Eigenkapital absichern. Wenn man hohe Gewinne macht, dann kann man die der

Muttergesellschaft wieder zuschanzen. Die Bank kann dann also mit einem geringen Eigenkapital sehr viel Geld anlegen oder verleihen, also gewinnbringend einsetzten. Die Eigenkapitalrendite ist damit sehr hoch. Man verdient, wenn's gut läuft, mit jedem eingesetzten Euro das doppelte und dreifache von dem, was man ohne die Zweckgesellschaften verdienen könnte. Und diese Eigenkapitalrendite ist eine wichtige Größe bei der Berechnung des Bonus für die Manager.«

»Ach ja, die Boni«, sagte Friedebald Frenzel und lachte kurz auf. »Wie war das? Haben die Mitarbeiter bei den Lehman Brothers nicht 2008 und 2009 noch Boni einkassiert? Ich glaube, so etwa zwei Milliarden waren es. Nachdem die Bank zwei Jahre vorher den ganzen Schlamassel ins Rollen gebracht hat.«

»Ein Ferengi ohne Profit ist kein Ferengi«, warf Luca ein. »Und ein Banker ohne Boni ist eben kein Banker.«

Einen Moment brauchten sie alle, um das Gehörte zu verdauen. Auch Hanna war noch in Gedanken bei Steueroasen und Eigenkapitalrenditen. Da schritt Franz Kallinger nun doch ein und mahnte an: »Das bringt uns jetzt nicht weiter. Zurück zu den möglichen Tatmotiven. Gibt's da noch etwas, woran wir bisher nicht gedacht haben?«

»Vielleicht war's ja ein Auftragskiller«, meinte Luca flapsig. »Einer, der sich auf Banker spezialisiert hat. Bei Kienle war sein neuer Chef Mönchhofer der Auftraggeber. Und bei Behrends ein geprellter Kunde.«

»Ein Auftragskiller, der Spurstangen ansägt?«, mokierte sich nun Schwandtner. »Das wär mir ein schöner Auftragskiller, dem nicht einmal eine sichere Mordmethode einfällt.«

»Können Sie mir sagen«, wandte sich Hanna an die LKA-Kollegen, »ob auch bei der Südbank Leute Geld verloren haben? Durch irgendwelche Investitionen, die nachteilig für die Anleger waren?« Noch immer leuchtete ihr die Version am ehesten ein, nach der der Täter sich an beiden Opfern für ein reales oder vermeintliches Unrecht rächen wollte.

»Aber natürlich«, meinte Stoevesandt energisch. »Es haben sich ja schon bei Aktienpaketen die Werte oftmals halbiert. Bestimmte Zertifikate und Derivate, die die Banken reihenweise verkauft haben, sind heute so gut wie gar nichts mehr wert.«

»Wie würden wir hier weiterkommen?«, fragte Hanna in die Runde.

»Am besten wär's«, sagte Rolf Gaßmann zaghaft, »wenn man die Namen hätte. Von den Kunden, die mit Behrends etwas zu tun hatten. Und von denen, die der Kienle bedient hat.«

»Da gibt es nur ein Problem.« Friedebald Frenzel wackelte mit seinem runden Kopf. »Denn da kriegen wir es natürlich mit dem Bankgeheimnis zu tun. Wussten Sie, dass es in der Schweiz Bestrebungen gibt, das Bankgeheimnis in die ›Liste der lebendigen Traditionen in der Schweiz‹ aufzunehmen? Diese Liste wird aufgestellt, um die UNESCO-Konvention zur Bewahrung des immateriellen Kulturerbes umzusetzen. Mal sehen, ob sie's machen. Den Schweizern traue ich in dieser Hinsicht alles zu.« Der Staatsanwalt lachte vergnügt, um aber sofort wieder ernst zu werden. »Sie wollen wissen, ob es einen Menschen gibt, der bei beiden Kunde ist. Bei der RVB und bei der WB-Südbank. Über die Steuerbehörden kommen wir da nicht weiter. Das Kontenabrufverfahren können Sie vergessen. Dazu bräuchten Sie einen konkreten Namen. Das wiederum heißt, die Bank und die RVB müssten uns freiwillig die Namen ihrer Kunden geben. Und das können Sie ebenfalls vergessen. Auf dem Bankgeheimnis hocken die wie die Henne auf dem goldenen Ei. Der Polizei gegenüber müssen sie ohnehin nichts sagen. Ich könnte die Leute laden, das ist klar. Dann müssen sie kommen. Aber nur, wenn ich den Verdacht habe, dass sie in eine Straftat verwickelt sind. Und sind sie das? Eigentlich sind die Banker ja die Opfer. Das gleiche Problem stellt sich, wenn wir die Daten durch eine Beschlagnahmung bekommen wollten. Dafür brauchen wir dann auch noch einen richterlichen Beschluss.

Nein, das sieht nicht gut aus. Aber ich werde auf jeden Fall mal mit einem Richter darüber sprechen.«

Also mussten sie über Befragungen im Umfeld der Opfer zu Hinweisen kommen.

»Vielleicht war es das zweite Mal ein Nachahmer«, meinte Luca wieder halb im Scherz. »Oder es haben sich zwei zusammengetan. Womöglich nach dem Motto ›Ich ermorde deinen Feind; du ermordest meinen Feind.‹«

»Einen Nachahmer könnt ihr vergessen«, meldete sich nun Hans Wildermuth, der bislang schweigend die Diskussion verfolgt hatte. »Der müsste sehr viel wissen, um die Spurenlage so exakt zu reproduzieren. Wir haben es mit Sicherheit mit einer Metallsäge des gleichen Typs in beiden Fällen zu tun. Darauf deuten die Morphologie der Metallspäne und die Schnittfläche an den Spurstangen hin. Der Täter trug Handschuhe aus Kunstwildleder. Die Ergebnisse aus den Labors im LKA sind zwar noch nicht da. Aber ich habe mir die Fasern, die wir beide Male gefunden haben, unterm Mikroskop angeschaut. Es handelt sich zumindest um dasselbe Material. Ich denke, dass wir am Montag da handfeste Ergebnisse bekommen.«

Hanna hoffte sehr darauf, genau wie auf die DNA-Analysen. Alles hatte seine Zeit. Jetzt brauchten sie keine Spekulationen mehr, sondern handfeste Beweise.

5

Das gemeinsame Essen in der Kantine des Polizeipräsidiums fiel kurz aus. Vor ihnen lag viel Arbeit, und jeder stand ein bisschen unter Strom. Nur Friedebald Frenzel war in Plauderlaune. Er erzählte von den Fällen, die er seinen Kollegen aufs Auge gedrückt hatte, um für die Sonderkommission »Spurstange« freigestellt zu sein: »Lassen die drei sich einfach gnadenlos volllaufen, werden übermütig und hauen einem alten Mann einen Knüppel über den Kopf. Mit dem bisschen Geld, das sie ihm abgenommen haben, sind sie noch einen trinken gegangen. Und nun ist die Frage: Wer hat den Knüppel in der Hand gehabt? Der alte Mann erinnert sich nicht. Die drei Jungs schweigen eisern. Und mein Kollege darf sich nun raussuchen, wen er wegen schwerer Körperverletzung anklagt. Und dann das Ehepaar – noch so ein Fall. Sie geht mit dem Messer auf ihn los. Er haut ihr ein Veilchen mit Jochbeinfraktur. Als der Arzt die beiden untersucht, stellt er fest, dass jeder von ihnen eine ganze Reihe älterer Verletzungen und jede Menge Hämatome hat. Wen klagen Sie an? Damit darf sich mein Kollege Müller jetzt auseinandersetzen. Ich bin raus aus der Nummer, hahaha. Ich erzähle Ihnen das alles nur, damit Sie wissen, in welchen Kreisen Sie suchen müssen, wenn Sie demnächst meine Leiche finden.«

Hanna unterbrach die Runde nur ungern. Doch sie konnte nicht mehr stillsitzen. Es waren zwar nur Schreibarbeiten, die sie jetzt verrichten konnte, aber auch die mussten erledigt werden. Ihr Aufbruch war ein Signal für die anderen. Jeder hatte mehr als genug zu tun.

Sie verabschiedete sich von Nicole Marinescu und Rudolf Kuhnert, die hier nun nichts mehr Sinnvolles tun konnten. Stoevesandt jedoch bat darum, bei der Befragung von Karlheinz Kienle dabei sein zu können, die sie für den späten Nachmittag ins Auge gefasst hatten.

Gegen vier vermeldeten Luca und Otto Obermayer, dass man nun die Kontaktdaten von beiden Opfern vollständig erfasst und miteinander abgeglichen hatte. Es gab keine einzige Übereinstimmung. Sie hatten die Bankdaten von fast allen direkten Kontakten von Ludger Behrends geprüft, einschließlich der RVB-Kunden mit den fondsgebundenen Lebensversicherungen. Nur ihr Anwalt, der die Sammelklage gegen die Real-Vermögensberatung einreichen wollte, hatte ein ganz normales Girokonto bei der WB-Südbank. Und

Bernhardt Winterstein, der Ex-Chef von Behrends und Leiter der Stuttgarter Dependance des Finanzdienstleisters, besaß dort ein Depot mit Wertpapieren.

Luca und die andern hatten jede Menge Fotos zusammengetragen, vor allem von Leuten aus dem Bekanntenkreis von Ludger Behrends.

»Es ist unglaublich«, meinte Luca, »wie viele Leute ihr Konterfei ins Netz stellen. Lauter kleine Narzissten.«

Bewaffnet mit diesen Unterlagen machten sie sich auf den Weg zum Marienhospital. Da neben Stoevesandt auch Frenzel der Befragung beiwohnen wollte, entschied Hanna, dass von der Sonderkommission nur sie selbst und Luca dabei sein sollten.

Karlheinz Kienle lag in einem hellen, freundlichen Einzelzimmer des Krankenhauses. Es ging ihm augenscheinlich recht gut. Nur die hohe Halskrause und die Tatsache, dass er bei manchen Bewegungen schmerzlich das Gesicht verzog, erinnerten an den Unfall.

Luca zeigte Kienle eines der Bilder nach dem andern. Aufmerksam betrachtete er sie. Doch keines weckte eine Erinnerung. Dann gingen sie die Namenslisten durch. Leute, mit denen Ludger Behrends via Facebook und andere Internetverbindungen Kontakt hatte, die Telefonpartner und E-Mail-Adressaten, ja sogar die Verwandten von Behrends. Bei zweien war sich Kienle nicht sicher, ob er die Namen schon irgendwo mal gehört hatte. Doch eine konkrete Assoziation wollte sich nicht einstellen. Auch Name und Gesicht von Bernhardt Winterstein sagten dem Südbank-Manager nichts.

Irgendwann kam Marietta Kienle mit den drei Kindern. Das Mädchen, das Hanna hieß, stürmte zu ihrem Papa und warf sich ihm so an die Brust, dass er schmerzhaft aufstöhnte. Dann setzte sie sich zu ihm auf die Bettkante und legte den Arm um die Halskrause. Es war klar, dass sie diese Position nicht so schnell aufgeben würde. Die beiden Jungs waren jedoch in eine kleinliche Streiterei verwickelt, sodass Marietta Kienle sie ermahnen musste, den Papa überhaupt zu begrüßen, und keine Gefahr für die Pole-Position der kleinen Hanna bestand.

Die Beamten warteten geduldig, bis die Familienzeremonie abgeschlossen war. Dann setzten sie die Befragung fort. Frau Kienle hatte als erfahrene Super-Mutti eine Menge Spielsachen dabei, sodass sie die Kinder mit Malen und Puzzeln beschäftigen konnte. Auch sie hörte aufmerksam zu und durchforschte ihr Gedächtnis. Doch so sehr sich die beiden das Gehirn zermarterten, es kam kein einziger konkreter Hinweis auf eine Person zustande, die mit beiden Opfern in einer wie auch immer gearteten Beziehung stand.

Im nächsten Schritt bat Hanna das Ehepaar Kienle, sich zu überlegen, mit welchen Dienstleistern sie Kontakt hatten. Waren Handwerker im Haus gewesen? Hatten sie Konflikte mit Nachbarn, mit anderen Eltern oder in Schule und Kindergarten? War ihnen in letzter Zeit jemand aufgefallen, der ohne ersichtlichen Grund in der Wohngegend herumstreunte?

Irgendwann ging den Kienles die Luft aus. Karlheinz Kienle war nun sichtlich erschöpft, und außer dem Umstand, dass vor drei Jahren bei der Renovierung der Kienleschen Stadtvilla eine ganze Riege von Handwerkern in Haus und Hof herumgeturnt waren und man mit einem Klempner einen handfesten Streit hatte, ergab sich nichts mehr.

Hanna bat die beiden, mit etwas Abstand zur heutigen Befragung jeweils getrennt eine eigene Liste aufzustellen. Mit allen Kontakten, bei denen es auch nur den Hauch einer Missstimmung gegeben hatte. Sie wollte sich eben bei den Kienles für Kooperation und Geduld bedanken, als Stoevesandt sich einschaltete. Er hatte bislang die Befragung schweigend verfolgt.

»Herr Kienle, eine letzte Frage. Könnten Sie sich vorstellen, dass der Anschlag auf Sie etwas mit den Sigma-33-Geschäften der Landesbank Anhalt zu tun haben könnte?«

Kienle war mit einem Schlag wieder vollkommen präsent. Er sah den LKA-Beamten bestürzt an. Dass er etwas mit dem Begriff anfangen konnte, war offenkundig. »Wieso sollte mir jemand etwas tun wollen? Ich habe mit diesen Geschäften doch gar nichts zu tun.«

»Sie haben sich, soweit ich weiß, vehement gegen die Übernahme der Landesbank Anhalt ausgesprochen. Ich denke, Sie hatten dafür Ihre Gründe.«

Kienle machte nun komplett dicht: »Dazu sage ich gar nichts.« Auch seine Frau schien zu verstehen und sah Stoevesandt verstört an.

Der LKA-Kollege sah schweigend auf die feingliedrigen Hände hinunter, die er auf die übergeschlagenen Knie gelegt hatte. Dann sah er Kienle fest in die Augen und sagte: »Herr Kienle, wir werden jede Aussage von Ihnen mit höchster Diskretion behandeln. Bitte überlegen Sie, ob es in Ihrem eigenen Interesse sein könnte, mit uns zu kooperieren.«

Doch Kienle presste nur Mund und Kinn so sehr zusammen, dass seine Wangen noch mehr über die Halskrause quollen.

Hanna wusste nicht, was sie davon halten sollte. Sie war verärgert. Der Leiter der Wirtschaftskriminalität am LKA verfolgte wieder mal eigene Ziele. Ohne Rücksicht auf die Ermittlungen der Kollegen vom Dezernat für Tötungsdelikte. Abgesprochen war das jedenfalls nicht. Die Andeutungen, dass der Anschlag etwas mit seinem beruflichen Umfeld zu tun haben könnte, hatten Kienle stark verstört. Hanna konnte nur hoffen, dass ihr wichtigster Zeuge wenigstens zu ihr wieder Vertrauen fassen würde.

Auf dem Flur des Krankenhauses sprach Friedebald Frenzel Stoevesandt an. Auch er war sichtlich verschnupft: »Was ist Sigma 33? Sie sollten sich mit uns absprechen, Herr Stoevesandt. Was soll denn der Anschlag mit diesen Geschäften zu tun haben?«

Stoevesandt bat sie, ihm zu folgen. Hier waren zu viele Besucher und Patienten unterwegs. Sie fanden schließlich einen menschenleeren Seitengang. Der Gang führte zu einem Verwaltungstrakt, in dem jetzt, am späten Samstagnachmittag, niemand mehr arbeitete.

»Ich muss Sie wohl mit den wichtigsten Sachverhalten vertraut machen.«

Dann sah er allen dreien, dem Staatsanwalt, Hanna und Luca, nacheinander fest in die Augen. »Allerdings: Die Informationen, die ich Ihnen gebe, sind streng vertraulich. Vor allem die Tatsache, dass wir überhaupt ermitteln.« Wieder machte er eine Gedankenpause.

»Wir ermitteln wegen des Verdachtes der Untreue und des Bilanzbetrugs. Die Ermittlungen richten sich vor allem gegen zwei ehemalige Vorstandsmitglieder der Landesbank Anhalt. Konkret gegen Dr. Jens Mönchhofer und Thomas Willsberg. Wir haben starke Hinweise darauf, dass die beiden Manager die Verluste durch das Sigma-33-Geschäft kannten und es in den Bilanzen verschleiert haben, und zwar vor dem Kauf durch die WB-Südbank.

Sigma 33 ist der Codename für komplexe Finanzgeschäfte mit hohen Risiken. Sie wurden abgewickelt über die Londoner Niederlassung der LB Anhalt und eine Zweckgesellschaft im irischen Dublin. Eine Zweckgesellschaft, wie sie heute Vormittag zur Sprache kam. 30 Milliarden Euro wurden da in Anlagen investiert, die heute nichts mehr wert sind.« Wieder blickte der Wirtschaftskriminalist die Kollegen eindringlich an. »Es gibt Hinweise darauf, dass das längst noch nicht alles ist. Wir nehmen an, dass es weitere Verluste gibt. Von denen Mönchhofer und Willsberg wissen – und sie vertuschen. Auch diese Verluste müssten wieder von den Eigentümern der Landesbank übernommen werden. Also von der Landesregierung und den Sparkassen. Letztendlich also wieder vom Steuerzahler.«

»Dr. Jens Mönchhofer«, warf Luca ein, »das ist doch jetzt Kienles Chef. Wie wird so jemand wieder ein großes Tier, nachdem er eine Bank in den Sand gesetzt hat?«

Stoevesandt nickte: »Irgendwie haben es Mönchhofer und Willsberg fertiggebracht, wie Fettaugen wieder nach oben zu schwimmen. Willsberg ist jetzt im Vorstand der WB-Südbank und verantwortlich für ›Financial Markets‹. Das heißt, er strukturiert, kauft und verkauft wieder Aktien- und Kreditpakete. Jens Mönchhofer ist Mathematiker. Er hat es wieder geschafft, allen glaubhaft zu machen, dass man jedes Finanzrisiko mathematisch berechnen könne. Er hat die Gabe, sich als Finanzgenie zu verkaufen. Er ist ebenfalls ziemlich schnell in den Vorstand aufgerückt und verantwortlich für die alten Geschäfte der Landesbank Anhalt und für das Privatkundengeschäft. Den alten Chef von Karlheinz Kienle haben sie in Rente geschickt und ihm Mönchhofer vor die Nase gesetzt.«

»Noch einmal, Herr Stoevesandt ...« Hanna ging es um die eigentliche Frage. »Gibt es irgendeinen Hinweis darauf, dass diese ganzen Geschichten etwas mit dem Anschlag auf Kienle zu tun haben?«

»Wir glauben«, antwortete er ernst, »dass Kienle Informationen hat, die Mönchhofer das Genick brechen könnten. Ich habe mich nach Kienle einmal erkundigt. Er war ein enger Vertrauter seines alten Chefs. Und auch er hatte Bedenken gegen die Übernahme der LB Anhalt. Was er über die faulen Wertpapiere in den Zweckgesellschaften der LB Anhalt weiß, das kann ich nicht sagen. Wenn er etwas weiß, dann gibt es sicher Leute, die ihn gerne los wären. Und Kienle kann man noch nicht in Rente schicken. Er ist erst Mitte vierzig.«

Hier sollte ein Motiv dafür sein, dass jemand die Spurstange von Kienles E-Klasse angesägt hatte? Hanna konnte sich das nicht vorstellen. »Und wie passt das alles zu Ludger Behrends?«, fragte sie.

Stoevesandt hob nur bedauernd die Hände.

Er benutzt uns, um seine Ermittlungen voranzutreiben, dachte Hanna. Und er will die Angst von Karlheinz Kienle missbrauchen, um durch ihn an Infos zu kommen. Also doch kein Ritter der Tafelrunde. Sie sagte nichts. Aber wenn das so weiterging, würde sie sich wehren. Und das würde wieder Kraft und Nerven kosten. Sie fühlte sich müde und traurig, als sie sich von Stoevesandt, Friedebald Frenzel und Luca verabschiedete.

Sonntag, 14. Februar 2010

1

Für den Sonntag hatte Hanna jedem freigestellt, wann und ob er kommen wollte. Es war nicht zu erwarten, dass der Fall eine spektakuläre Wende nahm. Wenn doch, dann standen alle in Bereitschaft.

Sie selbst ging früh ins Präsidium, schrieb Berichte und bereitete die Akten auf. Sie las die Dokumentationen der Kollegen und ordnete sie ein. Dann nahm sie sich die Planung der Befragung vor, die möglichst rasch mit Unterstützung der Kollegen von der Hundertschaft in den Wohngebieten der beiden Opfer durchgeführt werden sollte. Vor allem die Vorbereitung der meist jungen Polizisten war wichtig. Sie sollten schließlich ungefähr wissen, worauf es ankam, und systematisch einen einheitlichen Fragenkatalog abarbeiten.

Die Kollegen trudelten ebenfalls einer nach dem andern ein. Luca brachte seine Zusammenfassung von der Befragung Karlheinz Kienles, die Hanna überflog. Der Rapport fiel erstaunlich verständlich aus: »Um Informationen von der zu vernehmenden Person zu erlangen, haben wir ihm Fotos gezeigt und die Namen dazu gesagt. Wir haben gefragt, ob er sie kennt.« Danach hatte er nur noch einmal alle Namen aufgelistet und hinter jeden ein »Nein« geschrieben.

Gegen zwei machte Hanna Schluss. Sie überlegte, wie sie den verbliebenen Nachmittag noch möglichst erholsam gestalten konnte.

Ins Mineralbad »Berg«? Nein. Dort waren heute zu viele Frauen mittleren Alters mit Workout-Figuren, die zu viel schwatzten. Sie ging ans Fenster und sah nach dem Himmel. Der hatte heute nicht mehr das klare Blau eines Winter-

Tiefs. Schleierwolken und graue Schlieren bedeckten ihn. Das Wetter schlug um. Hanna hatte schon morgens festgestellt, dass die Schneehaufen langsam zu tauen begannen. Es würde Schmuddelwetter geben. Trotzdem hatte sie das dringende Bedürfnis, sich zu bewegen.

Sie packte ihre Sachen zusammen und ging hinunter in die Kantine. Dort aß sie ein kleines belegtes Brötchen, um den knurrenden Magen zu besänftigen. Mehr gönnte sie sich nicht. Dann zog sie die Winterkleidung über und verließ das Präsidium.

Hanna passierte den Leibfriedschen Garten und ging über eine schmale Hängebrücke hinüber in den Rosensteinpark. Im Frühjahr und Sommer kam sie in der Mittagspause gerne hierher. Der weitläufige Park mit seinen großen Rasenflächen und seinen uralten Bäumen hatte ein besonderes Flair. Hier herrschte nie die Betriebsamkeit des Unteren Schlossgartens, wo bei schönem Wetter die Radfahrer, Inlineskater, Jogger und Spaziergänger sich manchmal fast über den Haufen rannten, wo an Sonntagen ganze Großfamilien gerne ihr Picknick ausbreiteten und Jugendliche Beachvolleyball und Federball spielten. Hier gab es auch nicht die Üppigkeit aus Blütenteppichen, getrimmten Büschen, Skulpturen und Wasserspielen wie im Höhenpark Killesberg. Der Rosensteinpark war ein Landschaftspark im englischen Stil und stand unter Denkmalschutz. Diese größte aller Stuttgarter Parkanlagen mit ihren flächigen Wiesen, den verstreuten Baumgruppen und den für das große Gelände recht spärlichen Wegen strahlte vor allem Ruhe aus. Hanna traf in ihren Mittagspausen hier oft Kollegen. Doch man nickte sich zu und ließ den andern ruhig seiner Wege gehen oder auf einem der vielen Bänkchen sitzen. Denn wer hierherkam, suchte vor allem jene Ruhe.

Sie bog nach dem Löwentor rechts ab, am neuen Naturkundemuseum vorbei in Richtung Schloss Rosenstein. Man musste achtgeben, wohin man trat. Dort, wo viele Passanten den Schnee niedergetreten hatten, war eine vereiste Kruste entstanden, die weniger schnell taute als der unberührte Schnee, aus dem hier und da schon der Kies des Weges hervorlugte. Sie ging an den alten Bäumen mit meterdicken Stämmen vorbei. Die bizarren Konturen der kahlen Äste wurden durch den Schnee auf ihrer Oberseite geradezu betont. Die dunklen Stämme der alten Eichen und die hellen der Platanen bildeten einen interessanten Kontrast. Hanna hatte einmal gehört, dass auch hier, im Rosensteinpark, einige der alten Riesen mit zwei Meter dicken Stämmen der Großbaustelle geopfert werden mussten, aus der der neue Bahnhof entstehen sollte. Ein neuer Tunneleingang musste geschaffen werden, um die Züge unter der Stadt hindurchzuführen.

Sie erreichte das Schloss Rosenstein, ein kleines klassizistisches Schmuckstück, in dem das alte Naturkundemuseum untergebracht war. Von den Rosen, die hier im Sommer ihren Duft verströmten, waren jetzt nur ein paar dornige Ranken zu sehen. Doch dafür wurde man durch den Blick zwischen den laublosen Bäumen hindurch hinunter zum Neckar und auf Bad Cannstatt entschädigt.

Sie überlegte, ob sie weiter den Hauptweg entlang die Runde machen sollte, die zurück zum Löwentor führte. Sie war gerade mal eine knappe Stunde gegangen. Der Bewegungsdrang war noch nicht befriedigt. Und was sollte sie dann tun? Zurück zum Präsidium und dann nach Hause? In eine leere Wohnung? Steffie hatte sich kurzerhand entschieden, über die schulfreien Tage der Faschingsferien mit Kollegen Skifahren zu gehen. Irgendwie grauste es ihr vor dem Alleinsein in dem verwaisten Heim. Ziellos nahm sie den Weg nach links.

Dann stand sie plötzlich vor dem Wilhelma-Parkhaus. Wie unter Hypnose ging Hanna an der langen verzierten Außenmauer entlang auf das Kartenhäuschen zu. Wie lange war sie schon nicht mehr hier gewesen? Obwohl sie den Zoo heiß und innig liebte. Warum kam man nur mit Kindern hierher? Der botanisch-zoologische Garten mit seinen im maurischen Stil gehaltenen Gebäuden und Gartenanlagen, mit den weitläufigen alten Gewächshäusern aus dem 19. Jahrhundert und den unzähligen exotischen Pflanzen aus aller Herren Länder war doch auch ein Freudenfest für die Augen von Erwachsenen. Und die Tiere zu beobachten war für Hanna fast so etwas wie eine Meditation.

Sie kaufte ein Ticket und ging zunächst durch die historischen Gewächshäuser, auch um sich ein wenig aufzuwärmen. Hier wurde ganzjährig für ein subtropisches Klima gesorgt. Dann passierte sie den maurischen Garten, ging vorbei am Seerosenteich und wieder zurück zu den neueren Anlagen des Zoos. Sie kam zum Affenhaus und betrat es. Auch hier war es angenehm warm. Sie spürte langsam doch ihre Füße. Hier konnte sie ein bisschen ausruhen.

Hanna setzte sich bei den Gorillas auf eine der breiten Bänke, die in guter Entfernung vor der Scheibe aufgestellt waren, und sah den Tieren eine Weile zu. Der alte Silberrücken saß halb von den menschlichen Besuchern abgewandt und beobachtete gelassen das Treiben seiner Horde. Zwei Halbwüchsige balgten heftig miteinander. Ein Junges, fast noch ein Baby, ging unter den argwöhnischen Blicken seiner Mutter auf Erkundungstour. Es war erstaunlich, welche Kletterkünste es bereits an den aufgehängten Balken und Seilen vollführte. Als einer der Halbwüchsigen sich an das Junge wagte, schnappte das Gorilla-Weibchen sein Kleines und wischte dem halbstarken Frechdachs eine. Die Sprache von Tieren war eindeutig. Das Baby klammerte sich nun fest an den Bauch der Mutter. Auch die anderen Weibchen bremsten die beiden Rowdys. Den Silberrücken ließ das alles kalt.

Ab und an zogen Besucher durch das Affenhaus. Hanna beschlichen zwiespältige Gefühle. Einerseits faszinierten auch sie die exotischen Tiere. Und doch war es eine Art von Gefangenschaft zur Belustigung der Menschen, die man diesen Wesen zumutete. Die meisten Kinder kreischten in ihrer Begeisterung über das Affenbaby laut, stritten um die besten Plätze an der Scheibe, die die Besucher von den Tieren trennte, und versuchten die Aufmerksamkeit der Affen auf sich zu ziehen. Wenn das nicht gelang, zogen sie weiter, und Hanna war froh, als wieder Ruhe eingekehrt war.

Ich werde alt, dachte sie. Ich kann kein Kindergeschrei mehr ab.

Ein Junge und ein Mädchen betraten das Haus der Gorillas, beide um die zehn Jahre alt. Zum Glück waren sie nicht so zügellos, sondern teilten sich nur halblaut mit, welche unerhörten Kunststücke die jungen Äffchen machten.

»Ach, hier seid ihr«, sagte eine warme dunkle Frauenstimme, die Hanna augenblicklich durch Mark und Bein ging. Sie wandte sich um und sah in die lächelnden braunen Augen von Margot Gerhaus. Das ehemals dunkelbraune Haar der Frau war nun schlohweiß. Die Lachfalten um die Augen hatten sich tief eingegraben. Es war das Gesicht einer Seniorin geworden, der man das Alter ansah. Doch Hanna hätte sie wohl auch in hundert Jahren sofort wiedererkannt, mit diesen Augen und diesem vollen Lachen, das eine gerade Reihe weißer, wenn mittlerweile vielleicht auch falscher Zähne zeigte.

Margot Gerhaus war Hanna von einem Pfarrer empfohlen worden, der sich ihrer annahm, nachdem ihr Mann ums Leben gekommen war. »Sie ist wirklich gut«, hatte er ihr die Psychologin eindringlich empfohlen. »Und sie kann Ihnen bestimmt helfen – auch wenn sie das momentan für absolut unmöglich halten.«

Also war Hanna einmal die Woche auf die Uhlandshöhe gefahren, wo Margot Gerhaus in einem alten Bürgerhaus ihre kleine Praxis hatte. Über ein Jahr lang hatte sie sich in dem etwas exotisch, aber wohnlich eingerichteten Therapieraum die Augen aus dem Kopf geweint. In diesem Raum, in dem es bequeme Sessel und viele kleine und große Kissen, aber keine Couch gab. Sie hatte ihre Verzweiflung hinausgeschrieen. Und ihren toten Mann angeklagt. »Warum hast du nicht besser auf dich aufgepasst?« – »Warum lässt du mich einfach so alleine?« Und sich danach schuldig gefühlt.

»Lassen Sie es raus«, hatte Margot Gerhaus ihr gesagt. »Den Schmerz, die Wut, die Schuldgefühle, die Angst und die Verzweiflung. Hier ist der Platz dafür. Sie müssen keine Angst haben, dass diese Gefühle Besitz von Ihnen ergreifen. Wenn Sie diesen Raum verlassen, werden Sie die vernunftbegabte und selbstbeherrschte Frau sein, die Sie waren. Aber wenn wir diesen Gefühlen Ausdruck geben, wenn wir ihnen zumindest zeitweise freien Lauf lassen, dann können sie nach und nach auf diese Weise aus unserer Seele weichen.« Und manchmal hatte sie Hanna, wenn der Schmerz zu groß wurde, wie ein Kind in die Arme genommen und ihr sanft übers Haar gestrichen.

Auch später war Hanna ab und an zu der Psychologin gegangen, um sich Rat und Beistand zu holen. Das Wagnis, die Ausbildung zur Kriminalkommissarin in Angriff zu nehmen, wäre Hanna niemals ohne die Unterstützung dieser Frau eingegangen. Sie hatte ihr Mut gemacht und ihr die eigenen Stärken vor Augen geführt.

Nun stand sie da, lachte und klatschte in die Hände wie ein Kind. Die hochgewachsene Frau, die sich noch immer sehr aufrecht hielt, setzte sich zu Hanna auf die Bank und nahm die Hand, die diese ihr zum Gruß reichte, in ihre beiden Hände.

»Hanna Stankowski! Das ist ja eine Überraschung. Ich habe oft an Sie gedacht. Wie geht es Ihnen?«

»Oma, guck doch mal, der popelt in der Nase«, rief der Junge.

»Na, das ist ja ein Ding«, sagte die Psychologin halb ernst. »Und euch verbietet man's.«

»Guck mal, Oma, wie süß der Kleine da hinten ist«, jauchzte das Mädchen.

»Wisst ihr was? Ihr beobachtet das alles jetzt mal ganz genau. Bis eure Mama kommt. Und ihr merkt euch alles, was die so machen. Und nachher erzählt ihr es mir. Jetzt möchte ich mich unterhalten.«

Eine Frau um die vierzig betrat das Menschenaffenhaus.

»Meine Tochter«, stellte Margot Gerhaus sie vor und bat sie, mit den Kindern vorauszugehen.

Sie wandte sich wieder an Hanna. »Erzählen Sie! Wie geht es Ihnen?«

»Im Großen und Ganzen gut«, sage Hanna und merkte, dass es nicht ganz überzeugend klang.

»Und im Kleinen und im Detail?«, fragte Margot Gerhaus und lächelte. »Sie sehen müde aus.«

Man konnte ihr nichts vormachen. Und man musste ihr nichts vormachen. Selbst nach den vielen Jahren waren Vertrautheit und Vertrauen sofort wieder da.

»Zur Zeit ist es nicht einfach für mich«, sagte Hanna. »Wir haben da einen Fall … Sie wissen ja, ich kann darüber nicht viel erzählen. Aber er hat es in sich. Und mich hat man zur Leiterin der Sonderkommission gemacht, die die Sache bearbeitet. Manchmal geht das ganz schön an die Nerven und die Kräfte.«

»Haben Sie damals die falsche Entscheidung getroffen? Ich meine die Ausbildung an dieser Polizeischule.«

Hanna überlegte. Dann schüttelte sie den Kopf: »Nein. Ich habe nichts bereut. Die ganzen letzten Jahre nicht. Der Job fordert viel von einem. Manchmal erlebt man Dinge, da kommt man schon an seine Grenzen. Aber ich sehe einen Sinn in dem, was ich tue. Und das befriedigt mich auch.« Es ging ihr hier genauso wie Andreas Bialas.

Die Frau neben ihr schwieg wie in Gedanken. Sie schien die Affen zu beobachten, und doch war sie mit jeder Faser bei dem, was ihr da erzählt wurde – das spürte Hanna.

»Wenn das Team gut funktioniert und man sich aufeinander verlassen kann, dann kann man vieles wegstecken und vieles erreichen. Leider hapert's daran im Moment.« Hanna wurde es plötzlich schwer ums Herz. Im Beisein der Psychologin trieben die Gefühle wie Wasserleichen an die Seelenoberfläche. »Mein Vorgesetzter ist ausgefallen wegen Krankheit. Ein Kollege schießt gegen mich. Andere haben private Probleme. Man zieht nicht am selben Strang … Ich komme mir momentan manchmal recht alleingelassen vor.« Sie seufzte und besann sich. »Aber das ist eben jetzt so. Wenn wir den Täter haben, und wenn mein Chef wieder da ist, dann ist es wieder okay. Solche Zeiten gibt es eben, und sie gehen auch wieder vorbei.«

Margot Gerhaus beobachtete weiter die Tiere. Dann fragte sie: »Und mit wem reden Sie, wenn Sie Kummer haben?«

Hanna schüttelte den Kopf. Sie wusste keine rechte Antwort. »Die beruflichen Dinge, die bespreche ich mit Andreas Bialas, meinem Chef.«

»Und die privaten? Und die Herzensangelegenheiten?«, insistierte die Psychologin.

Hanna schwieg.

»Wie geht es Ihren Kindern?«

»Gut. Die Jungs haben beide gute Berufe. Und Steffie, die Jüngste, ist demnächst mit ihrer Lehrerausbildung fertig. Sie hat bisher noch bei mir gewohnt. Jetzt wird sie auch ausziehen. Sie will für eine Weile nach Südamerika.« Hanna lächelte bitter.

»Konnten Sie mit ihr bisher über solche Situationen sprechen, die Sie belasten?«

»Das mache ich nicht«, sagte Hanna. »Ich erzähle ihr schon, was gerade ansteht. Aber das, was mir unter die Haut geht, das ist meine Sache. Damit will ich sie einfach nicht belasten.« Ein paar Mal war es Thema in der Therapie gewesen, wie sehr sie die Kinder in ihren Kummer hineinziehen durfte. Hanna dachte, dass sie im Rahmen ihrer Möglichkeiten einen Weg gefunden hatte, die Kinder nicht in Watte zu packen und sie doch nicht mit ihren eigenen Problemen zu überfordern. Sie hatte gelernt, vieles in sich hineinzufressen.

»Die wichtigen Dinge, die machen Sie also mit sich alleine aus?«, fragte Margot Gerhaus.

Hanna wurde unendlich traurig. Das Alleinsein. Sie hatte sich so sehr daran gewöhnt. Sie machte sehr viel allein mit sich aus. Plötzlich spürte sie, wie schwer das war. Und wie groß die Sehnsucht war, einen vertrauten Menschen um sich zu haben, mit dem man über alles reden konnte.

»Wann haben Sie eigentlich das letzte Mal mit einem Mann geflirtet?«, fragte Margot Gerhaus lachend.

Hanna zuckte die Schultern. Die Frage machte sie ratlos.

»Sie können mich gerne mal wieder besuchen«, meinte die Psychologin. »Ich will meine drei nicht so lange alleine lassen. Sie leben in Hannover und sind nicht oft hier. Da muss ich jede Minute nutzen. Aber wenn Sie meinen, dann rufen Sie mich an. Ich bin in Rente. Aber ein paar Leute, die ich über viele Jahre hinweg begleitet habe, die kommen manchmal immer noch.«

Die beiden Frauen erhoben sich. Sie umarmten sich kurz, aber herzlich. Dann entschwand Margot Gerhaus so unvermittelt, wie sie erschienen war.

Noch eine Weile saß Hanna bei den Affen. Doch sie hatte plötzlich keine Muße mehr. Die Tiere zogen sie nicht mehr in ihren Bann. Eine innere Unruhe war in ihr aufgestiegen, die nach Bewegung verlangte. Sie ging achtlos an den Raubkatzen und den Elefanten vorbei zum Ausgang am Rosensteinpark und durch den Park wieder in Richtung Präsidium. Dort setzte sie sich in ihr Auto und fuhr nach Hause.

2

Die Wohnung war groß und leer. Sie ging von Raum zu Raum. Durch das Zimmer der Jungs, das seit Monaten nicht mehr benutzt worden war. In Steffies Reich, das bald verwaist sein würde. Das Wohnzimmer, in dem sie sich geborgen fühlte und doch einsam, wenn Steffie nicht da war. Die Küche, die für sie alleine eigentlich zu groß war.

Sollte sie einfach alles belassen, wie es war? Oder war die Zeit für Veränderungen gekommen? Vor Jahren schon hatte sie den Plan gefasst, eines Tages in eine kleine schnuckelige Wohnung am Rande der Stadt zu ziehen und sich einen Hund zuzulegen. Sie war mit einem Hund aufgewachsen. Er hieß ganz profan Bello und war der tollste Schäferhund der ganzen Welt. Sie war vierzehn, als ihr Vater Bello eines Tages zum Auto trug, weil er nicht mehr laufen konnte, mit ihm zum Tierarzt fuhr und ihn nicht mehr mit nach Hause brachte. Noch jahrelang war sie der festen Überzeugung, dass kein Mensch sie je so gut verstanden hatte wie Bello. Immer hatte sie sich wieder einen Hund gewünscht. Doch die Umstände waren nicht so, dass dieser Wunsch in Erfüllung gehen konnte. Jetzt wäre vielleicht die Zeit dafür gekommen.

Aber hier einfach alles aufgeben? Der Gedanke machte ihr Angst. Das eine waren vage Ideen – etwas ganz anderes war es, sie in die Realität umzusetzen. Sie hatte diese Altbauwohnung gefunden, als sie von der Polizeihochschule zurückkam. Eine bezahlbare Wohnung, die ihnen allen genügend Platz bot, wenngleich damals noch mit einem provisorischen Bad. Sie mochte das Karree der alten Gründerzeithäuser mit seinem großen Innenhof, von denen es gerade hier im Stuttgarter Westen noch viele gab. Jetzt war in diesem Innenhof sogar ein Spielplatz angelegt. Doch auch schon damals, als sie einzog, war dieser Hof mit seinen Teppichstangen und Gemüsebeeten ein sicherer Ort, in dem man die Kinder mitten in der Großstadt einfach springen lassen konnte. Sie liebte die verglaste Veranda, die sich bei den ersten Frühlingssonnenstrahlen in ein warmes Plätzchen verwandelte und ein bisschen Grün und bunten Blütenflor gedeihen ließ.

Sie kannte die Nachbarn. Frau Wassmer, die immer nach den Kindern geschaut hatte, wenn Hannas Dienstzeiten sie nicht rechtzeitig nach Hause kommen ließen. Manchmal hatte sie sogar für die drei gekocht. Jetzt war sie alt, und Hanna half ihrerseits manchmal beim Einkaufen oder nahm ihr die Kehrwoche ab. Da war die junge Familie im ersten Stock mit den beiden lieben Kindern. Hanna staunte immer wieder, wie nett und pflegeleicht die beiden waren. Und das ältere Ehepaar, in deren Wohnung sie noch nie einen Blick geworfen hatte und mit denen sie dennoch im Treppenhaus gerne mal ein Pläuschchen hielt.

Sie kannte das Viertel. Den Demeterladen, wo sie manchmal eine besondere Teesorte kaufte. Die Uhrmacherwerkstatt, vor der Autos mit Kennzeichen aus der ganzen Republik und halb Europa hielten. Die Boutique mit ihren extravaganten Klamotten und den schönen Bildern. Ab und an hatte Hanna sich dort etwas Schönes gekauft, das dann leider nur zu selten getragen wurde. Wann hatte sie schon mal die Gelegenheit, sich in Schale zu werfen?

Was hatte Margot Gerhaus sie gefragt? Wann sie das letzte Mal geflirtet hatte? Hanna setzte sich auf die Kante eines Wohnzimmersessels. Der Gedanke daran, dass sie je wieder einen Mann haben könnte, war so ungewohnt, dass ihr fast schwindelig wurde.

Ja, da war etwas, vor einigen Jahren. Sie hatte gemeinsam mit Volker einen großen Einsatz mehrerer Hundestaffeln organisiert. Seit langer Zeit hatte Hanna einmal wieder dieses Prickeln gespürt. Der Leiter der Stuttgarter Hundestaffel hatte genau die männliche Ausstrahlung, die Hannas Knie weich werden ließen. Ein paar Tage nach der erfolgreichen Aktion hatten sie sich noch einmal getroffen und waren gemeinsam essen gegangen. Das Gespräch, das sie damals geführt hatten, war von einer solchen Vertrautheit und Verbundenheit getragen, wie Hanna es kaum für möglich gehalten hätte. Sie hatten auch über den Einsatz gesprochen, über Hunde und deren phantastische Fähigkeiten. Doch im Wesentlichen war es um seine Frau gegangen, die erst vor einem halben Jahr an Krebs gestorben war, und um den Umgang mit dem Tod eines geliebten Partners. Hanna hatte durchaus das Gefühl gehabt, dass auch Volker sich zu ihr hingezogen fühlte. Aber auch, dass es noch zu früh für ihn war, sich auf eine neue Beziehung einzulassen. Man setzte den Kontakt also nicht mehr fort. Und später hörte sie, dass der Leiter der Hundestaffel wieder mit einer Frau zusammenlebte.

Und heute, mit wem sollte sie da schon flirten? Sie ging im Geist die Männer durch, mit denen sie es zu tun hatte. Keiner hätte sie gereizt. Und war sie selbst denn noch als Frau attraktiv, mit ihrem Hüftgold, ihrer Cellulitis und den immer tiefer werdenden Falten um Mund und Augen? Sie wusste noch nicht einmal, ob sie noch imstande war, Sex zu haben, so nonnenhaft wie sie die Jahre über gelebt hatte. Männer – das konnte sie vergessen.

Blieb der Hund. Doch konnte sie allein ein solches Tier versorgen und seinen Bedürfnisse gerecht werden? Bei ihren unregelmäßigen Arbeitszeiten und den Überstunden, die immer anfielen, wenn sie, wie jetzt, einen brenzligen Fall hatten? Und ein Hund bedeutete auf jeden Fall auch Umzug. Denn ein solches Lebewesen in einem Stadtviertel wie dem Westen zu halten, hielt sie schlicht für Tierquälerei. Damit war sie wieder am Anfang, bei ihrer Angst, die gewohnte Umgebung aufzugeben.

Womöglich würde sie doch noch einmal Margot anrufen. Mit ihr konnte sie vielleicht die Gedanken und Gefühle ordnen, die sie umtrieben und verwirrten. Wenn sie den Spurstangentäter gefasst hatten. Bis dahin mussten die Dinge bleiben, wie sie nun einmal waren.

Hanna schlief unruhig in der Nacht und wachte mehrere Male auf. Seit langer Zeit erschien ihr im Traum wieder Michael, jung und stark, wie er damals war.

»Mach es!«, sagte er zu ihr. »Du darfst es tun!« Aber was sie tun sollte, sagte er ihr nicht.

Montag, 15. Februar 2010

1

Hanna hatte am Morgen gerade den Mantel abgelegt, da klingelte das Telefon auf ihrem Schreibtisch. Und damit begann ein völlig verrückter Tag.

Als sie abnahm, meldete sich ein Kollege der Kriminalpolizei Ludwigsburg. Ohne Umschweife kam er zur Sache: »Frau Stankowski, Sie bearbeiten doch den Fall mit der Auto-Sabotage. Wir haben gerade einen Anruf bekommen. Von einer Frau. Ihr Mann ist Anlageberater bei der Creditbank in Stuttgart. Sie haben heute Morgen einen Umschlag vor der Haustür gefunden. Mit einem Erpresserbrief. Ganz haben wir es nicht verstanden. Die Frau war ziemlich aufgeregt. Aber es muss wohl etwas von einem Autounfall in dem Brief stehen, mit dem der ganzen Familie gedroht wird.«

Hanna stockte der Atem. Sie musste sich erst mal setzen. Dann fragte sie: »Haben Sie Namen und Adresse?«

»Markus und Theresa Czicha.« Er teilte Hanna Adresse und Telefonnummer mit. »Ich habe Ihnen das aber alles auch schon per E-Mail rübergeschickt. Und einen kleinen Bericht.«

»Haben Sie persönlich mit ihr gesprochen?«

»Ja.«

»Haben Sie schon irgendetwas unternommen?«

»Nein, der Anruf kam vor gerade mal fünfzehn Minuten, und wir wollten uns zuerst mal mit Ihnen kurzschließen.«

»Ist Gefahr im Verzug?«

»Soweit wir es sehen: Nein. Die Leute trauen sich nur nicht, in ihr Auto zu steigen.«

»Das sollen sie auch mal schön bleiben lassen«, sagte Hanna heftig. »Ich muss jetzt erst im Hause besprechen, wie wir hier vorgehen. Dann werde ich mich wieder bei Ihnen melden, damit wir uns abstimmen.«

Sie öffnete schnell ihr E-Mail-Postfach. Die Nachricht war schon da. Gerade wollte sie Franz Kallingers Durchwahl eintippen, als ihr Handy sich meldete. Franz war schneller gewesen. Offenbar hatte man auch ihn sofort informiert.

»Hanna, da scheint schon wieder ein Anschlag auf ein Auto verübt worden zu sein. Oder geplant. Der Direktor der Ludwigsburger Polizei hat mich eben angerufen. Komm gleich mal zu mir.«

»Hab ich auch schon erfahren. Ich leite dir eine Mail weiter. Von dem Kollegen, der den Anruf angenommen hat.«

Sie hastete in Kallingers Büro.

Wie üblich winkte er sie zum Besucherstuhl, ohne sich zu erheben.

»Die Kripo in Ludwigsburg meint, es handelt sich um einen Erpresserbrief«, kam Hanna umgehend zur Sache.

Kallinger stöhnte. Obwohl es im Raum nicht besonders warm war, zog er ein großes Taschentuch aus einer Schublade und wischte sich die Stirn. »Das geht mir langsam ganz schön an die Nerven«, sagte er gequält.

Ein Signalton seines Computers meldete die Ankunft der E-Mail. Hanna stellte sich hinter den massigen Mann und sah über seine Schulter auf den Bildschirm. Kallinger öffnete den Bericht. Nach dem Protokoll des Beamten in Ludwigsburg hatte Theresa Czicha die Kripo angerufen und ihr mitgeteilt, dass am Morgen vor der Tür ihres Hauses in Ludwigsburg ein großer Umschlag lag. Der Name ihres Mannes stand darauf. Drinnen waren ein Brief und ein weiterer kleiner Umschlag mit einer SIM-Karte. In dem Brief stand ungefähr, dass Herr Czicha 130 000 Euro besorgen sollte, und zwar bis morgen. Über ein Handy mit der beigelegten SIM-Karte würde man ihm mitteilen, wohin er das Geld bringen sollte. Sollten sie zur Polizei gehen oder die Übergabe aus anderen Gründen nicht klappen, so könnten er und seine Familie nie wieder in ein Auto steigen, ohne Angst haben zu müssen, dass ihnen das Gleiche passierte wie den zwei Bankangestellten in Stuttgart. Die Frau wusste zwar gar nicht, was denen geschehen war, wohl aber ihr Mann. Die beiden wurden angewiesen, zu Hause zu bleiben und zu warten, bis die Polizei sich wieder bei ihnen meldete.

Franz Kallinger griff zum Telefon: »Da will ich, dass Stefan dabei ist.«

Hanna versuchte Frenzel zu erreichen. Und tatsächlich meldete er sich sofort und teilte ihr mit, dass er bereits an der Pforte des Präsidiums war. Sie bat ihn, direkt zum Leiter der Kriminalinspektion 1 zu kommen.

Drei Minuten später stand der Staatsanwalt in Kallingers Büro und kurz danach auch der Leiter des Dezernats für Raub und Erpressung, Stefan Wunderlich. Kallinger las laut die E-Mail des Ludwigsburger Kollegen vor.

Frenzel verzog sorgenvoll das Gesicht und sagte nur: »Daran kann sogar ich nun gar nichts Lustiges finden. Obwohl heute ja Rosenmontag ist.«

»Könnte das ein Faschingsscherz sein?«, fragte Kallinger den Leiter von Raub und Erpressung.

Stefan Wunderlich schwieg einen Moment und überlegte. Der Mittvierziger hatte ein kantiges Gesicht und wirkte immer ein bisschen steif. Sein Name passte überhaupt nicht zu ihm. Er war alles andere als wunderlich. Er war vielmehr ein geradliniger und unbeirrbarer Realist. Er hatte nie schlechte oder gute Laune, er regte sich nie auf und wunderte sich nie. Auch jetzt nicht. Nüchtern sagte er: »Könnte sein, könnte aber auch nicht sein. Wir gehen erst mal grundsätzlich davon aus, dass es ernst ist. Und das heißt …« Nun spulte er routiniert seine Agenda ab. »Zunächst müssen wir checken, ob das Haus dieser Leute beobachtet wird. Da brauchen wir Unterstützung von den Kollegen der Fahndung. Und eine richterliche Anordnung«, sagte er zu Frenzel hin. Der nickte eifrig und machte sich Notizen.

»Wir müssen diesen Herrn Czicha anrufen. Am besten gleich. Er muss uns den Erpresserbrief zufaxen oder vorlesen. Damit wir wissen, was der oder die Täter genau wollen. Erst dann können wir planen.«

»Das machst am besten du, Hanna«, bestimmte Kallinger.

»Dann müssen Telefone und Handys der ganzen Familie überwacht werden«, fuhr Wunderlich fort, »falls sich der Erpresser telefonisch meldet. Wenn das Haus sauber ist, könnt ihr reingehen und mit den Leuten reden. Vor allem den Erpresserbrief brauchen wir. Der muss so schnell wie möglich in die KTU. Und zum BKA zur Sprachanalyse.«

»Die Spurensicherung muss mit«, unterbrach ihn Hanna. »Wir müssen feststellen, ob da wirklich an einem Auto rumgesägt worden ist.«

»Insgesamt nicht mehr als drei Leute«, meinte Wunderlich kategorisch. »Jemand von der Soko, ich und einer von der SpuSi. Mehr nicht! Wir dürfen auf keinen Fall Aufsehen erregen. Wir brauchen verdeckte Fahnder, Franz. Und eine Videoüberwachung können Sie auch gleich mal beantragen«, wies er den Staatsanwalt an, der wie Kallinger nur ergeben nickte. »Vielleicht brauchen wir sie, vielleicht auch nicht. Aber wenn wir sie brauchen, dann sehr schnell.«

Auch wenn sich Hanna durch den Kollegen ein bisschen übergangen fühlte, so war ihr doch sehr recht, jemanden zur Seite zu haben, der Erfahrung mit Erpressungen hatte. Vor allem, weil die Zeit jetzt drängte.

Das Erste war der Anruf bei Familie Czicha. Franz Kallinger stellte die Lautsprecher seiner Telefonanlage an und ebenso die Geräte für den Mitschnitt des Gesprächs.

Hanna hatte kaum die Nummer gewählt, da ging auch schon jemand ans Telefon. Es war Frau Czicha. Wie sie ihren Namen aussprach, klang wie das Zischen einer Signalrakete.

»Frau Czicha, ich bin Hauptkommissarin Hanna Stankowski vom Polizeipräsidium in Stuttgart«, stellte sich Hanna vor. »Die Kollegen aus Ludwigsburg haben uns eingeschaltet. Sie sollen einen Drohbrief bekommen haben.«

»Genau«, sagte die Frau. Sie hatte eine hohe, spitze Stimme, die durch die Aufregung wohl noch schriller wurde. »Ich weiß jetzt gar nicht, was wir machen sollen. Mein Mann muss zur Arbeit. Der Junge muss in die Schule. Und wir wissen nicht, ist das ein Scherz oder was soll das Ganze?«

Im Hintergrund hörte man eine dunkle grantige Männerstimme, die irgendeine dumme Kuh beschimpfte. Sie keifte zurück: »Du bist ja verrückt! So was ohne die Polizei. Das ist doch Wahnsinn.«

Der Mann im Raum polterte jetzt vernehmbar: »Die machen doch alles nur noch schlimmer.«

»Frau Czicha, hören Sie mir bitte genau zu«, sagte Hanna eindringlich. »Sie melden Ihren Mann jetzt krank. Und Ihren Sohn ebenfalls. Sie rühren kein Auto an. Keiner von Ihnen. Und wir werden Folgendes machen: Wir haben Spezialisten. Die werden Ihr Wohngebiet überprüfen und feststellen, ob Ihr Haus beobachtet wird. Nach diesen Beamten brauchen Sie gar nicht erst Ausschau zu halten. Sie werden sie nicht sehen. Am besten, Sie verhalten sich einfach so, wie wenn Ihr Mann und Sohn tatsächlich krank geworden wären. Wenn wir keine Beobachter vorfinden, werden wir zu Ihnen kommen. Dann können wir über alles in Ruhe sprechen.«

»Und wenn doch jemand da ist?« Sie klang panisch.

»Das ist unwahrscheinlich«, sagte Stefan Wunderlich so laut, dass Frau Czicha ihn hören konnte. »Erpresser bleiben normalerweise so gut es geht im Verborgenen. Damit sie nicht schon vor der Geldübergabe erwischt werden. Die Überprüfung Ihrer Wohngegend ist nur eine Vorsichtsmaßnahme.«

»Na gut.« Die Frau schien beruhigt.

»Aber was wir jetzt sofort brauchen, Frau Czicha«, schaltete sich Hanna wieder ein, »das ist der genaue Wortlaut des Briefes. Könnten Sie das Schreiben jetzt bitte erst mal in eine Klarsichtmappe legen? Auch den Umschlag und alles, was sonst noch dabei war. Sie sollten möglichst wenig Spuren darauf hinterlassen. Haben Sie ein Fax? Oder einen Scanner? Damit Sie uns den Brief zusenden können?«

»Nein, hier brauchen wir so was ja nicht.«

»Dann lesen Sie uns bitte den Text vor.«

»Ja, einen Moment, Klarsichtmappen, da muss ich schauen … ich bin gleich wieder da.« Sie legte den Hörer weg, der jedoch sofort wieder aufgenommen wurde.

»Czicha«, meldete sich nun die Männerstimme. Bei ihm klang es wie ein Böllerschuss. »Was haben Sie denn jetzt vor?«, fragte er angriffslustig. »Sie werden nichts unternehmen, ohne das mit uns abzustimmen. Sie werden meine Familie nicht gefährden.«

»Herr Czicha, wir sind Profis«, sagte Hanna. »Wir sind zu Ihrem Schutz da.«

Für einen Moment schien der Mann perplex. Ob es die unerwartete Frauenstimme oder die klare Ansage war, blieb unklar. Doch dann polterte er wieder: »Und was wollen Sie jetzt machen?«

»Herr Czicha, zunächst brauchen wir den Text des Briefes. Und dann verspreche ich Ihnen, dass wir jedes Detail mit Ihnen durchsprechen werden. Sie sind gefährdet! Glauben Sie mir, das ist uns durchaus sehr bewusst.« Hanna legte allen Nachdruck, zu dem sie fähig war, in ihre Stimme.

Der Hörer wechselte. Frau Czicha schien durchaus energisch genug zu sein, ihrem Mann das Zepter aus der Hand zu nehmen. »Also, ich hab's jetzt.« Langsam und mit hoher Stimme las sie vor:

Herr Czicha,

das ist kein Scherz sondern ganz ernst gemeint. Besorgen Sie sich sofort 130 000 Euro. Aber keine neuen Scheine und sie dürfen nicht durchlaufend sein. Sie können das!

»›können‹ ist unterstrichen«, erklärte Frau Czicha und fuhr fort:

Sie müssen das Geld bis morgen besorgt haben. Legen Sie die Telefonkarte in ihr Handi. Sie bekommen bald einen Anruf und erfahren dann, wo Sie das Geld hinbringen müssen.

Was wir wollen ist nur Gerechtigkeit!

Wenn Sie die Polizei informieren oder das Geld nicht bringen, dann geht es ihnen so wie den Bankangestellten in Stuttgart, die einen Unfall hatten. Wenn Sie dann in ein Auto stei-

gen, dann müssen Sie immer Angst haben, dass das Fahrzeug manipuliert worden ist und ein Unfall passiert. Und das gilt genauso für ihre Frau.

»Vielen Dank, Frau Czicha, das hilft uns weiter«, sagte Hanna aufrichtig. »Sie hören so schnell wie möglich wieder von uns.«

»Hundertdreißigtausend – was ist denn das für eine Summe?«, fragte Friedebald Frenzel erstaunt. »Ein ehemals mächtiger Chef einer mächtigen deutschen Bank hätte gesagt: ›Das sind ja nicht einmal Peanuts.‹«

Auch Hanna kam der Betrag seltsam vor. Warum nicht hunderttausend? Warum nicht dreihundert- oder fünfhunderttausend?

»Das mit der SIM-Karte ist auch ungewöhnlich, normalerweise rufen Erpresser auf dem Festnetz an. Auf jeden Fall können wir auch so das Gespräch problemlos abhören.« Wunderlich klang erstaunt.

»Das könnte bedeuten«, überlegte Hanna, »dass der Erpresser davon ausgeht, dass dieser Czicha nicht zur Polizei geht.«

»Vielleicht hat er ja ein paar Vermögensleichen im Keller liegen«, lachte Frenzel. »Der war ja gar nicht begeistert, dass seine Frau uns eingeschaltet hat.«

»Wie auch immer …« Franz Kallinger hob seine schweren Pranken und ließ sie auf den Schreibtisch fallen. »Wir müssen uns an die Arbeit machen. Stefan, du informierst die Fahndung und sprichst dich mit den Kollegen ab. Die Leitung der Sonderkommission …« Er stockte und überlegte einen Moment. Und wieder einen Moment zu lange. »… die bleibt bei Hanna«, sagte er dann und wandte sich an sie. »Bei dir laufen alle Infos zusammen. Und du informierst die Ludwigsburger. Und die Kriminaltechnik. So, und nun an die Arbeit.«

Sie erhoben sich, um sich ihren Aufgaben zuzuwenden. Als Hanna den Raum verlassen wollte, rief Kallinger sie zurück. Er saß schwer in seinem robusten Bürostuhl und sah sie sorgenvoll an.

»Packst du das?«, fragte er sie.

Verdammt noch mal, ärgerte sich Hanna wieder. Was erwartete er, dass sie darauf antwortete?

Auf einmal hatte sie die Idee, dass Franz Kallinger selbst befürchtete, er könne die Aufregung nicht mehr ertragen. Offenkundig fühlte er sich durch den Ausfall von Andreas Bialas in besonderem Maße für diese Ermittlungen verantwortlich. Er übernahm operative Funktionen, die schon längst nicht mehr zu seinen Aufgaben gehört hatten. Hanna sah plötzlich, dass er, leicht vornübergebeugt, beide Hände übereinander auf den Brustkorb drückte, genau dort, wo die Wölbung seines Leibes begann. Hatte er etwa wirklich Angst vor einem Herzinfarkt?

»Ich schaff das, Franz. Mach dir keine Sorgen.«

Und tatsächlich: Der massige Mann schien sich etwas zu entspannen.

2

Hanna fühlte sich aus der Bahn geworfen. Die Planungen vom Vortag waren Makulatur. Im Sitzungsraum der Sonderkommission warteten Kollegen vom Kriminaldauerdienst, vom Landeskriminalamt und Gruppenführer der Polizeihundertschaft. Sie drehten Däumchen und waren schon sichtlich genervt.

Natürlich – die Besprechung der Sonderkommission hätte schon vor über einer halben Stunde beginnen sollen. Hanna rief die eigenen Leute zusammen, die an ihren Schreibtischen noch genügend zu tun gehabt hatten, um die Wartezeit zu überbrücken.

»Wir haben eine neue Situation.« Sie schilderte, was geschehen war. Die Kollegen sahen sie betroffen an. Keiner sagte ein Wort, nachdem sie berichtet hatte. Einen Moment lang wusste Hanna nicht weiter. Sollte man die Befragungsaktion in den Wohngebieten der beiden Opfer nun trotzdem starten? Für zehn Uhr war die Befragung der RVB-Kunden angesetzt, denen Behrends und Kollegen die fondsgebundenen Lebensversicherungen angedreht hatten. Sollte man sie wieder heimschicken? Man durfte sich jetzt nicht verzetteln. Doch sie befürchtete auch Versäumnisse, wenn man jetzt alles andere außer der Erpressung vergaß.

Aus den Augenwinkeln sah sie Dieter Schwandtner, die Arme verschränkt, die Nase hoch oben und der Blick spöttisch auf sie gerichtet. Sie atmete tief durch und sagte bestimmt: »Alles, was hier im Hause erledigt werden kann, geht weiter nach Plan. Dabei muss klar sein: Jeder von euch kann kurzfristig mit einer anderen Aufgabe betraut werden. Dieter und Luca, ihr vernehmt zusammen die Kunden von der Real-Vermögensberatung. Und kein Wort über die Erpressung! Danach bereitet ihr weiter die Nachbarschaftsbefragungen vor. Bitte stimmt euch ab mit den Kollegen von der Hundertschaft.« Sie wandte sich an die Gruppenführer. »Auch Sie müssen sich jetzt flexibel auf die Situation einstellen.«

Die nickten und einer brummte: »Kennen wir.«

Nicole Marinescu und Rudolf Kuhnert wandten sich zum Gehen, nachdem das Meeting so schnell beendet war. Sie konnten hier nicht mehr helfen und hatten, wie sie sagten, beim LKA mehr als genug zu tun.

Doch Hanna hielt sie kurz auf: »Gibt es irgendetwas, das ich über die Creditbank wissen müsste?«

Kuhnert schob seine aus der Mode gekommene Brille nach oben, sah Hanna scheinbar verwirrt an und sagte erst mal: »Ähm.« Dann spulte er sein Wissen ab: »Die Creditbank, ähm … eine der größten Privatbanken. Keine Landesbank, will ich sagen. Ähm … und … ja, die Übernahme der Leipziger Bank. Mit denen haben sie fusioniert. Ja, eigentlich, um damit zu den ganz Großen weltweit zu gehören. Aber dann hat man die Risiken unterschätzt, die sie mit der Leipziger Bank übernommen haben. Kurz nach der Übernahme hat die Creditbank eine Sonderprüfung durchgeführt und festgestellt, dass durch das Investmentbanking der Leipziger ein Verlust in Höhe von 6,3 Milliarden Euro entstanden ist.«

Nicole Marinescu schüttelte den Kopf: »Dass es immer wieder das Gleiche ist! Die Investmentbanker verspekulieren sich. Und keiner merkt es.«

»Und jetzt, ähm«, setzte Kuhnert seinen Vortrag fort, »jetzt hat die Creditbank auch noch das Problem mit den Boni-Zahlungen. Die Investmentbanker der ehemaligen Leipziger wollen gegen die Creditbank klagen. Sie fordern 250 Millionen Euro an Boni. Weil die ihnen vor der Übernahme ihrer Bank zugesagt worden sind. Die sind jetzt vor ein Gericht in London gegangen. Also genau die Leute, ähm, die die hohen Verluste verursacht haben. Durch die die Creditbank selbst in existenzielle Nöte gekommen ist. Verstehen Sie? Die Bundesrepublik musste mit 18 Milliarden Euro bei der Creditbank einsteigen, damit die Bank gerettet werden konnte.«

Hanna verstand vor allem, dass es um für sie unvorstellbare Summen ging. Und dass in diesem ganzen Bankenklüngel etwas gründlich schiefgegangen sein musste. Doch das Thema brachte sie momentan nicht weiter. Sie wandte sich an Nicole Marinescu: »Ich denke, das können wir jetzt hintanstellen, oder?«

Die junge Frau nickte bestätigend: »Ich glaube auch. Sie müssen jetzt erst mal diesen Erpresser fassen.«

»Ich melde mich bei Ihnen, sobald ich meine, dass ich Ihre Hilfe nochmal brauche.« Damit verabschiedete sich Hanna von den beiden LKA-Kollegen.

Dann rief sie Wildermuth an. Er war beim Kriminaltechnischen Institut des Landeskriminalamtes und wartete darauf, endlich ein paar Ergebnisse zu bekommen und sie mit den Kollegen durchzusprechen. Selbst der abgeklärte Wildermuth verlor ein bisschen die Fassung, als Hanna ihm die Lage schilderte. »Was nimmt denn das für Dimensionen an?«, fragte er und versprach, einen seiner besten Leute in Bereitschaft zu versetzen.

Hanna sprach noch einmal mit den Ludwigsburger Kollegen. Dort war man froh, dass die Stuttgarter ihnen den Fall abnahmen, zumal bei Drohbriefen das Dezernat für Raub und Erpressung im Polizeipräsidium Stuttgart ohnehin hinzugezogen wurde. Sie überlegte, was sie für die Befragung der Czichas brauchte. Die Listen der Telefon- und Internet-Kontakte von Ludger Behrends und Karlheinz Kienle und ein paar Daten über die beiden Opfer legte sie sich bereit.

Danach wusste Hanna nicht mehr recht, was sie tun sollte. Sie hatte nicht den Nerv, jetzt noch einen Bericht zu schreiben oder zu lesen. Endlich kam der Anruf von Wunderlich: »Es kann losgehen.« Sie informierte den Kriminaltechniker. Alle drei trafen sich im Fuhrpark und nahmen einen unauffälligen Dienstwagen, um nach Ludwigsburg zu fahren.

3

Hanna kannte sich in Ludwigsburg nicht besonders gut aus. Aber dass die Wohngegend der Familie Czicha zu den nobleren Stadtteilen gehörte, sah man gleich. Ihr Haus lag ganz in der Nähe des Schlosses von Herzog Eberhard Ludwig, das der sich seinerzeit gebaut hatte, um dem Sonnenkönig in Versailles nachzueifern. Im Norden grenzte es an Felder, im Osten an den Favoritepark.

Die Czichas lebten in einem komfortablen Einfamilienhaus, modern, aber mit Stilelementen der norddeutschen Gutshäuser – mit dunklem Walmdach und Gauben, mit Erkern und Säulen am Eingang und unter dem Balkon.

Frau Czicha öffnete den drei Beamten und bat sie herein. Sie war eine zierliche Person mit rötlich-blond gefärbten Haaren und gekleidet, als wollte sie sogleich zur Arbeit in einem Designbüro gehen. Das korallenrote, eng anliegende Kleid stand ihr hervorragend. Kette und Ohrringe in schwarz setzten dazu interessante Akzente. Dazu passte die Brille mit rotschwarzem Gestell, durch das Frau Czicha ihre Gäste mit den großen Augen einer Weitsichtigen prüfend ansah. Sie war um die vierzig und eine der Frauen, die auch in diesem Alter noch keine Gewichtsprobleme und eine beneidenswerte Figur hatten. Der Wohnung sah man jedoch an, dass sich ihr eine Perfektionistin den ganzen Tag über widmete. Die weißen Fliesen im Eingangsbereich und die anthrazitfarbigen mit Schieferstruktur im Wohn- und Essbereich wiesen kein Stäubchen auf. Auch die Inneneinrichtung der Czichas war kühl-modern mit weißen Ledersofas und grauen Hochglanzregalen, gekonnt kombiniert mit antiken Holzmöbeln.

Theresa Czicha war noch immer aufgeregt und wollte so rasch wie möglich die Haustür hinter den Besuchern schließen: »Kommen Sie schnell rein. Mit dem Hund musste ich natürlich kurz raus«, meinte sie halb entschuldigend, halb zickig. Sie geleitete sie sogleich ins Wohnzimmer, wo Markus Czicha zeitunglesend auf sie wartete. Ein kleiner schmächtiger Junge mit dunklen Haaren von ungefähr acht Jahren saß neben ihm auf dem Sofa und sah die Beamten ängstlich an. Auch ein Husky, ein wunderschönes Tier, beäugte die Fremdlinge neugierig und doch distanziert.

Frau Czicha führte Regie: »Konstantin, du gehst jetzt auf dein Zimmer. Akira, auf den Platz. Markus, die Polizisten sind jetzt da.«

Hanna und Wunderlich stellten sich vor. Der Mitarbeiter von Wildermuth, ein noch junger, aber gewissenhafter Kriminaltechniker, stürzte sich sofort auf den Erpresserbrief, der auf dem Couchtisch lag und tütete ihn mitsamt den Umschlägen professionell ein. Dann packte er seine Schutzkleidung aus und zog sie über, ohne auf die Menschen um sich zu achten.

»Wollen Sie sich nicht setzen?«, forderte Frau Czicha sie auf. Markus Czicha, ein großer Mann mit dichtem dunklem Haar und einem eher derben Gesicht, hatte bisher nur »Hallo« gesagt und war unbeholfen herumgestanden.

Hanna sah den erwartungsvollen Blick des Kriminaltechnikers, der nun in weißem Overall, den großen Koffer mit der Grundausstattung forensischer Geräte und Mittelchen in der Hand, bereitstand.

»Ich möchte, bevor wir uns unterhalten, zuerst mal Ihre Garage und die Zugänge zu ihr sehen«, sagte Hanna. »Unser Kollege von der Spurensicherung muss sie untersuchen.«

Markus Czicha war noch immer widerborstig: »Was machen Sie denn hier für einen Aufstand? Am Ende ist alles ein übler Rosenmontags-Streich.«

»Und wenn nicht?«, fragte Stefan Wunderlich kühl.

Czicha blieb ungehalten. Doch er fügte sich und zeigte ihnen die Örtlichkeiten. Die Doppelgarage war direkt ans Haus angebaut. Man konnte sie entweder von der Haustür aus durch das geöffnete Garagentor betreten oder durch eine Tür, die direkt ins Haus führte. Der Kriminaltechniker betrachtete das Garagentor und die Nebentür mit geübtem Blick und kam zu dem Urteil, dass beide vollkommen unversehrt waren. Die beiden Kriminalkommissare und den Hausherrn ließ er nur einen Blick in die Garage werfen. Dann packte er sein Handwerkszeug aus und begann mit der Arbeit.

»Lassen Sie das Tor tagsüber oder auch nachts manchmal offen?«, fragte Hanna.

Czicha schüttelte den Kopf: »Lichtschranke. Wir haben eine Lichtschranke an der Garage. Wenn sich nichts in der Lichtschranke befindet, dann schließt das Tor nach 'ner bestimmten Zeit.«

Die Situation war also eine grundlegend andere als bei den ersten beiden Unfallopfern. Aber vielleicht ging es dem Täter hier gar nicht darum, seine Androhung wirklich wahr zu machen. Er wollte das Geld, und er wollte Angst machen.

Zurück im Wohnzimmer setzten sie sich auf die weißen Ledersofas. Frau Czicha hatte bereits Kaffee serviert. Hanna nahm einen wohltuenden Schluck. Dann begann sie ihre Befragung.

»Sagen Sie, Herr Czicha. Haben Sie irgendeine Idee oder Ahnung, von wem der Brief stammen könnte?«

Czicha trug wie seine Frau eine moderne Designerbrille. Aber er war wohl eher kurzsichtig. Die kleinen Augen huschten unstet zwischen den Besuchern und den großen Fenstern des Raumes hin und her. Dann sah er die Beamten finster an und sagte nur: »Nein.«

»Sie sind Anlageberater bei der Creditbank? Ist das richtig?«

»Ja.«

»Was für einen Kundenkreis beraten Sie denn?«

»Privatkundengeschäft. Kreditvergaben und Anlageberatung.«

»Was für eine Klientel haben Sie denn da? Eher die vermögenden Leute?«

»Sie meinen Private Banking? Nein, eher nicht. Kleine und mittlere Vermögen.«

»Haben Sie Kunden, die im Zug der Finanzkrise Geld verloren haben?«, fragte Hanna.

Czicha wurde unruhig. Seine Augen wanderten noch schneller.

»Wer hat das nicht?«, sagte er kurz angebunden.

Man musste ihm wohl alles aus der Nase ziehen. Hanna ärgerte sich langsam ein bisschen.

Frau Czicha mischte sich nun ein, und sie redete durchaus gerne: »Im Augenblick sind alle sauer. Und alle schimpfen auf die Bankangestellten. Die können doch überhaupt nichts dafür. Das Ganze haben doch die Amis verursacht. Mit ihren Hypotheken. Wo jeder Junkie einen Kredit für ein Haus bekommen hat. Und jetzt, wo die Amis den ganzen Finanzmarkt runterziehen, jetzt sollen die Finanzberater schuld sein, weil sie falsch beraten haben. Da müssen sich die Leute eben selbst auch informieren, in was sie da investieren.«

Markus Czicha sah sie scharf an. »Halt die Klappe«, sagte der Blick.

»Nochmal, Herr Czicha«, insistierte Hanna. »Gibt es jemanden in Ihrem Kundenkreis, der – berechtigt oder unberechtigt – eine Wut auf Sie hat, weil er Ihnen die Schuld an finanziellen Verlusten gibt?«

»Keine Ahnung«, maulte Czicha. »Was weiß ich, was die Leute meinen. Zurzeit verlieren sie ja sogar mit Staatsanleihen Geld. Die wollen, dass es immer nur nach oben geht. Und jetzt ist es halt mal anders.«

Hier kam Hanna nicht weiter. Sie öffnete die Mappe, die sie mitgebracht hatte, und legte Bilder von Ludger Behrends und Karlheinz Kienle auf den Couchtisch. »Das ist Ludger Behrends, Finanzberater bei der Real-Vermögensberatung. Sagt Ihnen das irgendetwas?«

»Sind das die Typen, die letzte Woche den Unfall hatten?«, fragte Czicha.

»Woher wissen Sie eigentlich davon?«, fragte Hanna zurück.

»Da hat man im Kasino drüber gesprochen, am Samstag.« In einer Bank hieß das also ›Kasino‹ und nicht wie auf gewöhnlicher Arbeit Kantine.

»Sie waren da auch in der Bank?«

»Sie werden's nicht glauben«, bellte Czicha. »Aber wir arroganten Banker kommen sogar mal samstags zur Arbeit. Nur unseren geschätzten Kunden zuliebe.«

»Und was wurde dort genau erzählt?«

»So genau weiß ich das nicht mehr. Dass irgendein Irrer es auf Banker abgesehen hat und die Bremsen von ihren Wagen kaputtmacht.«

»Kennen Sie einen der beiden?«, nahm Hanna den Faden wieder auf. »Das hier ist Karlheinz Kienle. Er arbeitet bei der Württembergisch-Badischen Südbank.«

»Das sagt mir was«, meinte Czicha und nahm das Bild von Kienle zur Hand. »Ist der da nicht im Privatkundengeschäft irgendein höheres Tier?«

»Er ist verantwortlich für die Geldanlagen vermögender Leute«, sagte Hanna. Die genaue Bezeichnung von Kienles Position fiel ihr nicht mehr ein. »Haben Sie schon mal irgendetwas mit ihm persönlich zu tun gehabt?«

Czicha schüttelte den Kopf. »Nein, noch nie.«

»Herr Czicha, ich möchte Sie bitten, mir eine Liste mit den Namen Ihrer Kunden zukommen zu lassen«, sagte Hanna so unverfänglich wie möglich.

Doch der Bankangestellte reagierte sofort heftig: »Das fällt unters Bankgeheimnis. Das kommt überhaupt nicht in Frage. Was glauben Sie, wie ich mich da in die Nesseln setzen würde.«

Jetzt schaltete Wunderlich sich ein und wandte sich an Hanna: »Können wir diese Sachen auch später noch klären? Wir stehen unter Zeitdruck.«

Hanna nickte.

»Zuerst mal zu der SIM-Karte. Haben Sie die schon in ein Handy getan?«

Czicha stand auf und holte ein kleines Mobiltelefon. »Wir hatten da noch ein altes«, meinte er.

Wunderlich holte aus einer Aktentasche ein kleines elektronisches Gerät und Latex-Handschuhe. Nachdem er die Handschuhe übergezogen hatte, öffnete er das Handy, nahm die SIM-Karte heraus und schob sie in das mitgebrachte Gerät.

»Wir lesen die Daten aus«, erläuterte er. »Wir können damit herausbekommen, wo die Karte gekauft wurde. Vor allem können wir aber dieses Handy orten und alle Gespräche abhören. Wenn der Erpresser anruft, sind wir also ständig auf dem Laufenden.«

Markus Czicha sah ihn misstrauisch an, sagte aber nichts.

»Zweites Thema: Das Geld. Sind Sie in der Lage, diese Summe zu beschaffen?«

Czicha nickte und sagte nur: »Ja.«

»So eine Summe in bar ist manchmal nicht ganz einfach«, meinte Wunderlich.

»Fünfzigtausend kann ich selbst abheben. Und beim Rest hilft mir ein Freund.«

»Wie heißt der?«

»Das geht Sie nichts an!«

»Wir könnten Ihnen das Geld auch zur Verfügung stellen«, schlug Wunderlich vor.

»Genau: Vielleicht auch Falschgeld. Oder markierte Scheine. Oder solche, bei denen der Erpresser farbige Finger bekommt. Nein, kommt nicht in Frage«, schimpfte Czicha. Er kam Hanna vor wie ein bellender Riesenschnauzer.

»Was wäre denn so falsch daran?«

»Was ist, wenn der Erpresser das merkt und Sie erwischen ihn nicht? Meinen Sie, ich will jedes Mal Angst haben, wenn ich oder meine Frau ins Auto steigen wollen?«

»Wir erwischen ihn«, sagte der Dezernatsleiter von »Raub und Erpressung« nachdrücklich. »Außerdem wollen Sie ja wohl auch Ihr Geld wiederhaben.«

»Das Geld ist zweitrangig.«

Frau Czicha mischte sich nun wieder ein: »Aber Markus, wenn der Herr Kommissar doch sagt, dass sie den erwischen! Du mit deinem ewigen Misstrauen. Und ich weiß nicht, ob wir eben mal auf hundertdreißigtausend Euro verzichten können.«

»Und es ist so«, sagte Wunderlich, »Erpresser, die tatsächlich erfolgreich waren, haben die unangenehme Eigenschaft, dass sie es meistens noch mal probieren. Dann haben Sie das Problem wieder. Oder ein anderer, was auch nicht besser ist.«

Grummelnd fügte sich Markus Czicha.

Der Mann von der Spurensicherung betrat den Raum. »Entschuldigen Sie kurz, aber das dürfte Sie interessieren: Es gibt keine metallischen Partikel. Soweit ich es beurteilen kann, sind die Spurstangen an beiden Wagen okay. Ich hätte aber gern einen Wagenheber, damit ich es mir nochmal genau anschauen kann.«

»Spurstangen?«, fragte Czicha perplex. »Ich dachte, es sind die Bremsen.«

»Warten Sie.« Frau Czicha stand auf. »Ich hole schnell die Wagenschlüssel. Dann können Sie die Wagenheber selbst rausnehmen.« Sie verließ mit dem Spurensicherer das Wohnzimmer.

Stefan Wunderlich ging wieder über zur Tagesordnung. »Nun zur Geldübergabe. Es ist ganz einfach: Sie werden genau das tun, was der Erpresser von Ihnen verlangt. Und sonst nichts. Den Rest erledigen wir.« Wunderlich reichte Czicha die SIM-Karte zurück und forderte ihn auf, sie wieder in das ausgediente Handy einzulegen.

Man merkte Markus Czicha an, dass ihm das alles nicht geheuer war. Doch vernünftige Einwände fielen ihm wohl keine mehr ein. Hanna konnte schlecht einschätzen: War es wirklich nur Misstrauen oder hatte der Bankangestellte noch andere Gründe dafür, dass das Eingreifen der Polizei ihm nicht richtig in den Kram passte? Für den Moment jedoch spielte das keine Rolle. Die Kriminalkommissare waren eingeschaltet und führten das Kommando.

Sie verabschiedeten sich von den Czichas. Den jungen Kollegen von der KTU ließen sie weiter seine Arbeit tun. Man würde ihn abholen lassen, sobald er hier fertig war.

4

Im Präsidium wartete Wildermuth auf Hanna. Endlich waren einige der Ergebnisse da, auf die sie so dringend gewartet hatten. Hanna hatte das Gefühl, in eine Zeit zurückversetzt zu sein, die elend lange her war. Eine Zeit, in der sie versuchten, einen Patrick Ascher zu überführen und krampfhaft überlegt hatten, was der mit Karlheinz Kienle zu tun haben könnte. Jetzt jagten sie plötzlich einen Erpresser und hatten noch keine Ahnung, ob die drei Fälle zusammenhingen. Trotzdem setzte sie sich mit dem Leiter der Kriminaltechnik in ihr Büro und ließ sich die Ergebnisse erklären.

»Zunächst zu den Materialuntersuchungen.« Wildermuth strich sich mit der Hand über den schwarzen Schnauzbart und legte einen Bericht vor Hanna auf den Schreibtisch. »Man kann davon ausgehen, dass beide Spurstangen mit demselben Sägeblatt angesägt wurden. Die beiden Spurstangen unterscheiden sich etwas in ihrer metallurgischen Zusammensetzung. Die Morphologie der Mikrospäne ist deshalb nicht hundertprozentig gleich. Aber die Wahrscheinlichkeit liegt bei 95 Prozent, dass es dasselbe Blatt war.

Zum Zeitpunkt, wann die Stange bei Kienle angesägt wurde, kann nach wie vor keine Aussage getroffen werden. An der Materialprüfungsanstalt versuchen sie jetzt, anhand der Korrosion an den Schnitt- und Bruchflächen der Stangen den Zeitrahmen einzugrenzen. Das ist aber bei rostfreien Stählen nicht einfach. Und dauert vor allem.«

Er zog einen anderen Bericht hervor und sprach in seiner sachlich-systematischen Art weiter: »Die Handschuhe, die in beiden Fällen getragen wurden, sind Gartenhandschuhe aus Kunstwildleder. Eine Marke, die bei OBI verkauft wird. Die Fasern sind in beiden Fällen identisch. Also noch ein Indiz dafür, dass es sich beide Male um denselben Täter gehandelt hat.«

Hanna blätterte den Bericht durch, konnte aber die Konzentration nicht aufbringen, sich wirklich in die Details zu vertiefen. Was momentan auch gar nicht nötig war. Wildermuth berichtete ja das Wichtigste. Wie einen Film ließ sie seine Erläuterungen an sich vorbeiziehen.

Der Kriminaltechniker nahm einen weiteren Bericht zur Hand. »Dann sind hier die Ergebnisse von der Untersuchung der Jacke von eurem Verdächtigen. Ums kurz zu machen: An der Jacke sind keine Anhaftungen festgestellt worden, die auf eine Anwesenheit an einem der beiden Tatorte schließen lassen. Weder aus der Garage von Behrends noch aus der von Kienle.«

Er machte eine kurze Pause und zog ein weiteres Dokument hervor. »Das korrespondiert«, sagte er dann trocken, »mit den Ergebnissen der DNA-Analyse. Die biologischen Spuren – du weißt schon: das Blut und die Hautabschürfungen –, die wir am Unterboden der Dodge Viper von Behrends gefunden haben. Wir wissen jetzt, dass sie von einem Mann sind, aber sie stammen nicht von Patrick Ascher.«

Hanna war mit einem Schlag wieder voll da: »Und das sagst du erst jetzt? Warum musst du einen immer so auf die Folter spannen, Hans?«

Er sah sie gleichmütig an.

»Gibt es sonst noch etwas, das ich unbedingt wissen müsste und das du bis zum Schluss aufhebst?«, fragte Hanna sarkastisch.

Wildermuth blieb cool: »Nur, dass das Haar aus der Garage der Familie Kienle auch nicht von Patrick Ascher stammt. Falsche Farbe, andere Morphologie. Der Mann kommt also mit großer Wahrscheinlichkeit nicht als Täter in Frage.«

Hanna nickte, griff zum Telefon und informierte Friedebald Frenzel. Der wunderte sich nicht: »Das habe ich mir halb gedacht. Damit versauen wir zwar seiner Anwältin einen schönen, publikumswirksamen Prozess. Aber wir können das Kerlchen ja nicht nur dafür schmoren lassen, damit sie ihren Auftritt hat.« Es war nun seine Sache, den Haftrichter zu informieren und die Freilassung von Patrick Ascher zu veranlassen.

5

Es war schon kurz nach drei, als Hanna dazu kam, in der Kantine eine Kleinigkeit zu essen. Dann machte sie sich daran, die Sitzung der Soko vorzubereiten, die für vier Uhr nachmittags anberaumt war. Sie wusste, es würde eine lange, anstrengende Besprechung werden. Sie hatten mittlerweile ein sehr großes Team mit den unterschiedlichsten Aufgaben, das informiert und koordiniert werden musste. Aus der ehemals kleinen Sonderkommission war nun eine große, vielköpfige Mannschaft geworden. Zu den eigenen Leuten aus dem Dezernat für Tötungsdelikte kamen die vier Kollegen vom Kriminaldauerdienst. Franz Kallinger war anwesend. Hans Wildermuth hatte den jungen Kollegen an seiner Seite, der die Garage der Familie Czicha untersucht hatte. Stefan Wunderlich hatte sieben seiner Leute vom Dezernat für Raub und Erpressung mitgebracht. Hinzu kamen zwölf Kollegen von der Fahndung. Selbst in dem großen Konferenzraum der Sonderkommission wurde es nun langsam eng.

Hanna fasste den Stand der Ermittlungen zusammen. Auf dem Whiteboard kam nun zu den Namen Ludger Behrends und Karlheinz Kienle ein weiterer hinzu: Markus Czicha, Anlageberater bei der Creditbank, Erpressung, 130 000 Euro, kein Schaden am Fahrzeug. Außer der Tatsache, dass alle drei Opfer in der Finanzberatung tätig waren, gab es nach wie vor keine Verbindungen.

Dann bat sie Luca, von der Vernehmung der RVB-Kunden am Vormittag zu berichten. Er machte es kurz: »Da ist überhaupt nichts Neues dabei rausgekommen. Die Real-Vermögensberatung hat denen Lebensversicherungen angedreht, durch die sie nur Nachteile hatten. Die hatten alle mit unterschiedlichen Vertretern der RVB zu tun. Bei keinem gibt's irgendeine Verbindung zu Karlheinz Kienle.«

»Na ja, das hat ja nun auch keine Relevanz mehr«, kommentierte Dieter Schwandtner.

Hanna verstand die Bemerkung nicht ganz. Doch sie dachte nicht weiter drüber nach. »Gibt es sonst noch irgendwelche neuen Erkenntnisse aus dem Umfeld von Behrends oder Kienle?«

»Wir haben die ganzen Recherchen in diese Richtung erst mal auf Eis gelegt«, meinte Schwandtner. »Und auch die Nachbarschaftsbefragung abgeblasen.«

Und das, ohne sich mit mir abzustimmen, dachte Hanna. Sie verstand auch nicht, warum das alles plötzlich nicht mehr wichtig sein sollte. »Ich möchte, dass wir diese Befragungen nicht aus den Augen verlieren. Die Vorbereitungen müssen weiterlaufen«, sagte sie.

Stefan Wunderlich erhob sich von seinem Platz. »Momentan muss auf jede Aktion verzichtet werden, bei der die Polizei öffentlich in Erscheinung tritt«, meinte der Chef von »Raub und Erpressung« bestimmt. »Der Erpresser darf auf keinen Fall den Verdacht bekommen, dass Czicha uns eingeschaltet hat.«

»Das sehe ich auch so, Hanna.« Franz Kallinger fuhr sich mit der Hand über die Glatze und nickte mit dem schweren Kopf. »Volle Konzentration auf die Erpressergeschichte, sage ich.«

Irgendetwas ging Hanna gegen den Strich. Aber der Inspektionschef hatte gesprochen. Also wandte sie sich an Wunderlich: »Nun gut, Stefan. Dann von eurer Seite: Weiteres Vorgehen?«

»Wahrscheinlich braucht ihr diese Befragungen ohnehin nicht mehr. Meiner Einschätzung nach wird der Erpresser den Faschingsrummel für die Geldübergabe nutzen«, begann Wunderlich. »Es gibt den Umzug in der Innenstadt. Es gibt mehrere Veranstaltungen am Nachmittag und am Abend. Jedes Mal sind Menschenmassen unterwegs. Und vielleicht denkt der Erpresser auch daran, sich zu verkleiden.« Er machte eine kleine Gedankenpause. »Für uns bedeutet das einen Nachteil und einen Vorteil. In dem Getümmel kann er sich einerseits leichter verdrücken. Wir können andererseits mehr Leute zur Beobachtung und Verfolgung einsetzen. Sollte der Erpresser wider Erwarten die Übergabe doch abseits von dem ganzen Rummel planen, dann gehen wir wie üblich vor. Auf jeden Fall ...« Er wandte sich an die Kollegen von der Fahndung. »Wenn ihr genügend Leute einsetzen könnt, dann haben wir den Spurstangensäger morgen Abend. Ihr könnt euch ja schon mal überlegen, als was ihr euch verkleidet.«

Plötzlich war Hanna klar, was ihr an der Debatte nicht schmeckte. Alle im Raum gingen offenbar selbstverständlich davon aus, dass der Erpresser auch der Täter bei den Autounfällen war. Ihr wurde auch bewusst, dass sie selbst diese Verknüpfung gar nicht als notwendig angesehen hatte.

»Wie kommst du darauf, dass der Erpresser und der Täter bei den angesägten Spurstangen ein und dieselbe Person sind?«, fragte sie Wunderlich.

Der sonst so rationale Mann sah sie nun doch etwas verwundert an: »Wie meinst du das?« Dann schien er zu verstehen: »Wir gehen davon aus, dass der Täter nach einem Schema vorgeht, das recht häufig vorkommt. Er hat das Opfer ja eigentlich nicht in der Hand. So, wie es etwa wäre, wenn er etwas wüsste, womit er das Opfer kompromittieren könnte. Oder ihm sonst Unannehmlichkeiten bescheren könnte. Also droht er mit einer Gefahr. Er verleiht der Drohung Nachdruck, indem er die Tat, die er androht, schon mal ausführt. Er will zeigen, dass er in der Lage und willens ist, die Drohung wahr zu machen. Wir haben das bei der Erpressung von Lebensmittelkonzernen und von Ladenketten schon oft gehabt. Ein bekanntes Beispiel: Die Thomy-Mayonnaise, die mit Zyanid vergiftet wurde. Der Täter nimmt billigend in Kauf, dass dadurch jemand zu Schaden kommen kann. Und erhöht damit den Druck auf die Erpressten.«

»Das würde ja passen«, meinte Luca. »Deswegen diese bescheuerte Methode mit der Spurstange. Der Täter will gar nicht gezielt jemanden umbringen. Es ist ihm egal, was passiert. Er will nur ein Druckmittel haben.«

»Und warum wählt er gerade die beiden aus? An Wohnorten, weit weg voneinander? Und warum sind alle Anlageberater?«, fragte Hanna.

»Zum Beispiel, weil er einen Anlageberater erpressen will«, meinte Dieter Schwandtner in spöttischem Ton.

»Stefan und Dieter haben recht«, bestimmte Franz Kallinger. »Es passt einfach alles zusammen.«

Das Telefon des Besprechungsraumes klingelte. Am anderen Ende war die die forensische Linguistin beim Bundeskriminalamt. Die Konferenzanlage wurde eingeschaltet, sodass jeder mithören und Fragen stellen konnte.

»Also, Kollegen, ich habe mir euer Schreiben mal angeschaut.« Die Frau hatte eine angenehm rauchige Stimme. »Leider ist das Briefchen ja nicht sehr lang. Wir mögen's lieber, wenn die Autoren ausschweifend werden. Dann verraten sie mehr über sich. Aber so viel kann ich sagen: Der Schreiber ist deutscher Muttersprachler. Es gibt keine grammatikalischen Fehler. Allerdings ist die Interpunktion ziemlich schlecht. Es fehlen etliche Kommas. Dann wird das Wort ›durchlaufend‹ verwendet. Eigentlich müsste es ja ›fortlaufend‹ heißen. Der Autor schreibt ›ihr‹ und ›ihre‹ klein. Außerdem verwendet er keine Fremdwörter. Mit Ausnahme von ›manipuliert‹ – das passt nicht ganz ins Schema. Alles in allem würde ich daraus schließen, dass es zwar ein halbwegs gebildeter Mensch ist, aber kein Intellektueller. Auch der Satzbau ist relativ einfach. Wenig Schachtelsätze.

Ich würde außerdem tippen, dass es sich um einen älteren Menschen handelt. Das Wort ›Handi‹ ist falsch geschrieben. Jüngere Leute, die so wenig Rechtschreibfehler machen, die würden auch das Wort Handy richtig schreiben, weil sie damit quasi aufgewachsen sind. Ach ja, und dieses unterstrichene ›können‹ aus dem Satz ›Sie können das!‹ – das könnte ein Hinweis darauf sein, dass der Erpresser etwas über die finanziellen Verhältnisse beim Opfer weiß. Könnte aber auch sein, dass er ihn nur in seinen Bemühungen bestärken will, das Geld zu beschaffen.

Eine Sache ist mir noch aufgefallen: In dem Brief wird kein einziges Mal in der ersten Person gesprochen. ›Ich‹ kommt nicht vor, einmal aber ›wir‹. Ich würde an eurer Stelle durchaus in Erwägung ziehen, dass es mehrere Täter sind.«

Hanna fand den Gedanken überhaupt nicht angenehm. Doch kaum war das Gespräch beendet, da stand ein Mitarbeiter Wildermuths in der Tür zum Konferenzraum: »Der

Bericht der KTU wäre jetzt da. Ich meine, der zu dem Erpresserbrief.«

»Sagen Sie uns kurz, was rausgekommen ist«, forderte Hanna ihn auf.

»Wir haben die Fingerabdrücke von mindestens drei Personen auf dem Blatt und auf den beiden Umschlägen gefunden. Keiner der Abdrücke ist in der AFIS-Datenbank des BKA gespeichert.«

Stefan Wunderlich wunderte sich nun richtig: »Wie kann man so dilettantisch sein? Die haben nicht einmal Handschuhe getragen?«

Hanna beunruhigte etwas anderes. Die Vorstellung, es mit einer ganzen Gang zu tun zu haben, die Spurstangen ansägte und Erpresserbriefe verschickte, löste Beklemmungen in ihr aus. Den anderen ging es ähnlich.

In die Sekunden betretenen Schweigens hinein stolperte Friedebald Frenzel durch die offene Tür, in der noch immer der KTU-Mitarbeiter mit seinem Bericht stand. Der Staatsanwalt sah völlig ramponiert aus. Sein Anzug war noch zerknitterter als sonst, die Krawatte in Pink hing ihm locker und schepps am Hals.

»Entschuldigen Sie, meine Damen und Herren«, sagte Frenzel verstört. »Aber so etwas habe ich noch nie erlebt. Da will man einem Menschen eine Freude machen. Ich rufe Ihren Herrn Ascher also selbst in der U-Haft an und teile ihm mit, dass der Haftbefehl gegen ihn aufgehoben wurde. Und was sagt der? Er geht nicht raus. Er weigert sich, das Gefängnis zu verlassen. Er will ein Geständnis ablegen.«

Frenzel setzte sich auf einen der wenigen freien Stühle und schüttelte fassungslos den Kopf. »Wie mache ich das jetzt dem Haftrichter klar, dass der Delinquent die Freilassung nicht akzeptiert? Und was glauben Sie, wie seine Anwältin getobt hat?«

Frenzel blickte Hanna an: »Tut mir leid, Frau Stankowski, ganz aufrichtig. Ich weiß: Heute gab es schon genügend Irrsinn bei Ihnen. Aber ich wusste mir einfach nicht anders zu helfen. Ich habe ihn wieder verhaften lassen und veranlasst, dass man ihn zur Vernehmung hierherbringt.«

Jetzt wurde es Hanna langsam wirklich zu viel. Ihr Kopf begann sich zu drehen. Sie konnte keinen klaren Gedanken mehr fassen. Sie war Franz Kallinger von Herzen dankbar, als dieser in rigorosem Ton sagte: »Das wird mir jetzt alles zu bunt hier. Und an unserer Strategie ändert das ohnehin nichts. Im Mittelpunkt stehen ab sofort die Maßnahmen zur Ergreifung des Erpressers. Alles andere wird zurückgestellt. Wenn wir Glück haben« – er seufzte nun doch – »dann haben wir ja mit der Festnahme des Erpressers den Fall gelöst.«

6

Hanna brauchte dringend eine Pause. Es war schon weit nach sieben, als sie die Besprechung beendet hatten. Sie überlegte, ob sie die Vernehmung von Ascher einem ihrer Leute aufs Auge drücken konnte. Sie sehnte sich nach Feierabend. Doch mit gutem Gewissen konnte sie das weder ihren Mitarbeitern noch Patrick Ascher antun.

Es tröstete sie ein wenig, dass Frenzel ihr versicherte, dass er selbstverständlich der Vernehmung beiwohnen würde. Sie ging mit dem Staatsanwalt in die Kantine, um etwas zu essen, und spürte auch ihm an, wie abgekämpft er war. Es fiel ihm kein Bonmot und kein Witz ein. Er schüttelte nur immer wieder den Kopf und fragte: »Begreifen Sie das?«

Nach dem Essen wollte sie alleine sein. Zumindest bis Ascher gebracht wurde. Sie entschuldigte sich bei Frenzel und verschwand in ihrem Büro. An ihrem Schreibtisch sitzend massierte sie sich die Schläfen.

»Oh Hanna Bentele-Stankowski«, sagte sie zu sich selbst, »was hast du nur für einen lausigen Beruf ergriffen.« Vielleicht hätte sie doch was anderes lernen sollen. Zum Beispiel Bankkauffrau. Das war damals der Hit, als sie ihre mittlere Reife gemacht hatte. Das machten nur die Besten, und die waren dann – wie alle wussten – fein raus. Mussten sich nicht schmutzig machen, wurden von ihren Chefs nicht zusammengeschissen und waren bei den Kunden hoch geachtet. Aber ob sie es heute, in Zeiten der Finanzkrise, auch noch so gut gehabt hätte, wusste sie natürlich nicht. Die Überlegung war ohnehin nur hypothetisch. Bei ihrer Begabungslosigkeit für alles, was mit Zahlen und Zinsrechnen zu tun hatte, hätte das ohnehin ein Fiasko gegeben.

Dann stellte sie sich ans Fenster und blickte in die Nacht hinaus. Was für ein verrückter Tag. Was für ein verrückter Fall. Sie hatte das Gefühl, völlig den Überblick verloren zu haben. Und zugleich die nebulöse Ahnung, dass sie etwas übersahen.

Endlich meldete der Kollege an der Pforte, dass zwei Beamte der JVA Stuttgart-Stammheim mit einem Tatverdächtigen da seien und der Staatsanwalt Frau Stankowski ausrichten lasse, sie möge direkt zu den Vernehmungsräumen kommen.

Noch auf dem Flur fing Frenzel sie ab. »Oh je, Frau Stankowski.« Er breitete seine kurzen Arme aus und sah sie mitfühlend an: »Sie sehen aus … Entschuldigen Sie, wenn ich so direkt bin. Meine Ulmer Oma hätte gesagt, Sie sehen aus ›wie's Kätzle am Bauch‹. Wissen Sie was? Ich bin ja heute auch nicht mehr der Frischeste. Aber wenn es Ihnen recht ist, dann übernehme ich die Gesprächsführung. Und wir machen es so kurz wie möglich.«

Hanna nickte dankbar. Sie betraten den Raum, in dem Patrick Ascher unter der Aufsicht der zwei JVA-Beamten bereits an einem Tisch saß. Der junge Mann kam Hanna noch schmaler vor. Seine blauen Augen wirkten immer noch unsicher und huschten hin und her, als Hanna und Frenzel eintraten. Doch es lag auch ein trotziger Zug um seinen Mund. Die blassen Lippen presste er wieder fest zusammen.

Frenzel stellte die Personalien des zu Vernehmenden fest. Dann fragte er Ascher unvermittelt: »So, und jetzt erzählen Sie mal: Wie haben Sie das angestellt? Mit dem Wagen von Ludger Behrends?«

Ascher sah von einem zum andern und sagte dann betont langsam: »Ich habe eine Metallsäge genommen. Und den Wagenheber. Dann bin ich nachts in die Gaußstraße gefahren. Ich bin in die Garage gegangen. Von oben, vom Hauseingang. Und dann habe ich die Spurstange angesägt.«

»Aha«, meinte Frenzel, »und welche Spurstange haben Sie dann angesägt? Die linke oder die rechte?«

Schon jetzt kam Ascher ins Schwimmen. Noch während er überlegte, half Frenzel freundlich lächelnd: »Oder beide, sozusagen zur Sicherheit?«

Ascher war erleichtert: »Genau.«

»Und nun sagen Sie uns doch mal: Was haben Sie dann mit der Metallsäge gemacht? Bei Ihnen zuhause haben wir so etwas ja nicht gefunden.«

»Die hab ich in den Neckar geworfen.« Auf diese Frage war Ascher offensichtlich vorbereitet.

»Und den Wagenheber nicht? Warum nicht?«, fragte Frenzel.

»So halt«, antwortete Ascher patzig.

»So, und jetzt sagen Sie mir doch mal«, begann Frenzel fröhlich, »wie Sie das in Sillenbuch gemacht haben.«

Patrick Ascher sah ihn verständnislos an. Seine Schultern kippten nach vorne. Sein Gehirn arbeitete, doch er wagte es nicht, eine Verständnisfrage zu stellen.

»Nun, Sie werden sich doch erinnern, ob sie den Mercedes vor der Viper oder danach beschädigt haben. Mich würde auch interessieren, welche Sabotagemethode Sie bei der E-Klasse angewendet haben.«

Ascher war völlig hilflos. Je länger das Warten auf seine Antwort wurde, umso nervöser rutschte er auf seinem Stuhl hin und her und knetete seine Finger. Er tat Hanna zum ersten Mal leid.

»Herr Ascher«, sprach sie ihn an, »wir wissen, dass Sie es nicht waren. Warum nehmen Sie diese Schuld auf sich?«

Ascher schwieg und blickte trotzig vor sich auf die Aufnahmegeräte.

»Was haben Sie davon, wenn Sie im Gefängnis bleiben?«, fragte Hanna noch einmal. Es klang erschöpft, doch irgendwie auch mütterlich.

Patrick Ascher senkte den Kopf und sagte leise: »Da gibt es wenigstens keine Spielautomaten.«

Hanna brauchte einen Moment, um die Motivation des Mannes zu begreifen. Dann schüttelte sie den Kopf: »Das ist keine Lösung, Herr Ascher. Das Gefängnis ist keine beschützte Werkstatt, glauben Sie mir. Sie waren jetzt in Untersuchungshaft. Vielleicht hatten Sie einen Zellengenossen, der ganz okay war. Aber wenn man richtig verurteilt wird, dann kommt man auch mit andern Gefangenen in Kontakt. Was glauben Sie, wie schnell die Ihre Schwachstelle rausfinden würden? Auch im Knast gibt es Glücksspiele. Und wenn Sie da Schulden haben, dann ist das nicht so, wie wenn der Gerichtsvollzieher kommt. Die pressen aus Ihnen Pfennige, die Sie gar nicht haben.«

Ascher saß da wie ein Häufchen Elend. Was konnte man ihm noch sagen? Sie mussten ihn ohnehin entlassen. Hanna war so unendlich ausgepowert, dass sie nur noch nach Hause wollte. Trotzdem raffte sie sich noch einmal auf: »Hören Sie mir jetzt mal genau zu«, wandte sie sich eindringlich an den jungen Mann. »Sie gehen jetzt heim. Morgen früh werden Sie als Allererstes zu einem Arzt gehen. Zu einem Psychiater. Erzählen Sie ihm die ganze Geschichte. Und wenn Sie Glück haben, dann weist er Sie in eine Klinik ein. Es gibt psychiatrische Krankenhäuser, die haben Abteilungen für Spielsüchtige. Und ich sage Ihnen mit aller Deutlichkeit: Das ist Ihre einzige Chance!«

Für eine ganze Weile herrschte Stille in dem Untersuchungsraum. Frenzel war der Erste, der sie unterbrach: »Tut mir aufrichtig leid, Herr Ascher. Wir können Sie nicht hierbehalten.«

Dann erhob er sich und bat die beiden Beamten vom Stammheimer Gefängnis, Patrick Ascher zur Pforte des Präsidiums zu bringen.

»So«, wandte er sich an Hanna, nachdem die drei den Raum verlassen hatten. »Und wir beide machen nun auch Schluss. Ich werde mir noch ein gutes Fläschchen Pinot Noir aus dem Burgund aufmachen. Und Sie sollten sich auch noch was Gutes tun. Ich glaube, heute haben wir es uns wirklich verdient.«

Dienstag, 16. Februar 2010

1

Was tut man, wenn man so viel Arbeit hat, dass man nicht weiß, wo anfangen und wo aufhören, und zugleich auf ein entscheidendes Ereignis wartet, von dem niemand weiß, wann oder ob es stattfindet?

Hanna hatte sich am Abend zuvor tatsächlich noch etwas Gutes tun und ein Bad nehmen wollen. Sie hatte es aber nur bis aufs Sofa geschafft und den Fernseher eingeschaltet. Schnell war sie eingeschlafen. Wann sie wieder aufgewacht war, im Halbschlaf den Fernseher ausgeschaltet, sich ausgezogen und aufs Bett geworfen hatte, wusste sie nicht. Am Morgen kam sie kaum aus den Federn. Viermal drückte sie die Snooze-Taste. Als sie, immer noch wie im Tran, im Präsidium erschien, waren alle anderen schon da. Sie brauchte noch eine große Tasse Kaffee, dann kippte die Trägheit in ruhelose Nervosität um.

Als Erstes hatte sie Stefan Wunderlich in dem Nebengebäude des Präsidiums aufgesucht, wo ein großer Raum als Kommandozentrale für Großeinsätze aller Art diente. Für Luca war dies natürlich die Brücke der Enterprise. In der Tat muteten all die Telekommunikations- und Computertechnologien futuristisch an. In einem Halbkreis an der Frontwand flimmerten Bildschirme. Im Zentrum war auf einer riesigen Projektionswand die Innenstadt von Stuttgart abgebildet. Von hier aus würde die Aktion überwacht und gesteuert werden. Von den Erpressern gab es bislang kein Lebenszeichen. Die Leute vom Dezernat für Raub und Erpressung warteten mit konzentrierter Aufmerksamkeit und checkten ihre Leitungen. Wunderlich ging mit abgeklärtem Gesicht und steifem Rücken zwischen ihnen hin und her.

»Wir sagen euch Bescheid, wenn sich etwas tut«, sagte er zu Hanna. Die trollte sich und ging zurück in die Räumlichkeiten der Soko, wo sie ebensowenig wusste, was sie mit sich anfangen sollte. Auch Hannas Leute waren alle von einer angespannten Unruhe ergriffen. Luca versuchte, einen Bericht zu verfassen, und schimpfte immer wieder auf Deutsch und Italienisch vor sich hin. Der Bericht würde ein Fiasko werden, das wusste Hanna schon jetzt. Rolf Gaßmann stand ständig vom Schreibtisch auf und lief kopflos durch den Raum. Schwandtner sah von seinem Bildschirm immer wieder aus dem Fenster und auf seine Uhr. Nur Otto Obermayer tippte stoisch auf seiner Tastatur herum und vervollständigte Akten.

Um halb zehn vermeldete Stefan Wunderlich endlich: »Er hat angerufen.«

Sie ließen alles liegen und stehen und gingen hinüber in die Kommandozentrale. Der große Raum hatte sich nun gefüllt. Fast alle Mitarbeiter von »Raub und Erpressung« saßen mit Kopfhörern im Halbrund an den Pulten. Spezialisten für die Abhör- und Überwachungseinrichtungen bedienten Geräte. Der Chef der Fahnder sowie zwei seiner Leute waren, ausgestattet mit Headsets, ebenfalls an den Bedienpulten eingesetzt. Drei Gruppenführer der Hundertschaft standen bereit, um ihre Truppen zum Einsatz zu bringen. Sogar zwei Leute vom Sondereinsatzkommando waren anwesend. Man war auf alles vorbereitet. Im Raum herrschte eine angespannte Ruhe.

Stefan Wunderlich wies den Ermittlern für Tötungsdelikte Plätze zu, die ebenfalls im Halbrund in einer zweiten Reihe standen. Dann bat er einen seiner Leute, das Band abzufahren.

»Czicha«, meldete sich der Anlageberater in seiner bellenden Art.

»Haben Sie das Geld?«, fragte eine gedämpfte Männerstimme mit deutlich schwäbischem Sprachkolorit.

»Ja«, sagte Czicha nur.

»Dann hören Sie zu.« Der Mann sprach langsam. Die Stimme war etwas brüchig. »Sie stehen ab 14 Uhr auf dem Marktplatz. Bei der Schulstraße. Vor dem Geschäft, wo es die Bürowaren gibt. Mit dem Geld. Da warten Sie.«

Czicha wollte noch etwas fragen. Doch der Anrufer hatte bereits aufgelegt.

»Schaffen wir noch eine Videoüberwachung?«, fragte Wunderlich.

Einer der Leute antwortete: »Im Rathaus geht es sicher. Da gibt es feste Installationen. Und bei den gegenüberliegenden Häusern hatten wir auch noch nie Probleme.«

»Dann los!«

»Wie schätzen Sie das ein?«, fragte der Chef der Fahnder, an Stefan Wunderlich und Hanna gewandt. »Haben wir es mit einem Profi zu tun?«

Wunderlich schüttelte entschieden den Kopf: »Das Ganze kommt mir alles sehr dilettantisch vor. Er liefert uns die SIM-Karte frei Haus, mit der wir seine Gespräche abhören können. Die Fingerabdrücke auf dem Erpresserbrief ...«

Auch Hanna nickte: »Die relativ geringe Summe. Der Sprachstil, in der der Brief geschrieben ist. Das sind keine Profis.«

Der Chef der Fahnder überlegte kurz und sagte schließlich: »Dann ist unser größtes Problem, dass die nicht berechenbar sind.«

»Und skrupellos«, nickte Wunderlich.

Im Raum herrschte nun emsige Geschäftigkeit. Man wusste jetzt, wo die Übergabe stattfinden würde. Sämtliche Fahnder konnten positioniert werden. Die Videokameras würden den Ort der Geldübergabe und die Umgebung ins Visier nehmen. Das Hauptproblem war das Faschingstreiben. Das Wetter war umgeschlagen, ein neues Winterhoch war hereingezogen. Damit kam die Kälte noch einmal zurück, aber auch der strahlende Sonnenschein aus einem blauen Himmel. Das würde heute Tausende in die Innenstadt locken, um den Stuttgarter Umzug zu sehen. Ab vierzehn Uhr würde es in der Bolzstraße losgehen, am Schlossplatz und Karlsplatz vorbei zum Marktplatz. Die Route war bereits auf dem großen Stadtplan in der Mitte der Wand eingezeichnet. Nun wurde auch der Punkt markiert, den der Erpresser für die Geldübergabe angegeben hatte.

Wieder hieß es warten. Hanna und ihr Team beobachteten schweigend das routinierte Treiben der Kollegen. Friedebald Frenzel stieß zu ihnen: »So habe ich mir immer das Raumschiff Enterprise vorgestellt«, sagte er und bestaunte die blinkende Einrichtung des Raums, den er zum ersten Mal sah. Er trug heute zur Abwechslung einen braunen Anzug, kombiniert mit einer orangenen Krawatte mit weißen Punkten. Zum Fasching passte sein Outfit jedenfalls.

Wunderlich rief Markus Czicha noch einmal an: »Sie haben die Anweisungen verstanden? Gibt es noch Fragen?«

Czicha bestätigte, dass er wisse, was zu tun war.

»Haben Sie die Seriennummern registrieren lassen?«

»Nein, habe ich nicht«, polterte Czicha. »Ich habe Ihnen schon mal gesagt: Ich gehe kein Risiko ein. Wenn Sie die Leute nicht erwischen, dann leben wir doch nur noch in Angst.«

»Das sind wir jetzt schon mehrere Male durchgegangen, Herr Czicha. Wenn wir die Nummern haben und auch nur eine taucht auf, dann haben wir sie.«

»Vielleicht einen. Aber nicht alle!« Es war sinnlos.

Hanna bat darum, ihn auch noch sprechen zu können. »Herr Czicha, haben Sie die Stimme des Anrufers erkannt?«, fragte sie geradeheraus.

Markus Czicha zögerte kurz und sagte kurz angebunden: »Nein.«

»Er ist nicht kooperativ«, stellte Stefan Wunderlich fest, nachdem sie das Gespräch beendet hatten. Und Hanna hatte zum wiederholten Male das Gefühl, dass Markus Czicha gar nichts an der Erfassung der Täter gelegen war.

Ein junger Kollege verteilte Lunchpakete und Getränke. Fast jeder stärkte sich. Dann ging es endlich los. Einer der Fahnder meldete: »Czicha hat jetzt sein Haus verlassen.« Er machte weiterhin regelmäßig seine Meldungen und folgte dem Creditbank-Berater zunächst mit dem Wagen, dann in der S-Bahn bis zum Stuttgarter Bahnhof und dann zu Fuß bis zu der Stelle am Marktplatz, die der Erpresser angegeben hatte.

Schon bald musste Wunderlich verärgert feststellen: »Czicha hat nicht den Umschlag benutzt, den wir ihm gegeben haben.«

Hundertdreißigtausend in großen Scheinen, vor allem aus Hundertern und Fünfhundertern, passten bequem in einen großen wattierten Umschlag. Das sah gar nicht mehr nach so viel Geld aus, wog noch nicht mal ein Kilo und konnte bequem unter der Winterjacke verstaut werden. Man hatte Czicha einen Umschlag mit einem Peilsender gegeben, sodass man die Bewegung des Geldes so lange hätte nachverfolgen können, bis es aus dem Kuvert genommen würde. Das konnten sie jetzt vergessen.

Die Fahnder aus unterschiedlichen Positionen meldeten sich nach und nach. Auf drei Bildschirmen waren nun Live-Bilder vom Stuttgarter Marktplatz zu sehen. Hinter den Absperrungen, die die Zuschauer zurückhalten sollten, versammelten sich immer mehr Menschen. Man würde heute tatsächlich mit einer Rekord-Besucherzahl rechnen können.

»Da ist er«, sagte einer der Kollegen an einem Bedienerpult und deutete auf den Bildschirm. Markus Czicha hatte sich vor dem Papier- und Bürowarengeschäft aufgestellt, in dem alles edel und doppelt so teuer war wie in dem Schreibwarengeschäft im Westen, in dem Hanna ihren privaten Bedarf deckte. Ganz einfach war es nicht, den Mann in der Menge im Auge zu behalten.

Kurz nach zwei Uhr meldete einer der Kollegen vor Ort, dass der Faschingsumzug sich nun in Bewegung gesetzt hatte. Auch von ihm kamen nun regelmäßig kurze Lageberichte. Der Zug schob sich langsam zwischen Königsbau und Schlossplatz vorbei, bog ab in Richtung Karlsplatz und von dort an der Markthalle vorüber zum Marktplatz. Czicha stand derweil in der hintersten Reihe der Zuschauer, unbehelligt und ohne Kontakt zu irgendjemandem. Die Videoüberwachung deckte einen guten Teil des Platzes ab.

Auf einem der Bildschirme sah man nun, wie der Zug mit den Wagen, Musikkapellen und Narrengruppen auf dem Marktplatz eintraf. Hanna war noch nie bei einer dieser Veranstaltungen dabei gewesen. Im pietistischen Schorndorf, wo sie groß geworden war, bekam man keinen Bezug zum sogenannten närrischen Treiben. Und auch zur Landeshauptstadt passten diese Umtriebe eigentlich nicht. Weder die schwäbisch-alemannische Fastnacht noch der fränkische Fasching und schon gar nicht der Karneval waren hier in den Traditionen der Menschen verankert. Der Stuttgarter Faschingsumzug war denn auch ein Konglomerat aus Prunk-Prinzen, alemannischen Hästrägern, Funkenmariechen, Karnevalskapellen und Guggenmusik, Politikerschelten auf großen Wagen und Narrengruppen in Phantasiegewändern. In Villingen war Hanna fast jedes Jahr mit den Kindern zum traditionellen Fastnachtsumzug gegangen. Aber das war etwas völlig anderes. Die Villinger Masken, der Narro, der Stacho und das Morbili, diese sanftmütigen, aristokratisch anmutenden Gestalten aus dem 17. Jahrhundert mit ihren Fruchtbarkeits- und Frühlingssymbolen auf den Gewändern, gehörten seit ewiger Zeit zur Stadt und ihren Menschen. Die Traditionen waren tief verankert und wurden von Generation zu Generation weitervererbt. Der Umzug hatte dort eine große Faszination für Hanna und die Kinder gehabt. Dem Stuttgarter Fasching konnte sie dagegen nichts abgewinnen.

Auf den Bildschirmen sah man, wie sich der Narrenzug im Karree des Marktplatzes weiterbewegte. Die ersten Gruppen defilierten nun an dem Platz vorbei, an dem Markus Czicha stand.

Plötzlich sagte einer der Kollegen, der vorne an den Schaltpulten saß, laut: »Da, der Clown. Ich glaube, der ist gerade aus dem Faschingsumzug rausgekommen. Der ist wohl mitgelaufen.«

Man sah nun, dass Czicha mit jemandem sprach, der auf allen Bildschirmen den Beobachtern den Rücken zudrehte. Was man erkennen konnte, war der kleine Clownshut, die krausen roten Kunsthaare und ein Stück des karierten Gewandes.

Friedebald Frenzel lachte: »Na, da wird die Erpressung ja wenigstens ein bisschen lustig. Stellen Sie sich mal vor, er hätte sich als Bandit verkleidet. Mit Tuch vorm Mund und Pistole und so.«

Nun übernahm der Chef der Fahndung das Kommando. »An alle. Kontakt zwischen Geldbote und Zielperson findet gerade statt. Wer hat ihn im Blick und kann eine Beschreibung geben?«

Eine weibliche gedämpfte Stimme meldete sich: »Die Zielperson ist als Clown verkleidet. Trägt eine Maske und Perücke. Dicker Bauch, aber wahrscheinlich nicht echt. Ansonsten ist die Person nämlich eher schmächtig. Etwa eins siebzig groß. Ob Mann oder Frau, kann ich nicht sagen … Moment, jetzt ist er abgetaucht. Verdammt, ich seh ihn nicht mehr. Hat ihn noch jemand?«

Auch auf den Bildschirmen war von dem Clown nichts mehr zu sehen.

Aus der Kommandozentrale erfolgten sofort knappe Anweisungen an die einzelnen Fahnder. Die Kollegen, die die Aktion leiteten, arbeiteten hochkonzentriert und doch ruhig und routiniert. Hanna verstand, dass die Leute draußen in der Stadt nun so dirigiert wurden, dass das enge Straßennetz um den Marktplatz abgedeckt werden konnte. Die Einkaufsstraßen mit den vielen Nebensträßchen und Passagen waren ideal, um rasch unterzutauchen. Einige der Beamten beobachteten weiterhin den Faschingsumzug entlang seiner Route, der nun den Marktplatz über die Marktstraße in Richtung Eberhardstraße verließ. Vielleicht hatte der Clown sich ja wieder unter die Narrengruppen des Zugs gemischt.

»Ich habe ihn wieder«, meldete sich die Frauenstimme. »Er geht die Hirschstraße hoch Richtung Wilhelmsbau. Ich kann ihn gut sehen. Hier ist kaum jemand unterwegs. So, wie der geht, handelt es sich um einen Mann. Ich würde sagen, ein älterer. Der humpelt leicht.«

»Dranbleiben, so gut es geht.«

»Jetzt ist er weg. Ich glaube links in die Breite Straße rein.« Die Frau war nun hörbar außer Atem.

Vier weitere Fahnder erhielten die Anweisung, sich über verschiedene Straßen auf die Breite Straße zuzubewegen, sodass der Clown ihnen quasi in die Arme laufen musste.

Eine Männerstimme vermeldete: »Ich glaube, der ist gerade in den Hintereingang vom C&A reingegangen.«

»Wie sicher bist du?«

»Gelb-grün-karierte Hose, rote Haare. Das war er.«

»So, dann wird es jetzt kritisch«, meinte der Chef der Fahndung. »Wenn's dem jetzt gelingt, das Kostüm auszuziehen, dann müssen wir an sämtlichen Ausgängen genügend Leute stehen haben, um jeden, der rauskommt, zu überprüfen. Schaffen wir das?«

Versuchen würde man es. An alle erging die Anweisung, sich sofort zu den Eingängen des Kaufhauses zu begeben. Kurz wurde überlegt, ob die Hundertschaft hinzugezogen werden sollte. Doch das würde auf jeden Fall zu lange dauern. Die Fahnder mussten alleine klarkommen.

»Ich hab ihn«, meldete sich nun eine andere Frauenstimme. »Bin am Haupteingang C&A und hab gesehen, dass er die Rolltreppe hochfährt.«

»Du folgst ihm«, kam prompt die Anweisung.

»Er ist jetzt bei den Herrenklamotten und steuert da auf die Umkleidekabinen zu.«

Die Beamtin bekam die Direktive, sich vor den Kabinen zu postieren. Andere Fahnder wurden ebenfalls in die Herrenabteilung des Kaufhauses dirigiert. Und als der Mann sich seiner Kostümierung entledigt hatte und die Kabinen verlassen wollte, da sah er sich einer Phalanx aus sechs Kriminalpolizisten in den unterschiedlichsten Kostümen und Bemalungen gegenüber. Sie fanden bei der Festnahme nicht nur das Kuvert mit dem Geld, das er in den Hosenbund gesteckt hatte, sondern auch sein Portemonnaie mit Ausweis und Führerschein. Die Daten wurden sofort durchgegeben.

»Na, der macht es uns ja einfach«, lachte Friedebald Frenzel. »Dann werde ich mal den Haftbefehl und die Hausdurchsuchung beantragen. Und übrigens, kennen Sie den? Kommt ein Mann in eine Bar und schreit: ›Die Banker sind alle Banditen!‹ Sagt ein anderer zu ihm: ›Beleidigen Sie mich nicht!‹ ›Sind Sie Banker?‹ ›Nein, Bandit!‹ Hahahaha.« Sein Bauch hüpfte auf und ab.

Nicht nur Friedebald Frenzel lachte. Von ihnen allen fiel die Anspannung ab. Die Aktion war erfolgreich und ohne Schwierigkeiten beendet worden.

2

Auch als sich die Sonderkommission Spurstange kurze Zeit später wieder im eigenen Hauptquartier zusammenfand, war die Stimmung gelöst.

»Jetzt brauchen wir noch die Komplizen, dann ist der Rest Routine«, meinte Franz Kallinger zuversichtlich. Er ging immer noch fest davon aus, dass die These von Stefan Wunderlich stimmte: Die Spurstangen von Ludger Behrends und Karlheinz Kienle waren die vergiftete Mayonnaise.

Fritz Eiselt, der Clown, wurde derweil erkennungsdienstlich behandelt. Eine schnelle Recherche hatte ergeben, dass er bisher in keiner der einschlägigen Polizeidateien registriert war. Die Spurensicherung wurde unter der Leitung von Hans

Wildermuth in seine Wohnung geschickt. Luca und Dieter Schwandtner sollten sie begleiten.

»So dilettantisch, wie die das durchgezogen haben, da findet ihr das Tatwerkzeug offen herumliegen«, meinte Wunderlich.

»Wenn sie es wirklich waren«, gab Hanna zu bedenken. Ihr war die Sache nach wie vor nicht geheuer. Gerade weil die Erpresser so dilettantisch vorgegangen waren. Niemand reagierte auf ihren Einwand.

»Bitte schaut auch gleich mal nach, ob ihr Unterlagen findet, die etwas mit Bankkonten oder Bankgeschäften zu tun haben«, bat sie die Kollegen. »Ich will wissen, ob dieser Eiselt bei der Creditbank ein Konto oder einen Kredit oder sonst etwas hat. Und auch bei der RVB oder der Südbank.« Doch auch das schien keiner mehr für wirklich wichtig zu halten.

»Wir dürfen die Möglichkeit nicht außer Acht lassen, dass es sich doch nicht um die Spurstangentäter handelt«, insistierte Hanna.

»Dann müssten die Erpresser ja irgendwie erfahren haben, dass da jemand an Autos rumsägt«, brummte Otto Obermayer.

»Auch Czicha wusste von den Anschlägen«, sagte Hanna mit Nachdruck. »Das ist offenbar Gesprächsthema unter den Bankern.«

»Dann fragt sich, woher die Banker die Informationen haben«, meinte Dieter Schwandtner nachdenklich. Er schien der Einzige zu sein, der Hannas Bedenken verstand.

»Das können wir ja abklopfen«, meinte Wunderlich, »wenn wir mit Czicha sprechen. Ich werde ihm ohnehin ein Team aus meinem Dezernat auf den Hals schicken. Ich will wissen, warum er unsere Maßnahmen torpediert hat.«

»Das wird sich alles klären.« Franz Kallinger wirkte ungeduldig und müde. »Auch durch die Vernehmung.« Er legte fest, dass neben dem Staatsanwalt Frenzel Hanna und Stefan Wunderlich bei der Vernehmung des Festgenommenen dabeisein sollten. »Und du hast die Gesprächsführung, Hanna«, hatte er bestimmt. Wenigstens in dieser Hinsicht wusste er Hannas Fähigkeiten zu schätzen. Dann erklärte er das Meeting für beendet.

3

Die erkennungsdienstlichen Mühlen mahlten langsam. Hanna hatte eine Pause, über die sie nicht traurig war. Das dringende Bedürfnis nach Bewegung trieb sie wieder in die Weinberge, obwohl es schon dämmerte. Zweifel gingen ihr durch den Kopf. Warum waren alle so fest davon überzeugt, dass sie mit den Erpressern auch die Täter bei den Autounfällen hatten? Weil es die einfachste Lösung für die Ermittler gewesen wäre? Das Gefühl ließ sie nicht los, dass irgendetwas nicht stimmig war.

Als die Dunkelheit dann doch schnell hereinbrach, ging sie zurück in ihr Dezernatsbüro. Hier, in der Stille, konnte sie noch ein wenig ausspannen, nach all der Aufregung des Tages und vor der Vernehmung, bei der ihr noch einmal höchste Konzentration abverlangt werden würde.

Sie ging an ihren Schreibtisch. Dort sprang ihr die Kopie des Erpresserbriefs ins Auge. Jemand hatte sie dort abgelegt. Bislang hatte sie den Text ja noch nie gelesen. Er war ihr nur von Frau Czicha vorgetragen worden. Was die Frau vom BKA so alles herauslesen konnte aus diesen wenigen Zeilen. Hanna empfand Hochachtung für diese Spezialisten. Sie las den Brief noch einmal aufmerksam.

Herr Czicha,

das ist kein Scherz sondern ganz ernst gemeint. Besorgen Sie sich sofort 130 000 Euro. Aber keine neuen Scheine und sie dürfen nicht durchlaufend sein. Sie <u>können</u> das!

Sie müssen das Geld bis morgen besorgt haben. Legen Sie die Telefonkarte in ihr Handi. Sie bekommen bald einen Anruf und erfahren dann, wo Sie das Geld hinbringen müssen.

Was wir wollen ist nur Gerechtigkeit!

Wenn Sie die Polizei informieren oder das Geld nicht bringen, dann geht es ihnen so wie den Bankangestellten in Stuttgart, die einen Unfall hatten. Wenn Sie dann in ein Auto steigen, dann müssen Sie immer Angst haben, dass das Fahrzeug manipuliert worden ist und ein Unfall passiert. Und das gilt genauso für ihre Frau.

Sie schüttelte den Kopf. Was war es nur, was einfach nicht passen wollte?

Ein Impuls ließ Hanna nach dem Diensthandy greifen. Sie wählte die Nummer des privaten Handys von Andreas Bialas. Lange ließ sie es klingeln. Sie wollte gerade auflegen, als er sich doch noch meldete: »Hanna, du bist's. Entschuldige, dass ich nicht gleich dran bin.«

»Ich will nicht stören, Andreas. Ich kann auch später noch mal anrufen.« Hanna hörte im Hintergrund Männerstimmen, die laut miteinander sprachen.

»Du störst nicht. Wir schlagen hier die Zeit bis zum Abendessen tot. Ist es wieder wegen der Unfälle?«

»Ja und nein. Es gibt eine neue Entwicklung.«

»Moment«, sagte Bialas. »Ich geh in einen andern Raum.« Die Männerstimmen wurden leiser und waren schließlich gar nicht mehr zu hören. »So, jetzt können wir reden.«

»Es gab eine Erpressung, Andreas. Einem Anlageberater bei der Creditbank wurde gedroht, dass ihm oder seiner Frau ebenfalls ein Unfall passieren könnte, wenn er nicht hundertdreißigtausend Euro abdrückt.«

Andreas Bialas fluchte leise.

»Keine Angst, die Sache ist schon über die Bühne gegangen. Wir haben den Kerl geschnappt. Ich muss ihn gleich vernehmen. Mir macht nur eine Sache Kopfzerbrechen. Alle, auch Franz, gehen davon aus, dass der Erpresser …« Sie stockte. Dann sagte sie: »Vielleicht sollte ich dir gar nicht so viel erzählen. Pass auf, Andreas, ich lese dir den Erpresserbrief einfach mal vor. Und du sagst mir alles, was dir gerade dazu in den Sinn kommt. Einverstanden?«

Bialas stimmte zu, und Hanna las langsam das Schreiben vor, einschließlich der Unterstreichung und der Ausrufezeichen. Nachdem sie geendet hatte, sagte Bialas eine Weile gar nichts. Hanna sah geradezu durchs Telefon, wie er düster dreinschaute, sein Taschentuch zückte und sich ausgiebig die markante Nase rieb. Schließlich meinte er: »Wie viel wollte der? Hundertdreißigtausend? Nicht gerade viel. Aber vielleicht eine Summe, von der er wusste, dass der Erpresste sie ohne Probleme beschaffen kann. Lies mir den Anfang noch mal vor, bis zu dem unterstrichenen Wort.«

»Das ist kein Scherz sondern ganz ernst gemeint. Besorgen Sie sich sofort 130 000 Euro. Aber keine neuen Scheine und sie dürfen nicht durchlaufend sein. Sie können das!«

»Was will er sagen mit ›Sie können das‹?«, überlegte Bialas laut. »Entweder: ›Ich weiß, dass du die Kohle hast.‹ Oder er will sagen: ›Tu bloß nicht so, als ob du das nicht könntest.‹«

»So hat es die forensische Linguistin vom BKA auch interpretiert«, informierte Hanna. Viel mehr wollte sie gar nicht sagen. Ihr Chef sollte möglichst unbeeinflusst seine Spürnase walten lassen.

»Ob das natürlich von Bedeutung ist – wer weiß«, meinte Bialas. »Aber lies mir doch auch noch mal diesen einen Satz vor, der mit der Gerechtigkeit.«

»*Was wir wollen ist nur Gerechtigkeit!*«, wiederholte Hanna auch diesen Passus.

Bialas dachte wieder nach und meinte dann vorsichtig: »Da will jemand Gerechtigkeit – was immer er dafür hält. Und dann geht er hin, beschädigt Autos und nimmt den Tod von völlig unbeteiligten Menschen billigend in Kauf? … Wenn es der Erpresser war …«

»Davon gehen Wunderlich und Franz Kallinger aus«, meinte Hanna.

»Und du nicht?«, fragte Bialas.

»Ich bin mir einfach nicht sicher.«

Bialas ging sofort darauf ein: »Okay, ein Trittbrettfahrer. Gibt es in dem Schreiben irgendetwas, das darauf hinweisen würde? Und warum sagt er eigentlich ›wir‹? ›Wir wollen Gerechtigkeit‹?«

»Es ist so, Andreas«, seufzte Hanna. »Wir müssen davon ausgehen, dass an der Erpressung mehrere Personen beteiligt waren. Mindestens drei. Das sagen uns die Fingerabdrücke auf dem Papier und dem Umschlag. Keiner davon ist bei AFIS registriert.«

»Mein Gott, das ist ja wirklich ein beknackter Fall. Aber wenn es mehrere sind …«, Bialas machte wieder eine Gedankenpause, »dann sind hundertdreißigtausend ja geradezu ein Witz. Lässt sich noch nicht mal durch drei teilen. Und durch vier … kommt eine völlig schräge Zahl heraus. Zweiunddreißigtausendfünfhundert pro Nase. Mit so viel kann man noch nicht einmal eine ordentliche Flucht finanzieren. Und dafür bringen die Menschen um? Lass uns nochmal zu der These von dem Trittbrettfahrer zurück. Woher könnten die wissen, was bei den Unfällen passiert ist? Oder warum sie passiert sind?«

»Die Banker bei der Creditbank wussten auch schon davon«, erzählte Hanna. »Allerdings: Czicha – das ist das Erpressungsopfer – wusste nicht, wie die Anschläge auf die andern beiden Opfer verübt worden sind. Er dachte, man hätte die Bremsen beschädigt.«

»Was steht im Text?«, fragte Bialas. Hanna spürte förmlich, wie ihn der Jagdtrieb erfasst hatte.

»Wenn Sie die Polizei informieren oder das Geld nicht bringen, dann geht es ihnen so wie den Bankangestellten in Stuttgart, die einen Unfall hatten. Wenn Sie dann in ein Auto steigen, dann müssen Sie immer Angst haben, dass das Fahrzeug manipuliert worden ist und ein Unfall passiert. Und das gilt genauso für ihre Frau«, las Hanna noch einmal vor.

»Der oder die wussten also nicht unbedingt, was die Ursache der Unfälle war«, schloss Andreas Bialas. »Fragt sich, wie die Banker oder die Erpresser erfahren haben, dass da überhaupt Unfälle passiert sind, bei denen irgendetwas nicht gestimmt hat. Habt ihr denn eine Presseverlautbarung dazu rausgegeben, und was steht da drin?«

Hanna war plötzlich wie vom Donner gerührt. Sie hatte vollkommen vergessen, sich bei den Kollegen von der Öffentlichkeitsarbeit zu melden. Was hatte Kallinger gesagt, warum sie mit denen Kontakt aufnehmen sollte? Wegen einer Meldung über Kienles Unfall, fiel ihr wieder ein. Wo und wann war die veröffentlicht worden? Und was stand drin?

»Die Geschichte raubt mir offenbar den Verstand. Es hat wohl einen Bericht gegeben, zumindest über einen der Unfälle. Einen Moment, Andreas, ich rufe dich sofort zurück.«

Aufgeregt drückte sie Bialas weg und versuchte, noch jemanden in der Pressestelle zu erreichen.

»Jetzt melden Sie sich! Ich warte schon seit zwei Tagen, dass Sie sich rühren. Und nun wollte ich gerade gehen«, empörte sich eine Kollegin. Hanna war es egal. Hauptsache, sie kam noch an diese Zeitungsmeldung. Sie spurtete geradezu durch die Gänge und ins oberste Stockwerk, wo der Präsident und seine Stabsstellen residierten.

»Also, Frau Stankowski, wir müssen unbedingt …«

»Jetzt nicht!«, unterbrach Hanna sie harsch. »Ich brauch den Bericht. Sofort.«

Ungehalten reichte ihr die Pressestabsfrau eine Kopie. Es war ein Artikel aus den Stuttgarter Nachrichten, erschienen am vergangenen Samstag. »Mysteriöse Unfallserie«, lautete die Überschrift. Hanna überflog den Text. Größtenteils war es ein sachlicher Bericht über den Autounfall von Karlheinz Kienle am Donnerstagmorgen. Gegen Ende fing der Reporter an zu spekulieren. Natürlich – erinnerte sich Hanna – der Journalist, mit dem Müller von der Verkehrspolizei sich an der Unfallstelle unterhalten hatte. Hatte der schwatzhafte Kollege seinen Mund also doch nicht halten können.

»Danke«, rief Hanna der Kollegin zu und stürmte davon, bevor die auch nur den Mund aufmachen konnte, zurück in ihr Büro. Als sie Bialas wieder anrief, meldete der sich nach dem ersten Klingeln.

»Also, Andreas, ich habe bei dem Unfall von Karlheinz Kienle, unserem Opfer Nummer zwei, mitbekommen, dass ein Reporter der Stuttgarter Nachrichten vor Ort war. Am Samstag war dann dieser Bericht im Blatt. Ich les dir nur mal den Schluss vor.« Hanna nahm einen tiefen Atemzug und begann: *»Der Unfallhergang konnte von der Polizei jedoch nicht eindeutig rekonstruiert werden. Die ungewöhnliche Spurenlage deutet darauf hin, dass das Fahrzeug manipuliert worden war. Dies erinnert an einen ähnlichen Unfall am Montag eine Woche zuvor, bei dem der Fahrer tödlich verletzt wurde. Auch in diesem Fall geht die Polizei von einer Fremdeinwirkung durch Sabotage aus. Einen Zusammenhang zwischen beiden Vorfällen kann die Polizei nicht bestätigen. Auffällig ist jedoch, dass die Opfer in beiden Fällen Anlageberater in der Finanzbranche sind. Weitere Ermittlungen werden derzeit durchgeführt.«*

»Na, sieh mal einer an«, sagte Andreas Bialas. »Und wie hieß es noch mal in dem Erpresserschreiben?«

»Wenn Sie dann in ein Auto steigen, dann müssen Sie immer Angst haben, dass das Fahrzeug manipuliert worden ist und ein Unfall passiert«, wiederholte Hanna nun schon zum dritten Male. Doch auch ihr war vollkommen klar, was Bialas feststellte: »Fast identische Wortwahl. Die Täter können also durchaus durch den Bericht auf die Idee gekommen sein. Und wenn ich jetzt eine Vermutung äußern sollte ...« Er zögerte mit der Aussage. »Ich will euch nicht reinreden und euch nicht in eine falsche Richtung schicken. Aber ehrlich gesagt: Die Trittbrettfahrer machen für mich noch eher Sinn als eine Gruppe, die mordet und dabei so wenig Geld verlangt.«

Hanna war fast erleichtert. Sie dankte Bialas überschwänglich.

»Du bist doch selbst draufgekommen«, brummte der nur. Lob oder Dank anzunehmen war nicht seine Sache. »Ich drück dir die Daumen. Ihr seid nicht gerade zu beneiden.«

4

Schließlich stand sie an dem Fenster, durch das man den Festgenommenen sehen konnte. Er saß am Tisch, bewacht von zwei uniformierten Kollegen. Ein hagerer, nicht allzu großer Mann um die siebzig. Er hatte das faltige Gesicht von knochigen Menschen mit trockener Haut. Dichtes graues Haar, eine große schmale Nase und nach unten gezogene Mundwinkel prägten den ersten Eindruck. Er wirkte ruhig und gefasst, rieb sich nur ab und an die Hände und schien nachzudenken.

Frenzel trat hinzu. »Was den wohl geritten hat?«, fragte er, ehrlich erstaunt. »Ist 72 Jahre alt, unbescholten, soweit wir das wissen, und macht jetzt so einen Unsinn. Ich werde seine Personalien aufnehmen und überlasse Ihnen dann das Feld, Frau Stankowski. Sie machen das immer so schön.«

In dem Nebenraum des eigentlichen Vernehmungszimmers, von dem aus man die Gespräche mitschneiden und mitverfolgen konnte, versammelten sich nun immer mehr Leute. Keiner wollte sich entgehen lassen, wer ihnen da ins Netz gegangen war. Schließlich kam auch Wunderlich. Sie konnten die Vernehmung beginnen.

»Wir werden auch die These abklopfen, dass Eiselt und seine Kumpane nur Trittbrettfahrer sind. Hörst du, Stefan?«, drängte Hanna den Kollegen.

Der zuckte nur die Achseln.

Wie Frenzel angekündigt hatte, eröffnete er das Gespräch, nannte die Namen und Funktionen der Beamten, stellte die Personalien fest und klärte den Verhafteten über seine Rechte auf. Fritz Eiselt war seit einigen Jahren Rentner; zuvor war er Schlosser in einem Metallbetrieb. Er war Witwer und wohnte allein in einer Mietwohnung in Bad Cannstatt in der Nähe der Schmidener Straße. Er gab keine Angehörigen an, die eventuell verständigt werden sollten. Aufmerksam und gefügig ließ er alles über sich ergehen. Die Frage, ob er einen Rechtsbeistand wolle, verneinte er schroff.

Hanna hatte sich lange überlegt, wie sie das Gespräch beginnen sollte. Nun schob sie dem Mann eine Kopie des Erpresserbriefes unter die Nase und fragte: »Herr Eiselt, bitte sagen Sie mir doch – was haben Sie mit diesem Satz gemeint: ›*Was wir wollen ist nur Gerechtigkeit*‹?«

Graublaue kluge Augen sahen sie prüfend an. Dann sagte Fritz Eiselt nach einigem Zögern: »Das Geld steht uns zu.«

»Erklären Sie es mir.«

»Da gibt es nichts zu erklären.«

»Warum genau diese Summe?«, fragte Hanna geduldig.

»So halt«, sagte Eiselt. Offenbar hatte er beschlossen, so wenig wie möglich preiszugeben.

»Und warum gerade von Markus Czicha, wenn Ihnen das Geld zusteht?«

»Dazu sag ich nichts.«

Hanna überlegte, wie sie ihn aus der Reserve locken könnte, da ergriff Wunderlich das Wort. In seiner spröden Art fragte er: »Sie sprechen von ›wir‹. Wer sind Ihre Kompagnons? Bitte die Namen. Wir kriegen die ohnehin raus.«

Hanna war klar: Fritz Eiselt machte nun komplett dicht.

»Ich sag nichts mehr. Muss ich doch nicht, oder?«, fragte er an Frenzel gewandt. Der Staatsanwalt verzog leidend das Gesicht, hob die runden Schultern und schüttelte den Kopf.

Stefan Wunderlich machte weiter: »Einer Ihrer Kompagnons hat die Spurstangen angesägt. Um Ihrer Forderung Nachdruck zu verleihen. Und Sie haben den Part mit der Geldübergabe übernommen. War's nicht so?«

Hanna fluchte innerlich. Wie konnte man so starrsinnig an einer These festhalten. Nicht nur sein Rücken war also unflexibel – auch sein Kopf. Sie konnte schon nicht ab, wenn Kollegen wie in schlechten Krimis dem Tatverdächtigen erzählten, wie er angeblich die Tat verübt haben sollte. Doch damit nicht genug, hatte Wunderlich dem Mann nun auch noch Insiderwissen preisgegeben und ihm erzählt, wie die Wagen von Behrends und Kuhnert beschädigt worden waren.

Die Reaktion des Mannes war für Hanna vorhersehbar. Er sah die Beamten erstaunt an. Dann lehnte er sich auf dem Stuhl zurück, blickte Wunderlich frostig an und murmelte: »Ich sage jetzt gar nichts mehr.«

»Wollen Sie vielleicht nicht doch einen Anwalt?«, fragte Frenzel vorsichtig.

Der Alte schüttelte den Kopf und presste die schmalen Lippen so aufeinander, als wollte er sie nie wieder öffnen.

Hanna wagte noch einen Versuch: »Herr Eiselt, Sie sprechen hier in Ihrem Drohbrief von den Unfällen, die diese Bankangestellten letzte Woche hatten. Wir hatten einen Toten. Einen jungen Mann von 28 Jahren. Ich musste mit seinen Eltern sprechen. Es war ihr einziger Sohn.« Sie machte eine Pause und ließ die Worte wirken. »Der zweite Mann hatte großes Glück. Er war relativ langsam unterwegs, als das Fahrwerk an seinem Auto versagt hat. Es wäre wahrscheinlich anders ausgegangen, wenn der Unfall bei hoher Geschwindigkeit auf der Autobahn passiert wäre. Der Mann hat eine Frau und drei Kinder im Alter von elf, neun und sechs Jahren. War das wirklich die hundertdreißigtausend wert?«

Fritz Eiselt sah Hanna betreten an. Vielleicht begriff er jetzt erst richtig, wie schwer das Verbrechen war, mit dem er in Verbindung gebracht wurde. Trotzdem schwieg er eisern. Auch auf weitere Fragen war alles, was er noch zustandebrachte, ein resigniertes Kopfschütteln. Es war sinnlos, die Vernehmung fortzuführen. Es blieb Frenzel nur übrig, den Mann abführen und vor den Haftrichter bringen zu lassen.

Als Hanna und Wunderlich zu den Kollegen vor der Beobachtungsscheibe stießen, war eine lebhafte Diskussion im Gange. Luca, Dieter Schwandtner und Wildermuth waren bereits von der Durchsuchung der Wohnung des Erpressers zurück. Sie mussten einen guten Teil der Vernehmung noch mitbekommen haben. Auch die Kollegen vom Dezernat für

Raub und Erpressung, die Markus Czicha noch einmal vernommen hatten, waren anwesend.

»In der Wohnung und im Keller«, berichtete Wildermuth, »haben wir nichts gefunden, was mit den Spurstangen in Verbindung gebracht werden könnte. Weder Handschuhe oder einen Wagenheber noch eine Säge. Die Fingerabdrücke, das kann ich jedenfalls schon sagen, in der Wohnung und ein paar auf dem Erpresserschreiben, die stammen von Fritz Eiselt. Ob seine DNA mit der übereinstimmt, die wir am Fahrzeug von Ludger Behrends gefunden haben, wissen wir morgen.«

»Und das solltest du wissen, Hanna …« Luca war richtig aufgekratzt. »Wir haben tatsächlich Bankunterlagen gefunden. Auch gleich mitgebracht. Die liegen drüben im Soko-Hauptquartier. Du wirst es nicht glauben«, sagte er melodramatisch. »Dieser Eiselt hatte tatsächlich ein Konto bei der Creditbank. Und ein Vertrag war dabei. Irgendetwas mit 'nem Depot und 'nem Zertifikat von der Creditbank. Rate mal, von wem unterschrieben.«

»Spuck's aus, Luca!«

»Von Markus Czicha«, triumphierte der.

»Das ist ja komisch«, schaltete sich nun ein Mitarbeiter von Stefan Wunderlich ein. »Wir haben Czicha mit dem Namen von dem Erpresser konfrontiert. Er sagt, er kennt keinen Fritz Eiselt.«

»Ich wusste es doch!« Hanna fühlte sich bestätigt. Sie konnte sich also doch auf ihr Gefühl verlassen. »Den knöpf ich mir vor, das könnt ihr mir glauben. Der hat uns an der Nase herumgeführt«, sagte sie grimmig und wandte sich noch einmal an Wildermuth: »Habt ihr irgendwelche Hinweise auf die Mittäter von Eiselt gefunden?«

»Ein paar Adresslisten. Manuell geführte und eine im Computer. Der war nicht passwortgeschützt«, gab Wildermuth Auskunft. »Und die Liste der letzten Anrufe auf dem Festnetzanschluss. Das müsst ihr jetzt eben alles auswerten.«

Hanna nickte: »Wisst ihr, was ich glaube?« Sie war sich durchaus bewusst, dass Eiselt und seine Mittäter erst aus dem

Schneider waren, wenn die Spurenlage und die KTU einwandfrei belegt hatten, dass sie nichts mit der Dodge Viper und Kienles E-Klasse zu tun hatten. Und doch war sie mehr denn je überzeugt: »Die Komplizen von diesem Eiselt, die werden wir bald haben. Das sind alles genau solche Dilettanten wie dieser Clown. Ich gehe jede Wette ein: Die waren es nicht. Das sind Trittbrettfahrer.«

»Das könnte gut sein«, meinte Dieter Schwandtner nachdenklich. »Die Summe ist zu gering für dieses Risiko. Die Handschrift bei den beiden Taten passt nicht zusammen. Die waren es nicht.«

»Und woher wussten die von den angesägten Spurstangen?«, fragte nun Stefan Wunderlich fast dickköpfig.

»Die wussten nichts davon«, sagte Hanna mit Nachdruck. »Den da drin« – sie deutete auf die Beobachterscheibe zum Vernehmungsraum – »den hast du auf den Trichter gebracht. Im Erpresserbrief steht nichts dergleichen. Da steht drin, dass die Fahrzeuge manipuliert worden sind. ›Manipuliert‹. Das einzige Fremdwort in dem Schreiben, wie die Sprachanalystin vom BKA festgestellt hat. Morgen früh zeige ich dir einen Artikel, Stefan. Er ist am Samstag in den Stuttgarter Nachrichten erschienen. Über eine Unfallserie, bei der – Zitat – ›die Fahrzeuge manipuliert worden‹ sind.«

Alle im Raum schwiegen.

»So«, sagte Hanna. »Und deswegen verordne ich jetzt Feierabend. Wir haben wahrlich einen närrischen Tag hinter uns. Und wenn ich recht habe, dann geht es morgen stramm weiter. Wir haben den Fall ›Spurstange‹ noch nicht abgeschlossen.«

5

Bevor Hanna sich selbst den verordneten Feierabend gönnte, ging sie mit Luca hinüber ins Soko-Hauptquartier, wie er es nannte. Sie ließ sich die Unterlagen zeigen, die man bei Fritz

Eiselt beschlagnahmt hatte. Luca blätterte in einem Aktenordner, bis er das Papier gefunden hatte. Es steckte in einer abheftbaren Klarsichthülle, war aus festem hochwertigem Papier. Die Gestaltung wirkte seriös. »Cormoran Plus 22 – Creditbank Cormoran Plus Anleihe« stand darauf. Ein kleiner Flyer war beigelegt, auf dem ein Kormoran im Flug zu sehen war. Ein Vertrag über die Eröffnung eines Depots, der dahinter abgeheftet war, trug tatsächlich die Unterschrift von Markus Czicha.

»Eine Lüge ist gar keine; es ist nur die Wahrheit von einem anderen Blickwinkel aus gesehen«, sagte Luca. »Eine der Erwerbsregeln der Ferengi.«

Hanna fiel ein weiteres Dokument auf. Ebenfalls gedruckt auf edles Papier mit einem Design, das an amerikanische Geldscheine erinnerte. »LEHMAN BROTHERS HOLDING INC.« stand darauf, und weiter, in erhabenem Druck, »CERTIFICATE«.

Sie versuchte Stoevesandt anzurufen und erreichte ihn tatsächlich noch im LKA, obwohl es lange nach acht war.

»Sagt Ihnen Cormoran Plus 22 etwas?«, fragte sie ihn und informierte ihn kurz über die Anleihe in den Unterlagen des Erpressers.

»Momentan kann ich nichts damit anfangen. Aber es gibt strukturierte Wertpapiere wie Sand am Meer.«

»Und er hat ein Lehman Brothers Certificate.« Dass die nichts mehr wert waren, wusste mittlerweile jedes Kind.

»Sie meinen, hier liegen die Motive für die Erpressung? Ich selbst habe morgen keine Zeit. Aber ich schicke Ihnen Frau Marinescu und Herrn Kuhnert wegen dieser Cormoran-Sache vorbei«, versprach ihr Stoevesandt.

Dann rief sie Frenzel an. Der Staatsanwalt stand gerade beim Haftrichter und erläuterte seinen Antrag auf Untersuchungshaft für Fritz Eiselt.

»Ich möchte, dass Sie Herrn Czicha morgen vorladen«, bat Hanna. »Er hat für Herrn Eiselt ein Wertpapier-Depot bei der Creditbank eingerichtet. Er muss ihn also kennen.«

»Na, sieh mal einer an«, sagte der erstaunt. »Und welche Ferengi-Regel ist Ihrem Herrn Mazzaro dazu eingefallen? Aber, Spaß beiseite – ich kümmere mich heute Abend noch drum. Wenn mir nicht vorher die Augen zufallen.«

Jetzt hörte man sogar der Stimme von Frenzel an, dass er an seine Grenzen kam. Ein klares Signal für Hanna, für heute endlich Schluss zu machen.

III. Waiblingen

»Du, Mama, musst du heute noch mal weg?«

»Nein, warum?«

»Dann kann ich doch das Auto haben.«

»Wie: ›das Auto haben‹?«

»Na, ich brauch es eben.«

»Wo willst du denn hin?«

»Ich brauch es eben.«

»Wenn du das Auto brauchst, dann brauchst du mich auch. Und dann will ich wissen, wo du hinwillst. Und wann ich dich wieder holen muss.«

»Was musst du denn immer noch mit? Ich kann alleine fahren. Hast du neulich selbst gesagt ... Dass ich echt schon sicher fahre.«

»Du hast noch keinen richtigen Führerschein. Es heißt ›Begleitetes Fahren‹, weil ich dich begleiten muss. Und ich hab so viel zu tun, dass ich dafür gar keine Zeit habe.«

»In zwei Wochen bin ich achtzehn. Dann darf ich sowieso alleine fahren.«

»Wieso musst du denn schon wieder weg? Am Samstag warst du weg. Heute Nacht bis in die Puppen. Wann bist du eigentlich nach Hause gekommen? Heute Morgen kurz vor fünf hab ich dich gehört. Das reicht doch jetzt auch mal!«

»Es ist halt Fasching. Außerdem hab ich Ferien.«

»Eben, es ist Fasching. Was glaubst du, wie viele Polizeikontrollen da heute sind?«

»Die gucken, ob du was getrunken hast, und sonst nach gar nichts. Bei Pit haben sie auch ein Auge zugedrückt mit dem Führerschein. Der hatte sogar noch fünf Wochen. Und ich trinke nichts. Wirklich.«

»Warum fährst du nicht einfach mit der S-Bahn? Das ging doch gestern auch.«

»Warum kann ich nicht einmal den Wagen haben? Hier steht er doch nur rum.«

»Schluss jetzt!«

»Du bist unmöglich. Behandelst mich immer noch wie ein Baby. Das darf ich nicht, und jenes darf ich nicht. Andere fahren schon viel früher alleine Auto. Da machen die Eltern keinen so 'nen Aufstand. Lass mich doch heute mal fahren! In zwei Wochen darf ich es doch auch.«

»Aber heute noch nicht. Und schon gar nicht am Faschingsdienstag. Dann trinkst du was. Die Polizei kontrolliert. Und schon ist dein Führerschein wieder weg.«

»Du hast überhaupt kein Vertrauen zu mir. Wenn ich sage, ich trinke nichts, dann trinke ich nichts. Du musst einem immer nur was verbieten. Dann geht es dir gut.«

Er wurde zunehmend aggressiver. Was bei ihr dazu führte, dass sie immer mehr verhärtete.

»Du kriegst den Wagen nicht. Und damit Schluss!«

»Wenn du mir was verbieten kannst, dann findest du das geil! Weil du sonst nichts hast, was dich freut, so verbiestert, wie du bist.«

Wenn er nicht schon fast einen Kopf größer gewesen wäre als sie, dann hätte sie ihm jetzt eine gescheuert. Sie sah ihn wutentbrannt an. Er erwiderte den Blick ebenso böse, drehte sich um, ging in sein Zimmer und schlug die Tür hinter sich zu.

Sie nahm den Korb mit der schmutzigen Wäsche, schnappte den Haustürschlüssel und fuhr mit dem Aufzug hinunter in die Gemeinschaftswaschküche. Während sie gewaschene Kleidungsstücke aus der Trommel nahm, die verschmutzte Wäsche hineinstopfte, die Waschmaschine wieder zum Laufen brachte und im Trockenraum die feuchten Sachen aufhängte, zündete die Wut ihre Gedanken an.

So ein unverschämter Bengel! Wie redete der mit seiner Mutter? Sie war es leid. Seit Jahren führte jedes Gespräch darüber, was sie erlaubte oder nicht, zu Wortgefechten und Unfrieden. Und andere Konversationen führten sie ja kaum noch. Er ließ sich jetzt schon nichts mehr sagen. Wie würde das erst werden, wenn er wirklich achtzehn war?

Manchmal hätte sie ihn am liebsten aus dem Haus geworfen. Sollte er doch selbst sehen, wie er zurechtkam. Leider ging das nicht, solange er noch kein Abitur hatte. Und das machte er erst in einem Jahr. Hoffentlich mit Erfolg. Denn auch was seine schulischen Leistungen anging, hatte sie kaum noch Informationen. Vielleicht waren es ja keine sehr mütterlichen Gefühle. Aber sie würde wirklich froh sein, wenn er ging. Wenn er einen Studienplatz in mindestens zweihundert Kilometer Entfernung bekommen würde. Nicht viel weiter weg. Aber auch nicht näher. Sollte er seine zerschlissenen Jeans doch selbst waschen. Wütend klemmte sie ebendiese Jeans an der Wäscheleine fest.

Als sie in die Wohnung zurückkam, war die Tür zu seinem Zimmer angelehnt. Sie klopfte dennoch kurz an und öffnete ganz. Er war nicht mehr da. Sie sah ihren Schlüsselbund, der wie immer auf dem kleinen Garderobentischchen im Flur lag. Und sie bemerkte fast zeitgleich, dass an dem Bund der Autoschlüssel fehlte.

Es zerriss sie fast vor Wut. Sie ging in Janinas Zimmer, ohne anzuklopfen: »Weißt du, wo Dennis ist?«

»Keine Ahnung«, sagte die nur und vertiefte sich wieder in ihr Buch.

Sie rannte zum Aufzug und fuhr hinunter in die Tiefgarage. Tatsächlich: Der Wagen war weg. Zorn und Ohnmacht nahmen ihr fast die Luft.

Der sollte bloß heimkommen! Das würde Konsequenzen haben. Das musste Konsequenzen haben! Aber welche? Sie konnte ihn ja nicht hungern lassen. Und wenn sie ihn dazu verdonnern würde, irgendeine unangenehme Arbeit zu machen, würde er sie auslachen. Sie wusste jetzt schon, dass sie tagelang kein Wort mehr mit ihm reden würde. Aber sie war sich mehr als unsicher, ob ihm das überhaupt etwas ausmachte.

Jedenfalls war die Sache mit dem Passat jetzt gegessen. Eigentlich hatte sie ihm das Auto zum Geburtstag schenken wollen. Sie fuhr die Kiste nur noch, weil Dennis damit ja quasi das Autofahren lernte und ein paar Macken durchaus einkalkuliert werden mussten. Sie wollte eigentlich schon seit längerem einen neuen Wagen. Das 3er BMW-Cabrio hatte es ihr angetan. Und wenn sie nur noch Janina ab und an durch die Gegend kutschieren musste, dann konnte sie sich ja auch mal ein Auto leisten, das vielleicht weniger praktisch war als der VW, aber dafür mehr Laune machte.

Nein, er würde den alten Passat nicht bekommen. Aber sie würde sich das Cabrio trotzdem kaufen. Und einen Safe. Und dort hinein kämen die Wagenschlüssel. Sie triumphierte innerlich. Jawohl, das würde die Strafe sein! Eine Strafe, die ihm richtig weh tat.

Den ganzen Abend über glomm die Wut weiter. Sie hatte den Nachmittag frei gehabt, Zeit, um die vielen Arbeiten im Haushalt zu erledigen, die wieder viel zu lange liegen geblieben waren. Jetzt erst kam sie dazu, ein paar Kleider zu bügeln, die schon in der letzten Wäsche gewesen waren. Das Blöde an der Hausarbeit war, dass man dabei nicht viel überlegen musste. So brachen sich Gedanken ihre Bahn, die sie normalerweise unter Kontrolle hielt. Warum nur kam sie mit Dennis nicht zurecht? Vielleicht war sie wirklich manchmal zu streng. Aber wenn man Vater und Mutter zugleich sein musste, wenn man es mit einem absolut willensstarken Kind zu tun hatte und kein Mann da war, der einen Gegenpart bildete und den Sohn auch mal in die Schranken verwies, wie sollte man das schaffen? Sie hatte sich so oft überfordert gefühlt und aus diesem Gefühl heraus mit Härte reagiert.

Die ganzen Probleme waren im Grunde doch das Resultat ihrer gescheiterten Ehe. Und der Wunden und Narben, die ihr Ex hinterlassen hatte. Sie hasste ihn immer noch. Natürlich war sie damals nicht gerade die Liebenswürdigkeit in Person gewesen. Vor allem, nachdem Janina zur Welt gekommen war. Sie hatte sich oft überfordert gefühlt mit den zwei kleinen Schreihälsen, von denen die Kleine unter Bauchkrämpfen litt und der ältere aus Eifersucht die abwegigsten Dinge anstellte. Zugleich fiel ihr die Decke auf den Kopf. Sie fühlte sich isoliert. Es fehlten ihr der Job, die Kollegen und die Kunden. Und die Bestätigung, die sie von ihrem Ex natürlich nicht bekam. Der erwartete nur, dass sie, wie zuvor, immer die freundliche, gepflegte Ehefrau abgab, die nie klagte.

Sie war in dieser Zeit nicht einfach. Sie war kratzbürstig und ließ manchmal auch ihre schlechte Laune an ihm aus. Doch das war noch lange keine Grund, sich eine Freundin zu nehmen, auszuziehen und sich kaum noch um die Kinder zu kümmern. Und erst recht nicht dafür, ihr komplett den Geldhahn abzudrehen. Nach der Scheidung machte plötzlich sein Druck- und Copy-Shop keine Gewinne mehr, obwohl er hervorragend lief. Die »Neue« wurde eingestellt, für ein Gehalt, von dem sie selbst als voll Berufstätige in einem gutbezahlten Job nur träumen konnte. Kreditraten von Banken wurden erhöht, Gewinnrückstellungen gebildet, alles so, dass keine Verluste entstanden, aber auch nichts übrig blieb, um Unterhalt für die Kinder zu zahlen. Natürlich wusste sie genau, wie er das machte. Wer, wenn nicht sie. Aber sie konnte absolut nichts dagegen tun. So verschmorte sie in Weißglut, suchte eine Tagesmutter und ging wieder arbeiten. Einerseits tat ihr das gut. Doch es war kein Zuckerschlecken, familiär und finanziell die ganze Last alleine zu tragen.

Sie wollte eigentlich früh zu Bett gehen. Morgen Vormittag würde eine wichtige Sitzung stattfinden. Sie musste eine ganze Reihe von Fällen darlegen, ihre Vorschläge machen und fundiert begründen. Momentan war jede Entscheidung ein Akt auf dem Drahtseil, immer zwischen Gewinnerwartung und Risikoeinschätzung. Doch die aufgewühlte Seele machte sie überwach. Um Mitternacht ging sie endlich zu Bett. Dennis war noch nicht zu Hause. Ihr war es fast recht. Sonst hätte sie sich nur wieder aufgeregt. Nachdem sie sich lange hin und her gewälzt hatte, fiel sie endlich in einen unruhigen Schlaf. Um zwei sah sie auf den Wecker. Sie ging zu seinem Zimmer. Die Tür war noch angelehnt, und der Junge war immer noch nicht zurück. Sie versuchte, sich selbst am Riemen zu reißen und nicht wieder zornig zu werden, weil ihr das den Schlaf vollends versauen würde. Aber es gelang ihr schlecht. Irgendwann döste sie doch ein.

Sie hatte das Gefühl, zwei Minuten geschlafen zu haben, als das Telefon klingelte. Jetzt hat er doch etwas getrunken und die Polizei hat ihn erwischt, dachte sie.

»Hier ist die Verkehrspolizei in Ludwigsburg. Spreche ich mit Frau Wollschläger?«

»Ja, was ist los mit ihm?«

»Entschuldigen Sie. Aber ich muss sicher sein. Nicht dass ich Sie unnötigerweise erschrecke. Ihr Sohn ist Dennis Wollschläger?« Er nannte die Adresse. Sie bestätigte Namen und Anschrift. Jetzt bekam sie Angst.

»Frau Wollschläger, tut mir leid, dass ich Sie stören muss. Ihr Sohn hatte einen Unfall. Er wurde ins Klinikum Ludwigsburg eingeliefert. Mit drei weiteren Insassen.«

Jetzt war es die reine Panik: »Was ist ihm passiert? Ist er verletzt?«

»Ja, ich kann Ihnen allerdings nicht sagen, wie schwer. Sie müssten sich mit dem Krankenhaus selbst in Verbindung setzen. Oder am besten fahren Sie hin.«

Als sie den Hörer auflegte, merkte sie, wie ihre Hand zitterte. Sie versuchte sich zu konzentrieren. Was hatte der Mann gesagt? Das Krankenhaus in Ludwigsburg. War das alles ein böser Scherz? Sie rief die Auskunft an und ließ sich mit dem Klinikum in Ludwigsburg verbinden. Die Notaufnahme war auch nachts besetzt. Einen Arzt konnte sie jedoch nicht sprechen. Die seien gerade alle voll beschäftigt. Immerhin aber bestätigte man ihr, dass vor einer Stunde ein Dennis Wollschläger eingeliefert worden war.

Wie unter Drogen zog sie sich an. Sie schaute zu Janina ins Zimmer. Das Mädchen schlief fest und ruhig. Sie schrieb auf einen Zettel, wo sie sich befand und dass sie per Handy erreichbar war. Ach ja, das Handy. Schnell steckte sie es noch in die Handtasche. Dann fiel ihr ein, dass sie ja gar kein Auto hatte. Sie rief ein Taxi, zog einen warmen Mantel über und wartete in der eisigen Kälte vor dem Haus eine halbe Ewigkeit, bis endlich der Wagen mit dem gelb-schwarzen Dachzeichen erschien.

Wie von Sinnen irrte sie um den riesigen verschachtelten Gebäudekomplex, bis sie schließlich die Notaufnahme fand. Ein Pfleger, der sichtlich abgekämpft war, bat sie um ihren Ausweis.

»Entschuldigen Sie, aber wir haben heute Nacht hier ein richtiges Tohuwabohu. Wollschläger, okay, das ist einer von den härteren Fällen. Die meisten waren Gott sei Dank nur sturzbesoffen und haben sich irgendwas gebrochen. Ich sag Bescheid. Sie werden gleich abgeholt.«

Sie wartete wieder eine endlose halbe Stunde lang. Dann kam eine Ärztin. Sie sah noch recht jung aus, war etwas pummelig und hatte ein freundliches Gesicht. Doch auch ihr sah man an, dass sie geschafft war. Auf dem Weg durch die Krankenhausgänge sagte sie: »Frau Wollschläger, wir haben Ihren Sohn in eine Langzeitnarkose gelegt. Er hat mehrere Brüche und zeigte Stressreaktionen.« Die Ärztin sah sie immer wieder von der Seite her an, als wollte sie die Reaktion der Mutter auf ihre Worte prüfen. »Wenn Sie gleich zu ihm kommen, dann erschrecken Sie bitte nicht. Wir müssen ihn künstlich beatmen.«

Es war trotzdem ein Schock, als sie an seinem Bett stand. All die Schläuche und Drähte, all die Apparate, die man schon mal im Fernsehen gesehen hatte, kamen ihr so groß vor, dass sie den eingefallenen Körper zu erdrücken schienen. Dazu kamen die Verbände und Schienen an Kopf und Gliedmaßen. Das Gesicht ihres Sohnes war bleich und wirkte leblos. Der Trotz war gänzlich aus seinen Zügen gewichen. Sie sah die Ärztin an, zu der sie bislang nicht ein Wort gesprochen hatte, und hörte sich selbst fragen: »Wird er überleben?«

»Er ist jung. Er kann es schaffen.« Sie sagte nur »kann« – nicht: »wird es schaffen«.

Kerstin Wollschläger setzte sich auf einen Stuhl, den ihr die Ärztin hingeschoben hatte. Sie streichelte so vorsichtig die gesunde Hand ihres Sohnes, als könnte auch sie noch zerbrechen. Wie aus weiter Ferne hörte sie, was die Ärztin sagte.

»Wir haben die Brüche erst mal notversorgt. Wenn seine Vitalfunktionen wieder stabil sind, dann werden wir operieren. Aber wirklich erst, wenn wir sicher sind, dass sein Organismus es verkraftet. So lange wird die Narkose aufrechterhalten. Er hat jetzt keine Schmerzen. Und wir überwachen seine Körperfunktionen rund um die Uhr. Momentan sieht alles gut aus. Wenn das jetzt 24 Stunden so bleibt, dann ...« Sie zögerte einen Moment mit der Aussage. »... dann hat er gute Chancen. Dann ist er wahrscheinlich überm Berg. Ich lass Sie jetzt allein. Sie können hierbleiben, solange Sie wollen.«

Noch eine ganze Weile, nachdem die Ärztin gegangen war, kam sie sich vor wie in einer Parallelwelt, die nichts mit der Wirklichkeit zu tun hatte. Dann brachen die Dämme. Die Gefühle, die sie sonst so rational zu kontrollieren versuchte, bordeten über. Die Mischung aus unbändiger Wut auf den Ungehorsam von Dennis, aus abgrundtiefer, verzweifelter Angst um sein Leben und aus der Liebe, die sie für dieses Kind empfand und die ihr fast das Herz zerriss – das alles überforderte ihre Kontrollmechanismen maßlos. Sie heulte laut und hemmungslos, wie sie es seit früher Kindheit nicht mehr getan hatte. »Du darfst nicht sterben. Bitte, bitte, du darfst nicht sterben«, stammelte sie immer wieder.

Mittwoch, 17. Februar 2010

1

Hanna befand sich im Zwiespalt. Es war mehr als wahrscheinlich, dass es sich bei der Clique um Fritz Eiselt um Trittbrettfahrer handelte. Und das hieß, dass man sich wieder voll auf die Beziehungen und Verhältnisse von Ludger Behrends und Karlheinz Kienle konzentrieren sollte, die immer mehr aus dem Blickfeld geraten waren.

Doch bevor die Kriminaltechnik Hannas Überzeugung belegt hatte und die Komplizen von Eiselt gefunden waren, durfte man die Erpressung nicht zu den Akten legen. Außerdem hatte Hanna nun die kriminalistische Neugier gepackt. Warum behauptete Czicha, Fritz Eiselt nicht zu kennen? Sie war überzeugt, dass der Anlageberater die Stimme des Erpressers bereits am Telefon erkannt hatte. Warum hatte er sich so wenig kooperativ gezeigt und manche Maßnahmen der Polizei – wie den Sender im Briefumschlag – geradezu hintertrieben?

Die nächste größere Soko-Sitzung wollte sie erst einberufen, wenn etwas mehr Licht in den Erpressungsfall gekommen war.

Sie las den Bericht von Wildermuth. In der Mietwohnung von Fritz Eiselt, in der er alleine lebte, waren ein Computer und ein Drucker sichergestellt worden. Man musste nun prüfen, ob damit der Erpresserbrief geschrieben worden war. Außerdem waren weitere Fingerabdrücke außer denen des Täters gefunden worden. Man hatte sie mit den Fingerspuren auf dem Schreiben an Markus Czicha abgeglichen. Und in der Tat waren sie identisch. Die beiden weiteren Personen hatten sich also auch in der Wohnung von Eiselt aufgehalten.

Da meldete sich die Zentrale: »Frau Stankowski, Sie bearbeiten doch den Fall mit dieser Drohung. Ich meine, dass da einer einen Autounfall hat, wenn er nicht zahlt?«

Hanna zögerte und überlegte, ob sie die Sache nicht auf Stefan Wunderlich abschieben sollte, bejahte dann aber doch.

»Dann verbinde ich sie mal mit dem Revier in Bad Cannstatt.«

Eine Kollegin mit junger Stimme meldete sich.

»Also, wir haben hier ein paar alte Leutchen. Die standen heute Morgen um acht schon da und haben sich selbst angezeigt. Wegen Erpressung. Ich weiß nicht, was ich davon halten soll. Die sehen eigentlich ganz nett aus. Und sie wollen wissen, ob wir gestern einen Mann festgenommen haben, der das Geld von dem Erpressten an sich genommen hat.«

Das wurde ja immer bunter. Für einen Moment dachte Hanna an Trittbrettfahrer eines Trittbrettfahrers. Was jedoch ein absurder Gedanke war.

»Bitte fragen Sie die Leute doch, wie der Mann heißen soll, den wir angeblich festgenommen haben. Fragen Sie, wer der Erpresste war. Wo der wohnt. Und auch wie hoch die Summe war«, bat sie die Kollegin.

»Also der Erpresste ist angeblich ein Angestellter bei der Creditbank in Stuttgart. Ein Herr Czicha. C, Z, I, C, H, A – so haben die mir das buchstabiert. Der Mann, nach dem die immer fragen, heißt Fritz Eiselt. Und der Mann von der Creditbank soll in Ludwigsburg wohnen, gleich in der Nähe vom Schloss. Und sie haben hundertdreißigtausend Euro verlangt. Ist das wirklich wahr?«

»Leider«, seufzte Hanna. »Sie müssen sie festnehmen. Stellen Sie die Personalien fest und bringen Sie sie hierher aufs Präsidium.«

»Das gibt es doch nicht. Das sind zwei sympathische ältere Ehepaare. Da hätte ich jetzt gesagt, die können keiner Fliege was zuleide tun«, wunderte sich die Polizistin.

2

Die »alten Leutchen« – wie die Cannstatter Kollegin sie genannt hatte –, die eskortiert von vier Polizisten in den Polizeigewahrsam gebracht worden waren, machten auf Hanna einen völlig verstörten Eindruck. Man hatte sie, jeden einzeln, in die engen Zellen gesperrt. Hanna besuchte gemeinsam mit Stefan Wunderlich zunächst jeden Inhaftierten getrennt. Christa Rögler war ein Häufchen Elend und den Tränen nahe. Ihr Mann, Horst Rögler, machte sich große Sorgen, ob seine Frau das nervlich aushalten würde. Beide waren Mitte siebzig. Erich Baumgärtner, 82 Jahre alt, war sicher mal ein stattlicher Mann gewesen. Jetzt wirkte er eingefallen und gebrochen. In der vierten Zelle saß Waltraut Baumgärtner. Die grobknochige Frau, die auf Hanna wie eine abgearbeitete Bäuerin wirkte, war noch die Gefassteste von allen.

Hier, in diesen Zellen, konnte man mit den Leuten nicht reden. Hanna wollte sie noch nicht einmal in die kalte Atmosphäre eines der Vernehmungsräume stecken.

»Was hältst du davon, wenn wir sie einfach alle zusammen in die Soko-Räume bringen?«, wandte sie sich an Wunderlich. »Ich glaube, so bekommen wir am meisten von denen raus.«

Wunderlich wagte, nach dem Dämpfer, den er am Vortag bekommen hatte, nicht mehr, Hanna zu widersprechen. Sie baten um die Unterstützung der Wachleute, die die vorgeschriebene Sicherung übernehmen sollten, und ließen die vier Senioren nach oben ins »Hauptquartier« der Sonderkommission bringen.

Es war schon ein denkwürdiges Bild, das sich da bot, nachdem Hanna alle Beteiligten zusammengetrommelt hatte. Nicht ganz in der Mitte des großen Konferenzraums standen zwei der Tische zusammengeschoben, die normalerweise gemeinsam mit anderen geraden und halbrunden Elementen den großen Konferenztisch bildeten. In diesem Zentrum saßen die beiden alten Ehepaare. Christa und Horst Rögler hielten sich wie Teenager an den Händen. Sie waren ein Paar, dem man die lange gemeinsame Lebenszeit ansah. Beide mollig und gemütvoll. Beide mit Runzeln in den rosigen Gesichtern, die im eigentlichen Leben vom Lachen herrührten. Das Ergrauen hatte sogar ihre Haare einander angepasst, die sie als Lockenwickler-Frisur und er als Naturkrause trug.

Daneben saß aufrecht und gefasst Waltraut Baumgärtner. Sie hatte ihren Mann untergehakt und streichelte seinen Arm, als wollte sie ihn beruhigen. Ihr Haar, das sie streng nach hinten zusammengebunden hatte, war noch fast dunkelbraun, wenngleich mit vielen grauen Einsprengseln. Obwohl die Züge der Frau etwas derb wirkten, hatte sie doch wache, intelligente Augen, die alles um sie her aufmerksam beobachteten. Ihr Mann dagegen saß vornübergebeugt und stierte mit hoffnungslosem Blick vor sich hin. Das Gesicht von Erich Baumgärtner hatte eine gelblich-ungesunde Hautfarbe. Die Wangen waren hohl, der Mund verzogen wie bei einem Menschen, der ständig unter Schmerzen litt.

Ringsherum saßen – zumeist auf den Konferenztischen – im Halbkreis wie in einem Amphitheater Hannas Leute von der Todesermittlung, Stefan Wunderlich mit zwei seiner Raub-und-Erpressungs-Mitarbeiter, die beiden Wirtschaftskriminalisten vom LKA, Nicole Marinescu und Rudolf Kuhnert, die vollbusige dunkelhaarige Beamtin vom Kriminaldauerdienst, die – wie Hanna sich endlich merken konnte – Melanie hieß, sowie zwei weitere ihrer Kollegen. Darum herum standen in regelmäßigen Abständen vier uniformierte Polizisten vom Wachdienst des Polizeigewahrsams, die Hände an ihrem Pistolenhalfter.

Hanna setzte sich mit Friedebald Frenzel an den Tisch in der Mitte, den vier Alten gegenüber.

Der Staatsanwalt spulte wieder sein Sprüchlein ab. Er sah die Rentner sorgenvoll an und erklärte ihnen ihre Rechte. »Sind

Sie denn bereit, uns einige Auskünfte zu geben, ohne dass ein Rechtsanwalt dabei ist?«, fragte er.

Die vier sahen sich zunächst fragend an. Dann nickte Waltraut Baumgärtner und sagte bestimmt: »Wir sagen was. Aber einen Rechtsanwalt wollen wir auch.« Damit zog sie einen Zettel aus der Handtasche, auf dem der Name einer Anwaltskanzlei notiert war. Frenzel nahm das Papierchen, warf einen Blick darauf, nickte und sagte: »Ja, da sind Sie gut aufgehoben. Wissen Sie was? Sie erzählen uns erst mal das Wichtigste. Sie sehen, hier wird nichts aufgezeichnet. Und dann rufen Sie dort an und lassen sich beraten. Danach machen Sie dann eine offizielle Aussage.« Der Staatsanwalt klang wie ein Rechtsberater.

Da von den Alten kein Widerspruch kam, stellte Hanna die erste Frage: »Sie sagen, Sie waren an der Erpressung beteiligt, die Herr Eiselt versucht hat. Erzählen Sie uns einfach, wie Sie das gemacht haben.«

Wieder schwiegen die vier und sahen sich an. Endlich fasste sich Waltraut Baumgärtner ein Herz und antwortete: »Wir haben uns das alles gemeinsam ausgedacht. Und wir haben alles gemeinsam gemacht. Das war nicht nur der Fritz! Der hat halt das Geld abgeholt. Weil er von uns alten Deppen noch der fitteste ist. Aber wir sind alle gleich schuld!«

Die anderen nickten.

»Erzählen Sie doch einfach mal von Anfang an«, forderte Hanna sie auf. »Wie sind Sie auf die Idee gekommen, und was genau haben Sie dann gemacht?«

Jetzt brachte Horst Rögler den Mut auf und sprach: »Da war dieser Artikel in der Zeitung. In den ›Nachrichten‹. Und wir haben gesagt, da sind noch mehr beschissen worden. Die haben sich gerächt. Und dann hatten wir plötzlich die Idee. Warst das du, Erich?«

»Nein, der Fritz«, sagte seine Frau eifrig.

»Ich«, meinte Erich Baumgärtner. »Ich hatte die Idee. Nicht der Fritz!« Er wandte sich an Frenzel: »Es ist alles Quatsch. Das Ganze ist auf meinem Mist gewachsen. Die andern haben nur so mitgemacht. Ich wär auch auf den Marktplatz gegangen und hätte diesem Betrüger das Geld abgenommen. Das war nur, weil ich krank bin und es vielleicht nicht geschafft hätte.«

»Sie haben also diesen Artikel in der Zeitung gelesen. Und dann?«, hakte Hanna nach.

»Dann haben wir den Brief geschrieben«, meinte Horst Rögler.

»Ich habe gesagt, was rein soll«, griff Erich Baumgärtner wieder ein. Er klang gequält.

»Und dann?« Hanna blieb dran.

Horst Rögler nahm seine Frau wieder fest bei der Hand. »Christa und ich sind dann zu seinem Haus gefahren. Nachts. Und haben den Brief vor die Haustür gelegt.«

»Na ja, und dann hat Fritz gestern Morgen bei diesem Czicha angerufen, und der hat gesagt, es klappt, er hat das Geld. Und dann ist er eben auf den Marktplatz und hat's abgeholt«, erzählte sie.

Frenzel gab Hanna ein Zeichen und stellte dann selbst eine Frage: »Sie haben damit gedroht, dass diesem Bankangestellten auch ein Unfall passiert. Nicht wahr? Die Unfälle sind ja tatsächlich passiert. Wenn nicht, dann hätten Sie ja gar kein Druckmittel gehabt. Oder? Da müssen Sie schon entschuldigen, aber da frage ich mich, ob vielleicht jemand von Ihnen diese Bremsschläuche aufgeschnitten hat. Eben, damit sie etwas in der Hand haben, womit Sie Herrn Czicha erpressen können. Also haben Sie die Autos von anderen Anlageberatern beschädigt. Ihr Fritz, also Herr Eiselt, scheint ja noch sehr rüstig zu sein. Der hätte so etwas ja sicher zustande gebracht.«

Hanna beobachtete die Reaktion in den vier Gesichtern genau. Betroffen sahen sie sich gegenseitig an.

»Sie denken, wir sind das gewesen?«, fragte Christa Rögler entsetzt.

»Damit haben wir nichts zu tun«, beteuerte Waltraut Baumgärtner energisch.

Ihr Mann schüttelte den Kopf und sah die Beamten flehentlich an: »Wir wissen ja gar nichts von diesen Unfällen. Noch nicht einmal, dass da die Bremsschläuche durchgeschnitten worden sind. Da stand ja nicht viel in der Zeitung. Eben nur, dass es Bankleute waren, denen das passiert ist. Und dass die Autos manipuliert worden sind.«

Hanna fand, dass es Zeit war, die blauäugigen Senioren über die Autounfälle aufzuklären: »Sie haben sich an ein Verbrechen angehängt. Und ich möchte Ihnen ein bisschen die Dimensionen aufzeigen, um die es da geht.« Noch einmal erzählte sie von Ludger Behrends und seinen Eltern, die kaum über den Tod des einzigen Sohnes hinwegkamen. Und von Karlheinz Kienle, der Gott sei Dank eine gehörige Portion Glück gehabt hatte, von seiner Marietta und den drei liebenswerten Kindern.

Vier verstörte Gesichter, die das Leben, jedes auf seine Weise, gezeichnet hatte, sahen sie an. Christa Rögler liefen die Tränen über die Pausbacken. Erich Baumgärtner stöhnte wie unter Schmerzen auf.

»Sie müssen uns glauben«, sagte schließlich seine Frau. »Wir waren das nicht. Wir würden so etwas niemals tun. Es ging uns nur um das Geld.«

»Dann erzählen Sie doch mal. Was ist mit dem Geld? Warum war es gerade Herr Czicha, den Sie erpresst haben?«, fragte Friedebald Frenzel.

»Er hat uns betrogen.« Waltraut Baumgärtner sah dem Staatsanwalt kerzengerade in die Augen. »Er hat uns um alles gebracht, was wir hatten.«

»Wir haben ihm unser Erspartes anvertraut. Unsere Altersabsicherung«, klagte Christa Rögler. »Alles weg. Wir haben nur noch Schulden.« Wieder weinte sie.

Luca stand nun auf und ging in die Soko-Büroräume. Er kam mit dem Aktenordner zurück, in dem Fritz Eiselt seine Geldanlagen bei der Creditbank verwaltet hatte. »Cormoran Plus 22 Anleihen. Lehman Brothers Zertifikate«, sagte er.

»Ähm, darf ich mal sehen?«, meldete sich nun Rudolf Kuhnert. Luca reichte ihm den Ordner. Der Wirtschaftskriminalist vertiefte sich sofort in die Papiere und schien höchst interessiert.

»Cormoran-Anleihen, genau, die haben wir auch«, sagte Horst Rögler. Er klang verbittert. »Wir hatten zehntausend Euro Festgeld bei der Creditbank. Da hat uns der Herr Czicha angerufen. Unser Geld tät jetzt fällig werden, hat er gesagt. Die Zeit wäre abgelaufen. Und wir könnten das viel besser anlegen. Wir sollten uns beraten lassen. Das haben wir dann gemacht. Und der feine Herr hat uns beraten. Soll ich Ihnen sagen wie? Er hat uns gesagt, wir sollen Anleihen kaufen. Das wären alles große Banken in Amerika. Das wär absolut sicher, dass da nie eine pleitegeht. Und da gäbe es sechs bis sieben Prozent Zinsen. Und dass er sogar noch mehr für uns anlegen könnte.«

Rögler stand nun total unter Strom. Er konnte sich kaum auf seinem Stuhl halten. »Das können Sie sich gar nicht vorstellen, wie der uns bearbeitet hat. Mit Engelszungen. Und dann hat er uns vorgerechnet: Wenn wir einen Kredit aufnehmen und drei Prozent zahlen und das Geld in Anleihen stecken, bei denen wir sieben Prozent bekommen, wie viel wir dann verdienen. Und jetzt? Wir konnten von unserer Rente ganz gut leben. Wir haben zwanzigtausend Euro aufgenommen und dreißigtausend in dieses Cormoran-Zeug gesteckt. Jetzt ist das Papier nichts mehr wert. Aber den Kredit müssen wir trotzdem abzahlen. Und jetzt reicht's uns nicht mehr zum Leben und nicht zum Sterben.«

Christa Rögler schluchzte nun laut. Auch ihrem Mann liefen Tränen über die Furchen in den runden Wangen. Mit seinem leidenden Gesicht erinnerte er Hanna an einen alten Mops.

»Und Sie?«, wandte sich Frenzel an das Ehepaar Baumgärtner. »Auch diese Cormoran-Anleihen?«

Erich Baumgärtner nickte: »Wir hatten das Geld als Bundesanleihen angelegt. Herr Czicha hat uns dann Cormoran empfohlen.« Er machte eine kurze Pause. »Wissen Sie, ich habe Krebs. Ich habe nicht mehr lange zu leben. Unsere Rente reicht gerade so. Auch für Waltraut, wenn ich mal nicht mehr bin. Aber ich wollte eine Sicherheit für sie. Was ist, wenn sie mal ein neues Auto braucht? Oder ins Pflegeheim muss? Wir wollen damit nicht unseren Kindern auf der Tasche liegen. Die haben selbst nur so viel, dass es reicht. Jetzt sind von den vierzigtausend gerade mal dreitausend Euro übrig geblieben. Und dieser Herr Czicha hat dann auch noch die Stirn, uns zu sagen, wir sollten das restliche Geld in einem Aktiendepot anlegen. Vielleicht könnte es in zehn Jahren wieder einiges mehr geworden sein.« Erich Baumgärtner sah Frenzel niedergeschlagen an. Waltraut Baumgärtner blickte mit versteinertem Gesicht in die Ferne.

»Und diese Lehman-Zertifikate?«, fragte Frenzel.

»Die hatte nur Fritz Eiselt«, gab Baumgärtner Auskunft. »Er stand von uns allen am besten da. Und meinte, ein bisschen mehr Risiko könnte er schon in Kauf nehmen. Es gab ja zuerst auch mehr Prozente als bei Cormoran. Acht Komma acht hat Czicha ihm versprochen. Aber jetzt sind die ja gar nichts mehr wert, diese Zertifikate.«

»Und wie viel hat er angelegt?«, wollte Hanna wissen.

»Vierzigtausend in Cormoran-Anleihen und, ähm, Moment mal, zwanzigtausend in Lehman-Zertifikaten«, informierte Rudolf Kuhnert, während er in den Unterlagen von Eiselt blätterte.

»Vierzig und zwanzig von Eiselt, plus vierzig von Familie Baumgärtner und dreißig von den Röglers – macht zusammen hundertdreißigtausend Euro«, stellte Dieter Schwandtner lakonisch fest.

Für etliche Sekunden herrschte Schweigen in dem großen Konferenzraum. Dann sagte Rolf Gaßmann auf einmal: »Ich habe eine Bekannte. Da hat die Mutter richtig viel Geld. Die hatte auch Bundesanleihen. Vierhunderttausend Euro. Und ihre Bank hat ihr geraten, die in einen geschlossenen Fonds zu stecken, weil es da viel mehr Prozente gibt. Bloß kommt sie erst in zwanzig Jahren wieder an das Geld. So lange ist das sozusagen eingefroren. Die ist 84, die Mutter, da müsste sie 104 werden, dass sie noch etwas davon hat. Und jetzt muss sie ins Pflegeheim, und die Tochter kann das Geld dafür nicht aufbringen.«

»Die Banken verdienen einfach mehr bei solchen Anlageformen als bei den angeblich so ›langweiligen‹ Bundeswertpapieren oder bei Festgeld«, meinte Nicole Marinescu.

»Und warum haben diese Cormoran-Papiere so an Wert verloren?«, fragte Waltraut Baumgärtner. »Was haben wir falsch gemacht?« Man sah ihr an, dass diese Frage sie schon lange beschäftigte.

»Also, Cormoran, ähm«, meldete sich Rudolf Kuhnert. Eine Strähne seines sonst so glatt an den Kopf gepappten Haares stand steil in die Luft. In die Akten des Fritz Eiselt vertieft erklärte er: »Also, ich musste da heute Morgen auch erst mal recherchieren. Der Markt für solche strukturierten Papiere ist, ähm, ja eigentlich unüberschaubar. Also Cormoran-Anleihen sind ein Produkt der Creditbank. Davon gibt es über dreißig verschiedene Varianten. Es sind festverzinsliche Wertpapiere, so genannte Credit Linked Notes. Sie bieten Anlegern höhere Renditechancen, weil auch das Kreditrisiko eines oder mehrerer Unternehmen übernommen wird. Wenn nun bei einem dieser Referenzschuldner ein Kreditereignis eintritt, dann zahlt die Creditbank die Anleihe sofort zurück. Und zwar zu dem Wert, den die Anleihe auf dem Markt noch wert ist. Das können erhebliche Wertverluste sein.«

Nicht nur Hanna merkte, dass die alten Leutchen kaum etwas damit anfangen konnten.

Nicole Marinescu stand auf. »Ein Kreditereignis heißt auf gut Deutsch: Ein Unternehmen ist pleite und kann seine Kredite nicht zurückzahlen«, erklärte sie. »In diesen Anleihen sind mehrere Firmen zusammengefasst. Eigentlich geht man eine Wette mit der Bank ein, dass keine dieser Firmen einen

Kreditausfall hat. Wenn alle Firmen zahlungsfähig bleiben, die in einem solchen Topf drin sind, bekommt man die hohen Zinsen. Wenn eine aber Insolvenz anmeldet, dann sinkt der Wert der ganzen Anleihe rapide. Auch wenn die anderen Unternehmen, die auch noch im Topf sind, eigentlich ganz gut dastehen. Und die Bank kann diese schlecht bewerteten Papiere sofort an die zurückgeben, die sie gekauft haben. Sie kann sofort das Risiko loswerden. Sie haben doch die dreitausend bestimmt sofort wieder rausbezahlt bekommen? Bestimmt steht irgendwo in Ihrem Vertrag eine Klausel, dass die Anleihe vorzeitig an Sie zurückgezahlt wird, wenn eines der Unternehmen in Insolvenz geht?«, fragte sie die beiden Ehepaare.

Erich Baumgärtner nickte: »Wir haben so eine Broschüre bekommen. Ich habe sie gelesen, so aufmerksam ich konnte. Aber ich habe einfach nicht alles verstanden. Weiß denn ich, was eine Liquidationsquote ist? Wir haben Czicha gefragt. Er hat's uns erklärt, und wir haben es wieder nicht verstanden. Dann hat er gemeint, das wär halt so eine Klausel, die sowieso nie zum Tragen kommen würde, weil das alles Banken wären, die so groß sind, dass da nie was passieren könnte.«

»Wie hat schon der große Ferengi Nagus Grint gesagt?«, meinte Luca leise: »Ein Vertrag ohne Kleingedrucktes ist das Werk eines Idioten.«

Baumgärtner wandte sich an Nicole Marinescu: »Glauben Sie, wir hätten in so etwas unser Geld angelegt, wenn wir das verstanden hätten? So wie Sie das erklären, da hätten wir das verstanden, glauben Sie mir. Und die Finger davon gelassen.«

Horst Rögler ballte die Hand zur Faust und fuchtelte damit in der Luft herum: »Zweitausendzweihundert Euro. Das haben sie uns ausgezahlt. Damit können wir gerade mal ein halbes Jahr den Kredit zurückzahlen. Und dann? Dann zahlen wir Monat für Monat einen Kredit zurück, für Geld, das wir nie gesehen haben!«

»Ja, ähm, das Blöde ist«, sagte Kuhnert nüchtern, »dass Sie Cormoran Plus 22 haben. Und diese Anleihe bezieht sich auf fünf US-amerikanische Banken, darunter auch die Lehman Brothers Bank.«

»Und Herr Eiselt hat noch mehr Pech gehabt«, meinte Nicole Marinescu. »Denn seine Lehman-Zertifikate sind nun gar nichts mehr wert.«

»Ich verstehe nur nicht …«, meinte Kuhnert und blätterte in den Akten von Fritz Eiselt. »Ich meine, es ist sonderbar, dass dieser Bankberater ihm die Zertifikate noch Ende 2007 verkauft hat. Da war es in der Branche eigentlich schon klar, dass Lehman, na ja, sagen wir mal, ein paar Probleme hat.«

»Vielleicht war es bei der Creditbank ja so wie bei vielen anderen Banken.« Nicole Marinescu nickte. »Wir wissen, dass viele Banken noch versucht haben, so viele ihrer faulen Lehman-Zertifikate wie möglich loszuwerden. Vor allem ältere Leute sind da angesprochen worden. Das sagen zumindest die Verbraucherzentralen und einige Anwälte.«

»Und du wolltest auch dieses Lehman-Zeug kaufen«, sagte Christa Rögler und sah ihren Mann vorwurfsvoll an.

»Er hat ja gesagt«, verteidigte sich der, »dass das eine ganz große Bank in Amerika ist. Und dass die vom Staat gestützt wird. Dass die praktisch gar nie pleitegehen kann. Wir hätten mehr verdient.«

»Und mehr verloren!«

»Haben wir ja nun nicht. So reicht's auch schon.« Rögler tätschelte seiner Frau beruhigend die Hand.

»Vielleicht geht das ja jetzt zu weit«, brummte nun Otto Obermayer, »aber kann mir das mal einer sagen, was da bei diesen Lehman-Brüdern los war?«

Auch Hanna fragte sich, ob sie nicht wieder zu tief in die Niederungen der Finanzwelt abtauchten. Aber das Bedürfnis, besser zu verstehen, war bei allen da. Da saßen die vier Rentner, die wie durch eine Naturkatastrophe Hab und Gut verloren hatten, und sahen die Beamten erwartungsvoll an. Nicht nur Otto, auch die andern Kollegen wollten eine Antwort. Denn wer wusste schon, ob ein ähnliches Fiasko wie bei Lehman-Zertifikaten nicht auch den Mann zur Tat getrieben hatte, der die Wagen von Behrends und Kienle malträtiert hatte.

Hanna hatte schon lange keine Tageszeitung mehr. Als ihre Kinder noch klein waren, da kam sie einfach nicht zum Lesen, und die zusammengefalteten Blätter wanderten ungeöffnet ins Altpapier. Also bestellte sie die Zeitung ab. Sie informierte sich täglich über Nachrichtensendungen im Radio und abends durch die Tagesschau. Auch Politik- und Wirtschaftsmagazine wie Monitor, Report oder Plusminus sah sie sich an, wenn die Themen sie interessierten. Ab und zu kaufte sie mal einen Stern. Themen aus der Börsen- und Bankenwelt waren ihr allerdings fremd. Sie verstand oft nicht, was die Reporter da erzählten. Sie wusste nicht genau, was ein NASDAQ war und warum der Ausgang einer demokratischen Wahl den Aktienindex beeinflussen konnte. Und bislang war das eine Welt, die weder sie noch die Menschen in ihrem privaten oder beruflichen Umfeld tangierte. Nun schien das plötzlich sehr viel anders geworden zu sein. Lehman Brothers war jedem halbwegs Informierten ein Begriff. Und dass die Pleite dieser Bank erdrutschartige Verwerfungen in der internationalen Bankenwelt ausgelöst hatte, war langsam Allgemeingut. Vor allem aber bekamen es die Menschen weltweit zu spüren, weil überall die Konjunktur einzubrechen drohte. Nur, wie das alles zusammenhing, war Hanna, wie wohl den meisten, ein Rätsel. Sie nickte Nicole Marinescu, die sie fragend ansah, aufmunternd zu.

Die junge Frau schob sich eine blonde Strähne aus dem Gesicht. Sie setzte sich wieder auf einen der Konferenztische und schlug die in modische Jeans gekleideten Beine übereinander. »Wie erkläre ich das am besten?«, überlegte sie. »Vielleicht mal zunächst zu den Lehman Brothers selbst. Lehman war eine der größten Banken in den USA. Bis sie im September 2008 den Bach runtergegangen ist. Sie musste Insolvenz anmelden. Was war der Grund?« Die Wirtschaftskriminalistin blickte nachdenklich über die Köpfe der Anwesenden hinweg, bevor sie fortfuhr: »Im Grunde war es der Größenwahn des Chefs der Lehman Brothers. Der wollte nämlich unbedingt die größte amerikanische Bank übertrumpfen. Und das ist Goldman Sachs. Deswegen hat man bei Lehman auch sehr riskante Geschäfte gemacht. In Insider-Kreisen ist das auch durchaus bekannt gewesen.

Ein Bereich waren die Zertifikate. Im Grunde genommen sind das verschiedene Kredite, die zerlegt und dann zu neuen Paketen zusammengebündelt werden.« Sie wandte sich an Luca, der nahe bei der Tür zu den Büroräumen stand: »Herr Mazzaro, könnten Sie mir mal Folgendes bringen: Einige Blatt Papier, eine Schere und etwas zum Schreiben. Ach ja, und einen Klebestift.«

Luca verschwand kurz und kam mit dem Gewünschten zurück. Nicole Marinescu stand wieder auf und trat mit den Materialien an den Tisch, an dem die vier Rentner, Hanna und der Staatsanwalt saßen. Sie nahm ein Blatt Papier und schrieb groß darauf »Hypothek«.

»Also, wir haben eine Bank, die vergibt Kredite für den Häuslesbau. Dann haben wir eine andere, und die vergibt Kredite für die Finanzierung eines Studiums.« Sie schrieb auf ein weiteres Blatt Papier »Kredit für Studium«. Auf dem nächsten Blatt notierte sie »Kredite über Kreditkarten«. Und wieder das nächste wurde beschriftet mit »Kredit für Autokauf«.

»So«, sagte sie. »Sie können sich jetzt ja selbst mal überlegen, wofür die Leute sonst noch alles Kredite in Anspruch nehmen. Und das sind ja nur die privaten Kredite. Dann gibt es ja Unternehmen, die nehmen Kredite auf, um neue Produktionshallen zu bauen. Oder um Maschinen anzuschaffen.« »Unternehmenskredite« stand nun auf einem weiteren Blatt. »Lassen wir es mal nur bei diesen fünf Kreditarten. Für Häuser, fürs Studium, fürs Auto, für den Konsum und für Unternehmen.

Der Clou ist nun, dass eine Bank diesen Kredit weiterverkaufen kann.«

»Wie denn das?«, fragte Luca. »Ich zahl das doch an meine Bank zurück.«

»Nicht unbedingt«, meinte Rudolf Kuhnert. »Kredithandel ist ein gängiges Instrument zwischen den Banken. Man kann so, ähm, sagen wir mal, die Bilanz der Bank etwas entlasten.«

»Viele Kredite bringen viel Zinsen«, erläuterte Nicole Marinescu. »Banken vergeben also möglichst viele Kredite, um damit zu verdienen. Aber Kredite sind natürlich auch Ausstände. Sie beinhalten immer auch die Möglichkeit, dass sie nicht zurückgezahlt werden können. Und Ausstände und Risiken sehen nie gut aus in den Bilanzen. Und darum verkaufen sie die Kredite an andere Finanzinstitute. Sie, Herr Mazzaro, haben die Schulden dann nicht mehr bei Ihrer Bank, sondern bei irgendeinem Geldeintreiber, einem Inkasso-Unternehmen, das die Schulden im Auftrag der neuen Kreditgeber bei Ihnen einfordert. Und jetzt passiert Folgendes ...«

Nicole Marinescu war so leidenschaftlich in ihre Materie eingetaucht, dass sich ihre Wangen rosig gefärbt hatten. Wenn die zierliche Frau über ihr Fachgebiet sprach, hatte sie eine ungeheure Ausstrahlung.

Sie nahm die beschrifteten Blätter und schnitt sie mit der Schere in kleine Teile: »Die Bank, die diese ganzen Kredite aufgekauft hat, zerteilt die nun in sogenannte Tranchen. Und bündelt sie zu neuen Kreditpaketen zusammen. Das war ein wichtiger Geschäftsbereich der Lehman Brothers Bank.« Damit nahm sie ein paar der Papierstückchen und klebte sie auf einem neuen Blatt wieder auf. Wild zusammengewürfelt waren nun Haus-, Auto-, Studien-, Kreditkarten- und Unternehmenskredite vereinigt. Dann schrieb sie etwas auf das neu entstandene Papier und zeigte es in die Runde: »LEHMAN BROTHERS ZERTIFIKAT« stand darauf. »Im Fachjargon nennt man das ›Verbriefen‹. So bekommt man verbriefte oder auch strukturierte Wertpapiere.«

»Aber so etwas hätte der Fritz doch nie gekauft«, sagte Waltraut Baumgärtner. »Und du doch auch nicht, Horst.«

»Die Geschichte geht noch weiter.« Nicole Marinescu zog die Augenbrauen finster zusammen. »Ein zweiter Geschäftsbereich von Lehman waren die Immobilien: Häuser kaufen und wieder verkaufen. Kredite vergeben für Bauherren, Geld einsammeln von Leuten, die in Häuser investieren wollen. Ein sehr lukratives Geschäft – solange die Preise für Immobilien steigen.«

»Und dann kam die US-Hypothekenkrise«, warf Dieter Schwandtner in sarkastischem Ton ein.

»Genau. Ich glaube, die genauen Hintergründe, die führen jetzt zu weit. Aber in den Vereinigten Staaten sind schon 2007 die Zinsen für Hypotheken gestiegen. Sehr viele Leute konnten ihre Kredite nicht mehr abbezahlen. Sie mussten aus ihren neuen Häusern raus und sie verkaufen. Plötzlich gab es jede Menge Immobilien, die einen Käufer gesucht haben. Die Preise sind eingebrochen. Die Häuser waren plötzlich nichts mehr wert. Und was hat Lehman gemacht? Die hatten ja jede Menge solcher faulen Kredite und Risiken in ihren Immobiliengeschäften stecken. Kredite, bei denen niemand weiß, ob sie je zurückgezahlt werden können.« Die LKA-Kollegin sah herausfordernd in die Runde. Sie nahm das zusammengeklebte Blatt mit dem Schriftzug »ZERTIFIKAT« und hielt es hoch. »Sie hat diese Kredite einfach in ihre Zertifikate verpackt. Damit sind sie aus den eigenen Bilanzen verschwunden. Und diese Zertifikate hat man dann in die ganze Welt verkauft.«

»Und nicht nur an Privatpersonen«, ergänzte Rudolf Kuhnert. Selbst er war nun von einem gewissen Eifer ergriffen. »Viele Banken und Versicherungen in der ganzen Welt haben diese Papiere aufgekauft und jetzt in ihren Depots liegen.«

Waltraut Baumgärtner sah den LKA-Beamten in ihrer geradlinigen Art an: »Sogar die? Ich meine, uns alten Deppen kann man ja einiges andrehen. Aber eine Bank …?«

»Warum haben die auch diesen Schrott gekauft?«, fragte auch Luca. »Das würde ja keinem Ferengi passieren.«

Nicole Marinescu zuckte die Schultern. »Das frage ich mich auch.«

»Ähm, ich glaube sagen zu können«, begann Rudolf Kuhnert vorsichtig einen Erklärungsversuch, »dass es niemanden gibt, ähm, auch nicht unter den Experten, der den Markt an Zertifikaten und anderen Wertpapieren überschauen kann. Die Variante, die Frau Marinescu da sozusagen aufgeklebt hat, die ist ja nur eine unter Millionen möglicher Varianten. Jede größere Bank in der Welt entwickelt eigene solche Zertifikate.«

»In den letzten Jahren haben die Banker neue Zertifikate wie am Fließband auf den Markt gebracht«, bestätigte Nicole Marinescu. »Ich glaube, im deutschsprachigen Raum kommen jeden Tag über tausend neue dazu.«

Rudolf Kuhnert nickte: »Das können relativ sichere Zertifikate auf Aktien sein. Das können hoch spekulative, also dann eben auch sehr riskante Hebelzertifikate sein. Dann können diese Papiere ja auch noch die unterschiedlichsten Konditionen haben, was Laufzeiten angeht oder das Kündigungsrecht und so weiter. Es gibt weltweit knapp 200 000 Produkte bei den Discountzertifikaten. Und rund 150 000 Bonuszertifikate. Das sind die beiden größten Gruppen unter den Zertifikaten. Dazu kommen noch Lineare und Expresszertifikate und vieles mehr. Und das sind nur die Zertifikate. Die andern Anlagemöglichkeiten, die haben wir hier ja gar nicht ins Auge gefasst. Die verzinslichen Wertpapiere und die Aktien und die Genussscheine, die Optionsscheine und andere Derivate. Und da gibt es wieder zig Varianten. Darunter gibt es natürlich auch wieder strukturierte Papiere, die alles Mögliche enthalten können.« Kuhnert schüttelte bedauernd den Kopf. »Nein. Das ist absolut unmöglich, das alles zu überschauen. Und die Ratingagenturen waren ja auch keine große Hilfe.«

»Und was sind Ratingagenturen?«, fragte Luca.

»Sind das die, die diese AA-Noten und BB-Noten abgeben?«, fragte Rolf Gaßmann.

»Genau«, bestätigte Nicole Marinescu.

»Rating von ›raten‹. Neudeutscher Anglizismus für ›bewerten‹. Aber vielleicht haben wir das auch alle falsch verstanden, und es sind einfach Rate-Agenturen«, warf Friedebald Frenzel ein und lachte.

»Ratingagenturen – das waren mal ganz sinnvolle Einrichtungen«, meinte Nicole Marinescu. »Schon vor hundert Jahren, als die entstanden sind, da hatten die Banken und Leute, die ihr Geld anlegen wollten, auch schon das Problem. Wenn ich einer Firma einen Kredit gebe oder Aktien kaufe, wie sicher ist das Geld dann angelegt? Und da schon damals kein Mensch sämtliche Firmen beurteilen konnte, haben das eben die Ratingagenturen übernommen. Gegen Bezahlung. Und zwar haben die gezahlt, die etwas über die Kreditwürdigkeit eines Unternehmens wissen wollten.

In der Zwischenzeit beurteilen diese Agenturen so ziemlich alles: Unternehmen und ganze Staaten, Anleihen und Wertpapiere aller Art. Und heute ist es in der Regel so, dass sie von denen bezahlt werden, die die Wertpapiere herausgeben. Die Lehman Brothers Bank hat also dafür bezahlt, dass die Ratingagenturen die Lehman Zertifikate bewerten.«

»Wes Brot ich ess, des Lied ich sing«, kommentierte Friedebald Frenzel.

Nicole Marinescu nickte: »Gerade bei diesen strukturierten Wertpapieren, aber auch bei vielen anderen, da ist eben jetzt herausgekommen, dass sie völlig danebengelegen sind mit ihren Bewertungen. Aber auf die haben sich ja alle verlassen. Viele Versicherungen, die die Beiträge ihrer Kunden ja auch irgendwie anlegen müssen, die haben Vorschriften, dass sie nur Papiere nehmen dürfen, die mit ›sehr gut‹ bewertet sind. Auch die haben heute oft Lehman-Anleihen oder Lehman-Zertifikate in ihren Depots.«

Hanna brummte der Kopf. Die Flut an Informationen musste sie erst mal verdauen. Spontan verstand sie auf jeden Fall zweierlei. Nämlich dass die Finanzwelt ein Dschungel war, in den sich kein Laie risikolos hineinwagen konnte. Und zweitens war ihr klar geworden: Wenn selbst ein Rudolf

Kuhnert hier passen musste, dann war kein Anlageberater dieser Welt in der Lage, das Angebot an sogenannten Produkten zu überblicken und daraus das Beste für seinen Kunden herauszupicken.

3

Das Telefon des Konferenzraums klingelte. Hanna nahm ab. Es war die Pforte und meldete die Ankunft eines Herrn Markus Czicha, den man bitte abholen solle.

»Czicha ist da«, sagte sie und nahm wahr, wie die Röglers zusammenzuckten und die Baumgärtners erstarrten.

»Ich hol ihn ab.« Luca grinste. Dann war er auch schon aus dem Raum.

Hanna wusste genau, was er vorhatte. Sie war sich nicht sicher, ob ihr das gefiel und ob man den Alten das zumuten konnte. Doch das Gesicht von Markus Czicha beim Anblick seiner Kunden zu sehen, reizte auch sie.

Und es war genau wie erwartet: Der Anlageberater der Creditbank betrat den Konferenzraum. Luca hatte ihm an der Tür den Vortritt gelassen. Czicha blickte kurz verdutzt in die Runde. Dann bemerkte er am Tisch in der Mitte des Raums die vier alten Leute. Abrupt blieb er stehen und stierte die Senioren an, die ihn teils wütend ansahen, teils demonstrativ wegschauten.

»Guten Tag, Herr Czicha«, begrüßte Friedebald Frenzel den Banker fröhlich. »Sie sind überrascht? Jaja. Wie sagte schon der große irische Dramatiker George Bernard Shaw? ›Alte Leute sind gefährlich; sie haben keine Angst vor der Zukunft.‹«

Das reicht, dachte Hanna. Eine Konfrontation brachte niemandem etwas. Sie stand auf und nahm das Heft wieder in die Hand: »Luca, du gehst mit Herrn Czicha nebenan ins Büro. Stefan und ich kommen sofort zu euch rüber.

Herr Frenzel, ich glaube, wir haben das Wichtigste erfahren. Würden Sie den Leuten helfen, dass sie ihren Anwalt anrufen können? Und dann alles Weitere erledigen? Haftbefehl, Haftrichter, Durchsuchungsbefehle und so weiter. Stefan«, wandte sie sich an Wunderlich. »Ich würde sagen, dass deine Leute sich mit der Spurensicherung kurzschließen und bei den Hausdurchsuchungen dabei sind. Wenn's nicht doch noch eine Verbindung zum Fall ›Spurstange‹ gibt, dann denke ich, trennen sich unsere Wege. Dann übernehmt ihr die Erpressung in Eigenregie.«

Wunderlich nickte.

»Und ich?«, jammerte Friedebald Frenzel und machte ein paar flatternde Bewegungen mit den Armen. »Hab ich dann doch wieder zwei Fälle am Hals?«, fragte er sich selbst und wiegte den runden Kopf. »Da habe ich ja einiges zu tun jetzt. Und Sie halten mich auf dem Laufenden.«

Hanna wandte sich noch einmal an die Ehepaare Rögler und Baumgärtner. Auf deren Gesichtern stand der Schock, den die Worte »Haftbefehl« und »Hausdurchsuchung« ausgelöst hatten. Christa Rögler war wieder kurz vorm Weinen. Die rosige Gesichtsfarbe ihres Mannes war einem bleichen Aschgrau gewichen. Erich Baumgärtner war wieder in sich zusammengesackt und stierte vor sich hin. Nur Waltraut Baumgärtner hielt sich nach wie vor aufrecht. Doch ein bitterer Zug lag nun auch um ihren Mund.

»Es tut mir sehr leid für Sie«, beteuerte Hanna. »Aber das war der falsche Weg. Ich verstehe, dass Sie sehr wütend auf Herrn Czicha waren. Und dass Ihre finanzielle Lage jetzt sehr schwierig ist. Aber es wird Ihnen nicht erspart bleiben: Auch wenn Sie, Herr Baumgärtner, die ganze Schuld auf sich nehmen wollen – Sie müssen das jetzt alle durchstehen. Und Sie müssen sich alle darauf einstellen, dass Sie für eine Weile ins Gefängnis müssen. War es das denn wert?«

»Dann haben wir wenigstens ein sicheres Dach über dem Kopf und etwa zu essen«, meinte Horst Rögler verbittert.

Was denken sich die Leute eigentlich, wie es im Gefängnis zugeht, fragte sich Hanna und dachte an Patrick Ascher. Sie würden es erfahren. Leider.

4

Hanna und Wunderlich gingen in die Büroräume, wo Markus Czicha wartete. Die beiden Ehepaare waren zurück in ihre schmalen Zellen des Polizeigewahrsams gebracht worden. Die Beamten hatten sich wieder zerstreut und an ihre Arbeit gemacht. Hanna war müde. Sie überließ Stefan Wunderlich die Befragung. Das war nun ohnehin sein Fall.

Der Chef von »Raub und Erpressung« war sauer. Er kam schnell auf den Punkt: »Warum haben Sie nicht den Umschlag benutzt, den wir Ihnen gegeben haben?«

Auch Czicha war sauer und bäffte: »Das habe ich Ihnen doch schon x-mal gesagt: Ich wollte mich und meine Familie schützen. Auch für den Fall, dass Sie es vermasseln und den Täter nicht schnappen.«

»Sie hätten beinahe verhindert, dass wir ihn schnappen«, sagte Wunderlich scharf. »Warum haben Sie behauptet, den Namen Fritz Eiselt nicht zu kennen?«

»Weil ich ihn nicht kenne«, erwiderte der Anlageberater trotzig.

Hanna hatte den Ordner mit den Finanzunterlagen von Fritz Eiselt aus dem Konferenzsaal mitgenommen, legte ihn jetzt Czicha aufgeschlagen vor die Nase: »Und die Namen Rögler und Baumgärtner sagen ihn auch nichts?«

Markus Czicha warf einen kurzen Blick auf die Wertpapiere, verschränkte die Arme vor der Brust und schwieg verstockt.

»Cormoran Plus 22 und Lehman Brothers Zertifikate – sagt Ihnen das etwas?«

Jetzt explodierte Czicha. Er sah Hanna wütend an: »Was glauben Sie denn, wie viele Kunden ich habe? Meinen Sie, ich kann mir bei jedem merken, welche Anlageformen der gewählt hat? Meinetwegen: Ja, die Leute waren mal da. Eiselt, der ist mir entfallen. Kann ja mal passieren. Das waren auch keine Summen, die die angelegt haben. Mit den Zinsen haben die ja gerade mal ihr Taschengeld aufgebessert …«

»Und ihre gesamte Altersvorsorge verloren«, fiel Hanna ihm ins Wort.

Czicha igelte sich wieder ein. Aber so ganz kalt ließ ihn die Sache wohl doch nicht. »Das konnte ich ja auch nicht ahnen«, sagte er leise.

»Woher hatten Sie eigentlich das Lösegeld?«, fragte Wunderlich. »Wir werden das auf jeden Fall ermitteln. Und wir bekommen es raus. Verlassen Sie sich darauf. Sie ersparen nur uns und sich selbst Zeit, wenn Sie dazu jetzt eine Aussage machen.«

Czicha sah mit seinen kurzsichtigen Augen durch die schicke Designerbrille von einem Beamten zum andern und überlegte. Er wiegte den Kopf und sagte dann: »Okay. Ich hab's von meinem Boss. Bei der Creditbank. Ich hab die gleich informiert, und die wollten das Ganze so unspektakulär wie möglich über die Bühne bringen. Hundertdreißigtausend – das sind ja … Na ja, man darf ja nicht mehr ›Peanuts‹ sagen. Aber es ist schon so.«

»Und warum hat die Creditbank uns nicht informiert?«, fragte Wunderlich unerbittlich. »Wissen Sie, dass Sie und Ihre Arbeitgeber sich einer Straftat schuldig gemacht haben? Paragraph 258 des Strafgesetzbuchs: Vereitelung einer Strafverfolgung.«

Czicha starrte grimmig in die Ferne und presste die Lippen aufeinander.

»Herr Czicha.« Hanna versuchte es wieder mit einer etwas weicheren Tour: »Dann haben Sie ja geahnt, wer Sie da erpresst. War Ihnen denn klar, wie hart diese Verluste die Leute getroffen haben?«

Der Anlageberater schüttelte den Kopf: »Erst als Baumgärtner bei mir auftauchte und ein Riesentheater gemacht hat. Aber was glauben Sie, was im Moment los ist? Meinen Sie, das waren die Einzigen, die Geld verloren haben? Ein Spießrutenlauf ist der Job geworden. Jeden Tag bekomme ich Anrufe und muss mir Beleidigungen anhören. Als ob ich an der Finanzkrise schuld wäre.«

»Haben Sie denn gewusst, wie risikoreich diese Sachen waren, die Sie den Leuten empfohlen haben?« Hanna war nun froh um die Kurzeinführung in das Wertpapiergeschäft, die sie von Nicole Marinescu erhalten hatten.

»Niemand hat das gewusst. Und wenn ich ganz ehrlich sein soll« – er sagte es wie ein bellender Hund –, »dann weiß ich heut noch nicht, was ich manchmal verkaufe. Mir tun die Leutchen leid, glauben Sie mir«, sagte er an Hanna gewandt, »aber meine Situation ist auch nicht so toll. Das sieht nur keiner. Ich bekomme Vorgaben, wie viel ich verkaufen muss. Und was ich verkaufen muss. Glauben Sie, wir sind da frei und können jedem nur ein nettes Festgelddepot oder Bundesanleihen verpassen? Von wegen. Heute ist es diese Anleihe, morgen jenes Zertifikat und übermorgen irgendein Aktienfonds.« Czicha kam in Fahrt: »Die treiben doch jede Woche eine neue Sau durchs Dorf. Und wir sollen verkaufen, verkaufen, verkaufen. Ich sitze manchmal abends bis acht am Telefon und versuche, Leuten Geldanlagen zu verscherbeln, damit ich auf mein Soll komme. Und samstags sowieso.«

Er sackte plötzlich in sich zusammen, nahm die Brille ab und massierte sich die Nasenwurzel.

Wunderlich wollte etwas sagen. Doch Hanna hielt ihn mit einer Handbewegung zurück. Man musste Czicha Zeit geben. Und tatsächlich begann er, nun aber leise und deprimiert, weiterzusprechen: »Sie glauben gar nicht, wie der Stress zugenommen hat. Jetzt, nach der Finanzkrise, sollen wir noch mehr verkaufen als vorher. Damit die Verluste wieder halbwegs reinkommen, die die mit ihren Zockereien gemacht haben. Und immer geht es um diesen strukturierten

Scheiß, den kein Mensch mehr will. Und wenn du das nicht bringst, dann wirst du abgebaut. Dass Entlassungen anstehen, weiß jeder, und zwar nicht zu gering. Dann kann ich meine Hütte verkaufen. Wie die, die eigentlich schuld sind an dem ganzen Schlamassel.« Er wurde wieder wütend. »Das ist doch im Grunde alles nur wegen dieser Subprime-Krise in den USA. Weil die Leute nur auf Pump leben und ihre Hypothekenkredite nicht zurückzahlen können.«

Stefan Wunderlich kam zurück zu seinem Thema: »Ich muss Sie jetzt doch noch einmal fragen: Ihr Arbeitgeber wusste also von der Erpressung? Und hat Ihnen deshalb das Geld zur Verfügung gestellt?«

Czicha knetete seine Hände. »Und wenn ich Ihnen erzähle, wie's wirklich war, dann bin ich meinen Job erst recht los.«

»Hier läuft kein Band«, sagte Hanna nur.

Czicha überlegte. Dann gab er sich einen Ruck: »Also, wenn Sie ohnehin verfolgen, wo das Geld hergekommen ist, dann fragen Sie das doch alles meine Bosse. Ich sage Ihnen so viel.« Er wog jedes Wort ab: »Uns war schnell klar, dass das Leute sein mussten mit empfindlichen Verlusten. Aber wer, da hatten wir keine Ahnung, das müssen Sie mir glauben. Warum der Vorstand die Sache alleine regeln wollte, weiß ich nicht. Ich hab darauf keinen Einfluss gehabt. Verstehen Sie? Keinen! Wenn Sie meine persönliche Meinung hören wollen: Die wollten verhindern, dass das Ganze an die Öffentlichkeit kommt und noch mehr auf die Idee mit der Erpressung kommen. Ausreichend Kandidaten gibt's ja dafür.«

Hanna hatte genug gehört. Das war jetzt nicht mehr ihr Fall. Sie wollte sich von Wunderlich verabschieden, als dem einfiel: »Ach ja, Hanna, ich wollte dir noch etwas sagen.«

Sie gingen aus dem Raum und ließen Czicha einen Moment alleine.

»Wir bekommen ja Meldungen über alle Diebstähle, Einbrüche und so weiter. Auch versuchte Einbrüche. Ein Kollege vom Polizeirevier 1 hat mir noch eine Extra-Nachricht zu einer der Meldungen geschickt. Anfang des Monats – wenn ich mich richtig erinnere, dann war es von Sonntag auf Montag –, da hat jemand in der Innenstadt versucht, einen Parkscheinautomaten und einen Fahrscheinautomaten der S-Bahn zu knacken. Schwere Sachbeschädigung, aber an das Geld ist er nicht rangekommen. Die Dinger sind heute viel zu stabil. So, und an einem der Automaten haben die Kollegen ein paar frische Fingerabdrücke sichern können. Sie haben sie auch mit den Abdrücken von den sogenannten Neuzugängen verglichen. Es waren die von eurem ersten Verdächtigen.«

»Patrick Ascher?«

»Wildermuth sagt, dass auch die Werkzeugspuren zu dem Wagenheber und der Brechstange passen, die ihr bei ihm gefunden habt.«

»Dann haben wir ihn zu früh laufen lassen?«

»Deswegen kommt der nicht in U-Haft«, meinte Wunderlich. »Aber eine Klage kriegt er.«

Das also war der Grund dafür, dass Patrick Ascher in der Nacht, bevor Ludger Behrends starb, kein Alibi hatte. Er hatte sich Geld für seine Spielsucht beschaffen wollen. Aber auch das war jetzt nicht mehr Hannas Fall: »Tut, was ihr tun müsst. Aber lasst mich damit in Ruhe. Ich muss jetzt einen Spurstangen-Mörder fassen.«

5

Nun hieß es »Zurück auf Start«. Der Fall »Spurstange« war keinen Schritt weitergekommen. Auf dem großen Whiteboard im Konferenzraum war nichts hinzugekommen. Im Gegenteil. Die Notizen zum Erpressungsfall hatten sie wieder entfernt.

Zum Leidwesen von Hanna war auch die Atmosphäre in der Sonderkommission ein Déjà-vu. Die Soko war erheblich geschrumpft. Die Kollegen von »Raub und Erpressung«, die Leute vom Kriminaldauerdienst, die LKA-Beamten und selbst Kallinger und Frenzel – sie alle hatten sich verdrückt. Jeder hatte Wichtiges zu tun und keiner mehr eine verbindliche Aufgabe in der Soko. So saßen in dem großen Konferenzraum also nur die eigenen Leute verloren um Hanna herum, als sie am Nachmittag zur Besprechung zusammengerufen hatte. Schwandtner nutzte die Situation denn auch gleich wieder, um zu stänkern. Er erklärte es rundweg für unsinnig, dass die Ermittlungen zum jeweiligen Umfeld der Opfer von zwei getrennten Teams bearbeitet wurden. Er vergab wieder Aufträge an Gaßmann, ohne Hanna auch nur anzusehen. Dann klingelte Lucas Diensthandy mal wieder. Er drückte das Gespräch gleich weg und schaute seine Chefin schuldbewusst an: »Scusi! Ich hab 'ne neue Nummer beantragt. Aber die wollen ganz genau wissen, warum die alte verbrannt ist. Was soll ich denn sagen? Dass ich die im Zustand der Unzurechnungsfähigkeit einer gestörten Blondine gegeben habe?«

Hanna hatte große Lust, das Ganze einfach zu vertagen, bis wieder Verstärkung aus anderen Polizeieinheiten angefordert war. Da kam der Anruf. Es war ein Mann vom TÜV. Er war kein Redner und drückte sich umständlich aus: »Also, mit wem spreche ich jetzt? Ich hab gemeint, die verbinden mich mit dem Herrn Wildermuth, also ich mein, mit dem Kriminaltechniker.«

Hanna wunderte sich, dass man einen solchen Anruf auf ihr Handy durchgestellt hatte. Trotzdem fragte sie: »Worum geht es denn?«

»Also, ich hab da einen vom ADAC-Abschleppdienst, also, ich mein, den kenn ich ganz gut. Und der hat mich jetzt angerufen. Also, der meint, dass da ein Unfallwagen was an der Spurstange hat. Und weil ich ja letzte Woche auch die Autos dahatte, ich meine, die mit den gebrochenen Spurstangen, da hab ich halt gemeint, dass es vielleicht besser wär, wenn der Herr Wildermuth da Bescheid wissen tät.«

»Um was für einen Unfallwagen geht's da denn?«, fragte Hanna. Sie spürte, wie Nacken und Schultern sich zu verspannen begannen.

»Ja also, da ist heute Nacht ein Unfall passiert. Und den Wagen haben die vom ADAC halt abgeschleppt.«

»Und was genau soll da mit der Spurstange sein?«

»Ja also, der Mann, den ich da kenne, der hat halt gesehen, dass ein Vorderrad irgendwie komisch abgestanden ist. Und dann hat er gesehen, dass die Spurstange gebrochen war. Und deswegen hat er mich angerufen. Weil, das war ein Passat. Und bei den alten Modellen, da war manchmal die Spurstange locker, also die hat sich gelöst. Aber gebrochen waren die nie. Und bei den neueren Wagen, da mein ich, da hätt VW das in den Griff gekriegt.«

Hanna erkundigte sich, wo der Fuhrpark des Abschleppdienstes lag, und bedankte sich. Sofort rief sie Wildermuth an: »Hans, du musst sofort zu dem ADAC-Abschleppdienst an der Pragstraße. Dort steht ein Unfallwagen. Eventuell mit gebrochener Spurstange.«

Der Kriminaltechniker schwieg.

»Hans, hast du verstanden?«

»Ich glaube, ja«, sagte der jetzt. »Ich bin schon unterwegs.«

Sie hatte das Handy nicht laut gestellt. Jetzt sahen die vier sie an, Luca mit aufgerissenen Augen, Schwandtner mit finsterem Blick, Rolf Gaßmann ängstlich erschreckt, und Otto Obermayer hatte besorgt die Brauen zusammengezogen.

»›Eventuell‹ habe ich gesagt.«

In einer halben Stunde würden sie Bescheid wissen. Hanna überlegte, ob sie bereits Franz Kallinger informieren sollte, und entschied sich dafür. Wenn sie tatsächlich einen dritten Fall hatten, musste der Inspektionsleiter schnell Bescheid wissen. Kallinger war in einer Besprechung, nahm das Gespräch aber trotzdem an. Die Nachricht entrang ihm einen schweren Seufzer. »Halt mich auf dem Laufenden«, sagte er bedrückt.

»Kaffeepause«, entschied Hanna. Bevor sie nicht wussten, woran sie waren, brauchten sie sich gar nicht erst den Kopf zerbrechen.

Wildermuth brauchte weniger als eine halbe Stunde. »Wieder das Gleiche«, vermeldete er. »Ich habe schon veranlasst, dass der Wagen zu uns in die KTU-Garage gebracht wird.«

Nun stöhnte auch Hanna. Es war schon kurz vor fünf Uhr nachmittags. Sie hatte so gehofft, heute etwas früher den alten Kasten verlassen zu können. Sie musste noch einkaufen. Im Kühlschrank herrschte Leere. Sie war allein, und niemand brachte ihr Schokokekse mit. Allein der Gedanke daran löste Heißhunger aus. Sie fühlte sich so ausgepowert. Ihr Gehirn arbeitete nicht mehr mit. Es weigerte sich sogar, irgendwelche Gefühle hervorzubringen. »Ich weiß noch nicht einmal, ob es wieder einen Toten gibt«, dachte sie und erschrak darüber, dass ihr das momentan egal war.

Sie brauchte eine halbe Ära, um sich zu berappeln. Frenzel musste informiert werden. Der sagte wie Wildermuth erst mal eine Weile gar nichts und meinte dann: »Das ist ja … entschuldigen Sie bitte, wenn mir dazu nichts anderes einfällt … eine Riesenscheiße. Also haben wir es mit einem Serientäter zu tun? Eine unschöne Geschichte. Das einzig Gute ist, dass mein leitendes Oberhaupt mir den Erpressungsfall jetzt doch abnehmen muss. Er wollte bislang nicht einsehen, dass das eine mit dem anderen nichts zu tun hat.« So rasch wie möglich versprach er ins Präsidium zu kommen.

Dann trommelte Hanna wieder ihre Leute zusammen. Die waren in alle Etagen des Präsidiums ausgeschwärmt, weil jeder versuchte, einen Moment lang Abstand zu dem wahnwitzigen Fall zu gewinnen.

Als Hanna ihre Männer wieder beieinander hatte, rief sie die Kollegen von der Verkehrspolizei an. Sie wurde an die Verkehrsunfallaufnahme in Ludwigsburg verwiesen. Die Beamten, die in der Nacht Dienst hatten, waren alle im wohlverdienten Feierabend. Ein diensthabender Kollege konnte ihnen lediglich die Akte vorlesen. Über die Konferenzschaltung hörten sie alle zu.

»Also, etwa um halb zwei Uhr heute Nacht ist ein Passat Variant mit dem Stuttgarter Kennzeichen S-KW 2020 auf der Bundesstraße 10 von der Straße abgekommen und auf einen Baum geprallt. Und zwar bei Schwieberdingen in Richtung Vaihingen/Enz.«

»Was ist mit dem Fahrer?«, fragte Hanna ungeduldig. Jetzt war ihr Gefühl doch zurückgekehrt.

»Es waren vier Insassen«, informierte der Ludwigsburger Verkehrspolizist. »Jugendliche im Alter zwischen 16 und 18 Jahren. Der Fahrer wurde schwer verletzt. Der Kollege hat notiert: ›Wahrscheinlich lebensgefährlich‹. Zwei sind schwer verletzt, aber wohl nicht in Lebensgefahr. Und eine junge Frau hat es relativ glimpflich überstanden. Sie konnte noch eine Aussage machen. Demnach sind die Jugendlichen bei einer Faschingsparty im Jugendhaus in Möglingen gewesen. Die Jungs wollten die beiden Mädchen noch nach Hause fahren, nach Enzweihingen-Hochdorf. Plötzlich sei der Wagen ausgebrochen. Mehr wusste sie nicht. Stand wohl auch unter Schock.«

»Haben Ihre Kollegen denn irgendetwas zur Unfallursache festgehalten?«, wollte Hanna wissen.

»Höchstwahrscheinlich war Alkohol im Spiel. Das Auto ist wirklich ganz abrupt nach rechts ausgebrochen.«

»In welches Krankenhaus wurden die Verletzten gebracht?«

»Nach Ludwigsburg. Ins Klinikum.«

»Bitte fragen Sie dort sofort nach, ob der Fahrer Alkohol im Blut hatte und wie viel. Das ist wichtig …« Hanna zögerte. Besser war es, wenn möglichst wenige Leute über die wirkliche Unfallursache wussten. »Und geben Sie mir bitte doch noch die Daten von Fahrzeughalter und Insassen.«

Die Fahrzeughalterin war eine Kerstin Wollschläger, wohnhaft in Stuttgart-Zuffenhausen. Der Fahrer war ihr

Sohn Dennis Wollschläger. Der zweite junge Mann wohnte ebenfalls in Zuffenhausen, die beiden Mädchen, wie der Beamte gesagt hatte, in Hochdorf.

Nachdem Hanna die Konferenzschaltung beendet hatte, herrschte erst einmal Stille in dem großen Raum. Luca war der Erste, der sich wieder fing.

»Das gibt es doch nicht, porca miseria.« Seine pathetische Ader brach wieder mal durch. Er war aufgestanden und unterstrich seine Worte mit ausladenden Gesten. »Jetzt hat es dieser Schuft schon auf Teenies abgesehen! Was ist das für ein krankes Hirn? Was für ein Irrsinn treibt den um?«

Keiner konnte ihm antworten. Ihnen allen war klar, dass sie es mit einem völlig skrupellosen Täter zu tun hatten. Schon bei Karlheinz Kienle hätte gut und gern die ganze Familie im Wagen sitzen können. Wem der Anschlag dieses Mal gegolten hatte – der Mutter oder dem Sohn –, mussten sie erst mal herausfinden. Doch dass auch Angehörige oder Unbeteiligte zu Schaden kamen, wurde offensichtlich billigend in Kauf genommen.

Hanna suchte die Nummer der Fahrzeughalterin aus den Notizen, die sie sich während des Gesprächs mit dem Ludwigsburger Verkehrspolizisten gemacht hatte. Unter der Festnetznummer meldete sich eine halbwüchsige Kinderstimme: »Janina Wollschläger.«

»Stankowski vom Polizeipräsidium Stuttgart. Ist deine Mutter zuhause?«

»Nein, die ist bei meinem Bruder. Im Krankenhaus.«

»Kannst du mir ihre Handy-Nummer geben? Wir müssen dringend mit ihr sprechen.«

Bereitwillig gab das Mädchen ihr die Nummer.

Das Handy der Mutter klingelte eine ganze Weile, bevor sie dranging.

»Hauptkommissarin Stankowski vom Dezernat für Kapitaldelikte.« Hanna scheute sich, von Tötungsdelikten zu sprechen. »Frau Wollschläger, zunächst einmal: Wie geht es Ihrem Sohn?«

Die Stimme der Frau klang tonlos und matt. »Sie sagen, er sei stabil.«

»Frau Wollschläger, bitte erschrecken Sie nicht. Wir ermitteln nicht gegen Ihren Sohn. Mit dem Autounfall haben wir nichts zu tun. Aber wir sollten Sie dringend sprechen. Könnten Sie zu uns aufs Präsidium kommen? Oder wir können Ihnen anbieten, dass wir im Krankenhaus mit Ihnen sprechen. Dann könnten Sie bei Ihrem Sohn bleiben.«

Sie antwortete nicht gleich. »Worum geht es denn?«, fragte sie dann unsicher.

Hanna überlegte. Wie sagte sie es am besten? »Es geht um Ihren Wagen. Es scheint so, dass daran etwas nicht in Ordnung war.«

Wieder längeres Schweigen. »Also gut. Kommen Sie hierher.«

»Vielen Dank, Frau Wollschläger.«

Franz Kallinger betrat den Raum, im Schlepptau die noch immer verschnupfte Kollegin von der Presseabteilung. Der massige Mann war sichtlich mitgenommen. In den Räumen des Präsidiums war es nicht außergewöhnlich warm und auf den Gängen recht kühl. Trotzdem atmete er schwer und fuhr sich mit dem Taschentuch über die Glatze, auf der die Schweißperlen standen. Luca schob ihm einen stabilen Bürostuhl zu, auf den er sich ächzend setzte. Wieder presste er seine Hände auf die Gegend unterm Herzen, wo sich sein Hemd so spannte, dass man befürchten musste, die Knöpfe sprängen ab. Er ließ sich zunächst berichten, und Hanna fasste möglichst kompakt zusammen, was sich bisher ergeben hatte.

»Ich muss den Präsidenten benachrichtigen«, sagte Kallinger gequält. »Der Fall nimmt Ausmaße an … Wir müssen uns absichern. Ich überlege auch, ob wir Verstärkung brauchen. Einen Fallanalytiker vom LKA. Oder Kollegen von anderen Polizeidirektionen.«

Oder einen, der mich ablöst?, fragte sich Hanna. Aber auch was das Vertrauen des Chefs in ihre Führungsfähigkeiten anging, hatten sich ihre Gefühlsneuronen langsam ausgepowert. Es wäre ihr egal gewesen, so angeschlagen wie sie sich fühlte. Und eigentlich ging es dem Chef ja nur um ausreichend personelle Ressourcen.

Nun kam Wildermuth in den Konferenzraum. Jeder sah ihn gespannt an, als könnte er die Hiobsbotschaft doch noch einmal dementieren. Doch der nickte nur und bestätigte im Stehen: »Eindeutig. Auch die Spurstange von diesem Passat ist angesägt worden. Und zwar so tief, dass ich mich frage, warum die Stange nicht schon beim Anfahren gebrochen ist.«

Wie passte dieser dritte Fall zu den beiden anderen? Das war die Frage, die alle beschäftigte.

»Irgendein Irrer, aber auf wen hat der's abgesehen?«, fragte Luca und fuhr mit den Händen theatralisch durch die Luft. »Auf dicke Schlitten jedenfalls nicht. Der Passat Variant passt nicht in die Reihe.«

»Weiß man, was der Junge beruflich macht, der das Auto gefahren hat?«, fragte Otto Obermayer.

»Nein«, sagte Hanna. »Wir wissen noch fast gar nichts. Auch nicht, ob die Fahrzeughalterin, seine Mutter, berufstätig ist, und wenn ja, was sie tut.«

»Wisst ihr schon, wo der Wagen normalerweise geparkt wurde?«, fragte Wildermuth.

»Nein, auch das nicht.« Sie brauchten jetzt einfach mehr Informationen.

»Wir machen jetzt Folgendes«, schlug Hanna vor. Wenn sie schon keinen Feierabend bekam, wenn sie nicht einkaufen konnte und Schokokeks-Entzugserscheinungen bekam, dann mussten jetzt wenigstens Nägel mit Köpfen gemacht werden. »Wir müssen die geplanten Vernehmungen und die Nachbarschaftsbefragungen durchführen, wie wir es besprochen hatten. Dieter Schwandtner übernimmt in Eigenverantwortung diesen ganzen Komplex. Sämtliche Ermittlungen zu den Fällen Behrends und Kienle. Dieter, du holst dir die Unterstützung, die du brauchst. Beim Kriminaldauerdienst, bei der Hundertschaft, oder meinetwegen auch bei den Kollegen aus anderen Direktionen.« Sie sah zu dem Kollegen hinüber, der ohne aufzusehen nickte. Auch Franz Kallingers Doppelkinn wabbelte zustimmend auf und ab.

»Luca und ich«, fuhr sie fort, »werden uns um den Fall Wollschläger kümmern. Befragung von Frau Wollschläger. Klären, wo das Auto stand. Hans, ich informiere dich umgehend. Und ich glaube, ihr müsst euch heute noch auf Arbeit einstellen.«

Der Kriminaltechniker zögerte. »Wir kommen personell an unsere Grenzen. Meine Leute kommen langsam auf dem Zahnfleisch daher. Wenn wir heute noch den Parkplatz von diesem Wagen untersuchen müssen, dann will ich die Leute dabeihaben, die das Ganze jetzt schon zweimal durchgezogen haben. Die muss ich aber von den Wohnungen der Erpresser abziehen.«

»Wir fordern Spurensicherer aus Esslingen und Ludwigsburg an. Die Erpressungsgeschichte wird zweitrangig behandelt«, entschied Franz Kallinger.

»Und was ist mit mir?«, meldete sich jetzt pikiert die Kollegin von der Stabsstelle Öffentlichkeitsarbeit.

»Ach ja, die Presse«, meinte Kallinger und zog sorgenvoll die Stirn in Falten. »Es gab ein paar Anfragen, Hanna. Wir müssten noch klären, ob wir eine Verlautbarung rausgeben und was wir preisgeben.« Er nickte der Pressefrau aufmunternd zu.

»Wir haben mehrere Anfragen, die sich offenbar auf den Bericht in den ›Stuttgarter Nachrichten‹ beziehen. Die wollen alle mehr oder weniger wissen, ob die Ursache der Unfälle schon bekannt ist.«

»Nein!«, sagte Hanna mit Nachdruck. »Gar nichts geben wir dazu raus. Ein Trittbrettfahrer reicht. Ich will nicht, dass noch einer auf die Idee kommt, Autos zu sabotieren. Beim jetzigen Stand der Ermittlungen würden wir die Leute auch nur beunruhigen.« Sie blickte hinüber zu Kallinger, der ja eigentlich das letzte Wort hatte.

Er nickte bedächtig. »Ich denke auch, dass das nicht gut wäre. Auch in Bezug auf den Täter. Je weniger der über unsere Erkenntnisse weiß, umso besser. Also möglichst gar nichts. Oder einfach: Die Ermittlungen laufen noch.«

»Und dann gibt's eine Anfrage von der BILD. Ob es stimmt, dass ein Creditbank-Manager erpresst wurde. Und sie wollen wissen, womit«, fuhr die Kollegin von der Öffentlichkeitsarbeit fort.

»Wie haben die das denn schon wieder mitbekommen?«, fragte Kallinger verärgert.

»Ich vermute, die haben den Polizeifunk abgehört. Dieser Journalist war ziemlich penetrant. Ich finde, Sie sollten dazu etwas sagen. Sonst reimen die sich irgendetwas zusammen und bringen es trotzdem. Das ist zumindest meine Erfahrung.«

Franz Kallinger stand nun für seine Leibesfülle erstaunlich schwungvoll auf. »Ich muss das mit dem Präsidenten besprechen. Alles. Auch was wir an die Presse geben. Kommen Sie«, forderte er die Pressekollegin auf. »Lassen wir die Leute arbeiten.«

6

Als Hanna sich mit Luca endlich auf den Weg ins Ludwigsburger Klinikum machen konnte, war es schon weit nach sieben. Luca hatte ihnen noch belegte Brötchen aus der Kantine geholt, die sie während der Fahrt essen wollten. Es waren zwar keine Schokokekse, aber immerhin etwas zwischen die Zähne.

Sie waren gerade durch die Drehtür an der Pforte gegangen, als Luca plötzlich stehenblieb. »Ach, du große Scheiße«, entfuhr es ihm.

Hanna verstand, dass er am liebsten kehrtgemacht hätte. Es war schon lange dunkel. Aber beleuchtet durch die hellen Straßenlaternen vor dem Präsidium kam eine junge Frau auf sie zu. Sie war sehr blond, hatte große Augen und einen Schmollmund und war für Hannas Geschmack leicht überschminkt. Sie trug einen eng taillierten Wollmantel mit breitem Pelzkragen. Die Hände steckten in einem Muff aus dem gleichen Pelz, die Füße in mondänen hochhackigen Stiefeln. Sie entsprach so sehr dem Klischee, dass sie Hanna fast unwirklich vorkam. Sie stöckelte mit leidendem Blick auf Luca zu und hauchte schmachtend: »Luca!«

Jetzt hatte Hanna es wirklich satt. Sie war müde und erschöpft, war auf Keksentzug und musste einen durchgeknallten Täter fassen. Sie brauchte Mitarbeiter, die voll da waren und nicht in einem konfusen Liebesleben versackten. Energisch trat sie auf die Blondine zu: »Hören Sie, junge Frau. Ich bin die Chefin dieses Herrn.« Sie beförderte sich gleich selbst: »Oberkommissarin Stankowski. Sie werden Herrn Mazzaro nicht mehr auf seinem Diensthandy anrufen! Und Sie werden nicht mehr an seinem Arbeitsplatz erscheinen!«

»Das geht Sie gar nichts an«, erwiderte die Frau trotzig. Die Metamorphose, die sich in ihrem Gesicht abspielte, war faszinierend. Die leidenden Augen der Kindfrau verschleuderten plötzlich giftige Pfeile.

»Oh doch, das geht mich etwas an.« Hanna wurde jetzt laut. »Herr Mazzaro ist im Dienst. Und wenn sie ihn noch einmal belästigen, werden wir Sie anzeigen. Wegen Stalking nach Paragraph 238 Strafgesetzbuch und wegen Behinderung der Polizeiarbeit.« Hanna war sich sehr wohl bewusst, dass es den letzteren Straftatbestand juristisch nicht gab. Doch das wussten solche Blondinen schließlich nicht. »Sie machen jetzt, dass Sie hier wegkommen. Und ich will von Ihnen nichts mehr sehen noch hören. Sonst wird es äußerst unangenehm für Sie, das verspreche ich Ihnen hoch und heilig.«

Das wutverzerrte Gesicht war plötzlich überhaupt nicht mehr hübsch. Sie sah Luca fragend an, der einen Schritt hinter Hanna stehengeblieben war. Der sagte nur: »Genau!«, und hob die Hände, als wollte er sie abwehren. Sie sah ihn hasserfüllt an, machte auf ihrem hohen Absatz kehrt und stöckelte davon.

»Warum fällst du eigentlich immer auf solche Weibchen herein?«, fragte Hanna verärgert, als sie endlich im Auto saßen. Es ging sie nichts an, mit wem sich ihre Mitarbeiter einließen. Es wäre die Aufgabe von Lucas Mutter gewesen, ihn vor solchen Frauen zu warnen. Aber sie war nun einmal zwischen die Fronten geraten und hatte keine Lust mehr, mit ihrem Missmut hinterm Berg zu halten. »Die führen dich doch an der Nase herum. Hast du gesehen, wie giftig das arme hilflose Mädchen gucken kann, wenn sie nicht ihren Willen bekommt?«

»Meinst du, die spielt das nur – diese Angstzustände?«, fragte Luca verunsichert.

»Vielleicht nicht. Vielleicht ist das echt. Aber es gibt Frauen, die bekommen Depressionen und Panikattacken, wenn sie das Gefühl haben, die Kontrolle zu verlieren. Die will dich unter Kontrolle halten. Das mit dem Stalking ist gar nicht so weit hergeholt.«

Luca schaute unglücklich drein und sagte: »Ich weiß auch nicht. Ich sehe so eine Frau und muss sie immerzu anschauen. Und schon schmeißen sie sich mir an den Hals. Glaub mir, manchmal geht das schneller, als mir lieb ist.«

»Aha«, sagte Hanna, »dann sind also die Frauen dran schuld.« Dabei glaubte sie Luca sogar ein bisschen. Er war nicht der Schönling, wie sie in Katalogen und Werbung Männerkleidung und maskuline Parfums präsentierten. Sein Kinn war etwas zu kräftig, die Nase schmal, aber auch etwas zu groß, die Proportionen seines Gesichts nicht ganz ideal. Doch seine samtbraunen Latin-Lover-Augen machten bestimmt so manche Frau schwach. Und das dunkle dichte Haar, durch das er sich so gerne mit einer lässigen Handbewegung fuhr, hatte ebenfalls seine Wirkung.

»Ich habe schon überlegt, ob es einfach so eine Art Beschützerinstinkt ist, was solche Frauen bei mir auslösen«, gestand Luca kleinlaut. »Es ist einfach so eine Art von Reflex.«

Was sollte Hanna darauf sagen? Eine Weile schwieg sie.

»Vielleicht solltest du in Frauensachen eben nicht nur die Hormone walten lassen und deinen Verstand benützen. Du bist doch sonst nicht auf den Kopf gefallen. Es gibt ja auch hübsche Frauen, die nicht solche Püppchen sind. Was ist mit Nicole Marinescu?«

»Die ist mir zu cool.«

»Oder diese Melanie vom Kriminaldauerdienst. Da gibt's Männer, die verspeisen die mit den Augen.«

»Einfach nicht mein Typ«, meinte Luca gequält.

Hannas Mission war sinnlos. Sie gab auf. Schließlich ging es sie wirklich nichts an. Luca würde bei der nächsten blonden Kindfrau wieder reflexartig dahinschmelzen und sie mit seinen braunen Augen bezirzen. Wenigstens hatte er keinerlei Probleme mit dem Flirten – im Gegensatz zu Hanna, die nicht einmal wusste, mit wem. Die Begegnung mit Margot Gerhaus in der Wilhelma fiel ihr wieder ein.

Was gebe ich anderen schlaue Ratschläge? Ich sollte mich um meine eigenen Angelegenheiten kümmern, dachte sie.

7

Sie fanden Kerstin Wollschläger bei ihrem Sohn auf der Intensivstation. Der junge Mann lag da wie im Tiefschlaf. Die vielen Verbände und Bandagen ließen erahnen, dass es ihn ganz schön erwischt hatte.

Hanna hatte sich beim Pflegepersonal erkundigt, ob es einen ruhigen Raum gab, in dem sie sich ungestört mit der Mutter unterhalten konnten. Doch hier wurde jede Ecke für Patienten und Personal gebraucht.

»Macht es Ihnen etwas aus, wenn wir uns hier unterhalten?«, fragte Hanna Frau Wollschläger.

Die Frau war schätzungsweise Anfang, Mitte vierzig. Man sah ihr an, dass sie wenig geschlafen hatte. Die moderne dickrandige Brille verbarg nur ungenügend die verweinten Augen. Trotzdem sah sie nicht schlecht aus, wirkte gepflegt und war dezent modisch gekleidet. Das dunkelbraune Haar trug sie als halblangen Bob. Es war das glatte Haar, das Hanna sich als Jugendliche so sehnlich gewünscht hatte, um auch einmal eine Frisur wie Mireille Mathieu tragen zu können. Versucht hatte sie es ja, indem sie die widerspenstigen Locken mit Fön und Glätteisen zu bändigen versuchte. Doch spätestens nach zwei Stunden stand die Pracht wieder vom Kopf ab.

Kerstin Wollschläger nickte nur. Hanna und Luca zogen sich zwei Stühle heran und setzten sich zu ihr.

»Frau Wollschläger, wie ich Ihnen schon sagte: Ich bin Hauptkommissarin Hanna Stankowski vom Dezernat für Kapitaldelikte. Und das hier ist mein Kollege Herr Mazzaro.« Sie sprach angesichts des Verletzten und der vielen Apparate automatisch leise. »Zunächst einmal: Wie geht es ihm jetzt?« Hanna wies auf den bewusstlosen Jungen.

»Stabil. Die Ärzte meinen, sie können ihn bald operieren.« Sie sprach gedämpft und kraftlos.

»Wissen Sie etwas von den anderen Jugendlichen, die mit Ihrem Sohn im Auto saßen?«

Sie nickte müde: »Ich habe mit den Eltern gesprochen. Ein Mädchen konnte heute schon entlassen werden. Die beiden andern haben diverse Brüche. Aber so wie es aussieht, werden sie wieder gesund.«

»Ich hoffe für Ihren Sohn und die andern Opfer das Beste.« Hanna wollte sich auf die Zunge beißen, als ihr das Wort entschlüpft war. Doch Kerstin Wollschläger merkte man nicht an, ob ihr das Wort »Opfer« überhaupt aufgefallen war. Die Frau wirkte trotz des enormen Stresses sehr kontrolliert, ja fast ein bisschen streng.

»Haben Sie von den anderen Eltern oder von deren Kindern etwas über den Unfallhergang erfahren?«

Sie überlegte. »Ich weiß nur, dass mein Sohn und sein Freund die beiden Mädchen am Rosenmontag auf der Faschingsparty vom MTV kennengelernt haben. Sie haben sich dann wohl für den nächsten Tag verabredet. Da soll im Jugendhaus in Möglingen eine Veranstaltung gewesen sein. Und da wurde es dann spät. Die beiden Mädchen wären nicht mehr mit dem Bus nach Hause gekommen. Dennis wollte sie nach Hochdorf fahren.«

»Wie es zu dem Unfall gekommen ist«, fragte Luca nun, ebenfalls mit gedämpfter Stimme, »hat da jemand was dazu gesagt?«

»Die Polizei hat gemeint, dass sie sich nicht erklären können, warum der Wagen von der Straße abgekommen ist. Die meinten zuerst, Dennis müsste etwas getrunken haben.«

»Und?«, fragte Hanna.

»Die Ärzte sagen nein. Er hatte null Promille.« Obwohl Frau Wollschläger sehr beherrscht sprach, hörte man nun doch Erleichterung und Stolz aus ihrer Stimme.

Einen Moment schwiegen sie alle. Dann, als ob sie es erst jetzt registriert hätte, fragte die Mutter: »Dezernat für Kapitaldelikte? Warum?«

Hanna überlegte kurz. Dann bat sie: »Könnten Sie uns zunächst noch ein paar wenige Fragen beantworten? Dann werde ich Ihnen sagen, warum.«

Frau Wollschläger sah sie abwartend an.

»Was macht Ihr Sohn beruflich?«

»Er ist Schüler. Er macht nächstes Jahr das Abitur.«

»Kennen Sie einen Ludger Behrends oder haben Sie den Namen schon mal gehört?«

Kerstin Wollschläger überlegte. »Nicht, dass ich wüsste«, verneinte sie dann.

»Und Karlheinz Kienle?«, fragte Hanna.

Die Frau wollte schon den Kopf schütteln, als ihr einfiel: »Ist das nicht ein leitender Manager bei der Südbank?«

»Und was machen Sie beruflich?«, fragte Hanna und konnte die Anspannung kaum verbergen. Auch Luca hatte sich nach vorne gebeugt.

»Ich arbeite bei der Stuttgarter Sparkasse.«

»Sind Sie Anlageberaterin?«

»Nein.« Sie schüttelte den Kopf. »Ich bin im Kreditwesen für Geschäftskunden tätig.«

»Und was machen Sie da?«, wollte Luca wissen.

»Wir vergeben Kredite an Unternehmen. In der Regel klein- und mittelständische«, gab sie bereitwillig Auskunft. »Warum interessiert Sie das?«

Es war an der Zeit, die Frau aufzuklären. Wieder einmal musste Hanna versuchen, so knapp und sachlich wie möglich darzulegen, dass dieser Unfall keine schicksalhafte Fügung war. Kerstin Wollschläger hörte schweigend zu. Der strenge Zug um ihren Mund verstärkte sich.

»Und das ist leider nicht der erste Fall«, erklärte ihr Hanna. »Die beiden Namen, die ich Ihnen eben genannt habe, sind ebenfalls Opfer. Auch sie hatten Unfälle, weil die Spurstange an ihren Wagen gebrochen ist. Auch bei ihnen haben wir – wie an Ihrem Auto – festgestellt, dass jemand die Stange angesägt hat. Herr Kienle ist mit viel Glück ohne größere Verletzungen davongekommen. Ludger Behrends kam ums Leben.«

Erst jetzt blitzte so etwas wie Entsetzen in den Augen von Frau Wollschläger auf. Sie sah Hanna schweigend an.

»Sagen Sie, wo parken Sie normalerweise Ihr Auto?«, wollte Hanna jetzt wissen.

»In der Tiefgarage. Es ist ein Mehrfamilienhaus. Im Tiefgeschoss hat jeder einen Stellplatz.«

»Wie kommt man in die Garage hinein?«

»Man muss einen Code eingeben, an der Einfahrt. Dann öffnet sich ein Gittertor.«

»Gibt es einen Zugang vom Haus aus?«

»Ja, natürlich. Übers Treppenhaus oder über einen Lift kommt man in den Flur vom Tiefgeschoss. Und von da führt eine Tür in die Garage.«

»Kann da jeder durch, der mal im Haus ist?«, fragte Luca.

»Ja, eigentlich schon.« Plötzlich sah sie die Beamten erschrocken an. »Am Sonntagabend hat jemand wahrscheinlich auf alle Klingeln gedrückt. Ich habe mitbekommen, dass ein paar Leute die Wohnungstür geöffnet haben. Wir dachten, Kinder hätten die Klinken geputzt.« Jetzt zitterte ihre Stimme leicht.

»Wann sind Sie zum letzten Mal mit dem Auto gefahren, Frau Wollschläger?«, fragte Hanna.

Sie überlegte: »Wann war das? Am Sonntagnachmittag. Da war ich mit Janina bei meinen Eltern. Am Montag und Dienstag bin ich mit der Straßenbahn zur Arbeit gefahren.«

»Okay.« Hanna wandte sich an Luca. »Ich rufe Wildermuth an. Und du erklärst Frau Wollschläger, worum es jetzt geht.« Damit ging sie auf den Flur, um dem Kriminaltechniker kurz zu schildern, was ihn erwarten würde, und sich mit ihm zu verabreden. Zurück im Krankenzimmer standen Luca und die Frau bereit und zogen ihre Mäntel über.

»Ich komme mit«, sagte Frau Wollschläger. »Hier kann ich nichts mehr tun. Und Janina wartet ja auch auf mich.« Sie beugte sich noch einmal über ihren Sohn. Ihre Züge wurden etwas weicher. Vorsichtig streichelte sie seine Wange. Dann war sie bereit zu gehen.

Hanna gab Luca die Autoschlüssel. »Du fährst«, bestimmte sie. Sie selbst setzte sich in den Fond neben die Mutter.

»Bei Ihrer Arbeit«, fragte Hanna während der Fahrt, »gibt es da auch mal Probleme mit Kunden? Ich meine ernsthafte Probleme. Ziehen Sie manchmal auch richtigen Zorn auf sich?«

»Natürlich«, antwortete Kerstin Wollschläger, als wäre dies die größte Selbstverständlichkeit. »Zur Zeit ohnehin. Wir entscheiden über Kreditvergaben. Und damit manchmal über das Gedeihen oder den Untergang von Unternehmen. So sehen es zumindest viele Kunden.«

»Frau Wollschläger, wir wissen, dass es sich mit großer Wahrscheinlichkeit in den beiden ersten Fällen bei dem Täter um ein und dieselbe Person handelt. Die Spurensicherung wird zeigen, ob wir bei Ihnen davon ausgehen können, dass es wieder der Gleiche ist. Leider wissen wir aber momentan nur sehr wenig über die Motive dieses Mannes. Die beiden ersten Opfer haben so gut wie gar nichts miteinander zu tun. Das Einzige, das sie gemeinsam haben – sie arbeiten beide in der Finanzbranche als Anlageberater. Oder haben gearbeitet«, fügte Hanna leise hinzu.

Kerstin Wollschläger sah sie von der Seite her an. »Sie denken, er hat es auf Banker abgesehen?«

»Wir müssen jede Möglichkeit prüfen.«

Eine Weile fuhren sie weiter schweigend durch die Nacht. Dann fragte Hanna: »Wäre es möglich, dass Sie uns die Namen der Kunden zur Verfügung stellen, mit denen es in letzter Zeit Missstimmungen gegeben hat? Wir wollen nichts über deren finanzielle Verhältnisse wissen. Nur die Namen.«

Kerstin Wollschläger überlegte. »Da muss ich natürlich mit meinem Chef sprechen. Und wahrscheinlich geht es nicht ohne den Vorstand. Aber … die Namen müssten Sie bekommen.« Sie sah schweigend aus dem Fester. Dann sagte sie: »Und wenn nicht, dann werde ich sie Ihnen geben. Mündlich.« Sie klang fast ein bisschen trotzig.

Ja, dachte Hanna, sie will wissen, wer ihrem Sohn das angetan hat.

8

Es war schon nach neun, als sie bei dem Mehrfamilienhaus ankamen, in dem Kerstin Wollschläger eine Eigentumswohnung hatte. Kurz danach war auch die Spurensicherung da. Wildermuths Truppe ließ sich die Örtlichkeiten zeigen, dann nahm sie routiniert die Arbeit auf. Auch Hanna und Luca warfen einen Blick ins Treppenhaus und die Tiefgarage des Wohnblocks. Es war schnell klar: Wenn am Sonntagabend jemand unbedacht den Türöffner betätigt hatte, dann hatte der Täter problemlos in die Garage kommen können. Auch aus dieser Garage drangen praktisch keine Laute hinauf in die Wohnungen. Es hätte sich schon jemand im Flur des Untergeschosses befinden müssen oder auf der Straße, recht nahe am Gittertor der Garagenausfahrt, um die Geräusche einer Metallsäge zu hören. Die Gefahr, dass auch am Sonntagabend oder später in der Nacht jemand die Parkplätze vom Haus her betrat oder in sie einfuhr, war allerdings recht groß.

Vielleicht ist er schon so dreist, dachte Hanna, dass er das in Kauf nimmt. Wenn er tatsächlich auf alle Klingeln gedrückt hatte, um ins Haus zu kommen, dann war das ja auch schon recht unverfroren. Oder der Täter hatte lange in der kalten Garage gewartet und erst mitten in der Nacht sein irres Werk vollbracht.

Auch hier konnte Hanna sich nicht des Eindrucks erwehren, dass Kerstin Wollschläger persönlich gemeint war. Zumal in der Garage ein Porsche, ein dicker BMW und mehrere Daimler in einer Reihe standen. Das Motiv, den Besitzern teurer Autos etwas heimzuzahlen, schied definitiv aus. Das Wohnviertel lag dieses Mal zwar in der Nähe eines Verkehrsknotenpunktes, des Kelterplatzes, von wo man einerseits nach Zuffenhausen und Stammheim, zum andern in die Nordostbezirke der Stadt gelangte. Aber auch in diesem Fall lag die Garage in einer kleinen Seitenstraße, ruhig gelegen und ohne jeden Durchgangsverkehr. Von hier nach Sillenbuch war es ein weiter Weg, und auch die Gaußstraße, in der Ludger Behrends gelebt hatte, lag in einer völlig anderen Ecke Stuttgarts.

Natürlich würden die Spurensicherung und die kriminaltechnischen Untersuchungen erst Beweise erbringen müssen, die auf denselben Täter wiesen. Doch die Tatausführung legte verdammt nahe, dass es so war. Die Tatzeit war relativ sicher auf die Nacht vom Sonntag auf den Montag festzusetzen, und zu diesem Zeitpunkt wusste kein Markus Czicha, kein Fritz Eiselt oder sonst einer der Alten und auch keiner der Pressefritzen von den angesägten Spurstangen. Und: Auch Kerstin Wollschläger war in der Finanzbranche tätig.

Hanna schickte Luca los. Er sollte sofort bei allen Parteien im Haus nachfragen, ob am Sonntagabend auch bei ihnen geläutet wurde und wann genau das geschehen war. »Frag erst mal, ob die Leute jemanden erwartet haben, der dann doch nicht hochkam.«

Dann rief sie Friedebald Frenzel an. Sie stellte sich in der Tiefgarage so in eine Ecke, dass sie keinen Rüffel von den Kollegen der Spurensicherung riskierte. In die Wohnung von Kerstin Wollschläger wollte sie nicht. Die Frau war wirklich ziemlich fertig. Sie wollte sich nur noch zurückziehen und um ihre Tochter kümmern. Auch hatte sie nicht die Offenherzigkeit einer Marietta Kienle.

Der Staatsanwalt war noch im Dienst. »Hallo Frau Stankowski«, meldete er sich sofort, ohne seinen Namen zu nennen. »Ein langer Tag heute wieder. Ein zu langer, wenn Sie mich fragen. Aber ich habe gute Nachrichten. Der Leitende Oberstaatsanwalt hatte Erbarmen mit mir. Den Erpressungsfall kann ich abgeben, sobald ein Kollege frei ist. Bis dahin darf ich ihn sozusagen vernachlässigen. Zuerst müssen wir dieses Kettensägenmonster ja mal schnappen, damit das nicht so weitergeht.«

»Herr Frenzel«, fragte Hanna, nachdem sie ihn mit den wichtigsten Erkenntnissen vertraut gemacht hatte. »Gibt es wirklich keinen Weg, wie wir an die Geschäftscomputer von Karlheinz Kienle und Ludger Behrends kommen können? Oder wenigstens eine Namensliste, wie wir sie ja vielleicht von der Stuttgarter Sparkasse kriegen? Was ist mit Gefahr im Verzug? Muss man nicht davon ausgehen, dass der Täter nochmal zuschlägt, wenn der noch eine Weile frei durch die Garagen schwirren kann?«

Frenzel seufzte: »Schwierige Sache, Frau Stankowski. Ich habe es trotz der Hektik geschafft, mit einem Richter mal kurz darüber zu reden. Wir haben natürlich die Möglichkeit, die Geschäftsunterlagen eines Kreditinstituts zu beschlagnahmen, sofern diese als Beweismittel von Bedeutung sind. Aber sind die Namen von Kunden wirklich schon Beweismittel?« Er seufzte wieder. »Schon die Tatsache des Bestehens einer Bankverbindung unterliegt dem Bankgeheimnis. Und wir haben es hier mit Institutionen zu tun, sowohl bei der Württembergisch-Badischen Südbank als auch bei der Real-Vermögensberatung, die über ziemlich potente Rechtsabteilungen verfügen. Die würden gegen die Anordnung auf Beschlagnahmung erst mal eine einstweilige Verfügung beantragen. Und ob ein Richter bei dieser Sachlage mir dann recht geben würde, ist mehr als ungewiss. Schließlich ermitteln wir ja nicht gegen die Bank oder die RVB. Und schon gar nicht gegen die Opfer. Ich überlege …«, sagte er und verstummte für einen Moment, »… ob wir nicht erst mal kleinere Geschütze auffahren sollten. Auf jeden Fall sind auch die Mitarbeiter und Organe eines Kreditinstituts verpflichtet, zu erscheinen und zur Sache auszusagen, wenn ich sie auf einen Kaffee einlade. Sie können die Zeugenladung nur dann abwenden, wenn sie uns die gewünschten Informationen schriftlich geben. Und das wären dann eben die Kundennamen. Ansonsten werden wir sie eben vernehmen. Und wenn Sie wirklich diese Liste von der Sparkasse bekommen, dann können wir die Namen einzeln nacheinander abfragen. Was halten Sie davon?«

Das war besser als nichts. Hanna bat Frenzel, die Vorladungen so schnell wie möglich zu versenden. Sie waren sich einig, dass von der Südbank Karlheinz Kienle selbst und von der RVB deren Standortleiter Bernhardt Winterstein als Zeugen geladen werden sollten.

»Ich hoffe, Sie können auch bald Feierabend machen?«, wünschte ihm Hanna zum Abschied.

»Wozu?«, lachte Friedebald Frenzel. »Kommt ein Staatsanwalt zu spät zum Dienst und entschuldigt sich, er hätte verschlafen. Fragt ihn der Oberstaatsanwalt: ›Was? Zu Hause schlafen Sie auch noch?‹ Aber ehrlich gesagt, Frau Stankowski, nicht mal ich kann heute noch so richtig darüber lachen, so müde bin ich. Schauen Sie bloß, dass auch Sie nach Hause kommen. Gute Nacht.«

Nichts lieber als das, dachte Hanna. Es ging auf zehn Uhr zu. Sie war so müde und fror langsam erbärmlich in der eisigen Tiefgarage. Luca kam zurück und nickte. »Eine Frau im sechsten Stock hat gedacht, es sei ihr Mann, der mal wieder die Hausschlüssel vergessen hätte. Der kam dann aber erst 'ne halbe Stunde später. Mit dem Hausschlüssel.«

Sie erkundigten sich noch bei Wildermuth über die ersten Ergebnisse der Spurensuche.

»Wieder die Mikrospäne«, informierte der. Sie waren mit einem Magneten sehr schnell zu sichern gewesen. Mehr interessierte Hanna heute wirklich nicht mehr. Sie brachte Luca zurück zum Präsidium, wo sein Auto stand, und fuhr dann auf dem schnellsten Wege nach Hause.

Donnerstag, 18. Februar 2010

1

Hanna kam fast nicht aus den Federn. Sie wusste nicht, wie lange sich der Wecker schon abgemüht hatte, bevor sein Piepston zu ihr durchdrang. Sie ging unter die Dusche und brauste sich, um ihren Kreislauf auf Touren zu bringen, mal heiß, mal kalt ab. Sie trank zwei Tassen Kaffee und schmierte, weil keine Butter mehr im Hause war, die Marmelade direkt aufs letzte Stückchen Brot, obwohl sie es hasste, wenn das klebrige Zeug die Schnitten aufweichte. Dann hetzte sie zur Arbeit.

Sie hatte kaum das Präsidium betreten, als Frenzel sie anrief. Er hatte es tatsächlich geschafft, Karlheinz Kienle für den Nachmittag um sechzehn Uhr in die Staatsanwaltschaft einzubestellen. Nun mussten sie nur auch schnell die Liste der Kunden von Kerstin Wollschläger bekommen. Dann würde man Kienle nach Namen fragen können. RVB-Chef Winterstein war im Ausland. Man konnte ihn erst am Montag vernehmen.

Hanna hastete ins Soko-Hauptquartier. Im großen Konferenzraum herrschte bereits Gedränge. Dieter Schwandtner hatte die Sitzung einwandfrei vorbereitet. Heute ging es vor allem darum, die große Befragungsaktion in den Wohngebieten der Opfer zu organisieren. Und die Vernehmungen von deren Freunden und Kollegen musste in Angriff genommen werden. Schwandtner hatte es geschafft, dem Kriminaldauerdienst und den Polizeidirektionen Ludwigsburg und Esslingen eine ganze Reihe von Kollegen auszuspannen. Auch ein halbes Dutzend Gruppenführer der Hundertschaft war schon da. Heute würde es darum gehen, alle mit dem Fall vertraut zu machen. Das Ziel der Aktionen musste jedem klar sein.

Schwandtner genoss seine zentrale Rolle als Organisator, und Hanna fragte sich, ob er nun sein Ziel erreicht hatte. Doch nach wie vor war sie die Leiterin der Sonderkommission »Spurstange«. Das Organisieren solcher Befragungs- und Vernehmungsaktionen war eine Sache, und Hanna war froh, dass Schwandtner diese Aufgabe in die Hand genommen hatte und sie sich nicht auch noch darum kümmern musste. Eine andere Sache war es jedoch, die Flut von Informationen, die nun auf sie zukommen würde, zu überschauen und wichtige Hinweise zu erkennen. Sie trug die Verantwortung dafür, dass alles zu einem Gesamtbild zusammengefügt wurde, sowohl in den Köpfen als auch in der Dokumentation des Falles.

Sie machte gerade die Runde mit dem Fall Wollschläger bekannt, da wurde sie durch die Kollegin von der Stabsstelle für Öffentlichkeitsarbeit unterbrochen, die aufgeregt hereinstürzte.

»Da haben wir den Salat«, sagte sie gereizt und warf eine Bildzeitung auf den Tisch. Die Überschrift konnten alle erkennen: »Hatz auf Banker?«

»Lesen Sie vor«, forderte Hanna sie auf.

Die Kollegin nahm die Zeitung wieder auf und rezitierte:

Markus C. sitzt die Angst noch in den Knochen. Er wagte nicht mehr in sein Auto zu steigen. Würde auch sein Wagen präpariert worden sein und ihm bei voller Fahrt die Spurstange brechen? Gedroht hat ihm damit ein Erpresser. Wahrscheinlich hat der seine Androhung auch schon wahr gemacht. Denn in der vergangenen Woche wurden zwei Banker Opfer von solchen Anschlägen. Ludger B. kam dabei ums Leben. Karlheinz K. hatte Glück und wurde nur leicht verletzt. Interessant dabei ist: Auch Markus C. ist Banker.

Sind das die Auswirkungen der Finanzkrise? Geht nun eine Hatz auf Banker los?

Die Polizei tappt offensichtlich im Dunkeln. Es würde ermittelt, war aus dem Polizeipräsidium Stuttgart zu erfah-

ren. In der Regel heißt dies, dass noch keine heiße Spur gefunden wurde.

»Und was jetzt?«, fragte die Pressesprecherin vorwurfsvoll.

»Was für ein cretino ist denn dieser Czicha?«, regte sich Luca auf. »Muss der ausgerechnet der Bild-Zeitung ein Interview geben?«

»Auf jeden Fall müssen wir jetzt reagieren«, meinte die Frau von der Öffentlichkeitsarbeit ungeduldig. »Wir müssen eine Pressekonferenz ansetzen.«

Hanna überlegte. Die Situation hatte sich tatsächlich verändert. Die Katze war aus dem Sack.

»Nein.« Sie schüttelte dennoch energisch den Kopf: »Wenn Anfragen von seriösen Blättern kommen – der Stuttgarter Zeitung oder den großen Magazinen – dann reagieren wir. Jetzt müssen wir die nächsten beiden Tage die Befragungsaktion durchführen. Ohne großen Presserummel, der die Leute nur beeinflusst. Das ist ja jetzt schon ein Problem, wenn solche Gerüchte kursieren. Aber vielleicht liest ja nicht jeder die BILD und wir bekommen noch ein paar unbeeinflusste Zeugen.«

Die Frau von der Presseabteilung sah sie ungehalten an.

»Das sehe ich genauso.« Schwandtner unterstützte Hanna tatsächlich. Zum Glück schien mit der neuen Rolle in der Soko sein Geltungsdrang befriedigt zu sein.

»Na dann.« Die Frau von der Öffentlichkeitsarbeit schnappte beleidigt ihre BILD und überließ die Soko wieder ihren Aufgaben.

Wen wollten sie aufs Präsidium bestellen? Schwandtner machte seine Vorschläge und fragte Hanna, ob sie einverstanden sei. Er war zahm wie ein Lämmchen.

Auf jeden Fall die Kollegen von Ludger Behrends und seine sogenannten Versicherungsvertreter. Max Mikulski, Sebastian Schultze, auch Patrick Ascher und alle andern, die für ihn gearbeitet hatten. Auch mit Kerstin Wollschläger musste man noch einmal ausführlich sprechen. Vielleicht fanden sich doch noch Berührungspunkte zu den anderen Opfern.

»Die Vernehmung von dieser Kerstin Wollschläger – das wirst ja am besten du selbst machen, Hanna.« Dieter Schwandtner klang fast kollegial.

»Was ist mit Schwandtner los?«, fragte Hanna in einer Kaffeepause leise Luca. »Der motzt gar nicht mehr herum.«

Luca feixte und sagte nur: »Der ist froh, dass er nicht in deiner Haut steckt.«

Nach der Pause war die Frau von der Öffentlichkeitsarbeit wieder da.

»Ich habe mit dem Präsidenten und Herrn Kallinger gesprochen. Wir warten mit der Pressemeldung und Pressekonferenz. Aber eines will ich Ihnen sagen«, nörgelte sie wieder, als ob die Soko schuld an der Misere wäre. »Wir haben Anfragen ohne Ende. Der ADAC und eine ganze Reihe von Autowerkstätten haben angerufen, weil sich laufend Kunden bei ihnen melden, die sich nicht mehr getrauen, in ihr Auto zu steigen. Die Leute wollen reihenweise ihre Wagen abschleppen und überprüfen lassen.«

»Lauter Banker, die ein schlechtes Gewissen haben«, sagte Luca und grinste übers ganze Gesicht.

»Sollen sie doch einfach die öffentlichen Verkehrsmittel benutzen, bis wir den Kerl haben«, brummte Otto Obermayer.

2

»Hanna?«

Sie wandte sich um.

»Hanna Stankowski!«

Er kam ihr im Flur entgegen, als sie gerade mit ihren Leuten in die Kantine wollten. Ein Mann Mitte fünfzig, wie sie selbst. Er war nur einen halben Kopf größer als sie, hatte eine gedrungene Statur und wirkte zugleich doch sehr durchtrainiert. Sein eisgraues Haar war raspelkurz geschnitten. Hanna gefielen diese Fastglatzen an den meisten Männern nicht. Man musste dafür schon eine sehr gute Kopfform haben. Aber ihm stand es. Sein Blick, der sie schon damals immer ein bisschen an den eines Adlers erinnert hatte, heftete sich fest an ihr Gesicht. Seine graublauen Augen lachten sie durch eine dezent modische Herrenbrille an.

»Volker, was machst du hier?«

»Sitzungen«, sagte er verschmitzt. Die Falten um die Augen wurden tiefer, als er fast lausbübisch lächelte. Man sah diesem Gesicht an, dass er sich viel im Freien bewegte. »Wir machen unentwegt Sitzungen und strukturieren die Stuttgarter Polizei um. Ob dabei was Gescheites rauskommt, kann ich dir leider nicht sagen. Gehst du zum Essen?«

Sie nickte: »Etwas spät, aber absolut notwendig.«

»Ich komme mit«, entschied er kurzerhand. »Ich hatte heute auch noch nichts Warmes.«

Sie gingen gemeinsam in die Kantine, holten sich etwas zu essen und setzten sich abseits in eine ruhige Ecke des weitläufigen, verschachtelten Raums. Es war nicht mehr viel los, sodass sie sich ungestört unterhalten konnten.

»Ich habe gehört, ihr habt hier einen ziemlich unangenehmen Fall«, sagte Volker, nachdem sie die ersten Bissen gegessen hatten. »Sogar der Polizeipräsident musste das Feld für eure Sonderkommission räumen.«

Hanna nickte: »Offenbar ein Serientäter. Er beschädigt das Fahrwerk von Autos. Während der Fahrt bricht dann die Spurstange. Einen Toten, drei Schwerverletzte und zwei Leichtverletzte haben wir.«

Volker sah sie prüfend an. »Das geht unter die Haut«, stellte er dann fest.

Hanna seufzte. »Und an die Nerven. Außerdem komme ich nicht mehr zum Einkaufen. Mein Kühlschrank ist leergeplündert.« Sie lächelte. Obwohl sie den Mann schon seit langem nicht mehr gesehen hatte, war sofort wieder diese Atmosphäre da, in der man einfach ganz ungezwungen erzählen und plaudern konnte.

»Und du leitest die Soko?«, fragte er.

Sie nickte.

»Alle Achtung!«, sagte er ernst. »Und eine Hundestaffel braucht ihr nicht zufällig?« Wieder hatte er dieses verschmitzte Lausbubenlächeln.

»Bisher noch nicht«, lachte Hanna, »aber wenn sich eine Gelegenheit bietet, werde ich dich anfordern.«

»War gut, mit dir zusammenzuarbeiten. Damals auf der Baustelle auf den Fildern«, sagte er mit warmer Stimme.

Was ist jetzt los, dachte Hanna. Baggert er mich wirklich an? War er nicht liiert? Sie dachte wieder einmal an Margot Gerhaus und den Satz: »Wann hast du das letzte Mal mit einem Mann geflirtet?«

»Und wie geht es dir?«, fragte sie. Jetzt hätte sie doch gern gewusst, woran sie war.

»Beruflich sehr gut«, gab er bereitwillig Auskunft. »Die wollten mich jetzt versetzen. Ich sollte den Personen- und Objektschutz übernehmen. Das wäre zwar ein Aufstieg. Aber ich mache das nicht. Ich brauche die Tiere. Und die frische Luft um die Nase. Na ja, und privat – wie es eben so ist, wenn man alleine ist. Du kennst das ja auch. Oder?«

»Ich dachte, du hast wieder eine feste Beziehung«, entfuhr es Hanna.

Er schüttelte den Kopf und nahm die letzten Bissen seiner Mahlzeit. »Hat nicht funktioniert. Sie hat unsere Arbeit nicht verstanden. Dass man da rund um die Uhr im Dienst ist. Es ist nicht gut, wenn man zu viele Kompromisse machen muss, nur um nicht alleine zu sein. Und bei dir?«

Auch Hanna aß zu Ende, bevor sie antwortete. »Meine Jüngste wird mich demnächst verlassen. Sie will nach Südamerika. Und ich weiß auch, dass es höchste Zeit für sie wird, zu gehen. Sie ist ja auch schon Mitte zwanzig. Und dann bin ich auch ganz alleine.«

So, das wäre geklärt, dachte Hanna. Und wie ging das jetzt mit dem Flirten?

Der Hund, das war ein Ansatz.

»Na ja«, sagte sie, »und da habe ich mir schon überlegt, ob ich mir vielleicht einen Hund anschaffe. Als Kind hatte ich mal einen Schäferhund. Und ehrlich, da habe ich auch mal an dich gedacht. Es muss ja nicht immer gleich ein Polizeieinsatz sein, damit man miteinander redet.« Sie lächelte ihn an. »Vielleicht kannst du mir mal einen Rat geben. Es sind vor allem die Arbeitszeiten, die mir Kopfzerbrechen machen. Solche Situationen wie momentan. Wo bringe ich den Hund dann unter?«

Er wiegte den Kopf: »Da kann man schon Lösungen finden. Aber darüber müssten wir uns ausführlicher unterhalten.«

»Wenn dieser Spuk mit den Spurstangen zu Ende ist«, sagte sie und merkte, dass sie Zeit und Ort um sich her vollkommen vergessen hatte. »Dann melde ich mich bei dir.«

»Mach das, Hanna. Würde mich freuen.«

Der Gedanke an die Spurstangen hatte Hanna wieder in die Realität zurückkatapultiert. Sie sah auf die Uhr. Es war schon nach drei. Sie musste sich noch auf das Gespräch mit Karlheinz Kienle vorbereiten und sich dann auf den Weg zur Staatsanwaltschaft machen.

»Ich muss leider los«, sagte sie mit echtem Bedauern.

»Geh nur, ich bringe das Geschirr zurück.«

»Ich melde mich«, sagte sie. »Bestimmt.« Dann ging sie schnell aus der Kantine.

3

»Wo kommst du denn her?«, empfing sie Luca ganz aufgeregt, als sie das Soko-Büro betrat. »Franz hat dich gesucht. Und Frenzel. Da ist irgendwie die Kacke am Dampfen.«

Ach ja, das Diensthandy. Sie hatte es halb unbewusst auf dem Schreibtisch liegen gelassen, um wenigstens in Ruhe essen zu können. Aber dass sie über eine Stunde weg sein würde, damit hatte sie natürlich nicht gerechnet.

»Was ist los?«, fragte sie Luca.

»Und was ist mit dir los?«, fragte er mit großen Augen zurück. »Hast du irgendwo einen Mittagsschlaf gemacht? Du siehst so anders aus.«

»Sag, was los ist!«, forderte sie ihn auf.

»Also, so ganz genau habe ich es nicht verstanden. Wir sollen auf jeden Fall so schnell wie möglich in die Staatsanwaltschaft kommen. Ein Anwalt von der Württembergisch-Badischen Südbank ist dort aufgetaucht und will verhindern, dass Karlheinz Kienle aussagt.«

»Das sollen die mal verhindern«, sagte Hanna grimmig. »Das ist bislang unser wichtigster Zeuge.«

»Die drehen da offenbar an ganz großen Rädern. Die Südbank hat sich beim Polizeipräsidenten beschwert. Und beim Leitenden Oberstaatsanwalt. Kallinger ist deswegen schon runter nach Stuttgart gefahren. Er wird bei dem Termin dabei sein.«

Schnell packten sie ihre Unterlagen zusammen und fuhren ins Zentrum der Stadt. Es war noch lange nicht vier Uhr, der Zeitpunkt, auf den die Vernehmung von Karlheinz Kienle festgesetzt worden war. Doch in der Staatsanwaltschaft waren bereits Friedebald Frenzel, Franz Kallinger, Karlheinz Kienle, sein Chef Jens Mönchhofer und ein Anwalt der WB-Südbank in einem der nüchternen Sitzungsräume versammelt.

Die Herren standen auf und begrüßten Hanna und Luca mit Handschlag. Nur Mönchhofer blieb sitzen und machte keinerlei Anstalten, den beiden Beamten das übliche Höflichkeitsritual angedeihen zu lassen.

»So, Frau Stankowski, meine Herren«, eröffnete Frenzel die Besprechung. »Dann können wir jetzt ja mal offiziell beginnen. Der Leitende Oberstaatsanwalt wird auch noch dazustoßen. Momentan ist er aber in einer noch wichtigeren Besprechung als dieser hier.«

Es musste hier schon einen inoffiziellen Teil gegeben haben, ahnte Hanna. Der Staatsanwalt war kein bisschen fröhlich. Er sah aus, als wollte er einen Boxkampf eröffnen. Franz Kallinger saß zurückgelehnt im Stuhl und hatte das Kinn so zur Brust gezogen, dass es fast drei Wülste bildete. Auf seiner Stirn stand eine steile Falte. Hanna kannte ihn lange genug, um zu verstehen, was das bedeutete. Er war sauer. Karlheinz Kienle saß links von dem Südbank-Anwalt, die Ellenbogen auf den Tisch gestützt, die eine Hand vor den Mund gelegt. Er trug noch immer die Halskrause und wirkte mitgenommen. Sein Blick wanderte beunruhigt, ja fast verängstigt von einem zum andern. Rechts von dem Anwalt hatte sich Dr. Jens Mönchhofer mit seinen langen Storchenbeinen geradezu auf den Stuhl gelümmelt. Sein Mund war nur ein Strich, die Brauen überheblich hochgezogen. Keiner der Männer sagte ein Wort.

»Könnten Sie mich mal aufklären?«, fragte Hanna leise. »Was wir hier jetzt machen? Ist das nun die Vernehmung oder nicht?«

»Hier wird es keine Vernehmung geben!«, sagte Mönchhofer scharf.

Der Anwalt der WB-Bank, ein älterer, stämmiger Mann, der Hanna an einen Bernhardiner erinnerte, runzelte die Stirn. Ohne Mönchhofer anzuschauen, sagte er mit tiefer Stimme: »Wie ich schon dargelegt habe: Selbstverständlich kann Herr Kienle eine Aussage machen. Zum Unfallhergang, zu seinem persönlichen Umfeld. Das ist Ihr gutes Recht, Herr Staatsanwalt. Ich werde in diesem Falle Herrn Kienle als Rechtsberater zur Seite stehen. Aber wie gesagt – und so meinte Herr Doktor Mönchhofer das –, es wird keine Aussage zu Angelegenheiten der Württembergisch-Badischen Südbank geben.«

»Und ich lege Ihnen noch mal dar«, sagte Frenzel sichtlich genervt, »dass Herr Kienle auch als Zeuge und Sachverständiger nach Paragraph 161a der StPO in Bankangelegenheiten vernommen werden kann. Danach müsste er sogar – wie Sie sicher wissen – zeugenschaftliche Auskünfte über das Bestehen von Kontoverbindungen, über Kontoinhaber und Verfügungsberechtigte, über Kreditlinien und sogar einzelne Buchungsvorgänge machen. Was wir aber zum jetzigen Zeitpunkt – wie Sie sicher verstanden haben – gar nicht wollen.«

Was der genannte Paragraf genau beinhaltet, wusste Hanna nicht mehr. Aber Frenzel war offenbar gut vorbereitet.

»Wenn diese Daten Beweismittel wären, und nur dann. Bei Ermittlungen gegen die WB-Südbank oder einen ihrer Kunden. Sollten solche Ermittlungen laufen, dann teilen Sie uns dies bitte mit. Wir werden das dann prüfen. Momentan laufen solche Ermittlungen nicht. Also gibt es auch keine Beweismittel.« Der Anwalt sah zwar aus wie ein gutmütiger Bernhardiner, doch er war knochenhart. Die Art, wie er sprach, erinnerte Hanna eher an einen knurrenden Bullterrier.

»Verdammt noch mal«, schaltete sich Franz Kallinger ein. »Es geht doch nur darum, dass wir erfahren, ob es mit einem Kunden Probleme gab. Wir wollen nur die Namen …«

»Genau darüber geben wir keine Auskunft«, fiel ihm Mönchhofer ins Wort. »Es geht Sie überhaupt nichts an, ob und welche Probleme einer unserer Kunden hat.« Er sprach mit dem gestandenen Kriminaldirektor wie Cäsar mit einem Laufburschen.

Sein Anwalt bremste den Manager mit einer beschwichtigenden Geste ein. In der Attitüde eines Richters wandte er sich dann wieder an Frenzel: »Solange Sie nicht gegen einen konkreten Kunden ermitteln, werden Sie weder von Herrn Kienle noch von sonst jemandem bei der WB-Südbank einen Namen genannt bekommen.«

Karlheinz Kienle selbst saß unglücklich daneben und sagte kein Wort.

»Sie wissen, dass ich auch andere Möglichkeiten habe, an Unterlagen aus Ihrem Hause heranzukommen«, sagte Frenzel und faltete die Hände über dem runden Bauch.

»Bringen Sie mir eine richterliche Durchsuchungs- oder Beschlagnahme-Anordnung«, bellte der Bullterrier, »dann sehen wir weiter. Und vergessen Sie nicht den Beschlagnahme-Gegenstand hinreichend genau zu beschreiben. Sonst nützt Ihnen die nämlich auch nichts.«

»Meine Herren«, griff Hanna nun ein, »ich möchte an Sie alle appellieren, dass wir uns hier nicht in juristischen Spitzfindigkeiten verlieren. Es geht um Menschenleben. Ich weiß nicht, ob Sie es mitbekommen haben: In der Nacht vom Montag auf Dienstag sind vier junge Leute verunglückt. Zwischen sechzehn und achtzehn waren sie. Der Fahrer wurde lebensgefährlich verletzt. Der junge Mann liegt immer noch im künstlichen Koma. Zwei weitere wurden schwer verletzt. Wir hatten vor zwei Wochen einen Toten. Und Herrn Kienle ist mit sehr viel Glück nichts Schlimmeres passiert. Er hätte den Unfall auch auf der Autobahn mit der ganzen Familie an Bord haben können.« Hanna sprach eindringlich und fordernd. »Wir suchen einen Serientäter, der offensichtlich keine Skrupel hat. Und wir wissen nicht, ob er noch weitere Opfer im Visier hat. Wir müssen diesen Mann so schnell wie möglich fassen. Wir müssen hier jedem Hinweis nachgehen. Und dafür bitten wir um Ihre Hilfe und Unterstützung. Das muss doch auch in Ihrem Interesse sein.«

Sie sah die Reaktion von Kienle. Ganz offensichtlich hatte er erst jetzt von dem weiteren Unfall erfahren. Aus seinen Basedowschen Glubschaugen sah er Hanna entsetzt an.

Ganz anders dagegen Mönchhofer. Der Manager, der wieder in einem sündhaft teuren Zwirn steckte, sprang auf, stützte die Hände auf den Tisch und sah Hanna von oben herab an: »Wir werden nicht die Arbeit der Polizei machen. Nur weil die versagt und offenkundig im Dunkeln tappt. Und ich weiß nicht, meine Dame, wer Sie sind, dass Sie uns hier Moralpredigten halten. Wenn Sie nichts von sogenannten juristischen Spitzfindigkeiten verstehen, dann halten Sie sich raus.«

»Frau Stankowski ist die leitende Kriminalhauptkommissarin, die in meinem Auftrag diesen Fall bearbeitet«, sagte Frenzel nun herausfordernd. Er hatte die Arme auf den Tisch gestemmt, als wollte er gleich ebenfalls aufspringen. Der rundliche Staatsanwalt und der schlaksige Banker gaben einen Kontrast ab, der unter normalen Bedingungen jeden zum Schmunzeln veranlasst hätte. Hier Frenzel in seinem schlecht sitzenden, zerknitterten Anzug und heute mit einer kanariengelben Krawatte, dort der Banker in seinem seidig schimmernden, perfekt sitzenden Designer-Anzug; der Staatsanwalt mit dem kurzgeschnittenen Haarkranz um die runde Glatze, Mönchhofer mit seiner snobistischen Langhaarfrisur; das wohlgenährte Gesicht eines wütenden chinesischen Glücksbuddhas gegen die kalten Augen und den breiten Mund eines satten Hais.

»In Ihrem Auftrag ist die Dame also unterwegs?«, fragte Mönchhofer sarkastisch und setzte sich wieder. Dann wandte er sich an Franz Kallinger: »Und Sie? Was sind Sie? Ein Inspektionsleiter? Hat man da nicht auch Personalverantwortung? In dieser Stadt läuft irgendein Irrer umher, begeht Anschläge auf Bankmanager. Und Sie setzen uns so eine … so eine Mutti vor die Nase?«

Hanna hatte schon viele Beleidigungen gehört. Man hatte sie schon als Schlampe, Bullennutte und Fotze tituliert. Auch Mutti war sie schon freundlich-despektierlich von Jugendlichen genannt worden, als sie noch bei der Jugenddelinquenz gearbeitet hatte. Doch diese Bezeichnung durch einen Spitzenmanager einer wichtigen Bank war ein Affront, wie sie ihn noch nie erlebt hatte. Sie war wie vor den Kopf geschlagen. Die Muthaltung und die Beharrlichkeitsregeln – sie waren komplett vergessen. Sie war sprachlos.

Und nicht nur ihr ging das so. Für einen Moment herrschte eisige Stille im Raum.

Dann richtete Franz Kallinger sich auf und fuhr sich mit der schweren Hand über die Glatze.

»Herr Doktor Mönchhofer!« Er sprach langsam und betonte jedes Wort. »Sie haben recht. In der Tat habe ich Personalverantwortung. Und das schon ziemlich lange. Auch deswegen kann ich Ihnen versichern, dass sich die Polizei nicht von einem Banker vorschreiben lassen wird, wie sie ihre Positionen besetzt. Und die Leitung einer Sonderkommission besetzen wir mit den fähigsten, den erfahrensten und mit absolut integren Beamten. Mir sind im Laufe der Finanzkrise Zweifel gekommen, ob das bei Spitzenpositionen in Banken genauso gehandhabt wird.«

»Jetzt werden Sie bloß nicht unverschämt«, protestierte Mönchhofer. Der Mann war so selbstgefällig und hochmütig, dass jede Zurückweisung an ihm abprallte.

»Ich werde den Eindruck nicht los«, griff Frenzel nun wieder ein, »dass wir hier nicht weiterkommen. Das Ganze ist nicht zielführend. Ich verzichte auf die Befragung von Herrn Kienle. Auch wenn es in seinem Interesse als Opfer wäre, eine Aussage zu machen. Aber die Interessen der Opfer spielen hier ja keine Rolle.« Dann wandte er sich dem Anwalt der WB-Südbank zu und setzte den juristischen Schlagabtausch fort: »Sie haben recht, Kollege. Ich habe meine Hausaufgaben in Tübingen an der Juristischen Fakultät auch gemacht. Die Beschlagnahmung von Beweismitteln bedarf der individuellen Beschreibung des Beweismittels, die wir nicht leisten können. Wir wissen schließlich nicht, ob Sie die Kundendaten noch in Aktenordnern ablegen oder nur noch auf dem Computer haben. Aber ich werde ein Herausgabeersuchen wegen sachlicher Beweismittel nach Paragraph 95 Abs. 1 StPO an Sie richten. Sie bekommen das noch schriftlich. Ich kann Ihnen jetzt schon sagen, dass wir eine vollständige Liste der Namen aller Kunden möchten, die Herr Kienle direkt und indirekt betreut. Wenn Sie dem nicht nachkommen, werde ich bei einem Richter die Anordnung von Zwangsmitteln beantragen.«

»Junger Kollege, ich bezweifle, ob Sie damit durchkommen. Denn auch diese Namensliste, die Sie möchten, kann – wie ich Ihnen ja schon dargelegt habe – nicht als Beweismittel klassifiziert werden. Was soll diese Liste denn beweisen? Aber das müssen Sie dann dem Richter erklären.«

»Das werde ich tun, meine Herren, das versichere ich Ihnen.« Frenzel nickte eifrig. Er stand entschlossen auf, schüttelte den Bankern die Hände und öffnete demonstrativ die Tür. Kienle sah Hanna wie ein begossener Pudel an, als er sich befangen von ihr verabschiedete.

»Uff«, sagte Kallinger, nachdem sich die Tür hinter den Südbank-Leuten geschlossen hatte. »So ein arrogantes Arschloch!«

Frenzel wandte sich an Luca, der die ganze Szenerie schweigend und mit großen Augen beobachtet hatte. »Wie heißt die Spezies bei Ihnen nochmal? Ich meine, da bei Star Trek. Diese hässlichen Wasserköpfe, die für Geld ihre ganze Familie verscherbeln würden.«

»Die Ferengi?« Luca schüttelte entschieden den Kopf. »Nein, das ist kein Ferengi! Dieser Mönchhofer ist Mister Q. Die Q sind eine Spezies, die allen anderen weit überlegen sind, was die Manipulation von Raum und Zeit angeht. Aber normalerweise lassen sie alle im Weltraum in Ruhe. Nur der spezielle Mister Q ist ein fieses Subjekt. Immer dann, wenn's um Rettungsaktionen geht, verwickelt er die Leute von der Enterprise in üble Spielchen.« Luca erzählte, als sei dies alles höchst wahr. Und selbst Kallinger hörte andächtig zu.

»Einmal, da ging's um Leben und Tod. Aber Mister Q hält die Enterprise auf und will, dass die Menschen erst mal zeigen, was sie so draufhaben im Vergleich zu ihm. Aber er stellt die Regeln auf. Absolut unfaire Regeln; da hat der Überlegenheit gezeigt, der andere niedergemacht hat. Und wenn einer sozial und fair war, hat er verloren. Dieser Doktor Mönchhofer, das ist kein Ferengi – das ist Mister Q!«

Alle schwiegen nachdenklich. Dann sagte Franz Kallinger: »Und wie geht es jetzt weiter? Können wir Kienle noch mal einbestellen, nur für eine Aussage zu privaten Themen?«

»Das hat keinen Wert«, meinte Hanna. »Er steht unter einem zu großen Druck. Allein lassen die ihn nicht mit uns reden. Da wird immer dieser Anwalt dabei sein.«

»Was hat die Arbeit bei einer Bank und bei der Mafia gemeinsam?«, fragte Frenzel. Er war wieder lockerer und grinste vergnügt. »Es geht immer um viel Geld, es geht immer um fremdes Geld, man läuft immer im Anzug durch die Gegend, und wer mit dem Staatsanwalt spricht, sollte sich auf Arbeit besser nicht mehr sehen lassen. Ha, ha, ha, ha. Aber das mit der Herausgabe war wirklich ernst gemeint«, sagte Frenzel, nachdem er sich genug über seinen Scherz gefreut hatte. »In der Tat ist es ein bisschen wackelig. Die Herausgabe kann ich selbst fordern. Nur mit den Sanktionen, da hapert's ein wenig. Man kann eine saftige Geldstrafe verhängen, die allerdings der Bank nicht wirklich weh tun wird. Einbuchten wäre natürlich besser.« Er lachte wieder. »Aber dafür brauche ich einen Richter, der mitspielt. Mit dem richtigen könnte das durchaus funktionieren. Ich muss nur sehr nachvollziehbar darstellen, dass uns eine Liste von Herrn Kienles Kunden wirklich weiterbringen würde.«

»Die Stuttgarter Sparkasse!«, erinnerte sich Hanna schlagartig. Sie zückte das Handy und suchte in der Liste der getätigten Anrufe nach den Nummern von Kerstin Wollschläger. Auf der Festnetznummer meldete sich niemand. Doch beim Mobiltelefon hatte sie Glück.

»Frau Wollschläger, hier Stankowski, die Beamtin, mit der Sie gestern gesprochen haben. Sie meinten doch, dass wir eventuell die Namen Ihrer Kunden haben könnten. Wie könnten wir hier verfahren?«

»Ich habe darüber schon mit meinem Chef gesprochen. Er stimmt zu, wenn es wirklich notwendig ist. Er wollte aber vorher nochmal mit Ihnen sprechen.« Sie hörte sich gefasst an.

Hanna sah auf ihre Armbanduhr. Es war kurz vor fünf. »Meinen Sie, ich könnte ihn jetzt noch erreichen?«

»Probieren Sie es«, meinte die Frau und gab Hanna die Nummer des Sekretariats ihres Vorgesetzten.

»Wie geht es Ihrem Sohn?« Fast hätte Hanna vergessen, danach zu fragen.

»Er ist stabil. Sie wollen ihn morgen operieren.« Immer noch wirkte die Mutter beherrscht. Doch dann zitterte die Stimme wieder ein wenig: »Dann, sagen die Ärzte, gibt es noch mal … eine kritische Phase.«

»Alles Gute«, sagte Hanna, »und vielen Dank.«

Sie rief sofort die Nummer an, die Kerstin Wollschläger ihr gegeben hatte, und wurde von der Sekretärin umgehend mit dem Verantwortlichen für Firmenkunden bei der Sparkasse verbunden.

Es schien ein bedächtiger und anständiger Mann zu sein. Er ließ sich zunächst die Situation erklären und stellte ein paar Fragen. Dann entschied er: »Also, Frau Stankowski, ich kann mir zwar überhaupt nicht vorstellen, dass irgendeiner unserer Geschäftskunden so etwas Verrücktes tun würde. Aber wir werden Ihnen eine Liste mit allen Namen der Unternehmen zukommen lassen, die Frau Wollschläger betreut. Das sind wir ihr und ihrem Sohn einfach schuldig. Wir haben damit auch nicht ein ganz so großes Problem wie die Anlageberatung. Sie bekommen ja auch Bonitätsauskünfte über Unternehmen problemloser als die Angaben darüber, woher die Leute ihr Geld haben, das sie anlegen möchten. Wer Geld braucht, muss die Karten offenlegen, wer welches hat, nicht. Meine Sekretärin wird Ihnen die Liste morgen früh gleich zumailen. Sagen Sie ihr nur einfach Ihre E-Mail-Adresse.«

Als Hanna das erledigt hatte, sah sie Frenzel triumphierend an: »Wir bekommen eine Namensliste. Wenn das mit der Herausgabe der Kundennamen bei der Südbank klappen würde, dann könnten wir prüfen, ob es Namen gibt, die bei beiden Banken auftauchen. Und bei der Real-Vermögensberatung können Sie diese Herausgabe auch gleich beantragen: Sämtliche Kunden, die Ludger Behrends direkt und indirekt betreut hat.«

»Mit Vergnügen«, freute sich Frenzel.

Sie hatten sich von Frenzel verabschiedet und waren zum Ausgang der Staatsanwaltschaft gegangen. Sie wollten gerade zu den Wagen gehen, Hanna mit Luca zu dem ihren und Kallinger zu seinem, da drehte sich Hanna noch einmal zu ihrem Chef um.

»Vielen Dank, Franz«, sagte sie und sah ihm fest in die Augen.

»Wofür?«, brummte er.

»Für deine Worte, vorher, bei Mönchhofer.«

»Schon gut«, sagte er. »Wo kämen wir da hin. Ich lass doch nicht unsere besten Leute von so einem Schnösel madig machen.«

4

Hanna fuhr mit Luca zurück. Als sie am Pragsattel in die Straße einbog, an der das Polizeipräsidium lag, stellte sie fest, dass ihr der schwarze Volvo mit den abgedunkelten Scheiben folgte, der zumindest seit dem Hauptbahnhof hinter ihr herfuhr. Als sie in die Zufahrt zu den Beamtenparkplätzen einbog, fuhr der Wagen langsam weiter. Wo wollte der hin? Die Straße war eine Sackgasse. Man musste entweder hier auf die Parkplätze oder aber wenden. Als Hanna und Luca über die Straße zum Präsidium gingen, sah Hanna das schwarze Auto nicht mehr.

Sie gingen in die Soko-Räume, wo es recht ruhig zuging. Schwandtner berichtete: Die Gruppen der Hundertschaft waren ausgeschwärmt, jeweils begleitet von zwei bis drei Kriminalbeamten. Noch heute Abend sollten möglichst viele Menschen in der Nachbarschaft der Opfer befragt werden. Am Abend waren die Leute eher zuhause als tagsüber. Morgen früh würden die Polizisten wieder ausschwärmen und über den ganzen Tag mit den Bewohnern der Stadtteile sprechen. Man stand in Funkkontakt zu den leitenden Beamten der Gruppen. Bislang gab es keine Hinweise. Aber die Aktion hatte auch gerade erst begonnen.

Auch die Vernehmungen waren geplant und vorbereitet, die Vorladungen verschickt. Zum ersten Mal seit Tagen hatte Hanna das Gefühl, nicht durch die Ereignisse getrieben zu werden.

»Meint ihr, ihr könnt heute Abend auf mich verzichten?«, fragte sie ihre Mitarbeiter. »Ich müsste dringend einkaufen. Sonst habe ich morgen kein Frühstück.«

Nichts sprach dagegen, und so konnte Hanna endlich einmal etwas früher nach Hause gehen.

Auf der Heilbronner Straße sah sie im Rückspiegel, dass ihr wieder der schwarze Volvo folgte. Oder war das ein anderer?

Hanna wurde es etwas mulmig. Sie fuhr Richtung Westen in die Schlossstraße. An der Silberburgstraße fuhr sie rechts und einmal um einen Häuserblock und wieder zurück zur Schlossstraße. Der Volvo folgte ihr.

Sie bog links ab in die Schwabstraße und hatte Glück. Ganz in der Nähe des Supermarktes fand sie direkt an der Straße einen Parkplatz, den sie schnell in Beschlag nahm. Sie drehte sich um. Der schwarze Volvo fuhr vorbei. Sie notierte die Nummer des Wagens. Es war ein Münchner Kennzeichen.

War das eine denkbare Lösung des Falles? Der Täter verfolgt die Opfer von deren Arbeitsplatz aus und schaut, wo sie wohnen? Vielleicht hatte er es tatsächlich auf Banker abgesehen und suchte sich irgendeinen aus, der zufällig aus der Bank kam. Bei Karlheinz Kienle und Kerstin Wollschläger war das durchaus möglich. Aber wie passte Ludger Behrends ins Bild? Sein Arbeitsplatz war weit weg vom Schuss im äußersten Südwesten der Stadt. In einem alten Fabrikgebäude, in dem man niemals ein Finanzinstitut erwarten würde. Zudem war die Real-Vermögensberatung keine Bank und in der Öffentlichkeit nicht sonderlich präsent. Es sei denn, er hatte Ludger Behrends persönlich gekannt. Und die andern beiden nicht? Das waren dann Zufallsopfer? Irgendwie passte das alles nicht richtig zusammen. Und wenn das tatsächlich der Täter war, wie kam der auf sie? Woher konnte der wissen, dass sie die leitende Ermittlerin war? Dafür hätte er sie schon eine ganze Weile beobachten müssen. Hanna wurde es nun richtig mulmig.

Sie raffte sich auf und ging in den Supermarkt, um jede Menge einzukaufen. Auf dem Weg nach Hause schaute sie ständig in den Rückspiegel. Der Volvo war weg. Vielleicht hatte sie sich völlig unnötig gesorgt. Es gab auch blöde Zufälle.

Zu Hause räumte sie die Lebensmittel ein und machte sich ein paar Spiegeleier. Sie dachte an das Mittagessen mit Volker. Mit einem Male fühlte sie sich beschwingt wie ein verknallter Teenager. Die Sache mit dem Hund war ein wunderbarer Aufhänger.

Ihr fiel auf, dass sie alle Leute mit Hunderassen verglich. Klar – sie war am Überlegen, welche Rasse zu ihr passte. Am liebsten hätte sie wieder einen Schäferhund gehabt. Aber konnte sie so einem Tier gerecht werden? Sie lächelte vor sich hin. Sie würde mit Volker darüber reden.

Hanna Bentele-Stankowski, eigentlich brauchst du keinen Hund, sondern einen Mann, sagte sie sich plötzlich. Und warum sollte es nicht klappen? Er hat mich angebaggert, und ich finde ihn nett. Doch dann kamen wieder die Zweifel. Sie fühlte sich zwar gerade wie ein Teenager, aber sie war keiner mehr. Wie sollte das denn weitergehen? Er wollte sicher nicht nur jemanden zum Quatschen und zum Kuscheln. Irgendwann kam das Thema Sex. Und sie wusste gar nicht, ob sie nicht alles verlernt hatte. Schließlich war sie längst aus den Wechseljahren. Und dann die Äußerlichkeiten. Findet er mich auch nackt noch attraktiv? Mit meinen Speckröllchen an Hüften und Oberschenkeln, mit der Cellulitis und dem Hängebusen?

Sie seufzte, schaltete den Fernseher ein und futterte ein paar Schokokekse.

Freitag, 19. Februar 2010

1

Hanna stand vor ihrem blauen Ford Focus. Sie hatte für den Wagen einen der begehrten Parkplätze im Innenhof des Wohnkarrees gemietet und somit keine Parkplatzsorgen. In diesem Winter hatte sie allerdings einige Male die gesamte Ausfahrt vom Schnee räumen müssen, obwohl sie gar keinen Kehrdienst hatte, weil sie sonst morgens nicht losgekommen wäre. Noch immer war es außergewöhnlich kalt. Zum Glück hatte es in den letzten Tagen nicht mehr geschneit.

Sie stand vor ihrem Auto und dachte plötzlich an den schwarzen Volvo. Ihr wurde wieder sonderbar zumute. Sie ging um den Wagen herum und suchte mit den Augen den Boden ab.

So ein Blödsinn. Was sollte sie hier finden? Fußspuren waren sicher keine zu sehen. Auf dem asphaltierten Stellplatz war der Schnee geräumt worden und seine Reste zum größten Teil durch die Wärme des abgestellten Wagens weggetaut. Nur wenige dicke Eisplatten waren übrig, die allerdings auch keine Fußspuren konservierten. Und Metallspäne? Die waren so klein, wie Hanna sehr wohl wusste, dass sie mit bloßem Auge kaum zu erkennen waren. Wildermuth sammelte sie mit einem Magneten ein, den er dann durchs Mikroskop betrachtete.

Und außerdem: Wie sollte man hier unbemerkt eine Spurstange ansägen? In den Tiefgaragen, da hörte man wohl außerhalb nur wenig von der Metallsäge. Aber hier im Innenhof? Schon der Widerhall von laufenden Motoren, Rasenmähern und Bohrmaschinen war hier so extrem, dass Hanna es in ihrem Schlafzimmer hätte hören müssen, auch wenn sie heute Nacht ganz gut geschlafen hatte. Und schließlich: Der

Volvo war ihr doch gar nicht bis nach Hause gefolgt. Da war sie sich ziemlich sicher. Wahrscheinlich litt sie schon an Verfolgungswahn, und mit dem schwarzen Wagen hatte es überhaupt nichts auf sich.

Sie schüttelte über sich selbst den Kopf, stieg in den Wagen und fuhr los. Ganz sicher fühlte sie sich dennoch nicht. Sollte sie den Wagen nicht doch an einer Tankstelle prüfen lassen? Doch da an ihrem Weg nirgendwo direkt eine Werkstatt lag, fuhr sie weiter. Sie fuhr so langsam, dass hinter ihr die Fahrer schimpften.

Endlich war sie am Pragsattel und steuerte den Wagen auf den Parkplatz vor dem Präsidium. Sie schalt sich selbst: Was ist bloß mit deinem kriminalistischen Sachverstand los? Die Wahrscheinlichkeit, dass jemand die Spurstange ihres Ford Focus angesägt hatte, war in etwa so hoch wie die Möglichkeit, dass einer ihrer Leute der Täter war. Sie ging zu den Soko-Räumen und versuchte, das Ganze möglichst rasch zu vergessen.

2

An diesem Vormittag konnte Hanna endlich einmal die Arbeit der Leiterin einer Sonderkommission erledigen. Sie schrieb Berichte und leitete sie weiter. Sie las Berichte und ordnete sie systematisch. Sie stellte sich im großen Konferenzraum vor das Whiteboard und studierte, was sie dort notiert hatten. Hanna ergänzte die Informationen zum Fall Wollschläger, stellte sich in einiger Entfernung vor die große Tafel und ließ das Gesamtbild auf sich wirken. Dann setzte sie sich wieder an ihren Schreibtisch und notierte Ermittlungsansätze und offene Fragen.

Unterdessen liefen, geleitet von Dieter Schwandtner, die Nachbarschaftsbefragungen in den Wohngebieten der Opfer. Schwandtner war wirklich tüchtig. Er hatte auf die Schnelle weitere Polizisten der Hundertschaft rekrutiert und mit der Sachlage vertraut gemacht. So war es möglich, dass auch in dem Wohnviertel von Kerstin Wollschläger Beamte unterwegs waren.

Auch die Vernehmungen der ehemaligen Kollegen und Mitarbeiter von Ludger Behrends waren organisiert. Luca und zwei Kollegen von der Esslinger Polizeidirektion würden im Laufe des Tages einige der sogenannten Handelsvertreter der Real-Vermögensberatung befragen. Otto Obermayer und Kollegen aus Ludwigsburg hatten sich zu den Handwerkern auf den Weg gemacht, mit denen Karlheinz Kienle bei seiner Hausrenovierung Ärger gehabt hatte. Auch diese Fährten durfte man nicht vernachlässigen. Rolf Gaßmann ging unterdessen noch einmal systematisch die Kontakte der Opfer durch und bezog auch die Handydaten von Kerstin Wollschläger ein, die diese ihnen mittlerweile zur Verfügung gestellt hatte.

Dann kamen die ersten Berichte. In Sillenbuch hatten zwei Nachbarn von Karlheinz Kienle unabhängig voneinander am Wochenende vor vierzehn Tagen einen silbergrauen Mercedes gesehen, der mehrmals langsam durch die ruhigen Straßen fuhr. Einer der beiden war sich sicher, dass es sich um einen CLK gehandelt hatte. Die beiden waren sich auch einig, dass es später Abend und längst dunkel war, allerdings nicht über den Tag, ob es der Samstag oder der Sonntag gewesen war.

Der Volvo, dachte Hanna plötzlich. Sie kramte aus ihrer Handtasche den Zettel, auf dem sie das Kennzeichen notiert hatte, und gab es Rolf Gaßmann. »Könntest du da mal den Halter ermitteln?«, bat sie ihn.

Gaßmann hielt sich ganz gut. Solange er an seinem Arbeitsplatz Personen überprüfen, ihre Namen durch Datenbanken jagen und Schufa-Auskünfte über sie einholen konnte, war er ganz zufrieden. Doch jetzt sah er sie wieder ein bisschen ängstlich an: »Ist es dringend?«

Hanna war sich wirklich nicht sicher. Entweder sehr oder gar nicht, dachte sie. Dann schüttelte sie den Kopf und relativierte sofort wieder: »Möglichst heute noch.«

Die Befragung von Max Mikulski musste wohl ziemlich frustrierend verlaufen sein. Luca machte nur wegwerfende Gesten, als er zurückkam. »Der Breitmaulfrosch hat immer nur gejammert, dass er seinen Job los ist, wenn er uns was über die Kunden von Behrends erzählt«, berichtete er. »Und zu den privaten Kontakten konnte er nichts sagen, was wir nicht schon wussten. Er war von Behrends und diesem affigen Karsten Ehlers gerade mal geduldet worden, wenn's denen in den Kram passte. Aber wirklich befreundet waren die nicht.«

Irgendwann kam die Liste der Stuttgarter Sparkasse mit den Firmen, die Kerstin Wollschläger betreute. Aufgelistet waren die Namen von etwa drei Dutzend Unternehmen und dem jeweiligen Firmensitz. Sie waren alle aus dem Großraum Stuttgart. Die meisten Namen sagten Hanna nichts. Und nur einem konnte sie ein Produkt zuordnen. Sie wusste, dass die Firma unter anderem Dampfreiniger herstellte. Sobald die Nachbarschaftsbefragungen abgeschlossen waren, mussten sich ein paar Leute an diese Liste setzen und die Firmen systematisch überprüfen. Aber wonach sollte man da schauen, fragte sich Hanna und überlegte, ob sie doch wieder auf die Wirtschaftskriminalisten vom Landeskriminalamt zurückgreifen sollte. Zumindest gab es ja noch die Möglichkeit, dass Frenzel durch seine juristischen Kniffe die RVB und die WB-Südbank zwingen konnte, zu den Namen Stellung zu nehmen. Doch wenn die ebenfalls ihre juristischen Möglichkeiten ausnutzten, dann konnte sich das Ganze lange hinziehen.

Sie wollte gerade zum Essen in die Kantine. Die gestrige Mittagspause ging ihr durch den Sinn. Ob Volker vielleicht auch heute wieder mithalf, die Stuttgarter Polizei zu restrukturieren?

Da kam Hans Wildermuth in ihr Büro: »Es gibt eine Reihe von Ergebnissen. Können wir die mal durchgehen?«

Hanna nickte. Ihr Hunger hielt sich noch in Grenzen. Sie holte Luca, Schwandtner und Gaßmann hinzu. Es war kein Fehler, wenn die auch gleich auf dem Laufenden waren.

»Die DNA-Analyse aus dem Bundeskriminalamt ist da«, informierte Wildermuth. »Das telogene Haar, das wir bei Kienle in der Garage gefunden haben, hat dieselbe DNA wie die biologische Spur an der Viper von Behrends.« Er reichte Hanna einen Schnellhefter mit dem Bericht des BKA-Labors.

»Also definitiv derselbe Täter«, stellte Luca fest.

Wildermuth sah ihn an, als ob er etwas völlig Überflüssiges von sich gegeben hätte, fuhr sich mit der Hand über den schwarzen Schnauzer und fuhr fort: »Wir haben auch in der Tiefgarage von dieser Frau Wollschläger einige Haare gefunden. Sie sind aber mit ziemlicher Sicherheit von unterschiedlichen Personen. Ob eines dabei ist, bei dem die DNA wieder mit der des Täters übereinstimmt, müssen wir sehen. Dauert leider wieder seine Zeit. Es sind alles nur ausgefallene Haare.

Dass wir wieder diese metallischen Mikrospäne gefunden haben, wisst ihr. Sobald wir irgendeine Faser oder sonst etwas finden, was bei den andern beiden auch schon aufgetaucht ist, bekommt ihr Bescheid.«

»Habt ihr euch das Auto von Frau Wollschläger schon anschauen können?«, fragte Hanna.

Der Kriminaltechniker nickte: »Kratzspuren eines Wagenhebers. Wischspuren in der Schmutzschicht am Unterboden, die höchstwahrscheinlich wieder durch Handschuhe aus Kunstwildleder entstanden sind. Die Schnittflächen an der Spurstange ähneln wieder denen an der Viper und der E-Klasse von Kienle. Und dann ...« Wildermuth klappte eine Akte auf und legte sie vor die Kriminalbeamten auf den Tisch. Zu sehen war die fotografische Darstellung eines unvollständigen Fingerabdrucks. »Den haben wir am Türschweller des Passats gefunden, also unterhalb der Autotür. Die anderen Finger sind leider verwischt. Aber der Täter muss in einer Position an den Wagen gefasst haben, die eigentlich nur möglich ist, wenn man unter oder neben dem Auto liegt. Der Abdruck ist zwar nicht perfekt, aber die Merkmale reichen aus, um festzustellen, dass wir einen identischen Abdruck an der Heckklappe der Dodge Viper haben. Leider gibt es keinen Treffer in der Fingerabdrucksdatei beim BKA.«

Luca sprang auf. »Porco dio – das ist doch zum Mäusemelken. Wir haben seinen Fingerabdruck. Wir haben seine DNA. Aber keinen blassen Schimmer, wie wir ihn schnappen können.« Er unterstrich das alles mal wieder mit heftiger Gebärdensprache.

»Ein bisher unauffälliger Typ, der jetzt Amok läuft«, meinte Dieter Schwandtner nachdenklich.

Rolf Gaßmann fragte zögerlich: »Ein Massen-DNA-Test ist wohl zu aufwändig?«

Hanna schüttelte den Kopf: »Wir wissen ja noch nicht einmal, ob der Täter aus Stuttgart stammt. Über das Kennzeichen von diesem Mercedes CLK, der in Sillenbuch gesichtet worden ist, da wissen wir rein gar nichts?«, fragte sie Dieter Schwandtner.

Er hob bedauernd die Schultern: »Wir haben mehrmals nachgehakt, aber es war ja schon dunkel. Die beiden Zeugen haben nicht einmal das Städtekennzeichen gesehen.«

In diesem Moment meldete sich Friedebald Frenzel auf Hannas Handy.

»Es geschehen noch Zeichen und Wunder«, meinte der Staatsanwalt fröhlich. »Ich habe doch die WB-Südbank um die Herausgabe der Kundenliste gebeten. Und siehe da, man reagiert. Ich weiß nur nicht richtig, was ich davon halten soll. Man stellt uns den Computer von Karlheinz Kienle zur Verfügung. Der ist schon auf dem Weg zu Ihnen ins Präsidium.«

»Und warum sind Sie skeptisch?«

»Na ja«, gab Frenzel zu bedenken, »ich weiß ja nicht, welche Daten auf so einer Kiste direkt gespeichert werden. Bei so großen Läden stehen ja die zentralen Datenbanken immer auf dem Server und nicht auf dem einzelnen PC. Aber wir werden sehen. Ich bin schon auf dem Weg zu Ihnen.«

»Wir bekommen den Computer von Kienle«, informierte Hanna. Sie rief die Kollegen vom Dezernat für Computerkriminalität an. Sie brauchten einen Spezialisten. Dort wurde ihr umgehend Hilfe zugesagt.

»Wir machen Mittag«, entschied Hanna. »Sobald der Computer hier ist, geht's weiter.«

3

Die Kollegen von der Computerkriminalität hielten Wort. Doch der schmale junge Mann, den sie Hanna geschickt hatten, brauchte fast drei Stunden, bis er sich an die Anwesenden wandte und sagte: »Das müssen Sie sich mal ansehen.«

Hanna hatte in der Kantine zu Mittag gegessen und leise gehofft, wieder auf den Leiter der Stuttgarter Hundeführerstaffel zu treffen. Doch das wäre zu schön gewesen. Ihr fiel ein, dass sie noch nicht einmal seine Handy-Nummer hatte.

Sie hatten den Computerspezialisten vor Kienles PC gesetzt, kaum dass der abgeliefert worden war. Der wollte damit in sein Dezernat, weil er da alle Tools beieinander hätte. Doch Hanna bestand darauf, dass er sich in die Sonderkommission integrierte. Sie hatte keine Lust, jedes Mal quer durchs ganze Haus zu rennen, wenn der Mann etwas gefunden hatte. Also holte er seine Workstation und einen großen Koffer mit Notebook, allerlei elektronischen Kästchen und Geräten sowie eine Sammlung von Disketten und Sticks und machte sich an die Arbeit.

Als Friedebald Frenzel erschien, versuchte er, dem jungen Mann über die Schulter schauen, was dem gar nicht gefiel. »Da sehen Sie jetzt noch nichts. Ich muss ohnehin erst mal eine forensische Duplikation machen. Ich sag dann schon Bescheid, wenn's was gibt.«

Um ihn herum bemühten sich Luca, Gaßmann und Hanna, ihre Arbeit zu mache. Doch so richtig bei der Sache war keiner in dem großen Büro. Kienles Computer und sein Innenleben war das, was sie eigentlich interessierte.

Endlich wandte sich der Mann von der Computerkriminalität an die Kollegen im Raum. Er schien selbst elektrisiert von dem, was er da zutage hatte treten lassen. Sofort waren alle um ihn versammelt.

Um sich schlagartig wieder umzudrehen. Von der Tür her klang plötzlich eine vertraute Stimme: »Aha, hier habt ihr euch also einquartiert.«

»Andreas, was machst du denn hier?« Luca breitete die Arme aus und lächelte breit.

»Sieh an, der Herr Bialas«, freute sich auch Frenzel. Er ging schnurstracks auf den Leiter des Dezernats für Tötungsdelikte zu und schüttelte ihm so temperamentvoll die Hand, dass der kleine runde Staatsanwalt wie ein Flummi auf und ab zu hüpfen schien. »Sind Sie denn schon rehabilitiert?«

»Die haben mich entlassen. Wegen guter Führung«, meinte Andreas Bialas fast ernst. Nur um seine Augenwinkel spielte ein schelmisches Zwinkern.

Bialas war nun zu Hanna und Gaßmann getreten und drückte auch ihnen fest die Hand.

»Aber drei Wochen Hausarrest hast du noch«, meinte Hanna lächelnd. »Du willst die doch nicht etwa schwänzen?«

»Ach, da fällt mir einer ein.« Friedebald Frenzel war in seinem Element. »Sagt einer zu seinem Kumpel: ›An mir kannst du dir ein Beispiel nehmen. Ich trinke nicht, rauche nicht, bin meiner Frau absolut treu, gehe jeden Abend um acht ins Bett und stehe jeden Morgen um sieben auf. Aber das sage ich dir: Sobald ich aus der Haft entlassen werde, ist Schluss mit diesem Unsinn!‹ Ha, ha, ha!« Und er freute sich wieder so sehr über die Pointe, dass jeder in der Runde zumindest schmunzeln musste.

Nur der Computerspezialist sah konsterniert vom einen zum andern und fragte: »Also, was ist jetzt?«

»Was habt ihr da?« Bialas trat gemeinsam mit den andern wieder zu dem Arbeitsplatz des jungen Mannes.

Hanna setzte sich auf einen Stuhl, verschränkte die Arme vor der Brust und referierte: »Karlheinz Kienle, unser zweites Opfer. Gestern wollten wir ihn noch mal vernehmen, um Namen von seinen Kunden zu bekommen. Erschienen ist er mit seinem Chef und einem Anwalt der Bank. Die haben ihm quasi jede Auskunft untersagt. Und heute stellen sie uns seinen Computer zur Verfügung. Sang- und klanglos.«

»Was haben Sie denn nun gefunden?«, fragte Frenzel interessiert.

»Also«, begann der junge Mann und wippte mit dem Fuß, »wenn ich's richtig verstanden habe, dann wollt ihr bestimmte Namen aus der zentralen Datenbank. Das könnt ihr natürlich vergessen. Dazu müsste man auf den zentralen Server. Hier, auf der lokalen Station, da findet ihr nur Angaben, wie der Nutzer dieser Kiste auf die zentralen Daten zugegriffen hat. Wenn wir die Festplatte wieder ans Intranet der Bank hängen würden, dann könnten wir natürlich auch sehen, welche das sind. Aber ans Datenbanksystem kommt ihr ja nicht ran.«

»Das heißt, direkt auf diesem Computer ist gar nichts gespeichert, was uns zeigen würde, welche Kundendaten Karlheinz Kienle angefasst hat?«, fragte Frenzel.

»Ohne Zugriff auf die zentrale Datenbank – keine Chance.« Er wippte weiter mit dem Fuß. »Außerdem gibt es Probleme mit der zeitlichen Einordnung. Bei dem Computer hat man ziemlich dilettantisch mindestens einmal einen Totalabbruch gemacht, das heißt einfach den Stecker gezogen. Dann wieder gebootet und noch mal heruntergefahren. Dadurch sind Inkonsistenzen und ein erheblicher Datenverlust entstanden, und die Zeit des letzten Zugriffs ist so nicht mehr korrekt. Man hat aber zusätzlich auch die Systemzeit verändert. Und das kann wiederum nur jemand, der Fachwissen hat.«

»Das heißt, wir haben gar keine zeitlichen Anhaltspunkte mehr?«, fragte Luca. Von ihnen allen verstand er noch am meisten von Computern.

»Na ja, ihr könnt halt nicht mehr nachvollziehen, wann eine Datei gelöscht wurde. Zum Beispiel die E-Mails. Die wurden alle gelöscht. Wir können das rekonstruieren, indem wir die Real Time Clock und die Systemzeit validieren und das Ganze dann mit der Echtzeit vergleichen. Aber das dauert 'ne Weile. Und ich wollte zunächst mal so weit wie möglich Daten sichern.«

»Langsam, langsam, junger Mann«, bremste nun Frenzel. »Wir sind alle mehr oder weniger informationstechnische Analphabeten. Aber verstehen müssen wir's trotzdem. Sie sagen, die E-Mails wurden gelöscht. Ich dachte immer, die Dateien werden gar nicht gelöscht, sondern nur die Einträge in die Verwaltungstabellen, und man findet sie dann nur nicht mehr.«

»Das ist richtig. Wenn die Dateien noch nicht vor allzu langer Zeit gelöscht worden und noch nicht überschrieben sind, dann ist es relativ einfach, sie wieder aus dem Dateisystem zu holen, das unter den Verwaltungstabellen liegt. Aber hier wurde zusätzlich ein Tool angewendet, das die Struktur des Dateisystems verändert hat. Das hat ein Profi gemacht.«

»Das heißt, die Kiste ist hochgradig manipuliert worden«, stellte Luca fest.

»Ich habe allerdings durch File Scarving Bruchstücke wieder herstellen können. Es war ja immer derselbe Dateityp. Aber ganz vollständig kriegen wir das nicht mehr hin.« Der Mann von der Computerkriminalität gab ein paar Befehle ein. Sein Fuß wippte unterdessen, als ob eine Nähmaschine sich seines Beins bemächtig hätte. Auf dem Bildschirm seiner Workstation erschienen in Maschinenschrift Zeile nach Zeile, ohne Absatz und Unterbrechungen, eine Mischung aus Computercodes und Satzfetzen, die einen gewissen inhaltlichen Zusammenhang erkennen ließen.

Hanna überflog die Zeilen. An einem Bruchstück blieb sie hängen.

... möchte deshalb zu bedenken geben, dass die Vorgehensweise von Herrn Willsberg und Herrn Dr. Mönchhofer zu einer für die Anleger nachteiligen Situation führen könnte. Durch ihre Komplexität sowie bestimmte Komponenten können die Produkte in ihren Ertragsaussichten nur schwer eingeschätzt werden. Selbstverständlich unterstütze ich voll und ganz die verstärkte Bewerbung dieser Produkte, möchte aber hier meine Überzeugung zum Ausdruck bringen, dass sie mir für eher konservative Anleger nicht geeignet ...

»Können Sie herausfinden, an wen diese Mail geschickt worden ist?«, fragte sie.

»Mit den entsprechenden Tools müsste sich noch einiges rekonstruieren lassen«, antwortete der Mann und wippte weiter.

»Halten Sie doch mal die Füße still«, schimpfte Hanna. Sein Gezappel ging ihr langsam auf die Nerven. »Ich glaube«, wandte sie sich dann an die Kollegen und deutete auf die Stelle am Monitor, »dass sich Gerd Stoevesandt dafür interessieren könnte. Er ist hinter irgendeiner Sache her, die Mönchhofer und Willsberg ausgeheckt haben.«

Bialas zog die Brauen zusammen und blickte nachdenklich auf den Bildschirm. Er zog sein Taschentuch hervor und putzte sich die Nase.

»Sagen Sie«, wollte Frenzel nun wieder von dem Computermann wissen. »Er hatte doch sicher außer den E-Mails noch andere Daten direkt auf seinem PC gespeichert. Ich meine Telefon- und Adressdateien. Oder den Kalender. Sind die auch alle weg?«

»Nein, das ist alles noch da: Kontakte, Notizen, Kalender. Ein paar persönliche Ordner, die wurden auch gelöscht. Ich würde sagen, wir sollten die Kiste unbedingt zur Computerforensik beim Bundeskriminalamt schicken. Die haben da Tools, die geben sie noch nicht mal uns. Da kann man so manches wiederherstellen, was eigentlich gar nicht mehr geht. Aber ...« Bis hierhin hatte er sein Bein wirklich ruhig halten können. Doch jetzt begann das Knie wieder heftig zu zappeln. »... der Clou kommt ja noch. Hier: Ein versteckter Ordner, der nicht gelöscht worden ist. Und zwar ist der wieder ziemlich dilettantisch versteckt worden. Eigentlich gibt es ja, für jedermann zugänglich, sogenannte verschlüsselte Container, die man nur ganz schwer knacken kann. Aber den hier habe ich gleich gefunden und problemlos öffnen können.«

Er machte wieder einige Eingaben in seiner Tastatur. Ein Ordner öffnete sich. Die enthaltenen Dateien waren entweder Bilder oder Filme, wie selbst Hanna an den Endungen erkennen konnte. Der Mann am Computer öffnete ein Bildprogramm und damit das erste Bild. Es zeigte ein kleines Mädchen von etwa fünf Jahren, das sein Kleidchen hochhob. Darunter war es nackt. Das nächste war ein unbekleidetes Mädchen in der Hocke. Der IT-Spezialist klickte weiter, ein Bild nach dem andern. Es waren nackte oder halbbekleidete Kinder, zumeist Mädchen im Alter zwischen fünf und zehn Jahren, zum Teil in harmlosen, zum Teil aber auch in obszönen Posen. Dann kamen auch Bilder, auf denen Mädchen eindeutig von erwachsenen Männern missbraucht wurden.

»Oioioi«, jammerte Friedebald Frenzel. Luca fluchte leise auf Italienisch. Rolf Gaßmann sah mit aufgerissenen Augen und Mund auf den Bildschirm. Bialas blickte finster drein und brachte es auf den Punkt: »Kinderpornografie.«

Karlheinz Kienle ein Pädophiler? Hanna wandte den Blick vom Bildschirm ab. Die Filme wollte sie gar nicht erst sehen. Konnte es wirklich sein, dass dies die dunkle Seite des Karlheinz Kienle war? Hanna hatte zum Glück noch nie sehr intensiv mit Kinderpornografie zu tun gehabt. Aber sie hatte schon ab und an Pädophile kennengelernt. Sie kamen aus allen Schichten und ihre Intelligenz entsprach der der übrigen Bevölkerung. Man sah ihnen ihre Veranlagung nicht an. Wenn die Neigung mit Missbrauch verbunden war, das wusste sie aus ihrer Zeit bei der Jugenddelinquenz, dann lag meist etwas wie ein ungreifbarer Schatten über der Familie. Ihr kam in den Sinn, wie die kleine Hanna ihren Papa im Krankenhaus umarmt hatte und fest an seiner Seite sitzen blieb. Hatte Kienle diese Neigung nur bei Bildern und Filmen ausgelebt und seine Familie unangetastet gelassen?

In ihre Gedanken hinein sagte der junge Mann von der Computerkriminalität: »Aber eines muss ich euch noch unbedingt sagen. Das Komische an diesen Dateien ist, dass sie alle auf einmal, also alle zum gleichen Zeitpunkt auf dem Computer gespeichert worden sind. Ich kann zwar noch nicht sagen, wann. Weil ja die ganzen Zeiten durcheinandergebracht worden sind. Aber ich vermute ganz stark, dass das erst vor kurzem passiert ist.«

»Ein Pädophiler sammelt seine Schätze doch eher über einen längeren Zeitraum hinweg, oder?«, fragte Frenzel.

»Irgendjemand hat den Computer manipuliert, damit wir nicht sehen, wann da Daten gelöscht oder draufgezogen worden sind«, meinte Luca. »Und dann so was. Halten die uns eigentlich für blöd?«

»In diesem Falle hätte die WB-Südbank ein Problem«, meinte Frenzel und schmatzte vor Vergnügen. »Denn ›wer zur Täuschung im Rechtsverkehr beweiserhebliche Daten so speichert oder verändert, dass bei ihrer Wahrnehmung eine unechte oder verfälschte Urkunde vorliegen würde, oder derart gespeicherte oder veränderte Daten gebraucht, wird mit Freiheitsstrafe bis zu fünf Jahren oder mit Geldstrafe bestraft.‹ So steht's im Strafgesetzbuch.«

»Langsam, Leute.« Für Hannas Empfinden schossen die beiden über das Ziel hinaus. »Wir wissen doch noch gar nicht, ob ihm das wirklich untergeschoben wurde. Kann man das gerichtsfest beweisen?«, fragte sie den Computerfachmann.

Der nickte: »Auf jeden Fall. Wir können den Internetanschluss identifizieren, von dem die Sachen runtergezogen worden sind.«

»Okay, wir lassen Kienle erst mal in Ruhe. Die Bilder sollten sich allerdings auch die Kollegen von der Sitte mal anschauen. Luca, das übernimmst du. Die kennen einiges, was immer wieder auftaucht, und wissen, aus welchen Quellen es stammt. Wir müssen sicher wissen, ob da gegen Kienle intrigiert wird oder nicht. Dann können wir sagen, wie wir weiter vorgehen.«

Bialas rieb sich wieder die Nase. Er war nun mittendrin im Fall. »Du solltest Gerd Stoevesandt unbedingt sofort informieren. Auch über die E-Mails«, sagte er fast gebieterisch.

Sieh mal an, der Chef ist wieder da, dachte Hanna. Es wäre ihr gar nicht mal unrecht gewesen, wenn Bialas wirklich wieder zur Verfügung gestanden hätte. Sie spürte nur zu deutlich, wie der Fall an ihren Kräften zehrte. Wenn sie schon bei einem wippenden Knie die Nerven verlor …

Sie griff zum Telefon und stellte auf Konferenzmodus, so dass alle mithören konnten. Stoevesandt hörte aufmerksam zu und ließ sich von ihr das Fragment der gelöschten E-Mail vorlesen.

»Haben Sie noch andere Mails gefunden, oder war das das einzige Bruchstück?«, fragte er dann.

»Es gibt noch einiges mehr. Aber das haben wir noch nicht ausgewertet.«

»Wenn Sie nichts dagegen haben, dann würde ich mir das sehr gerne einmal anschauen. Sind Sie denn morgen im Büro?«

»Auf jeden Fall. Wir haben momentan kein Wochenende. Und dann …« Hanna hatte eine Idee. »Dann könnten Sie auch einen Blick auf eine Liste von unserem Opfer Nummer drei werfen.«

»Opfer Nummer drei?«, fragte Stoevesandt überrascht. Und auch Bialas hob erstaunt die Augenbrauen.

»Es handelt sich um eine Bankangestellte bei der Stuttgarter Sparkasse, die Kredite an Firmenkunden vergibt.«

»Ein drittes Opfer!« Bialas hatte die Augenbrauen düster zusammengezogen. Er hatte sich während Hannas Telefonat mit Stoevesandt ebenfalls gesetzt. Jetzt, nachdem es beendet war, sprang er auf. »Erzählt mir besser nichts darüber. Ich bin nicht im Dienst. Und meine Familie wartet. Ich habe meiner Frau versprochen, dass ich heute mit ihr ausgehe. Richtig fein essen. Seid mir nicht böse.«

»Niemand ist dir böse«, betonte Hanna. »Du solltest eigentlich gar nicht hier sein.«

Wieder schüttelte der Chef seinen Leuten und dem Staatsanwalt herzlich die Hände. So schnell wie er aufgetaucht war, verschwand er.

Auch Hanna wollte nach Hause. Sie erledigte rasch noch ein paar Schreibarbeiten. Dann verabschiedete sie sich von den Kollegen.

»Ach, Hanna«, sagte Rolf Gaßmann, als sie ihm die Hand gab. »Die Kfz-Nummer.« Er reichte ihr einen Zettel. »Der Wagen gehört einer Autovermietung, und zwar Sixt. Die haben ihren Hauptsitz in München. Er gehört aber zur Flotte der Stuttgarter Niederlassung. Wer ihn geliehen hat, wollen die aber nur mit schriftlichem Antrag rausrücken. Gestellt habe ich ihn schon, den Antrag.« Er sah Hanna schuldbewusst an.

Sie dankte ihm und dachte, dass jeder andere im Dezernat den Namen bekommen hätte, nur der verschüchterte Rolf Gaßmann nicht. Dann ging sie einen Stock höher, in ihr Büro, wo sie die warmen Winterklamotten und die Tasche deponiert hatte.

Bevor sie in den Mantel schlüpfte, sah sie sich den Zettel von Gaßmann noch einmal an. Eine Autovermietung also. War es Zufall oder nicht, dass der Wagen ihr so lange gefolgt war? Wieder bekam sie dieses ungute Gefühl. Momentan stand ihr Auto auf dem Parkplatz der Polizei und war den ganzen Tag bewacht worden. Aber was war heute Nacht? Er ist dir nicht bis nach Hause gefolgt, er weiß nicht, wo du wohnst, Hanna, sagte sie sich. Aber was, wenn sie es einfach nicht bemerkt hatte? Sie würde auf jeden Fall heute Nacht das Fenster offen lassen. In dem hallenden Innenhof musste man es hören, wenn sich dort jemand zu schaffen machen würde. Und was dann? Natürlich würde sie die Kollegen informieren und hoffen, dass die schnell genug da waren. Aber was, wenn die zu lange brauchten? Und was, wenn der Täter sich für sie etwas anderes ausgedacht hatte?

Wie unter Hypnose schloss Hanna den Schieber des Containers auf, in dem ihre Dienstwaffe lag. Sie überprüfte, ob die Heckler & Koch gesichert war, zog sich das Pistolenhalfter über und steckte die Waffe hinein. Dann schlüpfte sie in den dicken Wintermantel und verließ das Präsidium.

4

Als sie an der Ampel vor der großen Kreuzung stand, die über den Pragsattel führte, warf sie einen Blick in den Rückspiegel. Hinter ihr standen zwei Autos von Kollegen, die mit ihr das Polizeipräsidium und den Parkplatz verlassen hatten. Danach kam ein größeres schwarzes Fahrzeug. War das wieder derselbe Wagen?

Die Ampel wurde grün, und Hanna musste sich auf den Verkehr und die verschlungene Routenführung über die Kreuzung konzentrieren. Es war Freitagabend. Das Verkehrsaufkommen war hoch.

Auf der Geraden der Heilbronner Straße schaffte sie es wieder, in den Rückspiegel zu schauen. Der dunkle Wagen fuhr drei Autos hinter ihr, und sie meinte zu erkennen, dass es sich tatsächlich um einen Volvo handelte. Sie wechselte auf die linke Spur, wo der Verkehr etwas schneller vorankam, um Abstand zu dem Auto zu bekommen. Auch der schwarze Wagen ging bei der nächsten Gelegenheit nach links. Sie fädelte wieder rechts ein. Kurz konnte sie im Rückspiegel das Nummernschild sehen. Es war der Volvo, und sein Kennzeichen begann mit M. Am Bahnhof hoffte sie auf eine Ampelschaltung, die ihr gnädigerweise die Überfahrt noch ermöglichen und den Verfolger aufhalten würde. Doch der kam mit ihr über die Kreuzung und reihte sich wieder einige Fahrzeuglängen hinter ihr ein.

In der Innenstadt wurde der Verkehr so dicht, dass sie sich wieder voll auf das Stop-and-go und die Drängler konzentrieren musste. Sie passierte den Rotebühlplatz und konnte schließlich auf der Rotebühlstraße immer wieder einen Blick nach hinten werfen. Ganz sicher war sie sich nicht. Doch sie meinte, den schwarzen Volvo nicht mehr zu sehen.

Von der Hauptverkehrsader bog sie schließlich rechts in die Straße ein, in der sie wohnte. Das Schöne an dieser Ecke Stuttgarts war, dass man schlagartig in ein recht ruhiges Wohngebiet kam. Man hörte von Ferne das Rauschen des Verkehrs. Doch durch die Straßen zwischen den Häuserblöcken aus der Gründerzeit fuhren selbst um diese Zeit nur wenige Autos.

Hanna bog in die Einfahrt ein, durch die sie, vorbei am Hauseingang, in den Innenhof zu ihrem Stellplatz fahren musste. In ihr Gesichtsfeld trat für den Bruchteil einer Sekunde ein Auto, das ebenfalls von der Hauptstraße in ihre Wohnstraße einbog. Die Kegel des Scheinwerferlichts ließen nicht erkennen, um was für einen Wagen es sich handelte. Doch seine Silhouette machte ihr Angst. Hanna parkte im Innenhof, öffnete die Autotür, blieb sitzen und lauschte. Auf der Straße schnurrte leise der fremde Wagen vorbei. Dann war es still.

Sie blieb sitzen und überlegte. Was sollte sie tun? So schnell wie möglich in die Wohnung! Und morgen früh den Wagen stehen lassen und mit der Straßenbahn fahren! Sie seufzte. Sie war so müde und erschöpft und hatte einfach kaum noch Reserven.

Noch immer war alles ruhig. Sie stieg aus, schloss den Wagen ab und wollte um die Ecke zur Haustür. Da hörte sie das typische Geräusch eines Rückwärtsgangs. Sie hielt inne und presste sich an die Hauswand. Hanna lauschte. Eine Wagentür wurde zugeschlagen. Schritte näherten sich der Hofeinfahrt. Schwere Schritte. Die eines Mannes.

Sie lugte um die Ecke durch die Einfahrt in Richtung Straße. Wie von selbst wanderte ihre Hand unter den offenen Mantel zum Pistolengriff. Die Lampe am Hauseingang zwischen den beiden Häuserblöcken, die sich bei ihrer Durchfahrt automatisch eingeschaltet hatte, war nun wieder aus. Im spärlichen Licht der Straßenbeleuchtung sah Hanna plötzlich eine plumpe Gestalt, die auf die Hofeinfahrt zuging. Sie sah, mit dicker Winterkleidung und einem fast glockenförmigen Kopf, seltsam unproportioniert aus.

Der Mann musste auch sie entdeckt haben, denn er blieb abrupt stehen und blickte in ihre Richtung. Dann machte sein Arm eine unbeholfene Bewegung, und Hanna reagierte nur noch mechanisch. Ein vielmals trainiertes Programm lief ab. Ganz aus der Deckung zu springen, die Pistole aus dem Halfter zu nehmen und sie in Anschlag zu bringen – das war nur eine Bewegung.

»Polizei! Bleiben Sie stehen und nehmen Sie die Arme hoch!« Ihre Stimme klang fast schrill.

»Aber …«, sagte die Gestalt an der Straße mit heiserer Stimme, nahm die Arme hoch und machte doch zugleich einen Schritt in die Hofeinfahrt.

»Stehen bleiben«, schrie Hanna noch einmal.

Dann reagierte durch den kleinen Schritt des Fremden der Bewegungsmelder, und das Licht über der Haustür ging wieder an. Das Gesicht des Mannes war nun gut zu erkennen.

»Herr Kienle«, sagte Hanna völlig perplex. Die Pistole blieb, wo sie war. »Was machen Sie hier?«

»Frau, Frau …«, stammelte der, und seine Hände begannen unsicher wieder zu sinken.

»Lassen Sie die Hände oben, verdammt noch mal«, herrschte Hanna an ihn an.

»Ich wollte doch nur … Mein Gott, bitte entschuldigen Sie …« Er sah sie panisch aus seinen Glubschaugen an. Die Waffe machte ihm wirklich Angst. Hanna erkannte nun auch, was es mit dem unförmigen Kopf auf sich hatte. Karlheinz Kienle trug noch immer die Halskrause.

»Was, um Gottes willen, tun Sie hier?«, fragte Hanna noch einmal, die Pistole noch immer im Anschlag.

»Mein Gott, mein Gott«, jammerte Kienle. Er schien zu zittern. »Ich wollte Ihnen doch nur etwas vorbeibringen.«

»Vorbeibringen?«, fragte Hanna ungläubig. »Und da verfolgen Sie mich zwei Tage lang und jagen mir so einen Schreck ein? Das waren doch Sie, mit dem Volvo, oder?«

Hilflos hob Kienle Schultern und Hände. »Mein Gott, ich wollte Sie doch nicht erschrecken. Aber ich muss Ihnen etwas geben.«

»Und da fahren Sie mir einfach hinterher? Auch noch in einem Leihwagen mit schwarz getönten Scheiben? Was denken Sie sich dabei?«

»Mein Wagen ist doch immer noch bei Ihnen zur Untersuchung. Ich musste doch einen Leihwagen nehmen«, jammerte Kienle.

»Und warum kommen Sie nicht einfach aufs Präsidium und geben mir das, was Sie mir unbedingt geben müssen?«

»Weil davon niemand etwas erfahren darf! Meine Arbeitgeber nicht. Und auch Ihre Kollegen nicht. Ich bin sonst meinen Job los. Und glauben Sie mir: So einfach ist es heute selbst für einen Banker nicht mehr, einen neuen Job zu finden. Vor allem dann nicht, wenn man ihm nachweist, dass er das Bankgeheimnis und Kontodaten von Kunden verraten hat. Dann bin ich erledigt. Verstehen Sie das?«, fragte er flehentlich.

»Was wollen Sie mir denn geben, um alles in der Welt?«, fragte Hanna.

Kienle machte eine Bewegung mit der Hand Richtung Brust.

»Die Hände hoch, habe ich gesagt!« Nach wie vor zeigte der Pistolenlauf auf den plumpen Mann. Selbst wenn es unwahrscheinlich war – solange sie nicht hundertprozentig sicher sein konnte, dass von ihm keine Gefahr ausging, würde sie ihn nicht aus den Augen und aus dieser Haltung lassen.

»Halten Sie die Hände oben und drehen Sie sich langsam um.«

Kienle befolgte die Anweisung. Hanna trat von hinten auf ihn zu. »Ich muss Sie auf Gegenstände hin untersuchen«, erklärte sie und tastete ihn systematisch ab.

»Es ist eine CD, in der Brusttasche meines Mantels«, sagte er. Er zitterte leicht. Ob vor Kälte oder Angst, war nicht auszumachen.

Hanna spürte die quadratische Hülle. Sie tastete ihn weiter ab. In der Manteltasche waren die Autoschlüssel. Sonst erspürte sie nichts durch den dicken Zwirn des Wollmantels.

»Jetzt ziehen Sie bitte den Mantel aus und geben ihn mir.« Sie blieb hinter Kienle stehen.

Der tat brav, wie ihm geheißen wurde. Auch die Hände hob er automatisch wieder, als er nur noch im Anzug in der kalten Hofeinfahrt stand. Noch einmal prüfte Hanna sämtliche Taschen, fuhr mit der Hand an den Armen und Beinen des Mannes entlang, fast bis zu seinem Schritt. Kienle ließ es über sich ergehen.

Plötzlich hörte Hanna Schritte und die Stimmen eines Paares auf der Straße. Mein Gott, wenn jemand sie beide so sah, dann würde er bestimmt die Polizei rufen.

»Sie können die Hände herunternehmen«, sagte sie leise. Das Paar ging an der Hofeinfahrt vorbei, ohne Notiz von ihnen zu nehmen.

Kienle entspannte sich ein wenig. »Sie müssen entschuldigen, Frau Stankowski. Bitte, ich wollte Sie nicht ängstigen. Ich wollte Ihnen nicht zu nahe treten. Ich wusste mir einfach nicht anders zu helfen. Ich habe mir überlegt, ob ich die

CD mit der Post ans Polizeipräsidium schicken soll. Natürlich an Sie adressiert. Aber wer bekommt die dann in die Hände? Und da wird doch dann sicher nachgeprüft, woher so etwas kommt. Ohne Absender! Was weiß ich, über welche Methoden Sie verfügen, um so was zu ermitteln. Dann habe ich ins Telefonbuch geschaut und im Internet recherchiert, ob ich irgendwo Ihre Adresse finde. Aber Sie tauchen da nirgends auf.«

»Weil wir als Polizisten immer wieder mal mit Leuten zu tun haben, auf deren Besuch oder Anruf wir gerne verzichten können«, erklärte Hanna.

»Ah ja, das verstehe ich.« Sein Kopf wackelte zustimmend über der Halskrause. »Aber wie hätte ich es denn dann machen sollen? Sie müssen diese Daten bekommen. Glauben Sie mir, ich habe erst gestern von diesem Jungen erfahren. Das kann doch so nicht weitergehen! Sie haben ja gesehen, was für einen Chef ich habe. Die Leute sind doch unverantwortlich. Wenn das wirklich ein Kunde von uns ist, der auch mit den andern Verunglückten oder der Mutter von diesem armen Jungen zu tun hat, dann müssen wir Sie doch unterstützen.«

Wieder hörten sie Passanten auf der nahen Straße. Hanna überlegte, was sie mit Kienle anfangen sollte. Da stand sie, noch immer die Pistole in der einen, den Mantel von Karlheinz Kienle in der anderen Hand und fror langsam selbst. Sie fasste einen Entschluss. Dass sie im Begriff war, etwas zu tun, was vollkommen unprofessionell war und ihr bei Fernsehkrimis hätte die Haare zu Berge stehen lassen, wusste sie sehr wohl.

»Wir frieren hier noch fest«, murmelte sie. »Kommen Sie einen Moment mit nach oben!«

Sie bugsierte Kienle in die Wohnküche und bedeutete ihm, sich an den Esstisch zu setzen.

»Trinken Sie einen Tee? Ich habe allerdings nur Kräutertee«, fragte sie ihn.

Kienle nickte. »Sehr gerne. Das gibt es bei uns auch oft.«

Während sie den Tee zubereitete, bemühte sich Hanna, den Mann im Auge zu behalten. Doch der schwerfällige Banker saß da wie ein Häufchen Elend und rieb sich die kalten Hände.

Hanna schaltete den Wasserkocher an, holte Tassen und Zucker und stellte sie auf den Tisch. Sie brühte den Tee auf und setzte die Kanne auf das Stövchen, das immer auf ihrem Esstisch platziert blieb.

»Muss noch ein bisschen ziehen.« Sie setzte sich ebenfalls. »Was ist mit der CD?«

Er griff nach seinem Mantel, holte aus der Innentasche die Hülle und legte sie vor Hanna auf den Tisch.

»Was ist das?«

Kienle sah sie aus seinen großen Augen mit den schweren Tränensäcken bekümmert an: »Sie müssen mir wirklich versprechen, dass Sie die Sache vertraulich behandeln. Bitte!«

»Ich weiß nicht, ob ich das kann, Herr Kienle. Das kommt auch darauf an, ob Sie in irgendeiner Weise mit dem Gesetz in Konflikt gekommen sind. Ich meine jetzt nicht nur das Bankgeheimnis. Sondern mit jeder Art von Gesetzen.« Hanna beobachtete gespannt die Wirkung ihrer Worte. Der Mann war gebildet und intelligent genug, um zu wissen, dass man sich mit dem Besitz kinderpornographischer Darstellungen strafbar macht. Kienle war kein guter Schauspieler. Wenn er in irgendeiner Sache ein schlechtes Gewissen gehabt hätte, so würde sie das sehen.

Doch der Banker sah sie nur verständnislos an. »Mit was denn noch? Ich meine, ich habe Sie verfolgt – das ist richtig. Aber müssen Sie das anzeigen? Bitte, Frau Stankowski! Können wir nicht einfach so tun, als ob Sie die CD im Briefkasten gefunden hätten? Ohne jede Ahnung, woher sie stammt? Wie ist denn das mit diesen Steuerhinterziehern und den CDs aus den Schweizer Banken? Gibt es da nicht so etwas wie einen Zeugenschutz?«

Hanna schenkte dem Banker und sich selbst Tee ein. Dann nickte sie: »Es gibt Möglichkeiten. Aber dafür müssen die Informationen, die wir erhalten, wirklich von Bedeutung sein.«

Kienle nahm dankbar die Tasse und nippte an dem heißen Getränk. »Sie finden darauf die Namen aller Kunden, die in meiner Abteilung betreut werden«, sagte er leise. »Einige wenige betreue ich selbst. Leute, die entweder sehr viel Geld oder wichtige gesellschaftliche Positionen haben. Aber auch die Namen von Kunden, die meine Mitarbeiter betreuen, sind drauf. Und Angaben zu den Depots.«

Er nippte wieder am Tee und sprach vorsichtig weiter: »Ich weiß ja nicht, was Sie brauchen. Wenn ich es richtig verstanden habe, gehen Sie davon aus, dass sich jemand an uns Bankern rächen will.«

Hanna bestätigte: »Das ist eine Variante, die wir verfolgen.«

»Und was, wenn Sie jetzt durch diese Informationen doch nicht weiterkommen? Bin ich dann zum Abschuss freigegeben, weil die Informationen für Sie nicht von Bedeutung sind?«

Hanna überlegte. Was sollte sie Kienle sagen? Der Mann hatte offenbar einen Heidenangst davor, aufzufliegen und seinen Arbeitsplatz zu verlieren. Trotzdem hatte er den Mut aufgebracht, in einer zwar verqueren, aber vielleicht auch hilfreichen Aktion die Beamten zu unterstützen.

»Herr Kienle, bitte haben Sie Verständnis, dass ich Ihnen nichts zusagen kann. Aber eines kann ich Ihnen versichern: Wir hauen niemanden in die Pfanne, der uns helfen will!«

Wirklich überzeugt schien Kienle nicht zu sein. Er sah sie an wie ein todtrauriger, etwas zu dicker Cockerspaniel.

»Was ist da eigentlich los in Ihrer Bank?«, fragte Hanna nun.

Kienle seufzte. »Ach, wissen Sie«, sagte er schwermütig. »Es ist alles nicht mehr, wie es mal war.« Wieder nippte er am Tee und sah betrübt seine Tasse an. »Ich sage Ihnen, ich war einmal sehr gerne Banker. Ich habe diesen Beruf wirklich geliebt. Vor zwanzig Jahren, als ich angefangen habe, da war der

Beruf hoch geachtet. Der Banker kam ja gleich hinterm Pfarrer. Wenn man seelische Probleme hatte, ging man in die Kirche und bei finanziellen in die Bank.«

Er setzte die Tasse ab. »Uns wurde in der Lehre eingebläut, dass wir eines nie vergessen sollen, nämlich dass wir mit fremdem Geld umgehen! Und dass da Existenzen dranhängen, wenn wir einen Kredit vergeben oder nicht. Und heute?« Er winkte ab. »Heute kommen immer mehr Leute in die Branche, denen ist nur noch ihr Bonus wichtig und sonst nichts. Es ist erschreckend, wie sich der Beruf in den letzten zehn Jahren gewandelt hat. Ich habe noch bei Leuten gelernt und gearbeitet, die haben jedes Produkt, jedes Wertpapier, jede Anleihe und jedes Zertifikat gekannt und verstanden. Die wussten genau, für welchen Kunden welche Geldanlage passt. Das waren noch verantwortungsbewusste Leute. Und jetzt?

Der Vorstand legt das notwendige Betriebsergebnis fest. Sie geben uns vor, wie viel wir verkaufen müssen, und vor allem, was wir verkaufen müssen. Aus der Abteilung Financial Markets kommen immer neue Produkte. Ich sage Ihnen ganz ehrlich: Ich überschaue und verstehe es nicht mehr. Und das mit über zwanzig Jahren Erfahrung und als Leiter einer der wichtigsten Abteilungen unserer Bank.

Es geht überhaupt nicht mehr darum, die Kunden zu beraten. Ich muss in einer Woche ein bestimmtes Zertifikat soundsovielmal verkauft haben, sonst bekomme ich eins auf den Deckel. Und ich weiß oft noch nicht einmal, ob diese Leute, die die Produkte entwickeln, selbst überhaupt noch wissen, was die eigentlich beinhalten. Und welche Risiken drinstecken. Das haben wir jetzt ja gesehen, in der Finanzkrise, welche Wertverluste da viele Kunden hinnehmen mussten. Ich verstehe die Leute, dass die sauer sind auf uns. Unser Image ist so versaut, dass ich manchmal gar nicht mehr sagen möchte, was ich beruflich mache. So weit ist es gekommen.«

Er nippte wieder an seinem Tee und schüttelte bedauernd den Kopf. »Und glauben Sie nur nicht, dass ein Herr Doktor

Mönchhofer durch die Krise etwas gelernt hat. Ganz im Gegenteil. Es werden weiter völlig undurchsichtige Produkte zusammengebastelt. Der Druck ist gestiegen. Ich komme mir manchmal vor wie der Chef einer Drückerkolonne. Und meine Leute werden krank. Eine meiner besten Mitarbeiterinnen ... Burnout ... die kann nicht mehr. Und was sagt Mönchhofer? ›Wer das nicht packt, gehört nicht in unsere Branche.‹«

Er lehnte sich zurück, nahm die Halskrause ab, die nur mit einem Klettverschluss im Nacken geschlossen war. Dann löste er die Krawatte ein wenig, die bislang noch ganz ordentlich unter der Krause festgezogen war. Hanna wurde sich jetzt erst der grotesken Szene bewusst. Da saß ein gestandener Bankmanager in einem feinen Anzug an ihrem Küchentisch und schüttete ihr sein Herz aus.

»Das war eine verantwortungsbewusste Frau«, fuhr Kienle fort. Er selbst schien ganz vergessen zu haben, wo er sich befand. »Die schmeißt man jetzt raus. Und solche Leute wie Mönchhofer und Willsberg bekommen immer mehr Macht. Ich weiß nicht, wie die das machen. Mönchhofer behauptet, jedes Risiko in jedem Wertpapier, und sei es noch so komplex, mit seinen mathematischen Formeln genau berechnen zu können. Und die anderen Vorstandsmitglieder und der Vorsitzende glauben ihm und finden ihn ganz toll. Dabei weiß heute jedes Kind, dass an Finanzmärkten die Psychologie eine große Rolle spielt. Und die ist nicht berechenbar. Sonst würde es nicht immer wieder zu Krisen kommen. Und er kann es auch nicht. Sonst hätte er doch auch nicht den ganzen Schlamassel bei der Landesbank Anhalt angerichtet. Wer nie verliert, das sind die Topmanager. Weil sich ihr Einkommen nach den Provisionen berechnet, das die Bank für jede Transaktion einnimmt. Und was Herr Mönchhofer bestimmt exakt berechnen kann, das ist sein Bonus. Das ist los in unserer Bank.«

Jetzt wurde Kienle gewahr, wer vor ihm saß. »Tut mir leid, Frau Stankowski, ich rege mich gerade täglich auf.

Aber ich weiß gar nicht, ob es das war, was Sie interessiert hat.«

»Warum sperren sich Mönchhofer und Ihr Anwalt so, uns behilflich zu sein?«, fragte Hanna.

Karlheinz Kienle schüttelte nachdenklich den Kopf. »Die haben Angst«, meinte er. »Die haben Angst, dass Sie zu Kunden Kontakt aufnehmen, die durch die Finanzkrise Geld verloren haben. Zum Teil sehr viel Geld. Und sie haben Angst vor Ihren Kollegen von der Wirtschaftskriminalität. Der Herr, der neulich im Krankenhaus war ... Ich muss natürlich den Mund halten. Aber er hat genau den Finger in die Wunde gelegt: Die Sigma-33-Geschäfte der Landesbank Anhalt. Und die machen weiter, der Mönchhofer und der Willsberg. Die WB-Südbank hat mit der Landesbank Anhalt einen Riesenberg an toxischen Papieren übernommen, von denen kein Mensch weiß, was sie wert sind. Und was machen die? Die nehmen diese Schrottzertifikate, zerlegen sie in Tranchen und mischen sie in andere Produkte. Risikostreuung nennt man das. Ich nenne es Betrug.«

Kienle schien mittlerweile seine Angst um seinen Job gänzlich vergessen zu haben. Wenn Hanna diese Geschichte an Stoevesandt weitergab, dann konnte daraus eine heiße Sache werden. Und ob sie Kienle dann noch heraushalten konnte, dessen war sie sich nicht sicher.

»Ach, Frau Stankowski, was erzähle ich Ihnen da.« Kienle wirkte nun wieder müde und traurig. »Sie merken, ich bin wütend und frustriert. Und vielleicht habe ich Ihnen die Daten ja nur bringen wollen, weil ich ein schlechtes Gewissen habe und einfach nicht mehr alles mitmachen will.« Er deutete auf die CD, die vor ihnen auf dem Tisch lag.

»Sie wissen, dass man Sie absägen will?«, fragte Hanna nun vorsichtig.

Kienle sah sie zuerst etwas erstaunt an, dann nickte er. »Ich bin seit gestern beurlaubt. Angeblich, um mich auszukurieren. Aber sie wollen, dass ich nichts mehr mitbekomme. Weil ich bestimmte Vorgänge auch an den Vorstandsvorsitzenden weitergeleitet habe.«

Hanna kam plötzlich ein Gedanke. Hatte er etwa gar nichts von der plötzlichen Hilfsbereitschaft von Mönchhofer mitbekommen?

»Wissen Sie, dass Ihr Computer gestern bei uns abgeliefert wurde?«, fragte sie.

Kienle schüttelte erstaunt den Kopf, wodurch seine Backen, jetzt ohne Halskrause, leicht schlackerten.

»Es waren allerdings keine Daten darauf, die uns weitergeholfen hätten. Wir kommen mit einer abgehängten Festplatte ja nicht auf Ihre Datenbanken. Und Ihre E-Mails waren alle gelöscht. Einige Ordner mit privaten Inhalten waren drauf, andere waren ebenfalls gelöscht.«

Kienle schüttelte noch einmal verständnislos den Kopf. »Was soll das? Was soll damit bezweckt werden? Damit die Polizei endlich Ruhe gibt, oder was?«

Hanna war sich jetzt absolut sicher, dass er nichts von den Bildern und Filmen auf seinem Computer wusste. Doch hier war weder Zeit noch Ort, um den Mann aufzuklären. Sie zuckte die Achseln. »Herr Kienle, lassen Sie uns Schluss machen. Ich versprechen Ihnen: Solange ich es mit meinen Beamtenpflichten und meinem Gewissen vereinbaren kann, werde ich nichts über die Herkunft dieser CD sagen. Und Sie halten den Mund über dieses Gespräch hier in meiner Küche. Ich hätte Sie überhaupt nicht hereinlassen dürfen. Weiß denn Ihre Frau, wo Sie sind?«

»Nein.« Die Backen wackelten wieder. »Ich wollte sie nicht beunruhigen.«

»Dann bleibt das unter uns beiden«, sagte Hanna und stand auf.

Kienle schaffte es tatsächlich, ohne gesehen zu werden, aus dem Haus zu kommen. Und Hanna musste erst einmal tief durchschnaufen, nachdem sie den Mann hinuntergeleitet hatte und wieder an ihrem Küchentisch saß.

Sie blickte auf die CD vor sich. Dann nahm sie sie aus der Hülle, ging ins Wohnzimmer und steckte sie in ihren PC. Es war eine Excel-Tabelle mit über hundert Namen. Dahinter Begriffe, Zahlen und Buchstabenkombinationen, die ihr nichts sagten, sie aber zum Teil an die Banker-Bezeichnungen Cormoran oder Sigma erinnerten. Hinter diesen Begriffen standen Euro-Beträge. Bei den meisten Namen waren zwei bis drei solcher Begriffe und Beträge aufgelistet. Bei manchen mehr, bei manchen weniger. Beim Überfliegen der Namen kamen ihr einige bekannt vor. Ganz sicher waren ein paar Landespolitiker darunter. Und auch die Namen von Personen tauchten auf, die Hanna mit bestimmten Firmen in Verbindung brachte.

Was, wenn zumindest einer dieser Namen mit einem auf der Liste von Kerstin Wollschläger übereinstimmte? Hanna kam plötzlich ein beängstigender Gedanke. Was, wenn sie vor sich jetzt den Namen des Täters hatte, und der ging ausgerechnet heute Nacht wieder auf Banker-Jagd?

Sie sah auf die Uhr. Es war nach zehn. Sollte sie noch einmal zurück zum Präsidium? Dort hatte sie die Tabelle mit den Kreditnehmern von Kerstin Wollschläger gespeichert. Kienle hatte ihr weit über hundert Namen geliefert. Mit den Möglichkeiten, die ihr zur Verfügung standen, würde sie die halbe Nacht brauchen. Und dann? Immerhin könnte sie dann bei der Nachtschicht des Kriminaldauerdienstes veranlassen, dass die Person überwacht würde, deren Name auf beiden Listen stand. Vielleicht aber erst gegen Morgen. Wie würde sie damit klarkommen, dass sie jetzt die Chance hatte, einen Treffer zu landen, aber nicht handelte, und dann tatsächlich noch mal etwas passierte?

Sie stand auf und tigerte in ihrem Wohnzimmer hin und her. Sie hatte das dringende Bedürfnis, mit jemandem darüber zu sprechen. Sie brauchte einen Rat. Einen kurzen Moment überlegte sie. Dann wählte sie die private Nummer von Bialas. Vielleicht war er noch mit seiner Frau beim Essen. Vielleicht war er aber auch schon mit ihr im Bett und holte die letzten Wochen nach. Sie würde es dreimal klingeln lassen, und dann auflegen. Oder vielleicht doch fünfmal.

Bialas ging nach dem vierten Klingeln ans Telefon.

»Andreas, bitte entschuldige, dass ich so spät noch anrufe. Aber ich muss mit jemandem reden. Ich hoffe, ich störe nicht zu sehr und versaue euch nicht den Abend.«

»Wenn die Hauptkommissarin Hanna Stankowski jetzt noch mit mir sprechen will, dann ist es wohl wichtig«, brummte Bialas. »Wir sind im Moment nach Hause gekommen. Und bisher ist nichts versaut.«

»Ich habe hier Daten«, begann Hanna vorsichtig und überlegte, wie sie es formulieren sollte. »Eine Liste mit den Namen von sämtlichen Kunden, die Karlheinz Kienle direkt oder indirekt betreut. Frag mich bitte nicht, woher ich die habe. Denk einfach mal an die Steuerhinterzieher-CD, die der Bund gerade gekauft hat.

Andreas, ich werde das Gefühl nicht los, dass ich den Namen des Täters vor mir habe. Der ganze Fall liegt so, dass einfach alles zusammenpassen würde, wenn wir es mit einem Typen zu tun hätten, der mit allen drei Opfern ein Geldthema hat. Verstehst du? Was soll ich jetzt machen?« Sie hörte selbst, wie hilflos sie klang.

Bialas antwortete nicht gleich. Hanna wusste, dass das große Stofftaschentuch jetzt hervorgezogen wurde. Dann fragte er: »Und was könntest du jetzt tun?«

»Ins Präsidium fahren, die Listen abgleichen, die von Kerstin Wollschläger und die von Kienle. Ich weiß nur nicht, wie ich das machen kann. Ich brauche dafür eine Ewigkeit. Vielleicht sollte ich unseren IT-Menschen von der Computerkriminalität aus dem Bett klingeln. Der hat bestimmt irgendwelche Tools zum Abgleich solcher Dokumente. Oder Luca. Der kennt sich damit auch ein bisschen aus.«

»Bis du alle im Präsidium hast, ist es elf. Bis ihr die Daten ausgewertet habt, ist es zwölf oder eins. Und wenn es einen Treffer gibt und ihr organisiert die Observierung, dann haben wir den Mann nicht vor zwei Uhr heute Nacht unter Kontrolle. Da kann der schon alles Mögliche angestellt haben. Wenn er überhaupt heute Nacht aktiv wird. Und wie wahrscheinlich ist das?«

»Das weiß ich nicht. Das kann dir niemand sagen. Vielleicht hat er seine Serie schon beendet, vielleicht hat er noch andere Banker auf der Liste. Wer weiß?«

»Hanna, ich mache mir Sorgen um dich«, sagte Bialas. »Ich habe Angst, dass du zusammenklappst. Ich habe dir heute Nachmittag doch angesehen, wie erschöpft du bist. Wenn du wirklich meinen Rat willst: Geh ins Bett und schlafe! Und vergleich die Listen gleich morgen früh.«

»Und wie soll ich damit umgehen, wenn es der Teufel gesehen hat und doch was passiert?«

»Dann teilen wir uns beide das schlechte Gewissen. Geh ins Bett, Hanna, und ruh dich aus.«

Samstag, 20. Februar 2010

1

Hanna hatte ein Bier gebraucht, um ein bisschen runterzukommen, und eines, um überhaupt einschlafen zu können. Gegen Morgen wurde ihr Schlaf jedoch immer unruhiger, und um sechs war es ganz vorbei. Noch eine Weile wälzte sie sich hin und her. Dann stand sie auf und machte sich das Frühstück. Sie trank zwei große Tassen starken Kaffee und hatte doch das Gefühl, dass die überhaupt nichts gegen die bleierne Schwere ausrichteten, die auf ihr lastete.

Sie steckte ihre Pistole und die CD in die Tasche und packte ihre Badesachen. Wenn wirklich heute Nacht etwas geschehen war, dann war es jetzt eh zu spät.

Es war noch dämmrig, als sie um acht im Mineralbad »Berg« ankam, gemeinsam mit den wenigen anderen Frühschwimmern, die die Morgenstunden für sich nutzten. Dann ging die Sonne auf und warf ihr weißes Licht auf die Nebelschleier, die sich über dem zweiundzwanzig Grad warmen Mineralwasser des großen Außenbeckens gebildet hatten. Der Morgen war kalt, und es hatte noch immer etliche Minusgrade. Hanna beeilte sich, ins Wasser zu kommen. Sie fühlte sich wie in einer Fabelwelt, inmitten der von der Sonne beschienenen Schwaden, in denen man Mitschwimmer und Beckenrand erst spät und nur schemenhaft wahrnehmen konnte. Hanna schwamm zu Anfang langsam. Dann wurden ihre Bewegungen immer kräftiger. Sie spürte das weiche, leicht prickelnde Wasser auf ihrer Haut und den Widerstand des Elements an ihren Armen und Beinen. Sie schwamm Bahn um Bahn und merkte, wie langsam die körperliche Spannung ins Nass abfloss. Sie fühlte, wie sie geschmeidiger und frischer wurde, wie ihre Lebensgeister zurückkehrten. Als sie nach einer halben Stunde aus dem

Becken stieg, da wusste sie, dass sie doch nicht zusammenklappen würde.

2

Im Präsidium wartete vor dem Konferenzraum des Soko-Hauptquartiers bereits Dieter Schwandtner.

»Wieso kommst du erst jetzt?«, fragte er mit tadelndem Unterton. »Wir müssen die Besprechung starten.«

Hanna sah durch die offene Tür, dass sich bereits die komplette Sonderkommission mit den Kollegen von der Hundertschaft und dem Kriminaldauerdienst versammelt hatte. Offenbar war sie die Einzige, die von diesem Meeting nichts wusste.

»Es gibt jetzt keine Besprechung«, sagte sie barsch und ging in die Büroräume der Soko. Dort saß bereits der junge IT-Spezialist an seiner Workstation und sezierte Karlheinz Kienles Computer. Schwandtner folgte ihr.

»Ich weiß ja nicht, wie du dir die Führung einer Sonderkommission vorstellst«, räsonierte er. »Aber …«

Hanna beachtete ihn nicht, ging zu dem Computerspezialisten und gab ihm die CD. »Kommen Sie bitte mit zu meinem Schreibtisch«, bat sie ihn. »Auf meinem Computer habe ich eine Liste mit Namen. Auf dieser CD sind ebenfalls Namen. Ich muss so schnell wie möglich wissen, ob es Überschneidungen gibt. Haben Sie dafür eine Methode?«

Der junge Mann nickte, kramte in seinem großen Koffer und holte einen Stick heraus. Dann begaben sie sich an Hannas Arbeitsplatz. Schwandtner ging hinterher.

Er war nicht blöd. Er spürte, dass etwas im Gange war. Bisher waren die Vernehmungen und Befragungen der einzige Ansatz, um in dem Fall weiterzukommen. Und er hatte die Hoheit über diese Aktionen. Er war für eine Weile der wichtigste Mann der Soko.

»Du willst im Ernst die Leute da drüben einfach warten lassen?«, rüffelte er sie von oben herab an. »Es gibt Hinweise, die ausgewertet werden müssen. Und ihr macht hier Computerspiele?«

Hanna beobachtete gebannt die Hände des Computer-Mannes und den Bildschirm.

»Sind die Befragungen in den Wohngebieten denn schon abgeschlossen?«, fragte sie wie nebenher.

Schwandtner überlegte wohl einen Moment, ob er sich herablassen sollte, darauf zu antworten, und meinte dann: »Eine Runde werden wir noch machen.«

»Dann macht sie gleich.«

Jetzt klang er wieder geradezu höhnisch: »Wie du eigentlich wissen müsstest, können wir bestimmte Hinweise, die wir jetzt schon haben, besser verifizieren, wenn unsere Leute darüber Bescheid wissen und gezielt fragen können. Nur, dazu muss man sich halt die Mühe machen, sie alle auf den gleichen Stand zu bringen.«

Auf dem Bildschirm war nun zu beobachten, wie ein Suchprogramm über die beiden Dateien lief. Hanna antwortete nicht.

»Einen ersten Treffer haben wir«, vermeldete der junge Mann am Computer. Er wippte wieder wie ein aufgezogenes Spielzeugäffchen mit dem Fuß.

»Also, was ist jetzt?«, drängte Schwandtner.

Hanna drehte sich zu ihm um, stemmte die Hände in die Seite und sah ihn wütend an: »Das war ein Befehl!«

»Jetzt sind wir durch.« Die Stimme des Computerspezialisten riss Hanna wieder herum. Sie starrte auf den Monitor.

»Es bleibt bei dem einen Treffer«, meinte der junge Mann und deutete auf den Bildschirm. In beiden Listen, die parallel angeordnet waren, war jeweils ein Name zur Kennzeichnung grau unterlegt.

Robert Rodenthaler stand in Kienles Auflistung. *Rodenthaler Drehteile GmbH & Co. KG* tauchte bei Kerstin Wollschläger auf. Als Sitz des Unternehmens war Waiblingen angegeben, eines der Mittelzentren im Ballungsraum Stuttgart.

Plötzlich stand Andreas Bialas neben Hanna: »Was habt ihr?«

»Robert Rodenthaler«, sagte Hanna laut. »Rodenthaler Drehteile GmbH & Co. KG.« Sie fühlte sich jetzt ebenfalls wie ein aufgezogenes Äffchen. Ihre Nerven flatterten. Sie rannte hinüber zum Konferenzraum, wo Schwandtner mittlerweile vorne am Whiteboard stand und die Besprechung dirigierte, als sei nichts passiert. Hanna hatte gar nicht mitbekommen, dass er weggegangen war.

»Luca, Rolf, wir brauchen euch dringend!« Sie sagte es so, dass jedem klar war, wie ernst sie es meinte. Schwandtner wagte keinen Einwand. Solange Bialas hier war, würde er sich ohnehin nicht trauen, gegen Hanna zu opponieren.

»Ihr müsst sofort eine Personenüberprüfung starten. Sämtliche Datenbanken. Das ganze Programm«, wies sie beide Kollegen auf dem Weg zurück in die Büros an.

Rolf Gaßmann setzte sich brav an seinen Computer, nachdem er den Namen erfahren hatte. Luca musste jedoch einen Blick auf Hannas Bildschirm werfen, auf dem nach wie vor die beiden Listen waren.

»Wo habt ihr das denn her?«, fragte er erstaunt und sah dann plötzlich Bialas, der sich an einen Schreibtisch am Fenster gesetzt hatte. »Und was machst du schon wieder hier?«

»Ich gebe euch moralischen Beistand. Sonst nichts. Die Arbeit müsst ihr schon selbst machen. Also halt dich ran!«, mahnte der in kumpelhaftem Ton.

»Aye aye captain«, erwiderte Luca grinsend und salutierte militärisch. Dann setzte auch er sich an einen Bildschirm.

Hanna klemmte sich hinters Telefon. Sie stellte die Freisprechanlage an, sodass die Kollegen die Gespräche mithören konnten.

Ihr erster Anruf galt Kerstin Wollschläger. Sie hatte sie gleich am Apparat.

»Frau Wollschläger, sagt Ihnen der Name Robert Rodenthaler etwas?«, fragte Hanna.

»Allerdings«, antwortete die Bankerin sofort.

»Inwiefern?«

»Das ist ein furchtbarer Mensch.« Auch jetzt sprach Kerstin Wollschläger beherrscht, wenngleich man ihr anmerkte, dass der Genannte Emotionen auslöste. »Wir haben ihm einen weiteren Kredit verweigert, und er hat mich übel beschimpft.«

»Frau Wollschläger, ich möchte Sie bitten, so schnell wie möglich ins Präsidium zu kommen. Wir müssen über diesen Rodenthaler so viel wie möglich erfahren.«

Kerstin Wollschläger willigte sofort ein. Erst als Hanna das Gespräch beendet hatte, fiel ihr ein, dass sie gar nicht nach dem Jungen gefragt hatte. Doch so, wie Frau Wollschläger reagiert hatte, war wohl alles so weit in Ordnung.

Der Nächste war Karlheinz Kienle. Hier ging zunächst seine Frau ans Telefon. Doch auch er war zu Hause.

»Hallo, Herr Kienle. Wir ermitteln jetzt gegen einen Robert Rodenthaler. Wir wissen, dass er bei Ihnen ein Konto hat. Und damit sind Sie aussagepflichtig. Wie Ihnen der Staatsanwalt ja bereits erklärt hat.« Hanna versuchte so mit Kienle umzugehen, als hätte der gestrige Abend nicht stattgefunden. »Sagt Ihnen dieser Name etwas?«

»Rodenthaler?«, fragte Kienle. Er dachte nach.

»Robert Rodenthaler von der Rodenthaler Drehteile GmbH & Co. KG.«

»Moment mal, da war was«, fiel es Kienle ein. »Oje, genau, das war doch der Typ mit den VW-Aktien. Das ist der Kunde eines meiner Mitarbeiter. Der wollte vor einiger Zeit auf fallende Kurse der Aktie wetten. Er wollte unbedingt, dass ich ihm versichere, dass VW an Wert verlieren wird. Damals sah es so aus, als ob die Aktie der Wolfsburger auf jeden Fall abrutscht. Nur ist es dann nicht so gekommen. Die Aktie hat innerhalb von wenigen Tagen plötzlich das

Fünffache an Wert zugelegt, weil Porsche massenhaft Optionen auf VW-Aktien gekauft hatte. Ich hab den Mann nicht mehr zu mir durchstellen lassen. Er hat es ein paar Mal versucht und muss böse geschimpft haben. Ich glaube, er hat ziemlich viel Geld verloren. Wie übrigens etliche andere Spekulanten auch.«

»Herr Kienle«, bat Hanna, »könnten Sie bitte sofort hierherkommen? Ich werde jetzt sofort den Staatsanwalt anrufen. Der wird Sie sicher förmlich zu einer Vernehmung laden. Aber vielleicht geht es jetzt ja auch mal so.«

»Ich komme, Frau Stankowski, ich komme!«

Hanna hatte schon wieder den Hörer in der Hand, als Gerd Stoevesandt und mit ihm seine Mitarbeiter Nicole Marinescu und Rudolf Kuhnert eintrafen. Sie winkte nur zum Gruß und überließ die Begrüßung Bialas und Luca.

Sie rief Frenzel an. Der trieb sich irgendwo in der Stadt herum. »Eigentlich wollte ich mir einen neuen Anzug kaufen. Mein Chef meinte, das sei nötig. Ich mag das ja gar nicht, diese Shopperei. Aber was Sie da erzählen, zwingt mich ja geradezu, diesen Einkauf abzubrechen. Nicht wahr?« Er versprach ebenfalls, so schnell wie möglich da zu sein.

Als Nächstes informierte Hanna Franz Kallinger. Dem schien regelrecht ein Stein vom Herzen zu fallen. Er fragte noch nicht einmal, woher Hanna den Namen hatte. Endlich hatte man einen handfesten Ermittlungsansatz. »Ich hoffe bloß«, meinte er, »dass dieser Spuk wirklich bald ein Ende hat. Die Abteilung für Öffentlichkeitsarbeit hat mir gestern wieder die Hölle heiß gemacht, weil sie laufend Anrufe von Journalisten und aufgescheuchten Bankern bekommt. Ich schau bei euch vorbei.«

Gaßmann wandte sich nun an Hanna: »Also, das sieht nicht gut aus.« Die andern hatten sich auf verschiedene Arbeitsplätze verteilt oder saßen auf den Schreibtischen und sahen den Agierenden zu wie in einem modernen experimentellen Theater.

»Was hast du rausgekriegt?«, ermunterte Hanna den Kollegen.

»Also«, begann Gaßmann, »der Mann hat tatsächlich ein Konto bei der Württembergisch-Badischen Südbank. Und bei der Stuttgarter Sparkasse und der Deutschen Bank. Wie hoch sein Kontostand dort jeweils ist, habe ich auf die Schnelle noch nicht erfahren können.« Er sah Hanna schuldbewusst an. »Kredite bekommt er aber nirgends mehr. Er ist hoch verschuldet. Und seine Firma ist pleite. Da wurde Ende Januar das Insolvenzverfahren eingeleitet.«

»Ansonsten ist er das absolute Unschuldslamm«, warf Luca nun ein. »Überhaupt kein Treffer in irgendeiner Datenbank. Der hat noch nicht mal Punkte in Flensburg.«

Hanna griff wieder nach dem Telefon. Sie suchte sich in den Akten die Handy-Nummer von Patrick Ascher heraus. Ihr Anruf lief ins Leere auf die Mailbox. Hanna ließ sich von der Vermittlung mit der alten Frau Deyle verbinden und hatte hier wieder Glück. Die Vermieterin von Patrick Ascher war zuhause.

»Hallo Frau Deyle, hier ist Hauptkommissarin Stankowski. Sie erinnern sich doch sicher. Wir haben aus Versehen Ihren Herr Ascher verhaftet.«

»›Aus Verseha‹ isch gut«, schalt Frau Deyle. »Der Kerle hot ganz schee was mitmache müsse wega Ehna. Der isch ganz schee neba dr Kapp g'laufa.«

»Frau Deyle, wissen Sie denn, wo Herr Ascher steckt? Wir müssten ihn dringend etwas fragen. Es ist wirklich wichtig. Und wir werden ihn bestimmt auch nicht mehr verhaften. Ich versprech's Ihnen.«

»Ha, der isch im Krankahaus. En dr Pyschiatrie. I sag jo, den hot des richtig mitg'nomme.«

»Wissen Sie denn, in welchem Krankenhaus? 's wär halt scho wichtig«, bemühte sich Hanna.

»Noi, des hat er mir net g'sagt.«

»Könnte das sonst jemand wissen?«

»Wartet Se amole. Ha ja, sein Vadder. Der hat mir au die ganze Miete vollends zahlt. Moment, irgendwo han i den Zettel.« Sie legte den Hörer ab und kramte lange herum. Hanna kam es wie eine Ewigkeit vor. Endlich meldete sich Frau Deyle wieder und gab ihr eine Nummer durch. Hanna bedankte sich überschwänglich und wählte, kaum dass sie das Gespräch beendet hatte, einen Anschluss in Leipzig.

»Ascher«, meldete sich ein Mann mit deutlich sächsischem Akzent. Hanna erläuterte auch ihm ihr Anliegen. Sein Misstrauen war jedoch mit Händen zu greifen. »Isch weeß nisch«, sagte er nur.

Hanna bearbeitete ihn mit Engelszungen: »Herr Ascher, es tut uns wirklich leid, dass wir Ihren Sohn verdächtigt haben. Aber jetzt könnte er uns vielleicht helfen, den wahren Täter zu ergreifen. Und das möglichst schnell. Bevor noch mehr Unglück passiert. Wir haben einen Toten, drei Schwerverletzte und zwei Leichtverletzte. Es dürfen einfach nicht noch mehr werden.«

Der Mann ließ sich breitschlagen. Er nannte eine Klinik nördlich von Stuttgart, von der Hanna wusste, dass dort Suchterkrankungen behandelt wurden. Also war es Patrick Ascher in der Tat sehr ernst mit seinem Vorhaben, von der Spielsucht wegzukommen.

In der Klinik verband man sie mit der Abteilung, in der Ascher untergebracht war. Man wollte sie damit abwimmeln, er sei in einer Gruppentherapie und die dürfe keinesfalls unterbrochen werden. Hanna verlor langsam die Nerven

»Holen Sie ihn jetzt sofort da raus«, herrschte sie die Krankenhausmitarbeiterin an. »Hier rennt ein Serientäter herum, und ich brauche dringend eine Information von Herrn Ascher, damit wir ihn fassen können.«

Drei Minuten später hatte sie Patrick Ascher am Apparat.

Hanna riss sich zusammen. Sie musste den Menschen etwas Zeit geben – trotz des Drucks, unter dem hier alle standen.

»Hallo, Herr Ascher, Sie haben also wirklich eine Therapie angefangen? Meinen Glückwunsch dazu.«

»Na ja, mal sehen, was wird, wenn ich wieder rausmuss.« Auch Patrick Ascher klang sehr reserviert.

»Herr Ascher, ich muss Sie etwas Wichtiges fragen. Sagt Ihnen der Name Robert Rodenthaler etwas?«

Der junge Mann schwieg zunächst. Dann sagte er: »Ich kenne einen Tobias Rodenthaler. Der hat mit mir studiert. Und ich meine, sein Vater heißt Robert.«

»Hatte Ludger Behrends irgendeine geschäftliche Beziehung zu einem von beiden?«

»Ich meine, er hätte ihm diesen Dubai-Fonds angedreht. Ich habe Tobias 'ne kleine Versicherung verkauft. Und das hat Ludger mitgekriegt. Die Firma von Tobias seinem Alten, die hat er wohl gekannt. Und gewusst, dass bei dem dicke Kohle da ist. Den Dubai-Fonds durften wir vom Fußvolk so oder so nicht vertreiben. Das waren zu dicke Provisionen. Die haben Ludger, Karsten und der Winterstein immer selbst eingestrichen.« Während Ascher sprach, hatte Hanna fragende Blicke in Richtung der LKA-Kollegen geschickt, und bei dem Stichwort »Dubai-Fonds« hatte Rudolf Kuhnert erstaunlich energisch genickt.

Hanna kam plötzlich eine Erinnerung: »Hatten Sie nicht mit Ludger Behrends einen ziemlich heftigen Streit? Und ging es da nicht auch um Dubai? Sie haben doch jemandem eine Lebensversicherung verkauft, die Behrends dem Kunden wieder ausgeredet hat. Und ihm stattdessen einen Immobilienfonds angedreht. Das war nicht zufällig Robert Rodenthaler?«

Ascher schwieg.

Also war er's, schloss Hanna. »Machen Sie sich keine Gedanken. Sie haben uns gerade sehr geholfen. Entschuldigen Sie noch mal die falsche Verdächtigung und die Haft. Und alles Gute für Sie. Sie können es schaffen.«

»Mal sehen«, sagte Ascher nur. Es klang nicht besonders überzeugt.

3

Der Konferenzraum war für die Versammlung der richtige Ort. Schwandtners Befragungstrupps hatten längst das Haus verlassen. Nach und nach waren Kerstin Wollschläger, Friedebald Frenzel, Karlheinz Kienle und schließlich auch Franz Kallinger eingetrudelt. Wie selbstverständlich saßen die beiden Zeugen Kienle und Wollschläger mit den Beamten des Dezernats für Tötungsdelikte, den drei Wirtschaftskriminalisten vom Landeskriminalamt und dem Vertreter der Staatsanwaltschaft zusammen. Selbst Kallinger störte sich nicht an ihrer Anwesenheit, obwohl die Konstellation mehr als ungewöhnlich war und allen Regeln widersprach.

Der Chef der Inspektion 1 legte allerdings seine Stirn in Falten, als er Bialas sah. »Soweit ich informiert bin, hast du eigentlich hier noch nichts verloren. Wie geht's dir?«

»Mir geht's gut, Franz. Ich statte euch auch nur einen Höflichkeitsbesuch ab und verdrücke mich dann wieder«, erklärte Bialas ernst.

Hanna wusste, dass es zwei Gründe für die Anwesenheit ihres Chefs gab. Vor allem hatte ihn die kriminalistische Neugier gepackt – da war sie sicher. Und er war hier, weil er ihr den Rücken stärken wollte.

»Also gut. Lasst uns noch einmal durchgehen, was sich jetzt ergeben hat.« Hanna stand an der Front des Raumes an dem großen Whiteboard. Ganz an den oberen Rand, über die Namen der drei Opfer Behrends, Kienle und Wollschläger, schrieb sie »Robert Rodenthaler«. Sie zog einen Pfeil von Rodenthaler zu Behrends und schrieb daneben »Dubai«.

»Was ist das für eine Geschichte mit Dubai?«, fragte sie Rudolf Kuhnert.

»Ähm, ja.« Er putzte sich die Brille, um nachdenken zu können, wie er es am besten erklärte. »Also, es gibt diverse geschlossene Immobilienfonds für Bauprojekte in Dubai.

Wie Sie vielleicht wissen, hat dort ja ein Bauboom eingesetzt, der ... na ja, das war eigentlich schon 2006 klar ... es war einfach ein Hype ... Schon da war die Fläche der Bürogebäude, die noch im Bau waren, fast genauso groß wie der vorhandene Bestand. Und man hat immer mehr Projekte aufgelegt. Hier in Europa wurde Kapital eingesammelt. Man hat Immobilienfonds aufgelegt, in die das Geld einbezahlt wurde. Marktführer war eine Firma ACE, die auch über Finanzberater ihre Fondsanteile verkauft hat.«

»Sollten in Dubai nicht sogar bestimmte Tower nach berühmten Sportlern benannt werden?«, fragte Friedebald Frenzel. Er sah heute wieder – ohne Anzug und Krawatte und nur in einen sportlich-modernen Pullover gekleidet – richtig proper aus.

Nicole Marinescu nickte heftig: »Genau. Michael Schumacher, Boris Becker und Niki Lauda haben für die Fonds geworben. Ein paar Bürotürme sollten beim Tower-Branding nach ihnen benannt werden.«

»Es war ein klassisches Beispiel dafür«, erklärte Gerd Stoevesandt, »wie eine Spekulationsblase entsteht. Etwa achttausend Anleger mit rund zweihundert Millionen Euro. Dubai-Immobilien waren eine Zeitlang der Renner. Die versprochenen Renditen waren sehr gut. Je mehr Leute in die Fonds eingezahlt haben, umso mehr Projekte wurden geplant. Dass man so viel Büroraum unmöglich vermieten kann, darüber hat niemand nachgedacht.«

»Und jetzt erklären Sie mir das mal mit den Spekulationsblasen«, wollte Frenzel wissen. »Wieso merken die Leute nicht, dass da ein Überangebot an Büroraum oder an Wohnraum entsteht, wenn das jedes Kind ausrechnen kann?«

Nicole Marinescu strich sich eine blonde Strähne aus dem Gesicht: »Es ist so: Erst mal gibt es sehr viele Anleger mit sehr viel flüssigem Geld. Alle suchen sie eine Möglichkeit, ihr Geld so anzulegen, dass es möglichst viel Rendite abwirft. Nun suchen viele Firmen in Dubai ein Büro. Weil man in Dubai keine Steuern zahlt. Also werden Bauprojekte gestartet.

Dafür sammelt man die Kohle ein, bei Leuten, die nicht wissen, wohin mit dem Geld. Man rechnet aus, wie hoch die Mieten sein werden. Und die sind umso höher, je weniger Büroraum zur Verfügung steht. Und je höher die Mieten, um so schneller rechnet sich die Investition. Auf diese Idee kommen aber eine ganze Menge Leute. Also fangen alle an zu bauen. Und plötzlich gibt es ein Überangebot an Büroraum in Dubai. Die Mieten sinken. Die Rechnung geht nicht auf.«

»Es gibt eine einfache Regel«, sagte Stoevesandt. »Bei einem wachsenden Markt gewinnen alle. Stagniert der Markt, ist der Gewinn des einen gleich dem Verlust des andern. Bricht der Markt ein, dann sind alle Verlierer. Leider ist es so, dass das Wachstum manchmal ganz schnell in Stagnation und Einbruch umkippt. Die Leute merken es meist zu spät. Das ist nun mal das Risiko jeder Spekulation.«

»Nun ja, und jetzt kommt auch noch die Finanzkrise hinzu«, meinte Rudolf Kuhnert nüchtern.

Stoevesandt faltete die schmalen Hände vor sich auf dem Tisch. »Die einstige Boom-Region ist eines der größten Opfer der Wirtschaftkrise, die auf die Finanzkrise gefolgt ist. Viele Firmen weltweit haben auf eine Niederlassung in Dubai verzichtet. Der Wert der Immobilien dort ist um mehr als die Hälfte eingebrochen. Aber das war sicher nicht das einzige Problem von Ihrem Verdächtigen, diesem Robert Rodenthaler.« Er wandte sich an Rudolf Kuhnert, der neben ihm saß. »Einige Fonds der ACE sind doch pleitegegangen. Laufen da nicht momentan Ermittlungen?«

Kuhnert nickte. »Drei Fonds sind in die Insolvenz gegangen. Das heißt, dass die Anleger von ihrem Geld überhaupt nichts zurückbekommen. Die Staatsanwaltschaft ermittelt momentan gegen ACE wegen Veruntreuung von Fondseinlagen. Also, da sind Gelder von Anlegern auf das private Konto eines der ACE-Geschäftsführer geflossen. Und es fehlen Belege, wofür dieses Geld verwendet worden ist. Außerdem ist genau dieser Geschäftsführer nicht auffindbar. Sein Wohnsitz in Dubai ist – ähm, das hat man jetzt herausgefunden – eine nicht zustellungsfähige Scheinadresse. Also, man kann ihm noch nicht einmal die Anklageschrift zustellen.«

»Wie heißt es bei den Ferengi so treffend?«, warf Luca mit großer Gestik ein. »›Alles Gestohlene ist purer Profit‹ – Ferengi-Regel Nummer vierzehn.«

»Das heißt, alles, was dieser Rodenthaler in einen solchen Fonds eingezahlt hat, ist weg?«, wollte Hanna noch einmal explizit wissen.

Kuhnert nickte. »Wenn es sich um den Dubai-Fonds I, II oder III gehandelt hat, dann ja.«

Hanna wandte sich an Frenzel: »Wenn wir wissen wollen, welchen Fonds dieser Rodenthaler hatte und wie viel Geld er verloren hat, muss uns der RVB-Chef Bernhardt Winterstein dann Auskunft erteilen?«

»Aber sicher doch«, freute sich Friedebald Frenzel. »Da haben wir doch am Montag bei unserem Termin in der Staatsanwaltschaft ein nettes Gesprächsthema.«

»Okay, dann lassen Sie uns zum nächsten Punkt übergehen«, drängte Hanna. Sie musste und wollte gar nicht im Detail verstehen, wie dieser Rodenthaler sein Geld verschleudert hatte. Wichtig war zu verstehen, ob hier ein Motiv für die Taten war. Sie wandte sich an Karlheinz Kienle: »VW-Aktien, haben Sie gesagt. Um was geht es da?«

»Also, ich erinnere mich«, meinte Kienle, »dass mein Mitarbeiter, der den Kunden betreut, zu mir kam und mir berichtet hat, dass der Mann mit einer ziemlich hohen Summe in ein riskantes Spekulationsgeschäft einsteigen wollte. Das war vor etwa anderthalb Jahren. Der wollte auf einen sinkenden Wert der VW-Aktien wetten. Mein Mitarbeiter hat dem Kunden abgeraten. Aber der ließ sich nichts sagen. Der hat darauf bestanden, dass mein Mitarbeiter das Geschäft bei einem entsprechenden Fonds für ihn abschloss. Als einzige Absicherung wollte er direkt von mir wissen, wie sich die VW-Aktie in nächster Zeit entwickeln wird.«

Kienle trug keine Halskrause mehr. Die Wangen wurden nicht mehr so sehr nach außen gedrückt, sodass sein Gesicht etwas proportionierter wirkte. Doch noch immer schlackerten die Backen ein wenig, wenn er, wie jetzt, den Kopf schüttelte. »Spekulationen sind immer Kaffeesatz-Leserei, auch wenn diese Einsicht manchem überhaupt nicht passt. Das sind immer Wetten auf zukünftige Entwicklungen, die kein Mensch wirklich kennt. Ich kann ungefähr abschätzen, wie eine Aktie sich entwickelt, wenn alles normal läuft. Aber in der letzten Zeit läuft in der Finanzbranche immer weniger normal. Ich habe dem Mann gesagt, dass die Aktie aller Voraussicht nach etwas an Wert verlieren wird. Schließlich haben alle Autobauer verloren. Durch die Absatzflaute, die durch die Finanzkrise ausgelöst worden ist. Aber ich habe ihm auch gesagt, dass ich ihm dafür keine Garantie geben kann. Nur, das wollte er nicht hören. Und dann kam eben alles anders.« Kienle schaute die Beamten aus seinen Glubschaugen an, als täte ihm das richtig leid.

»Kein Mensch konnte damals ahnen«, fuhr er mit seiner Erklärung fort, »dass sich Porsche Optionen auf VW-Aktien gesichert hatte. Und als das publik wurde, da war plötzlich klar, dass es kaum noch VW-Aktien auf dem Markt gab. Wenn Sie nun aber Ihren Kunden einen Aktienfonds verkaufen wollen, in dem auch VW-Aktien notwendigerweise drin sind, dann müssen Sie von den Wolfsburgern Aktien kaufen. Der Markt war leergefegt. Die Preise sind in die Höhe geschossen. Der Wert der Aktie ist von zweihundert Euro auf tausend Euro gestiegen. So etwas hat mit dem inneren Wert, also dem realen Wert eines Unternehmens, überhaupt nichts mehr zu tun.« Kienle winkte ab. »Dieser Rodenthaler hat sich gründlich verspekuliert. Ich glaube, er hat ungefähr eine Million verloren. Aber ich werde Ihnen das selbstverständlich noch mal ganz genau raussuchen.«

Luca war mittlerweile aufgestanden und lief auf und ab. Er breitete mal wieder die Arme aus und fragte: »Kann mir mal jemand erklären, warum man auf sinkende Aktienkurse wettet? Wie kann man Geld verdienen, wenn die Aktie an Wert verliert?«

»Eines der großen Mysterien der Finanzbranche«, lachte Friedebald Frenzel. »Man kann ja, glaube ich, sogar mit Aktien Geld verdienen, die es gar nicht gibt.«

Es war wieder Nicole Marinescu, die sich an eine Erklärung wagte. »Es hat tatsächlich etwas mit diesen Leerverkäufen zu tun. Also mit Aktien, die jemand gar nicht besitzt. Zum Beispiel gibt es Hedgefonds, die leihen sich Aktien gegen eine Gebühr von einer Bank. Diese Aktien verkaufen sie zum aktuellen Preis am Markt für Wertpapiere. Abnehmer findet man für solche Aktien von starken Unternehmen immer. Wie Herr Kienle schon sagte: Es gibt Aktienfonds, die haben als festen Bestandteil VW-Aktien und müssen immer wieder dazukaufen. Und dann gibt es Leute, die gehen von steigenden Werten aus. Der Hedgefonds hat aber Informationen, und die lassen ihn vermuten, dass der Wert sinkt. Oder er streut solche Informationen – das ist auch schon vorgekommen. Wenn der Spekulant recht hat, dann hat er die geliehene Aktie teuer verkauft und billiger wieder zurückgekauft. Die Differenz ist sein Gewinn.«

Hanna wusste, dass die junge Wirtschaftskriminalistin die Sache so einfach wie möglich erklärte. Aber ganz folgen konnte sie dennoch nicht. Und sie sah auch anderen im Raume an, dass es ihnen ähnlich erging. Kallinger hatte die Stirn gerunzelt und das Kinn zum Dreifach-Wulst zurückgeschoben. Luca sah die LKA-Kollegin hilflos an. Und Andreas Bialas sah nur nachdenklich aus, ohne Anstalten zu machen, sein Taschentuch zu zücken.

Nicole Marinescu nahm einen neuen Anlauf: »Also stellen Sie sich mal vor: Ich gehe in eine Videothek und leihe mir einen Film, den es noch nicht auf dem Markt gibt, den aber jeder sehen will. Ich zahle der Videothek eine Leihgebühr von sagen wir mal einem Euro. Dann verkaufe ich den Film. Ich spekuliere darauf, dass ich den Film wieder zurückkaufen kann. Sagen wir mal nach einem Monat. Bis dahin hat der Käufer den Film ja angeschaut. Er hatte seinen Nutzen und braucht das Video eigentlich nicht mehr. Der Preis des Films richtet sich immer danach, was gerade auf dem Markt dafür bezahlt wird.«

Sie sah sich in der Runde um. Offensichtlich konnten ihr alle noch folgen.

»Nun ist der Film begehrt, weil's ihn offiziell noch nicht gibt. Also verkaufe ich ihn relativ teuer. Sagen wir mal für zehn Euro. Der Clou ist, dass ich weiß oder glaube, dass das Video demnächst auch offiziell auf den Markt kommt. Dann wird der Film schon für sieben Euro zu haben sein. In einem Monat bekomme ich das Video schon für dieses Geld auf dem Markt. Ich mache also drei Euro gut. Ich bringe den Film zurück zur Videothek, zahle den Euro Gebühr und schiebe zwei Euro als Gewinn ein.«

Auch Karlheinz Kienle hatte höchst interessiert zugehört. Irgendwie schien ihm die Erklärung zu gefallen. »Und nun stellen Sie sich mal vor«, mischte er sich ein, »das machen viele Leute so. Also eben so, wie das Ihre Kollegin gerade erklärt hat. Aber der Film kommt aus irgendwelchen Gründen doch nicht auf den Markt. Diejenigen, die ihn sich ausgeliehen haben, um ihn zu verkaufen, müssen ihn aber trotzdem zur Videothek zurückbringen. Sie müssen ihn also auf jeden Fall zurückkaufen, egal was er kostet. Jeder will den Film, und die Preise schießen in die Höhe. Genau das ist mit den VW-Aktien passiert.«

»Das ist das große Problem dieser Leerverkäufe«, erklärte nun Gerd Stoevesandt. »Es kommt zu Turbulenzen beim Kurs solcher Wertpapiere. Es wird unter Umständen sehr viel Geld kaputt gemacht. Und die Unternehmen selbst können in Schwierigkeiten geraten. Zum Beispiel, wenn durch solche Wetten der Wert der Aktien extrem nach oben oder unten ausschlägt.«

»Nun, eigentlich ist das ja nichts Neues, ähm«, meinte Rudolf Kuhnert. »Nur die Dimensionen … also das ist schon … Kurz bevor sich die Finanzkrise verschärft hat, waren weltweit Aktien im Wert von 1,4 Billionen Dollar ausgeliehen. An der New Yorker Börse waren zu der Zeit fast fünf Prozent der Aktienverkäufe Leerverkäufe – der höchste Stand seit 1931. Ähm, und das ist schon neu.«

»Und das läuft alles legal?«, fragte Bialas.

Nicole Marinescu nickte: »Nur der Handel mit Aktien, die es überhaupt nicht gibt, der ist eigentlich verboten. Wird aber auch oft gemacht. Ansonsten ist alles erlaubt.«

»Also wäre das auch klar.« Hanna wollte hier einen Punkt machen und zum nächsten Opfer übergehen. »Rodenthaler hat etwa eine Million verloren und schiebt das jetzt Herrn Kienle in die Schuhe. Frau Wollschläger, nun zu Ihrem Fall.«

Kerstin Wollschläger hatte bislang schweigend und ernst zugehört. Jetzt räusperte sie sich und begann: »Die Rodenthaler Drehteile GmbH & Co. KG. Eigentlich eine traurige Geschichte.« Besonders teilnahmsvoll klang es allerdings nicht. »Der Vater von Herrn Rodenthaler hat das Unternehmen schon vor dreißig Jahren gegründet. Es war unter ihm sehr erfolgreich. Ich habe den alten Herrn Rodenthaler noch kennengelernt. Ein beeindruckender Mann. Das war noch so ein echter schwäbischer Tüftler. Technisch versiert, erfolgreich und trotzdem recht bescheiden. Dann hat er die Firma vor zwölf Jahren an den Sohn übergeben, an Robert Rodenthaler. Und von da an ging's bergab. Der Mann ist kein Unternehmer. Für die Fertigung interessiert der sich überhaupt nicht. Und bei den Finanzen glaubt er, dass er der Allerschlauste ist. Wenn man ihn hört, dann meint man, dass man Geld verdienen kann nur allein durch irgendwelche schlauen Transaktionen.«

»Stimmt das denn etwa nicht?«, fragte Frenzel spöttisch. »Wenn man manche Finanzjongleure so hört, dann muss man sein Geld eben nur richtig anlegen und verdient im Schlaf.«

»Vielleicht stimmt das für einen Börsenspekulanten. Aber sicher nicht für ein Unternehmen«, antwortete Frau Wollschläger streng.

»Was stellt denn das Unternehmen eigentlich her?«, fragte Luca. »Müssen vielleicht Spurstangen auch gedreht werden?«

»Das weiß ich nicht«, sagte Kerstin Wollschläger. »Aber die Rodenthaler Drehteile stellen Radlagerteile für die Automobilindustrie her.«

»Das heißt«, fragte Hanna höchst interessiert, »Herr Rodenthaler kennt sich durchaus mit der Technik am Auto aus. Also ganz konkret, mit den Teilen, die an einem Rad dran sind oder damit zusammenhängen?«

»Das nehme ich an. Zumal sein Vater ja ursprünglich eine Autowerkstatt hatte. Rodenthaler interessiert sich durchaus für Technik. Der neueste Turbolader oder auch irgendwelche neuen Getriebe. Da ist er durchaus auf dem Laufenden. Nur wie man solche Dinge herstellt, das fand er immer zu banal. Aber gerade das – so habe ich das bei vielen erfolgreichen Kunden gesehen – ist überhaupt nicht banal. Diese Drehteile, die die Rodenthaler Drehteile GmbH herstellt, sind hochpräzise. Und die Technologie, mit der man so etwas in sehr hohen Stückzahlen und immer in der gleichen Qualität herstellt, die ist höchst komplex. Das sind hervorragende Fachleute, die so etwas am Laufen halten. Sonst kämen die Teile längst aus China.

Rodenthaler hat Glück gehabt, dass er da einen Werkstattleiter hatte, eine echte Koryphäe. Und noch ein paar erfahrene Leute, die dem alten Rodenthaler noch verbunden waren. Sonst wäre die Firma noch viel schneller den Bach runtergegangen. Aber so ist es nun eben auch passiert.«

»Weil er bei Ihnen in die Kreditklemme geraten ist?« Friedebald Frenzel provozierte ein bisschen. Er mochte die Frau nicht besonders, das spürte Hanna.

Kerstin Wollschläger sah ihn prompt auch bitterböse an: »Was die Medien da momentan aufbauschen, ist ein Popanz! Was sollen wir denn tun, bitte schön? Wenn wir Kredite vergeben, bei denen wir nicht wissen, ob sie je zurückgezahlt werden, dann bekommen wir die Schelte, weil wir die

Einlagen von unseren Sparern gefährden. Und wenn wir Kredite verweigern, weil es wirklich zu riskant ist, dann schimpft man über die angebliche Kreditklemme. Wir haben in den letzten Monaten jede Menge Überbrückungskredite gewährt, glauben Sie mir. Gerade an Zulieferer der Automobilindustrie.« Sie kam jetzt richtig in Fahrt. Und Hanna konnte sich sehr gut vorstellen, dass Kerstin Wollschläger eine beinharte Verhandlungspartnerin war, auch für gestandene Unternehmenskapitäne.

»Wir wissen genau, wie schwierig die Lage letztes Jahr für viele war. Da sind ja von heute auf morgen die Absätze eingebrochen. Um vierzig, oft sogar bis sechzig Prozent. Weil die Automobilindustrie im Zuge der Finanz- und Wirtschaftskrise eben auch solche Absatzeinbrüche hatte. Aber wir haben Unternehmen, die sind im Kern gesund. Die haben eine solide Finanzierung, hochwertige Produkte, die sie bezahlt bekommen, weil sie die Kunden sonst nirgends in dieser Präzision bekommen. Die sind technologisch auf hohem Stand. Solche Kunden lassen wir nicht fallen, das können Sie mir glauben. Aber Rodenthaler«, sie pustete nun entrüstet aus, »das wäre ein sicherer Ausfallkredit geworden. Da hat doch nichts mehr gestimmt. Eine Eigenkapitalquote von gerade mal neun Prozent. Und permanent hat man die Verrechnungskonten geplündert. Um den privaten Konsum zu finanzieren und um irgendwelche riskanten Spekulationen an den Finanzmärkten zu treiben. Seit Jahren hat man nichts mehr in die Drehmaschinen und die Förderanlagen investiert. Schon seit zwei Jahren ist die Firma auf der Kippe. Ich vermute sogar, dass Rodenthaler mit dieser Wette auf VW-Aktien das Steuer noch mal herumreißen wollte. Was ihm ja nicht geglückt ist. Die Insolvenz war unvermeidbar. Und außerdem«, sagte sie noch trotzig, »entscheide ich solche Dinge nicht allein. Im Falle Rodenthaler hatte unsere Risiko-Bewertung schon längst den Daumen nach unten gedreht. Da hätte ich gar nichts mehr machen können.«

»Aber in die Schuhe geschoben hat es Ihnen Robert Rodenthaler offensichtlich doch persönlich«, brummte Franz Kallinger.

»Er hat mich übel beschimpft. Ein richtig vulgärer Mensch ist das. Und dass ich es noch mal bereuen würde.« Sie schien nun wirklich gekränkt zu sein.

»Also auch hier ein klares Motiv«, stellt Hanna fest, malte auf das Whiteboard einen Pfeil von Rodenthaler zu Kerstin Wollschläger und schrieb daneben »Verweigerter Kredit«.

4

Auf einmal ist alles so einfach, dachte Hanna. Sie hatten einen Namen, und sie hatten handfeste Motive. Warum war es so schwer gewesen, die Hintergründe zu erkennen? Den Grund dafür sah Hanna in der Finanzwelt. Hier herrschte offenbar ein Geschäftsgebaren, wie sie sich es nie hätte vorstellen können, undurchsichtig und unkalkulierbar. Geprellte und Geneppte gab es zuhauf. Und dieser Robert Rodenthaler war vielleicht ein Extremfall. Eine Ausnahme war er aber sicher nicht.

Was ihn jedoch offenbar auszeichnete, war ein hemmungsloser Wille, sich zu rächen. Er übte Vergeltung ohne Rücksicht auf Leib und Leben. Sie mussten diesen Mann unbedingt fassen.

»Frau Wollschläger, Herr Kienle«, sprach sie die beiden Zeugen an. »Wir möchten uns bei Ihnen für die Kooperation bedanken. Bitte halten Sie sich in den nächsten Tagen für weitere Befragungen bereit. Aber jetzt, da bitte ich um Ihre Nachsicht, müssen wir einige polizeiliche Maßnahmen besprechen. Ohne Ihre Anwesenheit.«

Kienle nickte verständnisvoll, und Kerstin Wollschläger stand sofort auf. Sie wollte nur noch ins Krankenhaus zu ihrem Sohn.

»Wie machen wir weiter?« Hanna sah Frenzel an. »Ich will auf jeden Fall eine Festnahme und eine Hausdurchsuchung.«

Der Staatsanwalt nickte heftig. »Das wird jeder Richter genauso sehen.«

»Wo könnte dieser Robert Rodenthaler jetzt stecken?«, wandte sich Hanna an Luca.

»Der Typ wohnt in Beinstein. Das ist ein kleiner Vorort von Waiblingen.« Luca wedelte mit ein paar Papieren, die er sich ausgedruckt hatte. »Er wohnt da alleine. Keine anderen Namen im Einwohnermelderegister. Und dann gibt's natürlich die Firma. Die ist in dem Waiblinger Industriegebiet Eisental.«

»Haben wir die Daten seines Wagens?«

»Das Kennzeichen habe ich. Er fährt übrigens einen Mercedes CLK.«

Hatten die Nachbarn von Karlheinz Kienle in Sillenbuch also wirklich das richtige Auto gesichtet.

»Was ist mit dem Sohn, den Patrick Ascher erwähnt hat? Haben wir da Adresse und Personalien?«

»Noch nicht. Mach ich aber gleich.«

Was jetzt ablaufen musste, war Routine. Wenngleich unter höchster Konzentration und Anspannung. Die letzte Nacht und die Angst, der Täter könnte noch einmal zuschlagen, saßen Hanna immer noch in den Knochen.

Wer nun nicht mehr gebraucht wurde, waren die Kollegen vom Landeskriminalamt. Nicole Marinescu war sichtlich froh, Schluss machen zu können. Auch Rudolf Kuhnert verabschiedete sich. Gerd Stoevesandt jedoch interessierte sich brennend für den Computer von Karlheinz Kienle und die gelöschten E-Mails. Während Hanna ihn hinüber zu dem Kollegen vom Dezernat für Computerkriminalität führte, sprach sie ihn leise an. »Herr Stoevesandt, Sie sind doch daran interessiert, was mit diesen Sigma-Geschichten bei der Württembergisch-Badischen Südbank los ist. Ich weiß nicht, ob da was dran ist«, meinte sie vorsichtig, »und ob ich es richtig verstanden habe. Aber Sie sollten vielleicht einmal prüfen, ob da Wertpapiere oder Zertifikate oder was auch immer – ob da Sachen aus diesem Sigma-Topf in andere Wertpapiere reingerutscht sind, die jetzt an Kunden verkauft werden.« Hanna war sich unsicher, ob sie die Begriffe richtig gebrauchte. Stoevesandt aber sah sie wie elektrifiziert an. »Woher haben Sie das?«

Hanna zuckte die Schultern und sah ihn bedeutungsvoll an.

Stoevesandt nickte: »Wenn wir das verifizieren und nachweisen können, dann ist die Quelle der Erstinformation genauso unwichtig wie die Frage, woher Sie die CD hatten. Nicht wahr?«

Hanna lächelte und nickte.

Franz Kallinger konnte hier nun ebenfalls nichts mehr tun. »Ihr haltet mich auf dem Laufenden«, bat er aber, um dann Andreas Bialas anzukoffern: »Und du machst, dass du hier wegkommst. Das wär das Letzte, was ich jetzt noch brauchen könnte, wenn du noch mal 'nen Infarkt hättest.«

Auch Bialas verabschiedete sich von Hanna. »Du hast gehört, was der Chef befohlen hat.« Dann leise, dass niemand außer Hanna es hören konnte: »Aber wenn ihr den Kerl habt, sagst du mir auch Bescheid. Wenn ich jetzt noch mal einen Infarkt bekomme, dann weil ich nicht weiß, wie die Geschichte ausgeht.« Um seine Augen stand wieder das Schmunzeln.

Hanna machte sich an die Arbeit. Zuerst ließ sie die Kollegen zurückrufen, die bei der Befragungsaktion in den Wohngebieten waren. Die brauchte sie nun dringend hier im Präsidium. Informationen über die Familie von Robert Rodenthaler mussten eingeholt werden. Bei den Katasterämtern mussten die Grundrisse des Privathauses und der Firma von Rodenthaler angefordert werden. Man brauchte Bilder von dem Gesuchten. Luca wurde schnell auf der Homepage des Unternehmens fündig. Der Mann posierte auf dem Foto wie ein Feldherr. Wallenstein, nur ohne Bart, dachte Hanna.

Die Lage der Gebäude vor Ort musste geklärt und eine erste Observation eingeleitet werden. Vielleicht konnte man schon ausmachen, ob Robert Rodenthaler sich in einem davon aufhielt. Oder auch nachweislich nicht. Dann musste die Fahndung eingeleitet werden. Wildermuth und die Spurensicherung mussten in Alarmbereitschaft versetzt werden. Und schließlich hieß es das Sicherheitsrisiko einzuschätzen. Wie würde sich dieser Robert Rodenthaler verhalten, wenn sie ihn verhaften wollten? Sie alle hatten bislang keine Ahnung, um was für einen Menschen es sich bei dem Unternehmer handelte. Hanna fürchtete, dass er unberechenbar war. So unberechenbar wie das Ansägen einer Spurstange, bei der es Leichtverletzte und Tote geben konnte. Sie bestellte das Sondereinsatzkommando und zwei Gruppen der Hundertschaft. Wenn es möglich war, wollte sie die Sache möglichst ohne großes Aufsehen über die Bühne bringen. Wenn nötig, war man dennoch auf alles vorbereitet.

Während Hanna systematisch die Arbeit anging, kam eine SMS auf ihr Diensthandy.

»Hast du eigentlich meine private Nummer? Gruß Volker.« Es folgte eine Handy-Nummer.

Hanna dachte an Margot Gerhaus und die Begegnung mit ihr im Zoo. Sie dachte an ihre Worte und wählte die Nummer sofort. Wegen der paar Minuten, die sie jetzt verschwendete, würde ihr der Fall schon nicht entgleiten.

»Jetzt habe ich sie, ich meine, deine Nummer«, sagte sie, als Volker sich meldete.

»Na prima. Und ich bekomme sogar sofort einen Anruf. Wie steht's bei euch?«

»Wir haben endlich einen handfesten Verdächtigen. Und wenn ich ein bisschen Glück habe, können wir ihn heute noch festnehmen. Ich glaube, dann werde ich mir hier erst mal eine Auszeit gönnen und mich sinnlos betrinken.«

»Ich mache mit«, sagte er sofort, und Hanna hatte direkt sein Lausbuben-Lächeln vor Augen. »Sag mir Bescheid, wenn du Lust hast. Dann suchen wir uns eine nette Kneipe, essen was Leckeres und betrinken uns gemeinsam.«

»Okay, ich gebe Gas. Vielleicht klappt's ja wirklich.« Hanna hielt einen Moment inne. Ein bisschen Glückseligkeit ließ die Vorstellung in ihr aufkommen, sich tatsächlich heute noch mit Volker zu treffen. Auch wenn sie sicher war, dass sie am Tisch einschlafen würde.

5

Die Villa von Robert Rodenthaler lag in einer schmalen Seitenstraße, direkt am Rande des kleinen Städtchens Beinstein. Selbst jetzt, bei immer noch geschlossener Schneedecke auf Wiesen und Feldern, konnte man erahnen, dass dies im Frühjahr und Sommer ein kleines Paradies war. Der große Garten der Villa grenzte direkt an Streuobstwiesen und Weinreben. Das Haus erinnerte ein bisschen an ein englisches Landhaus mit modernem Einschlag. Die Erker und Vorbauten waren asymmetrisch angeordnet. Ein weiter Hof ließ das Gebäude großzügig erscheinen. Der Eingangsbereich lag unter einem halbrunden Söller, und ein paar Stufen aus Granit führten hinauf zu einer breiten weißen Haustür mit viel Glas.

Die Kollegen, die das Haus zunächst observiert hatten, waren sicher, dass der CLK in der großen Garage stand. Man konnte also mit einer gewissen Wahrscheinlichkeit davon ausgehen, dass Rodenthaler sich zu Hause aufhielt.

Hanna hatte wieder Luca mitgenommen. Er war einfach der Kollege, mit dem sie sich am schnellsten verständigen konnte. Begleitet wurden sie von fünf Kollegen der Fahndung, als sie die Stufen zur Haustür hinaufgingen. Rings um Hof, Haus und Garten hatten sich weitere Beamte postiert.

Eine Einheit des SEK wartete am Beginn der Seitenstraße. Und auch Wildermuth und seine Spurensucher standen ein paar Straßenzüge entfernt schon bereit.

Hanna betätigte die Klingel. Ein warmer Gong erklang im Innern des Hauses. Sonst blieb alles still. Die Pflanzkübel fielen ihr auf, die links und rechts des Eingangsbereichs standen. Die Ziergewächse darin waren entweder schon lange vertrocknet oder jämmerlich erfroren.

Hanna läutete noch einmal. Jetzt regte sich etwas im Haus. Eine Tür wurde mit Kraft zugeschlagen. Durch das Glas der Haustür sah man eine Gestalt, die auf den Eingang zutapste. Die Tür wurde aufgerissen.

Vor ihnen stand ein Mann mit verquollenen Augen und einem Sechstagebart. Sein wirres Haar war lang und hätte dringend eines Friseurs bedurft. Seine Statur war schmal und hoch. Doch mit den hängenden Schultern und dem nach vorne gereckten Kopf wirkte er unsportlich. Vom Feldherrn Wallenstein fand sich keine Spur mehr. Hanna überlegte sich tatsächlich einen Moment, ob sie den richtigen Mann vor sich hatten. Er stand vor ihnen in einer ausgebeulten Trainingshose und im Unterhemd. Irgendwie erinnerte die Situation an die Verhaftung von Patrick Ascher. Nur dass sie bei ihm im Morgengrauen aufgetaucht waren, und es jetzt drei Uhr nachmittags war.

»Was ist denn los, verdammt noch mal?«, schnauzte der Mann die Beamten unfreundlich an.

Hanna zückte den Dienstausweis. »Herr Rodenthaler? Sind Sie Robert Rodenthaler?«

In diesem Moment schoben sich zwei der Fahnder am Hausherrn vorbei in die Villa. Sie standen nun hinter Rodenthaler, die Waffen im Anschlag, sodass dieser nicht mehr zurück ins Haus flüchten konnte. Auch die drei Kollegen hinter Hanna und Luca hatten ihre Waffen gezogen.

Rodenthaler machte keinerlei Anstalten, in irgendeine Richtung zu fliehen. Er sah sich böse nach den Polizisten hinter sich um. Dann starrte er die Beamten vor sich wütend an und sagte kein Wort. Hanna zeigte ihm den Durchsuchungsbefehl.

»Herr Rodenthaler, ich muss Sie vorläufig festnehmen, und wir müssen Ihr Haus durchsuchen. Bitte drehen Sie sich um.«

Rodenthaler blieb wie festgewachsen stehen, starrte Hanna weiterhin zornig an und schwieg. Luca reichte den Kollegen im Haus seine Handfesseln. Die drehten dem Mann mit geübten Griffen die Arme auf den Rücken. Die Handschellen rasteten ein.

»Herr Rodenthaler, ist außer Ihnen noch jemand im Haus?«, fragte Hanna. Der Mann blieb stumm und stur.

Hanna informierte die anderen Kräfte, die am Einsatz beteiligt waren. Sie wollte auf Nummer sicher gehen. Das Sondereinsatzkommando sollte zuerst einmal das ganze Haus durchkämmen. Dann konnten die Kollegen von der Fahndung und die Spurensicherer an die Durchsuchung gehen.

Rodenbacher sah der ganzen Prozedur zu, auf einem Stuhl im Flur sitzend, auf den man ihn gedrückt hatte, bewacht von drei Beamten. Er schaute weiterhin nur voller Ingrimm jeden an, der an ihm vorbeimusste, und gab keinen Ton von sich.

Hanna und Luca folgten den schwarzen Gestalten des SEK. Sie betraten die Räume, sobald sie freigegeben waren. Sie warfen einen Blick in das riesige Wohnzimmer, das kaum kleinere Esszimmer, die Küche, den Hauswirtschaftsraum, den Wintergarten und ein großzügiges Arbeitszimmer. Dann ging es ins obere Stockwerk. Es gab hier vier Schlafräume und zwei luxuriöse Bäder. Im Keller schließlich befanden sich neben Abstell- und Bastelräumen eine Sauna, ein Ruheraum und ein kleines Schwimmbecken. Zum Schluss ging es noch in die geräumige Doppelgarage. Im Haus befand sich tatsächlich niemand außer Robert Rodenthaler. Der Mann bewohnte diesen Herrensitz wirklich ganz alleine.

Was Hanna bei dem Rundgang ins Auge fiel, waren die vielen Kostbarkeiten, die hier versammelt waren. Antike und moderne Möbel, Gemälde, Porzellan und anderer Schnickschnack füllten Wände und Regale. Da stand eine futuristisch anmutende Designer-Couch, kombiniert mit einem Biedermeier-Tischchen. Da hing ein mittelalterliches Madonnenbild neben zeitgenössischer abstrakter Malerei. Auf einer Barock-Kommode standen eine große chinesische Vase und gleich daneben eine Schale aus buntschillerndem Glas. Als Einzelstücke mochte jedes seinen Reiz haben. Im Ensemble empfand Hanna dies alles als völlig geschmacklos. Es war bei dieser Kollektion wohl nur darauf angekommen, dass jedes der Dinge sündhaft teuer war. Doch sie sah auch die vielen Blumentöpfe, die der Villa vielleicht einmal ein bisschen Leben eingehaucht hatten. Die Pflanzen waren alle verdorrt.

Die Unordnung, die überall herrschte, tat ihr Übriges dazu. In der Küche standen jede Menge ungespülte Tassen und Teller, zum Teil mit Essensresten, die schon Schimmel angesetzt hatten. Die Möbel hatten alte Schmutzschichten. Dort, wo die Marmorfliesen nicht von Perserteppichen bedeckt waren, flogen Staubkullen umher. Überall lagen Kleider herum. Auf dem Biedermeier-Tischchen standen Flaschen und halbvolle Gläser. Auf der Designer-Couch lag eine zurückgeschlagene Bettdecke. Es sah aus, als hätte Rodenthaler gerade noch darauf geschlafen. Die Räume waren lange nicht gelüftet worden, und es roch nach alten Socken.

»Meine sizilianische Oma hat ja jede Menge Plunder«, sagte Luca beim Gang durch dieses Gespensterschloss, »aber das hier ist ja echt der Wahnsinn.«

Sie gingen zurück in den Eingangsflur der Villa, wo Rodenthaler saß, noch immer im Unterhemd und bewacht von etlichen Beamten. Obwohl es im ganzen Haus recht kühl war, schien er nicht zu frieren. Durch die auf dem Rücken gefesselten Hände fielen die Schultern noch mehr nach vorne.

Kurz überlegte Hanna, ob sie ihm schon ein paar Fragen stellen sollte, entschied sich dann jedoch dagegen. Der Mann strahlte eine unterschwellige Aggressivität aus. Ohne den Staatsanwalt und ohne eine Aufzeichnung von Bild und Ton wollte sie lieber kein Wort mit ihm wechseln. Sie gab die Anweisung, den Mann zu begleiten, damit er sich etwas anziehen konnte, und ihn dabei nicht aus den Augen zu lassen. Dann würde man ihn aufs Präsidium in den Polizeigewahrsam bringen. Luca sollte mit zurückfahren und die erkennungsdienstliche Behandlung koordinieren. »Du weißt schon – das ganze Programm, mit Mundabstrich und DNA-Analyse«, wies Hanna ihn an.

Wildermuth und seine Leute konnten nun ihre Arbeit beginnen. Ein letztes Mal noch mussten sie bei diesem Fall ran. Die Männer und Frauen standen schon in ihren weißen Overalls bereit. Wildermuth selbst verscheuchte zunächst die Kollegen von der Fahndung und dem Sondereinsatzkommando: »Hier hat keiner mehr etwas verloren!« Dann wandte er sich an seine Mitarbeiter. »Zuerst die Garage, dann den Keller, danach den Rest«, wies er sie an.

Hanna telefonierte. Sie setzte sich im Flur auf den Stuhl, auf dem bislang der Verdächtige gesessen hatte, auch wenn sie sich dabei unwohl fühlte. Doch alle andern Räume empfand sie als noch bedrückender. Zuerst informierte sie Frenzel. Der steckte in der Staatsanwaltschaft und regelte von dort aus den ganzen juristischen Kram.

»Wir bekommen den Haftbefehl, sobald wir mit dem Festgenommenen gesprochen haben. Vorausgesetzt, es ergeben sich nicht noch entlastende Fakten. Aber so sieht es ja wohl nicht aus, oder?«, wollte der Staatsanwalt wissen.

»Nein«, meinte Hanna. »Sie können sich ruhig schon mal auf den Weg ins Präsidium machen. Ich komme so schnell wie möglich. Dann können wir ihn uns vornehmen.«

Sie informierte Kallinger, der nun vollends glücklich war und darauf mit Sicherheit heute Abend zwei Biere und zwei Schnäpse trinken würde, wenn nicht noch mehr. Sie rief Bialas an. Auch der war spürbar erleichtert und lobte: »Gut gemacht, Hanna. Habt ihr etwas, womit ihr ihn festnageln könnt?«

»Die DNA. Er hat an der Dodge Viper Blut und Hautabschürfungen hinterlassen. Und bei Kienle wurde ein Haar gefunden. Mit identischer DNA. Vielleicht ergibt die Auswertung der Spuren bei Kerstin Wollschläger auch noch etwas. Auf jeden Fall haben wir spätestens am Montag ein Ergebnis, wenn die Speichelprobe heute noch zum LKA kommt.«

Sie hatte das Telefonat kaum beendet, da wurde sie selbst angerufen. Es war Volker.

»Hanna, wie steht's bei euch?«

»Ich glaube, ich habe heute Abend wirklich Grund zum Feiern.« Hanna bemerkte wieder das Prickeln. Jedes Mal, wenn sie mit dem Leiter der Hundestaffel zu tun hatte, schien es stärker zu werden. »Ich werd verrückt, wenn's heut passiert«, kam ihr in den Sinn. Der Nena-Hit.

»Ich werde leider nicht mitfeiern können«, meinte Volker. Es klang wirklich enttäuscht. »Wir haben einen Einsatz. Mit den ganzen Staffeln aus Stuttgart und Tübingen. Ein kleiner Junge wird vermisst. Fünf Jahre alt. Auch wenn ihm nichts passiert ist – die Nacht übersteht er draußen nicht, bei den Temperaturen.«

»Ach du liebes Elend. Habt ihr wenigstens ein klares Zielgebiet?«

»Nicht wirklich. Ich bin am Überlegen, ob ich weitere Staffeln anfordere.«

So ist das, dachte Hanna, wenn man einen solchen Job hatte wie sie selbst oder Volker. Es war schon nach fünf Uhr nachmittags. Und die Dämmerung würde bald einsetzen. Im Dunkeln war die Arbeit doppelt schwer. Hunde und Führer und erst recht Volker als Einsatzleiter standen unter einem enormen Druck. Hanna spürte, dass auch sie die Angst um den Jungen anflog.

»Aber lass das mal meine Sorge sein«, sagte Volker mit fester Stimme. »Ich glaube, du hattest mit eurer Geschichte die letzte Zeit genug um die Ohren. Dann feierst du eben mit den Kollegen.«

»Wir holen es nach«, beharrte Hanna. »Und ihr findet ihn! Ich drück dir ganz fest die Daumen.«

Und den Eltern, dachte Hanna, dass wirklich nichts passiert war und sie den Jungen wohlbehalten wiederbekamen. Und mir selbst muss ich auch die Daumen drücken, ging es ihr dann durch den Kopf. Denn wenn ein Verbrechen an dem Jungen geschehen war, dann würde das Dezernat für Tötungsdelikte gleich wieder einen harten Fall auf dem Buckel haben.

Hanna seufzte. Sie hatte sich den Abend so schön vorgestellt. Doch es blieb keine Zeit für Sentimentalitäten. Eine Mitarbeiterin der Spurensuche kam in den Eingangsbereich der Villa. »Ach, hier sind Sie. Herr Wildermuth möchte, dass Sie sofort in die Garage kommen.«

Der Chef der Kriminaltechnik wollte, dass man »seinen Tatort« betrat. Dann hatte er etwas Wichtiges gefunden. Hanna folgte der Kollegin im weißen Overall.

»Hier entlang«, wies die Frau sie an und führte sie vorbei an dem CLK zu einem Regal an der Hinterwand der großen Doppelgarage. Die Leute in Weiß waren noch dabei, ihre Nummernkärtchen aufzustellen und die Maßstäbe auszulegen. Einer fotografierte bereits wie ein Teufelchen. Doch Wildermuth winkte Hanna heran: »Ich denke, das hier solltest du gleich sehen, Hanna.« Man sah hinter der weißen Kapuze und dem Mundschutz nur noch seine dunklen, durchdringenden Augen.

In einem Regal stand eine sehr große stabile Ledertasche. Er öffnete die Tasche und ließ Hanna einen Blick hineinwerfen. Es lagen darin ein Elektrowerkzeug, das Hanna bei genauem Hinsehen als Metallsäge identifizierte, ein Wagenheber, eine Brechstange und Arbeitshandschuhe aus einer Art Wildleder. So offen, wie das ganze Tatwerkzeug hier herumlag, hielt sich Rodenthaler entweder für so gewieft, dass man ihn nie erwischen würde. Oder es war ihm mittlerweile alles scheißegal.

Wildermuth nahm die Handschuhe heraus: »Damit habt ihr ihn. Wir haben die Fasern, die wir an den Spurstangen und am Unterboden der Unfallfahrzeuge gefunden haben. Wenn sie mit denen hier übereinstimmen, dann müssen wir nur noch hier innen drinnen ein paar Hautschuppen von eurem Verdächtigen finden, dann ist die Sache klar. Und die finden wir. Das, was dieser Kerl veranstaltet hat, geht nicht ohne Hautabschilferungen.«

Hanna nickte: »Ich glaube auch: Das war's dann.« Erst jetzt spürte sie, wie langsam eine unendlich schwere Last von ihren Schultern wich.

6

Der Mann im Vernehmungsraum hatte sich kaum zurechtgemacht, obgleich er sowohl in seiner Villa als auch im Polizeigewahrsam die Gelegenheit gehabt hätte, sich zu waschen und zu rasieren. Sein Haar war zwar etwas zurückgekämmt, wirkte aber nach wie vor struppig und wie aus der Façon geraten. Er war nicht mehr ganz so verpennt. Doch die großen braunen Augen waren blutunterlaufen und die Lider geschwollen. Zwischen den geraden Brauen stand eine tief eingekerbte Zornfalte. Auf dem Hemd, das er jetzt trug, waren Soßenflecken. Und auch das Jackett, das sicher einmal teuer gewesen war, sah schmuddelig aus.

Robert Rodenthaler war um die fünfzig. Unrasiert und ungepflegt, wie er war, wäre er auch für sechzig durchgegangen. Sein Blick war nicht mehr ganz so feindselig. Die Aggressivität war einer gleichgültigen Überheblichkeit gewichen. Er antwortete wortkarg und dumpf, wenn Friedebald Frenzel eine Bestätigung der Angaben zu seiner Person forderte.

Hanna hatte sich wieder mit dem Staatsanwalt abgestimmt, bevor sie beide diesen Raum betreten hatten. Was war das Ziel der Vernehmung? Sie wollten ein Geständnis. Sicher – die Beweislage war eindeutig, wenn sich Wildermuths Annahmen bestätigten. Aber ein Geständnis war immer besser und erleichterte vor allem die Arbeit der Staatsanwaltschaft. Sie wollten ihn zunächst mit den Opfern konfrontieren und dann die Beweise und Fakten darlegen. Man musste abwarten, wie Rodenthaler darauf reagieren würde. Es lag am Geschick des Vernehmenden, eine gerichtsfeste Aussage zu bekommen.

Und wieder einmal war dies Hannas Aufgabe. Gerne hätte sie dies einem der Kollegen überlassen, die jetzt auf der anderen Seite der Glasscheibe saßen, um die Vernehmung verfolgen zu können. Alle waren sie gekommen. Rolf Gaßmann, Otto Obermayer, Dieter Schwandtner, Hans Wildermuth und Luca. Sogar der Chef vom Dezernat Raub und Erpressung, Stefan Wunderlich, war am späten Samstagnachmittag noch ins Präsidium gekommen. Keiner wollte es sich nehmen lassen, den Mann zu taxieren, der sie alle seit fast drei Wochen auf Trab gehalten hatte. Nur Franz Kallinger fehlte. Er hatte am Vormittag so mitgenommen ausgesehen, dass Hanna sich fast Sorgen um ihn machte. Man merkte, dass er langsam alt wurde. Sollte er sich nur etwas Ruhe gönnen.

Hanna sagte sich, dass dies der letzte Kraftakt sein würde, bevor auch sie wirklich loslassen konnte. Morgen würde endlich mal wieder ein freier Sonntag sein. Für sie und die Kollegen. Sie riss sich zusammen und konzentrierte sich, so gut es noch ging. Nachdem Frenzel die Formalien erledigt und den Festgenommenen über seine Rechte aufgeklärt hatte, stellte sie ihre Fragen.

»Wie gut kannten Sie Ludger Behrends?«

Rodenthaler hatte die Unterarme auf den Tisch gelegt, reckte das Kinn nach vorne und sah Hanna geringschätzig an. »Gar nicht«, sagte er nur.

Hanna legte ihm ein Porträt-Foto des Toten vor die Nase, auf dem Behrends leicht arrogant lächelte. Rodenthaler warf kaum einen Blick darauf, lehnte sich zurück und sagte: »Kenn ich nicht.«

»Zu wem hatten Sie Kontakt bei Ihren Geschäften mit der Real-Vermögensberatung?«

»Hatte ich mit denen Geschäfte? Was Sie nicht sagen.«

»Sie haben über die RVB in einen Dubai-Fonds investiert.«

Jetzt merkte man Rodenthaler eine Gefühlsregung an. Er schaute wieder böse drein, beherrschte sich jedoch und sagte nur: »Davon weiß ich nichts.«

Hanna legte dem Mann ein weiteres Bild hin. Es zeigte Karlheinz Kienle, in Anzug und Krawatte, ein Bild von der Homepage der WB-Südbank, das ihn sehr vorteilhaft zeigte.

»Und diesen Mann kennen Sie auch nicht?«

»Nein«, war die knappe Antwort.

»Erinnern Sie sich an eine Investition, bei der es um VW-Aktien ging? Sie haben sie über die Württembergisch-Badische Südbank abgewickelt.«

»Keine Ahnung, wovon Sie reden.« Seine Augen straften die Worte Lügen. Es blitzte darin zornig auf.

Hanna wusste schon, dass es bei Kerstin Wollschläger nicht besser werden würde. Trotzdem fragte sie: »Herr Rodenthaler, Ihr Unternehmen ist seit vielen Jahren Kunde der Stuttgarter Sparkasse. Wer betreut Sie dort?«

»Was geht Sie das an?«

»Bitte beantworten Sie meine Frage: Wer ist Ihr Ansprechpartner bei der Sparkasse?«

»Keine Ahnung. Irgend so eine Tussi. Das macht mein Prokurist.«

Hanna legte ihm ein Bild von Frau Wollschläger auf den Tisch. Auch dieses stammte von einer offiziellen Publikation der Sparkasse und zeigte die Frau im besten Licht.

»Frau Wollschläger kennt Sie. Sie hat Sie schon mehrere Male persönlich beraten.«

»So, hat sie das?«, sagte Rodenthaler höhnisch. »Beraten hat sie mich?«

»Sie kennen sie also?«

»Nein. Nie gesehen.«

»Herr Rodenthaler, ich weiß, dass Ihr Vater eine Kfz-Werkstatt besaß. Sie selbst haben über die Drehteile, die Sie herstellen, ja auch eine Beziehung zum Fahrzeugbau. Sie wissen also, was eine Spurstange ist.« Hanna fragte nicht. Sie stellte fest. »Und Sie wissen auch, was passiert, wenn eine solche Spurstange bricht.«

»Wenn Sie es sagen …« Er wirkte nun völlig gleichgültig.

Hanna legte ihm Unfallbilder vor. Die zusammengestauchte Dodge Viper, die E-Klasse von Kienle, die auf der Seite lag, und der Passat, den es quasi um einen Baum gewickelt hatte.

»Das passiert, wenn die Spurstange bricht.«

Rodenthaler warf wieder nur einen kurzen Blick auf die Fotos, starrte dann in irgendeine Ecke des Raums und sagte nichts.

Hanna merkte, dass sie langsam die Geduld verlor. Wie konnte sie zu diesem Eisklotz durchdringen?

»Ich weiß, dass Sie selbst Vater sind, Herr Rodenthaler. Und vielleicht können Sie ja nachvollziehen, wie es ist, wenn man ein Kind verliert. In dieser Dodge Viper starb ein junger Mann. Er war der einzige Sohn seiner Eltern. Ob seine Mutter das jemals verkraftet, ist ungewiss.

Karlheinz Kienle hatte Glück. Er wurde nur leicht verletzt. Aber es hätte auch anders ausgehen können. Dann hätten drei kleine Kinder ihren Vater verloren. Und hier …« Hanna deutete auf das Bild mit dem zertrümmerten Passat. »Hier hat es sogar die Falschen erwischt. Vier Jugendliche, drei davon mit schweren Verletzungen. Ob der Sohn von Frau Wollschläger durchkommt, ist noch nicht klar. Können Sie sich vorstellen, was seine Mutter durchmacht?«

Die Reglosigkeit, mit der Rodenthaler ihr zuhörte, war fast gespenstisch. Er schob das Kinn wieder trotzig nach vorne, blickte über die beiden Beamten hinweg und sagte kein Wort.

»Wir haben in Ihrer Garage eine Metallsäge, einen Wagenheber und Arbeitshandschuhe aus Kunstleder gefunden«, fuhr Hanna fort. Es war Zeit, den Mann mit den Beweisen zu konfrontieren. Weitere Fragen zu stellen schien ihr sinnlos. »Mit einer solchen Metallsäge wurden die Spurstangen dieser drei Autos angesägt. Die Kriminaltechnik wird untersuchen, ob die Spuren an den Autos zu den Werkzeugen bei Ihnen passen. Und Sie haben sich verletzt, als Sie die Dodge Viper beschädigt haben. Wir haben Ihre DNA, und in der Garage von Herrn Kienle wurde ein Haar von Ihnen gefunden. Seine DNA stimmt mit den Blut- und Hautpartikeln von der Viper überein. Und ich bin sicher, dass bei der Auswertung der Spuren in der Garage von Frau Wollschläger weiteres DNA-Material gefunden wird. Haare oder Hautschuppen, die wir Ihnen zuordnen können. Die Beweise sind erdrückend, Herr Rodenthaler. Ist Ihnen das klar?«

»Na, dann werten Sie das doch erst mal aus, und dann kommen Sie wieder«, meinte der Mann nur patzig.

Wer hier wann wiederkommt, bestimme ich, dachte Hanna – und wusste nicht weiter. Es war ihr nicht möglich, mit diesem Typ eine Atmosphäre der Verständigung herzustellen. Doch genau das war die Voraussetzung dafür, dass die Beschuldigten anfingen zu reden. Sie überlegte, ob sie das Ganze einfach abbrechen und die Vernehmung erst wieder aufnehmen sollte, wenn wirklich alle Spuren und Indizien ausgewertet waren.

Da lehnte sich Frenzel neben ihr nach vorne. Er hatte bislang schweigend zugehört und beobachtet.

»Herr Rodenthaler«, sagte er nun sehr liebenswürdig und sah den Mann freundlich lächelnd an. »Sie haben durch diese Leute Geld verloren. Richtig viel Geld. Die haben Sie ruiniert. Nicht wahr?«

Die Metamorphose des Festgenommenen war erstaunlich. Er beugte sich nach vorne, blitzte Frenzel aus hasserfüllten Augen an und polterte los: »Diese Arschlöcher, diese Hohlköpfe! Ja, ruiniert haben sie mich. Mit ihrem blöden Geschwätz von Renditen und Marktentwicklungen. Haben keine Ahnung, aber labern was daher. Provisionen stecken sie ein, das ist alles, was die können. Aber da langen sie richtig zu! Und wenn der Kunde sein ganzes Geld verliert, dann geht denen auch noch einer ab. Dieser Behrends, dieses arrogante Bürschchen … Meint nur: ›Da haben Sie sich eben verzockt‹, und lacht sich einen. Wer ist denn schuld an der ganzen Scheiße? Wer hat uns denn diese Finanzkrise eingebrockt? Die Banker und die Hypothekenhaie. Die haben uns doch in die Scheiße geritten, diese Flaschen, diese unterbelichteten.«

»Und dann hat Ihnen auch noch die Frau Wollschläger das Geld verweigert, mit dem Sie die Sache noch hätten retten können«, stellte Frenzel verstehend fest.

»Diese blöde Kuh. Soll sie doch heulen um ihren missratenen Balg. Soll der doch krepieren, der Sohn von dieser Hure. Dieses frigide Weibsstück geilt sich daran auf, dass ich angekrochen kommen muss. So nicht! So behandelt man einen Rodenthaler nicht!«

Hanna hatte sich schon bei der Festnahme gewundert. So hätte sie sich einen Unternehmer niemals vorgestellt. Aber jetzt war sie fast schockiert. Wie konnte ein Geschäftsmann, der mit Kunden und Mitarbeitern umgehen musste, so vulgär und primitiv sein. Der Geifer, den die Erinnerung an seine finanziellen Niederlagen auslöste, hatte fast schon psychopathische Züge. Wenn irgendein Anwalt auf den Trichter mit der Unzurechnungsfähigkeit kommt, wer weiß, ob der nicht Chancen hätte, ging es ihr durch den Sinn.

»Also haben Sie es den Leuten heimgezahlt«, stellte Frenzel fest. Er blieb freundlich und verständnisvoll.

»Die bekommen ihre Quittung. Ich zahl's ihnen allen zurück. Allen! Mit Zins und Zinseszins! Wer einen Rodenthaler betrügt, wer mir mein Eigentum wegnimmt, der bekommt die Quittung. Das kann sich jeder hinter die Ohren schreiben. Jeder!«

Jetzt dreht er wirklich durch, dachte Hanna. Der ist größenwahnsinnig. Der hat überhaupt noch nicht kapiert, dass er in den nächsten Jahren noch nicht mal in die Nähe eines Autos kommen wird.

»Und als Quittung haben Sie denen die Spurstangen angesägt«, meinte Frenzel, »als ausgleichende Gerechtigkeit sozusagen.«

Rodenthaler merkte plötzlich, dass er die Kontrolle verloren hatte. Er wich auf dem Stuhl wieder zurück. Wieder wurde das Kinn herausfordernd nach vorne geschoben. »Ich will einen Anwalt«, sagte er grimmig und verschränkte die Arme vor der Brust.

Frenzel lehnte sich zufrieden zurück, wandte sich an Hanna. »Nun, Frau Stankowski, ich denke, wir haben auch momentan keine weiteren Fragen. Oder? Ich werde dem Herrn Untersuchungsrichter erzählen, wie der Herr Rodenthaler von den Geschädigten behandelt worden ist. Und wie sehr ihn das aufgeregt hat. Die Kriminaltechnik macht brav ihre Hausaufgaben. Und dann, Herr Rodenthaler, sehen wir uns nächste Woche wieder vor dem Haftrichter. Nicht wahr?«, strahlte er den Delinquenten an.

Erst als die drei bewaffneten Kollegen in Uniform in den Vernehmungsraum traten und ihn abführten, schien Rodenthaler etwas unruhig zu werden. Doch in seinen Augen blitzte nach wie vor der Hass. Wem dieser mehr galt – den Beamten oder den Bankern –, war nicht klar.

Sie gingen in den Nebenraum, von wo aus die Kollegen die Vernehmung mitverfolgt hatten. Und siehe da: Auch Andreas Bialas war wieder anwesend.

»Du bekommst noch einen handfesten Ehekrach. Und Kallinger dürfte dich hier auch nicht sehen«, sagte Hanna zu ihm.

»In fünf Minuten bin ich hier weg. Und dann seht ihr mich die nächsten drei Wochen nicht mehr.«

»Meine Fresse, was für einen Irren haben wir denn da geschnappt!« Luca fuhr sich aufgeregt mit der Hand durch die dunklen Haare. »Der hat doch einen an der Waffel.«

»Zumindest an der Grenze zum Psychopathen«, kommentierte Dieter Schwandtner lakonisch. »Wenn der einen gewieften Rechtsanwalt hat, dann führt er den vor, wie Herr Frenzel das gerade gemacht hat. Und jeder Richter wird ihn in die Klapse stecken.« Er hatte also den gleichen Gedanken gehabt wie Hanna selbst.

»Auf jeden Fall war das klasse, Herr Frenzel!«, sagte Luca und drückte dem Staatsanwalt fest die Hand. Friedebald Frenzel freute sich wie ein Kind darüber.

»Gute Arbeit«, nickte auch Wildermuth. »Aber dass wir unsere Hausaufgaben machen sollen, brauchen Sie uns nicht zu sagen.« Es klang fast ein bisschen beleidigt.

»Gute Arbeit«, brummte nun auch Otto Obermayer. »Aber war das jetzt eigentlich ein Geständnis? Wirklich zugegeben hat er es ja nicht. Ich meine, dass er die Spurstangen angesägt hat.«

»Ich denke«, sagte Rolf Gaßmann zögerlich, »also, indirekt hat er es doch zugegeben. Das mit der Quittung, die alle gekriegt haben. Oder nicht?«

Hanna hatte plötzlich ein komisches Gefühl. Und sie sah, wie Bialas vor sich hinstarrte, das Taschentuch aus der Hose zog und sich wie in Gedanken lange die Nase putzte.

»Mir reicht es jedenfalls für einen handfesten Haftbefehl.« Frenzel hatte sich auf einen Stuhl gesetzt und die Hände zufrieden über dem Bauch gefaltet. Erst jetzt fiel Hanna auf, dass er sich für das Verhör doch noch »in Schale« geworfen hatte. Der braune, etwas schäbige Anzug und die völlig unpassende violette Krawatte beleidigten fast das Auge. Es war, als würde er damit gegen seine Berufsuniform protestieren.

»Jetzt nimmt er sich einen Anwalt«, sinnierte der Staatsanwalt weiter, »und dann sieht alles sowieso wieder ganz anders aus. Ich weiß, dass ich mich auf Ihre Kriminaltechnik hundertprozentig verlassen kann« – er betonte jedes Wort, ohne Wildermuth anzuschauen – »und dann hauen wir denen die Fakten um die Ohren, dass sie nur so staunen.«

»Also machen wir Schluss jetzt«, sagte Hanna. »Gute Arbeit, von euch allen!« Sie sah jeden in der Runde an, auch Dieter Schwandtner.

»Du auch, Hanna«, sagte Rolf Gaßmann leise. »Du hast auch gute Arbeit geleistet.«

»Danke, Rolf. Ich würde euch jetzt liebend gerne dazu einladen, ordentlich einen darauf zu trinken, dass wir ihn endlich gefasst haben. Aber ich bin einfach zu k. o. Wir holen es nach. Aber jetzt erst mal: Freier Sonntag für alle.«

7

Steffie war schon da, als Hanna nach Hause kam. Sie hatte eingekauft und kochte gerade. Es gab Hühnerfrikassee mit Basmati-Reis und einen Salat.

Sie sieht gut aus, dachte Hanna, erholt und von der Wintersonne gebräunt.

»Ich muss mal wieder was Gescheites essen«, meinte Steffie. »Wir haben so viel Pizza gegessen, dass sie mir zum Hals raushängt. Und du?« Sie wandte sich zu ihrer Mutter um. »Hast du heute den ganzen Tag arbeiten müssen?«

Hanna nickte. »Aber jetzt haben wir ihn.«

»Den Typ, der die Spurstangen ansägt?«

»Genau den. Er hat noch mal einen Unfall verursacht. Mit vier jungen Leuten. Drei davon haben schwere Verletzungen. Aber wir haben ihn, Gott sei Dank!«

Sie setzte sich an den Küchentisch und sah ihrer Tochter zu, wie sie den Salat anmachte. Es war der erste Moment, an dem sie heute zur Ruhe kam. Und spürte wieder die abgrundtiefe Erschöpfung. Sie war froh, dass sie jetzt nicht alleine war. Die Anteilnahme und die Wärme eines nahen Menschen waren auch und gerade dann wichtig, wenn man eine solche Herkulesaufgabe bewältigt hatte. Aber sie geht bald, wusste Hanna, und dachte an Volker. Sie hatte sich den Abend mit ihm so schön vorgestellt. Aber vielleicht war es besser, das erste Date nicht gerade dann zu machen, wenn man befürchten musste, jeden Moment einzuschlafen.

Ob er den kleinen Jungen wohl gefunden hatte, fragte sie sich.

Steffie tischte auf. Das Essen schmeckte köstlich nach den Wochen mit kleinen Snacks und dem Kantinenessen. Sie konnte stumm genießen, und Steffie erzählte über ihren Skiurlaub. Das Wetter war phantastisch gewesen. Die Unterkunft war nicht der Hit, aber für die Nähe zum Skilift und für das Geld ganz okay. Nur ein paar von den Leuten, mit denen Steffie unterwegs gewesen war, die waren wohl ziemlich ätzend.

Steffie räumte, nachdem sie gegessen hatten, das Geschirr weg und erzählte von ihren Kumpels, diesen Idioten, die zum Teil schon nach der dritten Abfahrt und noch vor dem Mittagessen das erste Flügerl hinunterkippten, eine Mischung aus Wodka und einem Energy-Drink, und sich dann wie Superman fühlten und waghalsige Abfahrten unternahmen, bei denen sie sich und andere …

Hanna merkte kaum, wie ihr die Augen zufielen und ihr Kopf auf die Arme sank, die sie vor sich auf den Tisch gelegt hatte. Plötzlich spürte sie, wie jemand ihr sanft über die Wange strich. Für einen Moment dachte sie, dass Volker neben ihr stand und sie streichelte.

»Mami«, sagte Steffie, »Mami, du musst ins Bett!«

Sonntag, 21. Februar 2010

1

Hanna hatte lange und gut geschlafen, wie ein Murmeltier im Eiszeitwinter. Sie fühlte sich trotzdem benommen, als sie aufstand, und beschloss, zuerst mal einen Kaffee zu trinken, bevor sie sich unter die Dusche begab. Noch bevor der Stärkungstrank durchgelaufen war, kam Steffie in die Küche.

»Mama, du sollst sofort deinen Chef anrufen.«

»Kallinger?« Sie hatte das Telefon gar nicht gehört.

»Nein, Herrn Bialas. Er meinte, ich soll dich ausschlafen lassen. Aber dir dann gleich sagen, dass du ihn mal anrufen sollst. Auf der privaten Festnetznummer.«

Hanna seufzte. Es war wichtig, das wusste sie. Sonst würde Bialas sie heute in Ruhe lassen. Trotzdem setzte sie sich an den Küchentisch, trank ihren Kaffee und hoffte, dass dadurch die Schwere weichen würde, die trotz des langen Schlafs auf ihr lastete.

Sie seufzte wieder und holte ihr Diensthandy. Bevor sie die Nummer von Bialas anwählte, sah sie auf dem Display eine eingegangene SMS. Sie öffnete die Nachricht.

»Wir haben ihn. Er lebt.« Die SMS war von Volker. Sie war nachts um drei an sie abgeschickt worden. Hanna wurde es ganz warm ums Herz. Weil das Kind lebte. Weil Volker an sie gedacht hatte. Und weil sie sich in einen Helden verliebt hatte.

Bialas war sofort am Apparat, als sie anrief.

»Hanna, tut mir wirklich leid, dass ich dir den Sonntag vielleicht vermiesen muss«, entschuldigte er sich sofort. »Aber dieses Mal bin ich es, dem die Muffe geht. Erinnerst du dich, bei der Vernehmung von Rodenthaler, was er da mit der Quittung gesagt hat? Ich habe die halbe Nacht da dran rumgemacht.«

Hanna wurde es ganz flau in der Magengegend. Sie wusste intuitiv, was Bialas meinte.

»Er hat betont, dass er es allen heimzahlt. Und das in der Gegenwartsform«, sagte sie leise. »Mir kam's auch komisch vor. Aber ich habe es verdrängt. Ich war erst mal froh, dass wir ihn hatten.«

»Verstehe ich, Hanna. Das war mitnichten ein Vorwurf. Nur … mir lässt es keine Ruhe …«

»Du meinst, er könnte vielleicht wirklich in der Nacht von Freitag auf Samstag noch mal losgezogen sein?«

»Warum sagt er sonst ›Ich zahle es ihnen allen heim‹? Und nicht ›Ich hab's ihnen allen heimgezahlt‹? Der hat noch eine Rechnung offen.«

Hanna erinnerte sich nun auch daran, wie übernächtigt Rodenthaler wirkte, als sie in sein Haus kamen. Und das am späten Nachmittag.

»Ich habe eine Bitte, Hanna«, sprach Bialas weiter. »Wenn du es irgendwie noch auf die Reihe bringst … Bitte geh noch mal ins Präsidium, hör dir die Stelle noch mal an. Ruf mich an und spiel sie mir auch noch mal vor.«

»Okay, Andreas.« Hanna hatte zwar das Gefühl, dass ihre Kraftreserven aufgebraucht waren und keinesfalls mehr dafür ausreichen würden, heute wieder zur Arbeit zu gehen. Doch sie versprach: »Sobald ich etwas gefrühstückt habe, mach ich mich auf den Weg.«

»Tut mir wirklich leid«, brummte Bialas. »Hab schon gemerkt, in was für einer Verfassung du bist. Aber es geht mir jetzt wie dir gestern Abend. Wir machen uns die schlimmsten Vorwürfe, wenn wir das einfach ignorieren.«

Er hatte so recht. Aber Hanna war wirklich an ihren Grenzen. Sie schleppte sich unter die Dusche und wusste lange nicht, was sie anziehen sollte. Obwohl das bei ihr immer recht einfach war. Ein paar bequeme Jeans und ein warmer, legerer Pullover in einer ihrer Lieblingsfarben. Auch das Anrichten des Frühstücks wurde zum Kraftakt. Und als sie sich an den Küchentisch setzte, stellte sie fest, dass sie sowohl die Butter als auch die Milch und die Marmelade vergessen hatte. Nur schwer konnte sie sich aufraffen, den Frühstückstisch zu verlassen. Doch langsam kam auch die Angst wieder. Die Vorstellung, dass da immer noch jemand mit einer angesägten Spurstange durch die Lande fuhr, stellte schließlich die letzten Energiereserven zur Verfügung.

Hanna gab ihrer Tochter Bescheid, dass sie noch mal ins Präsidium musste.

»Ich denke, ihr habt ihn«, meinte Steffie erstaunt.

Hanna winkte nur ab. Sie wollte jetzt keine Erklärung abgeben, es war ihr zu mühsam.

2

Im Präsidium besorgte sie sich noch mal einen Kaffee, obwohl sie nicht sicher war, ob der ihr noch guttun würde. Aber irgendwie musste sie ihre Lebensgeister ja aufrütteln. Dann holte sie die Tonaufzeichnung und das Video von der Vernehmung. Sie setzte sich in den Technikraum neben dem Zimmer, in dem sie gestern Rodenthaler befragt hatten, und sah sich die Aufzeichnung des Verhörs noch einmal an. Wieder war sie über die Verwandlung erstaunt, die der Festgenommene machte, als Frenzel ihn so verständnisvoll auf seine finanziellen Verluste ansprach. Es gab solche Menschen. Die hatten keinerlei Gefühl und Verständnis für das Leiden anderer. Die eigene Befindlichkeit jedoch wurde mit hypersensiblem Spürsinn wahrgenommen. Der Mann hatte wirklich pathologische Züge.

Dann kam sie zu der Stelle, die Andreas Bialas gemeint hatte. So aufmerksam wie möglich sah sie sich das Video noch einmal an.

»Die bekommen ihre Quittung. Ich zahl's ihnen allen zurück. Allen! Mit Zins und Zinseszins! Wer einen Rodenthaler

betrügt, wer mir mein Eigentum wegnimmt, der bekommt die Quittung. Das kann sich jeder hinter die Ohren schreiben. Jeder!«

Die Videokamera hatte das Gesicht Rodenthalers voll im Visier gehabt. Hanna sah jetzt erst in aller Deutlichkeit das verbiesterte Leuchten in seinen Augen. Doch in diesem Blick lag noch mehr. Es war so etwas wie Triumph. Der Rachefeldzug war noch nicht zu Ende. Das Gefühl verfestigte sich. Doch sie hielt den Mann nicht für verrückt genug, dass er wirklich glauben würde, nach seiner Verhaftung noch einmal zum Zuge zu kommen.

Bevor sie jedoch Bialas zurückrief, um seine Bitte zu erfüllen, suchte sie übers Internet-Telefonbuch eine andere Nummer heraus. Es gab verschiedene Frenzels in Stuttgart, aber nur einen Eintrag ohne Vornamen und Adresse. Hanna wählte die Nummer, auch wenn sie nicht einmal sicher war, dass der Staatsanwalt tatsächlich in der Landeshauptstadt wohnte. Sie hatte Glück.

»Frenzel«, meldete sich die heitere Stimme.

»Herr Frenzel, hier ist Stankowski. Ich muss Sie um Entschuldigung bitten, dass ich Sie am Sonntag nun doch störe.«

Sie spürte, dass der Staatsanwalt für einen Moment wirklich erstaunt war. Dann sagte er: »Ich nehme an, dass Sie mich nicht stören würden, wenn's dafür keinen Grund gäbe.«

»Herr Bialas hat mich gebeten, mir die Aufnahmen von unserer Vernehmung gestern noch einmal anzuhören. Und genau darum möchte ich jetzt auch Sie bitten. Darf ich Ihnen das Band vorspielen? Nur eine ganz bestimmte Stelle. Und Sie sagen mir einfach ganz spontan, was Ihnen dazu einfällt. Ja? Danach lasse ich Sie sofort in Ruhe.«

Frenzel stimmte zu, und noch einmal erklang die Stimme Robert Rodenthalers mit seinem Gebelfer. Nach dem Satz *Das kann sich jeder hinter die Ohren schreiben. Jeder!* schaltete Hanna das Band ab. Frenzel, der über die Freisprechanlage zugehört hatte, schnaufte hörbar durch und sagte dann:

»Oi oi oi, Frau Stankowski, Sie sind mein schlechtes Gewissen. Ich hatte gestern genau an dieser Stelle ein ganz komisches Gefühl. Ich wollte es nicht wahrhaben – ich hatte einfach keinen Bock mehr. Aber wenn Sie mich jetzt so fragen, dann muss ich sagen: Der Mann hat noch eine Kugel im Revolverlauf.«

»Empfinden Sie das auch so?«

»So klingt es irgendwie. Was meinte denn Herr Bialas dazu?«

»Er war heute Morgen schon mein schlechtes Gewissen.«

»Und was gedenken Sie nun zu tun?«

Ja, was sollte sie nun tun, fragte sich Hanna.

»Wir müssen wohl überlegen, wen Rodenthaler gemeint haben könnte. Und dann bleibt nichts anderes übrig, als die Leute nacheinander abzuklappern und ihre Fahrzeuge zu überprüfen.«

»Also, Frau Stankowski, wenn wir irgendwann endlich mal Land in Sicht haben bei diesem abstrusen Fall, dann werde ich höchstpersönlich bei Ihrem Präsidenten anrufen und ihn dazu verdonnern, Ihnen einen Extra-Urlaub zu verordnen. Und dann bitte ich Sie, Ihren Präsidenten zu bitten, dass er meinen Leitenden Anwalt persönlich auffordert, mir ebenfalls einen Extra-Urlaub zu genehmigen. Weil … so langsam geht selbst mir das ganz schön an die Nerven. Aber was soll's. Sonntag hin oder her. Wir müssen da durch, Frau Stankowski. Mein Diensthandy ist ab sofort wieder online. Halten Sie mich auf dem Laufenden. Und wenn Sie mich brauchen – ich stehe zur Verfügung.«

»Wir können also nicht ausschließen, dass immer noch ein Auto mit angesägter Spurstange herumfährt«, stellte Bialas fest, nachdem Hanna ihn wieder an der Strippe hatte. »Die Frage ist, was jetzt zu tun ist.«

»Wenn ich das nur wüsste.« Hanna stellte selbst fest, wie weinerlich ihre Stimme klang. Ihr Gehirn streikte. Es war einfach überarbeitet.

»Wer kommt in Frage? Durch wen hat Rodenthaler sonst noch Geld verloren?«, sinnierte Bialas weiter, ohne auf den Schwächeanfall von Hanna einzugehen. »Oder Eigentum. Er spricht davon, dass diejenigen die Quittung bekommen, die ihm sein Eigentum wegnehmen.«

»Der Insolvenzverwalter«, meinte Hanna. »Es muss ja einen Insolvenzverwalter für Rodenthalers Unternehmen geben.«

»Das könnte auf jeden Fall ein Kandidat sein«, bestätigte Bialas. »Gibt es vielleicht noch eine Kontaktperson bei der Stuttgarter Sparkasse? Vielleicht hat er nicht nur auf diese Frau Wollschläger einen Brass gehabt.«

»Müssen wir klären«, meinte Hanna.

»Schreib dir's auf«, wies Bialas sie an. Er hatte die Chefrolle übernommen, und Hanna war gottfroh darüber und gehorchte brav.

»Dann: Was ist mit dem Mitarbeiter von Karlheinz Kienle?«, setzte Bialas die Überlegungen fort. Er hatte alles noch im Gedächtnis. »Ich meine den, der Rodenthaler direkt betreut hat.«

»Hab ich aufgeschrieben«, vermeldete Hanna. »Werden wir überprüfen.«

»Dasselbe natürlich bei dieser Real-Vermögensberatung. War dieser Dubai-Fonds die einzige Geldanlage, die über die RVB vermittelt worden ist? Oder gab es noch andere Sachen mit Verlusten? Und wer hat das vermittelt?«

»Wir müssen mit dem Sohn und der Tochter von Rodenthaler sprechen. Vielleicht auch mit seinem Vater«, fiel es Hanna ein. »Vielleicht haben die ja etwas mitbekommen. Vielleicht gibt's ja Leute, auf die Rodenthaler besonders geschimpft hat. So cholerisch wie der Mann ist, könnte ich mir das gut vorstellen.«

»Gibt's eigentlich auch eine Frau Rodenthaler?«, fragte Bialas.

»Keine Ahnung.« Sie konnte sich gut vorstellen, dass diese Frau irgendwann einmal die Flucht ergriffen hatte.

»Und ihr müsst natürlich prüfen, ob der Täter auch bei andern Geldinstituten noch irgendein Vermögen liegen hatte. Vielleicht gibt es ja weitere Einbußen, von denen wir noch gar nichts wissen«, stellte Bialas fest. Er war in seinem Element und lebte regelrecht auf.

Doch Hanna wurde es fast schwindelig. Wie sollte sie das managen? Wenn nur diese lähmende Lethargie endlich von ihr abfallen würde.

»Hanna, ich würde dir gerne helfen«, sagte Bialas. Er spürte wohl, in welchem Tief sie steckte. »Aber ich kann die Verantwortung nicht übernehmen. Ich bin krankgeschrieben. Du musst jetzt als Erstes die Leute zusammentrommeln, unser ganzes Dezernat, wenn's irgendwie geht. Und du musst dich an den Chef vom Kriminaldauerdienst wenden. Die müssen dir Leute zur Verfügung stellen. So viele wie möglich. Alarmiert den Bereitschaftsdienst der Spurensicherung. Wenn die nicht genügend Leute in Bereitschaft haben, dann sollen sie welche aus den umliegenden Polizeidirektionen anfordern.« Bialas machte eine Gedankenpause. Dann setzte er seine Anweisungen fort: »Geht noch einmal gemeinsam durch, wer sonst noch als Zielscheibe von Rodenthaler in Frage kommt. Und du konzentrierst dich dann nur noch darauf, die einzelnen Teams zu den Leuten zu schicken, die in Frage kommen. Und das so schnell wie möglich. Ihr müsst ja nur die Autos der Leute checken. Und setzt jemanden darauf an, die Finanzen von Rodenthaler zu durchleuchten und danach abzuklopfen, ob da noch irgendein Motiv zum Vorschein kommen könnte.«

Bialas hielt inne. »Hanna, ich will dich nicht überfallen mit meinen Vorschlägen. Du musst auch nicht …«

»Mach nur, Andreas«, fiel ihm Hanna ins Wort. »Ich bin doch froh, wenn jemand mitdenkt. Wir dürfen einfach nichts vergessen. Du hilfst mir sehr. Wirklich.«

»Nun«, überlegte Bialas. »Ich glaube, die wichtigsten Schritte haben wir. Vielleicht noch eins: Ihr solltet den Computer von Rodenthaler gründlich durchforsten. Seine

E-Mails, seine abgelegten Dokumente. Vielleicht findet ihr da ja noch Hinweise.«

3

Hanna war wirklich froh über das klare Programm, das Bialas ihr vorgegeben hatte. Jetzt hieß es nur noch, dies alles abzuarbeiten, und das war schon eine schwere Bürde.

Die Leute zusammentrommeln!

Luca war bei seinen Eltern. Er war absolut nicht begeistert, dass der freie Sonntag nun doch Makulatur war. Aber noch weniger begeistert war seine Mutter. Wie Hanna wusste, machte sie dem Sohn ohnehin gerne Vorwürfe, weil er sie, die ihn doch so sehr liebte, so oft vernachlässigte.

Otto Obermayer erreichte sie bei der Feier zum siebzigsten Geburtstag seiner Schwiegermutter. »Gleich gibt's hier Mittagessen«, brummte er. »Da kann ich nicht weg. Spätestens nach dem Kaffee komme ich.« Was sollte man machen?

Dieter Schwandtner war nicht erreichbar. Weder auf dem Festnetz noch auf einem Handy-Anschluss. Und Hanna war sich gar nicht sicher, ob sie traurig darüber sein sollte. Jetzt noch ein aufmüpfiger Schwandtner – das hätte sie nicht verkraftet.

Rolf Gaßmann war zu Hause. Und er sagte, wenn auch nicht gerade erfreut, dass er sich sofort auf den Weg machen wolle. Doch im Hintergrund geiferte laut und völlig ungehemmt seine Frau. Die Ehe der beiden war nicht nach Hannas Geschmack. Rolf konnte sich nicht durchsetzen und verfiel stattdessen in Schwermut. »Bleib zu Hause, Rolf«, wies sie ihn an. »Das hat doch keinen Wert, wenn du nur Schwierigkeiten bekommst.« Sie wollte nicht noch Öl ins Feuer gießen. Doch wieder wurde ihr bewusst, dass Rolf Gaßmann einfach nicht an der richtigen Stelle saß, in einem Dezernat, in dem immer wieder auch Außergewöhnliches gefordert wurde.

Hanna informierte die Kollegen vom Kriminaldauerdienst. Kurz danach meldetet sich der Dezernatsleiter des Dauerdienstes und sagte doch tatsächlich: »Na, da bin ich jetzt natürlich nicht gerade entzückt, dass das jetzt am Sonntagnachmittag sein muss.«

»Ach was? Da sind Sie nicht entzückt?«, erboste sich Hanna. »Und Sie denken, ich bin entzückt? Nachdem ich seit drei Wochen keinen Tag mehr weniger als zwölf Stunden im Dienst bin, Samstage und Sonntage eingeschlossen? Wir haben einen Toten, drei Schwerverletzte und ein Opfer, das mit viel Glück mit ein paar Blessuren davongekommen ist. Ich will nicht noch einen Toten oder Schwerverletzten, auch nicht am Sonntagnachmittag!« Es war schon traurig, dass sie einem leitenden Kollegen dies ebenso unter die Nase reiben musste wie manchen ignoranten Zeugen. Wenigstens bekamen durch den Ärger ihre Lebensgeister ein bisschen Zunder.

»Ist ja gut«, lenkte der Chef vom KDD ein. »Die vier Leute, die im Präsidium Dienst haben, schicke ich sofort zu Ihnen. Und ich schaue, dass ich so viele Leute wie möglich noch mobilisiere.«

Die beiden diensthabenden Kollegen von der Kriminaltechnik waren kooperativer. Obwohl, oder vielleicht gerade weil die Spurensicherer so stark in den Fall involviert waren. Sie sagten von sich aus zu, Hans Wildermuth zu informieren und Kollegen von den umliegenden Polizeidirektionen anzufordern.

Die vier Kolleginnen und Kollegen vom KDD, die kurz darauf im Konferenzraum der Sonderkommission »Spurstange« mit Hanna zusammensaßen, setzte sie darauf an, Namen, Adressen und Aufenthaltsorte der Leute zu ermitteln, die auf der Liste standen, die Bialas ihr quasi diktiert hatte. Man musste herausbekommen, wer der Insolvenzverwalter der Rodenthaler Drehteile GmbH & Co. KG war und wie man ihn kontaktieren konnte. Sie brauchten die Wohnorte und Telefonnummern von Rodenthalers Sohn und Tochter. Der Mitarbeiter von Karlheinz Kienle, der Rodenthaler direkt betreut hatte, musste gefunden werden. Ein weiterer Beamter sollte Kerstin Wollschläger anrufen und über sie herausbekommen, ob Rodenthaler mit weiteren Mitarbeitern der Stuttgarter Sparkasse Kontakt und eventuell Ärger hatte.

Als Luca eintraf, gab sie ihm auf, über die Kontakte zur Real-Vermögensberatung herauszubekommen, ob auch dort ein weiterer potenzieller Widerpart von Rodenthaler sein könnte. Vor allem den Chef der RVB, Bernhardt Winterstein, müsste man endlich einmal sprechen können. Er war ja jetzt wohl von seinem USA-Trip zurück.

Die Leute hatten sich gerade auf die verschiedenen Arbeitsplätze des Soko-Hauptquartiers verteilt und zu telefonieren begonnen, als Rolf Gaßmann eintrudelte. »Ich kann euch doch nicht hängen lassen«, sagte er in einem Ton, als sei er an dem ganzen Schlamassel schuld.

Hanna konnte sich ein Lächeln nicht verkneifen. Hatte er seine Alte also tatsächlich schimpfen lassen und war gegangen. Und sie war froh, dass er nun doch hier war. Sie trug ihm auf, weiter bei den entsprechenden Dateien der Bankenaufsicht zu recherchieren. »Ich will auch wissen: Gibt es irgendwelche Bewegungen auf den Konten, die uns Hinweise liefern könnten? Zum Beispiel auf Konten im Ausland. Oder auf weitere Verlustgeschäfte.« Es war wieder die richtige Arbeit für ihn und er würde sie zuverlässig erledigen.

Hanna selbst rief bei der Justizvollzugsanstalt in Stammheim an und veranlasste, dass man Rodenthaler ins Präsidium brachte, um ihn noch einmal zu verhören.

Nach und nach trafen weitere Beamte des Kriminaldauerdienstes und der Spurensicherung ein. Und als um halb vier auch Otto Obermayer sich von seiner Schwiegermutter losgeeist hatte, war wieder einmal große Versammlung im Konferenzraum.

Hanna wunderte sich maßlos, dass sie es tatsächlich geschafft hatte, auf die Schnelle eine Sonderkommission aus achtzehn Frauen und Männern zusammenzubringen. Eine ganze Reihe der Kollegen vom KDD waren bereits in die Arbeit der Soko involviert gewesen. Darauf hatte der Chef vom Dauerdienst wohl geachtet. Auch Melanie, die vollbusige Schönheit mit ihrem wallenden Haar, war wieder dabei. Hanna fühlte sich auch nicht mehr ganz so down. Es gab doch noch Energiereserven, die sie anzapfen konnte.

Auch die ersten Ergebnisse, die die Leute nun vortrugen, waren ermutigend. Man hatte den Insolvenzverwalter der Rodenthaler GmbH über den Bereitschaftsdienst des Amtsgerichts recht rasch ausfindig gemacht. Der Mann, ein Dr. Hawelka, war gewarnt und würde seinen Wagen nicht anrühren, bis Kollegen der Spurensicherung ihn gecheckt hatten. »Er möchte nur, dass Sie ihn, wenn's irgendwie geht, mal anrufen und ihm genauer erklären, was eigentlich los ist«, bat der Mann vom Kriminaldauerdienst Hanna.

Hanna nickte und machte sich Notizen. Sicher hatte dieser Mann Einblick in die Geschäfte von Rodenthaler. Also wusste er vielleicht auch, ob es weitere Kandidaten gab, die der Unternehmer besonders hasste.

Auch Karlheinz Kienle hatte man über das Handy seiner Frau recht schnell erreicht. Er hatte alle notwendigen Angaben zu seinem Mitarbeiter gemacht, einem gewissen Hermann Richter: Adresse, Telefonnummern und sogar das Kfz-Kennzeichen. Doch bislang hatte die Kollegin vom KDD, die diesen Ermittlungsstrang übernommen hatte, ihn nicht erreichen können.

»Sie organisieren, dass sofort jemand zu der Adresse von diesem Herrn Richter fährt«, wandte sich Hanna an die Frau. »Die müssen irgendwie herauskriegen, ob das oder die Autos von Richter und Familie da sind. Vielleicht sind die Leute ja nur spazieren gegangen. Wenn das nicht geklärt werden kann, oder wenn die Autos wirklich weg sind, dann geben wir über den Verkehrsfunk eine Meldung durch, dass der Mann langsam den nächsten Parkplatz anfährt und sich bei uns meldet.« Hanna entschied, dass zwei weitere Leute des Kriminaldauerdienstes die Kollegin unterstützten.

Kerstin Wollschläger hatte man im Krankenhaus erreicht, wo ihr Sohn erstmals wieder zu Bewusstsein gekommen war. Sie war sehr aufgeregt, wie der Kollege berichtete, konnte aber immerhin recht sicher bestätigen, dass nur sie für den Kunden Rodenthaler verantwortlich gewesen sei. Ein weiterer Kollege war bei schwierigen Gesprächen mitgekommen. Die Bankerin hatte ebenfalls sämtliche Daten ihres Kollegen angeben können. Auch ihn hatte man erreicht und gewarnt.

Den Sohn von Robert Rodenthaler hatte man ebenfalls recht rasch ans Telefon bekommen. Der hatte von der Verhaftung seines Vaters noch nichts gewusst, schien die Nachricht jedoch relativ gefasst aufgenommen zu haben. Er versprach, sofort seine Schwester zu informieren und mit ihr ins Präsidium zu kommen.

Luca hatte einen ziemlich mies gelaunten Bernhardt Winterstein angerufen.

»Madonna mia, hatte der einen Jetlag. Was wir uns erlauben, ihn einfach am Sonntag zu stören. Ich hab ihn dann gefragt, ob er Robert Rodenthaler kennt. Und er meint, das sagt er uns morgen, beim Staatsanwalt. Ich hab ihm gesagt, dann soll er bitte nicht so schnell runter in die Neckarstraße fahren. Damit's ihm nicht so geht wie Behrends«, grinste Luca. »Da war er plötzlich ganz gesprächig, der Herr Winterstein. Aber er hatte nie was direkt mit Rodenthaler zu tun. Er kennt den Namen nur als Kunden von Behrends. Und er war sich ziemlich sicher, dass der Dubai-Fonds die einzige Geldanlage war, die über die Real-Vermögensberatung lief.«

»Kommt sonst noch jemand in Frage?«, überlegte Hanna laut.

Niemand hatte eine weitere Idee.

»Dann machen wir jetzt Folgendes«, sagte Hanna. Ihre Stimme, so kam es ihr vor, klang zum ersten Mal an diesem Tage einigermaßen sicher. »Otto, du wirst die Koordination der Untersuchungen vor Ort übernehmen. Du teilst die Teams ein und schickst sie zu unseren möglichen Kandidaten für Rodenthalers Rachefeldzug. Sobald da Ergebnisse vorliegen, informierst du mich. Über angesägte und auch nicht angesägte Spurstangen. Luca und ich sprechen mit den Kindern von Rodenthaler und dem Insolvenzverwalter. Sobald sich ein neuer Anhaltspunkt ergibt, informiere ich Otto. Und du sorgst dafür, dass ihr die Leute ausfindig macht und sie warnt. Dann schickst du wieder Teams hin.

Wenn wir Rodenthaler hier haben, werde ich ihn vernehmen. Mit Luca. Und«, sie folgte einer plötzlichen Eingebung, »mit Otto. Ich möchte, dass du auch dabei bist.«

Obermayer nickte nur stoisch und schien sich nicht zu wundern.

»So, und nun an die Arbeit«, beendete sie die Versammlung.

4

Hanna wollte sich gerade mit Dr. Hawelka, dem Insolvenzverwalter der Rodenthaler Drehteile GmbH & Co. KG, in Verbindung setzen, als sie selbst angerufen wurde.

Es war Gerd Stoevesandt: »Andreas hat mich angerufen. Ich möchte Ihnen noch einmal meine Hilfe anbieten, Frau Stankowski. Herr Kuhnert und ich würden uns die Geschäftsunterlagen von Ihrem Tatverdächtigen anschauen. Und seine privaten Unterlagen. Ich könnte mir vorstellen, dass wir so am schnellsten einen Überblick bekommen, ob der Mann noch andere Verlustgeschäfte hatte und bei wem. Voraussetzung wäre ein Durchsuchungsbefehl in der Firma und in den Privaträumen.«

Hanna überlegte einen Moment. Sie wollte das Angebot auf jeden Fall wahrnehmen. »Ich denke, das muss ich mit dem Staatsanwalt abstimmen. Und vielleicht sollte ich vorher doch noch mit dem Insolvenzverwalter sprechen. Vielleicht hat er ja auch schon einen gewissen Überblick und kann Ihnen schon Hinweise geben. Wann könnten Sie denn anfangen?«

»Wenn es sein muss, noch heute«, meinte Stoevesandt ruhig.

»Sobald ich grünes Licht von Frenzel habe, gebe ich Ihnen Bescheid. Und vielen Dank, Herr Stoevesandt.«

Friedebald Frenzel ging sofort an sein Handy.

»Für die Firma brauchen wir einen gesonderten Durchsuchungsbefehl. Ich beantrage ihn gleich, aber das kann etwas dauern«, stimmte er Stoevesandts Vorschlag zu. »Für die Privaträume, nun ja, da gilt der alte Durchsuchungsbefehl genau genommen nicht mehr. Aber wenn ich beim Betreten der Räume dabei bin – Gefahr in Verzug und so weiter, der übliche Sermon –, dann dürfte das keine Probleme geben. Und noch etwas, Frau Stankowski. Es wird mir zwar gar keinen Spaß machen. Aber ich denke, ich sollte bei der zweiten Vernehmung von Rodenthaler dabei sein. Wir dürfen jetzt keine Formfehler machen.«

Hanna war es nur recht: »Er wird gegen achtzehn Uhr hier sein.«

Die Pforte meldete, dass ein Herr Tobias Rodenthaler und eine Frau Patricia Rodenthaler eingetroffen seien. Hanna überlegte. Wo sollte sie die beiden befragen? Sie wollte das Gespräch auf jeden Fall aufzeichnen. Aber die unterkühlten Vernehmungsräume schienen ihr nicht geeignet. In den Großraumbüros der Sonderkommission arbeiteten die Kollegen fieberhaft. Und ihr eigenes Büro im Stockwerk darüber schien ihr fast zu familiär.

Sie bat Luca, die beiden Rodenthaler-Sprösslinge abzuholen und in den Konferenzraum zu bringen. Vielleicht war es gar nicht schlecht, wenn sie dort einen Blick auf das große Whiteboard werfen konnten. Es würde schnell erklärt sein, was ihr Vater verbrochen hatte.

5

Tobias Rodenthaler war Mitte zwanzig und sah seinem Vater ausgesprochen ähnlich. Er hatte die gleichen großen braunen Augen. Darüber wie mit dem Lineal gezogene Augenbrauen. Auch die etwas schlaksige Statur glich der seines Vaters. Im Gegensatz zu diesem wirkte er jedoch frisch und gepflegt.

Seine Schwester war dagegen der Typ einer Elfe. Sie war wohl etwas jünger als er, hatte langes, glattes aschblondes Haar, das sie offen trug. Ihre Haut war hell und durchscheinend, und die blauen Augen in dem runden Gesicht richtete sie mit einem melancholischen Schlafzimmerblick in die Ferne.

Aus den Augenwinkeln bemerkte Hanna, wie Luca die junge Frau anschaute. Er hatte schon wieder diesen Blick eines liebeskranken Katers. Wie konnte man nur so triebhaft den immer gleichen Reizmustern verfallen? Lernte er denn nie aus seinen Erfahrungen?

Sie bat die Geschwister, sich in der Nähe des Whiteboards zu setzen. Dann schilderte sie die Ermittlungslage. Tobias Rodenthalers Gesicht verfinsterte sich, während er aufmerksam zuhörte. Auch sein Gesichtsausdruck glich dem seines Vaters. Patricia Rodenthaler dagegen schrumpfte immer verängstigter in sich zusammen.

Als Hanna geendet hatte, schwiegen die Geschwister eine Weile mit gesenkten Blicken.

»Ich hab immer gewusst, dass der mal durchdreht«, sagte Tobias Rodenthaler dann bitter. »Aber dass er jetzt sogar richtig zum Mörder wird …« Aus seinen Augen blitzte nicht nur Zorn. Das war regelrechter Hass.

»Was meinen Sie mit ›richtig zum Mörder‹?«, fragte Hanna. »Bitte erlauben Sie mir, unser Gespräch aufzuzeichnen. Um es gleich vorwegzunehmen: Wir müssen Sie befragen, ob Sie irgendetwas über weitere problematische Beziehun-

gen Ihres Vaters wissen. Die Geschichte ist nämlich noch nicht zu Ende.«

Der junge Mann sah Hanna fragend an. »Was denn noch?«

»Wir schließen aus einer Äußerung Ihres Vaters, dass er ein weiteres Auto beschädigt haben könnte. Aber wir haben keine Hinweise darauf, wen er damit treffen will. Vielleicht können Sie uns helfen. Kann ich das Band anschalten?«

Tobias nickte.

»Was meinten Sie mit ›richtig zum Mörder‹ werden?«, hakte Hanna nochmals nach.

»Er hat unsere Mutter auf dem Gewissen.«

»Wieso das denn?«, fragte Luca.

»Sie hat sich vor einem Jahr das Leben genommen. Er hat sie in den Tod getrieben.«

»So kannst du das doch nicht sagen«, wandte seine Schwester leise ein.

»So, und wie nennst du das, wenn er sie zu Hause einsperrt? Wenn er sie ständig runterputzt? Wenn er ihr verbietet, zu einem Arzt zu gehen?«, bäffte er die junge Frau an.

Patricia begann leise zu weinen.

»Was war mit Ihrer Mutter?«, fragte Hanna.

Tobias konnte nicht sofort antworten. Groll und Trauer kamen hoch. Dann fasste er sich. »Meine Mutter wollte wieder arbeiten gehen. Oder ehrenamtlich etwas tun. Einfach raus aus dem Haus. Wieder Kontakte haben. Das war schon vor ein paar Jahren. Er hat ihr's verboten. Sie solle sich lieber um den Haushalt kümmern. Da gäb's genug zu tun. Ständig hat er sie zusammengestaucht, weil sie ihm irgendetwas nicht recht gemacht hat. Und unsere Mutter konnte sich einfach nicht gegen ihn wehren.« Einen Moment schwieg er wieder. Sein Blick ging zurück in die Vergangenheit. »Sie hatte dann immer öfter depressive Phasen. Ihr Hausarzt hat ihr irgendwelche Pillen verschrieben. Aber ich glaube, das waren nicht die richtigen. Sie ist nur immer apathischer geworden. Ich wollte, dass sie zu einem Psychiater geht, zu jemandem, der von Depressionen was versteht. Und was sagt dieser Mistkerl? Schreit herum und sagt, ein Rodenthaler ist nicht mit einer Bekloppten verheiratet. Wenn sie zum Psycho geht, lässt er sich scheiden.« Der junge Mann funkelte Hanna zornig an. Sie erschrak fast über die Ähnlichkeit der Mimik von Vater und Sohn. »Wie nennst du das denn?«, fuhr er seine Schwester wieder an. »Er ist ein Monster, dein lieber Papa. Da, schau dir an, was er angerichtet hat.« Dabei machte er eine ausladende Geste zu den Notizen auf dem Whiteboard hin.

Das Mädchen schluchzte nun leise und wurde auf ihrem Stuhl immer kleiner. So etwa mussten wohl auch Vater und Mutter miteinander umgegangen sein, dachte Hanna, wenn vielleicht auch mit etwas anderen Vorzeichen.

»Herr Rodenthaler, Frau Rodenthaler«, sprach sie die Geschwister noch einmal an. »Auf wen hat Ihr Vater eine besondere Wut? Bitte überlegen Sie genau.«

Die beiden dachten nach. Dann meinte Tobias: »Mein Vater ist ein egozentrischer Tyrann. Da müssen immer alle nach seiner Pfeife tanzen. Ich kenne eine Menge Leute, die ihn hassen. Und er schimpft immer nur auf all die sogenannten Idioten um ihn herum. Die Liste der Leute, auf die er eine Wut hat, könnte ziemlich lang sein. Aber dass er so etwas tut …« Er wies wieder auf das Whiteboard.

»Durch wen hat er denn Geld verloren oder Eigentum?«, fragte Luca. »Ihrem Vater ging's bei diesen Opfern immer um die Kohle, die er verloren hat.«

Tobias Rodenthaler schüttelte den Kopf. »Ich kenn mich nicht aus bei den Geschäften meines Vaters. Dass er den Betrieb runtergewirtschaftet hat, das hab ich schon lange begriffen. Aber die andern Sachen … Keine Ahnung, was er da getrieben hat. Mein Vater meint ja, dass alle, die für ihr Geld arbeiten, Schwachköpfe sind. Er dagegen ist der Schlauste. Er verdient sein Geld durch intelligente Kapitalanlagen. Er wird ohne Arbeit reich. Jetzt hat er die Rechnung bekommen. Das Geld ist futsch. Und wieder sind es die andern, die schuld sind.«

»Hat er irgendwann mal Namen oder Institutionen genannt?«, bohrte Hanna weiter.

»Ich habe seit dem Tod unserer Mutter keinen Kontakt mehr zu ihm gehabt«, sagte Tobias Rodenthaler trotzig. »Und mit mir hat er ohnehin nicht über seine Finanzen gesprochen. Mit so einem Versager. Der noch nicht einmal Unternehmer, sondern nur Berufsschullehrer wird.«

»Und Sie?«, wandte sich Hanna an Patricia Rodenthaler. »Haben Sie noch Kontakt zu ihm? Hat er bei Ihnen mal etwas in der Richtung gesagt?«

Die junge Frau hatte sich mittlerweile wieder gefangen. Doch auch jetzt antwortete sie nur schüchtern: »Ich war vor Weihnachten mal zuhause und hab die Villa ein bisschen geputzt. Na ja, er hat ja nun niemanden mehr, der da nach dem Rechten schaut. Aber viel geredet hat er da nicht mit mir.« Sie schüttelte bedauernd den Kopf.

»Auf wen er bestimmt nicht gut zu sprechen ist«, fiel es Tobias nun ein, »das ist natürlich Dr. Hawelka. Der hat mir mal sein Leid geklagt. Er wollte mit mir darüber sprechen, ob ich mir zutraue, die Firma wieder zu übernehmen, wenn sie saniert ist.«

»Der Insolvenzverwalter?«, fragte Hanna.

Der junge Mann nickte. »Mein Vater muss ihn widerlich beschimpft haben. Genauso wie den Prokuristen und den Meister. Die Leute, die die Scheiße ausbaden müssen, die er angerichtet hat, ausgerechnet die drangsaliert er am meisten.«

Hanna griff nach ihren Unterlagen. Der Insolvenzverwalter. Sie musste ihn nun endlich anrufen.

Dr. Hawelka war von den KDD-Beamten bereits gewarnt worden und wartete auf ihren Anruf. Er war sofort am Telefon.

»Ihre Kollegen sind bereits eingetroffen«, teilte er Hanna mit, nachdem sie sich vorgestellt hatte. »Sie untersuchen soeben meinen Wagen.«

»Herr Dr. Hawelka, der Sohn und die Tochter von Herrn Rodenthaler sitzen hier bei mir im Präsidium«, erläuterte

Hanna. »Sie hören das Gespräch mit, wenn es Ihnen recht ist. Wir sind dabei zu überlegen, auf wen es Robert Rodenthaler noch abgesehen haben könnte. Kennen Sie – außer sich selbst – weitere Personen, über die er sich aufgeregt hat? Überlegen Sie bitte genau.«

Hawelka sprach langsam, machte immer wieder Pausen, doch formulierte er zugleich präzise Sätze. Hanna merkte gleich, man musste ihn reden lassen und aufmerksam zuhören.

»Nun ja, Ihr Kollege, der die Untersuchung in meinem Hause leitet, hat mir die Sachlage noch einmal erklärt.« Pause. »Daraus schließe ich, dass Herr Rodenthaler seine Angriffe bislang nur auf Personen getätigt hat, durch die er finanziell geschädigt wurde. Das trifft auf meine Person nicht zu.« Pause. »Das trifft auch nicht auf Herrn Wagner, den Prokuristen der Rodenthaler GmbH & Co. KG zu. Die beiden hatten heftigen Streit. Herr Wagner wurde von Herrn Rodenthaler sehr beleidigend behandelt. Der Grund dafür war, dass der Prokurist ihm vorgeworfen hatte, die Verrechnungskonten der Firma für private Zwecke zu missbrauchen.« Pause. »Aber einen finanziellen Verlust hat Herr Wagner ebenso wenig verursacht wie ich.«

»Ist Herr Rodenthaler in der Lage, das wirklich zu unterscheiden?«, fragte Hanna. Es war schließlich schwer einzuschätzen, auf wen sich die Rachsucht von Robert Rodenthaler erstreckte.

Hawelka überlegte wieder, bevor er antwortete: »Herr Rodenthaler schimpft sehr schnell auf Menschen. Ich hatte aber immer den Eindruck, dass er besonders heftig, ja man kann sagen übermäßig reagiert, wenn es um finanzielle Verluste oder Ausfälle geht. Ihre Kollegen haben mich unterrichtet, dass eines der Opfer die Dame war, die bei der Stuttgarter Sparkasse für das Unternehmen zuständig war und ihm den Kredit verweigert hat.« Pause. »Ich muss sagen, dass er regelrechte Tobsuchtsanfälle bekommen hat, wenn die Sprache auf sie gekommen ist.«

»Herr Dr. Hawelka, Sie haben doch sicher im Rahmen des Insolvenzverfahrens die Unterlagen des Unternehmens durchgeschaut«, meinte Hanna.

»Oh ja!« Die Antwort kam dieses Mal sehr schnell.

»Gibt es weitere solche finanziellen Ausfälle? Kreditverweigerungen von anderen Banken? Ausstehende Zahlungen von Kunden oder Ähnliches?«

»Ich verstehe«, sagte der Insolvenzverwalter bedächtig. »Sie meinen weitere Personen, denen Rodenthaler die Schuld an seiner Misere geben könnte.« Pause. »Schon vor anderthalb Jahren haben zwei weitere Banken die Kreditlinien zurückgenommen und das Unternehmen als nicht mehr kreditwürdig eingestuft. Ich habe ihn einmal darauf angesprochen. Normalerweise müssten für einen Unternehmer dabei die Alarmglocken läuten. Aber er meinte nur, dass er damals einen ganz anderen Trumpf im Ärmel gehabt hätte.« Pause. »Ich hatte den Eindruck, dass sein Zorn sich nicht so sehr auf die Partner bei den Banken richtete. Nur scheint dieser Trumpf nicht das gewesen zu sein, was er sich erhoffte. Er gab jemandem bei der Württembergisch-Badischen Südbank die Schuld. Auch wieder mit diesen Wutausbrüchen. Und diesen Drohungen, er werde es allen heimzahlen.«

»Aha, das war dann die Sache mit den VW-Aktien«, bemerkte Luca leise.

»Herr Dr. Hawelka, Sie haben uns sehr geholfen.« Hanna dankte dem Mann und bat ihn: »Bitte geben Sie uns trotzdem die Namen und die Kontaktdaten von den Ansprechpartnern dieser beiden Banken. Meinen Sie, das wäre heute noch möglich?«

Der Insolvenzverwalter überlegte einen Moment. »Ich werde sofort eine Taxe nehmen. Sie bekommen die Namen so schnell wie möglich. Und bitte ...« Pause. »... überprüfen Sie doch vielleicht sicherheitshalber auch das Auto von Herrn Wagner, dem Prokuristen.«

Hanna gab ihm Namen und Telefonnummer von Otto Obermayer, an den alle Informationen zu möglichen Opfern gehen mussten. Sie bedankte sich auch bei Tobias und Patricia Rodenthaler. Die beiden konnten ihnen nun auch nicht mehr weiterhelfen. Sie bat Luca, das Geschwisterpaar wieder zur Pforte zu begleiten, nicht ohne ihm zuzuraunen: »Du lässt die Finger von dem Mädchen. Sie ist die Tochter eines Tatverdächtigen.« Worauf er sie tatsächlich halb schuldbewusst, halb erstaunt anlächelte.

Hanna konnte eine kleine Verschnaufpause machen. Die sie jetzt dringend brauchte. Sie holte sich eine Tasse Kaffee aus einer der großen Thermoskannen, die sie sich in die Räume der Sonderkommission bestellt hatten, und ging ein Stockwerk höher in ihr Büro. Irgendwo lagen hier noch Schokokekse herum. Tatsächlich! Die Tüte war noch halbvoll. Eigentlich sollte sie etwas Vernünftiges essen. Aber ob die weißen belegten Brötchen, die es jetzt, am Sonntagabend, in der Kantine noch gab, wirklich viel vernünftiger gewesen wären, bezweifelte sie.

Mit Kaffee und Keksen begab sie sich in das Dezernats-Besprechungszimmer mit dem schönen Blick über Stuttgart. Sie machte die Deckenbeleuchtung nicht an, und die Dunkelheit und die Stille waren herrlich wohltuend. Am Fenster stehend blickte sie auf die Lichter der Stadt. Langsam wurden die Tage länger. Die Dämmerung war noch nicht ganz verschwunden.

Irgendwo da unten fuhr jetzt vielleicht ein Mensch in einem Wagen. Er fuhr vielleicht etwas zu schnell wie Ludger Behrends. Er fuhr vielleicht über ein Hindernis wie Karlheinz Kienle. Oder einfach nur im Party- und Liebesfieber wie der Sohn von Kerstin Wollschläger und seine Freunde.

Hoffentlich meldet Otto bald, dass sie fündig geworden sind, dachte Hanna. Damit dieser Albtraum endlich ein Ende hatte. Dann fiel ihr ein, dass ihr Handy noch im Konferenzraum lag. Die Nachricht konnte sie hier gar nicht erreichen. Sie wollte nicht weg von diesem Ort der Ruhe und Stille. Sie wollte vor allem nicht mehr mit Robert Rodenthaler sprechen. Der Mann war ihr so zuwider. Wenn Otto doch nur einen Erfolg melden würde. Dann bliebe ihr auch das erspart.

Sie seufzte schwer, aß den letzten Schokokeks und machte sich wieder auf den Weg nach unten.

6

Friedebald Frenzel wartete bereits auf sie. Man sah ihm an, dass auch er langsam genug hatte. Seine Fröhlichkeit hielt sich in Grenzen.

Die Kollegen von der JVA hatten Vollzug gemeldet: Robert Rodenthaler saß, bewacht von zwei Beamten, bereits in einem Vernehmungsraum.

Zuvor wollte Hanna aber doch wissen, ob Otto Obermayer bereits Ergebnisse hatte. Der nahm ein Blatt mit Notizen von seinem Schreibtisch, drehte sich auf dem Bürostuhl zu Hanna um und referierte der Soko-Leiterin seine Resultate.

»Bei Dr. Hawelka, diesem Insolvenzverwalter, ist alles in Ordnung. Die Spurstangen sind okay. Er will den Wagen morgen trotzdem vom ADAC abholen und durchchecken lassen. Er hat uns die Adresse von dem Prokuristen noch gegeben. Und vom Werkstattleiter der Firma von Rodenthaler. Wir haben beide erreicht. Zu beiden ist ein Team unterwegs.

Der Mitarbeiter von Karlheinz Kienle, dieser Herr Richter, ist gerade nach Hause gekommen. Er war tatsächlich mit dem Wagen unterwegs. Bisher ist nichts passiert. Die Kollegen checken jetzt sein Auto und das seiner Frau. Ergebnis kommt in wenigen Minuten.

Bei dem Kollegen von Kerstin Wollschläger kann auch Entwarnung gegeben werden. Alle Spurstangen in Ordnung. Die Garage ist außerdem schwer zugänglich. So, das wäre bisher alles.«

Auch Rolf Gaßmann konnte keine neuen Hinweise liefern. Das Girokonto wies keine besonderen Geldbewegungen auf. Hinweise auf Auslandskonten oder weitere Geldanlagen hatte er ebenfalls noch nicht gefunden.

Sie mussten also dringend noch einmal mit Rodenthaler sprechen. In der Hoffnung, dass er unvorsichtig wurde und ihnen doch noch einen Hinweis lieferte. Es würde schwer werden, dessen war sich Hanna bewusst.

Sie bat Otto Obermayer und Melanie vom Kriminaldauerdienst, sie und Frenzel zu begleiten. Die junge Frau hatte bislang vom Soko-Hauptquartier aus den Kontakt zu den Teams vor Ort gehalten. Hanna mochte die Kollegin. Ihre ruhige, unaufgeregte Art, gepaart mit hoher Achtsamkeit, gefiel ihr. Sie wies die beiden an, die Diensthandys mitzunehmen. Im Beobachtungsraum besprach sie mit Frenzel in ihrem Beisein ihre Befragungsstrategie.

»Ihr beide hört erst mal nur sehr aufmerksam zu. Wenn es etwas Neues gibt«, Hanna wies auf die Handys, »dann holt ihr einen von uns raus.«

Sie sah durch das Fenster in den Vernehmungsraum. Dort saß Robert Rodenthaler, leicht zusammengesunken, die Arme vor der Brust verschränkt, und starrte vor sich hin.

»Na gut, dann wollen wir mal«, seufzte Hanna.

Frenzel nickte ergeben.

Robert Rodenthaler war heute zwar rasiert, und seine Haare hatten wohl einen Kamm gesehen. Trotzdem wirkte er immer noch schmuddelig und abgeschlafft. Er sah aus, als hätte er wenig geschlafen, und Hanna überlegte für einen Moment, ob der Mann vielleicht auch ein Alkoholproblem und gewisse Entzugserscheinungen hatte.

Kaum hatten sie und Frenzel sich gesetzt, erklärte der Festgenommene patzig: »Ich verweigere die Aussage. Ohne Anwalt muss ich Ihnen nichts sagen.«

»Okay, Herr Rodenthaler«, meinte Frenzel. Er klang heute nicht mehr so freundlich. »Dann erzählen heute wir Ihnen einfach ein bisschen was. Wir haben uns ja gestern da-

rüber unterhalten, dass Sie sehr viel Geld und Ihr Eigentum verloren haben. Und darüber, wer Ihnen da alles so übel mitgespielt hat. Nehmen wir einmal Ludger Behrends und die Dubai-Fonds.« Frenzel legte noch einmal sachlich und bedachtsam dar, wie Rodenthaler durch Behrends sehr viel Geld verloren hatte.

Hanna beobachtete den Tatverdächtigen. In seinen Augen blitzten wieder Zorn und Wut, doch er riss sich am Riemen und reagierte sonst kaum.

»Aber ein bisschen sind Sie ja auch selbst schuld«, fuhr Frenzel im Plauderton fort. »Denn Sie hätten ja auch rechtzeitig merken müssen, dass Dubai den Bach runtergeht, nicht wahr?«

Nun konnte sich Rodenthaler doch nicht mehr beherrschen: »Das war ein geschlossener Immobilienfonds mit fester Laufzeit. Da kommen Sie nicht mehr raus. Das hat der arrogante Rotzlöffel so eingefädelt, ohne mir zu sagen, dass das Kapital gebunden ist.«

»Ah ja«, meinte Frenzel. »Und bei den VW-Aktien hat das der Herr Kienle so eingefädelt, nicht wahr? Aber welcher Idiot hat Ihnen eigentlich diesen Tipp gegeben, auf sinkende Aktien zu setzen?«

Rodenthaler funkelte ihn böse an, sagte jedoch kein Wort.

»Ein Herr Richter von der WB-Südbank hat Sie doch da beraten, oder?«

»Diese Pfeife, der hat doch keine Ahnung«, sagte Rodenthaler. Diesmal klang es nicht aggressiv, sondern nur abschätzig. Dann merkte er, dass er seinen Vorsatz gebrochen hatte, und presste die Lippen aufeinander.

»Und Sie haben bei einer weiteren Geldanlage sehr viel verloren«, ließ Hanna nun einen Versuchsballon steigen. Die Reaktion von Rodenthaler war schwer zu deuten.

»Wie viel war das? Doch auch fast eine Million«, setzte Hanna nach.

Dieses Mal wirkte Rodenthaler etwas erstaunt, runzelte die Stirn und schwieg weiter.

»Und Ihr Eigentum«, setzte Frenzel die Befragung fort, »das wurde Ihnen dann auch noch wegen Frau Wollschläger weggenommen. Hat sie nicht letztendlich die Insolvenz Ihres Unternehmens herbeigeführt?«

Beim Namen Wollschläger bekam der Mann prompt wieder das irre Funkeln in den Augen. Doch er beherrschte sich, schlug die Arme vor der Brust zusammen und lehnte sich nach hinten.

»Und natürlich Herr Dr. Hawelka und Ihr Prokurist, Herr Wagner. Und nicht zu vergessen Ihr Werkstattleiter. Die hatten ja auch ihren Anteil daran, nicht wahr?« Frenzel bemühte sich wieder um einen freundlichen Ton.

»Hawelka, Wagner, diese Sesselfurzer«, sagte Rodenthaler überraschend schnell. »Das sind doch Erbsenzähler. Die können vielleicht ein paar Zahlen mit Kommastellen zusammenrechnen. Aber von Geldanlagen haben die doch keine Ahnung.« Wieder war es die reine Verachtung.

Hanna probierte noch einmal, ihn zu übertölpeln: »Aber die andern hatten doch auch keine Ahnung und haben trotzdem Ihr Geld angelegt. Und Ihnen hohe Verluste beschert.«

Rodenthaler sah sie prüfend an und sagte wieder kein Wort.

Wir kommen nicht weiter, dachte Hanna.

Es klopfte. Otto Obermayer holte sie aus dem Raum. »Wir haben zwei weitere Klärungen. Keine angesägte Spurstange. Weder bei diesem Wagner noch bei Richter, dem Mann von der WB-Südbank. Fehlt nur noch der Werkstattleiter von seiner Firma.« Otto bewegte den Kopf in Richtung des Delinquenten im Verhörraum. »Außerdem hat uns der Insolvenzverwalter zwei Namen durchgegeben. Kundenberater von den Banken, bei denen Rodenthaler früher mal Kredite laufen hatte. Der eine ist aber in Rente und lebt auf Teneriffa. Und der andere hat vor einem Jahr für seine Bank einen Job in London angenommen.«

Hanna überlegte. Teneriffa, London, das war weit weg und damit recht unwahrscheinlich. Genauso wenig glaubte sie, dass Rodenthaler es auf seinen Werkstattleiter abgesehen hatte. Er hatte ja noch nicht einmal darauf reagiert, als Frenzel den Mann erwähnte. Für einen Moment ging ihr durch den Kopf, ob sie sich vielleicht alle miteinander doch auf dem Holzweg befanden und es gar kein weiteres beschädigtes Auto gab. So kamen sie jedenfalls nicht weiter.

Wieder ging sie in den Verhörraum und setzte sich. Sie blickte dem Tatverdächtigen fest in die Augen. »Herr Rodenthaler, wir wissen, dass Sie ein weiteres Fahrzeug beschädigt haben.«

Sie ließ die Worte wirken und beobachtete den Mann ihr gegenüber genau. In seinen Augen blitzte etwas auf. Wieder diese Rachsucht, diese Bösartigkeit.

»Wen hassen Sie so sehr, dass Sie seinen Tod billigend in Kauf nehmen? Wer hat Sie um Ihr Geld gebracht?«

»Das werden Sie ja sehen«, blaffte Rodenthaler starrsinnig. Und merkte sofort, dass er sich zu weit aus dem Fenster gelehnt hatte.

Frenzel hatte den Strategiewechsel sofort begriffen: »Herr Rodenthaler. Noch mal zu Ihrer Erinnerung: Ich bin der Staatsanwalt. Ich werde die Anklageschrift verfassen, und ich werde ein Strafmaß beantragen. Wie hoch dieses sein wird – und darüber will ich überhaupt keinen Zweifel aufkommen lassen –, wie hoch das sein wird, hängt genau jetzt und hier in ganz erheblichem Maße davon ab, ob Sie mit uns kooperieren und ein weiteres Unglück verhindern oder nicht.«

Rodenthaler sah ihn finster entschlossen an: »Ich sage jetzt gar nichts mehr.« Die Rache war ihm wichtiger als alles andere.

7

Es war schon nach neun Uhr abends, als sich Luca, Hanna und Friedebald Frenzel vor der Rodenthaler-Villa im Waiblinger Vorort Beinstein mit Gerd Stoevesandt und Rudolf Kuhnert vom Landeskriminalamt trafen. Sie waren bei Robert Rodenthaler nicht mehr weitergekommen und hatten nur noch auf Granit gebissen. Hanna wollte ihn dennoch nicht einfach wieder in die U-Haft entlassen. Ein letzter Versuch musste gemacht werden. Sie hatte Otto Obermayer beauftragt, die Vernehmung fortzusetzen: »Du bleibst ruhig und beherrscht, hörst du?«, hatte sie ihm aufgetragen. »Aber du stellst ihm genau die Fragen noch einmal, die wir ihn gefragt haben. Die ganze Palette, und das immer wieder. Du hast ja gemerkt, wann er die Fassung verliert. Nämlich wenn's um seine Kohle geht. Also frag ihn danach. Wieder und wieder. Von mir aus die ganze Nacht. Immer wieder die gleichen Fragen. Auch, wer als Nächster dran ist. Und wenn's dir selbst zu den Ohren rauskommt.«

Otto hatte ergeben genickt. Für diese Aufgabe war er wie geschaffen. Hanna setzte auf Zermürbungstaktik. Ihr war durchaus bewusst, dass dies am Rande der Legalität und jeder Fairness war. Aber probieren musste man es. »Keine Androhung von Gewalt und schon gar keine Anwendung. Du musst dich beherrschen. Auch wenn du ihm am liebsten eine in die Fresse hauen würdest. Sie passen auf ihn auf«, hatte sie sich an Melanie gewandt. »Sie setzen sich nur dazu. Sie müssen überhaupt nichts sagen. Beobachten Sie nur. Hören Sie zu. Und wenn auch nur der Ansatz eines konkreten Verdachtes auftaucht, verständigt ihr uns sofort.«

Der nächste Schritt musste die Durchsuchung der Papier- und Computer-Dokumente in der Villa von Rodenthaler sein. Sie hatten keinen anderen Ansatzpunkt. Ein weiteres Telefonat mit Dr. Hawelka, dem Insolvenzverwalter, hatte bestätigt, dass der Mann in den letzten Wochen höchst gewissenhaft sämtliche Geschäftsunterlagen der Rodenthaler Drehteile GmbH durchgearbeitet hatte. Außer den Hinweisen, die er auf alte Bankverbindungen gegeben hatte, konnte er keinen Ansatzpunkt für weitere Vergeltungsaktionen von Rodenthaler sehen. Man musste auf die Seriosität und Gründlichkeit des Mannes bauen.

An der breiten Haustür der Rodenthaler-Villa brach Frenzel das Siegel auf. Im Haus machte er einige Notizen auf dem Durchsuchungsbefehl – Zeitpunkt, Datum und etwas von »Gefahr im Verzug« – und ließ Hanna unterschreiben.

Zu fünft machten sie sich auf, um noch einmal jeden Raum des großen Hauses nach Papieren und Dokumenten zu durchsuchen. Der abgestandene Geruch in den kühlen Räumen und das Sammelsurium an teurem Schnickschnack wirkte auf Hanna wieder bedrückend, ja fast gespenstisch. Ihr war es sehr recht, dass sie rasch feststellten, dass Rodenthaler alle seine Papiere in dem großräumigen Büro aufbewahrte. Hier würden sie also für die nächsten Stunden ihren Arbeitsplatz einrichten. Es war der einzige Raum mit ein bisschen Atmosphäre. Die Möbel waren nicht zusammengewürfelt, sondern einheitlich im dunkelbraunen Kolonialstil gehalten. Selbst ein großer brauner Ledersessel und die Lampen passten dazu. Nur in den Regalen, in denen erstaunlich wenig Bücher standen, sammelte sich das übliche stilistische Potpourri aus Nippes, Kunstgegenständen und aufgestellten Fotorahmen.

Die Kollegen der Spurensicherung hatten hier, hinter einem düsteren Gemälde, auch den Safe des Hauses gefunden. Er war mit Gewalt geöffnet worden. Die Papiere darin hatte man liegen lassen. Sonst enthielt er nichts.

»Das müssen wir uns als Erstes ansehen«, sagte Gerd Stoevesandt zu Rudolf Kuhnert und legte den Stapel aus dem Safe auf den massigen Schreibtisch. »Und den Computer«, fügte er hinzu.

»Ach, du große Scheiße«, entfuhr es Hanna. Sie hatte völlig vergessen, einen Kollegen aus der Computerkriminalität anzufordern. Jetzt machte sie Fehler, die nicht passieren durften.

»Warte mal«, sagte Luca, setzte sich an den Schreibtisch und fuhr den Computer hoch. »Natürlich geschützt«, stellte er fest. »Aber vielleicht bekomme ich Celik. Ein Kumpel von mir. Macht mit mir Jiu-Jitsu. Eine echte Granate. Celik Ercan. Ist bei Ihnen im LKA«, grinste er Stoevesandt an und holte das Handy aus der Jackentasche. Er stand auf und telefonierte auf dem Flur.

»Ercan – ein guter Mann«, bestätigte Stoevesandt.

Eine Stunde später stand ein jüngerer Mann vor der Tür der Rodenthaler Villa. Er sah aus wie ein Araber aus der Wüste in westlicher Kleidung. Dunkle Haut, schwarze Haare und schwarzer Vollbart, schwarze stechende Augen und eine sportlich-drahtige Figur. Er begrüßte alle nur mit einem Nicken, ließ sich von Luca den Computer zeigen. »Namen und Geburtsdaten von allen, die irgendwas mit dem Haushalt hier zu tun haben«, forderte er an. Luca hängte sich ans Telefon und ließ von Rolf Gaßmann im Präsidium die Daten zusammensuchen.

Mittlerweile hatten Stoevesandt und Kuhnert sich einen ersten Überblick über Rodenthalers Ablage gemacht.

»Ich habe den Eindruck, dass er alles aufgehoben hat, was wichtig ist. Aber die Systematik ist eine Katastrophe«, beklagte Stoevesandt.

»Beziehungsweise kaum vorhanden«, ergänzte Frenzel. Der Staatsanwalt war ebenfalls an den geöffneten Aktenschränken vorbeidefiliert, hatte hier und da einen Ordner herausgezogen und darin geblättert.

Kuhnert hatte unterdessen bereits einige Unterlagen auf dem Schreibtisch gestapelt und anderes wieder in die Schränke gestellt. Es war Hanna ein Rätsel, wie der Wirtschaftskriminalist mit wenigen Blicken die Relevanz der

Dokumente erkennen konnte. Seine Systematik jedenfalls war phänomenal.

Dann meldete sich Otto Obermayer bei Hanna: »Ich hab Rodenthaler wieder in die JVA bringen lassen«, teilte er ihr mit. »Er hat nur geblockt. Da kam nichts mehr dabei raus. Bei dem Werkstattleiter und dem Prokuristen von der Firma ist auch nichts herausgekommen. Die Autos sind alle clean. Bis auf ein Team – zwei Leute vom KDD und zwei von der Spurensicherung – hab ich alle heimgeschickt. Ich halt mit denen die Stellung, für den Fall, dass ihr noch auf etwas stoßt. Hoffe, du bist einverstanden, Hanna.«

»Ist okay«, sagte sie und spürte die Enttäuschung. Mussten sie also doch die halbe Nacht in Rodenthalers Mist herumwühlen.

Kurz vor halb zwölf klingelte es wieder an der Tür. Es war Nicole Marinescu.

»Was machen Sie hier? Sie sollten bei Ihrer Tochter sein«, tadelte Stoevesandt sie, als sie zu den beiden LKA-Beamten im Arbeitszimmer stieß.

Die zierliche Frau wurde rot im Gesicht. »Ich habe Sarah zu meinen Eltern gebracht. Die können sie morgen früh auch zur Schule bringen. Dann kann ich ausschlafen«, sagte sie entschuldigend. »Und sechs Augen sehen mehr als vier.« Das klang nun fast ein bisschen trotzig.

»Ich hab's«, verkündete kurz darauf Celik Ercan. »Und für so einen Kinderkram habt ihr mir den Feierabend versaut? Wie üblich: Kombination aus Geburtsdatum und Initialen. Fraglich ist immer nur die Reihenfolge.« Er wünschte ihnen viel Erfolg und wollte wieder verschwinden.

»Sie müssen noch bleiben«, meinte Stoevesandt entschieden. »Wir brauchen eventuell noch Passwörter.«

Der Computerspezialist zuckte die Achseln. »Die meisten Leute sind so bescheuert, dass sie ihre Passwörter irgendwo auf dem Computer gespeichert haben.« Er setzte sich wieder und hackte weiter auf der Tastatur herum. Noch nicht einmal eine Viertelstunde später sagte er triumphierend: »Hier, da habt ihr sie. Und jetzt noch schönen Abend.«

Rudolf Kuhnert wurde nun lebendig. Er nahm den Platz am Computer ein, kaum dass Ercan sich erhoben hatte, und klickte sich wortlos und hochkonzentriert durch die Dateien. Stoevesandt hatte inzwischen die Akten von Rodenthaler geordnet. Drei Stapel hatte er gebildet. Einen davon schob er Nicole Marinescu zu, die einen weiteren Stuhl an den großen Schreibtisch gezogen hatte. Einen weiteren Stapel hatte er zu sich hergezogen.

»Die beiden haben Priorität.« Er wies auf den dritten Stapel: »Das kann erst mal warten.«

Die drei Experten von der Abteilung für Wirtschaftskriminalität am LKA versenkten sich in die Dokumente. Keiner sprach mehr ein Wort. Man hörte nur das Klicken der Maus und das Rascheln von Papier. Friedebald Frenzel, Hanna und Luca standen schweigend herum und wussten nicht mehr, was tun.

Für einen Moment sah Stoevesandt von seiner Lektüre auf und sah die drei an, als hätte er ihre Anwesenheit vergessen.

»Wissen Sie was?«, sagte er dann. »Vielleicht sollten Sie doch noch einmal die anderen Räume durchsuchen. Damit wir sicher sind, dass wir nichts übersehen haben.«

Luca und Frenzel, beide froh, etwas tun zu können, machten sich an die Arbeit. Hanna jedoch ging in die Küche. Es ekelte sie zwar zwischen all dem schmutzigen Geschirr und den schmierigen Arbeitsflächen. Aber die Kaffeemaschine schien einigermaßen sauber zu sein. Sie stellte fest, dass noch genügend Kaffeebohnen im Behälter waren, und schaltete die Maschine ein. In einem Schrank fand sie Tassen, die sauber schienen. Trotzdem reinigte sie die Spüle und wusch die Tassen noch mal ab. Sie fand eine Zuckerdose, gefüllt mit verklebtem Zucker. Nachdem sie einige Türen und Schieber geöffnet hatte, fiel ihr tatsächlich noch eine geschlossene Packung Zucker in die Hände. Milch war im ganzen Haushalt nicht zu finden. Sie ließ den Kaffee durchlaufen und brachte ihn in das Arbeitszimmer, wo er dankbar angenommen wurde. Auch Frenzel und Luca ließen sich nicht lange bitten und kamen dazu. Sie hatten im Haus nichts mehr gefunden, was für sie von Interesse hätte sein können. Schließlich hatte Hanna selbst die Dosis Koffein bitter nötig.

Montag, 22. Februar 2010, 2.00 Uhr

1

»Ähm«, sagte Rudolf Kuhnert mitten in die Kaffee-Schlürferei hinein. »Ich habe da was, das könnte Sie interessieren.« Sein Gesicht verriet nicht, ob seine Entdeckung banal oder dramatisch war. »Ähm, also, Herr Rodenthaler hat ein Konto bei der Banca di Svizzera.«

»Schwarzgeld? Geldwäsche?«, fragte Luca wie aus der Pistole geschossen.

»Nun, das kann ich nicht sagen. Woher das Geld kommt, sehe ich hier nicht.« Kuhnert sah Luca hinter seinem Drahtbrillengestell bedauernd an. »Was ich hier sehe, ist, dass er über dieses Konto eine große Zahl von Finanzwetten abgeschlossen hat.«

Sie alle versammelten sich um den Bildschirm herum. »Trading platform« las Hanna über dem Logo der Bank. Darunter waren einige der typischen Liniendiagramme, wie sie auch für die Entwicklung von Aktienkursen verwendet wurden. Neben jedem dieser Diagramme war ein Button mit der Bezeichnung »Call« und einer mit »Put«. Daneben las sie: »Verbleibende Zeit zum Kauf: 2 Minuten 50 Sekunden.« »70 % Gewinn« versprach eine Anzeige. Die Überschriften über den Diagrammen lauteten: »Wird APPLE steigen oder fallen?«, »Wird GOLD steigen oder fallen?«, und »Wird CORN steigen oder fallen?« Sie war wieder einmal in der bizarren und ihr so fremden Welt der Finanzen gelandet.

»Was ist das?«, fragte sie.

»Na ja, eigentlich ein ganz normaler Online-Broker«, erklärte Rudolf Kuhnert, als ob damit alles gesagt wäre.

»Es gibt viele solcher Anbieter im Internet.« Gerd Stoevesandt drehte sich zu Hanna um. »Wenn man ein Konto bei ihnen eingerichtet hat, kann man sich praktisch an den Finanzwetten auf der ganzen Welt beteiligen. Wenn Sie denken, dass der Kurs beispielsweise von Gold steigt, dann klicken sie ›Call‹ an. Wenn Sie meinen, der Goldpreis sinkt, drücken Sie auf ›Put‹. Damit haben Sie dann eine sogenannte Option gekauft.«

»Man kann hier im Minutentakt solche Wetten abschließen«, ergänzte Nicole Marinescu. »Die Online-Broker versprechen teilweise bis zu 86 Prozent Rendite in sechzig Sekunden – wenn man richtig liegt mit seiner Prognose.«

»Und ›CORN‹, das bedeutet ja wohl Getreide. Oder nicht?« Friedebald Frenzel beugte sich über die Schulter von Kuhnert und deutete auf eines der Diagramme. »Da kann man dann sehr viel Geld verdienen, wenn der Getreidepreis steigt und wieder ein paar Menschen mehr auf der Welt verhungern, nicht wahr?«

»Eigentlich sind diese bedingten Termingeschäfte ja ganz sinnvoll«, meinte Rudolf Kuhnert, »wenn man sie, ähm, in einem vernünftigen Rahmen betreibt.«

Nicole Marinescu sprang wieder einmal mit einer Erklärung bei: »Die Basis von Optionen sind Termingeschäfte. Damit kann ein Bauer beispielsweise seinen Weizenpreis absichern. Er versichert den Weizen ein halbes Jahr vor der Ernte bei einer Bank und bekommt eine feste Preiszusage. Liegt der Weizenkurs zur Zeit der Ernte über dem vereinbarten Preis, dann bekommt die Bank mehr dafür und macht einen Gewinn. Sie geht natürlich auch das Risiko ein, dass sie Verluste macht, wenn der Preis unter den vereinbarten sinkt. Und genau hier steigen die Spekulanten ein.«

»Die spekulativen Geschäfte haben sich im Bereich solcher sogenannten Derivate enorm erhöht in den letzten Jahren«, ergänzte Stoevesandt. »Leider so stark, dass sie die Preise von Weizen oder Öl, oder auch von Währungen und Aktien, sehr stark beeinflussen können.«

»Das, was Sie hier im Kleinen sehen«, sagte Nicole Marinescu, »das findet tagtäglich an unseren Börsen im Großen statt. Puts und Calls im Sekundentakt. Kurzfristige spekulative Geschäfte. Berechnet von Computern. Da laufen solche Wetten im ganz großen Stil.«

»2005 waren es nicht ganz zweitausend Billionen US-Dollar.« Rudolf Kuhnert sah durch seine antiquierte Brille in die Ferne. »Etwa 1890 Billionen. Termingeschäfte, Devisenhandel und Rohstoffderivate. Anleihen und Aktien haben nur etwa 64 Billionen, also etwa nur drei Prozent am Gesamthandel.«

Wie konnte sich der Mann nur all diese Zahlen merken?

»Ich habe mal gehört, dass man bei der Deutschen Bank sogar auf den Tod von Menschen wetten kann«, meinte Friedebald Frenzel und lachte sarkastisch. »Man wettet dabei auf die Restlebenszeit eines bestimmten Personenkreises.«

Stoevesandt nickte. »Der Fonds ist sehr umstritten. Es gibt wohl Überlegungen bei der Deutschen Bank, ihn aufzulösen. Aber es ist so: Wenn die Leute in einer Referenzgruppe von etwa 500 Personen früh sterben, dann macht man Gewinn, wenn sie länger leben, einen Verlust. Sie können heute auf alles Wetten abschließen. Es gibt kein Risiko, das nicht als Derivat gehandelt werden kann. Mit Cat-Bonds kann man darauf wetten, ob eine Naturkatastrophe oder ein Terroranschlag eintritt oder ausbleibt. Sie basieren auf Anleihen, die die Rückversicherer herausgeben.«

»Wie viel Geld hat Rodenthaler da verloren?«, wollte Hanna jetzt wissen. Sie spürte, wie die Erschöpfung sich ihrer wieder bemächtigte, und wollte Nägel mit Köpfen.

»Moment«, sagte Kuhnert und klickte sich durch ein paar Bildschirmmasken. »Er hat ursprünglich achthunderttausend angelegt. Ob das wirklich Schwarzgeld ist, müssten wir durch die Bewegungen auf seinen anderen Konten überprüfen. Er hat sehr oft gewettet, ähm, also schon sehr häufig. Zwei- bis dreimal pro Woche mit mehreren Optionen. Eine Zeit lang haben sich Gewinn und Verlust die Waage gehalten. Sehen Sie hier …« Er deutete auf den Bildschirm.

Doch Hanna hatte nicht mehr den Nerv, sich auf die Zahlen einzulassen. »Und dann?«, fragte sie ungeduldig.

»Im letzten Jahr hatte er ein paar größere Verluste. Sehen Sie – hier.« Kuhnert schien ihre Anspannung gar nicht zu bemerken. »Er hat sich an einem Chat beteiligt. Und ein paar, ähm, fragwürdige Tipps erhalten.«

»Wie viel hat er noch? Ganz konkret«, insistierte Hanna.

»Hundertfünfzigtausend«, antwortete Kuhnert.

»Wow!« Das war nun Luca. »Sechshundertfünfzigtausend Miese. Das ist ja noch besser als bei Patrick Ascher. Spielsucht auf hohem Niveau. ›Profit hat Grenzen – Verlust aber keine.‹ Ferengi-Regel Nummer fünfundvierzig.«

»Wie macht man ein kleines Vermögen?«, warf Frenzel ein. »Gib einem Banker ein großes!« Und er lachte wieder einmal aus vollem Herzen.

»Wen kann er dafür verantwortlich gemacht haben?«, fragte Hanna. Ihr war momentan wirklich nicht zum Scherzen zumute.

Rudolf Kuhnert drehte sich zu ihr um und sah sie verständnislos an. Eine seiner dünnen mausbraunen Haarsträhnen war ihm auf die Stirn gerutscht. »Eigentlich niemanden.«

»Sie haben es hier nie mit konkreten Personen zu tun. Es läuft ja alles nur online«, versuchte Nicole Marinescu zu erklären.

»Und diese Tipp-Geber? Was ist mit denen?«, wollte Hanna wissen.

»Die sind anonym, haben sozusagen einen Codenamen«, erklärte Kuhnert. »Die Tipps gehen ja an alle im Chat. Und Sie müssen sie ja nicht befolgen. Das ist ja alleine die Sache des Kontoinhabers.«

»Also wieder eine Sackgasse«, sagte Hanna entnervt. Es war mittlerweile zwei Uhr nachts. Wenn sie nicht bald Erfolg hatten, das spürte sie, dann würde sie wieder an einen Punkt kommen, an dem sie einfach nicht mehr konnte.

»Okay, machen wir weiter«, sagte Stoevesandt und fasste Hanna sanft am Arm. »Machen Sie uns bitte noch einen Kaffee, Frau Stankowski. Ich versichere Ihnen, wir tun unser Bestes.«

2

Als Hanna mit einem Tablett neu gefüllter Tassen ins Arbeitszimmer kam, war Frenzel in dem ledernen Ohrensessel eingeschlafen. Er wirkte friedlich. Nicole Marinescu hatte sich wieder in Papiere vertieft und bekam nichts um sich herum mit. Luca saß nun am Computer. Auch er sah langsam müde aus und hatte kleine Augen. Stoevesandt und Kuhnert standen, über einen Aktenordner gebeugt, am Schreibtisch und diskutierten leise, aber erregt.

»Wir haben eventuell eine Spur«, sagte Stoevesandt zu Hanna und nahm ihr eine der Kaffeetassen ab. »Rudolf hat in alten Dateien Hinweise gefunden. Und ich habe hier ebenfalls Unterlagen. Daraus geht hervor, dass Rodenthaler seinerzeit auch beim Phoenix Kapitaldienst investiert hat.«

»Und was heißt das?«, fragte Hanna, verteilte die Tassen und nippte selbst an dem heißen Getränk.

Frenzel war wieder aufgewacht, gähnte und rieb sich die runden Augen. Er sprang auf und hüpfte ein wenig auf und ab, um sich ganz zu wecken. Auch Nicole Marinescu hatte den Kopf erhoben, und Luca wandte den Blick vom Bildschirm ab.

»Der Phoenix Kapitaldienst in Frankfurt hat vor etwa fünf Jahren Schlagzeilen gemacht. Man hat den Anlegern sagenhafte Renditen versprochen. Bis zu dreißig Prozent«, erläuterte Stoevesandt. »Die hat man zunächst auch ausgezahlt. Allerdings waren das keine realen Gewinne, sondern das Geld der Neuanleger. Ein Schneeballsystem. Dann ist die Sache aufgeflogen, und sehr viele Leute haben sehr viel Geld verloren.«

»Dreißigtausend Investoren europaweit«, nickte Rudolf Kuhnert. »Nun, die haben etwa sechs- bis siebenhundert Millionen angelegt. Fünfhundert Millionen davon sind allerdings als Verlust verbucht worden.«

»Und jetzt sagen Sie bloß noch, das ist auch legal?«, fragte Luca und stand auf.

»Das ist in Ihren Ermittlungen wahrscheinlich der erste Fall, wo wirklich Betrug stattgefunden hat«, sagte Nicole Marinescu. »Auch im juristischen Sinne. Schneeballsysteme sind illegal.«

»Sie denken ja, ich mache immer nur Witze«, mischte sich Friedebald Frenzel nun ein. Er war wieder hellwach. »Aber das ist keineswegs so. Die Geschichte stimmt: Es muss wohl in den zwanziger Jahren gewesen sein. Da hat einer in Florida ein Gelände aufgekauft. Für zehn Dollar. Er hat es in fünfundzwanzig Parzellen unterteilt und weiterverkauft, jedes für sechzehn Dollar. Für die Überschüsse hat er weiteres Land gekauft. Er hat den Leuten erzählt, dass es sich um wertvolles Bauland handelt, das in den nächsten zwei Jahren seinen Wert vervielfacht. Und die Leute haben's gekauft, und die Preise für die Grundstücke sind gestiegen und gestiegen. Bis sich rausgestellt hat, dass das Land in den versumpften Everglades liegt und den Krokodilen gehört.« Frenzel lachte so sehr über die Real-Satire, dass ihm die Tränen herunterliefen.

Stoevesandt schmunzelte und nickte: »Carlo Ponzi. Ein italienischer Einwanderer. Der Erfinder des Schneeballsystems. Im Jahr 1920 war er einer der bekanntesten Menschen in den USA.«

»Ich hab noch nie richtig verstanden, wie so ein Schneeballsystem funktioniert«, sagte Luca.

»Es ist eigentlich ganz einfach«, erklärte Nicole Marinescu. »Ponzi hat Investoren eine Anlagemöglichkeit mit einem Zinssatz von unglaublichen 50 Prozent angeboten. Da er es scheinbar ohne Probleme schaffte, das angelegte Kapital samt den versprochenen Zinsen zurückzuzahlen, sprangen immer mehr Anleger auf den Zug auf. Was sie nicht wussten: Ponzi hat die alten Investoren mit dem frischen Kapital der neuen Anleger bezahlt. Das funktioniert wie ein Kettenbrief. Diejenigen, die neu dazukommen, finanzieren die Gewinne der alten Anleger.«

»Und wer hat's erfunden? Die Italiener«, freute sich Luca. »Das war bestimmt ein Sizilianer, dieser Ponzi.«

»Er war aus Parma in der Po-Ebene«, warf Rudolf Kuhnert bierernst ein.

»Aber er hat ja mit Bernie Madoff einen würdigen Nachfolger gefunden«, stellte Frenzel grinsend fest. »Den haben sie ja jetzt verknackt, in den Staaten, weil er fast 5 000 Leuten fünfzig Milliarden US-Dollar abgeknöpft hat mit seinem Investmentfonds. Auch so ein Schneeballsystem. Muss aber gut funktioniert haben. Das ist wohl erst aufgeflogen, als einer seiner Kunden eine Milliarde an Einlagen auf einen Schlag zurückhaben wollte. Aber noch besser finde ich die Geschichte von den Leuten, die Aktien gekauft haben. Und zwar von einem Unternehmen, das Anlagen zur Zucht von Süßwasser-Shrimps bauen wollte. Und wissen Sie, wo? In der texanischen Wüste.« Er schüttelte sich vor Lachen, und der runde Bauch hüpfte auf und ab. »Natürlich war das Unternehmen schnell pleite, und die Anleger konnten sich mit den Aktien im Wert von einer Milliarde Euro die Wände tapezieren.«

Warum, um alles in der Welt, kommen wir ständig vom Wesentlichen ab, dachte Hanna und fragte: »Wie viel hat Rodenthaler verloren? Gibt es jemanden, den er dafür verantwortlich machen kann?«

»Rund hunderttausend Euro«, gab Kuhnert Auskunft.

»Der Ansprechpartner in dem Briefwechsel, den er mit Phoenix geführt hat, heißt Dietmar Kreutzer«, informierte Stoevesandt. »Der Ton ist ziemlich ruppig. Rodenthaler beschimpft ihn als ›Finanzverbrecher‹. Aber die Sache ist schon fünf Jahre her. Wie wahrscheinlich ist es da, dass er sich noch rächen will?«

Es war gleichgültig, wie hoch die Wahrscheinlichkeit war. Wenn auch nur der Funke eines Verdachts vorlag, musste man das prüfen. Hanna griff zum Handy. Sie musste lange klingeln lassen. Schließlich meldete sich ein verschlafener Otto Obermayer.

»Dietmar Kreutzer«, sagte Hanna. »Hat bis vor fünf Jahren bei einem Phoenix Kapitaldienst gearbeitet. In Frankfurt.«

Obermayer berappelte sich: »In Ordnung. Kriegen wir raus.«

Nun hieß es warten.

3

Sie saßen da, mitten in der Nacht, in dieser stillosen Villa. Nur in der Küche und im Arbeitszimmer brannte Licht. Sonst lag das Haus in ungastlichem Dunkel. Sie hoffte so sehr, dass sie mit Dietmar Kreutzer endlich das letzte Ziel von Rodenthalers Rache gefunden hatten. Auch den andern ging es mit Sicherheit so. Sie alle saßen müde und still in dem Büroraum herum und hatten damit zu kämpfen, die Augen offen zu halten. Sie würden alle in einen Dornröschenschlaf verfallen, wenn nicht bald etwas passierte, da war sich Hanna sicher.

Die drei Wirtschaftsleute vom LKA kramten wieder in Papieren herum. Luca surfte weiter unkonzentriert durch die Dateien von Rodenthalers PC. Nur Frenzel ging im Zimmer unruhig auf und ab. Plötzlich wandte er sich um und stemmte die kurzen Arme in die Seite: »Sagen Sie mal, Sie drei Finanzkoryphäen. Was ist eigentlich los in dieser Welt? Reihenweise müssen Banken gerettet werden. Mit Millionen und Milliarden. Die halbe Weltwirtschaft wird mit runtergezogen. Die Staaten müssen Kredite aufnehmen und bürgen. Was ist da schiefgelaufen? Ich meine jetzt nicht die Sache mit der Hypothekenkrise in den USA. Oder die Pleite von Lehman Brothers. Da stimmt doch etwas grundsätzlich nicht mehr. Oder?«

Die drei LKA-Kollegen sahen Frenzel an. Sie überlegten. Stoevesandt faltete auf Rodenthalers Schreibtisch seine schmalen Hände und begann eine vorsichtige Erklärung: »Es ist gar nicht so einfach. Die Finanzwelt ist so komplex und vielschichtig – die wenigsten Menschen verstehen das.

Unsere Politiker eingeschlossen. Gleichzeitig ist die Finanzbranche in den letzten Jahrzehnten aber immer mächtiger geworden. In der Finanzwelt werden Geldmengen von kaum vorstellbaren Größenordnungen bewegt.«

Rudolf Kuhnert nickte beflissen: »Alle Finanzaktiva – also, ähm, ich meine damit Bankaktiva, Schuldverschreibungen, Aktien und so weiter – haben im Jahr 2002 weltweit rund 106 Billionen Dollar betragen. Ende 2007 waren es bereits 200 Billionen Dollar. Im Vergleich zum Weltsozialprodukt sind die Finanzaktiva bis 2006 um mehr als 75 Prozentpunkte gestiegen. 2005 gab es weltweit Waren und Dienstleistungen im Wert von 44,5 Billionen US-Dollar. Der Gesamtwert aller in der Finanzwirtschaft aufbewahrten Gelder betrug 140 Billionen Dollar.«

Stoevesandt verdeutlichte, was das hieß. »Das Geld, das dort heute versammelt ist, hat den vierfachen Wert des Weltsozialproduktes. Das Finanzsystem wächst deutlich schneller als die Realwirtschaft.«

»Und woher kommt die ganze Kohle?«, fragte Luca. Hanna hatte beobachtet, dass auch er sich langsam kaum noch wach halten konnte. Doch jetzt wurde er wieder munter. Und selbst sie war froh über das Gespräch, weil sie sonst stehenden Fußes eingeschlafen wäre. Es waren zudem Fragen, die sich auch ihr im Laufe der Ermittlungen zwangsläufig stellten. Das Thema konnte nur gut sein, um sie alle wach zu halten und ihnen die Wartezeit auf Otto Obermayers Rückmeldung zu verkürzen.

Nicole Marinescu antwortete: »Reiche Leute; Unternehmen, die so dicke Gewinne machen, dass sie die gar nicht alle sinnvoll investieren oder ausschütten können; Kommunen, die in guten Jahren mal Überschüsse haben; Versicherungen, die die Gelder ihrer Versicherten rentabel anlegen müssen; Lebens- und Rentenversicherungen – das hat in den letzten Jahren besonders zugenommen. Sie haben ja wahrscheinlich auch alle eine zusätzliche Rentenversicherung. Das geht alles in den Topf. Das muss Rendite abwerfen, sonst geht die

Rechnung nicht auf. Auch damit wird mehr oder weniger gezockt. Und dann die Kleinanleger. Ihre Rentner, die sie da jetzt festgenommen haben. Oder solche Typen wie Rodenthaler, die meinen, sie könnten so ganz schnell, ganz einfach Kohle machen.«

Frenzel hatte Mund und Augenbrauen nachdenklich verzogen. »Und was ist das Problem dabei? Irgendwie ist schon klar, dass da die Verhältnisse nicht mehr stimmen. Aber was sind die Auswirkungen?«

»Das Geld muss irgendwo untergebracht werden.« Stoevesandt sah den Staatsanwalt an und nickte. »Gewinnbringend angelegt – versteht sich. Dadurch entstehen Spekulationswellen. Je höher die Gewinnversprechungen, umso mehr Geld geht in die Richtung. Siehe Dubai. Das Beispiel hatten wir ja schon. Genau das Gleiche passiert gerade in Spanien mit einer riesigen Immobilienblase. Wir werden dort noch unser blaues Wunder erleben. Die Krise ist dann das Korrektiv. Da werden die Dinge wieder nach unten korrigiert. Nur dass dann ganze Unternehmen, ganze Branchen, ja ganze Staaten mit nach unten gezogen werden.«

»Und es sind all diese dubiosen Finanzprodukte entstanden.« Auch Nicole Marinescu sah man die Müdigkeit an. Doch das Thema regte sie so an, dass ihre Wangen sich jetzt wieder etwas röteten. »Die ganzen Zertifikate und Derivate und das Zeug. Damit die Anleger ihr Geld unterbringen. Wie war denn das? Da gab es doch auch mal Lockerungen der Vorschriften. Gab es da früher nicht bestimmte Beschränkungen für solche Geschäfte?«

Stoevesandt gab ihr Recht. »Vor allem in den USA und in England hat man durch die sogenannte Deregulierung in den achtziger Jahren immer mehr Schleusen geöffnet. Eine Restriktion nach der andern hat man gelockert. Und da die Wallstreet und die Londoner City nun mal den Takt vorgeben, haben alle andern mitgemacht.«

»Sie meinen den Neoliberalismus von Frau Thatcher und Herrn Reagan, nicht wahr?«, fragte Frenzel.

Stoevesandt nickte. »Jahrelang wurde von Politikern und Ökonomen gebetsmühlenhaft wiederholt, dass der Markt schon alles richtet und der Staat sich da raushalten soll. Man hat Währungen freigegeben und damit zum Spekulationsobjekt gemacht. Man hat die Trennung zwischen Geschäftsbanken und Investmentbanken aufgehoben. Geschäftsbanken, das waren früher die, die Geldanlagen von Privatkunden verwaltet und Kredite vergeben haben. Das Investmentbanking, also eben das Geldanlegen von großen Investoren, war schon immer stark getrieben von spekulativen Geschäften. Heute betreibt jede Bank Investmentbanking. Und hat dazu einen Eigenhandel, bei dem auch wieder versucht wird, das Geld der Bank so anzulegen, dass es möglichst viel Rendite abwirft. Und das ist vor allem beim Investmentbanking der Fall. Das heißt, der gesamte Bankensektor baut immer mehr auf Spekulationen.«

Stoevesandt hatte seine Ausführungen mit der Gestik seiner Hände unterstrichen. Nun faltete er sie wieder vor sich auf dem Tisch und sah sie nachdenklich an. Dann blickte er auf und sah Frenzel an. »Wissen Sie, ich überlege in der letzten Zeit auch, was eigentlich die tieferen Ursachen der jetzigen Krise sind. Und manchmal denke ich, es ist ein fundamentaler Irrtum. Geld arbeitet nicht. Und wenn man uns noch so oft sagt: ›Lassen Sie Ihr Geld arbeiten‹. Keine einzige Geldanlage aus den Billionen von Dollars schafft einen Mehrwert. Wenn jemand aus Metallteilen eine Maschine baut, schafft er Mehrwert. Wenn ein Arzt Patienten hilft und sie wieder produktiv werden können, dann schafft er Mehrwert. Ein Lehrer, der seinen Schülern etwas beibringt, das die dann nutzbringend anwenden, schafft Mehrwert. Wer ein Kunstwerk schafft, einen Roman schreibt oder eine Software entwickelt, der schafft Mehrwert. Der Handel mit Geld und Geldäquivalenten auf dem Kapitalmarkt schafft keinen Mehrwert. Das Ganze basiert auf Krediten und Anleihen, die vergeben werden. Oder vielmehr den Zinsen und Ausschüttungen, die gezahlt werden. Von Unternehmen, von Privatpersonen oder von Staaten. Das Ganze ist eine gigantische Umverteilungsmaschinerie, in der darum gezockt wird, wer von diesem Kuchen am meisten abbekommt.«

»Und trotzdem«, sagte Rudolf Kuhnert, »ist der Finanzsektor die Branche mit den höchsten Renditen, den höchsten Einkommen für die Manager und den höchsten Boni.«

»Jahresverdienste im sechsstelligen Bereich; dazu Boni, manchmal in ähnlicher Höhe«, stellte Nicole Marinescu fest. »Manche Banken haben Umsatzrenditen um die zwanzig Prozent – in anderen Branchen kann man davon noch nicht einmal träumen. In Branchen, in denen Mehrwert geschaffen wird.«

»Aber das ist noch nicht einmal das größte Problem«, sagte Stoevesandt nachdenklich. »Die gesamte Wirtschaft und Politik ist abhängig von der Finanzbranche. Banken und Rating-Agenturen bestimmen darüber, ob jemand Kredit bekommt und zu welchen Konditionen. Das betrifft Unternehmen genauso wie ganze Staaten. Und ohne Kredite geht heute gar nichts mehr.

Auf der anderen Seite muss der Staat Banken retten, wenn er nicht den Kollaps der gesamten Wirtschaft und des gesamten sozialen Systems riskieren will. Jetzt wurden in der Finanzwirtschaft gigantische Summen verspekuliert. Im Fonds zur Bankenstützung hat die Bundesregierung 480 Milliarden Euro bereitgestellt. Das ist etwa das Anderthalbfache eines jährlichen Bundeshaushalts. Selbst wenn das nicht alles von den Banken benötigt wird – es ist Geld, das der Staat nicht für andere Bereiche zur Verfügung hat. Für Bereiche, in denen Mehrwert geschaffen wird. Oder aber auch für einen sozialen Ausgleich.

Wir haben eine paradoxe Situation: Da ist ein aufgeblähter Finanzsektor, in dem fast alles erlaubt ist und der selbst keinen Mehrwert schafft. Und diese sogenannten Finanzmärkte diktieren der Realwirtschaft und den Staaten die Bedingungen. Das kann auf Dauer nicht gut gehen.«

Hannas Handy meldete sich endlich. Otto berichtete: »Wir haben den Mann. Der lebt immer noch in Frankfurt. Arbeitet jetzt bei irgendeinem anderen Anlagefonds. Die Kollegen in Frankfurt haben ihn aus dem Bett geklingelt. Ist also gewarnt. Die sind auch schon unterwegs, um nach der Spurstange zu schauen. Die sagen dir dann direkt, was los ist. Sag mal, Hanna ...« Es folgte eine längere Pause. »Meinst du, wir können hier abbrechen? Die Kollegen vom Kriminaldauerdienst, die die Nachtschicht haben, sind ja noch da.«

»Macht, dass ihr nach Hause kommt«, sagte Hanna und war neidisch. Ob sie hier nicht auch einfach aufhören konnten? Aber irgendwie glaubte sie nicht daran, dass es der Mann in Frankfurt war, den sie suchten. Die Geschichte war zu lange her. Die Summe war nicht besonders hoch im Vergleich zu anderen Einbußen von Rodenthaler. Würde der dafür extra nach Frankfurt fahren? Zumindest wollte sie abwarten, was die Kollegen in Frankfurt an dem Wagen des Fondsmanagers feststellten. Und wenn der in Ordnung war? Sie mussten weitersuchen. Es war ja schon frech, wie Rodenthaler in der zweiten Vernehmung ihnen ins Gesicht gesagt hatte, dass noch mal jemand dran glauben musste. Hanna wollte diesem Ungeheuer keinesfalls die Genugtuung verschaffen, dass dies wirklich geschah.

Sie seufzte und stand auf. Plötzlich sackten ihr die Beine weg. Ihr wurde schwindelig. Der Kreislauf machte nicht mehr mit. Sie spürte, wie Hände sie am Arm packten. Sie sah Frenzel und Luca neben sich. Stoevesandt war aufgesprungen. Er kam um den Schreibtisch herum auf sie zu. Jetzt war er es, der sie stützte. »Frau Stankowski, Sie müssen sich unbedingt hinlegen.«

Frenzel und Stoevesandt führten sie hinüber in das Wohnzimmer zu der langen Designer-Couch aus schwarzem Leder. Da lag noch die zerknautschte Bettdecke von Rodenthaler. Der Mann hatte hier vor kurzem noch geschlafen. Es war ihr zuwider, doch sie musste sich hinlegen.

Luca stand plötzlich vor ihr: »Unten in der Sauna hab ich ein paar Decken gefunden. Die sehen sauber aus. Riechen auch so.«

Hanna rappelte sich noch einmal auf. Eine Decke breitete Luca für sie über die Couch, mit der anderen deckte er sie zu. Dann war Hanna auch schon in einen ohnmachtsähnlichen Schlaf gefallen.

4

Ein seltsames Geräusch weckte sie auf. Wo war sie? Wie war sie hierhergekommen? Womit war sie zugedeckt? Es war noch fast ganz dunkel. Nur irgendwo brannte ein Licht. Sie fühlte sich wie in einem grotesken Traum.

Wieder dieses Geräusch. Die Kaffeemaschine. Natürlich. Jetzt fiel es ihr wieder ein. Sie war noch immer im Gruselkabinett von Robert Rodenthaler.

Wie lange hatte sie geschlafen? Hanna sah auf die Uhr. Im Lichtstrahl aus dem Flur konnte sie feststellen: Es war kurz nach sieben. Stöhnend stand sie auf und ging aus dem Wohnzimmer. Luca, der aus der Küche einige Tassen mit Kaffee brachte, kam ihr entgegen.

»Hast du überhaupt nicht geschlafen?«, fragte sie ihn. Er sah übernächtigt aus.

»Doch. Unten in der Sauna. Auf einer der Liegen, die da im Ruheraum stehen. Sind nur nicht besonders bequem.« Er verzog das Gesicht. »Übrigens: Die Kollegen aus Frankfurt haben sich noch gemeldet. Mit dem Wagen von diesem ›Finanzverbrecher‹ ist alles in Ordnung.«

»Ich hab es mir halb gedacht«, seufzte Hanna.

Sie gingen in das Arbeitszimmer. Im Ohrensessel saß Rudolf Kuhnert, schlief und schnarchte leise vor sich hin. Stoevesandt studierte noch immer Unterlagen aus Rodenthalers

Ordnern. Obwohl er der Älteste unter ihnen war, sah man ihm die Nachtarbeit am wenigsten an. Nicole Marinescu saß ebenfalls am Schreibtisch, vor sich den dritten Stapel. Sie schien so vertieft in die Arbeit, dass sie gar nicht mitbekam, als Hanna einen guten Morgen wünschte. Ein warmes Gefühl der Dankbarkeit für diese Kollegen durchströmte Hanna. Sie hatten sich die ganze Nacht um die Ohren geschlagen, um ihr zu helfen und vielleicht einem Menschen das Leben und die Unversehrtheit zu bewahren.

»Ist Frenzel gegangen?«, fragte sie.

Stoevesandt nickte. »Er hätte hier nichts mehr tun können.«

Hanna hatte vollstes Verständnis.

»Ich glaube, ich hab's«, sagte plötzlich Nicole Marinescu, stand langsam auf und sah alle bedeutungsvoll an. Offensichtlich hatte auch die junge Frau die ganze Nacht durchgearbeitet. Ihre Augen waren gerötet. Darunter lagen blauschwarze Schatten. Ihre Steckfrisur befand sich in Auflösung. Strähnen hingen ihr in den Nacken und in die Stirn.

»Die Hütte, in der wir hier sitzen, soll demnächst zwangsversteigert werden. Hier.« Sie deutete auf die Unterlagen vor sich. »Das ist ein Briefwechsel zwischen der ImmoVerbandsbank in Fellbach und Rodenthaler. Er hat dort ein Hypothekendarlehen laufen, das er seit über einem Jahr nicht mehr bedient hat.«

Hanna, Luca und Stoevesandt standen sofort neben der LKA-Kollegin und sahen in die Papiere. Plötzlich war auch Kuhnert neben ihnen.

»Hier.« Nicole Marinescu wies auf eine Stelle in einem Schreiben. »Die Hypothek ist in Schweizer Franken ausgegeben worden. Auf Anraten des Mitarbeiters von der ImmoVerbandsbank. Der schreibt hier, dass der aktuelle Zins beim Schweizer Franken bei 3,54 Prozent liegt und gegenüber dem Euro einen Zinsvorteil zwischen 0,75 und 1,25 Prozentpunkten bringt. Nur«, sagte sie und blickte auf, »ist der Franken durch die Finanzkrise stark aufgewertet worden. Damit steigt natürlich auch der Zins. Der Vorteil ist jetzt zur Zusatzbelastung geworden.«

Sie blätterte ein paar Seiten weiter. »Rodenthaler hat hier verlangt, dass der Vertrag geändert wird und er den Euro-Zins zahlt. Hier beschimpft er schon die Bank, weil man ihn betrogen hätte. Die ist natürlich nicht auf seine Forderung eingegangen, sondern hat ihm nahegelegt, die Villa zu verkaufen. Rodenthaler hat sich geweigert.«

Wieder blätterte sie um. »Hört euch das an. Ein Brief von Rodenthaler an die Bank. ›Sie und Ihresgleichen haben mit Ihrem Zinswucher die Finanzkrise ausgelöst. Kredithaie wie Sie haben uns in den Ruin getrieben, und nun vergreifen Sie sich auch noch an unserem Eigentum.‹ Und hier geht es weiter.« Sie blätterte auf die nächste Seite. »Der Mitarbeiter von der ImmoVerbandsbank schreibt ihm, dass er beim Amtsgericht die Zwangsversteigerung beantragen wird. Rodenthaler antwortet darauf: ›Sie werden Ihre Quittung bekommen. Wer einem Rodenthaler sein Eigentum wegnimmt, wird dies büßen.‹«

Hanna war augenblicklich so wach wie schon lange nicht mehr. »Wie heißt der Mann?«

»Damian Michelsbacher.«

IV. Beinstein

Er wachte sofort auf, als der erste, noch leise Weckton ertönte. Nadine schlief fest. Sie lag auf dem Rücken und atmete hörbar. Ihr Bauch wölbte sich voluminös unter der Decke.

Die Töne wurden lauter. Er fasste nach ihr und streichelte ihre Wange. Langsam kam sie zu sich.

»Schatz, wir müssen raus.«

Er machte den Wecker aus und schlüpfte zu ihr unter die Bettdecke. Sanft strich er über ihren gewaltigen Leib. So gerne hätte er mal wieder mit ihr geschlafen. Und selbst sie schien immer noch manchmal Lust zu haben. Aber die Angst, die Wehen könnten durch den Sex angeschoben werden, ließ sie beide vernünftig sein. Zudem beunruhigte ihn die Vorstellung, der kleine Kerl in ihrem Bauch könnte etwas davon mitbekommen, wie sein bestes Stück in sie eindrang.

»Wir müssen aufstehen, Liebling.«

Während es ihm überhaupt nichts ausmachte, hatte Nadine ihre Probleme damit, dass sie früher als sonst rausmussten. Auch weil sie nachts nicht mehr gut schlief und nicht mehr wusste, wie sie liegen sollte. Ihm dagegen gingen bereits die Gedanken im Kopf herum. Der Tag heute war für sie beide gleichermaßen spannend, wenn auch aus ganz unterschiedlichen Gründen.

Er ging schnell unter die Dusche, auch wenn sie vor ihm losmusste. Er würde nicht lange brauchen. Sie hatte dann noch fünf Minuten, um zu sich zu kommen. Er würde das Frühstück bereiten, während sie sich richtete, und sie konnten noch gemeinsam Tee und Müsli zu sich nehmen.

»Und für dich ist es wirklich so in Ordnung?«, fragte er sie am Frühstückstisch besorgt.

»Natürlich, Schatz. Wir haben es doch besprochen.«

Es schien ihr wirklich nichts auszumachen, diesen Termin alleine wahrzunehmen. Nadine war einfach so stark. Sie war rund zehn Jahre jünger als er. Aber manchmal hatte er den Eindruck, dass sie die Dinge viel besser wegstecken konnte als er und dass sie ihn stützte und tröstete, wenn ihm wieder einmal etwas zu sehr unter die Haut ging. Als klar war, dass sich das Kind nicht von alleine drehen würde, da war er fast vor Sorge vergangen. Bei einer Steißgeburt konnte so viel passieren. Die Sauerstoffversorgung des Kindes konnte gefährdet sein, die Nabelschnur konnte sich verwickeln. Es konnte zu Schädigungen des Gehirns kommen. Auf keinen Fall könne er sich vorstellen, Vater eines behinderten Kindes zu sein, hatte er ihr vorgejammert.

Nadine dagegen war ins Internet gegangen, hatte eine Stunde lang recherchiert und war dann alleine in die Filderklinik gefahren, um sich beraten zu lassen, wie diese Wendeversuche funktionierten, bei denen ein Arzt versuchte, das Kind durch bestimmte Handgriffe von außen zu drehen. Sie hatte ein Merkblatt mitgebracht, dessen Inhalt ihn wieder verschreckte. Denn in immerhin zehn Prozent der Fälle konnten durch die Drehversuche die Wehen eingeleitet werden. Dann war es eben doch eine Steißgeburt, oder es musste schnell ein Kaiserschnitt gemacht werden, der dann wiederum für die Mutter größere Risiken barg.

»So ist es nun mal«, hatte sie nur gesagt und ihn beruhigt. »Ach Dami, es wird sicher alles nur halb so wild.«

Auch jetzt musste sie wieder alleine nach Filderstadt in die Klinik fahren. Er hatte gemerkt, dass sie nicht gerade entzückt war, als er ihr sagte, er könne auch dieses Mal wieder nicht dabei sein. Aber was hätte er tun sollen. Er konnte schließlich nichts dafür, dass der Termin auf dem Amtsgericht genau auf den gleichen Zeitpunkt gelegt worden war wie der Wendeversuch in der gynäkologischen Abteilung der Filderklinik. Und das Ganze um eine Woche zu verschieben, wäre für ihn nicht in Frage gekommen, das hätten seine Nerven nicht mitgemacht. Die Beschimpfungen und Drohungen dieses Kerls waren schon in seinen Briefen eine Zumutung. Am Telefon waren die Tiraden dieses Primitivlings richtig beängstigend. Er wollte, dass endlich Schluss damit war. Er mochte Zwangsversteigerungen überhaupt nicht. Das war immer ein Riesenstress. Und manchmal taten ihm auch die Leute leid. Aber hier sagte er sich: Je früher, umso besser. Und außerdem saß ihm Wolters im Nacken und machte Druck, dass das Problem ein für allemal gelöst werden müsse. Wie sollte er unter solchen Belastungen seine Arbeit noch vernünftig machen? Nein, er konnte heute Nadine unter keinen Umständen begleiten.

Sie hatte ihn etwas unglücklich angeschaut, und er hatte ein bisschen ein schlechtes Gewissen bekommen. Doch Nadine war stark. Und schließlich hatten sie ja auch eine wunderbare Lösung mit dem Auto gefunden. Ihr kleiner Polo war in der Werkstatt, und sie schien etwas beunruhigt darüber zu sein, dass sie den Weg quer durch den gesamten Stuttgarter Großraum mit öffentlichen Verkehrsmitteln machen musste. Dann war ihm eingefallen, dass die Stadtbahn-Linie, die von Neckargröningen, ihrem Wohnort, startete, ja direkt zum Neckartor im Stuttgarter Zentrum fuhr. Von dort aus war es ein Katzensprung bis zum Amtsgericht. Nadine konnte seinen BMW nehmen.

Er küsste sein »Kügelchen«, wie er Nadine bei sich jetzt nannte, zum Abschied. Sie war schlank, fast schon grazil gewesen. Aber während man bei anderen Frauen kaum sah, dass sie im neunten Monat waren, hatte Nadine im achten schon eine Mordskugel vor sich hergeschoben. Er hoffte sehr, dass ihre Figur wieder werden würde, wie sie war. Vollschlanke Frauen mochte er nicht.

»Also, ich drück dir die Daumen«, sagte er zärtlich, während er sie umarmte. »Fahr langsam. Und du sagst mir Bescheid, wie's gelaufen ist. Ich denke, spätestens um zwölf müsste die Sache bei mir erledigt sein. Dann kannst du mich anrufen.«

Nadine nickte und fuhr los Richtung Filderstadt.

Er kontrollierte noch mal, ob er alle Unterlagen beisammen hatte, die er brauchen würde. Dann machte er sich auf den Weg zur Stadtbahn-Haltestelle.

Die Bahn war, so kurz nach acht Uhr, voll. Er bekam keinen Sitzplatz mehr, konnte aber im Stehen hinausblicken und die Gedanken schweifen lassen. Hoffentlich lief alles gut beim Amtsgericht. Aber die mussten ja einsehen, dass die Bank ihr Geld nicht mehr anders bekommen würde. Und Wolters war ja dabei. Der würde schon den genügenden Druck entwickeln. Und dann wollte er nie wieder etwas mit diesem Proleten von Rodenthaler zu tun haben. Wie konnte so einer sich Unternehmer schimpfen. Anfangs dachte er ja, das sei einfach einer vom Typ »rau – aber erfolgreich«. Doch weit gefehlt. Der Mann war unangenehm und ein Versager.

Für einen Moment dachte er an Nadine. Hoffentlich setzten bei ihr nicht die Wehen ein. Das hätte er momentan wirklich nicht verkraftet. Zuerst musste die Versteigerung der Rodenthaler-Villa beschlossene Sache sein.

Sein Handy klingelte. Die Nummer auf dem Display sagte ihm nichts.

»Polizeiobermeister Krüger hier. Spreche ich mit Herrn Michelsbacher?«, fragte eine Männerstimme.

»Äh, ja.« Er war verwirrt. Was wollte die Polizei von ihm?

»Herr Michelsbacher, ich muss Sie darüber informieren, dass mit Ihrem Wagen etwas nicht stimmt. Also, es könnte zumindest so sein. Wie viele Autos haben Sie denn in der Familie?«

Kümmerte sich die Polizei jetzt schon um Autoreparaturen?

»Der Wagen meiner Frau ist in der Werkstatt. Und meiner ist in Ordnung.«

»Ich habe den Auftrag, Sie aufzufordern, dass Sie unter keinen Umständen mit dem Wagen fahren sollen. Beziehungsweise, wenn Sie gerade im Auto sitzen … Wo sind Sie denn jetzt?«

»In der Stadtbahn.« Der Mann ging ihm auf die Nerven. Was wollte der eigentlich?

»Na, dann ist es ja gut.« Der schien richtig erleichtert. »Dann können wir Ihnen jemand vorbeischicken, der sich das Auto gleich mal anschaut?«

Er kam sich verarscht vor. Und er hatte wirklich keinen Kopf für irgendwelche blöden Scherze. Oder war das sogar ein Betrüger-Trick?

»Nein, das können Sie nicht. Mit dem ist nämlich meine Frau unterwegs.«

Damit drückte er auf die Taste, die das Gespräch beendete.

Einen Moment lang ärgerte er sich über diesen aufdringlichen Anruf. Dann bekam er plötzlich Angst, er könnte sich zu sehr aufregen und sich bei dem Amtsgerichtstermin dann nicht mehr konzentrieren. Da klingelte sein Handy wieder. Wieder eine Nummer, die er nicht kannte.

»Michelsbacher. Was ist denn?« Er merkte, wie er nervös wurde.

»Herr Michelsbacher, hier spricht Kriminalhauptkommissarin …« Den Namen verstand er nicht. Irgendetwas mit »-owski« am Ende. Die Frau ließ ihn nicht zu Wort kommen. »Ist es richtig, dass Ihre Frau mit Ihrem Wagen unterwegs ist?«

»Ja, aber was geht Sie das an?«, fragte er gereizt.

»Hören Sie mir bitte jetzt genau zu. Wir gehen davon aus, dass das Fahrwerk Ihres Wagens beschädigt wurde. Bitte rufen Sie Ihre Frau jetzt sofort an. Ich hoffe, Sie hat ein Handy dabei. Sagen Sie ihr, dass sie den Wagen sofort hinstellen soll, ganz egal, wo immer sie ist. Sie darf keinen Meter mehr weiterfahren.«

Es gefiel ihm überhaupt nicht, in welchem Ton die Frau mit ihm sprach. Sie hatte ihm eigentlich nichts zu befehlen. »Meine Frau wird sicher nicht während der Fahrt telefonieren. Außerdem hat sie einen Termin in der Filderklinik.«

»Ich glaube, Sie haben nicht verstanden, wie ernst die Sache ist, Herr Michelsbacher. Es besteht die reale Gefahr, dass Ihre Frau einen schweren Unfall hat. Wir gehen davon aus, dass eine Spurstange Ihres Autos angesägt worden ist.«

Nun wurde ihm doch etwas komisch zumute.

Die Frau sprach weiter: »Wo befinden Sie sich denn momentan?« Ihr eindringlicher Ton verstörte und fuchste ihn.

»In der Stadtbahn, in der Linie U14.«

»Wo genau ist die Bahn jetzt?«

Er fragte sich, was das sollte. Trotzdem sah er hinaus. Die Bahn hatte gerade angehalten und setzte nun ihre Fahrt fort. »In Münster. Am Rathaus.«

»Das ist gut. Dann steigen Sie bitte bei der nächsten Haltestelle aus. Das muss die ›Münster Viadukt‹ sein. Dort warten Sie auf uns. Wir sind in zehn Minuten da. Und rufen Sie Ihre Frau an. Lassen Sie es klingeln, bis sie rangeht. Und sagen Sie ihr, dass sie den Wagen hinstellen muss.«

Jetzt bekam er Panik. Was sollte er tun? Was wies ihn diese Kommissarin da in ihrem unfreundlichen barschen Ton an?

»Das geht überhaupt nicht!« Er hörte selbst, dass seine Stimme etwas hysterisch klang. Die Leute sahen ihn schon so komisch an. »Ich habe einen sehr wichtigen Termin beim Amtsgericht, den ich keinesfalls versäumen darf. Ich kann unmöglich jetzt aussteigen.«

»Guter Mann, ich glaube, Sie haben gerade andere Sorgen. Sagt Ihnen der Name Rodenthaler etwas?«

»Allerdings. Das kann ich Ihnen sagen. Und genau deshalb werde ich jetzt nicht aussteigen.« Was war das nun plötzlich? Was wusste die von Rodenthaler?

»Robert Rodenthaler«, sagte die Frau ungeduldig, »hat bei drei Leuten die Spurstangen ihrer Wagen angesägt. Bei Personen, die er beschuldigt, dass sie ihn um sein Geld und sein Eigentum gebracht haben. Dadurch sind drei schwere Unfälle passiert. Mit einem Toten und mehreren Verletzten. Sie steigen aus der Bahn aus! Und rufen Sie jetzt um Himmels willen Ihre Frau an!«

Jetzt erst dämmerte ihm, in welcher Gefahr Nadine schwebte. Er bekam Panik. Was sollte er nur tun? Er musste verhindern, dass ihr etwas passierte. Aber er musste auch zu seinem Termin. Vielleicht, wenn er sie gleich erreichte und sie den Wagen zum Stehen bringen konnte, würde er doch noch rechtzeitig zum Amtsgericht kommen. Er drückte die Kurzwahl ihrer Handynummer. Sie ging nicht dran. Er probierte es wieder und wieder und ließ es jedes Mal so lange klingeln, bis sich die Mailbox einschaltete.

Die Haltestelle Viadukt kam näher. Sollte er aussteigen oder in der Bahn bleiben? Es war keine bewusste Entscheidung, aber irgendwie spürte er, dass er nicht weiterfahren konnte, wenn Nadine nicht gewarnt war. Er verließ die Bahn. Weit und breit keine Polizei. Er wählte den Rückruf zu der Nummer, unter der die Kommissarin ihn angerufen hatte.

»Ich bin jetzt ausgestiegen. Ich erreiche meine Frau nicht. Sie geht nie ans Handy, wenn sie Auto fährt.«

»Probieren Sie's weiter. Wir sind sofort bei Ihnen.« Die Frau drückte ihn weg.

Da stand er nun und versuchte weiter, Nadine dazu zu bewegen, doch ihr Handy in die Hand zu nehmen. Er war nun wirklich völlig von der Rolle. Wenn jetzt nicht gleich die Polizei kam, würde er noch überschnappen. Endlich hörte er ein Martinshorn. Ein Zivilwagen mit Blaulicht schoss auf die Haltestelle zu. Zwei Leute in Zivil sprangen heraus und kamen rasch auf ihn zu.

Das eine war sicher die Frau, mit der er gesprochen hatte. Sie war um die fünfzig, etwas pummelig und wirkte auf ihn nicht besonders weiblich. Vor allem aber sah sie verlebt und ungepflegt aus. Sie hatte dunkle Ringe unter den Augen, braune Haare mit deutlich ungefärbtem Haaransatz, die in alle Richtungen abstanden, und ihre wattierte Jacke war falsch geknöpft. Auch der Mann, der ihr folgte, schien sich das schwarze Haar heute noch nicht gekämmt zu haben. Er war einiges jünger als die Frau, sah aber, so unrasiert wie er war, auch etwas heruntergekommen aus. Damian Michelsbacher wunderte sich für einen Moment, was für Leute da bei der Kriminalpolizei herumsprangen.

»Haben Sie sie erreicht?«, fragte die Frau ohne jede Begrüßung.

Er schüttelte den Kopf.

»Wissen Sie, wohin Ihre Frau unterwegs ist?«

»Sie muss in die Filderklinik. Sie hat dort einen Termin. Um neun.«

»Kommen Sie in den Wagen«, befahl die Kommissarin.

Ihr jüngerer Kollege setzte sich ans Steuer. Michelsbacher wurde auf den Rücksitz bugsiert. Die Polizistin setzte sich vor ihn auf den Beifahrersitz.

»Seit wann ist Ihre Frau unterwegs?«, fragte sie.

»Seit acht.« Er verstand nicht, was sie tun wollten.

»Fährt sie mit Navi?«

»Eigentlich schon.«

Der Mann schaltete das Navigationsgerät des Wagens an und gab das Ziel Filderklinik und das Zwischenziel Neckargröningen ein. Als das Gerät die Fahrtroute zeigte, sagte er: »Um acht ist sie losgefahren. Jetzt haben wir halb neun. Dann müsste sie jetzt auf jeden Fall auf der B 10 sein, wahrscheinlich aber schon auf dem Zubringer zur A 8.«

»Muss sie auf die Autobahn?«, fragte die Frau.

Der junge Mann nickte: »Wenn sie den schnellsten Weg nimmt: Ja.«

»Scheiße«, sagte die Polizistin. Ordinär war sie auch noch.

Der Mann, ein eher südeuropäischer Typ, bediente das Funkgerät im Wagen, gab, als sich jemand meldete, einen typischen Polizeicode an und sagte dann: »Wir brauchen vier, besser fünf Streifenwagen, in Staffeln zwischen Bad Cannstatt und der A8 zwischen Neuhausen und Flughafen und weiter zur Filderklinik.« Er nannte sämtliche Straßen und Routen, auf denen Nadine sich befinden konnte. »Wir suchen dringend – also mit der ganzen Außenwerbung – einen Wagen mit dem AKZ …« Der Polizist wandte sich fragend an Damian. »Sagen Sie bitte laut und deutlich Ihr Kennzeichen.«

Damian tat, was er geheißen wurde.

»Farbe und Marke?«, wollte der Südländer wissen.

»Ein Fünfer BMW. Rot.« Er begriff immerhin, dass er laut sprechen musste.

»Der Wagen ist mit hoher Wahrscheinlichkeit beschädigt. Ich sage nur ›Sonderkommission Spurstange‹. Er muss sofort gestoppt werden. Haltet uns auf dem Laufenden. Wir kommen sofort hin, wenn ihr ihn habt.«

Auch wenn die beiden ihm nicht sympathisch waren – wenigstens wirkten sie recht professionell. Sie waren angespannt, blieben aber trotzdem cool und beherrscht. Er selbst dagegen hatte das Gefühl, nicht mehr Herr seiner selbst zu sein. Die Angst um Nadine und um das Baby, der Termin beim Amtsgericht, der zu platzen drohte, und die plötzliche Hektik, in die er hineingeraten war – das alles ließ seine Nerven flattern.

»Meine Frau bekommt ein Baby«, sagte er leise.

»Ist sie auf dem Weg zur Entbindung? Alleine?«, fragte die Frau vor ihm in ungläubigem Ton.

»Nein, nein, es ist nur …« Wie sollte er das auf die Schnelle erklären?

»Probieren Sie es noch mal!«, befahl die Polizistin.

Er ließ es wieder so lange klingeln, bis die Mailbox sich einschaltete.

»Noch mal!« Die Frau herrschte ihn regelrecht an. Im Polizeifunk meldeten sich unterdessen die Streifenwagen mit Ortsangaben.

Wieder wählte er Nadines Nummer.

»Damian, was ist denn los? Ich muss doch Auto fahren! Gerade gibt es hier ziemlich scharfe Kurven und mein Handy war in der Handtasche. Was hast du denn wieder? Ich kann dir im Augenblick nicht helfen, glaub mir.«

Sie klang ziemlich verärgert. Er verstand nicht, warum. Aber immerhin hatte er sie endlich dran.

»Schatz, tut mir leid, aber es ist wirklich dringend. Ich lass sogar den Termin beim Amtsgericht sausen. Mit dem Auto, da kann sein, dass etwas nicht in Ordnung ist.« Auf keinen Fall wollte er sie erschrecken.

Das Mobiltelefon wurde ihm von vorne aus der Hand gerissen.

»Hören Sie, Frau Michelsbacher. Hier ist die Polizei, Hauptkommissarin Stankowski. Ihr Auto wurde sabotiert. Damit besteht die Gefahr, dass ein Teil am Fahrwerk bricht. Der Wagen ist dann nicht mehr lenkbar.«

Er hörte die aufgeregte Stimme von Nadine.

»Bleiben Sie jetzt ganz ruhig. Niemand wird Sie belangen, weil sie telefonieren. Und wenn Sie jetzt schon zu langsam fahren – umso besser.« Die Stimme der Polizistin hatte jetzt einen geradezu beruhigenden Ton, der auch auf Damian seine Auswirkung hatte.

»Sie tun jetzt genau, was ich Ihnen sage. Sie legen das Handy weg, schalten es aber nicht aus. Dann machen Sie die Warnblinkanlage an und bremsen langsam ab, bis der Wagen zum Stehen kommt ... Es ist egal, wenn Sie schon auf die Auffahrt kommen. Sie bleiben stehen. Und wenn Sie den ganzen Verkehr lahmlegen. Haben Sie verstanden? Sagen Sie uns dann, wo Sie sind. Es ist dann sofort ein Streifenwagen bei Ihnen.«

Die Polizistin behielt das Handy am Ohr. Aus dem Funkgerät klangen Meldungen, die der Polizist neben ihm mit neuen Anweisungen beantwortete. Den Termin beim Amtsgericht hatte Damian vollkommen vergessen. Er hoffte nur noch, dass Nadine den Wagen problemlos zum Stehen brachte, und dies schien eine Ewigkeit zu dauern.

Endlich sagte die Kommissarin, die ebenfalls angespannt gewartet hatte, etwas. »Gott sei Dank! Bleiben Sie im Wagen. Ziehen Sie die Handbremse an.«

Dann hörte sie wieder Nadine zu, schüttelte dann verständnislos den Kopf und reichte das Mobiltelefon wieder an Damian weiter. »Sie fragt, wie es Ihnen geht«, meinte sie spitz.

»Schatz, alles in Ordnung?«, fragte er sie. »Ich war ja so in Sorge.«

Unterdessen starteten die Polizisten den Wagen, schalteten Sirene und Blaulicht ein, forderten über Funk einen Abschleppwagen an, riefen jemanden an, der das Auto untersuchen sollte, tauschten mit anderen im Polizeicode Informationen aus und fuhren gleichzeitig in einem Affenzahn durch die ganze Stadt und die B 10 entlang, als gelte es immer noch, Nadine zu retten.

Doch die war ja in Sicherheit. Er redete ja mit ihr. Er konnte ihr erzählen, wie ihn das alles mitgenommen hatte. Und sie hörte zu, hatte Verständnis und tröstete ihn. Ach ja, und der Termin beim Amtsgericht. Er würde zu spät kommen, er musste Wolters anrufen, und Nadine beruhigte ihn und meinte, dass sein Chef bestimmt Verständnis für die besondere Lage hätte

»Den Termin können Sie sich sparen«, mischte sich die Kommissarin vor ihm einfach in sein Gespräch ein, als er bei Nadine noch einmal loswerden musste, wie sehr ihn die Sache mit Rodenthaler belastete. »Wir haben den Mann festgenommen. Rodenthaler sitzt in U-Haft.«

Endlich kamen sie zu der Autobahnauffahrt. Ein langer Stau hatte sich im morgendlichen Berufsverkehr bereits gebildet. Dank Martinshorn und der Gasse, die die wartenden Autos gebildet hatten, kamen sie schnell zu der Stelle, an der Nadine den Wagen zum Halten gebracht hatte. Zwei Streifenwagen mit Blaulicht standen schon vor und hinter dem Auto. Polizisten in Uniform leiteten die wartenden Autos über eine Standspur an dem BMW vorbei.

Nadine saß noch am Steuer. Kaum hatte sich das zivile Polizeiauto, in dem Damian saß, vor dem vorderen Streifenwagen postiert, stieg er aus und rannte zu seinem Auto. Er hoffte nur, dass Nadine nicht vor lauter Aufregung Wehen bekam. Das hätte ihm gerade noch gefehlt. Sie kam sofort aus dem Wagen, als sie ihn sah, und fiel ihm in die

Arme. Fest drückte er sein Kügelchen. Sie schien in Ordnung zu sein.

»Hast du irgendetwas gemerkt?«, fragte er sie. »Dass mit dem Wagen etwas nicht stimmt?«

»Wenn sie was gemerkt hätte«, meinte der schwarzhaarige Polizist, der mit seiner Kollegin nun zu ihnen getreten war, »dann hätte sie unter Umständen nicht mehr lange überhaupt irgendetwas gemerkt. Das geht ganz schnell, wenn so eine Spurstange bricht, und es zerbröselt einen. He, habt ihr 'ne Taschenlampe im Wagen? Bringt die mal her«, wandte er sich an seine uniformierten Kollegen.

Die Lampe wurde gebracht. Der Kripobeamte kniete auf den kalten Straßenbelag und leuchtete in den Radkasten. Erst links. Dann rechts. Dann stand er auf und nickte: »Genau sagen kann ich's nicht, wie tief der Schnitt ist. Aber sie ist schon durchgebogen. Lange hätte die nicht mehr gehalten.«

Damian sah, dass Nadine nun leichenblass geworden war. Sie hielt wie schützend ihre Hände über den gewölbten Bauch und zitterte am ganzen Körper.

»Junge Frau, wo müssen Sie denn hin? In die Filderklinik, oder?«, fragte nun die stämmige Polizistin mit der vernachlässigten Frisur und dem verbrauchten Gesicht.

Als Nadine nickte, wies sie die Uniformierten an: »Kollegen. Die Frau hat einen wichtigen Termin. Ihr bringt sie am besten in die Klinik. Und erzählen Sie den Ärzten, was passiert ist«, wandte sie sich wieder an Nadine. »Die sollen Sie eine Weile dabehalten und schauen, ob Sie wirklich keinen Schock haben. Sie müssen jetzt auf sich Acht geben.«

Einer der Beamten aus dem Streifenwagen nahm Nadine behutsam am Arm und führte sie zu dem Polizeiauto.

»Und was ist mit Ihnen?«, wandte sich die Kripo-Frau nun an Damian. »Wollen Sie Ihre Frau nicht begleiten?«

Er wusste nicht recht, was er tun sollte. Er blickte auf die Uhr. Vielleicht würden die Leute auf dem Amtsgericht ja noch ein bisschen warten, wenn er jetzt gleich anrufen würde und eine Taxe nahm. Der Termin war doch so wichtig gewesen. Er war irgendwie völlig durcheinander.

Nadine wandte sich zu ihm um und sah ihn so komisch an. Sie machte ihm ein bisschen ein schlechtes Gewissen.

»Ich muss doch ins Amtsgericht. Ich kann doch nicht …«, stammelte er völlig verunsichert. Jetzt fiel ihm doch noch ein: Man hatte Rodenthaler ja festgenommen. Er zögerte noch einen Moment, bevor er Nadine zu dem Polizeiwagen folgte. »Wie soll ich das alles nur meinem Chef erklären?«, murmelte er.

Die Polizistin warf ihm einen Blick zu, der schon fast unverschämt war, so viel Verachtung lag darin.

Dann wandte sie sich grußlos von ihm ab, gab ihren Kollegen in Uniform ein paar Anweisungen, wie mit dem BMW zu verfahren war und sagte: »Und wir hauen hier jetzt ab. Ich hab die Schnauze gestrichen voll. Komm, Luca, wir gehen.«

Sie hatte einfach keine Manieren.

Montag, 22. Februar 2010, 11.00 Uhr

1

Hanna saß an ihrem Schreibtisch in den Räumen der Sonderkommission. Sie starrte vor sich hin. Sie konnte nichts mehr denken, nichts mehr fühlen, nichts mehr sagen. Sie bekam mit, dass Schwandtner da war und dass Luca das tat, was eigentlich ihre Aufgabe war: Er informierte Kollegen und Vorgesetzte über die jüngsten Ereignisse. Doch ob dies alles Wirklichkeit oder nur ein seltsamer Traum war, wusste sie nicht mehr zu sagen.

Wir haben uns nicht einmal von den Kollegen vom LKA verabschiedet, ging es ihr durch den Kopf. Luca und sie waren nur aufgesprungen und davongestürmt, als der Kontakt zu dem Mann hergestellt worden war.

»Hat eigentlich jemand Stoevesandt und seine Leute benachrichtigt? Oder sitzen die immer noch in der Rodenthaler-Villa?«, fragte sie lahm.

Luca setzt sich zu ihr. Er nickte: »Die wissen Bescheid und liegen längst in ihren warmen Betten. An Frenzel hab ich 'ne E-Mail geschickt.« Er sah ziemlich fertig aus, und die Sehnsucht nach seinem eigenen warmen Bett war unverkennbar.

Dann kam Franz Kallinger ins Soko-Hauptquartier, baute sich vor ihr auf in seiner ganzen Leibesfülle und stemmte die Arme in die Seite: »Du machst jetzt sofort, dass du nach Hause kommst. Ich will dich vor Donnerstag hier nicht mehr sehen.«

»Aber die Akten«, wandte sie lahm ein.

»Die Akten, die Akten. Laufen die etwa davon?«

Hanna kämpfte sich hoch. Sie zog müde ihre Jacke über und nahm ihre Tasche. Sie würde in ihrer jetzigen Verfassung ohnehin kein einziges Wort – in welcher Akte auch immer – verstehen, geschweige denn aufschreiben können.

»Gute Arbeit, Hanna. Verdammt gute Arbeit«, brummte Franz, als sie hinausging.

Sie hörte noch, dass er auch Luca anpfiff: »Und du machst auch, dass du hier wegkommst. Glaubt ihr denn, ich will Probleme mit der Polizeigewerkschaft?«

Sie fuhr nach Hause, mit der letzten Konzentration, die sie aufbringen konnte. Dort legte sie sich erst einmal in die Badewanne. Sie musste aufpassen, dass sie nicht einschlief. Ich bin so müde, dass ich nicht merken würde, wenn ich ertrinke, dachte sie. Dann endlich konnte sie ins Bett und schlief wie eine Tote bis in den frühen Abend.

Als sie aufwachte, war Steffie da.

»Sei mir nicht böse, aber ich will nichts erzählen und auch nichts hören«, sagte sie.

»Ich halt die Klappe«, meinte Steffie nur und sah ihre Mutter besorgt an.

Immerhin kochten sie sich gemeinsam eine Kleinigkeit und aßen zusammen zu Abend. Dann verzog sich Hanna ins Wohnzimmer auf die Couch und schaltete den Fernseher an. Sie zappte sich durch die Programme. Doch egal, wo sie hängenblieb, ob Soap, ob Magazin, ob Krimi oder Liebesfilm – sie konnte Inhalten und Handlungen nicht folgen.

Ein kleines Bier gab ihr den Rest. Wieder übermannte sie eine bleierne Müdigkeit. Früh ging sie zu Bett und fiel sogleich wieder in einen komatösen Schlaf.

Dienstag, 23. Februar 2010

1

Am nächsten Morgen blieb sie noch lange nach dem Aufwachen im Bett liegen. Sie hatte wild geträumt. Mit Martinshorn und Blaulicht hatten sie Rodenthaler in einer halsbrecherischen Verfolgungsfahrt gejagt, wohl wissend, dass die Spurstange des Polizeiwagens angesägt war; und Hanna hoffte verzweifelt, dass die Stange hielt, damit sie den Schuft noch erwischten. Schweißgebadet war sie aufgewacht, zum Glück aber schnell wieder eingeschlafen – um wieder zu träumen. Margot Gerhaus kam lächelnd auf sie zu. Mit diesem typischen verschmitzten Lächeln, mit dem sie Hanna während der Therapie manchmal Fragen gestellt hatte. Fragen, die Hanna sich selbst so nie gestellt hätte. Fragen, die oft eine völlig neue Sicht auf die Dinge eröffneten und auf die es unvermutete und verblüffende Antworten gab. »Was ist nun mit dem Hund?«, fragte sie die lächelnde Psychotherapeutin im Traum.

Dann stand sie auf. Sie frühstückte im Bademantel. Bevor sie unter die Dusche ging, färbte sie sorgfältig den grauen Haaransatz. Sie packte dann ihre Badesachen zusammen. In den Kosmetikbeutel kam dieses Mal neben den üblichen Hygienesachen auch die Body-Lotion, deren Geruch sie so sehr mochte. Ebenso ein goldbrauner Lidschatten, die Wimperntusche und ein Lippenstift, der die natürliche Farbe ihrer Lippen dezent betonte, lauter Dinge, die sie im Alltag selten benutzte. Auch ihr Lieblingsparfüm steckte sie ein. Und den Fön. Mit den Heißluftmonstern in öffentlichen Bädern konnte man sich unmöglich eine nette Frisur machen.

Dann überlegte sie, welche frischen Klamotten sie mitnehmen sollte. Die neuen schwarzen Jeans mit den modischen Ziernähten könnten wieder passen, überlegte sie. Sie hatte sie noch nicht oft getragen, weil dem erfolgreichen Abnehmversuch, für den sie sich mit der Hose belohnt hatte, leider gleich wieder eine Schokokeks-Phase gefolgt war. In den letzten Tagen aber hatte sie ganz von alleine Pfunde verloren. Für Gelüste auf Süßes war gar keine Zeit geblieben, und schon gar nicht für den Kauf von Schokokeksen. Hatte der Stress wenigstens etwas Gutes gehabt.

Sie schlüpfte in die Hose. Tatsächlich: Sie saß und zwickte an keiner Stelle. Sie zog sie wieder aus und packte sie ein. Ebenso eine weinrote Bluse, die ihren Teint, die dunklen Augen und die Haare so schön unterstrich. Eine anthrazitgraue ärmellose Weste und ein Schal in den Farben des Herbstes sollten das Outfit vervollständigen. Die kleinen goldenen Ohrringe steckte sie ebenfalls ein, obwohl sie nicht sicher war, ob sie sich damit nicht doch overstyled fühlen würde.

Als sie alles beisammen hatte, zog sie die leichten Lederstiefelchen über und zog den taillierten Baumwollmantel an. Dann fuhr sie ins Mineralbad »Berg«.

2

Dienstagvormittag war eine gute Zeit. Es war wenig los, vor allem ältere Leute bevölkerten das »Berg«. Hanna konnte ungestört ihre Bahnen ziehen, langsam, aber mit Ausdauer und Kraft.

Im kleinen Bistro des Bades nahm sie einen Snack zu sich. Es war schon nach eins, und sie hatte Hunger. Sie aß nicht viel, denn mit vollem Magen in die Sauna zu gehen, war nicht gut. Außerdem musste sie sich ja nicht die eingesparten Pfunde gleich wieder anfuttern.

Auch die Sauna war fast leer. Was war das für eine herrliche Einrichtung, in der man fünfzehn bis zwanzig Minuten gar nichts tun musste, außer zu schwitzen. Kaum hatte sie es sich nach den kalten Wassergüssen auf einer Liege gemütlich gemacht, da schlief sie auch schon wieder ein.

Sie musste eine ganze Weile tief geschlafen haben. Denn als die alte Dame sie weckte und ihr sagte: »Sie schnarchen ganz schön laut, meine Liebe!«, da fühlte sie sich erstaunlich frisch und munter.

Sie ließ noch zwei Gänge folgen, ohne in den Ruhepausen wieder einzuschlafen. Doch sie spürte, wie die Anspannung langsam nachließ und ihre Nerven ein bisschen herunterkamen. Dann duschte sie und suchte die Umkleidekabinen auf.

Langsam und mit Bedacht rieb sie ihren ganzen Körper mit der Lotion ein, die so gut roch. Da kamen ihr plötzlich tiefe Zweifel. Ihr Busen hatte noch nie besonders viel hergemacht. Doch in ihrer Jugend war er wenigsten prall und fest. Jetzt hatte er auch noch an Form verloren, und die Push-ups, die sie trug, waren nun einmal eine Mogelpackung mit vorprogrammierter Enttäuschung. Was oben zu wenig war, war unten zu viel. Vor allem an den Hüften, am Bauch und an den Oberschenkeln. Natürlich wusste sie, dass sie noch weit von Fettleibigkeit entfernt war. Aber das war kein Maßstab. Und dass Rubens einst Frauen wie sie zum Ideal erhoben hatte, konnte sie auch nicht trösten. Ihre Haut war für ihr Alter noch relativ straff. Kein Wunder – sie war ja gut ausgepolstert. Aber die Dellen an den Oberschenkeln zeigten schon deutlich die Richtung der Entwicklung. Und das war selbst bei Rubens nicht erwünscht.

Wer wollte da noch etwas von ihr? Konnte man mit so einem Körper noch einen Mann anmachen? Und was wollte der denn letztlich? Es lief doch immer auf Sex hinaus. Was dieses Thema betraf, war sie nun vollkommen aus der Übung. Als die Kinder noch klein waren, war keine Zeit für solche Bedürfnisse. Später hatte ihr Körper sich heftiger gemeldet. Zwei Mal hatte sie das Verlangen in das Bett eines Mannes gebracht. Es waren keine festen Beziehungen daraus entstanden. Jetzt war die Libido nach und nach in den Hintergrund getreten. Sie war nicht in den Wechseljahren. Der Wechsel hatte längst schon stattgefunden. Und ihr Körper erinnerte sie nur noch selten und zaghaft daran, dass sie nach wie vor ein sexuelles Wesen war.

Ich bin aus der Form – in jeder Beziehung, dachte Hanna und blickte in den Spiegel. Die warmen braunen Augen, ihr großes Kapital, wenn es um das Umgarnen eines Mannes gegangen war, sahen sie müde und umkränzt von Krähenfüßen an.

Sie bekam Angst. So dünnhäutig, wie sie momentan war, würde sie es nicht ertragen, wenn sie als Frau zurückgewiesen werden würde, wenn ihre vorsichtige Annäherung auf Befremden und Ablehnung stoßen würde. Dumm dazustehen und sich lächerlich zu machen, das war das Letzte, was sie jetzt gebrauchen konnte.

Sie wollte schon ihre Kosmetikbeutel einpacken, um endlich nach Hause zu fahren, als ihr plötzlich wieder der Traum einfiel. »Was ist nun mit dem Hund?«, hatte Margot sie gefragt. Genau, das war ja das eigentliche Thema. Darüber konnte man immer noch reden, wenn er den Flirt nicht fortsetzen wollte. Und schließlich war er es doch gewesen, der sie angebalzt hatte.

Sie zog sich sorgsam an. Dann nahm sie die Schminkutensilien zur Hand und trug sie dezent auf. Sie sah damit schon ein bisschen frischer aus, und die Augen kamen, so gut es eben ging, zur Geltung. Schließlich zog sie Schuhe und Mantel über und verließ das Mineralbad.

3

Sie fuhr nach Mühlhausen, einem der am nördlichsten gelegenen Stadtteile Stuttgarts. Dort, über dem Feuerbachtal, lag das große Areal der Polizeihundeführerstaffel und Polizeihundeführerschule.

Während der Fahrt hierher waren ihr wieder Zweifel gekommen. Wie war sie bloß auf die Idee gekommen, völlig unangemeldet bei ihm aufzutauchen? Was, wenn er gar nicht da war? Oder einfach keine Zeit hatte.

»Was ist nun mit dem Hund?« Darum ging es doch. Das war doch die wunderbare Ausrede. Sie wollte einfach mal wieder Hunde sehen. Um weiterzukommen in ihren Überlegungen, ob sie sich einen zulegen sollte. Und um vielleicht einfach einen Termin auszumachen, bei dem sie dann mit ihm sprechen konnte.

Das große Tor zum Gelände war gerade von einem Kollegen geöffnet worden, der mit seinem Hund draußen eine Runde drehte. Es schloss sich langsam, als Hanna es erreichte. Gerade noch witschte sie hinein. Das war nicht ordnungsgemäß, doch was sollte sie den Kollegen beim Meldebüro denn schon sagen?

Sie ging zwischen den Zwingern und dem Verwaltungsgebäude hindurch zum großen Übungsplatz. Dort trainierten zwei Gruppen mit Hunden. Hanna kannte sich mit den Basics der Hundeerziehung aus. Ihr Vater war mit Bello regelmäßig auf den Hundeplatz gegangen, auch noch als der Hund schon in die Jahre kam. Die kleine Hanna war oft dabei, und natürlich schaute man sich die Übungen ab und probierte sie zuhause selbst mit dem besten Freund des Menschen aus. Der Drill auf den Schäferhunde-Plätzen war damals noch recht militärisch. Sie hatte einmal gehört, dass heute auch bei Zoll und Polizei anders mit den Hunden umgegangen wurde. Es wurde nicht mehr Unterwürfigkeit erzwungen. Man erzog auch hier jetzt ohne Druck und mit Belohnung. Und auch das, was sie hier sah, war spielerisch, wenngleich konsequent.

In einem abgetrennten Bereich mit diversen Hindernissen, Tunneln und Hürden wurde Agility geübt. Die zweite Gruppe übte Unterordnung für Fortgeschrittene, bei der der Hund, auch wenn der Führer Haken schlug und scharf wendete, bei Fuß gehen oder im Lauf abliegen musste. Die typische Ausbildung zum Schutzhund oder Fährtenhund stand heute wohl nicht auf dem Stundenplan.

Hanna erschrak fast, als sie von hinten angesprochen wurde: »Hallo, darf ich fragen, was Sie hier wollen?« Die Faszination dieser Tiere und der Arbeit mit ihnen hatte sie tatsächlich in den Bann geschlagen. Sie drehte sich um. In einiger Distanz stand Volker, der sie verblüfft anschaute.

»Hanna, du bist das.« Er kam mit raschen Schritten auf sie zu und sah sie aus seinen Adleraugen prüfend an. »Du siehst heute …« Er hatte offensichtlich Schwierigkeiten, die richtigen Worte zu finden. »Müde siehst du aus – und trotzdem phantastisch.« Er nahm nicht nur ihre Hand, sondern auch ihren Arm.

»Komm rein. Was führt dich hierher? Ich habe mitbekommen, dass ihr gestern noch einen Anschlag verhindert habt. Hattet ihr den Kerl nicht schon gefasst?«

Hanna nickte. Volker schien sich auf dem Laufenden zu halten, was ihre Arbeit in der Sonderkommission anging. »Eine lange Geschichte«, sagte sie nur.

Gemeinsam gingen sie zu dem flachen Bau, in dem die Verwaltung der Stuttgarter Hundestaffel und der Polizeihundeführerschule des Landes untergebracht war. Volker führte sie in sein Büro. Dort setzte sich sofort ein Hund auf, der bislang ruhig am Boden gelegen hatte. Er sah Hanna wachsam und prüfend an. Volker gab ihm einen kurzen Befehl. Der Hund gehorchte augenblicklich und legte sich wieder ab, behielt Hanna jedoch im Auge.

Dass man Polizeihunde nicht streichelt, sondern möglichst ignoriert, wurde einem schon beim Streifendienst eingebläut. Hanna hielt sich also auf Distanz, und doch konnte sie den Blick kaum von dem Tier wenden. Der Hund ähnelte einem belgischen Schäferhund, hatte jedoch ein silbergestromtes Fell und einen etwas zierlicheren Kopf. Die aufmerksamen Augen schienen alles zu verstehen. Es waren die Augen von Bello.

»Was ist das für eine Rasse?«, fragte sie fasziniert.

»Das ist Kara«, erklärte Volker. »Eine ältere Dame. Schon in Rente. Leider machen die Gelenke nicht mehr ganz mit. Ein ›Hollandse Herdershond‹ oder Holländischer Schäferhund. Bei uns leider viel zu selten. Sind ähnlich wie die belgischen, aber vertragen sich besser mit den Artgenossen. Und sind mindestens genauso schlau.« Man hörte ihm an, wie sehr er den Hund liebte. »Hat noch jede Fährte gefunden. Und schon viele Vermisste und Ganoven, meine Kara. Ich wollte eigentlich gerade zu einer der Gruppen, die unten üben. Mir das Ganze genauer ansehen. Aber das geht auch ein anderes Mal. So einen Besuch wie dich bekomme ich ja nicht alle Tage.« Er strahlte sie regelrecht an. »Wie komm ich zu der Ehre? Möchtest du einen Kaffee?«

Der Nachmittag war schon vorangeschritten. Aber Kaffee wäre phantastisch. Sie nickte und nahm den Platz auf einem Stuhl an, den Volker ihr bot. Plötzlich waren ihre Zweifel alle verflogen. Sie war willkommen. Er freute sich.

»Ich habe zwei freie Tage verordnet bekommen«, sagte sie. »Und jetzt weiß ich nichts damit anzufangen. Da wollte ich mir einfach mal die Hunde anschauen. Und außerdem müssen wir ja noch einen Termin ausmachen. Wann wir das alles begießen. Den Jungen, den ihr gefunden habt. Und den Spurstangen-Killer, den wir endlich geschnappt haben.« Die Erinnerung ließ sie aufseufzen.

So wie Volker sie ansah, schien er besorgt um sie zu sein.

»Weißt du was?«, sagte er dann. »Ich hab noch eine Besprechung mit den Trainern draußen. Die werden gleich fertig sein und hereinkommen. Das dauert aber nicht lange. Eine halbe Stunde, schätze ich. Und dann machen wir das gleich heute noch, das Begießen. Mit einem schönen Essen. Was hältst du davon?«

Hanna merkte, dass sie so rot wie ein Teenie bei der ersten Tändelei wurde und wie ein Honigkuchenpferd strahlte. Sie hoffte nur, dass sie nicht allzu dämlich aussah, und wurde verlegen.

Er nahm das Telefon, bestellte einen Kaffee bei einem Kollegen. Dann rief er ein Restaurant an und reservierte zwei Plätze. Er sah aus dem Fenster.

»Okay. Die Leute kommen. Ich muss dann mal los.« Er leinte die Hündin an und sagte zu ihr mit seinem typischen lausbübischen Lächeln: »Und du passt auf sie auf. Damit ihr nichts geschieht. Und dass sie nicht wegläuft.« Der Hund sah seinen Herrn an und dann Hanna und hatte mit Sicherheit genau verstanden, worum es hier eigentlich ging.

Volker kam tatsächlich nach einer halben Stunde schon zurück. Hanna hatte unterdessen vom Fenster der warmen Polizeistube aus eine weitere Gruppe beobachtet, die dieses Mal die Schutzhundeausbildung mit allem Drum und Dran, mit Figuranten in Schutzkleidung, mit Verbellen, Stellen und Fassen, absolvierte.

»Ich denke«, sagte er und überlegte einen Moment, »wir sollten es so machen: Du fährst mit deinem Wagen zu meinem Haus. Das liegt genau auf dem Weg zu das Lokal, in das ich mit dir will. Da kannst du parken. Sonst müsstest du den ganzen Weg wieder hierher zurückfahren. Und beim ›Brunnenhof‹ gibt es immer Parkplatzknappheit.« Es klang sehr logisch und so, als hätte er keinerlei Hintergedanken.

Hanna empfand es als unendlich wohltuend, sich um nichts kümmern, nichts selbst entscheiden zu müssen und sich einfach nur in seine Hände zu begeben.

Volker brachte den Hund in seinen Wagen und fuhr los. Hanna folgte ihnen in ihrem alten Ford Focus bis nach Steinhaldenfeld, einem ursprünglichen Stadtteil über dem Neckartal. Volker bewohnte eines der älteren kleinen Einfamilienhäuser, die es hier noch zuhauf gab. Vor dem Haus stieg sie in seinen Wagen um, nachdem er Kara hineingebracht und sich umgezogen hatte. Dann fuhren sie weiter ins Zentrum von Bad Cannstatt. Der »Brunnenhof« lag mitten in der Altstadt. Er war in einem der ältesten Stuttgarter Häuser untergebracht, das liebevoll und mit großem Aufwand restauriert worden war. Auch innen gaben Holzbalken und alte Steinmauern den Räumen ein gemütliches, fast mittelalterliches Flair. Antiquitäten, alte Stiche und Bilder und sonstiger Zierrat mit Patina taten ihr Übriges hinzu. Auch das Essen war etwas Besonderes. Selten hatte Hanna die Gelegenheit gehabt, so fein zu speisen. Volker hatte sie eingeladen, und sie konnte nun feststellen, dass er sich nicht lumpen ließ.

Und doch vergaß Hanna bald Raum und Zeit. Sie erzählte über die letzte Rache von Robert Rodenthaler. Über die grässliche Sammlung von teurem Trödel in seiner Villa und über den kalten Schauder, die diese bei ihr ausgelöst hatte. Über die Leute vom LKA sprach sie, und wie sie die ganze lange Nacht darum gerungen hatten, das letzte Opfer des Täters zu finden. Über die Hochachtung, die sie für die Kollegen empfand, und wie leid es ihr tat, dass sie sich nicht einmal verabschiedet, geschweige denn bedankt hatte. Sie teilte Volker ihre Gedanken zur Finanzkrise mit, die sie ja jetzt erst in ihren Dimensionen erahnt hatte, und ihre Sorge um eine Gesellschaft, in der es solche Ungleichgewichte gab.

Volker hörte zu, stellte Fragen und hatte eigene Meinungen zu den Themen.

Dann fragte sie: »Und was ist mit dem Jungen gewesen?«

»Er hat beschlossen, seine Großeltern zu besuchen. Auf eigene Faust. Weil seine Mutter ihn in den Senkel gestellt hatte. Er wusste, dass der Weg dorthin durch einen Wald führt. Also ist er einfach hinter Botnang in den Wald gelaufen. Gelaufen und geheult, bis er nicht mehr weiterkonnte und eingeschlafen ist. Er war unterkühlt, aber quicklebendig. Gott sei Dank! Das kann einen ganz schön schlauchen, vor allem, wenn man selbst weiß, wie es als Vater ist.«

»Du hast Kinder?«, fragte Hanna. Sie fühlte sich so in einem zweiten Frühling, dass ihr das sonderbar vorkam, obwohl es völlig selbstverständlich war, dass sie selbst ja auch drei erwachsene Sprösslinge hatte.

»Zwei. Aus dem Gröbsten raus«, lächelte er verschmitzt. »Einen jungen Mann und eine junge Frau, beide schon verheiratet. Und bald werde ich Opa. Meine Güte. Bin mal gespannt, was das wird.« In seinen Augen spiegelten sich Stolz und Verwirrung zugleich. So ganz geheuer schien ihm das Thema nicht zu sein.

Sie sprachen über die Bürde der Verantwortung, wenn man solche Aktionen leiten musste, in denen es um Leben und Tod ging. Und über die Bürde, Kollegen zu führen, die nicht immer so tickten, wie man sich das wünschte. Hanna konnte über die Probleme in ihrem Dezernat sprechen, wie sie das selbst mit Bialas niemals getan hätte. Sie sprachen über die Polizeireform, über sinnlose und sinnvolle Dienstanweisungen. Sie sprachen über alles, nur nicht über Hunde.

Hanna erinnerte sich nicht, wann sie das letzte Mal so mit jemandem hatte reden können. Mit den Kollegen ging das nicht. Die waren zu nahe an den Problemen und oft selbst das Problem. Mit Freundinnen auch nicht. Die waren zu weit weg und wussten zu wenig über die Zwänge und Abläufe der Polizeiarbeit. Mit Michael damals: Ja, da hatten sie sich auch über alles ausgetauscht. Da konnte man auch über Frust und Lust des Polizeialltags reden und manches damit verarbeiten.

Plötzlich war es halb elf. Sie brachen auf und kehrten zurück zu dem kleinen Einfamilienhaus von Volker. Noch bevor Hanna aus seinem Wagen steigen konnte, fragte er: »Ich muss mit Kara noch eine kleine Runde drehen. Hast du Lust, uns noch zu begleiten?«

Der Wein hatte seine Wirkung getan, und Hanna war müde. Ein Teil von ihr sehnte sich nach Hause und ihrem Bett, der andere wollte noch nicht gehen. Ein paar Schritte in der kühlen frischen Luft würden ihr guttun, sagte sie sich. Allerdings war sie nicht richtig angezogen für Spaziergänge in diesen Nächten, die immer noch sehr kalt waren. Die Stiefelchen, das ging noch. Aber ihr Mantel war einfach zu dünn. Und trotzdem sagte sie: »Wenn's nicht zu weit ist und ich nicht erfriere …«

»Komm mal mit«, forderte er sie energisch auf.

Im Haus kramte er aus einem Schrank in einem Nebenzimmer eine dicke Jacke, Handschuhe und eine Pelzmütze hervor. Er half ihr in die Jacke, die viel zu weit war und bequem über den Mantel passte. Er zog ihr wie einem Kind die zu großen Handschuhe über. Schließlich setzte er ihr die Mütze auf. Er sah sie mit seinem Adlerblick prüfend an und lächelte über sein Werk. Dann nahm er ihr Gesicht in beide Hände und küsste sie.

Ein heißer Schauer durchfuhr Hanna vom Scheitel bis in den Beckenboden. Die dicke Jacke erlaubte ihr kaum, seine Umarmung zu erwidern. So gab sie sich einfach hin, ließ sich willig küssen und lag für endlos lange glückliche Sekunden in seinen Armen.

Volker rief den Hund. Wortlos machten sie sich gemeinsam auf den Weg. Sie sprachen kein Wort. Arm in Arm gingen sie in die Weinberge, die sich hier ebenfalls die steilen Hänge des Neckartals bis direkt zum Rand des Ortes hinaufzogen. Auch von hier hatte man wieder diese besondere Sicht auf die Stadt, die durch die Topografie Stuttgarts möglich wurde.

Man sah die Sterne nicht mehr. Hohe Wolken kündigten einen Wetterwechsel an, der sich am Tage schon durch nicht mehr ganz so tiefe Minusgrade bemerkbar gemacht hatte. Doch die Lichter der Stadt waren deutlich sichtbar. Dort drüben lag Münster. Dort hatten sie diesen Michelsbacher aufgegabelt, diesen Trottel, der seine hochschwangere Frau nach einem traumatischen Erlebnis am liebsten alleine in die Klinik geschickt hätte. Weil er sich wegen irgendeines idiotischen Termins in die Hosen machte. Die Frau hatte ihr leidgetan. Wie konnte man nur so auf so einen Waschlappen hereinfallen. Da war der Mann neben ihr ein anderes Kaliber. Sie schmiegte sich fest an ihn.

Erst als sie zurückkehrten und fast wieder beim Haus waren, sagte Volker: »Bleib hier, Hanna. Du hast doch morgen noch frei. Oder?«

Sie wollte nicht gehen. Und wie es der Zufall oder die Vorsehung gewollt hatte, lag in ihrem Auto ja die gesamte Hygiene- und Kosmetikausstattung, die sie brauchte. Doch auch die Müdigkeit und Erschöpfung bemächtigten sich ihrer wieder.

»Ich glaube, du hättest nicht viel davon. Ich bin zu nichts mehr zu gebrauchen«, sagte sie leise.

Er stellte sich vor sie und nahm sie wieder fest in die Arme.

»Ich will doch gar nichts von dir, Hanna. Ich will, dass du in meinen Armen einschläfst. Dass du einfach bei mir bist.«

Was hätte sie dem entgegensetzen sollen.

Es stimmte nicht gänzlich, dass er so gar nichts von ihr wollte. Doch es kam nicht zum letzten Liebesakt in dieser Nacht. Hanna spürte sein Verlangen. Für sie aber fast noch wichtiger, bemerkte sie auch, dass ihr trotz Mattigkeit und Müdigkeit die eigene Lust nicht ganz abhandengekommen war. Und ihr war plötzlich klar, dass es völlig egal war, ob man ein paar Pfunde zu viel auf den Rippen, Orangenhaut an den Oberschenkeln und Krähenfüße um die Augen hatte, wenn sich die tiefe Zuneigung zueinander mit der Sinnenlust vereinigte.

Epilog

1

Als Karlheinz Kienle erfuhr, was man auf seinem Computer gefunden hatte, regte er sich furchtbar auf. Er regte sich so sehr auf, dass er ein langes vertrauliches Gespräch mit dem Leiter der Abteilung Wirtschaftskriminalität beim Landeskriminalamt Gerd Stoevesandt führte.

Die Computerforensik wies eindeutig nach, dass der ganze Schund auf einmal und kurz vor Abgabe des Rechners an die Polizei gespeichert worden war. Wer dies getan hatte, konnte trotz intensiver Untersuchungen bei der Württembergisch-Badischen Südbank nie zweifelsfrei nachgewiesen werden.

Immerhin hatte Stoevesandt nun bei seinen Ermittlungen so viele Ansatzpunkte, dass auch die Staatsanwaltschaft prüfen musste, ob man gegen Dr. Jens Mönchhofer und Thomas Willsberg Anklage erheben konnte. Ein Verfahren wegen Bilanzbetrugs und Falschdarstellung der Unternehmensverhältnisse bei der Landesbank Anhalt vor der Übernahme durch die WB-Südbank wurde eingeleitet. Es zog sich jedoch ewig lange hin.

Doch nun handelte auch der Vorstandsvorsitzende der Südbank. Auf sein Betreiben hin wurden die beiden Vorstandsmitglieder Mönchhofer und Willsberg über Nacht ihrer Funktionen bei der Bank enthoben. Offiziell natürlich im gegenseitigen Einvernehmen. Aber nicht nur hinter vorgehaltener Hand wurde kolportiert, dass es heftige Auseinandersetzungen um ein paar neu aufgelegte Finanzprodukte gegeben hatte, die Willsberg kreiert und Mönchhofer aggressiv vertrieben hatte. Das sogenannte gegenseitige Einvernehmen hinderte die beiden Ex-Manager denn auch nicht daran, eine

Klage gegen die Württembergisch-Badische Südbank auf die Auszahlung von Bonus-Zahlungen in Millionenhöhe einzureichen.

Karlheinz Kienle bekam einen neuen Chef, mit dem er ganz gut zurechtkam, und seine Magenschmerzen verschwanden.

2

Auch Patrick Ascher musste vor Gericht: Sachbeschädigung und versuchter Diebstahl bei dem Parkschein- und Ticketautomaten wurde ihm vorgeworfen. Die Anwältin, die ihn im Spurstangenfall verteidigen wollte, hatte sich allerdings schnell verdünnisiert. Bei diesem Bagatellfall musste Ascher nun auf einen schlechten und teilnahmslosen Pflichtverteidiger bauen. Zum Glück rechnete ihm der Richter hoch an, dass er sich aus freiem Willen einer Therapie unterzogen hatte, um damit »dem Antrieb für die Beschaffungskriminalität zur Befriedigung seiner Sucht« etwas entgegenzusetzen. Er wurde zu einem Jahr auf Bewährung verurteilt.

Hanna hatte ihre Zweifel, ob Ascher wirklich den Absprung von der Spielsucht schaffen würde. Sie musste ihn im Rahmen der Ermittlungen gegen Rodenthaler noch einmal ausführlich vernehmen. Der junge Mann hatte keine Mitte, blieb unnahbar und misstrauisch. Auf jeden Fall würde es ein langer Weg für ihn.

3

Angeklagt wurden natürlich auch Fritz Eiselt, Horst und Christa Rögler sowie Waltraut und Erich Baumgärtner. Im Prozess flossen viele Tränen, vor allem bei Christa Rögler.

Erich Baumgärtner und die Anwältin der Rentner-Gang schafften es, den alten kranken Mann tatsächlich als maßgeblichen Drahtzieher darzustellen. Doch die Richterin war streng. Sie verurteilte Fritz Eiselt und Erich Baumgärtner zu jeweils vier Jahren Haft. Die Strafvollstreckung für Baumgärtner wurde ausgesetzt. Dem Mann ging es zunehmend schlechter. Seine Frau Waltraut und das Ehepaar Rögler mussten für jeweils zwei Jahre ins Gefängnis.

Stefan Wunderlich versuchte, Ermittlungen gegen Markus Czicha und die Creditbank wegen Behinderung der Strafverfolgung einzuleiten und scheiterte kläglich an den ausgebufften Anwälten des Finanzinstituts. Die Bank und ihr Angestellter hätten schließlich keine Beihilfe zu der Tat geleistet. Und ob die Opfer einer Erpressung die Anweisungen der Polizei befolgen mussten, stellten sie rundweg in Frage. Die Staatsanwaltschaft sah keine Chance und stellte das Verfahren ein.

Dennoch: Die Rechnung ging für die Creditbank nicht auf. Denn es geschah genau das, was die Bank und Czicha verhindern wollten. Die Medien griffen den Fall der Rentner auf. Es wurde ausführlich über den Prozess und die Motive der Alten berichtet. Cormoran Plus 22 wurde zum Inbegriff der eigennützigen Falschberatung einer Bank. Weitere Geschädigte wandten sich an die Presse und die Verbraucherzentralen.

Ein Anwalt nahm sich der alten Erpresser an. Er wollte für Eiselt, die Röglers und die Baumgärtners zumindest einen Teil der finanziellen Verluste von der Bank erstreiten. Er meinte, beweisen zu können, dass die Bank ihrer Aufklärungspflicht über Risiken nicht nachgekommen war. Doch es war klar: Dieses Verfahren würde sich lange hinziehen. Erich Baumgärtner würde dessen Ende nicht mehr erleben. Und ob die anderen nach ihrer Haftentlassung bereits mit einer Entschädigung rechnen konnten, war ungewiss.

4

Dennis Wollschläger überlebte. Die meisten seiner Verletzungen heilten gut. Nur mit seinem linken Knie würde er zeitlebens Probleme haben. Joggen, Fußballspielen, Skifahren – das alles war ihm nur noch eingeschränkt möglich. Für Kerstin Wollschläger war jedoch das Allerwichtigste, dass der Junge überlebt hatte. Und vielleicht zum ersten Mal in ihrer beider Leben konnte die Mutter dem Sohn sagen und zeigen, wie sehr sie ihn liebte.

5

Die Ermittlungen gegen Robert Rodenthaler verliefen nach der langen Nacht in seiner greulichen Villa in ruhigeren und geordneten Bahnen. Nicht nur die Indizien und Beweise waren so eindeutig, wie sie nur sein konnten. Rodenthaler selbst bekannte sich zu den Taten, ohne jegliche Reue und Schuldgefühle. Er würde nicht für unzurechnungsfähig erklärt werden. Dazu war der Mann zu klar im Kopf. Und doch gruselte es Hanna jedes Mal, wenn sie ihn vernehmen musste. Sie war in ihrer langen beruflichen Laufbahn noch nie einem Menschen begegnet, der sich wegen des sogenannten schnöden Mammons derart in einen menschenverachtenden Hass hineingesteigert hatte wie Rodenthaler.

6

Als Andreas Bialas nach drei Wochen wieder an seinen Arbeitsplatz zurückkehrte, organisierte er gemeinsam mit Franz Kallinger für die gesamte Sonderkommission »Spurstange« ein Festmahl mit frisch gebackenem Fleischkäse, Bratensoße, schwäbischem Kartoffelsalat und Gemüse. Das Sportheim, das sie dafür angemietet hatten, barst fast aus den Nähten. Da waren die Kollegen des Dezernats für Tötungsdelikte. Dann hatte Stefan Wunderlich die meisten seiner Mitarbeiter aus dem Dezernat Raub und Erpressung mitgebracht. Hans Wildermuth und seine Spurensicherer durften nicht fehlen. Die Überstunden, die sie geleistet hatten, würden sie niemals abfeiern können. Die Kollegen vom Kriminaldauerdienst, die die Sonderkommission unterstützt hatten, waren da, allen voran die vollbusige Melanie, die Hanna nur zu gerne ins eigene Dezernat geholt hätte. Und last but not least waren auch Gerd Stoevesandt, Nicole Marinescu und Rudolf Kuhnert gekommen. Die Nacht, in der die drei beharrlich und unermüdlich die Rodenthalerschen Unterlagen durchforstet hatten, würde Hanna ihr Leben lang nicht vergessen.

Franz Kallinger hielt eine Rede. Er bedankte sich bei allen, nannte den Beitrag, den jeder geleistet hatte, und sagte zum Schluss: »Und du, Hanna, hast deine Sache ganz gut gemacht. Das muss ich wirklich sagen.«

Er war kein großer Redner. Das wusste Hanna ja. Aber ein bisschen mehr Anerkennung hätte sie sich doch gewünscht. Der Beifall der Kollegen, der gleich nach diesen Worten aufbrandete, der galt jedoch nicht der Rede, das wusste sie. Der galt einzig und alleine ihr.

7

Und Hanna privat?

Steffie machte ihr zweites Staatsexamen mit Bravour und bereitete ihre Abreise nach Chile vor. Trotzdem beschloss Hanna, die Wohnung im Stuttgarter Westen zunächst zu behalten.

Ja, sie erlebte den zweiten Frühling im Herbst des Lebens. Es war wunderbar mit Volker. Der Sex war gar nicht so sehr das Problem, wie Hanna es befürchtet hatte. Sie mussten sich aufeinander einpendeln. Hanna musste ihren Körper neu entdecken. Und den eines Mannes. Sie konnte zudem feststellen, dass auch Männer, die auf die sechzig zugingen, keine nimmermüden Sexmaschinen mehr waren. Einfach beieinanderzuliegen und die Wärme des andern zu spüren, war auch schon wunderschön.

Doch was ihr besonders guttat, das war das Reden. Erst jetzt merkte sie, wie sehr sie vermisst hatte, sich mit einem Partner auszutauschen. Die alltäglichen Erlebnisse, der kleine und der große Ärger und die Gedanken über Beruf und Polizei, über Gott und die Welt – all das konnte plötzlich mit jemandem geteilt werden. Mit jemandem, der vieles ähnlich erlebte und sah wie sie selbst. Man konnte klönen bis spät in die Nacht. Bei einem Glas Wein und einem leckeren Essen. Sie genoss in vollen Zügen die körperliche und geistige Nähe.

Doch Hanna merkte auch, wie selbstständig und unabhängig sie durch das lange Leben alleine geworden war. Wenn sie ein paar Tage hintereinander bei Volker in seinem Häuschen blieb, dann kochte sie auch mal etwas. Sie kaufte dafür ein und machte immer häufiger den Abwasch. Sie putzte mal das Bad oder die Küche. Und plötzlich fiel ihr auf, dass Volker immer weniger einkaufte, abwusch oder putzte.

Darauf hatte sie keinen Bock. Mit Steffie hatte sie sich die Hausarbeit fair geteilt. Auf keinen Fall wollte sie die Verantwortung für Volkers Haushalt übernehmen. Und manchmal tat es ihr auch einfach gut, wieder alleine zu sein, nach ihrem eigenen Rhythmus zu leben und sich um niemanden zu kümmern. Nein, die Wohnung würde sie nicht aufgeben. Vielleicht konnte sie sich irgendwann einmal eine kleinere suchen. Vielleicht sogar ganz in der Nähe von Volkers Häuschen. Aber die Rolle der Hausfrau – das war nicht mehr die ihre. Zu große Nähe würde ihre Beziehung ersticken. Und Hanna war sich sicher, dass ihre Liebe zueinander trotz der Rückzugsmöglichkeiten wachsen und gedeihen würde.

Schon einige Wochen, bevor Steffie Deutschland Richtung Südamerika verlassen wollte, organisierte sie ein Abschiedsfest für die Familie.

»Bringst du ihn mit?«, fragte sie neugierig ihre Mutter.

»Soll ich?«, fragte Hanna verschmitzt zurück.

»Aber sicher doch. Wir wollen schließlich wissen, was das für ein Typ ist«, erwiderte Steffie energisch. »Der muss erst mal zeigen, dass er es wert ist. Wir geben unsere Mutter nicht jedem. Ohne unseren Segen geht gar nichts!«

Natürlich hatte sie ihren Brüdern gesteckt, dass Mama wieder liiert war. Und seltsamerweise war Hanna vor dem Familientreffen so aufgeregt wie ein Teenager, der seinen Eltern zum ersten Mal einen Lover präsentiert.

Steffie machte alles selbst. Sie kaufte ein, kochte und deckte den Tisch. Es war ein Gedeck zu viel, wie Hanna auffiel. Sie hatte doch nur einen neuen Mann. Doch Steffie grinste nur geheimnisvoll, als Hanna sie darauf ansprach. Hatte sie etwa einen Freund? Hanna hoffte fast darauf. Denn der Gedanke, dass die Tochter wegfuhr, sich in einen Chilenen verliebte und nie mehr zurückkam, machte ihr Angst.

Dann kam Frank mit seiner Nina. Sie mochte die junge Frau, auch wenn sie ihr etwas zu ruhig war. Hanna fiel auf, wie lange sie auch ihren Großen schon nicht mehr gesehen hatte. Seit Wochen hatten sie nur telefoniert, wenn auch regelmäßig. Aber wenigstens sprachen sie ab und an miteinander. Bei Jochen, ihrem Zweiten, war die Funkstille schon fast bedrückend. Umso mehr freute sich Hanna, ihn heute zu sehen.

Als er dann da war, war sie wie vom Donner gerührt. Nicht nur, weil der junge Mann seinem Vater mittlerweile so ähnlich sah, dass es fast weh tat. Hinter ihm schob sich schüchtern eine junge Frau in die Wohnung. Sie wurde von Steffie sofort begrüßt. Die beiden kannten sich also bereits. Jochen umarmte die Mutter, wie er es schon lange nicht mehr getan hatte. Dann schob er seine Begleiterin nach vorne und sagte verschämt und zärtlich: »Mama, das ist Jenny.«

Hanna schaute in das hübsche Gesicht einer jungen Frau mit warmen braunen Augen und Grübchen in den Wangen. Es war umrahmt von einer halblangen, dunklen und ungezähmten Lockenmähne. Sie war schlank und hatte doch recht weibliche Kurven. Hanna wusste, dass die Eltern von Michael Stankowski weinen würden, wenn sie dieses Paar zum ersten Mal sahen. Sie musste ja selbst die Tränen der Rührung unterdrücken, so sehr erinnerten sie die beiden an ihre eigenen jungen Jahre.

Dann endlich kam Volker.

»So, das ist er«, stellte Hanna ihn den Kindern vor. »Und ihr benehmt euch jetzt alle anständig. Damit der mir nicht wieder wegläuft.«

Volker sah sie mit seinem Adlerblick an, lächelte verschmitzt, umarmte und küsste sie. »Egal, was die tun, das schaffen die nicht!«, sagte er dann.

Sie aßen, tranken, lachten, erzählten bis spät in die Nacht. Und Hanna wusste, dass dies einer der glücklichsten Abende war, die sie je erlebt hatte. Einen Moment lang erfüllten sie auch Wehmut und Trauer. Denn es war auch der endgültige Abschied von Michael Stankowski und ihrer Rolle als fürsorgliche Mutter. Die Melancholie war jedoch auch schnell wieder verflogen. Denn vor allem war dies der Beginn eines neuen, schönen Lebensabschnittes. Die Kinder würden ihre Kinder bleiben, bis über Hannas Tod hinaus. Sie konnte sie getrost ihrer Wege gehen lassen. Jetzt war es Zeit, sich um sich selbst zu kümmern. Und sie war nicht mehr alleine.

Erklärung

Die Handlungen und Personen dieses Buchs sind frei erfunden.

Es gibt keine Real-Vermögensberatung.

Es gibt keine Württembergisch-Badische Südbank, keine Landesbank Anhalt, keine Creditbank, keine Leipziger Bank und keine ImmoVerbandsbank.

Es gibt noch nicht einmal eine Stuttgarter Sparkasse.

Was es aber gibt, sind:

- fondsgebundene Lebensversicherungen;
- geschlossene Immobilienfonds;
- strukturierte Wertpapiere und Zertifikate, deren Risiko für Laien und Fachleute nicht mehr abzuschätzen sind;
- eine unüberschaubare Flut weiterer Finanzprodukte, die hochspekulativ sind;
- Finanzwetten im Sekundentakt auf alles, was man zu Geld machen kann;
- Privatbanken und Landesbanken, die hochriskante Spekulationsgeschäfte über Zweckgesellschaften in Steueroasen abgewickelt haben und mit Milliardenhilfen gerettet werden mussten;
- Bankmanager, die von ihren ehemaligen Arbeitgebern hohe Bonusforderungen einklagen, obwohl sie hohe Verluste durch spekulative Investmentgeschäfte zu verantworten haben.